Best Time

白马时光

与你千般好

You are the one

上

顾了之 著

百花洲文艺出版社
BAIHUAZHOU LITERATURE AND ART PRESS

图书在版编目（CIP）数据

与你千般好 / 顾了之著 . — 南昌 : 百花洲文艺出版社, 2021.9
ISBN 978-7-5500-4341-1

Ⅰ . ①与… Ⅱ . ①顾… Ⅲ . ①长篇小说－中国－当代
Ⅳ . ① I247.5

中国版本图书馆 CIP 数据核字（2021）第 144909 号

与你千般好

YU NI QIAN BAN HAO

顾了之　著

出 版 人	章华荣
出 品 人	李国靖
特约监制	何亚娟　夏　童
责任编辑	黄文尹
特约策划	鹿玖之
特约编辑	陈乐意
营销编辑	于文燕　萧　关
封面设计	VIOLET a1152979738
版式设计	彭　娟
封面绘图	starry 阿星
插画绘图	天空安静
条漫绘图	雨中的葱
书名字体	@XERRR_
出版发行	百花洲文艺出版社
社　　址	南昌市红谷滩区世贸路 898 号博能中心 I 期 A 座 20 楼
邮　　编	330038
经　　销	全国新华书店
印　　刷	三河市兴博印务有限公司
开　　本	880mm × 1230mm　　1/32
印　　张	19.75
字　　数	512 千字
版　　次	2021 年 9 月第 1 版第 1 次印刷
书　　号	ISBN 978-7-5500-4341-1
定　　价	69.80 元（全二册）

赣版权登字：05-2021-258

发行电话　0791-86895108　　　网　址　http://www.bhzwy.com

草长莺飞的时节喜欢上一个少年，

从他眼里看见绚烂的春天。

画里山花烂漫，而她站在画外神采飞扬，

眼底的张狂比春光还亮。

目录 Contents

就是见不到你，

所以想见你，

所以来见你。

第一章

“清北”苗子成了我同桌

> “徐洌同学，我成绩不好，常年吊车尾，你能想到的混账事我全干过……为了你的前途考虑，我觉得讲台边也是个不错的去处。你说呢？”

二月里，罕有冬季的南城已经早早地春暖花开。可惜中旬接连下了几天雨，南临中学校园里的玉兰花刚一盛放就被摧残得七零八落。

淅淅沥沥的雨声搅得教学楼的考生心浮气躁了一整天，临近黄昏反倒雨过天晴，出了太阳。

耳边可算清静下来，苏好坐在教室北窗边，闲闲地望着窗外，看近处围墙下一片狼藉的绿白花叶慢慢风干，远处宿舍楼沉浸在金煌煌的阳光里，潮湿的外墙从深砖红色一点点晾回浅砖红色。

“还剩最后十分钟，”监考老师背着手走下讲台，“我看有些同学已经开起小差了啊，别因为期初考难度不大就麻痹大意，答完了好好检查，看看答题卡都涂对了没……”

苏好瞟了眼手边一干二净的答题卡，掩嘴打个哈欠，慢吞吞地拿起涂卡笔，还在思考拼什么图案来致敬正式开始的高二下学期，忽然听见后座传来一道女声："于老师，这地上有张不知哪儿来的字条。"

于霜眉峰一挑，走过来捡起苏好椅子腿边叠拢的字条。

苏好余光朝下一扫，事不关己地继续涂答题卡，刚落笔，于霜敲响了她的桌板："是不是你写的？"

苏好的笔尖顿住，看向那张白色便笺，上面写了行潦草的连笔字：选择拿来。

已经停笔的考生们"唰"地扭过头来。

苏好的长相在南临中学的女学生里算得上非常打眼：皮肤像上好的甜白釉雪亮清透，每逢集体照必定单独过曝，唇薄而艳，又有一头乌黑的长卷发和一张巴掌大的精致脸蛋。光这几样，就算不细看五官也称得上一句惊艳。

所以很快有人认出了这张辨识度极高的侧脸。

后排不安分的几个男生躁动起来："这不是7班那个美术生吗？叫什么来着？"

"南中一姐的名号都叫不上，你这一年半光吃喝拉撒了吗？"

"有你们什么事啊，一个个的？都老实答卷！"于霜人如其名，长了张高颧骨、尖下巴的刻薄冰霜脸，这一喊，一众学生都没敢再说话。

"问你话呢，是不是你写的字条？"她重新看向默不作声的苏好。

这期初考的考场上混杂了不同班级的学生，但于霜教过苏好的语文，对她飘得可以去写病历的字迹相当熟悉。

苏好茫然地凑近字条看了一会儿，双唇抿成平平一线，回头瞥向后座。

苏好长了一双内勾外翘的凤眼，眼尾狭长微微上扬，安静时看来有些漫不经心的懒散，定睛看谁时却瞧得人心肝发颤。

后座的秦韵被这轻飘飘的一眼看得缩回了伸在桌前的脚，低下头去。

苏好扯了下嘴角，回过身遗憾地点点头：“是我写的字条。”

同一时刻，教学楼西边楼道，一个西装革履的年轻男人朝高二7班班主任递上名片：“那我就先回北城了，杜老师有事随时联系我，我二十四小时开机。”

“高特助不用担心，也让日理万机的程总放心去忙。”杜康身材微胖，面相和气，憨笑着指指身边白衬衫、黑西裤的少年，“我们会照顾好这孩子的。”

男人朝杜康点头致谢，临走又指指徐冽，补充了一句：“这身衣服还是程总的，可能不太合身……”

“校服有库存，一会儿就能领到。”杜康笑呵呵地送走了人，这才转过眼，正面打量起面前斯文白净的少年。

或许是个头儿抽得高，这孩子的身板看着过分清瘦了点。

因为衬衣略不合身，他稍稍掖高了袖口，露在外边的腕骨和衣襟上方的喉结都比同龄男孩突出，整体骨架虽不窄，肩背轮廓线条却格外棱角分明。

好在腰杆直，有几分沉稳的气韵，瘦得不颓。

不过……杜康回想着，这孩子从踏进校园起好像就没笑过，不止没笑过，脸上甚至没有任何表情波动。

这个年纪，初到一个陌生的环境，却没有被任何一样新鲜的事物引发好奇，似乎不单是性格内向的原因。

杜康暂时压下疑问，露出和蔼的笑来，拍拍他的肩膀：“徐冽是吧？来，老师先带你在附近转一圈。”

徐冽点点头，跟上去走在他的身后。

杜康侧头和他讲话：“这栋是高一、高二的教学楼，同学们正在期初考，你来晚了点，不过没关系，可以把落下的三门卷子当作业写。”

“今天大家考语文、数学、英语主科，全年级统一，考场按上学期期末考名次排，照成绩高低从1班降序排到12班。这排法，是不是还挺有压力的？”

徐冽点点头。

“南临这边的新高考是‘3+1+2’模式，走班制‘固二走一’，你从前选的是物化生传统组合，我们学校的优势刚好在理科，年级里有不少物化班。”

不管杜康说什么，徐冽始终只有“点头”这一个回应。虽然句句给了正面答复，看着挺听话，但未免太暮气沉沉了点。

杜康企图勾起他对新学校的注意，经过12班考场时没话找话，用气声说：“虽说是成绩最不理想的考场，考风纪律还是不错的，瞧瞧一个个眼观鼻鼻观心……”

他话音刚落，教室里传来清脆的一声“啪”，像巴掌拍在桌板上的动静。

一个愤怒的中年女声随后传了出来：“你就拿作弊来迎接新学期吗？”

“……”杜康的脚步一顿，满脸牛皮吹破的尴尬。

徐冽的视线也终于成功地被转移。

虽然还不如不转移。

于霜一眼逮着人，朝窗户外招手：“杜老师，来得正好，看看你们班苏好又做了什么好事！”

听见这个名字，杜康有种条件反射性的头疼。

新高考启动后，美院对文理科的限制也相应取消，这位“头上长角”的美术生当初不肯走传统艺术生路子念文科，非选物化班，其他物化班班主任你推我让，都不敢收，只有杜康勇敢地接受了挑战。

说后悔吧，再来一次他还是会这样选择。可说不后悔吧，他头上多出来的白头发也不同意。

杜康让徐冽在外面稍等。

教室里的苏好一手撑腮，一手转着笔，还有兴致往外望。

角度逆光，分辨不清窗外人的脸，只看到一个笔挺的剪影。苏好刚眯了一下眼，就见对方背过身站远了，估计是不想被围观——很多闲不住的考生都在往外瞄，尤其是7班那几个，脖子伸得比鹅颈还长。

今早7班传开了一个消息，说这学期有位新同学要转进来。

转学生年年都有那么几个，本来也不是多稀奇的事，这回稀奇在，听说这位转学生临到开学前一晚才和校方联系打点相关事宜，也不知多大来头，在国外出差的校长竟然还为这号人特意赶了早班机回来。

又听说校长看了成绩档案，打算让转学生空降到半数“清北”苗子、大家挤破头也考不进的物化创新班，结果人家家长说“创新班啊？太苦了吧，让孩子在普通班随便念念就行啦”。

基于这两点，不少学生已经对这位貌似背景很硬、成绩很狂，监护家长……暂时不好评价的神秘转学生好奇了一整天。

于霜一看这集体“造反”的架势，干脆叫最后一排学生往前收卷，抬抬下巴，让杜康处置苏好。

“交完卷的可以走了，出去安静点，不要影响其他考场。”于霜说。

“别啊，”苏好突然抬头一笑，“观众都走了，我这冤申给谁看？”

正在收拾文具的考生窸窸窣窣交头接耳起来，不知谁嘴里发出看好戏的一声“哇哦”。

也有无心看戏的，刚走到后门边，就被角落优哉游哉摇着椅子的男生一脚拦住：“谁敢走？”

走到一半的几个学生哆嗦着又坐了回去。

“你还喊冤？”杜康拿起字条看了看，板着脸问苏好，“这字条不是你写的？”

“字条是我写的，弊不是我作的。”

“站起来说清楚！”

苏好站起来，从杜康手里抽走字条：“这是一张便笺，不是从考场里分发的草稿纸上撕的，那就是从外面带进来的。”

后门边那个拦人的男生吹了一声口哨，闭眼瞎吹："说得好！"

正要鼓掌，被于霜一眼瞪了回去。

"可我们这最后一个考场的考生，"苏好掠了眼后座的秦韵，继续说，"进教室前得到过一些前边同学没有的特殊待遇，衣裤口袋都被检查过。那这字条是藏在哪儿被带进来的？"

秦韵低低埋着头，把答题卡和答题卷递给收卷的同学，仔细看去，她手中的纸张在细微抖动。

"毕竟不是大考，检查难免有缺漏，"苏好拿起自己的笔和橡皮，"像笔管里啦，橡皮套里啦，不过我的橡皮已经拆了包装壳……"

秦韵咬了咬牙，慢慢伸出手去抓课桌上的橡皮。

"同学，"苏好猛一拍她的桌板，俯下身去，"你拿橡皮干什么？"

秦韵浑身一抖，手僵在离橡皮几公分的位置。

边上一圈人齐刷刷地看过去。

"哦，"苏好垂眼一看，把那块包了一层纸套的橡皮拿在手里掂了掂，"想给我举例？谢了，就是这种橡皮。"

她把橡皮拿近鼻端，语气带笑："还挺香，这什么味道？"又拿起那张字条闻了闻，"巧了，字条上也有这个味道。这张便笺是我今早问前桌讨寒假作业的时候写的，当时还没染什么气味，真奇怪。"

于霜和杜康一愣。

教室里"哗"地掀翻了天。

于霜接过橡皮和字条嗅了嗅。

事实上不用多此一举，光看秦韵惨白如纸的脸就知道，苏好没有说谎。

于霜指着秦韵，咬牙切齿地压低声道："你给我出来！"

"等等。"杜康虚虚地拦了于霜一把，让学生们安静，提高声道，"瞧我这脑子，没捋明白这是怎么一回事。意思是，这位同学不知在哪儿'捡'到我们班苏好问作业的字条，'偶然'带进考场，才'不小心'引发了这场误会。我们班苏好根本没作弊，是吧？”

于霜点点头，脸色有点难看：“是这么回事。”

杜康笑得憨态可掬：“这我就理清楚了，那行，于老师，这位是你班上学生吧？你来问问情况。”他指指窗外，“我去带新来的学生了。”

“都散了散了！”于霜打发了其他考生，招呼秦韵跟她走。

秦韵嘴唇发颤地站起来，腿一迈差点儿来个平地摔，还是苏好眼明手快扶了她一把：“同学，小心点啊——”

秦韵根本不敢看她，被她掐着的那条胳膊好像软成了泥。

不知是不是为了亡羊补牢才卖乖，她嘴里抖出一声：“谢……”

“以后别用带香味的橡皮了，”苏好却打断了她，顺着那句“小心点啊”往下说，“那种化学添加剂，影响小脑平衡和智力发育。”

秦韵脸色青一阵白一阵地走了出去，白色的校服衬衫湿漉漉地黏在后背，像是里边刚下了一层冷汗。

众人哄笑着朝苏好竖了个大拇指，唏嘘了几声，作鸟兽散。

苏好把文具和考卷塞进透明文件袋，正要随人流离开，被杜康叫住：“你也给我过来！别以为这就没事了，抄个寒假作业抄得尽人皆知，看看你这像话吗？”

“啊，那我下次抄得低调点。”苏好嘀咕。

杜康捂了捂麻木的胸口，颤巍巍地指着她：“你，跟我来领罚。”

苏好哈欠连天地和杜康往外走，刚才据理力争的精气神一扫而空：“杜老师，换个时间行不行啊？我寒假在美国集训，还没倒完时差，这会儿站着都能睡着。”

“还站着睡觉呢，你当你是长颈鹿？净满嘴跑火车！”杜康觑觑她，“美国这会儿几点？”

“纽约时间凌晨三点多呢。”

“人家转学生也刚从纽约隔壁的新泽西州回国不久，怎么不喊困？瞧瞧，不愧是‘清北’苗子来的，这精神面貌就是不一……”

杜康一脚跨出教室，刚扬起骄傲的手指向徐洌，那根食指就弯折在了半空——

教室门外，徐洌曲着条腿站在那里，书包带堪堪钩在食指尖，后背斜倚着四方柱，闭着眼神态祥和，呼吸匀称。

走廊里，拥出考场的学生们勾肩搭背，人挤人地说笑，而他任四面过客匆匆，自岿然不动。

“……”杜康抄起手，微笑掩饰牛皮再次吹破的尴尬。

被俩孩子一前一后打脸是什么感觉？是这个班主任不想做了的感觉。

“看吧，‘清北’苗子也是人，也该被尊重基本生理需求。”苏好又打了个哈欠，挥挥手跟杜康再见，表示自己也去满足生理需求了。

“站住！”杜康重新把人喝住。

苏好睡眼蒙眬，被这突如其来的一声吼得生理性心悸，心脏突突地跳，满脸无话可说。

她一脸惺忪地回过头来，正对上徐洌缓缓睁开的眼。

两双困倦到六亲不认的眼在一刹那迷茫的对视之后，一左一右撇过头，看向杜康。

杜康看了他们一人一眼，发现这两个美国时间的学生神态极其同步，都像沾染了起床气似的面无表情。

难道是他想多了，新来的孩子一直摆着一张让人担忧的厌世脸，只是因为没睡饱?

杜康让徐洌等等，继续跟苏好说教：“虽然我教语文，但生理学的道理也是明白的。这个久坐呢，会减缓人体血液循环，容易让大脑产生疲劳感，适当活动可以舒筋活血，消除睡意。所以老师给你安排个利人利己的任务，你现在去给新同学领校服。”

“您说北篮球场器材室？”苏好有点怀疑自己的耳朵。

“知道地方就好。”

“大操场还在翻新，绕路得走一公里多，这是体罚吧？”

“什么体罚，这是照顾新同学！同窗之间难道不该互相友爱帮助？”

“那新同学不也犯困吗？”苏好看了眼安安静静地站在远处的徐洌，“这个机会，我选择友爱地让给他。”

“也是，”杜康点点头，接过苏好手里的文件袋，夹在臂弯算是替她保管了，“那行，两全其美一下，你带路，你俩一块儿去。”

“……”

杜康执着地把两人押到教学楼下，给他们指着前方那条人来人往的水泥路，像指着奔小康的道：“就往那方向走啊——”

这会儿正是考生们从考场一哄而散、蜂拥向食堂的时候，杜康带着学生杵在路口特别显眼。

何况两个学生都是话题人物，一个常年挂在热搜，一个今日喜提新晋热搜。

苏好在考场上被人诬陷作弊的事也已经在五分钟内传遍半个年级，好些人都想过来跟她搭话。

有的是关心，有的是八卦，还有的醉翁之意不在酒，想来瞅瞅她旁边这位光是远影就颜值超标的新同学。只是一看见杜康在，全战略性撤退了。

倒不是这位老师有多凶悍，而是太能唠叨。这个点被逮着唠嗑，还指望吃上热乎饭？

杜康用一种“儿行千里母担忧”的语气叮嘱苏好：“去吧，知道你好朋友不少，别找人给你跑腿，亲自把新同学平安送到，再平安送回，我就站这儿等你俩。”

“……”苏好刚用眼神暗示一过路男生等着别动，听到这话，又给对方打了个“没你事了，走吧”的手势。

杜康转头对徐洌和颜悦色道：“一般九月正常开学的日子，校服统一在图书馆领，但现在只有个别同学需要补领，所以库存校服都收纳在仓库，你辛苦点走一趟，顺便熟悉熟悉环境，我们这个学校啊它……”

“好。”徐冽终于开了这么长时间以来的第一次口。

虽然只有一个字，而且还打断了他说话，杜康仍然十分激动：“哎，这就对了，像这样多跟老师、同学交流交流，以前我在你这个年纪的时候……”

“老师我现在就带他去交流。”苏好拎起徐冽的衣袖往前拽。

徐冽顺着她的力道走了两步，低头望向那只雪白的手。

苏好正回头看杜康，等转过头来才瞥见徐冽的目光落在哪里，立刻松开了他。

她跟男生相处向来比较随意，这种程度的接触实在稀松平常，但看徐冽的眼神，似乎有点在意这个动作。

可能是养尊处优一大少爷？

这类不接地气的富家子弟让苏好觉得有点麻烦。

南中的教室是六排八列，两列一组的格局，7 班原本四十七号人，她刚好落单，在最后一排独享两个座位。

现在转学生空降，怎么算都得降落在她隔壁。

可她和学霸本来就没话可讲，更别提现在看来——拎个袖子都这么敏感，这位优等生冰清玉洁的气质简直跟她泾渭分明，朝夕相处得多累人。

她算了算转学生坐到讲台边的几种可能，问：“新同学，老师让我跟你多交流，那我代表 7 班师生了解了解你的个人情况啊——那什么，你近视吗？”

“没。”

看来没有靠近黑板的需要。

“那你以前在学校坐教室后排，还是前排？”

“后排。”

看来也没有坐前排的习惯。

“你有女朋友吗？”

“没。”

看来也没人因为他跟漂亮女生做同桌吃醋。

苏好皱了皱眉，想来想去，最后问：“那你觉得我这人怎么样？”

“我不打算交女朋友。”

“？”

苏好还没反应过来，忽然被人笑嘻嘻地从背后一把勾过了脖子。

背上沉沉压下的重量差点儿让她背过气去，她撂下苗妙的胳膊：“没长脚啊你？走路也不出个声。”

苗妙重新搭上苏好的肩，把她揽到一边，小声说：“这不是想偷偷看看转学生吗？哎，下手挺快啊你，不过是得搞快点，你们班这新同学长得也太犯规了，还有那身行头，我看牌子鉴定了下，起码六位数，”苗妙比了个“6”的手势，“这什么概念？等于穿了辆车在身上……”

“等会儿，”苏好打断她，用的是光明正大的正常音量，“你刚说什么？”

苗妙回头瞄了眼身后的徐冽，见他看着远处一棵被雨摧败的玉兰，并没有在意她们，才继续说：“我说他这身衬衣、西裤价格起码……”

“不是，再上一句。”

“说人长得帅……”

“再往上。”

“没了呀？”苗妙想了想，“哦，我说你下手挺快。”

“我下什么手？”

“啊！我在后边听着，你不是在毛遂自荐，想当人家女朋友吗？”

刚刚没来得及捋顺的脑筋抻直了。

苏好重新回忆了一下她跟新同学的对话。

——你有女朋友吗？

——没。

——那你觉得我这人怎么样？

——我不打算交女朋友。

"……"

要说苏好为什么不爱跟学霸当朋友吧，这就是原因。

人家学霸说话讲逻辑，回答下一个问题的时候，还联系上文阅读理解。她呢，她金鱼脑子七秒记忆，压根儿没记得自己之前说了什么。

沟通都有障碍。

苏好沉重地闭了闭眼，跟苗妙说："你回避一下。"

"哦，"苗妙不明所以地眨眨眼，"那我和风哥在老地方等你吃晚饭啊，风哥说你在考场被人阴了，一会儿请你吃好吃的。"

等苗妙走远，苏好转身拦了徐冽："新同学，误会了。"

徐冽的目光从远处收回，停下来淡淡地看着她。

看着她，又似乎根本没看她。

这眼神不是傲慢的目中无人，而是空，空荡、空洞。

他好像真觉得她跟他没什么关系，这里的所有人都跟他没什么关系。

苏好被这副表情噎了下，意识到她刚才的话大概根本不重要，他本来也没听进去。照他这长相和随便一身行头十几万的家世，拒绝女孩子的台词应该已经念得跟流水线作业一样熟练。

但苏好还是说了下去："我刚才问你，我这人怎么样的意思，是说——我成绩不好，常年吊车尾，也不守规矩，逃课啊，打架啊，你能想到的混账事我全干过。上学期，我前同桌的家长觉得是我带坏她，害她休了学，来学校闹事掀了我们老班桌子，场面……"她啧啧摇头，"非常难看。

"今天看到新同学你，我就担心要是你这'清北'苗子也被我害得堕入尘网……哦，搞不好还有法网，那怎么得了。

"所以虽然全班只剩我隔壁有个空位，为了你的前途考虑，我觉得讲台边也是个不错的去处。你说呢？”

苏好说到最后挤出一个微笑，狭长的眼，像狡黠的狐狸。

“可以。”就像回答“你近视吗”这种问题一样，徐洌连想都没想。

也没有自作多情的尴尬。

好像是见过世面的。

这个反应莫名地让苏好有点吃瘪。

就像抄起一身家伙气势汹汹地去唬人，结果却被人当成菜鸡中二病一样。

她默了默，“哦”了声，让开道继续带路，没再跟他搭腔。

南中建校几十个年头儿，尽管硬件设施一再翻新，也免不了在细节处暴露岁月的痕迹。就像脚下这条水泥路，经过一场雨的洗礼，已经积了好几摊坑洼。

苏好一路绕着走，途经一处干净的水洼，看见水面倒影里斜后方沉默的少年。

虽然不是一路人，但平心而论，新同学确实长得很赏心悦目。

五官是这个年纪男生少见的深邃，眼窝深，卧蚕饱满，瞳孔漆黑，眉骨和鼻梁的棱角利落深刻。皮肤又是冷生生的白，像爱德华·霍普的画，即使存在于鲜活喧闹的场景，也总透着一股疏离孤独的冷感。

忽然一阵风吹皱水洼，把美少年姣好的面目打碎。

苏好蓦地回过神来，拨开迷了眼的碎发，重新望向路上热闹的人群。

这个点往北篮跑的男生不少，都是饭也不吃，赶着去抢打球场地的。

几个男生运着球经过苏好身边，吹着口哨跟她打招呼。

少女深蓝的百褶裙裙摆被风吹得悠悠荡荡，裙下那双颀长的腿又白又直，晃得人眼晕。

路过的男生都会看她一眼，然后忍不住再看一眼。

“苏姐这谁啊？”有人问。

“我们班新同学。”

“哦，新同学打球吗？四等一。”男生用食指转着篮球邀请道。

“人跟你们不是一挂的，”苏好直接替徐冽拒绝，“一边玩去。”

“苏姐看球去啊？风哥呢，怎么没跟你一起。”这是另一个。

“我跟他是连体婴吗？”苏好没好气地戗，“管好你自己。”

男生立马举手投降，倒跑着一跳一跳地蹿远。

把徐冽领进器材室后，苏好倚在门边等他，正无所事事地靠着墙，一辆单车飞也似的飙了过来，在她面前一脚刹停。

车上人松松垮垮的校服外套被风吹得鼓荡，停下来才慢慢落平整。

“事办完没？”陈星风长腿支地，朝后座努努下巴，“办完了上来。”

陈星风跟苏好小学六年同窗，初中虽然不同校，平常联络却不少，勉强算得上有十年发小情，刚刚在 12 班考场替她拦人和捧场的也是他。

“不是让你跟苗妙老地方等吗？”苏好瞥瞥他。

“饿死了等不住。”

苏好往器材室里看了眼。管北篮器材的是一位已经到退休年纪的女教师，行动有点迟缓，正让徐冽登记签名。

“还得把人送回去。”苏好脸色不耐烦，“我东西都扣在老班那儿。”

陈星风跟着往里看了眼：“这不是有手有脚的吗？还要你一女孩子送？”

苏好也觉得这事有毛病。

想来想去，杜康拼命找机会让她和转学生提前友好相处，估计是准备安排他们当同桌。

但现在反正没有这个需要了。

苏好走进去，歪头看了眼徐冽在登记表上的正楷签名，瞟见个姓氏。

“徐同学，我有急事得先走了，”她斜斜地倚着办公桌看他，“你记得回去的路吧。”

徐洌搁下水笔，点点头。

“那老班问起来，你替我解释一下啊。”

苏好有口无心地嘱咐了一句，走出去轻轻跳上陈星风的车后座，侧坐着一手抱住他的腰，一手将懒懒垂落的卷曲长发捋到后背，视线瞟回器材室的方向。

徐洌正安静地站在那里，逆光下的侧影挺拔如松，鼻梁和喉结的轮廓像硬笔勾勒的线条，转折锋利。

陈星风回头看她：“干吗，不放心啊？”

“这有什么不放心的，”苏好眼尾扬起，拉成细细一线，盘算着笑，“我是在看，新同学的喉结好性感，不当同桌可以当模特，改天把人抓去画室……”

陈星风顺着她的目光望过去，猛蹬一脚踏板：“你什么眼神，我看那是甲状腺肿大！”

“……”她就不该和钢铁直男说话。

单车一阵风似的来，又一阵风似的走。

等两人没了影，器材室老师才从里间拿出一摞装在塑封袋里的校服，语速缓慢地说：“冬装下学期统一发，这里是春装和夏装，每套两身，只剩这尺码了，你瘦，应该能穿，就是袖子和裤腿稍微短点，先凑合着。”

徐洌道了声谢，拉开书包拉链，慢条斯理地拿起校服往里装。

“老师，借个球！”一个男生忽然急匆匆地奔了进来，经过徐洌身边时一不留神擦过他的黑色书包。

书包被撞落地，连带里面一个纸盒子也掉了出来，发出轻轻一声“啪”。

“啊，不好意思……”男生回过头来道歉，一眼看见地上掉落的东西，愣了愣。

“嗯？什么东西掉了？”老师拨下老花镜往地上瞄去，因为书包的遮挡，只看到盒子的白色一角。

徐洌低头看了眼，不紧不慢地弯腰去捡，瘦长的手指轻轻一拢：“药盒。”

“哦。”老师毫不怀疑地点点头，重新戴起老花镜去检查办公桌上的登记表。

一旁借球的男生眼睁睁地看徐洌面不改色地把那包烟放进书包，叹为观止地咽了咽口水。

这是哪里来的老江湖。

苏好和陈星风离开北篮的时候，艺术馆里已经热火朝天。

尽管人数规模不足以开设艺体班，南中还是非常重视艺体生的培养。

艺术馆与教学楼直线距离不远，是一栋气派考究的米白色穹顶大楼。这一块平常就是美术生和音乐生的地盘，当然渐渐地也演变成美术生和音乐生们的狐朋狗友们的地盘——

此刻三楼的杂物间内，画板、画架和打扫工具都被堆去角落，狭小的空间里腾出一片空地，支了张折叠小方桌。方桌上架起一只卡式瓦斯炉，旁边摆了几罐外壁湿漉漉的汽水。

两个男生正围着瓦斯炉，叽叽喳喳地打手游。

“你这什么随缘枪法？一顿扫射猛如虎，一看输出二十五？”

“放屁，我也中了两枪好吧？好歹我还有输出，你这伏地魔有什么用！”

“我这叫伺机而动，等他露头给他致命一击，狙王都这么玩的，懂？”

“狙王被黑得最惨的一次。”

一旁的苗妙马尾辫一甩，一手一颗头，把两人的脑袋扳成面对面的方向：“你俩对喷去，别把口水溅火锅里，谢谢。”

“不喷了。”文铭撂下手机，“我文明，不跟有些人一般见识。”

“你文明？难道我不礼貌？”李貌呵呵一笑，“苗妙，你复盘一下，谁先爆的粗口。”

“成天叨叨个没完，垃圾跟垃圾到底有什么好比？比谁是有害垃圾，谁是可回收垃圾吗？”

“？”

苗妙叹了口气，指着窗外：“看见校门口横幅上那标语了吗？你们不想想，为什么学校在谈到垃圾分类的时候，会把你俩的名字挂上去？”

文铭和李貌往外一瞅——垃圾分类入校园，文明礼貌树新风。

“哎，”李貌扭过头来，“你侮辱我俩可以，怎么还侮辱风哥呢？”

苗妙这才注意到最后两个字，噎了一噎：“当我没说。”

陈星风刚巧这时候推门而入，剑眉星目的长相，生起气来唬人得很。

三人打了个惊嗝，见他脸黑如泥地问：“我早上就想说了，哪个傻子拉的横幅？”

“就是，我们风哥要也只能是‘腥风血雨’的‘腥风’，‘兴风作浪’的‘兴风’，谁这么不长眼！”李貌附和。

“德育处吧？风哥别气，今晚我们就趁月黑风高把这横幅撕了。”文铭拍拍胸脯。

苏好跟在陈星风后边进去，耷拉着眼皮挑了把椅子坐，没参与众人无聊的话题。

“好姐姐，”李貌坐在对面看她，“我们班好多人这学期都走读了，你还住宿舍吧，晚上一起行动？顺带放个风。”

“放你个大头风，”陈星风拿筷尾敲他头顶心，“你瞎，没看见她困？”

“哦……”李貌把食材一盒盒拆开，拿起公筷涮肉，“那吃肉！”

薄嫩的肥牛卷就着漏勺浸入咕噜噜沸腾着的红油汤底，一烫就变色。

李貌把烫熟的肉兜起来盛到碗里，顺便替苏好蘸好酱：“苏姐，快尝一下我的手艺有没有精进。”

“涮个肉还涮出手艺来了。”文铭斜着眼吐槽。

苏好夹了片肥瘦相间的肉塞进嘴里，咀嚼几下，咽下后皱起眉头：“有点奇怪。”

陈星风把手边那罐汽水递给她，骂对面：“你是傻子吗？火锅都涮不好，还寻思考大学。”

“不是，那考大学也不考涮火锅……”

“我是说，”苏好接过汽水，“嚓”地拉开易拉罐的拉环，左右打量几眼，“你们今天有点奇怪。”

四人夹菜的手势齐齐一顿。

“平常鸡毛蒜皮的事都问个没完，怎么今天一个个的也不好奇刚才考场上那女的跟我什么仇什么怨，花这么大手笔阴我？”苏好就着吸管喝起汽水来。

“嘻，那还用好奇吗？”李貌笃定道，“肯定是嫉妒你漂亮……”

苏好把汽水撂下，眼梢带风地瞟过去：“那人家怎么不去阴刘亦菲？是刘亦菲没我漂亮？”

“……”

苗妙握拳掩嘴，咳嗽一声：“风哥刚才说了，他会把这事搞明白，是不是？”

“哦，”陈星风接过苗妙的眼色，抬起一根食指在桌上敲了敲，跟苏好说，“那肯定，老师要不给个结果，回头我找人把那女的堵了给你讨说法。”

苏好朝李貌努努下巴，让他下点虾滑：“我倒猜着个说法。那女的叫秦韵是吧，看着有点眼熟，上学期见过几次，好像是我前同桌分班之前的闺密？”

陈星风默了默，败下阵来，对苗妙耸肩：“我就说她猜得到。”

“行吧，跟你直说了，”苗妙挠挠耳根，“你之前在国外不知道，听说你前同桌寒假酗酒进医院了……秦韵之前跟她关系好，可能把这账算到了你头上了吧，莫名其妙。”

苏好的脸色一僵。

“啊，你放心，应该没什么大事，早就出院了。”苗妙赶紧解释。

“我放什么心？”苏好垂下眼捞虾滑，捞了好一会儿没捞起来，搁下漏勺，好笑道，“又不关我事。”

苏好回到教学楼的时候第一节晚自修早已开始。

高二 7 班教室里，杜康正在讲台上讲话：“好了，我们新同学呢，就先坐在最后一排。新同学性格可能比较内向啊，刚刚在台上也没自我介绍，那我替他多讲几句。”

几个说着悄悄话的女生立马闭嘴，难得地对杜康嘴里的长篇大论产生兴趣。

事实上打从徐冽进门起，教室里的骚动就没停过。

刚才杜康站在一边，看见一群女生不约而同地在徐冽走上讲台的那一刻挺直背脊，悄悄把碎发别到耳后，脸上是藏不住的雀跃。

爱美之心人皆有之，杜康理解青春期女生的心态，倒不觉得这有什么。

他拣着一些与学习相关的信息说：“徐冽同学从北城转来，在过去的学校理科成绩是非常优秀的，曾经在这个数学联赛里啊，拿到过‘CMO’的资格。

“哎，‘CMO’是什么呢？就是中国数学奥林匹克。在座有些同学可能听都没听过，你们偷偷带手机来学校的，别有事没事打游戏聊微信，好好查查这种正经事。

“当然，徐冽同学呢，原来在北城用的课本教材跟我们这边有点出入，而且上学期落了半学期课程，刚到新环境，难免需要大家课下帮帮他，尽快赶上学习进度。”

苏好走到 7 班后门边时，刚好听到最后这段呼吁词。

和她开伙的其余四人都是 9 班政史班的，已经跟她分道扬镳。她喊了声“报告”，刚要往里走，看到教室西北角多了个人。

苏好座位的隔壁原本是一套空置的桌椅，旁边常年立着她的画架，课桌里也塞着她乱七八糟的杂物。

当然，因为刚开学，现在那里还不算特别狼藉。

她望向转过头来的徐冽，头一歪，无声地表达质疑：说好坐讲台边的呢?

徐冽瞥了眼讲台方向。

苏好循着他的视线望去，发现讲台两侧不知什么时候各摆了一盆半人高的硕大绿植。

“……”

“愣着做什么？迟到还磨磨蹭蹭的，赶紧把你座位边收拾干净，别给新同学添堵！”杜康催促她。

“不是，新同学跟我说……”

“你先出来！”杜康打断苏好，把她叫到门外。

教室里闹腾起来。

角落有人低声议论：“新来的是不是被威胁了？”

“我看是，不然刚才人家放着好端端的座位不要，说坐讲台边？”

“那也可能是听说了苏好把前同桌害休学的事，望而却步了呀！”

“要我说，还不如坐讲台边，长这么一张男神脸，又是国家级的竞赛苗子，可别成了下一个许芝礼……”

教室外，杜康小声训着话：“你这一身火锅味，又跑哪儿去了？”

苏好还没答，杜康又自顾自地摆摆手：“算了先不说这个，刚刚新同学跟我提出坐讲台边，我就猜你肯定跟人家说了什么。这事我不允许。别说新同学是好学生，就算是差生也不行。我就不喜欢其他班那些风气，让捣蛋的孩子坐讲台边听课，那地方天天梗着脖子看黑板，对颈椎能好吗？糟践人吗这不是？”

“那糟践我吧，”苏好指指那两盆绿植，“我坐那儿行不行？”

“不行，都是祖国的花朵，怎么能厚此薄彼？老师知道你本性不坏，不许想过去那些不好的事了，好好跟新同桌相处，听见没？”

苏好叹息一声：“那万一我们处太好了怎么办？我当初跟许芝礼闹掰，主要是同性相斥，现在来了个男同桌，还长得这么好看，从头到脚都是我的理想型，我怕自己忍不住跟他早恋。”

“苏好同学，你要是在学习上也这样有自信，老师会很欣慰。”

“？”

“早恋这事，一个巴掌拍不响的呀，就算你忍不住，以徐冽同学优良的品质作风，又怎么可能跟你早恋呢？”杜康安慰地拍了拍苏好的肩。

“……”

第二章

艺术生VS书呆子

“习惯一下，你同桌我是个思想非常open的艺术生，这种尺度都接受不了，我们以后处起来会很困难。”

满教室哄堂大笑。

苏好在人声鼎沸里走进教室，一巴掌拍上门板：“都笑什么呢？”

瞬间满堂死寂，这一巴掌的杀伤力，比政教主任不差。

苏好有这个威力，还得从跟陈星风的关系说起。

这位同学家境好，脾气炸，架打得厉害，从小浑到大，中二时期甚至成了学校叱咤风云的“扛把子”。

可考上高中，到了南临以后，陈星风却惨遭苏好修理，日常被她踩鞋、踢腚、踹小腿肚，有阵子一看见她就狼狈逃窜。

加之学校里陆续传开苏好如何如何“社会”的流言，后来又出了她带许芝礼上外边鬼混，害人家休学的事，这位姐就成了大家心照不宣的继任“扛把子”。

苏好回到窗边坐下，看见自己被杜康扣留的文具袋已经摆在课桌上。不知是杜康放的，还是徐冽放的。

她转过头，瞥了一眼认真翻着书的新同桌。

她的新同桌正拿着一支水笔，在新课本的目录页上圈画标记，大概在划分哪些是学过的内容，哪些是新的知识点。

整个人冷清到仿佛与世隔绝。

苏好在座位上放空一会儿，怎么都不习惯余光里多出的那道人影，只好趴下去睡觉。

结果还没睡着，刺耳的下课铃声就响了起来。

刚才杜康勒令她第一节晚自修下课后，把徐冽课桌里的杂物取出来。

她叹了口气，从零钱包里取出一把银光闪闪的钥匙，转过身去：“让让？”

徐冽看她一眼，合上课本站到一边。

南中的教室使用翻盖式课桌，桌盖边缘有个可以上锁的金属扣。但为避免学生藏违禁物品，原则上不允许这样做。

苏好当然不是遵守原则的人。

她用钥匙拧开锁扣，取下挂锁，一把翻起徐冽的桌盖，正要伸手往里掏时，忽然一顿。

课桌里四散着几张签了她落款的素描——

全是人像。

男人的人像。

一丝不挂，肌肉偾张，连某器官都描绘出具象的，男人的人像。

“……”她这金鱼脑子，怎么不记得寒假前在课桌里塞了这些画？

苏好滞住的刹那，徐冽的目光落了下来。

不知道是不是错觉，苏好觉得他似乎对此产生了一丝难能可贵的——惊讶？

苏好用了一秒钟，在“慌慌张张收拾起这些画”和“大大方方让他看个够”之间，选择了后者。

“习惯一下，你同桌我是个思想非常 open 的艺术生，”她手肘支着桌盖沿，嘴角的不屑拿捏得恰到好处，“这种尺度都接受不了，我们以后处起来会很困难。”

“哦对了，还有，”苏好随意指了指画上跟徐冽截然不同类型的肌肉男，像在澄清刚才跟老班说的话，“顺便介绍一下，我的理想型。”

“……”

徐冽又看了一眼她笔下的器官，用了一秒钟，在告诉她“按这个尺寸要求，可能这辈子都没法实现理想”和“随便吧”的沉默之间，选择了后者。

苏好从徐冽那里搬走了一堆杂七杂八的物件，胡乱塞进自己的课桌，又把占地方的三角画架折叠起来，靠去墙脚。

第二节晚自修上课铃一打，她把头转向窗外，继续睡觉。

这一觉睡得还挺沉，她连下课铃都没听到，不过临近结尾做了个噩梦，梦到自己不管走到哪里，都感觉有双森冷的眼盯着她的背脊。

可等苏好醒过来，别说背后没人，整个教室几乎都已经走空了。

之所以说“几乎”，是因为她旁边还有一位——徐冽趴在课桌上，一条手臂枕在额角下，另一条手臂曲起来搭在颈后，睡得比她还沉。

苏好看了眼腕表，快十点了。

居然没人叫醒他们?

她抬起酸麻的胳膊，活络了一下筋骨，用手肘推了推徐冽。

沉睡中的少年蓦地睁开眼来，带着锋芒的目光锐利上扫，黑漆漆的瞳仁里满是戒备。

像一头被惊扰了眠梦的狼，将要暴起咬断猎物的喉咙。

苏好的心脏沉沉地一跳。

白天一直静悄悄的人，这会儿过激的反应倒叫她愣了愣。她恍惚地想，这警觉的样子怎么有点像旧街那些刀尖舔血的混子。

她一定是还没睡醒。

苏好抬起一只手，在徐冽眼前试探地晃了晃：“喂。”

徐冽眨了一下眼，浓密的眼睫扇落两道阴影，脸上的敌意慢慢散去。

他回过神，直起身，喉结轻轻滚动，揉了揉后颈：“怎么了？”

变声期末尾，男生的嗓音本就偏低，倦意没消散的时候又多了一点哑，钻进耳朵里带起沙沙的痒和奇异的酥麻。

“哦，那什么，”苏好清清嗓子，也忘了叫醒他是为了把关门锁窗的累活儿交给他，“就跟你说，下课了。”

她站起来准备走人，一转头却看到背后多了把椅子，椅子上还放了个泡着枸杞茶的透明保温杯。

苏好拍拍徐冽的肩，狐疑道：“这椅子和保温杯什么时候在这儿的？”

徐冽扭过头来看了一眼：“不知道。”

苏好正回忆在哪儿见过这个眼熟的保温杯，答案就自己长脚上门来了——

“醒了啊？”杜康拿纸巾擦着手走进来，大概刚去了一趟洗手间。

苏好不可思议地指指那把椅子：“老师，你刚一直坐在我背后？”

“是啊，下课过来一看，你俩都睡着，我就坐这儿等啊。不是你让老师尊重你们的生理需求吗？”

“你刚才是不是也做噩梦了？”记起徐冽醒转时的反应，苏好转头问他。

“……”徐冽的沉默说明了一切。

苏好对杜康摊了摊手：“您看，您完全可以把我们叫醒，您这么盯着我们，我们这睡眠质量也没法保证啊。”

“哎，苏好同学，非常好，已经开始用‘我们’来表达你和新同桌的关系了，而且连用三个！看来老师的话，你听进去了。”

“……”

苏好十分怀疑，如果杜康有天粉上什么 CP，一定是那种能带领所有粉丝从缝里抠糖的“显微镜粉头”。

“我回宿舍了。”她一言难尽地跟杜康比个“再见”的手势。

“等会儿，坐回去。”杜康捧起保温杯，喝了一口枸杞茶，来到她和徐冽面前，“在这儿等你们，是有正事要说。今天考场上那事，处理结果出来了。”

“秦韵同学已经承认错误，老师们商量了一下，该处分是得处分，不过人都有行差踏错的时候，所以先给她记一次警告，如果到毕业为止不再犯，就给她撤销的机会，你觉得怎么样？”

苏好眨眨眼：“我跟她又不熟，她以后的人生跟我半毛钱关系没有，黑她档案对我有什么好处？记不记过这事随便。”

“你这想法就对了，古话说得好，得饶人处且……”

“我要她下周一在升旗仪式上给我道歉。”苏好把话说完整。

“……”杜康脸色发苦，“道歉肯定是要的，但当着全校师生的面，那她以后……”

“怕她在学校受人白眼混不下去啊？”苏好嗤笑一声，“心理素质这么差就别干缺德事啊，难道是我逼她诬陷我的吗？杀人未遂也是犯罪，不能因为被害人防卫得当没死，就不负法律责任了吧。”

杜康脑袋里那根弦绷得一跳一跳，张了张嘴，又没说出话来。

也不怪苏好咄咄逼人，老实说，他也觉得该让秦韵公开检讨，诬陷人作弊比作弊本身更恶劣，要不是苏好头脑灵光，现在受人白眼的不就是她了吗？

这污人清白的事，如果秦韵不当众澄清，以后三人成虎的流言脏水岂不是还有可能往苏好身上泼。

“这个事老师尽量帮你争取。”杜康捏捏拳头，换了个语气，奇怪道，“你这小姑娘，逻辑思维这么清晰，怎么还天天考倒数呢？”

“……”无语，这种人身攻击真的令人无语。

苏好忍耐地拿手扇了扇风，把头撇向窗外，转眼又记起不对劲：“等等，这事跟他什么关系，干吗叫他旁听？”她指了指徐洌。

“这就是老师找你们谈话的重中之重了。”杜康把保温杯“啪嗒”一下搁到徐洌的桌上。

敢情您说了半天才到重点？苏好费解地托起腮，耐着性子继续听。

“我问了秦韵同学，诬陷你的那张字条是从哪儿来的。她说是在我们班门口走廊垃圾桶边捡到的。我又去问坐在你前面的郭照同学，她说早上把寒假作业递给你以后，那字条就随地丢了。

“我一想，这不能啊，我们班同学这么懒，卫生都打扫不干净，在地上捡到垃圾，不扔到教室里的垃圾桶，还特意跑到走廊丢？而且秦韵同学如果是偶然捡到，怎么就那么确定那是你的字迹？”

苏好点点头。

分析得有理有据。虽然她早就想到了。

“所以啊，也不知这事是不是还有其他人参与。虽然老师常说同窗之间要友爱，但现在个别同学……”杜康叹了口气，没往下说，“总之老师给你提个醒，事情没弄清楚之前，多注意一下为好。”

他说到这里看向徐洌：“徐洌同学当时刚到学校，是班上第一个能择干净的人，所以在这件事上，老师最信任的就是你，希望你最近也替老师留意一下。

“除了像今晚这样的考试期间，苏好同学平常晚自修大多在艺术馆画室。要是发现有人趁她不在搞小动作，你能帮就帮一把，也把情况及时反馈给老师，好吗？”

徐洌点了一下头。

“行，那你们赶紧回宿舍吧，”杜康挥挥手打发两人，“关门锁窗我来。”

因为杜康慷慨的目送，苏好没能从课桌里掏走手机就回了宿舍。

南中宿舍楼历史悠久，里外都已有些老旧，住宿条件很一般，连独立卫浴都没有。

高一、高二的宿舍只设上下铺，不设课桌椅，到点熄灯，不许学生打手电。

学校的意思是，头两年还是以身体为重，可以早睡早起去教室学习，但别熬夜。反而不少学生家长干着急，有条件的都把孩子接回去走读。

所以南中高一、高二的住宿率常年达不到三分之一。尤其像苏好这样的准高三，这学期开学后又搬走了一批。

苏好没搬是因为爸妈在北城创业，她暂住舅舅家，家里有个小鬼头烦得很，周末不得已姐弟相见，平常能躲就躲。

因为这样，苏好在宿舍倒是落得清净，只剩了一位舍友。

舍友是个学习用功、性格安静的乖乖崽。苏好回到宿舍刚巧赶着熄灯，看见她已经躺下睡熟。

苏好也就没说话，摸黑洗漱之后上了床，很快又睡了过去。

结果一觉睡到半夜两点半就蒙了。

这个点已经是纽约时间下午一点半。白天和晚自修的补眠，让苏好彻底精神在了床上。

而可以拿来打发时间的手机却躺在教室的课桌里。

苏好干瞪眼到三点半，躺不住了，决定去阳台吹风。

她睡上铺，床架子老了，爬下来的时候嘎吱嘎吱响。对面下铺的桑绵绵被惊醒，迷蒙间抽了道凉气。

“是我。”苏好对这种软绵绵的妹子倒并不凶悍，踩进人字拖说，“睡不着起来吹风。”

“哦，好的，没事。”桑绵绵揉揉眼，像在适应黑暗。

苏好忽然想起什么：“欸，你那儿是不是有教室钥匙啊？”

她记得这个乖乖崽以前会在清早悄悄爬起来去教室读书，应该是跟老师申请了备用钥匙。

“有的。”桑绵绵撑肘坐起来，“我拿给你。”

两人一个从不违纪，一个向来用手机照明，都没手电，又不能开灯，找钥匙的过程曲折了点。

桑绵绵下床后不小心撞倒了苏好还没收拾的行李箱。

隔壁宿舍不知谁捶了下墙，骂了一句：“大半夜搬家啊！让不让人……”说到一半没了声，可能是清醒过来，想起这间住的是谁，自己拍了自己一巴掌。

苏好对宿舍楼堪忧的隔音效果翻了个白眼，取到钥匙后简单拾掇几下，离开宿舍。

凌晨的风带了稍许凉意，她在校服外套了件灰色卫衣，卫衣盖到百褶裙边，宽松的衣摆衬得底下一双腿笔直纤细，往上，编织烫长卷发如瀑如缎，在夜风里一绺绺飘起，又一绺绺悠悠落下。

因为原计划在寒假完成的大操场翻新拖到了开学，施工队截断了一条路，这两天从宿舍到教学楼被迫需经过一段偏僻的小巷。

小巷又长又窄，原本是条封禁的路，一侧是石砌内墙，一侧是铁栏外墙。

晚自修下课那会儿，保安曾在这里站岗，指挥住宿生依次有序通行。但现在空无一人，也没什么好争先恐后的。

墙外路灯昏黄，苏好慢悠悠地穿进巷口，绕了缕头发在指尖闲闲打转。走到一半，忽然听见“咚”的一声闷响，一抬眼，前边有人从铁栏墙外翻了进来。

紧接着，咚，咚，下饺子似的，又翻进来两个。

苏好脚下一滞。

黑影们扛起棍子大摇大摆地朝她走来，为首的还“呸”了一声：“这破栏杆还挺尖嘿！”

后头那两个也骂骂咧咧：“这娘们儿是蝙蝠吗？专挑半夜出来？”

苏好定睛一看，双手慢慢抄进卫衣兜，捏紧了兜里的喷雾瓶，拔开瓶盖。

“哎，”黑影们却突然停住，“这怎么还有一只蝙蝠？”

苏好摁在瓶盖上的拇指一松，听见身后传来步伐极稳的脚步声。

回过头，看见意料之外的人。

是她的新同桌。

“走。”徐冽语气平静，走过来侧身挡在她面前。

苏好看着他的侧影，不合时宜地恍了下神。

她飞快眨眨眼，来不及深想他为什么在这里，把视线移向对面：“行不行你？”

“两分钟。”

三个带棍的，单打独斗撑过两分钟也是极限了吧。

苏好干咽了下，迅速决断，在对面人看不见的盲区把兜里的喷雾塞进徐冽手里：“我去叫人。”说完转头朝保安室狂奔过去。

跑太快，耳边全是风在呼啸，根本听不见身后的声音。

一分钟，苏好拍开保安室的门。

一分半钟，保安匆匆朝小巷赶去。

苏好歇了口气又跟上去，回到小巷却只看到徐冽单膝蹲在那里，慢腾腾地系着鞋带。

她喘着气跟保安一起奔过去，上上下下打量着完好无损的徐冽：“人呢？”

徐冽撑膝站起来：“走了。”

“就，就走了？”

“嗯。”

“怎么走的？”

徐冽沉默的时候，铁栏墙外转过一个街角的地方，三个满身金链银链的皮夹克男弓腰佝背，正拖着软趴趴的身躯彼此搀扶，一瘸一拐地艰难行走。

“这……这……这小子什么来头……”

“老……老……老大还好吧？”

“哎哟哟哟扶轻……轻点！”

铁栏墙内当然听不见这些声音。

徐冽松了松身侧虚握成拳的手，回答苏好：“跟他们讲了点道理，就走了。”

两人被叫进保安室问话，出来时天边一弯残月透过云翳散发着微弱的光，天色依然一片昏暗。

保安把两人送回教室。六盏日光灯“啪嗒”“啪嗒”先后亮起，徐冽先进去，苏好压慢了脚步跟在后边，因为心里在想事。

刚刚保安已经把她想问的话都问过了。

徐冽会出现在那条小巷里，跟她一样都是因为生物钟半夜睡不着。他没教室钥匙，原本打算去门卫取，半路正好看到她往教学楼方向走，就没费事，直接跟了上来。

这些都没问题，苏好想不通的是：徐冽说，他跟对方讲了点道理，人家就走了。

现在连流氓都讲道理了吗？

苏好有阵子没跑出去混了，也不认识那几个人，但从前跟着陈星风走街串巷，对这种人的脾气再清楚不过。

他们会主动走，只有两种可能：要么见了棺材，要么捞了好处。

那几个混子明显是冲着她来的，具体想做什么不知道，但看着不像跟她有私仇，而像受人之托收钱办事。既然这样，也只能是为钱而走。

所以苏好猜，徐冽是不是破财消了灾。

就像电视上演的那种阔少爷，跟对面说——他们给你多少钱，我出双倍。

虽然说起来有点像偶像剧，但确实是最符合她同桌身份，也最符合常理的解释。

不然难道徐洌嘴里的“两分钟”是指他能够赤手空拳，在两分钟内打趴三个浑身腱子肉，还带了铁棍的壮汉打手吗？

陈星风这种从小打架到大的人，体格瞧着也比徐洌结实多了，都不可能有这能耐。

可苏好刚才问了徐洌两遍到底怎么回事，一遍当着保安面，第二遍背着保安，徐洌却始终是一样的答案。

事发地点在监控死角，真相无法还原，他不肯说，她也就不自讨没趣地打破砂锅了。

见徐洌已经跟没事人似的回到座位开始看书，把那瓶没用过的防狼喷雾原封不动地还到了她桌上，苏好也跟过去坐了下来。

来回折腾出一身汗，她拉下卫衣拉链，脱掉搭在椅背上，又把焐人的长发往上梳，徒手打理被风吹打结的发梢。

拧成一股后，她左手抓着头发，右手去笔袋里摸索皮筋，摸了半天没摸着，敲了敲徐洌的桌板：“哎，我皮筋是不是落你那儿了？”

徐洌扭过头来。

没了长发的遮挡，少女修长的脖颈暴露在冷光灯下，明晃晃的白，耳骨上两颗金属色耳钉莹莹发亮，衬出瘦薄的耳郭。

往下，因为抬手的动作，校服衬衫下摆掩着的腰肢将露未露，好像下一眼就会现出雪色一线。

徐洌默了默：“什么？”

“我说，”苏好奇怪地看他一眼，把话放慢了说，“你找找你课桌里是不是有我皮筋。”

徐洌把课本挪到一边，翻开桌盖，低头找起来。

“算了算了……”苏好等了一会儿，没了耐心，随手攥起一支铅笔，斜斜地插进绾好的发髻。

舒坦了。

苏好嘘出一口气，终于记起自己赶早来教室是为了什么，翻开课桌板去掏手机，结果拿出来一看，手机没电自动关机了。

她又低头去翻课桌里堆得毫无章法的杂物，发现自己这不爱收拾的臭毛病真让她要什么找不到什么。

“充电器有没有？”苏好晃了晃手里的手机，问徐冽。

徐冽看了眼她的手机型号：“没有。”

苏好把手机丢进课桌，重重地叹一口气，百无聊赖地托起腮来，看看寂寥的窗外，看看干净的黑板，看看……

她的目光忽然在徐冽的衬衫上顿住。

刚刚没注意，他的衬衫看起来皱巴巴的，手肘那块还沾了点脏污，像灰又像泥。

昨天刚领的校服，一小时前才穿上，就弄成这样？

苏好眼睛微眯，在徐冽似有所觉地转过头来之前，倏地收回视线。

徐冽挨揍了，多半是挨揍了，衬衫的褶皱和脏污就是证据，这也就解释了他为什么绝口不提事发经过，而且，看上去异常淡定——豪门人家的天之骄子，自尊心肯定特别强，这种时候当然会装得若无其事。

这个念头在苏好脑海里盘旋了一整天，直接导致她这天三门考试都没答完卷。

虽然她本来也从不答完。

苏好在考虑要不要把自己的怀疑跟老班说。

她原本一向看不起因为芝麻绿豆点儿事跟老师打小报告的行为，但这事因她而起，人家平白无故扛了一顿揍，又不知道到底伤了哪儿，要是不及时医治，万一有个三长两短，先不说她良心上过不过得去，经济上可能就过不下去。

照她同桌那个家世背景，家里人知道宝贝儿子因为她出事了，没准儿就记恨上了她。

她爸妈还在北城做生意呢，人家地头蛇，捏她爸妈说不定跟捏蚂蚁似的。

考试结束后，苏好和徐冽又被杜康叫去谈话。

杜康听说凌晨的事以后一早就想找两人，但考试时间安排紧张，这就拖到了四点多考完。

苏好跟徐冽到了语文组办公室隔壁的小谈话间，听杜康说，校领导高度重视这起事件，已经报了案，也封了那条存在安全隐患的小巷，跟施工方重新磋商了通行问题，还说要给两位当事人做心理疏导。

苏好心说，屁大点事，有什么好疏导的，一口拒绝心灵鸡汤。

也许看她大大咧咧确实没往心里去，而且真正跟那几个混混打交道的不是她，是徐冽，所以杜康勉强放过了她，把徐冽推进了办公楼的心理辅导室。

徐冽进去以后，苏好就琢磨着得启发启发他们老班。

她神秘兮兮地把杜康叫到走廊尽头，压低声音说："老师，听过本末倒置这个词吗？"

杜康把手倒背在身后："苏好同学，你提出这个问题，是在看不起我这个语文老师吗？"

"听过啊？"苏好"哎"地一声叹，"那学校预防创伤后应激障碍的意识挺超前，怎么不关心学生有没有缺胳膊少腿？"

杜康一愣，赶紧上下打量苏好："不是说人没事吗？"

"我是没事啊。"苏好诚恳地眨眨眼。

杜康脑筋一转弯，指指心理辅导室的方向："你的意思是，徐冽同学说没受伤是假话？"

"那我可不知道。"苏好摊手，"不过青春期男生嘛，打落了牙和血吞的多了去。"

杜康右手握成拳，往左掌心一击，暗恨自己大意了，一溜小跑着往心理辅导室去。

徐冽走进辅导室后，门口就挂起了一块粉蓝色的牌子，上写“唠嗑中”——有关心理方面的谈话毕竟比较敏感，一般学生都有些抗拒，所以校方用了这种不会给人施加太多压力的字眼。

杜康在门外报了姓名，片刻后有人来开了门。

苏好刚跟过去，门又被“砰”的一声无情合上。

大概是心理辅导室特殊，这房间的隔音效果比宿舍楼好千万倍。苏好把耳朵凑近门板，只隐约听见低低的、断断续续的男声，却分辨不清里边到底在说什么。

直到屋里传来一阵椅子挪动的声响，静了会儿，她听到杜康差点儿破音的惊呼：“怎么伤成这样！”

“……”苏好灵魂都震颤了一下。

可接下来，里边说话声又听不清了。

她扒着门，耳朵使劲往门上贴，还没听到有用的信息，胳膊忽然被人朝后大力一拽。

下一秒，政教主任那张写着“怎么会有这种道德品质败坏的学生！”的脸就出现在了她的面前。

苏好反应过来，辅导室门口挂着牌，而她刚刚的样子像在偷听人家私密的心理谈话。

崔华一看是她，也不给她开口的机会，直接把她拉到走廊尽头开训。

苏好为了赶紧回去听墙脚，也没多费口舌解释，“是是是”地敷衍一通。

然而崔华果然从不辜负他“辣手崔（摧）华（花）”的名号，对女学生一点额外的颜面也不留，训过她窃听隐私的事，又继续发散思维，指着她说：“你看看你，成天披头散发，伥鬼似的招摇过市，我就不懂你们这些小姑娘了，这披头发有什么好看，到底有什么好看？”

苏好叹了口气，将碎发别到耳后，指着耳钉给他看：“那我要是不披头散发挡着点，您又要说我把自己‘扎得千疮百孔，这花里胡哨有什么好看，到底有什么好看’了是不是？反正两样事总得违纪一样，您看着挑吧，您说哪一样？我马上照办。”

“……”

心理辅导室里，徐洌站在办公桌前，将解开的衬衫纽扣从上往下一颗颗扣实。

杜康还没从震惊中回过神来，木讷了会儿又拦住他，仔细打量他身上这些青青紫紫的瘀伤。

“你说这些瘀青都是旧伤，不是今天弄的？”杜康抬起他的手肘，“今早就这手肘和肩上蹭破了点皮？”

徐洌点点头，继续扣纽扣。

“老师也瞧不出这些瘀青多久了，你可别骗老师啊？”杜康怀疑地看着他。

徐洌穿好校服，朝他摊开左手，给他看虎口附近那道暗红的痂：“这也是旧伤。”

这痂结在左手掌不太显眼的位置，一般留意不到。

不过徐洌的意思杜康听懂了。不懂医不好分辨瘀青时间长短，这种外伤就好判断了，没个几天肯定结不了痂。

徐洌在拿这道痂证明，自己来学校之前就遭遇过一些不好的事。

杜康还在将信将疑，一旁的心理老师周余下了结论，指指徐洌：“鉴定了一下微表情，没说谎。”

“哦，那你这些伤都是怎么来的？”杜康又问，“家里人知道吗？”

“知道。”徐洌直接忽略了前一问。

见他不肯多说，杜康越发地不放心，从裤袋拿出手机：“不行，我还是得跟你家里人打个招呼。”

“欸，”周余阻止道，“杜老师，这你可就不守信用了。刚不是你说，只要人家脱掉校服给你检查伤在哪里，你就不通知家长，孩子才答应的吗？”

“那是没想到有这么多其他的伤啊！你瞧这孩子斯斯文文、安安静静的，一看就容易给人欺负，我得把这事好好弄清楚！”杜康坚持拨这通电话，联系上了送徐洌来的那位高特助，跟对方深切表达了学校失职的歉意，把事情经过讲了一遍。

“实在没想到，您刚把孩子送来，就发生了这样的意外，幸好孩子没大碍……”最后，杜康自责地说。

“啊？”电话那头炸出一个忧心忡忡的男声，“那对方人没事吧？伤残鉴定做了吗？需要程总给汇赔偿金不？”

杜康：“……”

徐洌：“……”

电话那头是什么人？高瑞高特助，不是一般的特助，是一家资产万亿级上市集团的总裁特助。

这么个背景摆在那儿，有必要对这井井有条、层层递进、面面俱到的三个问题感到意外吗？

那真是一点必要也没有。

干惯了大事的人，就该这么雷厉风行。

杜康告诉自己镇定，以免显得太没见过世面，心里悄悄思忖——当初高特助把徐洌送来，说这孩子是兰臣集团程总的弟弟，起先他还以为一个姓程，一个姓徐，可能是不打紧的远房弟弟，现在瞧这不差钱的手笔，就算是远房，估摸着也胜似亲手足。

杜康清清嗓子，跟电话那头说：“连嘴都不爱动的斯文孩子怎么会动手打人呢？您放心，徐洌同学只是跟那些人讲了点道理。而且对方是携带棍械擅闯学校的人，就算遭到正当防卫，哪敢反过来索赔？”

“那就好，之后如果有什么需要善后料理的，您尽管说。”

杜康又被这“文雅之中带了一丝社会”的气场镇住，看了眼一旁笑着瞧好戏的周余，对他指指辅导室的隔间。

周余让杜康自便。

杜康转身走进隔间，关上房门：“需要善后料理的事倒暂时没有，不过我确实有个问题想跟高特助请教。”

“杜老师请说。”

“徐冽同学身上有很多瘀伤，这事你们知情吗？”

“知情，他前阵子在美国没人照看，自己一个人打工生活，吃了点社会上的苦头。”

作为阅读理解能力合格的语文老师，杜康一下子就听出了这话背后的深意。

什么样的境况会让一个未满十八周岁的孩子失去监护人的庇护，流落在异国他乡打工为生？难道徐冽的父母……

“您可以把这件事理解为——”高瑞斟酌两秒，“孩子青春期叛逆离家出走。”

“……”

杜康心里的酸楚还没泛滥就先干涸了。

高瑞继续解释：“前几天程总带他去医院做了全身检查，医生说这些伤已经过了最佳用药时机，用和不用都没差别了。不过也没大碍，年轻人身体底子硬，也没动着筋骨，养养就能回去。”

“那就好，”杜康自顾自地点点头，“不过我瞧着真是触目惊心，也不知道今天那点磕碰会不会加重了伤势，虽然孩子一直说没事……”

“他说没事，应该是心里有数，不过为以防万一，要不麻烦您领他去趟医务室，给他拿点药。”

“唉，好。”

“那杜老师您这边还有什么疑问吗？”

杜康想了想说：“这孩子吧，话是真少，当然话少是其次，主要看他一点融入新环境的心思也没有，状态有点游离，我就担心……他以前在家也这样吗？”

高瑞沉吟了会儿：“以前倒不这样，话比现在多，也有少爷脾气，不过人总有低潮期……”

这说法听着比较委婉，但杜康大致理解了：徐洌应该是在美国经历了一些事才转变了性格。

不过或许是不希望把那些事弄得尽人皆知，高瑞没具体展开讲。杜康猜测刚刚那个“孩子青春期叛逆离家出走”的说法，可能也不完全是真相。

“我明白了，”杜康不再追问，“没事，他脱离校园小半年，难免缓不过来。我们班上氛围不错，我给他安排的同桌也是活泼的性格，应该能带动他，慢慢找回跟同龄人相处的热情。”

第三章

借笔记容易，送笔记难

“有一样东西，是钱买不到的。”

“什么？”

“学习成绩。不然你就不会家财万贯，却考全年级倒数第一了。”

这边杜康絮絮叨叨讲着电话，隔间外，周余靠着办公椅椅背，双手交叠在脑后，跟对面人无趣地大眼瞪着小眼。

周余在南中的一众老师当中相对年轻，刚满三十，为人也算风趣，跟学生很容易处到一块儿。

不过对面这位学生有点油盐不进，普通的风趣打动不了他。

刚才杜康进来检查徐洌伤势之前，周余正在热身，说了段单口相声想跟徐洌亲近亲近，结果人家像看傻子一样看着他。

其实徐洌教养不错，即使对他的发言丝毫不感兴趣，起码也给了尊重的目光。

而且周余也发现——虽然只要不被提问，徐冽都不搭腔，可一旦被提问，他又有着“有问就答”的基本涵养。

所以也不能说人家不礼貌。只是他单方面被少年的内敛老成衬托得有点傻而已。

于是周余放弃了这场谈话。

他推了推鼻梁上那副银边眼镜，压低声音说：“小孩，其实刚才你一进门我就看出来了，你才不是没故事的男同学，压根儿不需要心理疏导，那对你都是小场面，”为了避免冷场，周余添加了一个疑问词，“是吧？”

“还好。”

徐冽似答非答地回一句。

周余又指指隔间方向，叹了口气：“就你们班主任事多，我才给你走个流程，等会儿你就说我们已经谈完话了，怎么样？”

徐冽点点头，看一眼辅导室的门：“所以我可以走了吗？”

“这可能不行，我估计你们老班还要把你抓去医务室。”周余啧啧摇头，“我看你是个懒得说话的性子，与其跟他掰扯半天说不肯去，不如乖乖地走一趟来得快。给你一个入学忠告：‘南中有两个老师，千万不要轻易跟他们争论，一个是你们老班杜康，一个是政教主任崔华，因为这俩人的废话实在太多了。’”

周余这话说得不假。苏好已经被崔华训了足足小半个钟头，训到耳朵嗡嗡响才脱身。

崔华还亲自把她押回了教室。

她心想错过了时机，估计也没墙脚可听了，干脆回到正在上自习课的教室，坐在位子上干等。

结果这一等却等到班长传话，说大家到点就放学吧，老班有点事，一时半会儿回不来，不跟大家讲本周总结了，晚点和大家在班级群见。

苏好最近困得犯浑，这才记起本周有点特殊。开学报到那天是周三，周四、周五考了两天试，这一周已经结束，可以放假回家了。

周五放学前不用听杜康的魔鬼总结约等于捡回半条命，周围一圈人欢呼着，一溜烟抓起早就整好的书包就跑了。

苏好却有点心事重重——杜康不会带徐冽去医院了吧？

她逮住班长，问老班干什么去了。

班长说不知道，是隔壁班老师替老班传的话。

大概见苏好难得问班委话，以为出了大事，班长又问她找老班做什么，要不要帮她去打听打听。

苏好摆手说不用了。

校方关照了她和徐冽，为免引起校内恐慌，凌晨那事必须秘而不宣。学校封小巷的公开说法也只是说施工队那边工程即将结束，可以恢复原路了。

苏好本来就觉得这事不光彩，传出去指不定惹一身臊，叫人议论她把社会青年引到学校，这会儿也就不想跟无关人士提起。

7 班的人陆陆续续散了，一个个出笼鸟似的扑腾得飞快，教室里很快只留下值日的一男一女。

女生刚巧是苏好的舍友桑绵绵。

见苏好眉头深锁地捏着手机，桑绵绵走过来问："苏好，你不回家吗？"

"哦，"苏好随意地掀了掀眼皮，"等人。"

桑绵绵两手握着扫把，指指地上："那你小心点，我们扫地会扬灰的。"

苏好打个手势表示知道了，走出教室，趴在栏杆上刷手机，有看没看地瞄了几眼朋友圈，忽然被人从后边拍了一下右肩。

她照惯例把头转向左边，熟悉的男声却从右边响起："真诚点行不行？我从右边拍你，肯定就站在你右边啊。"

苏好翻了个“莫挨我”的白眼。

陈星风脸皮厚，直接无视她的不欢迎，钩起书包往肩上一撂：“不回家干吗呢？刚在楼下看你苦大仇深半天了，谁又招你了？昨天考场上那事还没消化啊？”

“你一次说那么多话是要我答哪句？”

“这么多年感情，换不来你回答我仨问题？”

“一会儿就回，没人招我，考场那事……”苏好不带感情地机械吐字，说到这里一顿，“本来是消化了。”

本来杜康已经答应下周升旗仪式给她交代，虽然还不知道字条到底经谁之手才到了秦韵那边，但她心情勉强算开朗了。

只是偏偏又出了凌晨那事。

秦韵前脚诬陷她作弊失败，后脚她就遭遇一群打手，她直觉这不是巧合。

而且她是睡不着临时起意去教室的，那些混混又不会未卜先知，没道理大半夜在那儿蹲点，肯定是听了谁通风报信才过来的。

这说明杜康的提醒没错：他们班上有个秦韵的“内应”。

“本来？”陈星风搔搔下巴，隐约听出她的弦外之音。

但苏好这会儿没心情解释，注意到一胖一瘦两道人影从教学楼楼下走过，她竖起手掌，打断陈星风的话，趴出二楼栏杆往下望。

真是杜康和徐冽。

看这方向，杜康好像打算把徐冽送回宿舍楼，手里拿了个长方体的盒子，正指着那东西叮嘱他什么。

苏好穷极目力也看不清那是什么玩意儿，眼看人就要走到死角，赶紧跑到视野开阔的地方，拿起手机打开相机，变焦三十倍，对准杜康的手咔嚓一张。

陈星风跟过来的时候楼下两人已经没影，只看到她手机屏幕上的手部特写照：“谁啊这？”

“我们老班。”苏好滑着食指和拇指放大照片，“你看他手里这是什么？”

“云南白药吧。”陈星风莫名其妙，“你偷拍你们老班干吗？”

“哦，果然挨揍了。”苏好叹了口气。

“你们老班挨揍了？那你这一脸奔丧样是干吗？”

“陈星风，”苏好不答反问，“要是有天你挨了人一顿胖揍，会不会打死都不肯告诉别人？”

陈星风一愣：“笑话！我还可能挨人揍？”

苏好点点头：“连假设性问题都无法面对，真要发生了，你们男生肯定拉不下脸承认。”

“不是，你问这干吗？”

“真到了那种时候，我是不是不该揭穿你？装作不知道，好像比较保护你自尊心？”

“……”陈星风挠挠头，“你什么时候这么善解人意了。”

“我最烦欠人人情。”苏好烦躁地拧起眉，对着虚空碎碎念。

“什么意思，你们老班给你扛揍了啊？”

“可他又不缺钱。”苏好接着旁若无人地念。

“你们老班好像没什么钱吧，不是住教职工公寓吗？”

“有钱就什么都有了，那还能缺什么。”

“小同学，你这思想不太对啊？钱能买到爱情吗？”

“但他也不打算找女朋友。”

“那废话，你们老班不是早就结婚了吗……”

结束这段鸡同鸭讲的对话，苏好忽然记起一件事。

她记得杜康在班上呼吁过，说徐冽在北城用的教材跟这里不一样，而且落了半个学期课程，希望大家帮他尽快赶上学习进度。

苏好转头看着陈星风：“我知道了，还有一样东西，是钱买不到的。”

“什么？”

“学习成绩！”苏好点点头，越发肯定了这个想法，“不然你就不会家财万贯，却考全年级倒数第一了。”

“……”

苏好响指一打，走进教室，朝桑绵绵招了招手：“来来，你过来。”

桑绵绵搁下扫把走过来。

“语、数、英、物、化、生，课堂笔记来一套有没有？”

“有的。”

“借我用几天。”苏好勾勾手指。

借笔记容易，送笔记难。

徐冽被杜康送回了宿舍，也不知道什么时候出来，苏好又不好直接杀进男寝，打算周末见机行事，实在不行就周一再说。

倒是没想到，意外和明天，意外先来了。

苏好在离校前去了趟艺术馆画室，辗转来去，出校时已经接近饭点，坐上回家的公交车后，看到微信里的班级群有了动静——

“杜老师”邀请“X”加入了群聊。

“X”与群里其他人都不是微信朋友关系，请注意隐私安全。

“杜老师”：来，大家出来欢迎一下徐冽同学！@全体成员

“X”同学什么都没说，底下倒是炸开了二十几条欢迎词，还有一堆乱七八糟的表情包。

人气还挺高。

苏好顺手点开“X”的微信号瞄了眼。

个性签名空。朋友圈空。

刚切回来，群里又弹出一条“杜老师”的消息：落下的课程不急，周末先好好调整时差，好好休息，下周再问同学借笔记补课。对了，周末学校食堂不开，别去便利店买不健康的零食，不回家可以出校吃饭。不过学校门口那条街专做你们学生生意，很多店周末不营业，可能要走

远点，转角那家面馆应该开着，一会儿可以去吃个晚饭，这边生活条件不如你原先家里，将就着点。

是杜康的风格，一条消息讲满半个屏幕。只是苏好刚一目十行地扫完，消息却“唰”地消失了——“杜老师”撤回了一条消息。

想来是私发给徐冽的，错发到了班级群。

苏好回忆着消息提到的信息，突然有了主意，起身按了公交车上的铃。

小半个钟头后，夜幕初降。

苏好重新返回学校，拎着装了笔记本的书包，朝面馆走去。

制造一场完美的偶遇，顺手把笔记本给徐冽，如此清新不做作的方式，既能还人情，又能继续装作不知道人家挨揍的事，重点是保护了大少爷骄傲的自尊心。

苏好设想得十分完美，脚步轻快地推开了面馆的单扇玻璃门。

下一秒，她嘴角满意的笑容滞住——

灯火通明的店里，一片熟悉的面孔映入眼帘。一群7班女生换了校服，穿着漂亮裙子，花枝招展地打扮了自己。

此刻，她们正分散在不同桌位，彼此之间隐隐透着一股尴尬，看到苏好进来，那种尴尬里又添了几分紧张，以及一种“老铁你也来了啊！”的震惊。

这还能想到一块儿去?

苏好一脚刹停，还没做出反应，身后的门再次“咣”地被推开。

一众心情复杂的女生齐齐偏过头去，看见徐冽面无表情地站在门边，缓缓眨了眨眼。

苏好疯狂头脑风暴起来：一个人过来可以装成偶遇，一群人过来，谁还信你的鬼话?

站在这里的她无疑跟这些爱慕转学生的女同学成了同类。

下周一学校就会传开一个大新闻——南中一姐在追转学生。

那一姐的脸面往哪儿搁？

苏好在心里摇了摇头。她必须和这些人不一样。

现在徐冽的想法已经是次要的了，重点是，不能让围观群众误会她在当舔狗。

于是三秒过后，苏好朝徐冽扬扬下巴，给了他一个“不配合我你就死定了”的眼神，凶悍地说：“怎么来这么晚？磨叽死你算了。”

众女生：“？！”

徐冽：“……”

一句话，群雄逐鹿的局面高下立见。

一群女生你看我，我看你，脸上都有了想遁地逃走的窘迫。

距离学校脚程一刻钟的地方就是一片居民区，南中不少学生都住在那里。

她们当然不是约好一起来的，只是看到杜老师误发到班级群的消息，不约而同地想近水楼台先得月。

没想到月没等来，先等来了一个个志同道合的同学。

第二个女生到的时候，还跟第一个女生装腔作势地说了句“好巧”，解释爸妈今晚加班，自己一个人出来吃饭。

第三个女生到的时候，店里已经充满心照不宣的尴尬，但大家勉强还能维系场面话。

直到第四个、第五个鱼贯而入，形势渐渐控制不住了。

第六个女生进来后，爽快地捅破了窗户纸，跟大家说：“得啦，都别装了吧，既然这样不如各凭本事，等新同学来了看他愿意跟谁坐咯！”

然后七号选手苏好就出现了。

不过人家跟她们不一样，看上去是和新同学事先约好的。

一姐不愧是一姐。

一群女生如坐针毡，可谁也没好意思众目睽睽之下第一个跑路。

好像谁先跑谁就输了。

徐冽沉默地看了眼苏好，又望向她身后——倒也没马上拆台，似乎在理解这里的状况。

但苏好还是没把握他会不会陪她演这个戏，趁他没开口先发制人，拽着他手腕把他往里拉："看什么呢，饿死了，跟我来。"

她一手在手机上拨弄什么，一手掐着他的手腕悄悄使劲，暗示他别挣扎，把他拉到角落才松手，在宽敞的四人座坐下，敲了敲桌板："坐啊，点餐。"然后把手机递给他。

但手机屏幕上并不是点餐界面，而是便签本。

上面打了一行字：不是不打算交女朋友吗，你同桌我发发善心帮你挡桃花。

徐冽站在桌边扫了眼这行字，终于在她对面坐下。

苏好为自己随机应变的本事赞叹地打了个响指，指指他手边："扫个码，微信。"

点餐二维码在徐冽这侧的桌沿。

徐冽拿起她的手机切到微信，扫完码再递还回去。

"你吃什么？"苏好问。

"你点你的。"徐冽拿出了自己的手机。

还挺界限分明嘿。

这是不放心她，怕她也是朵烂桃花吗？

嘁。

苏好拿起手机准备点单，一垂眼，余光里飘过来一道纤瘦的身影——是之前为大家捅破窗户纸的六号选手尤欢欢。

明黄碎花裙，齐肩黑直发，唇红齿白的一个女孩子。

她怀里抱着一个看起来有些沉的纸袋，深吸一口气，鼓起勇气腾出一只手叩了叩桌沿："打扰啦！"

苏好瞟她一眼，脸上带着"知道打扰你还来"的杀气。

“我马上就走。”尤欢欢双手合十，跟她比了个告饶的手势，把纸袋放到桌上，“徐同学，这是我的课堂笔记，借给你用。”

苏好看了眼自己身后装着一沓笔记本的书包。

徐冽没接，看尤欢欢的眼神似乎不认得她。

“啊，我是尤欢欢，刚才加你微信你没通过，看杜老师在班级群给你推荐这家面馆，我就直接过来找你啦，还有她们也是。”尤欢欢指指不远处小心翼翼看着戏的五个女生。

苏好：“……”

前因后果说得这么单刀直入，这是要拉她跟她们共沉沦吗？

徐冽看了眼微信界面，还没张嘴，尤欢欢就预感到他要拒绝，把纸袋往他面前一推：“别客气，大家都同学嘛，你拿去用呗！”说完踩着小皮鞋“噔噔噔”跑出了餐厅。

其他五个女生也像总算找到溜走的契机，一个个飞奔出去。

面馆里瞬间只剩苏好他们这一桌。

服务员惊诧道：“哎，这点好的餐……”

不知哪位女选手回头喊了一句：“都给角落那桌吧！”

服务员端着六碗招牌三鲜面过来，一碗碗搁在两人桌上。

徐冽、苏好：“……”

“得了，吃吧，回头把钱转给她们。”苏好一言难尽地看看这六碗面，挑走了唯一一碗没放香菜的，刚端起来又想到什么，问徐冽，“你吃不吃香菜？”

“不吃。”

唉，来还恩的嘛，行吧。苏好想了想，刚要把这碗推给他，被他抬手拦了下。

他端过一碗香菜少些的汤面，从手边筷筒抽了双干净的筷子，把堆在上面的香菜撇到空碗里，然后低头吃面——一丝声响都没有地吃面，跟苏好身边那些喊着“面不嗦还有什么灵魂”的男生简直像活在两个世界。

苏好抽了双筷子也开始低头吃面，吃了两口，瞟见桌角那个纸袋又有点生气。

辛辛苦苦跑这一趟，却被尤欢欢抢了先机。

这女生还挺有一套，扔下笔记就跑，是想强买强卖吗？她这不良少女还没出手呢，就有人在她面前班门弄斧？

苏好突然没了胃口，“啪”地搁下筷子。

徐冽掀起眼皮看了看她，听见她问：“哎，这笔记你要收啊？”

他瞥了纸袋一眼，还没说话，苏好又摇起头来：“知道尤欢欢成绩排名吗，你就敢收？”

“不知道。”徐冽把嘴里的面咽下去才说。

“她跟我一个考场，就最差那个考场知道吧？她上学期期末数学才考了六十分，满分可是一百五啊！”

徐冽一言不发地看着她。不知道是不是被镇住了。

苏好觉得这是个好时机，从纸巾盒抽了张餐巾纸擦手，然后轻轻掸了掸残留在指尖的纸巾屑——架势熟练得像在掸烟灰，不良少女的大佬形象拿捏得十分精准到位。

气场摆足了，她转头从书包里拿出六本笔记本，叠成一摞往桌上重重一搁，勉强地说：“你要真想借笔记，拿这个。”

徐冽脸上现出一丝欲言又止。

“干吗？你还想要她的？”苏好瞪他。

“你不是跟她一个考场？”他抬了抬眉，好像是真不理解她的脑回路。

苏好：“……”

忘了解释，这些笔记来自她成绩名列前茅的舍友。

但现在重点已经不是解释这个。

而是——徐冽在看不起她吗？看不起她也可以，她承认术业有专攻，文化课不是她的专业领域，但把她说得连尤欢欢都不如像话吗？

苏好气笑了："我上学期期末数学考了七十分好不好？一个考场也分半斤和八两啊！"

"……"徐洌沉默了会儿，见她确实认真地在狡辩，而不是说笑，几不可察地叹了叹，"古时候十六两一斤，半斤和八两是一个概念。"

"……"这下苏好也不想说这是谁的笔记了，起身把一摞本子一本本砸进书包，拎上就走，"那你就用尤欢欢的笔记去吧！再——见！"

徐洌望了眼她风风火火的背影，好笑地低下头去，看见汤里没挑干净的香菜叶，又皱了皱眉，拿筷子撇到一边，忍耐着继续吃剩下的半碗面。

白折腾一趟，人情没还成，反倒给自己添了莫名其妙的堵，离开面馆的时候苏好的心情着实不太美丽。

半道舅舅给她打了个电话，问她怎么还不回家，她说着"就回就回"，也懒得再等公交车，打了个车往春庭湾的别墅区去。

苏好舅舅的生意做得比她爸妈大，她从自家普通小高层寄住过来算是由俭入奢。

进门的时候，邹家一家三口正在一楼客厅围着那张红木圆餐桌吃饭，苏好换好拖鞋，懒懒地说了句"我回来了"。

"皮到这么晚才回来！"邹誉皱起眉头打量她，"也不给你弟弟做个表率！"

"皮到这么晚才回来！也不给你弟弟做个表率！"邹恺拿筷子敲了下饭碗，笑嘻嘻地跟了一句。

林阑轻轻拍他后脑勺儿："学什么舌，八哥啊你？你姐再皮也比你优秀多了，你姐会画画，你会什么？"

苏好经过餐桌，冲邹恺冷笑一声："你姐再皮也比你优秀多了，你姐会画画，你会什么？"

邹恺不服气地挺胸："学什么舌，八哥啊你？"

“小鬼头，我不是你八哥，我是你爸爸！”

邹誉瞪大了眼。

苏好一噎：“……的外甥女！”

邹誉又把瞪大的眼收了回去。

“三天不打上房揭瓦，”苏好顺手薅了把邹恺的小寸头，“作业太少了是不是？”

苏好也只是随口一说，为了掩盖刚才顺嘴出溜的尴尬，结果这话不知戳到舅舅、舅妈什么痛处，两人一前一后按了按心口。

“怎么？”苏好停下来奇怪地看着他们，“您两位心脏约好了一起不舒服啊？”

邹誉搁下筷子，指指儿子：“刚才我跟你舅妈陪这小子做了整整一个小时作业……”

“然后一面卷子也没做完。”林阑哭丧道。

“寒假不是刚给他请了家教吗？”苏好问。

“那不是又被气走了吗？这小子，一般的家教老师哪里受得了他！”邹誉叹了口气，“我这放着生意不做，都亲自出马了，可现在的小学奥数题怎么这么难？”

“好好，”林阑求助地看向苏好，“你会不会教弟弟啊？”

苏好咳嗽一声，揉着耳朵装聋：“啊？”

“你真是病急乱投医，还指望上好好了？”邹誉冲林阑摇摇头，“没听电视剧里说吗？一个破碎的姐姐怎么拯救一个破碎的弟弟？”

“……”无语，非常无语。

苏好掉头上楼，走进三楼客卧，把因为装着几本笔记而异常沉甸甸的书包往飘窗一甩，甩完想起什么，在手机上打开班级群，戳进尤欢欢的头像。

对方的微信号刚好是手机号，苏好懒得特意加微信，顺着这串手机号通过支付宝转账，把刚才六碗面的钱打给了她，备注：拿去分了转给其他五个。苏好。

没想到对面很快把钱重新转了回来，备注：徐同学已经把钱转我了。

苏好细眉高高挑起，在转账界面的聊天框输入：他怎么转你的？

刚发出去，系统弹出提示：加为朋友才能聊天，发送验证加为朋友。

苏好于是转了一块钱过去，在备注里问尤欢欢：他怎么转你的？加了你微信？

尤欢欢又把这一块钱转回来，在备注里答：跟你一样……

苏好从这一串灵性的省略号里，读出了吃瘪的味道。

她抱胸看着手机屏幕，满意地点点头，点到一半又滞住。

去还人情，结果反而让人家请她吃了碗面，这不合她做事的规矩，她得把钱转给徐冽。

苏好打开微信，发现徐冽的微信号搜不到支付宝账号。那就只能主动加他微信好友。

可是这人好混账，自己都需要同学帮忙补课，哪儿来的优越感，居然敢嫌弃她脑子不好。

苏好捏着手机，和自己的胸襟默默打着官司。

五分钟后心里的法槌落下。

算了，金鱼脑子不记仇。

不过，金鱼也有金鱼的骄傲——

苏好向 X 发送了验证：转你面钱，转完双删。

小半个钟头过去，对面始终没有反应。

苏好琢磨了下语气，重新发送了一条验证。

南中宿舍楼，徐冽从公共盥洗室回到宿舍，一手拿了条毛巾擦拭湿漉漉的短发，一手解锁手机。

微信界面通讯录那栏，红色数字已经跳到“15”，点进“新的朋友”，一连串全是新同学们发来的好友验证申请。

最上面两条来自同一个人。

SH：转你面钱，转完双删。

SH：麻利点，在南中，还没人能活着拒绝我的好友申请。

徐洌瞥了眼这位张牙舞爪的老虎头像，眉梢一扬，默了默摁下“接受”，随手把手机扔到床上，转身继续去擦头发。

苏好把钱转给徐洌以后说到做到地删除了他的微信好友，切回消息界面，看到“清华北大得不到的人才群”里，文铭、李貌、陈星风@了她，约她明天去桌游店狼人杀。

她应得很快，却没想到整个周末都没能踏出家门半步。

周六一早，杜康给她舅舅打了个电话，说起这礼拜学校里的乱子。

倒不是批评她，就是给家长提个醒，说来学校的那伙社会青年是老江湖，一路专挑学校附近的老巷弄走，行踪都在监控死角，暂时没查到身份，警方已经加强附近一带的巡逻，希望家里人也多注意苏好的安全。

于是邹誉和林阑就吓得把苏好关在了家里，哪儿也不许她去。

作风相当地因噎废食。

苏好几次趁两人上班不在家跳窗跑路，回回被嗑着瓜子守监控的保姆阿姨劝回来。

她不好为难上了年纪的阿姨，就这么跟小学五年级的表弟朝夕相处了两天，沉浸在“这道题怎么做”“那道题怎么做”“姐姐也不会做那我就更不会做”“所以我就不做作业了”的噩梦里度日如年，差点儿家暴这个小鬼头。

苏好诚恳地劝舅舅，必须尽快给这位小学生找个新家教，不然全家都会被逼疯。

周日傍晚返校，邹誉还是不肯放苏好落单，安排了司机送她。

她不喜欢这种考究的做派，不情不愿地当了回娇滴滴的富家女，坐在大奔后座，感觉气都喘不匀。

邹誉刚好外出应酬，在她旁边通商务电话。

苏好无趣地戴上耳机，在手机上打开一个文件夹，随机播放起里面的英语听力音频，靠着后座背闭目养神，过了会儿，感觉肩膀被拍了一下。

她摘下一边耳机，偏过头去。

“听什么呢这么认真？叫你也不应！”邹誉瞅瞅她的手机。

苏好将手机一把反扣在腿上，盖住屏幕里那堆密密麻麻的英文单词：“相声。”

“成天净瞎玩！”邹誉瞪她一眼，指指自己的手机，“收到你期初考成绩单了，怎么回事，你这年级排名都掉进倒数十名了，上学期不还稳定在倒数四十名吗？”

苏好云淡风轻地“哦”了声：“那不是英语考试被怀疑作弊，没来得及涂答题卡吗？”

“可你其他科也不行啊！不是说这次期初考一半试题都是从寒假作业来的？”

“这就对了，”苏好点点头，“您看我寒假在美国集训，有时间写作业吗？”

邹誉被拉跑了注意力，觉得也有道理。

他这外甥女读书不行，但在美术上不知是不是隔代遗传了爷爷的天分，从小就特别灵光。

南中重视素质教育，跟欧美不少艺术类高校和友谊高中对接了交流合作，常常送学生出去学习。

今年寒假，南中唯一一个美术集训班名额就落到了苏好头上。

那还是挺值得为人父母骄傲的！

邹誉觉得，所谓“上帝为你关上了一扇门，必定会为你打开一扇窗”也可以反过来说——既然老天赐予了你出类拔萃的艺术天赋，难免让你在文化课上落后一截。

否则怎么着，全球七十多亿人，还能只便宜你一个？

这么一想，邹誉也就看开了，感慨道："我看你就是跟国内高考过不去，留洋倒适合你。"

苏好淡淡地眨了眨眼："我妈才不肯放我出国，寒假出去一趟都磨了几个月才答应。"

这话一出，似乎提到什么禁忌，车里忽然陷入死寂的沉默。

邹誉也发觉说了不应该的话，改口笑呵呵道："哎，也没什么，你有画画这一技之长，只要文化课稍微加把劲，不怕考不上好大学。"

苏好也恢复如常，神气地撩撩长发："谁说不是呢。"

邹誉不再数落外甥女，愁自己"干啥啥不行"的亲儿子去了。

苏好靠在后座昏昏欲睡，等车子缓缓驶进学校门口的"垃圾街"，瞟见窗外两道熟悉的身影——文铭和李貌正站在砖石路上激情石头剪刀布，谁赢了谁往前走一格，战况难分伯仲，异常胶着。

她精神了，跟前边司机喊："刘叔，就这儿停吧，我看到同学了。"

"哪儿呢？"车子靠边停下，邹誉不放心地探身确认，望向街上三五成群的返校学生。

"就那俩在石头剪刀布的。"苏好打开车门下去。

邹誉一瞧，恨恨地摇了摇头："好好啊，你听舅舅话，交点聪明朋友，也好叫到家里来教教你弟弟学习！"

"可我就不爱跟聪明人当朋友。"苏好为难地关上车门离开，走到文铭和李貌跟前："你们政史班还在流行这种小学生游戏？丢不丢人。"

两人立马收手，冲她敬个不标准的礼："苏姐好！"

苏好把单肩包往上提了提，一言难尽地朝学校走去。

正值黄昏，小吃街两边熙熙攘攘，路边摊前人满为患。

嘈杂的喊声混杂在一起。

"黄焖鸡米饭，小份辣大份不辣，哪个的！"

"我的我的，老板，三十块钱转了啊！"

“同学，你这煎饼果子加什么？”

“火腿肠、里脊肉、两份薄脆，鸡蛋多给我打一个啊老板。”

“好嘞！”

“哎，这海带刚下的，还没好呢！”

“那哪些好了啊？”

“这个，这个，这个，这些丸子都能拿！”

文铭和李貌屁颠屁颠地跟上苏好：“好姐姐，你在家吃过晚饭没？要不要给你买点关东煮？”

“吃过了。”

“哦，苏姐，周末狼人杀怎么不见你来？你也跟苗妙一样在画室加训吗？”

“没，别提了。”苏好一口气还没叹到底，突然看见热闹的人群中一个冷清的背影。

徐冽正孤零零地往学校方向走，臂弯里摞着个看起来挺大挺沉的快递箱，一旁时不时有人奔来跑去，几次擦过他的肩。

他让开去，避到路缘。

苏好放慢脚步，隐约觉得这位富家少爷有点奇怪。

不是说出身豪门吗？那南中住宿条件这么差，他都住得惯，周末还不回家。

就算转学过来，家不在附近，有钱不能租套房子？

吃饭也只去那么朴素的面馆，明明不吃香菜，都能忍着把香菜挑掉，继续吃剩下的面，也不再买一碗。

现在拿快递也是。离学校最近的快递点是附近小区的丰巢柜，走路得小半个钟头。

他亲力亲为就算了，连车都不打。

虽然这些琐事对普通学生来讲再正常不过，可穿十几万衬衣西裤的人也过这样的日子，怎么看都违和了点。

当然，苏好觉得自己没必要多管闲事，只需要管一管分内的事——跌打损伤什么的，应该没那么快好，搬箱子不太合适。

人情没还上，只能先负责好人家的伤势。

不过前几天刚被他嫌弃，也潇洒地删掉了微信好友，现在凑上去好像又有点跌份。

那怎么办？

苏好瞟瞟左右，朝文铭和李貌勾勾指头："看见前边那位拿快递箱的哥们儿了吗？"

"看见了，苏姐有何指示？"

"帮他把箱子搬我们班去。"苏好指指教学楼，"他应该会拒绝你们，你们别管，热情点往上搬就是。哦对了，别说是我让你们去的。"

文铭和李貌对视一眼，摸摸下巴，眼神来去间领悟了什么，迅速比画出一些类似"你从这儿过去""我从这儿过去""然后我们包抄""攻其不备把箱子拿下"的手势。

苏好正觉不对劲，还没理解哪里出了问题，说时迟那时快，文铭和李貌闪电一样冲了出去。

闪电一般一把夺走了徐冽的快递箱。

闪电一般抱着快递箱狂奔离去，一边跑一边甩手里的校服外套，吹了声胜利的口哨。

"……"

徐冽停下脚步，回头望向文铭和李貌吹哨的方向，看见了呆若木鸡的苏好。

"不是，我……"苏好回过神，对他指指跑远了的文铭和李貌，又指指自己，半晌没解释出通顺的话，最后匆匆追了过去，经过徐冽身边时抛下一句，"我去给你追回来。"

三好学生申请书

自转校以来，我始终把学习摆在第一位。虽然不善言辞、性格内向，但我同桌苏好非常乐于助人。由于她是个思想非常open的艺术生，为了表达对她的感谢，现做出以下承诺：

1、无条件帮苏好同学补习功课。

2、无时差当苏好同学的专属模特。

3、无论何时只要苏好同学想吃东陵路那家冰淇淋泡芙，必将无接触配送，安全送达。

申请人：徐冽

第四章

才不要跟学霸做朋友

世界上最遥远的距离不是生与死，而是你三门考了两百九，我六门考了三百七。

两分钟后，苏好看着面前喘得像狗一样的文铭和李貌，扶着7班后门的墙，也喘得像狗一样。

半天过去，呼吸平复了，她恶狠狠地上前，一手一个后脑勺儿，把两人的脑袋使劲往下一摁：“缺心眼啊你们！”

“啊？”文铭和李貌面面相觑。

“搞什么，光天化日抢劫是不是？”苏好踹了两人小腿肚一边一脚，“把快递箱给我放下！”

“难道不是抢劫吗？”李貌愣愣地把快递箱搁到地上，“风哥以前让我们去抢人作业，就说——帮那小子把作业拿一下，他要不给，你们就热情点招呼上去。”

文铭用力点头：“没错，而且也会加上一句——哦对了，别说是我让你们去的。”

“……我怎么没交点聪明的朋友。”苏好拿掌缘压了压胀痛的太阳穴，气得背过身去，一眼看见徐冽站在楼梯最上一级台阶静静地看着他们，不知看了多久。

苏好眨眨眼，飞快扭回头，低声问文铭和李貌：“他来多久了？”

“从你摁我俩后脑勺儿开始。”

苏好咬牙切齿：“那你们为什么不说？”

“这不是刚想说就被你摁下去了吗……”

苏好闭了闭眼，还在思索该摆什么表情面对徐冽，文铭和李貌已经冲她挤眉弄眼起来：“他来了，他来了，他来了！”

苏好尴尬地僵在原地，感觉到徐冽的手臂轻轻擦过了她的肩膀。

也没有风，却带起一阵淡淡的洗衣皂香气，干净得沁人心脾。

苏好愣神间，徐冽已经上前拨开文铭和李貌，一手一边拍了拍两人的肩膀：“谢了。”然后弯身抱起两人脚边的快递箱，转身下楼。

苏好回头望着他的去向，明白过来什么，追了下去。

文铭和李貌滞在原地，齐齐后知后觉地打了个哆嗦——

“你有没有觉得，他刚刚拍我们肩的时候，有种风哥的气场？”

“不，风哥骂你就是骂你，打你就是打你，跟这种明明在跟你说谢谢，其实好像要暴揍你一顿的根本不一样。”

“这么说，你也闻到杀气了吗？”

“是的，为什么苏姐还敢追下去……”

“可能只有我们这种常年生活在底层的人，才能感觉到来自大佬的威胁吧……”

苏好一路追下楼，到拐角处从扶手边探出身子，叫了一声：“徐冽！”

徐冽停下来，抬头看她。

苏好扶着楼梯扶手小跑到他跟前：“你这不是要搬到教室，是要搬去宿舍？”

“嗯。”

“哦，”她叹了口气，“那我替那俩傻子给你搬过去吧。”

“不用。”徐洌继续往下走。

苏好加快脚步，跟他并肩走出教学楼：“哎，我这人可是不轻易给人赔罪的啊！”

“那就别赔。”

“不是，你……”苏好张开手臂拦住他，明明矮他近一个脑袋，气势却像在欺压弱小，“你让不让我搬？”

徐洌垂眼看着她，沉默一瞬，点点头：“手过来。”

“？”

“不是要搬？”他把怀里的快递箱推出来一些。

苏好双手去接，重量刚压上来，手臂一软，整个人肩背都往下垮去：“哎……”

什么玩意儿这么重！

徐洌的手就等在底下，一把托稳快递箱，在她连人带快递箱往下跌之前，扶住她的手臂，眉梢微微一抬：“还搬吗？”

苏好轻咳一声，默默地抽回了手。

徐洌手上的手机忽然传来振动，打进一通微信语音，备注显示“姐”。

苏好让开道，胳膊前后甩甩，掩饰刚刚马失前蹄的尴尬：“啊，突然想起来我还有点事要忙，那你一路顺风吧。”

徐洌绕过她朝宿舍楼走去，腾出一只手接通语音电话。

听筒里传来徐翘的问话：“快递收到了没？”

徐洌刚要答，先听见身后传来一声跺脚的响动。

他回头看了眼懊恼地捏着小细胳膊，对自己的力量满脸难以置信的苏好，一边回应徐翘：“收到了。”

电话那头，徐翘稀奇地揉揉耳朵，确认他刚刚的答话真的带了点笑意。

“呀，终于知道对姐姐笑一笑了啊？”徐翘受宠若惊。

徐冽的步子一顿，视线和笑意一同收回，恢复了冷淡：“不是跟你笑。”

电话那头，徐翘被气得二话没说就挂断了语音。

徐冽在原地顿了五秒钟，发送过去一条消息：。

系统提示：**对方开启了好友验证，你还不是他（她）的好友。**

徐冽似乎已经非常熟悉这套操作，默了默，平静地摁下锁屏键，继续往宿舍楼走。

因为宿舍数量本就有富余，校长特别关照后勤处，给他安排了单人单间。

徐冽回到宿舍带上门，把快递箱搁在地上，掖起校服衬衫的袖口，拉开柜子取了把美工刀拆快递。

快递箱盖子打开，里边铺着满满当当一整箱又厚又沉的教辅书——《5年高考3年模拟》《高考必刷题》《知识清单》《金考卷》《天利38套》《更高更妙的高中数学思想与方法》……

“……”徐冽沉默片刻，直觉性地往下翻了翻。

果然摸到柔软。

这些教辅书是为了防止他拒收快递而掩人耳目的手段，徐翘真正要寄的是底下的衣服，卫衣占多数，还有几身衬衣西裤，是他从前常穿的简约样式。

衣服都是全新，但随手拎出来一件，吊牌标签都拆了，没给他留退货的退路。

徐冽皱了皱眉，解开衬衫最上方那颗纽扣，走到阳台。

夕阳没入地平线，天色已经昏暗下来，远处教学楼陆陆续续地亮了灯。晚风带了稍许凉意，吹得晾衣杆上的衣架碰撞着，“丁零当啷”作响。

楼下有学生三三两两经过，步子都很急，赶着去教室上晚自修，没人抬头看这里。

徐洌静静地站了很久，直到扔在宿舍床上的手机“嗡嗡”振动起来。

几十秒后振动停下，过了会儿又响起第二遍。

再次响到尾声的时候，徐洌呼出一口气，回头拿起了手机。

来电显示“程浪”——他的准姐夫，把流浪在美国的他接回来，送到这里读书的人。

徐洌接通电话，直白地开场：“什么事？”

程浪也一样开门见山：“你姐拉黑了你又不放心，让我来探探情报，看你肯不肯收这些衣服。”

电话那头响起徐翘不爽的声音：“你怎么直接告诉他了呀，这还叫什么探情报！”

“肯不肯收……”徐洌翻着那些一个吊牌不剩的衣服，“也没让我选。”

“那就记账上，”程浪听出他不情愿收，“跟给你的学费和生活费记在一起，你姐没挑太贵的衣服，应该不会让你太破费。”

那头徐翘又在嘟囔：“臭小子，送他几件衣服都要还我钱，算这么清楚，是不要认我这个姐啦？”

徐洌没有说话。

那头徐翘夺过了手机，叮嘱道：“好吧，你想算钱就算钱，不过我和你姐夫都不差你那点破钱，你先好好读书，别想着打工听到没？”

听他不回应，徐翘追问：“听到没啊？”

徐洌语气平和：“你都知道我听不到，还问什么。”

徐翘一噎。这意思是，他还是会去打工。

“我挂了。”徐洌打开宿舍门。

“哎，”徐翘出声拦他，“行，那我就一个要求，你不许再去夜店那种地方打工，真要打工也别糟蹋身体和学业，知道了吗？”

“知道了。”徐洌总算应下来。

高二 7 班教室里，返校的同学已经到得七七八八，但晚自修铃没打，大家都在闹腾，三五成群，唠嗑唠得不亦乐乎。

还有女生跟男生追追打打，一路从前门绕到后门。男生抱头鼠窜，女生在后边脸涨得通红，把课本卷成筒状一下下棒打他的脑壳。

苏好在徐冽面前出过糗之后吹了会儿风冷静了下，想通了“男女力量对比本就悬殊，这是生物进化论的锅，没什么好丢脸”这个道理才回到教室。

一进后门，被那对追逐打闹的男女撞个正着。

女生一看苏好，惊了下，朝她干笑一声：“对不起啊，苏好。”

“嗯。”苏好瞥瞥庄可凝，看了眼座位，见徐冽还没回来，放心地走过去。

庄可凝犹豫着跟上她：“苏好，这周宣传部会组织开会，通知三月份的黑板报主题，”她指指教室后边那块黑板，“到时候你有没有时间跟我一起出板报？”

庄可凝是 7 班的宣传委员，虽然不是专业美术生，但在画画上也挺有天赋和实力，加之家境出挑，成绩又好，在班上人缘不错。

“这不主题都没定吗？再说。”苏好在座位上坐下，翻开桌盖。

她话说得快，听着难免有些刺，庄可凝看了眼她的脸色：“你心情不好啊？”

苏好被她一打岔，忘了要找什么，这下真的心情不好了，干巴巴挤出两个字：“没错。”

庄可凝咬咬唇走开了。

苏好撑了会儿桌盖，想起来了，她晚自修要去艺术馆画画，想倒杯热水带过去。

刚开学，画室那边的饮水机还没开。

苏好拿上水杯，到教室前面的饮水机接水。

一旁黑板上贴着期初考成绩单，围了一群叽叽喳喳的女生，正一个个捂着嘴兴奋地尖叫。

苏好是无法对着成绩单体会到这种快乐的，觉得这些人的快乐过于刺眼了点，背过身，懒懒地靠着饮水机接水。

但刺耳的声音还是钻进了她的耳朵。

“两百九！妈呀，好厉害……”

苏好一愣。总分七百五的考试，什么时候两百九也值得鲜花和掌声了？

她都比两百九考得高。

她回过头去，奇怪地瞄了这些人一眼，发现其中好几个都是上周五追徐冽到面馆的姑娘。

“三门里两门都是我们班最高分吧？”

“就是啊，老班不是说他以前教材都跟我们这儿不一样，还落了半学期课吗？而且试题很多是从寒假作业来的，他又没做过！”

“老班还让我们帮他赶学习进度，这不是误人子弟吗？”

“我为我上周不要脸地想给他送笔记感到羞愧……”

苏好接水接到一半，停下来倒退两步，透过人群缝隙瞟向成绩单。

排名倒数第一，徐冽，语文缺考，数学缺考，英语缺考，物理一百，化学九十八，生物九十二，总分两百九。

苏好：“……”

往上一行，苏好，六门总分三百七。

苏好：“……”

怎么压人家压得这么不开心。

苏好突然觉得手里的杯子有点沉，一抬眼，正好看见徐冽从后门进了教室。

尤欢欢哭丧着脸，箭一样冲到他面前，朝他鞠了个六十度的躬：“对不起！徐同学！我不该拿我的课堂笔记侮辱你！”她朝他伸出双手，“是我太自不量力了！麻烦你把笔记还给我吧！”

徐洌低头看了眼她的头顶心，指了下讲台："在那里。"

尤欢欢一愣，扭头望去，这才看见自己的纸袋安安稳稳地躺在讲台上，看样子极有可能是从上周五冰冷地躺到了现在……

徐洌绕过尤欢欢，回到座位坐下。

苏好看了眼尤欢欢绝望的目光，产生了半斤和八两之间的感同身受。

不自量力。

侮辱。

苏好脚步虚浮地走回座位，背朝她的同桌，从书包里取出借来的笔记本，扭头瞄了瞄徐洌。

徐洌已经低头刷起卷子，没给她眼神。

苏好继续背朝他，从他身后绕出去，一路揣着笔记本走到桑绵绵座位边，见她人不在，把六本笔记本放到她桌上，再若无其事地走回座位。

没想到刚坐下不到三十秒，桑绵绵就走了过来："苏好，我看到你放我桌上的笔记本了。你这么快就用完了吗？我不着急的，你可以多借几天。"

苏好："……"

徐洌手里的笔突兀地一顿。

苏好僵硬地抬手挡起脸，给桑绵绵打了个"快走"的手势。

桑绵绵愣了愣，疑惑着一步三回头地走了。

徐洌手里的笔横过来转了两圈，余光瞥见苏好拿上水杯和一个透明的 PVC 袋站了起来，袋子里装了不少颜料和画具。

他笔转停，身体后仰朝椅背轻轻一靠："晚上物理老师过来上课。"

苏好跑路的腿迈到一半顿住："你怎么知道？"

她话音刚落，物理科代表走到黑板前，拿粉笔写了一行字——李老师明天不在，晚自修第一节课过来分析试卷，明天物理课改自修。

走不成了。苏好撇撇嘴坐回去，拧开水杯杯盖。

正喝水，徐洌的声音平平地响起来："笔记不是你的？"

苏好抿到嘴里的水差点儿呛出来，清清嗓子：“对啊，怎么？”

“你可以说明白。”他没什么表情地看着她。

“干吗，要知道是桑绵绵的，那天你就收了？”

徐冽点点头：“也许。”

“……”

他跟她说物理老师要来上课，就是为了把她留下来好慢慢羞辱她吗？

“欸，你这人有没有情商，我为了照顾你这大少爷的自尊心，都没戳穿你挨揍的事，你还老嫌弃我成绩？”

徐冽理解了一下这话，语气难得有了点起伏：“我挨揍？”

“啧，还不承认。”苏好拿出手机，翻到杜康拿云南白药的特写照给他看。

徐冽看着照片，静默片刻，似乎觉得好笑，点点头，换了陈述语气重复一遍：“我挨揍。”

苏好奇怪地看看他。

自尊心碎了，受刺激了啊？

徐冽思索着回想了会儿，好像对这事提起一丝兴趣：“所以笔记……”

“是我在还你人情啊！”苏好嗤笑一声，“不然你以为我暗恋你？想得挺美。”

徐冽若有所思地点点头。

既然把话说开了，苏好也就不藏着掖着了，戳戳他的肩膀：“看着没事啊，好差不多了没？”

徐冽偏头看了一眼她捏在他肩上的手。

掌心很薄，指节葱根似的细白纤长，指甲莹亮，可能涂了什么，在灯下泛着星星点点的光。

她戳完他肩窝，又来拍他背脊，动作随意地试探着他的筋骨，跟她踹人的时候一样，不规矩也没分寸，却意外地生动。

是他一潭死水般的生活里很久没出现过的生动。

他把她的手推开，鬼使神差地说了句："还没。"

"所以真的伤得很严重？"

徐冽注视着她因为惊讶而鲜活起来的表情，想了想说："有点。"

苏好瞳仁里的情绪变得复杂，她皱皱眉："我当时给了你防狼喷雾，你得用啊！你该不会是不懂怎么用吧？"

"嗯。"

"你们这些书呆子真是……"苏好扼腕叹息，"早知道还不如我留下来，那现在……"

"那现在笔记我也没收，快递箱也是自己搬。"徐冽手里的笔转过一圈半，替她下了定论，"你这人情好像还得接着还？"

"理论上是的。"苏好点点头，觉得这样也好，既然他开了口，直接说要什么，她这人情还起来就方便多了。

她食指关节抵着下巴，看着他问："你想要我怎么还？"

"不知道，"徐冽却撇开头去，"这是你的事。"

"我要是想得到还问你吗？"苏好瞪他一眼。

徐冽拿笔在卷子上添辅助线，不紧不慢地说："如果我帮你想怎么还人情，那你又怎么还我帮你想怎么还人情的人情？"

苏好一蒙。

这什么绕口令，听得人晕头转向的。

她早说了吧，她真的不喜欢跟学霸做朋友！

世界上最遥远的距离，不是生与死，而是你三门考了两百九，我六门考了三百七。

这时候要换作别人，苏好就放弃交流了。

但她是个讲义气的人。帮过她的人，她忍。

"你说什么，"苏好凑近他一点，"慢点再说一遍？"

教室里的吵嚷声忽然轻下来。

物理李来了，拿讲台上的大三角尺拍了拍："响铃了没听到啊？还嚷！"

苏好刚低低追问了徐冽一句，李老头就看了过来："就说你呢苏好，看看你同桌在干什么？人家在做题，你追着人家讲闲话？难怪一个考一百，一个考三十八！你看人家爱搭理你吗？"

"……"苏好嘴角一抽，直起身板，退回到三八线以左。

李老头还在借题发挥："这次物理最后一小题是超纲题，全年级就七个同学算出来，六个都在理科创新班。你们啊，都向新同学学习学习，别看人家生物记忆点失分多，那是因为休学了半个学期。人家考前一晚上看了两个钟头新教材课本，就把你们这些成天坐在教室里的比下去了！"

"那老师我也去休学！"

"你去休学？你回来连苏好的分都考不到！"

苏好："……"

徐冽的耳朵慢慢屏蔽了讲台上的声音，停下笔，看了眼苏好。

不知是不是被当众伤了自尊，她肩膀塌了下去，趴在桌上，长发半掩着脸，唇抿成平平一线，正拿了一支笔在草稿纸上画，看着有点颓丧。

徐冽想了想，刚要开口，看清了她草稿纸上龙飞凤舞的那行：如果我帮你想 / 怎么还人情 / 那你又怎么？

"……"徐冽到嘴边的话咽了回去。

苏好断句断到这里，记不清徐冽后边的措辞，写了两个字又郁闷地涂掉，在草稿纸上留下一团脏脏的墨迹。

察觉到徐冽的目光，她手背一盖捂住纸，抬头瞪他，比了个有点夸张的口型：干吗？

徐冽收回目光，在自己卷子空白处按她断句的格式写道：那你又怎么还 / 我帮你想怎么还人情 / 的人情。

写完后，他拿笔尾敲了敲卷子。

苏好闻声瞟过去："……"

次日是个碧空万里的天气。因为大操场的塑胶跑道刚翻新完毕，还在晾晒，一早的升旗仪式改在北篮球场举行。

国旗下讲话之后，照例是政教主任做上周奖惩总结。

上周一共才三天，全校又都在考试，所以名单很短，就两个：高二9班文铭和李貌，上周四半夜偷走了校门口“垃圾分类入校园，文明礼貌树新风”的横幅。

底下乐癫了，陈星风在9班队尾骂了句：“都笑你大爷啊！”

“风哥，我们受过专业训练，一般不会笑，除非忍不住……”

苏好在7班队伍里抚了抚额，脸上非常没光。

政教主任崔华喊着“肃静”，继续说：“还有一桩恶劣事件，当事人亲自上台检讨。”

学生队列里走出个人，秦韵抖着手来到了立式话筒前。

“亲爱的同学，敬爱的老师，我……我是高二8班的秦韵，今天在这里要向高二7班的苏好同学道歉……”秦韵的声音结结巴巴地从音响里飘出来。

底下起了一阵窸窣议论。

上周考场上的八卦早就传遍了全年级，这事已经不新鲜。众人议论的是：苏好果然惹不得。

想不开你自己作弊去，但你为什么要诬陷苏好作弊呢?

回声放大了秦韵声线的颤抖，有人悄悄扭头去看苏好的反应，却见她合着眼仰着头，细眉舒展，白皙的脸笼了一层朦胧的金，正自在地沐浴清晨的阳光。

直到秦韵鞠躬下台，她都没掀一掀眼皮。

升旗仪式结束，人群散去，篮球场上恢复了寂静。

不远处的器材室里间，秦韵脸色发白地站在墙脚，看着眼前踱来踱去的人。

苏好随手拎起脚边塑料箱里的一把羽毛球拍，掂了掂：“这拍子倒还挺趁手。”

“别别别打我……”秦韵猛地抬手去挡，“我已经道歉了……”

“想什么呢？”苏好嘴角一扯，“打你也不会挑这地方，弄得满地是血还得打扫，多麻烦。”

秦韵的腿一软，身体猛地往下滑。

苏好打量着她：“就这胆子，怎么有本事找混混堵我？”

“啊？”秦韵一愣，“什么混混？我我我没有！”

“我是说你没本事啊，反问句听不懂？难怪跟我一个考场。”

“……”

苏好丢掉拍子，拍拍掌心的灰：“行，知道不是你了。”

秦韵一头雾水：“什么意思……”

“意思就是看你这尿样也想不出污蔑我作弊的招数。那张字条是别人给你的，办法也是别人教你的？”

秦韵的目光闪烁起来。

苏好看着这张写满答案的脸，背起手来：“指使你的人看你事没办成，怕我逼问你她的名字，所以找了几个打手想恐吓我，让我放弃追究，是吧？”她长叹一声，“这个人会是谁呢？”

秦韵抿了抿唇，摇头：“我不知道……”

“哦，那就是真有这个人了。”

“……”

苏好自顾自地往下说：“那天晚上最确定我行踪的人是我室友，但她是个不带手机的乖乖崽，没法往外联络，应该不是她。”

“接下来有嫌疑的，就是我隔壁的两个宿舍。宿舍楼隔音差，我和室友找钥匙的时候闹出了点动静。”

秦韵的瞳仁一缩。

苏好收住话头，笑了一声：“你这人真有趣，微表情好丰富。”

“我不是，我什么也没说……”秦韵拼命摇头，看起来快哭了。

正在这时，一颗小石子打在玻璃窗上，发出“啪”的一声响。

苏好在进来之前曾交代苗妙在外把风。如果有情况，苗妙会扔小石子示警。

反正盘问得差不多了，苏好瞟了眼窗子，摆摆手示意秦韵走吧。

等秦韵匆匆跑走，苏好后脚也跟了出去，远远避开了朝这边走来的器材室老师，却没在外面看到苗妙。

苏好张望一圈不见她人影，往教学楼方向走，走了一段看到苗妙从另一条岔路气喘吁吁地跑过来：“……你没被逮吧？”

“我有那么蠢吗？”苏好停下脚步，“你不都提醒我了。”

“啊？我没提醒你啊。”

苏好愣了愣，指指器材室方向：“刚往玻璃窗上扔石子的不是你？”

“不是呀，我刚被崔华抓了，老辣手说我快上课了还在外面游荡，非要拎我回教学楼，我半路尿遁才回来找你！”

“那谁扔的石子？”苏好眨眨眼，继续往教学楼走。

“嗐，管他呢，没事就行。”苗妙跟上她。

两人很快把这个不重要的疑问抛在脑后。

苗妙八卦兮兮地说起另一桩事：“哎，你知道我刚才撞见谁的奸情了吗？”

苏好不太感冒地随口附和：“谁？”

“你同桌的！”

苏好脚下的步子一滞：“跟谁？”

苗妙笑着钩住她的脖子：“这么关心哦？果然有情况，我都听你们班妹子说了，上周五放学你跟人家在约会。”

“我那是去还人情。”苏好白她一眼，“不都跟你说了周五凌晨那事？”

“那你现在好奇人家奸情干什么？”

“他当初跟我说，他不打算交女朋友。”苏好磨磨牙，“他要敢先拿这话搪塞我，回头跟人家搞上，我面子往哪儿搁？”

“啧，还以为你铁树开花了，”苗妙可惜道，“你同桌那面部轮廓和骨骼线条是真好看，要是你能把人勾到手，让他天天陪我们泡画室，画人物都不愁没手感。”

苏好轻轻踢她鞋子一脚，耐心告罄：“别闲扯淡，赶紧说。”

“哦，就高一那级花给他送情书来着。”

“他收了？”

“他们走远了，我没看到结果，这不得镇守原地给你把风吗？不过应该收了吧，小妹妹水灵灵、软乎乎的，是个男的都拉不下脸拒绝。”

苏好挑了挑眉头。

苗妙的教室在三楼，跟苏好在教学楼二楼楼梯口分别。

苏好刚走过拐角，第一节上课铃就打了起来，崔华迎面走来，指着她劈头盖脸地骂：“都上课了还在那儿磨磨蹭蹭，升旗仪式结束不马上回班，在外边孤魂野鬼似的游荡什么呢？”

苏好看了眼这位阴魂不散的政教主任，叹口气，揉着耳朵往前走，刚走几步，崔华脖子一伸：“哟，不是孤魂野鬼，这还成双的呢？”

苏好眨眨眼，回过头去，看见徐冽走过了拐角。

这是跟人家小妹妹谈情说爱到现在吗？

两人一前一后朝教室走去。

崔华站在7班后门候着他们：“你们物理老师不在，第一节自习是吧，自习就能迟到？自习课不是课？这么喜欢外边，进去拿卷子出来，这节课就站外边自习！”

徐冽似乎是记着心理老师的忠告，懒得跟崔华争辩，不声不响地就要进去拿卷子，被苏好扯了把衣袖。

“崔老师，误会了，”苏好拎起徐冽的袖子，“您看他这校服衬衫都露手腕，我是陪他去北篮器材室换尺码，结果老师不在，在那儿等了会儿，就回来晚了。”

崔华将信将疑地看看两人："他换尺码，干什么要你陪？"

"我们杜老师说了，同窗之间要互相友爱帮助。上周他去领校服，也是杜老师让我陪着去的，我这不好人做到底吗？"苏好拿手肘撞撞徐冽，"是不是啊同桌？"

徐冽看她一眼，点了一下头。

"行行行，进去吧，下次看着点时间！"崔华凶巴巴地把两人赶进教室。

每次跟崔华打完交道都口干舌燥，苏好回了座，拧开杯盖喝水，喝完瞟了眼开始自习的徐冽，脑海里灵光一现。

"欸，我想到了。"

崔华还没走远，教室里静得落针可闻，苏好用气声跟徐冽说了这么一句，发现有点明显，拿出手机来打字。

我想到还你什么人情了。我看你其他都不缺，缺点混江湖的经验。

她把打好字的屏幕转给徐冽看。

徐冽眼中带着疑问。

苏好继续打字：就是干坏事的经验。你刚那随机应变的能力也太差了，要不是我，咱俩现在都在门口当吉祥物。

徐冽不置可否，眼神里的意思是：所以呢？

人各有所长，你干坏事不在行，我在行，所以我可以帮你擦屁股。

苏好再次把屏幕转给他。

"……"

苏好接着打字：哦，说得不那么粗俗一点就是——以后苏姐我罩着你，南中方圆十里，保你吃香喝辣，风生水起，怎么样？

"……"

徐冽在她催促的眼神下比了个"请"的手势，大概是说：你罩。

苏好满意地点点头。

崔华已经走远，教室里立马骚动起来，前边有人开始说笑聊天，她也收起了手机，敲敲桌子，低声说："那你老实交代，刚才干吗去了？"

徐洌看着她，似乎不明白自己为什么要答。

"你不说清楚干了什么坏事，出了岔子我怎么帮你收拾烂摊子？说吧，干吗去了。"

徐洌的表情带了一丝不易察觉的戏谑："帮人收拾烂摊子。"

"装什么装？"苏好瞥他，"我小姐妹都看到了，高一小妹妹给你送情书。"

徐洌的眉梢一挑："你说这个。"

"对啊。"

徐洌重新撇过头去做题，嘴上云淡风轻："这个是女朋友操心的，不用苏姐操心。"

"……"

苏好的前桌郭照听见两人的对话，耳朵一竖。

好事不出门，八卦传千里，昨天返校以后，苏好和徐洌周五在面馆约会的消息就从几个女生嘴里传开了。

虽然有目击者说，苏好和徐洌是提前约好的，但根据老班错发消息到班级群的事件推测，也有一批吃瓜群众见解独到，认为苏好当时是碍于面子，威胁徐洌跟她演戏。

郭照本来没站边，但现在听苏好这个捉奸的口气，再品品徐洌这个清高的态度，可不就是那么回事吗？

带着点发现大佬奸情的兴奋，郭照两眼放光地扭过头，对上苏好想杀人灭口的眼神，脖颈一缩，赶紧又转回身去。

苏好却看着她想起什么，拿笔戳戳她的肩："跟我出来一趟。"

郭照慌忙摆手："苏姐我没听到！我没听到你捉徐同学的奸！"

"……"

这一嗓子，几十双眼都瞅了过来。

不到万不得已，苏好真的不想爆粗口。

她匪夷所思地看着这位人如其名，外号“聒噪”的前桌：“我捉个鬼……你嗓门儿里装了个喇叭是吗？”她踢踢郭照的凳子，“跟我出来。”

郭照在周围“一路走好”的目送下，僵硬地跟苏好出了教室，一直走到走廊尽头的死角。

“苏姐，我不是故意偷听你讲话，耳朵闭不上我也很为难……看在我给你抄了这么多作业，并且还将持续供应你高中生涯剩下一年半作业的分儿上……”

苏好给她打了个“停停停”的手势。

郭照在嘴皮子上划了道拉链。

“我问你，你宿舍是在我隔壁吧？”苏好问。

郭照一愣：“苏姐你真是仙女下凡耳聪目明神通广大，连这都知道了……”她羞愧地低下头去，“对不起，上周五凌晨我不是故意骂你，就是突然被‘嘭’的一声震醒了，没缓过劲，忘记隔壁是你。”

“哦，捶墙骂人那个是你？”

“你不知道啊？”郭照张大嘴。

“现在知道了。”

“……”

并且知道了，基本可以排除郭照的嫌疑。

毕竟看着也不怎么灵光。

而且苏好对这位“作业供应商”本身也有信任：她跟郭照传过的字条多了去了，郭照真要使坏，早八百年就可以。

苏好拍拍她的肩：“想将功补过吗？”

郭照想到东北口音都出来了：“老想了姐！”

“那你告诉我，你们宿舍当时还有谁被吵醒了？”

“我那一嗓门儿，她们都醒了啊。”

“那有谁起来过？”

郭照回忆道："尤欢欢被吵醒以后想上厕所，大半夜不敢一个人，找庄可凝陪，她俩出过宿舍。"

"出去多久？"

"不记得了，我一下就睡过去了，没听到她俩回来……"

苏好默默记了这两个名字："还有谁？你同桌呢，是不是也跟你一个宿舍？"

"是呀，但我不知道她起没起，"郭照瘪瘪嘴，"我睡着得太快了。"

苏好点点头："那你知道我隔壁另一边住了谁吗？"

郭照报了四个名字。

"行，没你事了。"苏好拿手机备忘录记下，食指点点下唇。

郭照小鸡啄米地点头："保证守口如瓶。"

第五章

同桌的第一次，必须是我的

“跟我去趟画室。”

“做什么？”

“当模特，速写老师让我画人体，”苏好想了想，胡诌道，“主题叫——同桌的你。”

下节英语课又是分析期初考试卷。

苏好专心致志地盘算着自己跟隔壁两个宿舍谁有过节儿，全程没听讲。

分析到最后一篇阅读理解的时候，她被叫了起来。

英语刘不像物理李暴躁，对待苏好比较温和：“苏好，这次考场上发生了意外，你没来得及涂答题卡，老师也不知道你做题情况，你把这五道题的答案报一下吧。”

这五道是哪五道？就不能说清楚吗？距离下课只剩五分钟，还非得为难人。苏好叹着气站起来，试探道：“C？”

刘芬点头微笑：“没错，报下去。”

“C、C、C、C。”

“……”

郭照偷偷转过头给苏好竖了个大拇指：不愧是你。

刘芬敛起笑意，沉出一口气，让苏好坐下。

“旁边徐冽，”她换了个人叫，“你缺考了，老师也不知道你的情况，你也来报一下。”

徐冽站起来：“C、A、B、A、C。”

“我去，第二题怎么可能选 A？我在 BCD 横跳了十分钟。”有人拍了一巴掌桌子。

“怎么不可能？”刘芬打手势让徐冽坐下，脸上笑意重现，“标准答案，非常好。这篇议论文有很多生僻词，逻辑性也很强，除了第一题是基础分，第二题开始就设了陷阱，很多同学第二题理解错，后边全错了。能够得满分很不容易。”

苏好两只手移到桌下，对徐冽无声鼓了两下掌。不过明明是鼓掌，却带着“你好棒棒”的讽刺和生气。可能还因为他刚刚臭屁的高姿态不高兴。徐冽低头看了一眼，平平地收回视线。讲台上刘芬开始分析题干。

苏好也没管她在讲哪儿，继续在草稿纸上列隔壁两个宿舍的“死亡名单”，下笔狠辣，力透纸背。

等下了课，刘芬走到西北角，看了眼苏好手肘下涂画得乱七八糟的草稿纸，弯腰拍了拍她的肩：“是刚才上课没听，不知道在讲哪里，还是考试的时候没认真答题？”

“老师您真厉害，”苏好抬起头，目光真诚，“两样都说对了。”

刘芬皱起眉：“你这学习态度，就算将来艺考过了，也要被文化课拖后腿。”

“还好吧，”苏好嘀咕，“不是说很多同学第二题错了，后边跟着全错吗？我全蒙 C 好歹还对两题。”

刘芬摇着头走出了教室。

苏好翻开课桌盖，把英语试题卷往里面一塞。

桌盖落下，阴影覆上皱巴巴的试卷，隐没了题号边那列字迹认真清晰的——“CABAC”。

一上午过去，苏好对于排除郭照后的七位嫌疑人做了个嫌疑大小的排序，然后决定暂时把这事搁到一边。

学习比天大，查案不能影响学习。下午一定要挑一堂课翻牌子。

上午第四节课下课铃一打，整栋教学楼全军出击往食堂跑，脚步声振聋发聩。苏好上午用脑过度，肚子饿了，也打算去食堂吃饭，不过她没着急。文铭和李貌会冲在前线帮她打好饭菜。

苏好慢悠悠地绑了个马尾辫，拿小镜子照了照，又觉得松垮了些，拆掉重来，等彻底满意，看了眼一旁稳如泰山的同桌。

苏好本来不想搭理他，可一上午过去冲淡了情绪，她这金鱼脑子也不记得当时到底为什么要生气。

她好心提醒了他一句：“喂，再不走没菜吃了。”

徐冽写了几个字才搁下笔，转过头来：“看来食堂在方圆十里外。”

“什么玩意儿？”

“你们叫‘姐’的，不是都一言既出吗？”徐冽似笑非笑地看她一眼，合拢课本，揉着后颈走了出去。

苏好留在原地阅读理解，回忆了一下自己“既出”了什么“一言”。

——以后苏姐我罩着你，南中方圆十里，保你吃香喝辣，风生水起，怎么样？

——看来食堂在方圆十里外。

苏好无语地跟了出去，等追上徐冽已经到食堂，周围闹哄哄的人挤人，她从后边戳了下他的背脊：“哎，你这人说话拐弯抹角的累不累？我保你吃香喝辣行了吧！”

话音刚落，不远处的文铭和李貌挥着手招呼苏好：“好姐姐，这儿！

给你打好饭了！”

苏好被转移注意力，视线一拐弯，忽然看见一群大汗淋漓的男生从对面那道门推搡着跑了进来，几个人上蹿下跳地在抢一颗篮球。

她还没来得及嫌弃避让开，那颗篮球就意外地飞了过来，直直地砸向徐冽。徐冽淡淡地看了眼飞来的球，垂在身侧的手刚要抬起，苏好猛一扯他的胳膊，扬起右手一把挡掉了球，望向对面几个傻住的男生：“皮痒啊？”

不远处的文铭和李貌一愣，八哥似的跟上：“皮痒啊，施嘉彦？”

男生们蒙了蒙，赶紧去捡滚到一边的球。

苏好揉了揉被篮球打到的食指。

徐冽低头看了眼她的手。

施嘉彦奔上前跟苏好道起歉来：“不好意思，不好意思！”

“跟我道歉干吗？”苏好朝徐冽努努下巴。

施嘉彦忙转向苏好身后的徐冽，张嘴先蒙了，见鬼似的嗫嚅出一句：“……冽哥？”

苏好：“？”

徐冽眼睛微眯了眯，似乎也有些惊讶，朝施嘉彦点了点头。

“你怎么也来南临了？你不是……”施嘉彦一顿，意识到这里不是说话的地方。

身后有人叫他的名字，他朝他们喊了句“就来”，又转头问徐冽：“哥，你在哪个班啊？”问完看了眼苏好，记了起来，“哦，7 班？我回头来找你啊哥。”

徐冽点点头。

施嘉彦掉头跟那帮人跑了。

苏好瞅瞅徐冽：“北城的老朋友啊？”

“嗯。”徐冽随口应了句，虽然表情还是那个表情，但不知怎么，苏好觉得他的心情似乎差了一大截。

“还排什么队，跟我去吃饭。”见他准备排队，苏好直接把人拉走，“你们读书人是不是傻，球来了都不知道躲，别每天闷头刷题好吧，课余时间锻炼锻炼身体，学学我这身手……”

徐冽看了眼苏好喋喋不休的嘴，没多解释。

苏好本来想分点自己的饭菜给徐冽，反正文铭和李貌一贯大手笔，碰上好菜就点双份，她也吃不完，结果到了长桌那边，听说陈星风刚好不来了，多了一份饭菜。

她就把那份餐盘推给了在对面落座的徐冽。

文铭和李貌来得早，已经风卷残云地吃了个七七八八，记起抢人快递的事，也对徐冽非常客气：“反正是多打的饭菜，你不吃也浪费，别客气，当这儿是自己家哈。”

徐冽没说话，拿起筷子低头吃饭。

察觉到他的低气压，文铭和李貌都不吱声了，三两口扫荡完餐盘里的饭，双双站起来跑路。

“我们先走了啊，苏姐。”文铭跟苏好打过招呼，想和徐冽也说一声，又不知道人家名字，杵杵李貌，“姐的同桌怎么称呼？”

“姐夫？”李貌挠头。

苏好：“……”

“你俩思想这么别致怎么不干脆叫爸爸呢？”苏好费解地皱眉。

两人对视一眼，从善如流地朝徐冽点头致礼：“爸爸，我们先走了！”

徐冽：“……”

“从今天开始，”苏好深吸一口气，“我真的要跟聪明人交朋友了。”

徐冽点点头，不知意思是“随便你”还是“我觉得也是”。

苏好叹息一声，拿起筷子夹菜，突然发现食指有点抖。

好像是刚才挡球那一下震着了。

苏好瞟了眼对面的徐冽，想去揉指头，记起刚刚那句“学学我这身手”又有点拉不下脸。

她悄悄搁下筷子，想了想，换左手去拿。

徐冽抬头看她一眼。

“干吗，没见过左撇子？”苏好灵活地夹起几根胡萝卜丝，正准备潇洒地塞进嘴里，到嘴边的胡萝卜丝就从两根筷子中间漏了下去。

“……”

徐冽搁下筷子，起身离开长桌。

苏好不知道自己有没有听错，他似乎叹了口气。

望着徐冽没入人潮的背影，苏好赶紧趁机揉手，片刻后看见他走了回来，重新在她对面坐下，把手里的一柄勺子递给她。

苏好没接，对他缓缓眨了眨眼。

“怎么，”徐冽看看她，脸上没笑，语气里却有笑意，“还要我喂你？”

苏好有那么一刹那的脸热。不知是因为被徐冽看穿手抖，丢了面子，还是因为他这句调侃。

她一把抽走他手里的勺子，挽尊道：“谁给你这个荣幸？”

徐冽眉梢一扬，没再接话，重新拿起筷子。

陈星风爱吃海鲜，义铭和李貌打的两个荤菜，一个是爆炒梭子蟹，一个是盐水对虾。学校的螃蟹都是冷冻蟹，味道一般，吃起来又麻烦，徐冽没怎么碰，但也不好光吃剩下那盘包菜，所以剥了几只虾。

苏好拿勺子舀米饭的时候，余光瞟见他剥虾的手。

掌心薄而窄，手指修长，骨节分明，指甲修剪得干净整齐，肤色很白，腕骨上有一颗黑色的细痣。

是一双非常能激起人绘画欲的手。

剥虾都剥出优雅的性感。

苏好忽然觉得苗妙有句提议不错：这色相，不抓去画室真的好可惜。

左手拿勺吃完饭，苏好右手食指的劲也缓了过来。

跟徐冽分道扬镳后，她去学校便利店买了根荔枝味的碎碎冰，一掰为二，一半咬进嘴里往教学楼走去。

半道遇到郭照，被她神神秘秘地拉了过去："可算找着你了姐！快跟我来！"

苏好被她拖着走了两步，见周围稀稀拉拉的过路学生都往这儿看，轻轻抽动手腕，咬着碎碎冰含糊道："聒噪同学。"

"嗯？"

苏好挑挑眉："力气挺大，注意点形象？"

郭照立马松开拽她的手，摆出保护己方大佬的威严形象，在她耳边小声说："姐，咱们脚程得快点，不然赶不上现场直播。"

"什么现场直播？"苏好眨眨眼，顺手把另一半碎碎冰分给了她。

郭照受宠若惊，出卖室友的负罪感自动消除："尤欢欢和高一级花的小树林大战！"

"？"

郭照把苏好领到听墙脚一绝的实验楼，一边解释："姐，你早上不是在捉奸吗？我就想这事怎么能劳动你亲自出马呢，于是调查取证一番，把高一那个翁敏儿给徐同学送情书的事假装不小心透露给了尤欢欢。尤欢欢不是对徐同学有意思吗？那她肯定不会袖手旁观啊。姐你就刚好借情敌之手除掉另一个情敌……"

"……"

苏好咬了咬后槽牙："谁跟你说我对徐冽有那想法？"

"不是吗？大家都在传啊，群众的眼睛是雪亮的！"

"……"

"眼睛雪亮是吧，"苏好冷笑着把指关节摁得"咔嗒咔嗒"，"那我让你们嘴巴全哑。"

"姐，姐，息怒息怒！我知道错了！"郭照抱起脑袋，"……可这戏台子都搭好了，不看白不看，你真不看看？"

苏好一句"不看"刚到嘴边，忽然想起件事。

尤欢欢在嫌疑人名单上，她以前不太了解尤欢欢，倒是刚好借这机会看看她吵架什么作风。

她想了想，皱皱眉头，勉为其难地打了个“go”的手势。

实验楼挨着小树林南面，二楼一间物理实验室没锁门，苏好和郭照咬着碎碎冰进去，靠在窗角观望楼下战况。

双方已经交火到一半，尤欢欢这边人多势众，以三敌一。

对面的翁敏儿杏眼鹅蛋脸，梳着低低的双马尾，唇红齿白娇滴滴，确实很漂亮。

她像被吓得不轻，眼泪汪汪地看着尤欢欢她们，摆手说：“学长真的没有收下我的情书，他跟我说，他不打算交女朋友。”

苏好咬下一口碎碎冰。

甜丝丝，沁凉沁凉，爽口。

“哦，可你们高一 3 班在四楼，学姐看你后来课间上厕所还特意跑来二楼，走的时候又绕了一大圈经过我们教室，这舍近求远是什么原因呢？”尤欢欢双手抱胸，神情不解。

“我，我是因为四楼厕所人太多才下来的……跟学长没有关系……”

郭照恶狠狠地嚼着冰。

鬼话！她们二楼厕所更挤好不好！她就是去四楼上的厕所！

“原来是这样，”尤欢欢点点头，“看来学姐误会你了，还以为你是想去学长跟前刷存在感呢。”

“不是，不是的……”翁敏儿又摆起手来。

“不是就好，”尤欢欢拍拍她的肩，“学姐也是关心你，你不知道，你心心念念的学长可能就快有主啦，你要是继续纠缠人家，就是道德沦丧晓得不？”

“啊，可是学长说他不交女朋友……”

“呵，那可不由他。”尤欢欢冷笑一声，“我们苏姐要的人，容得他说‘不’？”

苏好：“……”

郭照：“？！”

苏好拿碎碎冰往下一指，眼尾挑起，看着郭照：她现在是在狐假虎威吗？

郭照小鸡啄米：好像是的！

搬出苏好的尤欢欢取得了压倒性胜利，小树林的戏很快散场。

苏好靠墙磨了磨牙：“你这舍友怎么回事？”

“就是就是，这人怎么这样！居然也借刀杀人！”郭照慌忙附和。

“你还挺愤慨？谁出的馊主意？”

“对不起苏姐……”郭照低下头去，“我回头就让尤欢欢去跟翁敏儿说，这事跟姐你没干系！”

“你可真聪明。”苏好拿指头戳了戳郭照的肩，“这样就不怕尤欢欢不知道你来听过墙脚了呢。”

“……”

傍晚下课，大批学生拥出南中校门，成群地去“垃圾街”吃饭。

南中以前原则上禁止学生出校用餐，但因为通校生可以选择是否参加晚自修，傍晚放学时间校门需要为部分学生敞开。

“凭通校证出入”这个口子一旦开了，上有政策下有对策，总有浑水摸鱼的非通校生。

时间一久，学校也默认了傍晚学生可以短暂出校。

垃圾街附近餐馆日常爆满，隔了两条街的地方人流才渐渐变稀疏。

徐冽和施嘉彦坐在一家生意不忙的小炒店，挑了个有隔断的偏角桌位。施嘉彦翻着店里的手写菜单本，回忆徐冽对食物的喜好。

两人是北城明哲私高的同学，从前混一个圈子。不过施嘉彦本身家庭条件勉强，在明哲那种以家境论亲疏的地方，算是圈子里的边缘人物，虽然叫徐洌一声“哥”，也偶尔跟他和其他几个小少爷出去玩，交情却没真到称兄道弟的程度。

高二上学期开学，施嘉彦因为父母工作调动转学来了南中，跟徐洌也没怎么再联系。

后来就听说徐家出事了。

是去年秋天的事。徐家经营多年的珠宝公司破产，徐爸爸欠了一屁股高利贷。

徐妈妈眼看形势不妙，卷走家里最后一笔流动资金，带徐洌跑路到了国外，母子二人从此失去音信。

几个朋友想联系徐洌，发现各种通信都被拉黑了。

徐爸爸跟徐妈妈是二婚生下的徐洌，和已故的前妻还有个女儿。

徐妈妈带徐洌跑路后，徐爸爸和徐洌那位同父异母的姐姐也销声匿迹，不知去了哪里。

但想来境况不会太好——母子一逃，高利贷债主都知道徐家完蛋了，哪能不追着父女讨债？

当时大家都在传，说徐妈妈和徐洌没良心，不是东西。

不过施嘉彦总觉得徐洌不像这种人。

他翻着菜单，看了眼小炒店简陋的装潢，问徐洌：“哥，咱真在这儿吃？你吃得惯？”

徐洌倒了杯开水烫碗筷，似乎笑了一下：“没什么吃不惯。”

曾几何时金尊玉贵的天之骄子，看到油腻脏乱的小炒店避之不及，现在却成了“没什么吃不惯”。

施嘉彦想问他这小半年到底过的什么日子，又不敢，点好菜之后问：“哥，喝酒吗？”

徐洌摇头。

“喝两杯不上脸也闻不出来，没事儿。”施嘉彦说。

“不想喝。”

施嘉彦只好作罢，沉默地等着菜。

徐冽把着手里的空杯子转，眼瞟着玻璃窗外，没答他。

施嘉彦疑惑地顺着他的视线望去，发现外边是苏好和陈星风。

陈星风不知说了什么欠揍的话，被苏好捶了一拳小腹，夸张地弯下身去，看口型像在嗷嗷呼痛。

两人闹得起劲，没注意这里。

施嘉彦跟文铭、李貌、陈星风，还有苗妙都是一个班的，知道这四人和苏好是小团体。

记起中午食堂的插曲，再看这会儿徐冽落在苏好身上的目光，施嘉彦好奇起来："哥，你跟苏好关系很好吗？"

徐冽回过神，收回目光，搁下把在手里的杯子："没有。"

"那你中午跟她吃饭……"

"看她逗而已。"徐冽扯了下嘴角。

"所以你俩就普通同学关系？"

"同桌。"

施嘉彦"哇哦"了一声："了不得。"

"了不得？"

徐冽难得发问，施嘉彦觉得这可能是个破冰的机会，滔滔不绝地说："就是想到苏好前任同桌了，叫许芝礼，本来挺文气一姑娘，跟苏好打成一片以后和她一起出去混，在外边跟个武校的男生处了对象。

"那之后许芝礼就经常逃课，有一回半个月不见人，最后被老师家长在一破出租房抓着了，"施嘉彦轻咳一声，"那男的也在，你懂的。"

"被抓着以后许芝礼还不肯回学校，直接休学了。苏好那时候被许芝礼爸妈闹得挺惨，后来作风就收敛了点，不那么明目张胆地违纪了，不过学校也不给她安排同桌了。"施嘉彦敲敲桌子，"现在你成了她同桌，这是学校对你的信任。"

"信任什么？"

“信任你一身正气，不会被她带坏呗。哥，你可别重蹈许芝礼的覆辙，辜负学校对你的信任。”

徐冽又扯了下嘴角。

施嘉彦瞅他这意思，可能有点不屑？

也对，苏好那几下子，估计都是这位哥玩剩的，真要说带坏，到底谁带谁还不一定。

关于苏好的话题就到这儿结束了。

施嘉彦随口问起其他：“哥，你现在住哪儿啊？”

“宿舍。”

“周末也在宿舍？南中这条件……”施嘉彦目不忍视，“你要是住不惯就去我那儿吧，我爸妈给我在附近租了套房，我一个人住太大，还挺浪费。”

“不用。”

“你别跟我客气。以前在明哲受你照顾，我都记着，有什么要帮忙的你尽管开口。”

施嘉彦以为徐冽又要冷淡拒绝，没想到他真的“尽管开口”了：“知不知道在哪儿办假证？”

“啊？”施嘉彦一愣，“哥，你做啥？违法的事可别……”

“不违法。”

“你……”施嘉彦有点哆嗦，“你要什么证？”

“附近高校的学生证，随便哪所。”

哥就是哥，听听这口气，好像哪所都能随便弄到。

“那我回头给你打听打听……”施嘉彦说。

徐冽点头。

菜刚好上了，施嘉彦知道徐冽吃饭不爱说话，有那么点食不言寝不语的意思，不再跟他闲聊。

等回学校路上，施嘉彦想再问问徐冽近况，没想到在垃圾街被两个妹子拦了下来——准确地说是一个妹子拦了徐洌，另一个扯着她胳膊，让她别多事。

施嘉彦认出了后边那个怯怯的、眼睛泛红的女生，是高一的翁敏儿。

“学长，”翁敏儿旁边的妹子杵在徐洌面前说，“我想跟你说件事。”

徐洌停下脚步，平静地看着两人。

“没有没有，学长我们没事，”翁敏儿拼命扯这妹子的衣袖，“快走了！”

妹子不肯走，义愤填膺地说：“学长，敏儿知道你不打算交女朋友，本来就没想再打扰你，可是今天中午苏好学姐找了一帮人，把敏儿骗去小树林，堵在那儿骂她、威胁她，话说得要多难听有多难听！这么欺负人也太过分了，敏儿回来眼睛都哭肿了！”

施嘉彦努力不动声色。

这信息量好像有点大？

徐洌缓缓眨了眨眼：“所以？”

那妹子一愣，噎住了。

翁敏儿赶紧摆手：“学长你别听她胡说，苏好学姐也没把我怎么……”

“还不是你说好话求她们，人家才放过了你？你这委屈总不能白受，好歹拿这事给学长提个醒。”那妹子跟翁敏儿说完，又转向徐洌，“学长，我的意思是，苏好学姐今天这么仗势欺人，以后肯定也会纠缠你不放，你要当心点，这种人脸皮厚惯了，而且你不知道，她以前那个同桌……”

“我知道。”四面学生来来往往，徐洌打断了她的话。

“那学长你还跟她当同桌……”

徐洌有那么几秒钟时间没有表情，也不说话。

作为跟徐洌混过的人，施嘉彦明显感觉到他不耐烦了。

沉默一会儿，徐洌淡淡道：“己所不欲勿施于人，这同桌既然到了我这里，就不给别人添麻烦了。”

晚自修，艺术馆三楼。

偌大的画室静悄悄的，十几个美术生围成半圆，人手一个画板、一支铅笔，眼瞟着长沙发上正中央充当模特的速写老师。

灯火通明里只听到铅笔扫在纸上“沙沙”轻响。

苏好背靠窗，窗边的纱帘被夜风吹得飘飘落落，边角时不时蹭到她压在膝上的画板。她像没察觉，手中的铅笔依然轻快地打着阴影，过了一会儿把铅笔夹上左耳，又从右耳摘下另一支。

沙发上的鲍春生看了眼苏好，对她的专注力露出满意的神色。

苏好是鲍春生近几年最得意的一位学生。

早先刚进南中那会儿，苏好并不是美术生，那时候鲍春生在美术课上发现她绘画功底非常深厚，应该从小就学画画，问她既然学了这么多年，为什么不走艺术道路。

苏好当时怎么说的来着？哦，她说，画腻了。

可后来鲍春生才知道，真正的原因是苏好的父母不希望她继续学美术。

这事有点奇怪。鲍春生理解很多家长对艺术存在偏见，认为画画不务正业。但如果苏好的父母也是出于这个而反对，之前就不会培养她那么多年。

何况听说苏好的爷爷生前曾是一位油画老师，苏家分明是艺术世家。

鲍春生不知道其中有怎样讳莫如深的故事，不过幸好苏家父母在苏好升高二之际松了口——因为苏好实在太浑，天天翘课，到处胡闹，靠文化课根本考不上像样的大学。

苏好也是争气，一个学期就把荒废的东西全都拿了回来。

鲍春生从往事中回过神，扫了学生们一眼：“我手已经开始麻了啊。”他在沙发上支肘侧躺着，“等我全身都麻了，你们要还没交上来，回去加罚二十张速写。”

“老师您怎么又来这套……”苗妙抱怨，“这才多久，您身体素质也太差了，换个人给我们当模特吧。”

“就是……”有人轻声附和。

鲍春生脸上笑眯眯：“是我身体素质不行，还是你们专业水平不够？让你们画个静态还嚷嚷这嚷嚷那，有这工夫跟我打嘴上官司，看看人苏好到哪儿了。”

苏好左右两边的男生凑过去一看：“我去，苏姐你是人吗？”

苗妙没往苏好那儿看，不看也能猜到她的进度。

苏好在教学楼是学渣，到艺术馆却成了老师口中的“别人家孩子”。

通俗点说，其他美术生和苏好的差距，类同于英语考场上，大家刚开始做阅读，学霸已经写起命题作文的提纲。

果然没过几分钟，苏好就停了笔。

她旁边那个喊“我去”的男生疯狂抓紧时间收尾，赶在她交卷之前，抢着把画举到鲍春生面前。

鲍春生瞟瞟男生的画，眉头皱起：“达不到苏好的功底，就先给我求质量再求速度，看看你这画的什么？天也不冷，我特意穿了件厚毛衣来拗造型，就为了看你这种褶皱表现啊？”

男生撇了撇嘴：“哦，我去重画。”

“顺便换张纸，又用上好东西了，说多少遍联考不发你们金贵的纸，现在娇气上了，等考试笔都下不去！看看苏好用的什么，人家难道买不起好纸吗？”

男生蔫答答地走回座位：“苏姐，能借我张纸吗？”

“自己拿。”苏好抬抬下巴，起身把速写交给鲍春生。

“今天稍微慢了点啊。”鲍春生瞅瞅她的右手，“手指费劲？”

苏好晃了晃手：“没啊。”

“还没呢？中午我在食堂都瞧见了，”鲍春生指指她，“姑娘家没事给人挡什么球，画画的手也敢折腾，去医务室看过没？”

苏好曲了曲食指：“用不着看，没伤到筋骨，我有经验。”

“有经验挡个球还能打着手！”鲍春生觑觑她。

苏好不耐烦地催促：“您还看不看画啊？”

鲍春生低头看起画来，半天憋出一句：“苏好，不用心啊，老师怎么从你的画里看不出感情？”

“……”画画不易，苏好叹气。

“您这张脸，我闭上眼都知道哪里有几道褶子，还能画出什么感情？挑不出刺还是别挑了，您也不嫌累。”

鲍春生被损也不生气，得意门生嘛，怎么瞧都顺眼。

苏好的水平在应对联考上确实已经触顶，平常的练习也就是保持手感而已，他们几个老师一般挑不出她应试上的毛病，偶尔会在应试外的环节给她提一些特殊要求。

“那这么着，”鲍春生提议，“你去找个想画的模特，老师看看你用起心来的画是什么样。”

苏好以为鲍春生只是随口一说，也没把这提议当真，没想到过了两天，又轮到鲍春生的课，他一见她就问：“模特找着没？”看她压根儿没放心上还生气了。

隔天是周四，临近晚自修，苏好去画室之前记起鲍春生的交代，终于把欲望的目光投向了她同桌的好皮囊。

要说她最近中意哪位模特，那肯定就是她这位骨相绝美的同桌了。

只不过徐冽这几天在学新教材，看起来忙得像一分钟几千万上下的总裁，一日三餐又跟 9 班那个施嘉彦同行，也没跟她多熟络，她不确定他会不会答应。

就像这会儿，苏好觉得徐冽应该察觉到了她的目光，却自顾自地做着数学卷子一言不发。

被人当空气的感觉不太好。

苏好被激起了胜负欲，撑着腮，直勾勾地继续盯他。

两分钟后，徐洌在草稿纸上的演算非但没有停滞，反而越来越快，下笔跟风似的。

“……”她就那么没存在感？

“徐同学。”苏好绷着脸叫了他一声，靠过去，把他手里的笔一把抽掉，“没发现我在看你吗？”

徐洌看了眼写了一堆废公式的草稿纸，轻轻沉出一口气，转过头去：“有事就说。”

“晚自修有空没？”苏好拿他的笔敲了敲他的小臂，“跟我去趟画室。”

“做什么？”

“当模特，速写老师让我画人体，”苏好想了想，觉得直接表达对他这具身体的欲望可能过于露骨，胡诌道，“主题叫——同桌的你。”

徐洌的视线落向她的课桌。

苏好反应过来：“哦，我课桌里那些画不是作业，是我个人兴趣爱好。你放心，我们是正规画室，不搞黄色，你穿着衣服就好。”

“……”

“你可以带书去，在那儿学习，我画动态也OK的。”见他张嘴要答，苏好竖掌打住他，“别忙着拒绝，知道这个学校谁画画最厉害吗？你这个相貌落到别人手里，那就是暴殄天物。考虑一下，给我画怎么样？”

徐洌看她一眼，似乎觉得有点好笑：“再说。”

“怎么还再说？”苏好指着左手腕表给他看，“再一刻钟可就晚自修了。”

徐洌把笔从她手里抽回，敲敲卷子：“看一刻钟能不能做完。”

苏好眼睛一亮，欣赏地拍了拍他的肩：“休学半学期，非但不用留级还碾压同级的你怎么会不行？苏姐相信你的能力！”

徐洌低下头去做题了。

苏好美滋滋地拿出手机，在微信上给苗妙讲这个好消息：模特搞到手，今晚有福了。

苗妙回了条语音。

苏好点开语音，刚把手机往耳边放，兴奋的尖叫已经通过扬声器传出来：“啊啊啊你同桌肯来呀，那晚上大家有福同享……”

“……”苏好及时掐断了语音。

当然事实上不是很及时。

毕竟前边的郭照已经竖起八卦的耳朵，旁边徐冽运算的笔也顿了顿。

苏好把语音调成听筒模式，听完后给苗妙回消息：**想得美，我同桌的第一次，必须是我的**。

然后把手机反扣在桌上，食指一下下地敲着太阳穴，等徐冽做题。

眼看只剩最后两分钟，徐冽的笔还没停，她凑过去问他：“还没算完？”

“嗯，”徐冽的语气比刚才冷淡不少，“算不完。”

“？”

“什么意思？”苏好扬起下巴。

徐冽垂着眼：“就是晚上没空了。”

“那你刚刚是在耍我吗？”苏好问完，忽然想起苗妙那条语音，“该不会是因为苗妙说……”

“不是。”徐冽打断她。

苏好脾气上来了：“那你就是在耍我！”

徐冽点点头：“是。”

苏好气得整整二十四小时没跟徐冽讲一个字。第二天周五放学，陈星风来找她出去玩。

上周末没去成狼人杀局，为避免这周又被小题大做的舅舅抓回去关禁闭，苏好跟家里撒了个谎，说晚上在画室加训。

这次是个生日局，寿星是陈星风和苏好的小学同学，初中毕业后进了附近的武校。

白从许芝礼跟武校那个男生混在一起，闹得苏好很不愉快后，苏好跟那片的人就很少来往了。

要不是这小学同学以前跟她和陈星风关系好，又刚好是成年生日，非让她给个面子，她并不想掺和武校的聚会。

聚会地点离南中有段距离，在靠近大学城那带，是家烟火气很浓郁的烧烤店。

店里乱哄哄的，服务员一手托一个烤盘，打着帘子穿进穿出，几张长桌拼在一起，边上人挨着人说笑，啤酒一打一打地从脚边往上搬。

刚上几盘烤串，苏好就接到了舅妈的电话。

她推开一间暂时没人的包厢，进去后才接通。

“好好啊，你今天晚饭怎么办？要不要舅妈让阿姨带饭菜来学校？”林阑问。

“不用，我点外卖了。”苏好面不改色心不跳。

“行，那你别忙太晚，早点回家。你放心，你弟弟今晚吵不着你，我和你舅舅给他找了新的大学生家教，一会儿就……”林阑话还没说完，门铃忽然响起来，“哎，应该是家教到了，舅妈先不跟你说了。”

林阑挂断电话，打开门迎出去，打量了下眼前意外俊俏的年轻人：“是徐老师吗？”

徐冽一身笔挺体面的白衬衣和黑西裤，推了推鼻梁上的细边眼镜，点点头：“是。”

第六章

江湖骗子，在线行骗

衬衣、西裤、银色细边眼镜，臂弯里抱着一摞小学教辅书——她那位念高二且不近视的同桌为什么会以这样的姿态出现在她舅舅家?

烧烤店里，苏好回到餐桌上。

跟这群人好一阵没碰头，本来就有点生疏，她坐在边角，话一直不多。

武校的人见她光吃烤串不聊天，猜她还在介意许芝礼的事，一个劲儿地来跟她搭话，为当初连累她被许家炮轰的事赔罪。

他们这些早早接触社会的人，有自己那套社交礼仪，说粗俗点就是江湖规矩，这种时候扫兴摆脸是很讨嫌的。

苏好不想抢寿星风头，也不想弄僵场面，给面子地回应了几句，桌上气氛也缓和下来。

两个多钟头后吃饱喝足，有几个闹腾的玩嗨了，握着店里的麦克风跳上椅子，给寿星唱起了生日歌。

苏好可能是收敛久了，觉得这场面有点聒噪，刚好舅妈又打来电话，她跟陈星风说了声，推门出去，到街上接通电话。

“好好，你结束了没？舅妈刚让刘叔把家教送回大学城，这会儿叫刘叔改道来接你？”

“不用，我已经出学校了，”苏好放远手机收声，“喇叭声听见没？我在街上，跟同学吃点夜宵再回来。”

“那你注意安全，别落单知道吗？”

“知道。”

苏好挂断电话，一转头看见旁边有一男一女靠着电线杆在抽烟。

是刚刚坐在她和陈星风附近的两个武校人，男的叫磊子，女的叫文子，一对情侣。

两人也看见了她，招呼道：“苏姐，你怎么也出来了？”

苏好晃晃手里的手机：“接电话。”

磊子嘴里咬着烟，又从烟盒里敲出来一根，熟络地递给她：“一起吹会儿风啊苏姐，里面那几个太吵了。”

苏好垂眼看了看他递来的烟，没接。

“嗯？”磊子看她不接，愣了愣，“放心苏姐，都正规烟。”

苏好当然知道烟没问题，有问题的是她根本不抽烟，只不过从前“大佬”的名声在外，装腔作势地做过样子而已。

但她今晚本就是给面子来的，不好矫情，犹豫片刻还是接过烟夹在了指间，姿势看似老练，心里却很烦，正打算借机走掉，一旁文子拿手肘撞撞磊子：“打火啊。”

“哦，我说苏姐为什么不接我烟，怪我服务不到位。”磊子憨笑着打了火，给苏好点着了烟。

苏好真想穿越回中二时期，骂一顿当年装样的自己。

街对面，徐冽静静地看着这一幕，已经站了很久。

苏好今晚没穿校服，高腰裤搭短开衫，衬得腰也细腿也长。开衫里的内衬领口开得低，露出大片刺眼的雪亮肌肤。

她尴尬地拿着烟，看起来有点骑虎难下。

徐冽沉下脸，朝街对面走去。

路灯下，苏好正想着怎么糊弄过去，忽然被人一把拽过了手腕。

她一愣，借昏黄的路灯看清了徐冽的脸，还没反应过来就被他踉踉跄跄地拖进旁边的小巷，堵在了墙根。

徐冽低头抽走她指尖的烟，把烟头碾在墙上摁灭，语气不善地说：“苏好，你挺能耐？”

苏好揉着被他拽疼的手腕，恶狠狠地盯着他骂：“莫名其妙什么啊你？”

徐冽正想说什么，眼睫下扫，先看见她起了红痕的手腕。

他刺棱棱的目光一时间像是碰了壁，在昏暗的光影里轻微地闪烁了下。

急匆匆的脚步声靠近——磊子和文子在电线杆那头愣了好大一会儿，终于奔了过来。

一奔过来就看到苏好被人……壁咚了？

那男生捏着烟的手摁在苏好背后的墙上，远远瞧着像要去捧她的脸。

两人一个仰头，一个垂眼，火花四溅，伯仲难辨。

徐冽听到动静慢慢扭过头来，冷冷地看了他们一眼。

磊子和文子眼皮一跳，隔着老远都激起一层鸡皮疙瘩。

干惯了架的人都认得这种眼神，知道这是最不好惹的一类人。

不是装出来的狠。

磊子愣了愣，捏捏拳头，犹豫道：“没事吧，苏姐？”

苏好碍着面子，若无其事地扯着嗓子回：“没事，朋友。”

文子一把拉走磊子：“有没有点眼力见儿，这架势像普通朋友吗？

人家看你递烟吃醋了懂不懂？”

吃什么醋？

苏好茫然地看了眼徐冽，后知后觉地发现他们的确靠得太近了。

近到她能闻见徐冽衬衣上淡淡的衣皂香，或许他也能闻见萦绕在她周身的酒气。

本就狭窄的转角忽然变得更拥挤，苏好心脏怦怦直跳，一把推开徐冽：“干吗来的你？”

徐冽眼底那点暗昧散去，用食指和拇指捻了捻那支烟，把烟草末凑到鼻端闻了闻。

苏好看出来了，他这是在闻里头有没有掺不干净的东西。

“都是认识的，不会搞那些乱七八糟的。”她有点惊讶徐冽会有这个反应。

徐冽瞥她一眼，扔掉了烟。

“你是不是电影看多了？”苏好发笑。

徐冽面无表情地点点头：“所以知道像你这样的活不过片头。”

“……”

苏好火气“噌噌”直冒，踢他小腿一脚：“你有病啊？我哪样了？”

这点力道对徐冽像挠痒痒，他似乎压根儿没感觉到，掸干净指尖那点烟草末，转身走出拐角：“不会就别装，哪天被人卖了都不知道。”

苏好蒙了几秒，明白过来，小跑着追上去：“哦，原来你是来帮我解围的？”

“不是，我有病。”徐冽冷冷淡淡，沿着街一路往东走去。

他走得不快，但腿长，不刻意压步子的时候苏好还真跟得有点费劲。

她走几步跑几步：“既然是来解围的，你就好好说话啊，那我肯定谢谢你，哪会骂你有病！换作是你，好端端突然被人劈头盖脸讽刺一顿，你不火？”

“再说，”苏好记起旧账，“再说你昨天还耍过我！我本来就在生气！”

见徐洌一声不响，她又上去拽他胳膊："你怎么这么小气，让你骂回来行了吧？"

徐洌停下来，皱眉看着她，长街上人影幢幢，他的脑海里一瞬间闪过很多乱七八糟的画面——

异国他乡，破败潦倒的小巷，最廉价的酒吧。

灯红酒绿，烟熏雾绕，男男女女相互纠缠，一整夜不知疲倦。

也有不顺从的女人，给一杯酒或一支烟就变得迷迷瞪瞪。男人们轮番上场，她们却躺在那里"咯咯"地笑。

画面跳转，最后一幕，是苏好不知死活地接过那个流里流气的男生递去的烟。

或许苏好其实没做错什么。

他不能因为见过那些恶心的东西，就把所有看上去差不多的人都想得龌龊，也不该强求一个没见过阴暗和丑陋的女孩子，去理解他的"小题大做"。

"不用，我回去了。"徐洌松开眉头，继续往前走。

以前没发现，这位看起来没什么七情六欲的大少爷其实情绪还挺多？

苏好又跟上去："你回哪儿去？"

"学校。"

"你真连周末都住学校？"

"嗯。"

"那你为什么来这里？"苏好指指熙熙攘攘的长街，"这儿离学校很远啊。"

"有事。"

"你这不废话吗？我就是问你什么事。"

徐洌沉默下来。

苏好摊摊手："好吧，不想说就不问咯，那我也回去了。"

徐洌这下倒是主动停了下来，回头望了眼苏好刚刚在的烧烤店。已经离得有点远。

长街上人头攒动，路边大排档挤满了吆五喝六、醉态毕露的人，又吵又乱。

他转过身，朝前边抬抬下巴："走。"

苏好一时没懂他的意思，反应过来时徐洌已经往回走去。

她跟上他："哦，你要送我回去？你干吗送我回去？你在看不起谁，我可不是那种胆子比针眼小的娇弱女生。"

她的喋喋不休好像总让人想发笑，尤其是装腔作势的时候。

徐洌瞥她一眼："是谁刚才拿着烟不知所措？"

"……"

"我那不是娇弱，是对烟过敏，过敏体质懂吗？"

"是这样。"他点点头。

"你这什么态度，你很厉害，你会抽？"

徐洌轻轻捻了捻垂在身侧的食指和拇指，像在思索怎样回答更有趣。

苏好回忆起他刚捻烟头的手势，的确架势挺稳："你该不会真是老烟手……"

"不会。"

"那你烟掐这么顺。"

"电影里看的。"

学霸学习能力还挺强？

苏好轻飘飘地"哦"了一声："你们这些读书人，果然也就电影里见见世面，好不容易碰上一根真烟还剥开检查，搞不搞笑？"

徐洌真的笑了一下，带着喉咙底的振动，从鼻腔里哼出一丝声响。

苏好从没听过他笑，偏头看他："你笑什么？"

"不是你说搞笑？"

"哦……"

苏好突然不知道接什么话，耳朵里慢半拍地起了点奇异的痒，垂下眼把目光落向地面。

两道人影被斜斜地拉长，光晕模糊了边缘的界限，她的影子挨着徐冽的影子，看上去和他亲密无间。

苏好不自在地朝路缘避去。

刚好迎面走来个踉踉跄跄的人，徐冽把她往里侧稍稍一带：“看路。”

苏好正要说他大惊小怪，眼皮一掀，看见对面露脐吊带衫搭牛仔裙，浓妆艳抹的女生，忽然一僵。

对面许芝礼也站住了，随手撑着路边一辆陌生人的摩托车后座，靠稳身体，叫她：“苏好？这么巧。”

苏好看着她两颊酡红的醉态，没有说话。

许芝礼看了眼苏好旁边的徐冽，朝他晃晃两根指头打招呼：“嘿。”又问苏好，“交男朋友了？”

苏好没答，皱着眉定定地看着许芝礼。

察觉到她情绪复杂的目光，许芝礼笑了一声：“你这什么眼神？我妈看到我喝酒都没你这么百感交集。”

苏好狭长的凤眼微微眯起。

“别听人瞎说，什么酗酒进医院，我能这么菜？”许芝礼拨弄着那头蓝黑色的短发，“倒是你，自己的事解决了没？和你说清楚啊，秦韵给你动的手脚可跟我没关系，我休学以后跟她半点联系都没有，她才不会为了我招惹你。估计是谁差使了她，你拎清点，别傻兮兮地上当。”

许芝礼说到这里，看见徐冽不太友善的眼神，无辜地耸耸肩：“帅哥，别这么看我，我好心提醒而已。”

她红唇一勾，笑容艳丽又风尘，踩着高跟鞋晃晃荡荡往前走，经过一块陷落的石砖，脚跟一蹩。

苏好抬手稳了把她的胳膊。

许芝礼抚了抚涨痛的额头，笑着偏头看她：“怎么还管我呢？你不是脾气挺大吗？”

苏好撂下她的胳膊，捏捏指关节：“赶紧滚。”

许芝礼笑盈盈地走开，一步一歪地混入前边一群男男女女的队伍里。

远远地能听到有人在问：“那女的谁啊？”

许芝礼答：“一个爱装坏人的老好人。”

“哦，就之前拦着你，不让你跟林哥跑的那个？”

“可不是吗？还逃课来抓我回学校呢，真逗。”

……

人群渐渐走远，后面的话已经听不清。苏好在原地沉默了会儿，大步流星地往烧烤店走。

徐冽跟在她的身后，几步过后见她突然回过头来，拿食指指着他。

他在她开口前就明白了她的意思：“没听到。”

“算你聪明，”苏好警告地看着他，手掌虚虚横抹了一把脖子，“敢往外乱讲有的没的，你就死定了！”

徐冽挑了挑眉，点点头，打个手势让她往前走：“不诋毁苏姐英名。”

两人回到烧烤店附近。

苏好一眼看见陈星风无头苍蝇似的站在门口打转，暴躁地把手机握在耳边。

她拿起手机，看了看屏幕上显示的来电，挂断后朝他挥挥手：“别打了，这儿呢。”

陈星风循声抬头，看见她就骂：“死哪儿去了你？磊子说你跟你男朋友走了，你哪儿来的男……”他说到这里一顿，注意到苏好身后的徐冽，脸上闪过一丝讶异。

徐冽朝陈星风点了点头，一个无声的招呼。

这个头点得平静，可在陈星风看来却好像带着一种不动声色的暗涌。

“他那张嘴你也信。”苏好朝陈星风无语地翻个白眼，回头跟徐冽挥手拜拜，朝他点了点自己的唇，暗示他对许芝礼的事闭嘴。

陈星风皱起眉头，把苏好往烧烤店里推："不是就别磨叽了，都等你去下一摊呢。"

"我长腿了，你别推我！"苏好烦躁地拍开他的手。

徐冽站在原地，静静地看着陈星风拉开玻璃门，手肘搭上苏好的肩，把她往里搡。

苏好一路骂骂咧咧，最后又被他嘴里的什么话逗笑。

默了默，徐冽转身慢慢往反方向走，把热闹的长街抛在身后。

苏好没跟陈星风去下一摊。偶遇许芝礼的事把她心情败了个干净，家里又一直催她回去，她回烧烤店跟那些人打了个招呼就走了。

回到家有点晚了。邹誉和林阑的中年人生物钟和邹恺的小学生生物钟都比她这青春美少女靠前，一家三口已经睡下。

苏好跟特意在客厅等她的阿姨打了个招呼，让阿姨快去睡，自己也回到客房，洗过澡喝了杯温牛奶躺上床，沉沉睡了过去。

这一觉睡得有点久，第二天苏好睁眼的时候纱帘外天光大亮，日头已经攀高。

阿姨知道她昨晚回来晚了，没像往常周末一样在邹家的早餐时间——七点钟准时叫醒她。

但饶是睡到八点半，她依然觉得脑袋混混沌沌。

苏好睡眼蒙眬地下了床，脚踩进人字拖往外走，经过全身镜时看了眼没睡饱的自己。

神情倦怠，发丝凌乱，深蓝色睡裙衬得她脸色微微有些苍白，松垮的衣襟和滑落到手臂的吊带让她整个人看上去异常憔悴。

还好今天是周末，用不着见人。

苏好正打算进浴室洗漱，忽然听见门外传来隔壁小鬼头的嚷声："我要吃鸡！吃不到鸡我就不上家教课！"

苏好摁了摁涨痛的太阳穴，一把拉开房门："大清早的，小兔崽子你给我消……”

骂到一半，她一眼看见走上楼梯的人，猛地愣在原地，嘴里缓缓蹦出没说完的“停点”两字。

楼梯最上一级，徐冽也一动不动地滞在了那里，神情有些发怔。

一阵大眼瞪小眼的死寂过后，苏好低头看了眼自己暴露的装束，拔腿就跑，跑到一半又记起不对，扶着门框回头望向来人。

衬衣、西裤、银色细边眼镜，臂弯里抱着一摞小学教辅书——她那位念高二且不近视的同桌为什么会以这样的姿态出现在她舅舅家?

“徐老师，你进来教恺恺吧，”林阑从邹恺的房间探出头来，一看苏好杵在房门口，忙跟徐冽介绍说，“哦，这是我外甥女。”

徐冽：“……”

林阑说着赶紧上前把苏好滑落的吊带往肩上拨，又把她往客房推：“哎哟，你怎么邋里邋遢就出来了！”

苏好被推着走了两步，对林阑指指身后：“徐老师？”

“是啊，”林阑把她推进门，“给你弟弟找的新家教，南州大学金融系的高才生呢！”

“……”她怎么不知道她同桌已经考上大学了?

“南州大学，金融系，高才生？”苏好缓缓扭过头去，看向喉结滚动的徐冽，慢慢明白过来。

她冷笑一声，把他昨晚的讥讽还回去：“挺能耐啊？”

被舅妈推进房间后，苏好用五分钟飞快洗脸、刷牙、梳头，穿上内衣，换了长袖长裤的家居服，重新打开门出去。

一身正装的林阑刚好从邹恺房间出来，匆匆忙忙地说：“好好，你舅舅还在楼下等着，舅妈得先去公司了。曹阿姨在外边买菜，你自己下楼吃点早饭。”

“哦。”苏好看了眼邹恺房间虚掩的门。

林阑也回头看了看，把苏好拉到一边，压低声音说："刚把这小子治住，等我走了估计又要闹着玩手机游戏，什么吃鸡吃鸡的，昨晚曹阿姨特意煮了一锅鸡汤，还以为他真要吃鸡！"

"我跟你舅舅昨晚看过了，这大学生讲课话不多，但句句都能点拨到位，这么厉害的家教可别又被气跑。要是一会儿你弟不听话，你进去帮着管管，实在不行就上手，给他揍一顿揍舒坦了！"

苏好清清嗓子，比了个"OK"的手势。

林阑急急地出了门。

苏好去一楼厨房拿了杯牛奶，叼了片吐司在嘴里，刚回三楼就听见小鬼头又嚷起来："老师我要吃鸡，吃到鸡我才能学习。"

苏好用手肘推开门，一眼看到徐冽站在窗边的立式白板前，一手捏着本教辅书，一手指间夹着支黑色马克笔。

听见她进门的动静，他从书页里抬起头看她。

苏好凉飕飕地飞他个眼刀子，有那么点"你给我等着"的意思，转头先对付小的那个，咬着吐司含含糊糊地骂："成天吃鸡吃鸡，就你那菜鸡水平，还非要拿同学不朽星钻的号匹配，我看你就是去游戏里吃屁！"

"你才吃屁！上次跟你玩过以后我们班同学都说了，想不到我姐比我还菜！"邹恺还不到蹿个头儿的年纪，五官也没长开，皮肤又白，脸颊还有点婴儿肥，斗起嘴来奶凶奶凶的，一点威力也没有。

苏好把牛奶吐司往旁边桌上一搁，捋起袖子朝邹恺冲过去："小兔崽子，欠打了是不是？"

"家暴了家暴了！"邹恺跳上沙发，朝一旁纹丝不动的徐冽喊，"徐老师救我！"

"他敢救！"苏好回头剜了一眼徐冽。

徐冽看看两人，沉默片刻跟苏好说："还有二十分钟。"然后转过身在白板上抄题目。

“……”邹恺愣了愣才反应过来，这位徐老师的意思是：还可以打二十分钟。

“妈——妈——姐要打我！”邹恺连滚带爬地扑到床上。

“你喊，你接着喊，喊破喉咙也没人来救你！”苏好抓了个抱枕跳上床。

“我错了姐，姐我错了！”邹恺蹲在床角抱住脑袋。

“错哪儿了？”苏好居高临下地掂了掂手里的抱枕。

“我不该说你比我还菜。”

苏好点点头。

“我们应该是一样菜的。”

“……”

徐冽手中的马克笔一顿，嘴角轻轻勾了勾。

苏好瞥了眼徐冽。

这个江湖骗子还有脸在这儿看乐子！

家丑不可外扬，苏好不跟邹恺计较了，扔掉抱枕，理理乱糟糟的头发，走下床去：“还有二十分钟上课是吧，那你自己吃盘鸡，我跟你徐老师去讨论一下教学方针。”

徐冽停下笔。

苏好朝他勾勾指头，拿起牛奶和吐司率先出去，叹了口气。

搞完小的搞大的，可真不省心。

徐冽给邹恺带上房门，跟苏好走进隔壁会客室，见她在长沙发坐下，跷起二郎腿，指指对面：“坐啊徐老师。”

徐冽推了推鼻梁上的眼镜，在她对面的沙发坐下。

苏好注意到他这个戴不惯眼镜的小动作，凑上前去捏他镜架。

徐冽抬手要挡，挡到一半，被她狠狠瞪了一眼。

他手滞在半空，由她摘掉了他的眼镜。

苏好捏着这副细边眼镜，眯眼看了看镜片。

是没有度数的平光镜，装高级知识分子用的。

苏好把眼镜搁在两人之间的茶几上，拿起架在牛奶杯上的吐司咬了一口："来，你自己解释吧，怎么一回事。"

"就是你看到的这回事。"徐冽平静地答。

这江湖骗子"死到临头"都比吐司还噎人。

苏好喝了口牛奶，把吐司咽下去："不解释是吧，那我问你答，说，为什么冒充大学生来给我表弟当家教？"

徐冽垂眼笑笑，带了一丝苏好看不明白的自嘲："还能为什么。"

"你一大少爷还缺钱？"

"缺。"徐冽看着她，"也不是大少爷。"

"你逗傻子呢？你开学穿那身衣服都够普通人家买辆车了！"

徐冽默了默，撑膝起来，拿上眼镜，看样子打算离开："这件事我会跟你舅妈解释。"

苏好拦住他："你去哪儿？"

"换一家。"对徐冽来讲，做家教是最不耽误功课的打工方式，而邹家又是近期性价比最高的雇主，但他确实没想到会这么巧碰到学校里的人。

"换一家继续做家教？"苏好皱皱眉头。

"嗯。"

"还冒充大学生？"

"看雇主需求。"

"那你怎么冒充大学生？"

徐冽扬扬眉梢："你不是混过社会？"

这看不起人的语气是怎么回事？苏好觑他一眼，"社会"地猜测："你做了假学生证？"

"嗯。"

"所以你真缺钱？"

徐洌可能是被问烦了，拿出手机，调到跟程浪的微信对话框，把它递给苏好。

苏好看了眼聊天记录。

徐洌：衣服寄给你了。

程浪：好，下个月生活费会按时打给你，缺钱了随时说，长身体的时候别过得太拮据。

苏好消化了一会儿这几行字，愣愣地指了指微信界面："你开学那天的行头是别人的衣服？"

"嗯。"

"那你现在缺钱，为什么不跟这个人说？"

徐洌收回了手机。

苏好看出了他不愿多说。

有秘密的人都知道，在秘密的边界，好奇不是关心，而是伤害。

苏好敏锐地察觉到了这条边界，所以没问下去。

"走了。"徐洌朝门外走去。

"哎，"苏好扯了把他的衣袖，"我也没说解雇你啊……"

徐洌看着她："胳膊肘儿往外拐？"

"……"

"谁往你那儿拐了！"苏好翻他个白眼，"我的意思是你这一走，我的周末又要废在我弟手上，谁知道下个家教什么时候到岗，到岗以后能做多久……"

"所以不如我们各取所需，反正我舅妈请家教就是为了我弟的功课，我看你嘛，智商马马虎虎还过得去，要真能把我弟教好，让他少来烦我，我就不戳穿你，怎么样？"

五分钟后，达成交易的苏好把徐洌带回了邹恺的房间，一进去就看见小鬼头生气地把手机砸在沙发上。

苏好笑眯眯地走过去薅了把他的寸头：“死心了吧？”

“没有！这把都怪队友不给力！我要再来一把。”

“警告你，别得寸进尺。徐……”苏好看了眼徐冽，喊得有点别扭，“老师等着呢。”

邹恺蹬腿耍无赖：“可是我一定要吃到鸡，不然我做不进奥数题！”

苏好扬手一个板栗就要敲下去，被徐冽拦了下：“让你吃一把就上课？”

“怎么，”苏好瞥瞥他这架势，“你陪玩？”

“真的吗老师！”

徐冽拿出手机，跟邹恺说：“来。”

苏好瞅瞅徐冽：“徐老师还会打游戏？行不行啊你？”

“打过几把。”徐冽看她一眼，又问邹恺，“Wi-Fi？”

“老师我来给你连！”邹恺问他拿来手机，一边指挥苏好，“姐，你快把你手机也拿来，我们一起四排，再组一个路人！”

苏好抱胸嗤笑：“刚才不是还挺嫌弃你姐吗？”

“你听我的，等会儿别乱跑，多舔点东西躲好，要是你先死了，我就舔你包，要是我先死了，就拿你手机继续玩。”

“……”敢情是把她当成人肉背包和第二条命。

苏好深吸一口气，告诉自己冷静。

因为真的有点好奇徐冽到底行不行，她决定能屈能伸地接受这个屈辱的任务，回房间去拿手机。

房间里，邹恺在徐冽手机上输入 Wi-Fi 密码，嘴上念叨：“密码是我生日加我姐生日，0418，1002……好了！”

徐冽接过手机，随口道：“哪个是你生日？”

“4 月 18 日，再有不到两个月就是了，老师你会给我送礼物吗？”邹恺嘻嘻笑着。

徐冽挑了挑眉：“看你表现。”

等苏好回来，姐弟俩并排坐上沙发，徐冽坐在两人对面的椅子上，三人人手一部手机进入游戏。

刚进组队界面，苏好一眼看见队伍里一个满身粉粉嫩嫩、花里胡哨的少女角色。

她拧了把邹恺的耳朵：“又乱花钱搞时装！”

“痛痛痛……”邹恺龇牙咧嘴，“这又不是我！姐，你乱冤枉人！”

“不是你难道是……”苏好一愣，突然看到少女卸下了时装，恢复了默认装扮。

房间里陷入诡异的沉默。

片刻后姐弟俩缓缓抬头，望向对面。

看不出来，这位哥原来有颗深藏不露的少男心？

徐冽没说话，默了默，见两人一直盯着他，只能解释：“别人的号。”

苏好瞅着徐冽的 ID“翘翘小仙女”扬了扬眉。

队伍里匹配进来第四个路人队友，游戏正式开始。

苏好的手拿笔很灵活，玩这种射击类手游却有点笨拙。偏偏邹恺一向“干啥啥不行，送死第一名”，一开局就开麦跟四号路人队友说：“四号四号，跳度假村！天堂度假村火并！”

四号玩家“妹妹快来我身后”似乎愣了愣：“我去，三号小学生？”

一个成年男声。

苏好心里本来也是一句“我去”，因为天堂度假村是个呼吸一口空气全是硝烟味，极可能有进无出、落地成盒的死亡圣地，但听这路人队友嫌弃她弟，她又有点不爽：“干吗，看不起小学生？就跳度假村。”

苏好没开自己的麦，声音录进邹恺的手机，因为隔着一段距离又经过电流传播，听上去比平常软和一些，到四号耳朵里就成了小妹妹的音色。

四号又是一句“我去”：“小学生都带妹了。”

“是姐。”带妹算什么，他是带姐，邹恺很骄傲，“二号是我姐。”

四号明白了状况，大概因为听到妹子声音，乐呵起来："好好，那就跳度假村，等会儿你们跟牢我。"又对一号说，"一号，这俩小朋友我带了啊，你自己小心。"

苏好看了眼对面沉默的一号选手。

徐冽背脊微躬，两腿叉开，低头握着手机，察觉到她的目光，给她打了个你们随意的手势。

架势还挺有大佬风范，苏好默默想着，突然看见徐冽的人物角色一跳伞，扒拉一下，一个蝴蝶飞行器冒了出来，一开伞，"哗啦"一下，一朵鲜花降落伞打开了。

徐冽："……"

苏好："……"

苏好一分神，落地捡东西慢了一拍，周围枪声响起，已经开打。

"姐，你快进房子躲好！"邹恺装好枪猛虎下山，"我要冲了！"

"不用进房子，来我这边。"四号招呼苏好。

苏好不爱听指挥，但为了小兔崽子早点吃鸡早点上课，又看这个四号好像很胸有成竹，就忍辱负重地跑到了他身边。

"看见没？对面房子那人。"四号跟苏好一边讲解，一边开枪突突突，"哎，剩一丝血皮就倒了……"

四号刚可惜地叹了口气，屏幕上接连跳出两条击杀信息——

你的队友翘翘小仙女使用 QBZ 突击步枪击倒了呜呜好想吃火锅。

你的队友翘翘小仙女使用 QBZ 突击步枪击倒了呜呜好想吃烤肉。

苏好刚想夸徐冽有点东西啊，听见四号吹了声口哨："Nice！来，妹妹跟我跳窗去隔壁。"

苏好跟上四号，刚走几步——

你的队友翘翘小仙女使用 M416 突击步枪击倒了呜呜好想吃串串。

你的队友翘翘小仙女使用 M416 突击步枪淘汰了呜呜好想吃炸鸡。

这是一个人直接干翻了一个满编队。

邹恺在沙发上蹦了蹦："哇哦，厉害厉害！"

四号不吱声了，可能受了刺激，开始默默刚枪。

苏好为了给邹恺留条命，躲在不远处的墙脚划水，几条击杀信息过后，突然看到四号被击倒。

"妹妹过来扶我一下。"四号趴在地上说。

邹恺提醒："姐，你背包里有烟幕弹吗？封个烟再过去！"

"哦。"苏好手脚麻利地往四号身边扔过去一个"烟幕弹"。

几秒过后"嘭"的一声大响，硝烟冲天，震惊四下——

你使用手榴弹淘汰了妹妹快来我身后。

"……"

四号愣住："这什么操作？"

苏好眨了眨眼，尴尬得没说出话。

徐冽看她一眼，开麦跟四号说："家里小朋友不会玩，担待。"

他话音刚落，"哐哐"两声，苏好手一抖，朝四号的盒子打了一梭子弹。

四号："鞭尸？"

苏好摸摸鼻子，看了看徐冽："……走火。"

四号估计被苏好的操作逗乐了，死在队友手上都没退出游戏，留在队伍里继续观战，好奇地问："一号也是跟你们一起的啊？"

徐冽已经关麦，忙着清剩下两队人。

邹恺答："一号是我家……"他一顿，觉得"家教老师"这个身份说出去有点丢面子，毕竟他们班上成绩好的同学都不请家教，顺嘴改口，"我家哥哥。"

"哦，你们是一家子啊。"

苏好的手又是一抖，耳边回响起徐冽刚刚那句"家里小朋友"，不太自然地轻咳一声，踢踢徐冽的椅子腿："人清完没？"

徐冽余光瞥见什么，垂下眼看了看她踢过来的脚。

苏好穿着人字拖，宽松的裤腿因为坐姿吊起，露出细瘦伶仃的脚踝，雪瓷一样的肌肤上文了一朵金色描边的白玫瑰，玫瑰花下有一行数字，远看像是某个年月日的日期。

徐冽的视线在短暂的停滞过后回到游戏界面，手指不停，嘴上说："半分钟。"

苏好"哦"了声，老实地窝在石头后，品了品他这说法，觉得有点耳熟。

之前在学校被混混堵的时候，徐冽是不是也用了这措辞？当时没什么特别的想法，现在听起来莫名地有种杀气腾腾的感觉。

苏好刚一晃神，旁边邹恺喊起来："啊！啊！啊！有人打我！"

"有人打你，你往我这儿跑干什么！"苏好躲得好好的，看到邹恺跑过来，也无头苍蝇似的上蹿下跳起来。

姐弟俩很快中了两弹，掉了半管血。

苏好没看见敌人在哪儿，拿着她那把冲锋枪，转着视角三百六十度疯狂扫射。

对面敌人被她这架势唬到，避到了掩体后，枪声也停了。

"看不出来姐，你还是有点用的啊！"邹恺蹦跶蹦跶。

"……"

话音刚落，对面发现被唬了，又架起了家伙。

"趴下。"徐冽声调不带起伏地说。

下一秒——

你的队友翘翘小仙女使用狙击枪 Kar98K 击倒了哥哥别打我。

你的队友翘翘小仙女使用狙击枪 Kar98K 淘汰了宇宙第一狙。

"你们哥哥还是个狙神呢？"四号惊叹。

"那也不看看是谁哥！"邹恺原地转圈圈孔雀开屏。

"打药。"徐冽提醒他，"打完来跑毒。"

邹恺听话地打起药。

“还有你。”徐洌看了眼发呆的苏好。

“哦。”苏好从刚才接连两狙的震撼里回过神来。

这是苏好第一次竖着走出天堂度假村。

跟着徐洌一路大杀四方，不费吹灰之力吃到鸡，她终于从这幼稚的游戏里找到一点体验感——除了徐洌那一把把粉嫩的枪真的有点出戏、有点扎眼以外。

游戏结束，跟四号说了拜拜，邹恺激动地上去抱住了徐洌的腿：“徐老师，我以后就是你的腿部挂件了！”

徐洌低头看他：“那听话上课？”

“上上上！指哪儿上哪儿！”

苏好：“……”

那么容易制服这小鬼头，她舅妈怎么没早点找个会打游戏的家教。

“不过徐老师，我有一个小小的请求。”邹恺比了个“一点点”的手势。

“说。”

“我可以不叫你老师——”邹恺重新抱住他的腿，“叫你一声哥吗！”

徐洌看了眼苏好：“可以。”

苏好：“……”可以就可以，你看着我说干什么，我又没有要叫你哥！

第七章

这下丢脸丢大了

他的寡言在此刻成了最好的良药，让她可以不用回答“还好吗”“怎么了”，只接受他的力量。

搞定了小鬼头，徐冽开始给他讲奥数题。

因为花了半个钟头打游戏，课时往后顺延，改成九点半到十一点半。

苏好有点好奇徐冽这闷葫芦有什么能耐教书，借口说“舅妈让我看着这个小鬼头”，拿了本漫画书来翻，坐在沙发上听两人上课。

徐冽捏着教辅书，用马克笔在白板上画几何图，邹恺在书桌边举起手来：“哥，画图这事不用累着你，交给我姐，她是学画画的！”

苏好一个眼刀子杀过去：“凭什么交给我，我们家请家教难道没花钱吗？”

邹恺墙头草脖子一缩：“那不是姐画得好吗？你看我哥线都画不直！”

徐冽：“……”

苏好听着舒服了点，起身抽走徐冽的马克笔，瞟了眼他手里的教辅书："哪道？"

徐洌指指书。

一个挺复杂的几何组合图案，苏好只用一眼，再没往他那儿看过，几秒钟就原封不动地把图案还原在白板上，线拉得笔直，像被直尺丈量过。

苏好的图像视觉记忆确实非常强悍，也或许是因为她的记性都花在了这上边，背起书来就变得一个头两个大。

所以苏好不选文科选了理科。她喜欢干脆利落，对就是对，错就是错，不会就认，很讨厌政史老师那种"就算不会做，只要把相关知识点全写进去套用，写满答题卷就有机会拿分"的应试理念。

徐洌看着白板点了点头，这个微表情看起来还挺满意。

画个几何图形对苏好来讲根本是雕虫小技，在线都画不直的徐老师面前，她忽然有了点优越感，把笔还给他后趾高气扬地拍拍手，坐回沙发。

徐洌看她一眼，似乎觉得有点好笑，只是笑意还没露就收了起来，转头跟邹恺讲题目。

邹恺在草稿纸上一笔一画记下条件。

"三分钟，自己找思路。"徐洌说。

邹恺皱着眉头，过了会儿咬起笔头来。

"别咬笔头，脏不脏，"苏好瞪他，"越咬越笨！"

邹恺鼓鼓腮帮子："你聪明，那你会做？"

"废话。余弦定理一算，分分钟的事。"

"那我又没学过那个什么定理！"

苏好一噎。

这就是邹恺的奥数让家里为难的原因了。小学奥数能有多难，大家都算得出答案，只不过怎样用小学生的思路降维解题，在不超纲的情况下把小学生教懂，就叫人头疼了。

苏好也是个懒的，没这耐心对付邹恺。

“那你问老师咯。”苏好抬抬下巴指徐冽。

徐冽用指关节敲了敲白板：“构成三角形的条件？”

“这个我知道，”邹恺把手举得老高，“两边之和大于第三边，两边之差小于第三边。”

“AC 和 AP 的关系？”

“等长。”

“AE 和 AB？”

“也等长。”

徐冽点了点图案：“什么角？”

“直角。第一条边我会算，可是另外两条边不是直角三角形里的，算不出长度。”

“为什么非要算？你刚刚说两边之和大于第三边，两边之差小于第三边，取值范围不是已经出来了？”

邹恺一拍脑门儿：“对哦！”

苏好在心里“哇哦”了一声，看着徐冽眨了眨眼。

怎么回事？这人居然可以把一道小学生的奥数题讲得这么光芒万丈，就像玩个手游也能玩出詹姆斯·邦德的枪法。

“解题吧。”徐冽把视线从邹恺的身上移开，见苏好直直地盯着他，手中的漫画根本没翻开一页。

徐冽装不认识苏好，问邹恺：“你姐几年级？”

“高二。”

徐冽看苏好一眼：“她作业很少？”

苏好：“……”

他们班这礼拜布置了一堆作业，每个科目的老师都说“这周不给你们布置太多任务了，就一张卷子”，于是——大家愉快地收获了六张卷子。

苏好昨晚在外面浪，现在一个字都还没动。

“管那么宽，你又不是我家教。”苏好瞪徐洌。

“以身作则。”徐洌淡淡地抛给她四个字。

“就是就是，”邹恺又八哥起来，“我从来没见我姐在家学习过，害得我也不想学习了。”

“你读书难道是为我读的啊？”苏好完全不为所动，大大方方地抱着漫画书，在沙发上跷起二郎腿，不再搭理这对师生。

两个钟头过去，十一点半，徐洌准时下课，合拢教辅书，揉了揉脖子。

邹恺满脸解放的兴奋，一张开嘴却见徐洌比了个嘘声的手势，指指他身后。

他回过头去，看见他姐脸上盖着那本花花绿绿的漫画书，在沙发上睡了个四仰八叉。

“……”

傍晚邹誉和林阑下班回家，第一件事就是问苏好早上的补习怎么样。

苏好心说她看到了开头没看到结尾，她被曹阿姨叫起来的时候徐洌早就走了，不过根据邹恺完成的习题量来看，效果应该不错。

徐老师挺有一手，没有辜负她为他打掩护的信任。

苏好在晚饭的餐桌上把自己睡着之前的事讲给了舅舅舅妈听。

两人惊讶地搁下筷子，饭也不吃了：“只玩了一盘游戏，这小子就被收服了？”

“什么叫只玩了一盘，我们玩了两盘好不好？”邹恺小声地说。

“两盘？”苏好一愣。

“对啊，下课以后我又让哥哥去客厅带我玩了一盘，我们又吃鸡了哦。”

吃鸡意味着打到最后，起码得花半个钟头以上。也就是说徐洌走的时候已经十二点多。

“哎哟，”林阑也想到这个问题，“那他是不是错过饭点了？你这孩子，没留人家吃饭吗？”

“我留了！不信问曹阿姨！”

曹姨在厨房忙活，朝外说：“是留了，我也留了，那孩子说他跟朋友还有约，就走了，我看应该是找的借口。瞧着年纪不大，心思倒是很重的，我给他一瓶喝的，让他路上解解渴，他也说不要，分得明明白白。”

“还真是，”林阑跟邹誉说，“我昨晚也发现，谈课时价格的时候那孩子说话特别老成，才刚上大一就这么晓事了，我们恺恺什么时候也能这么有出息。”

不是刚上大一，是才上高二。

苏好在心里纠正了一句。

“懂事一定好？”邹誉不太赞同，“我倒希望我们恺恺以后晚点懂事。”

“也是，”林阑嘀咕，“要不是过过苦日子，哪儿晓得那么多世故。”

苏好把一筷子番茄炒蛋塞进嘴里，记起今天上午徐冽说缺钱时的表情，嚼在嘴里的饭菜突然变得有点寡淡。

苏家家境虽然称不上大富大贵，但也从没有捉襟见肘的时候。

苏好没过过穷苦日子，不知道怎样的境况会让一个不爱动嘴的人耐心地给顽劣的小学生做家教，当陪玩。

“小兔崽子，”苏好拧了把邹恺的耳朵，“人家今天一共就赚两小时家教费，你居然让人家另外陪你打了一小时游戏。”

“就是！”林阑也有点不好意思。

苏好看了看林阑：“舅妈，你们最近生意做得怎么样，还顺利吗？”

“挺好的呀。”林阑一头雾水，“怎么突然关心起这个？”

“我看那家教难得文武双全，能把这小兔崽子治得服服帖帖，打着灯笼都找不着第二个，最后可别因为钱跑了。你们要是生意顺利，不如大方点，把人家当陪玩的费用也算上。你们不知道，现在陪玩是一种新兴职业，游戏大神按时收费，很贵的。”

“还有这种职业啊？”邹誉瞪大了眼。

“有的有的！”邹恺点头。

“那你还让人家白陪你玩！”林阑拍了下邹恺的后脑勺儿，神色凝重地摇摇头，“不行，我得马上去跟那孩子说，给他涨工资，别等会儿人家今晚就来提辞职！”

之前惨痛的经历太多，林阑此刻害怕极了，立马拿来手机拨徐冽电话。

邹恺小算盘一打：反正都得请家教，有个能带自己吃鸡的家教不香吗？

他招招手：“妈，妈，让我来跟哥哥道歉！”

林阑觑他一眼，给手机开了免提。

电话铃响了七八声，一直没人接。

林阑提心吊胆：“不会是嫌我们家恺恺太烦了吧？”

苏好心说，没关系，要真是这样，她下周把他绑过来。

第十声，电话终于被接通，但伴随着“喂”字一起传出扬声器的，还有男男女女嘈杂的欢声笑语，以及一个豪放的女声：“服务员，我们这儿再来一箱啤酒！”

苏好：“……”

他们一家子在这儿脑补了半天徐冽因为贫穷而早熟的人生，结果人家真是跟朋友有约？

还约得风生水起，逍遥快活？

林阑被这声音一炸，调回了听筒模式，降低音量拿起手机：“喂，徐老师，我是恺恺妈妈，你这会儿不方便啊？”

苏好阴着脸看向邹誉：“舅舅，你们最近生意真的做得很顺利，没有亏损赤字破产什么的吗？”

“……”邹誉一愣，“呸呸呸！”

徐洌那边本来就吵，林阑被邹誉和苏好的说话声扰得听不清，站起来走远了。

邹恺也放下饭碗跟过去，想跟徐洌说话。

餐桌边，邹誉瞪眼看着苏好：“你这孩子，瞎乌鸦嘴什么呢？”

苏好义正词严：“我只是突然觉得，谁的钱都不是风刮来的，我们家花钱也不该太大手大脚，这家教的工资要不还是别涨了。”

餐厅走廊人来人往，徐洌避让开步履匆匆、端盘提酒的服务生，走到安静的角落，握着手机听林阑说话，然后在电话里谢绝了她的好意：“谢谢您，但我只拿我该拿的钱。”

“你别想岔啊，”林阑像是生怕伤了少年郎的自尊心，“阿姨不是看你经济上有困难才多付给你工资，是真心觉得你在恺恺身上多花了那些时间，应该得到相应的报酬。而且我外甥女也告诉我，现在陪玩是一种专门的职业……”

林阑刚说到这里，电话那头响起了某位改变主意的女孩子打死不认账的声音：“我什么时候说了？不是恺恺说的吗？”

徐洌一愣过后无声地笑了笑。

但他还是说：“不用了，那对我不算工作。”

“但你毕竟花了时间。”

“我也在放松。”

“啊，是这样。”林阑恍然大悟，“也对也对，年轻人嘛，打打游戏劳逸结合也不错，那你去忙，阿姨不打扰你了，下周末再见。”

“好。”

挂断电话，徐洌回到包厢。

包厢里除了徐洌和施嘉彦以外都是南州大学的学生，十来个人围了一桌子。

今晚这顿聚餐是施嘉彦叫徐洌来的。

这些大学生自主创业，成立了一个面向初、高中生的网课平台，目前在招募理科功底扎实、逻辑思维强的新成员，负责一些诸如习题整理、课件制作的幕后工作。

施嘉彦的堂哥是团队的管理之一。施嘉彦周末听说这个消息，记起徐洌有打工需求，当了个中间人，把他介绍给了堂哥。

这帮大学生刚好周末团建，晚餐顺带邀请了包括徐洌在内的几个预备成员，一方面跟他们聊项目详情，一方面也探探他们的底，可以说是婉约派的招聘面试。

为了取得这份性价比同样很高的工作，徐洌过来了。

餐桌上只有徐洌和施嘉彦未成年，两个弟弟被当成保护动物，一滴酒没给碰。

徐洌回到包厢，在施嘉彦旁边坐下，拿起桌上的茶喝了一口，味道有点涩，但他已经很久不挑剔了。

施嘉彦凑过去问：“刚那电话怎么了，你雇主要解雇你？”

“没，”徐洌转着喝空的瓷杯，“给加工资。”

“不错啊！那这做网课的事要不算了？省得影响功课。”

“不影响。”

施嘉彦叹了口气，没有多劝。

最近在学校和徐洌同进同出，施嘉彦也大致了解他的境况。

徐家破产欠下的银行贷款和高利贷早在年前已经还清，但那并不是徐家自己偿还的，而是靠徐洌的准姐夫程浪。

当初徐妈妈带着徐洌卷款跑路，远走高飞，如果不是程浪及时相助，徐洌的爸爸和姐姐真的只剩了亡命天涯这一条绝路。

所以哪怕徐洌其实是被妈妈骗出国的，哪怕徐洌知道真相后跟妈妈断绝了来往，不肯用那笔钱一分一毫，他依然认为自己亏欠了姐姐和爸爸。

徐洌的爸爸后来在程浪的帮助下去了东南亚寻找商机。而徐洌的姐姐本以为他和妈妈带钱离开，应该过上了安稳日子，事发数月后才得知原来他一直在美国吃苦受罪。

他在最廉价的酒吧打工，吃剩饭，睡地板，挨客人的打。

他不是没办法还手，而是不能够还手，因为还手就会失去赖以生存的工作。

姐姐找到他的时候，他已经从高高在上、脾气很臭的天之骄子，变成了一个沉默寡言，好像什么都懒得计较的少年。

没有生活的目标，也没有真正在意的东西。

姐姐想把他接回国，可徐洌不愿成为她的拖油瓶，也不想回到昔日的少爷圈子。

所以最后双方各退一步——徐洌听姐姐的话，继续完成学业，姐姐则允许他在远离北城的地方生活，允许他提早独立，自己负担学费和生活费。

徐洌的姐夫现在给他的资金等于是借他的钱。

施嘉彦得知这些以后也就理解了徐洌为什么非要打工，因为他的每一天都有新的负债。

虽然他姐夫根本不在乎这点钱，这么做纯粹是为了与他达到“各退一步”的约定，可徐洌放不过自己。

没有人怪他，可他在怪自己。

一顿饭下来，施嘉彦的堂哥对徐洌寡言又稳重的性子相当满意，毕竟幕后工作就需要“人狠话不多”。

几个高年级学姐喝高了，也开玩笑说这弟弟长得真好看，想加个微信，愿意等弟弟成年，被施嘉彦的堂哥笑着骂了回去。

结束聚餐，大家准备去下一摊，徐洌的目的达到，没多凑热闹，独自去公交车站等车回学校。

刚到车站附近，瞟见迎面一个有些眼熟的身影。

是正往车站走的许芝礼，依旧像前一晚一样化着烟熏妆，脚踩一双恨天高，手里拎了个看起来很沉的超市购物袋。

许芝礼也看见了徐冽，眯了眯眼，像是认出了他。

但今天苏好这条纽带不在，两人都没有跟对方打招呼的意思，一眼过后各自撇开头，在候车椅两头站定。

这车站已经非常老旧，两把不锈钢候车椅坏了一把，另一把座椅的弧面不知被什么重物砸过，凹凸不平，但还勉强能坐一个人。

许芝礼实在是高跟鞋踩累了，见徐冽没有坐下的意思，就占了座位，手里的购物袋顺手往座椅上一放，不料袋子太沉，座椅又太窄，购物袋顺着凹凸不平的弧面往下一滑，里边的东西哗啦啦掉了出来。

几个玻璃瓶从袋子里滚出，瓶壁厚，倒是没碎，骨碌碌一直滚到徐冽脚边。

徐冽低头看了眼，借车站灯光认清了它们。

几瓶白酒，都是五十几度的烈酒。

许芝礼费劲地蹲下身去捡酒瓶，一抬头发现徐冽正皱着眉，用一种复杂到难以言说的眼神看着她——就像前一晚的苏好一样。

她把酒瓶一个个放回袋子里，站起来倚靠上站牌，抱胸看向徐冽："怎么一个个都这么看我，她没见过世面，你也没？"

徐冽扬眉："这些酒够你再去洗一趟胃了。"

"哦，那看来你是见过世面的。"许芝礼不以为意地瞥开眼一笑，转回头见徐冽还在打量她那袋酒，终于轻轻叹了口气，"别告诉她行吧？"

这个"她"当然还是指苏好。

毕竟许芝礼误以为徐冽是苏好的男朋友。

徐冽的目光恢复了沉静，看着她问："理由？"

"就帮个忙呗，帅哥。"许芝礼勾唇一笑，卖弄着她那不符合年纪的熟女风情。

徐冽连眼皮都没掀一掀，重复了一遍：“理由。”

许芝礼“哎”了一声，敲敲酸软的腿，坐下来说：“她没跟你讲我的事？”

徐冽沉默地站在一旁，等她自己往下说。

“我呢，当初是通过她认识了一群狐朋狗友，才学会喝酒的，所以如果她知道我现在这个样子，她这老好人会内疚的，明白了吗？”

徐冽静静地望着夜幕，没有说话。

许芝礼试图继续说服他：“你别不当回事呀，她这人就爱把‘锅’往自己身上背，也不是第一次有这种心理阴影了。”

徐冽看向她，眉头皱了皱。

“你不知道啊，”许芝礼的嘴角带了一丝调笑，“没见过她脚踝那个文身？”

徐冽眯着眼回想起来。

许芝礼看他这表情应该是见过了，但不知道具体情况，提议道：“要不我告诉你那是什么，你答应我，不告诉她今晚遇到我的事？”

徐冽没说话，许芝礼当他是默认，自顾自地解释：“那是洛丽玛丝玫瑰，用来纪念过世的人。玫瑰底下的日期是那个人离开的日子。”

徐冽眉头蹙得更深：“那个人？”

“我也不知道是谁，她当时只告诉了我一半。大概是她以前很亲近的人，看她对那人过世的事好像挺有负罪感的。”

徐冽皱了皱眉。

远处路口，一辆公交车停在了红绿灯前。

这个时间点，站台一共就只剩两辆公交车。许芝礼踮脚望了一眼号码牌，回头跟徐冽说：“不是我的车，你的？”

“嗯。”

“行，那你走吧，记得保密。”

“保密可以，”徐冽朝她摊开掌心，“酒给我。”

许芝礼气笑了。

“酒给我，我替你保密，或者我现在告诉她，你选。”

“真要堕落的人是拦不住的。”许芝礼好笑道，“这个道理不用我讲吧？”

徐洌淡淡地眨了眨眼：“至少不是今晚。”

许芝礼目光一闪，忽然短暂失语。

片刻后她扯了扯嘴角：“不是今晚，就不会是明晚了吗？”

“也许。”

许芝礼从他眼底一闪即逝的奇怪情绪捕捉到什么：“你怎么知道？”

徐洌没有答，依然伸着手。

僵持数秒后，许芝礼懊恼地抓了下头发，把购物袋递给了他：“我真不该来这个车站。”

公交车在站前停稳，徐洌拎着购物袋上去，在后车厢靠窗的座位坐下，眼前缓缓浮现出那朵金色描边的洛丽玛丝白玫瑰。

手机传来的振动打断了他的回想。

一通微信语音通话，来自邹恺。

这小鬼头今天下课后非要加他微信，说有空一起打游戏。

他接起来，那头邹恺兴奋地说：“哥，我作业做完了，你现在有空吗？”

徐洌眉梢一挑，不答反问：“做完了？”

“对啊，这是我第一次在周六做完作业！”

“怎么证明？”

“我从来不说谎的！要不拍照给你看？”

“不用，”徐洌手肘支着窗沿，“让你姐听电话，我问她。”

“也行，反正我真的做完了！”那头邹恺奔进苏好房间，指指手机，“姐，你快帮我做证，跟家教哥哥说我作业写完了。”

苏好正在画架前画油画，手都腾不出来，翻个白眼：“老娘现在没空。”

“就说一句嘛！”邹恺非把手机往她耳边搁。

苏好没好气地对电话那头说：“徐老师吃香喝辣还不忘管我弟作业，真是精力充沛。”

“我吃香喝辣？”

“我舅妈给你打电话的时候不是你那儿在喊服务员？”

徐冽默了默，隐约笑了一下：“我在工作。”

“工作？”苏好一愣，“你不是去吃饭的，你是那个服务员？”

公交车上，徐冽也对她这个脑回路愣了愣，“不是”两个字刚到嘴边，转了个弯：“对。”

苏好低低地“啊”了一声，滞在画架前缓缓眨了眨眼。

这也太可怜了吧。

第二天又是返校日，苏好照惯例先去教室报到，打算以学习为重，抄好作业再到艺术馆画画。

为了给抄作业预留时间，她提早回了学校，到教室的时候里边只有零零散散几个人，也没人闲聊，一眼望去都在奋笔疾书。

是一群刻苦用功，与她志同道合的好同志们。

郭照见苏好来了，朝她双手奉上六张试卷：“苏姐，您要的货。”

“搁这儿吧。”苏好努努下巴，打了个没睡饱的哈欠，为了方便大干一场，把桌上乱七八糟的杂物清理了下——把它们一股脑堆去了旁边徐冽干干净净的课桌。

刚堆过去，她想起什么，动作一滞。

徐冽周末留宿学校，最近又在赶学习进度，没道理大好时光窝在宿舍无所事事，不在教室，难道又去打工了？

苏好看了看腕表，四点，餐厅还真快营业了。

这个点，端盘子的服务员也该到位了。

唉，这就是传说中的“美强惨”吗？

郭照也往徐洌的空座位看了眼：“对了姐，那啥，这次数学卷特别难，我大题基本只做得出第一问，完整答案要不你一会儿问你同桌抄，我估计全班也就徐同学能全部搞定。”

苏好回过神，困惑地眨眨眼：“大家都不会的题，我抄上去是为了被老师抓包吗？”

“哦对，”郭照点点头，“苏姐英明。”

“嗬吧嗬吧的！烦不烦？”一个中气十足的女声在两人附近响起——来自徐洌的前桌，也就是郭照的同桌兼室友，吴语同学。

郭照和吴语，一个人如其名的聒噪，一个人如其名的无语，传言她俩会成为同桌，就是杜康考虑到“性格互补”的原因。

郭照成绩平平，给苏好的作业正确率一般只在平均水平。但吴语是个厉害的学霸，常年包揽高二 7 班各科成绩第一。

所以自打徐洌在期初考以物化生成绩一战成名，眼看自己“大满贯”不保，吴语就变得越来越无语，每天都在埋头苦读。

郭照此刻有理由相信，吴语突然发飙，是因为她说了那句“我估计全班也就徐同学能全部搞定”。

“还不让人说实话了……”郭照碎碎念着白了吴语一眼。

苏好倒没计较吴语的“出言不逊”。

她跟吴语这类学霸之间通常会有一种心照不宣的默契——她在她的地盘当老大，学霸在学霸的领域挥洒光芒，彼此互不干涉，也不需要分个高下。

吴语一道大题打了三张草稿还算不出，又听郭照在那儿碎碎念，烦躁地骂了她一句“聒噪”后，拿起卷子到教室门外站着去找灵感了。

吴语一走，郭照立马转头跟苏好吐槽：“姐，你看她，脾气真臭！”

郭照说着想起件事，压低她那装了喇叭的嗓门儿，用气声问苏好：“对了，姐，你之前跟我打听我们宿舍的人，是不是在查谁干了什么坏事，后来有没有结果啊？”

苏好摊摊手，表示没有。

距离她被诬陷作弊和被混混堵已经过去有一阵了，这种事时间越久越没线索，她又不是警察，还有一堆繁忙业务，所以决定静观其变。

狐狸终归是狐狸，藏得再好也迟早有露出尾巴的时候。

郭照凑到苏好耳边说：“那我觉得你要多注意一下吴语，你看她这清高样，肯定很看不起咱们这样成绩不咋地的人，指不定就是她在背后针对你。”

苏好无法苟同：“就因为看不起我，才不会针对我。”

“什么意思？”

“老虎跟老虎打架，孔雀和孔雀比美，你见过老虎和孔雀斗法吗？”

虽然从地理位置上讲，吴语确实最容易捡到她和郭照传的字条，但从动机上看，苏好觉得吴语没道理诬陷她作弊。

一个一心只读圣贤书的学霸，专业领域在学习成绩上，有什么必要去诬陷一个文化课上的小喽啰？

“这么一说，”郭照沉思着点了点头，“那确实是我们宿舍剩下两个人更可疑——尤欢欢长得漂亮，又对你同桌有意思，可以跟你比美，庄可凝是宣传委员，画画好，可以跟你比特长。”

郭照话音刚落，说曹操，曹操到，两位当事人肩并肩走过了教室南窗。

尤欢欢拿小勺子舀着手里的冰淇淋杯，一边说：“粉笔画我还能给你打打下手，水粉画真帮不上忙，这么大一块黑板，我可能笔都下不去，你可以找苏好呀。”

“我上周日问过她，她好像不太愿意……”庄可凝叹了口气。

“不会吧，上学期宣传部要求画水粉板报的时候她不就帮过你吗？对她来说这种小儿科也就随便挥几下手，一节自习课就搞定啦。”尤欢欢说着走进教室，一眼看到苏好。

苏好瞥了瞥两人。

带了点背后说人的心虚，庄可凝的眉心一跳。

尤欢欢倒还是一贯地直来直去，指指苏好，跟庄可凝说：“喏，她在呢，你再去问问。”

“算啦，我自己能搞定，不麻烦她了。”

“这么大一幅水粉画，你一个人要画到猴年马月？得了，我去给你说。”

尤欢欢还没开口，苏好已经明白了状况：“什么主题？”

“你看这不就解决了吗？多大点事。”尤欢欢推推庄可凝。

庄可凝被推得往前趔趄，走到苏好座位边说：“学雷锋，植树节，还有春暖花开，三选一，硬性规定必须用水粉，我是想着选学雷锋和植树节的班级可能比较多，也没什么新意，所以……”

“OK 啊，”苏好随意地掀了掀眼皮，“想怎么画。”

“我觉得这次可以画为主，字为辅，画片花海吧，整体构图大气点……”

“全景图咯。”

或许是被苏好简练专业的表达噎住，庄可凝滞了滞才点头：“对，你有空吗？”

“没空我跟你说半天？”苏好打量了眼教室后的黑板，上面还是上学期的元旦主题黑板报，“你先把这期擦了吧，明天体育活动课我有时间。”

“行。”庄可凝点点头。

苏好抄完作业去艺术馆的时候徐冽还没来教室。

再次见到这位“美强惨”已经是周一早上，苏好踩着早自修的点走进教室，看隔壁座位还空着，桌上也堆着她昨天挪过去的杂物。

她刚要问前桌郭照，徐冽是不是昨天压根儿没来，就在余光里看到了他——

徐冽的点踩得比她还准，跨过后门的时候刚好打铃。

苏好偏过头去，不知道是不是心理作用，总觉得他这周末过后憔悴不少，看起来好像熬了两个大夜。

徐冽在她旁边坐下，一眼看到课桌上堆积如山的东西——笔袋、水杯、镜子、发圈、盒装纸巾、袋装湿巾、文件夹、笔记本……琳琅满目，应有尽有。

他看苏好一眼："你开店？"

苏好本想把东西拿回来，一听这话又不动了："是啊，跟你租个商铺。"

徐冽扯了下嘴角："也没见租金。"

"坐在苏姐旁边的自豪感还不够满足你的精神租金？"

"大家安静一下！"语文科代表走上讲台，打断了两人的对话，"打开课本，今天我们读《兰亭集序》。"

徐冽想翻课桌盖取课本，一看桌上这一大摊子，叹了口气，先把它们挪到边角。

刚一挪，笔记本底下冒出一块粉粉嫩嫩、四四方方的女性用品。

苏好："……"

她什么时候把卫生巾搁这堆东西里边了。

两人双双一滞，前边郭照恰好突然转过头来："哎，苏姐你……"然后也看着徐冽桌上那片卫生巾僵住了。

教室里刚被语文科代表整安静，这一嗓子惹来一圈人注意，更多目光落在了徐冽的桌上。

徐冽沉默地把杂物往苏好那边推，无声表明这不是他的卫生巾。

苏好看他这嫌弃样，再看周围人一脸"有情况"的眼神，清清嗓子："徐冽，你好变态，你为什么偷我卫生巾？"

"……"

苏好也没别的意思，就是最近学校里时不时有细碎的八卦传言，说她倒追徐洌，但徐洌不为所动，非常掉她面子，她就顺嘴皮一下摆他一道找回场子。

徐洌也如她所料，并不是会跟大家解释“她在瞎扯淡”的人，面无表情地看她一眼，背下了这口黑锅。

但皮过之后，看徐洌懒得跟她计较，苏好还是有那么一点点心虚，所以这一整天，两人除了课上同桌讨论之外都没什么私下交流。

下午最后一节是全年级统一的体育活动课，好不容易体育活动课不被任课老师占，多数人都跟出笼鸟似的飞奔去了体育馆，男生打篮球，女生打乒乓球、羽毛球，或者结伴去操场散步，去便利店吃冰。

教室里只剩零星少数，连体育活动课都拿来刷题的人。

徐洌就是这少数人之一。

苏好本来跟庄可凝和尤欢欢约了这节课出板报，没想到刚准备好家当，数学老师发现她抄周末作业，把她喊去了办公室。

她叹口气，跟庄可凝打了声招呼，让她们先画前期。

尤欢欢和庄可凝就在教室后的黑板边一人踩一把椅子，拿着颜料盘和水粉笔忙活起来。

前边有人看她俩在出板报，问庄可凝：“庄宣员，这次啥主题啊？可别又是学雷锋吧，我今早经过其他班，看好多都图省事，一个雷锋头像加两篇好人好事报道。”

“我们画不一样的，这次肯定评进前三。”庄可凝答。

“庄宣委有实力就是大气！”

庄可凝扭头笑了一下：“瞎吹什么呢！”

“哎，不过怎么就你俩，苏好画水粉不是很厉害吗？她不来啊？”

庄可凝脸上笑意微微一滞。

尤欢欢扭头道：“她一会儿就来，我们先给她打打杂。”

“难怪庄宣委底气十足，那咱班这次目标不止前三，得冲第一去了啊！上学期宣传部要求出水粉板报那次，苏姐的画不就拿了全校第一吗？当时还被人拍照投稿到了一公众号上。”

“是啊。”庄可凝皮笑肉不笑地弯了下嘴角，回过头抿了抿唇，一声不吭地动起笔来。

苏好也是没想到，她能用伶牙俐齿的嘴皮子逃过杜康和崔华的连篇废话，却逃不过数学老师的一言不发，直接拿了一张新卷子，让她在办公室重做周末作业。

被这张传说全班只有徐冽一个人能做完的卷子摧残了近一节课，她头晕眼花地回到教室，看见庄可凝和尤欢欢已经画了近一半的板报。

虽然跟这俩人关系不亲，但苏好是个说到做到的人，放了人家一节课鸽子，头昏脑涨也没休息，立刻回座位搬起画具。

东西有点多，她本来想叫徐冽帮个忙，想起自己早上干的好事，决定算了，分了三趟搬，然后跟庄可凝和尤欢欢说：“剩下我来，你俩去吃晚饭吧。”

尤欢欢回头看她：“你不吃晚饭啊？”

“有外卖。”苏好抬抬下巴，“赶紧下来，别碍着我。”

“哦，那你来，我手刚好酸死了。”尤欢欢从椅子上跳下来，把水粉笔扔进装着颜料水的水桶里。

苏好站上她那把椅子，看了眼一旁还在画的庄可凝：“你也走吧，我占两个位子。”

庄可凝抿抿唇，点了点头：“好。”

苏好揩了揩做卷子做到迷糊的眼，拿起颜料盘调色，刚准备动笔，忽然听见“啊”的一声尖叫——庄可凝踩着椅子下来的时候，一脚踢倒了涮笔的水桶。

“咣当”一声，被颜料染红的水倾倒出来，一下子流了满地，一路顺着地砖蜿蜒到门外。

教室里的七八个人都转过头来。

苏好垂眼一看，恍惚了下。

像极了血水蔓延的这一幕与记忆中某个画面重叠在一起，让她忽然产生一种熟悉的不适感。

头晕，想吐，眼前发黑。

几乎是一瞬间，她急急地扔掉平常当宝的画笔，跳下椅子快步走出了教室。

尤欢欢愣了愣："这……怎么回事？"

前边桑绵绵站起来往后一望："苏好对这么红的颜料水有点过敏的，我去看……"

她话还没说完，教室后排一道瘦长的人影闪过。

徐冽已经追了出去。

教室外，苏好一路跑到走廊尽头的死角，扶着栏杆喘了会儿气，腿脚发软地蹲了下去，脑袋靠在墙上，闭着眼费力地缓劲。

徐冽追出去很快，到她身后反而放慢了步子，像怕惊扰到她。

苏好似蹲又似坐地蜷在地上，垂在身侧的手在细细颤抖。平日里最是嚣张跋扈的人，这时候却像一朵脆弱枯萎的花。

徐冽微眯起眼，试探着上前去，弯身抓住她的手腕，尝试把她拉起来："苏好？"

苏好身体脱了力，神志却是清楚的，辨认出他的声音，撇过脑袋，可能不想被他看见自己狼狈的脸色，靠在那儿一动不肯动："别烦我……"

徐冽静静等了会儿，感受到她的颤抖，握着她手腕的掌心缓缓下移，抓紧了她的手。

徐冽单膝屈地，握住她的手，以一种无关旖旎遐思的支撑姿态将她用力抓紧，把她的冷汗包裹进干燥的掌心。

这里是走廊尽头一个半包围的弧形转角，没有人看到他们。

他的寡言在此刻成了最好的良药，让她可以不用回答"还好吗""怎么了”“为什么”，只接受他的力量。

苏好背对他，从蜷缩的姿势渐渐缓转过来，后知后觉地发现，原来男孩子的力气可以这么大，大到能够把她自己怎么也止不住的颤抖轻易逼停。

而且，仅仅只用抓着她的手而已。

哦，那不然你还想怎样？

苏好被这个奇异的念头拉回现实，脑海里像现出一条光怪陆离的时空隧道，倏地把她从两年前扯到了此时此刻。

只是颜料而已。

只是颜色像了点的颜料水而已。

过去两年，她从一看到红色颜料就头晕呕吐，到可以直视它，再到可以重新用它正常作画——她明明已经克服得差不多了。

一定是今天做数学试卷做得头昏脑涨，状态不好才又发生了这样的应激反应。

太丢脸了！

第八章

未经允许，请勿擅自脱单

“现在外边在传我俩绯闻，风头过去之前，你敢跟其他女生有亲密行为，未经我允许擅自脱单，你交一个女朋友我棒打一个，交一双我棒打一双！听见没？”

苏好的手指又颤了一下。

徐冽敏锐地察觉到她的这下颤抖不是因为不舒服，而是因为懊恼。

他松开了她的手：“好了？”

苏好蹲在角落，像一颗沮丧的白菜，裙摆四散，发丝因为冷汗黏在额角。不用照镜子她也知道现在自己一定很狼狈，很有失大佬风范。她慢腾腾地，不太情愿地回了他一声“哦”。

“起来？”他又问。

“你去教室给我接杯水。”苏好依然背对着他。

这是要支开他。

徐冽转身朝教室走去，一过转角就看到桑绵绵和尤欢欢站在教室后门边，踮着脚朝这边转角望，想过来又不敢过来的样子。

“徐洌，苏好还好吗？”桑绵绵问他。

“没事。”徐洌绕过两人走进教室，看到庄可凝正拿着拖把打扫一片狼藉的地砖。

余光瞥见他走近，她动作一顿，握着拖把的双手微微收紧，抬头道：“对不起啊，都是我不好，她要是不舒服，要不就别硬撑着画板报了……”

徐洌淡淡地垂眼看着她，没说话。

庄可凝有点尴尬：“她……”

“让开。”

庄可凝一愣，一时没反应过来，等回过神，慌忙握着拖把让开道，脸色变得煞白。徐洌拿起苏好桌上的水杯去教室前面接水，一半冷一半热，又捎带上她桌上的一包湿巾，重新走出去。

再经过庄可凝身边的时候，她一声不响地拖着地，把头埋得很低。

教室外，苏好已经站在转角若无其事地在吹风。徐洌看了一眼她不太健康的脸色，先把湿巾给她，等她擦完手和脸，又拧开水杯杯盖，把水杯递过去。

苏好垂眼一看。啧，很会嘛。陈星风那个钢铁直男给女生递水递饮料的时候就从来不会开盖。

不过……

苏好接过水杯，又拿来徐洌另一只手上的杯盖，重新拧回去，再拧开。

徐洌：“……”

这个自我证明真的还蛮无聊。

苏好“咕噜噜”喝了半杯水，把湿巾垃圾和水杯塞给他，转身朝楼梯走：“帮我跟宣委说一声，今天没空画板报了。”

苏好回到宿舍，在楼里的公共浴室洗了个热水澡，让苗妙替她跟画室老师请了个假，晚自修哪儿也没去。

她留在宿舍，把开学以来一直懒得整理的行李全都捣鼓好，然后里里外外打扫了一遍宿舍，最后实在无所事事，看晾干的衣服好像洗得不太干净，把它们浸湿又洗了一遍。

就这样一直忙到临近熄灯，她在桑绵绵回宿舍之前戴起眼罩躺上了床。这一觉睡了特别久，久到她好像在梦里用上帝视角重新活了一遍这十七年。

第一年，她在产房呱呱坠地。虽然家里已经有一个女儿，爸爸妈妈还是很欢喜她的降临。他们说大女儿叫苏妍，小女儿也取个女字旁，就叫苏好吧。

第二年，她牙牙学语。爸爸妈妈上班，她跟比她大四岁的姐姐一起住在爷爷家，第一个学会的词不是爸爸妈妈，是姐姐。她很喜欢长得漂亮又很会画画的姐姐，到哪儿都要黏着她。

第三年，画了一辈子油画的爷爷在教姐姐画画时偶然发现她比从小学美术的姐姐更有艺术天赋，问她想不想一起学。

第四年，她跟姐姐一起在爷爷那里学起画画。姐姐文气，画画时总是优雅又专注，而她好动，画画时总是嬉皮笑脸，见缝插针地摸鱼。可偏偏每次都是她的画更讨爷爷欢心。爷爷说她是个小神童。

慢慢地她长大了，一路念上姐姐念过的幼儿园，姐姐念过的小学，姐姐念过的初中。

她还是那样活泼又张扬，好像也不用很努力，不用像其他美术生一样牺牲学文化课的精力，只要课余时间随便下点功夫，绘画比赛最高的奖杯是她的，爷爷的夸奖也是她的，爸爸妈妈跟亲戚朋友吹嘘家里两个女儿，也总是先提到她的名字。

她越长越大，姐姐却似乎变得越来越文静。

而她和姐姐相处的机会也越来越少。

姐姐初、高中都是寄宿，高中时甚至周末也不太待在家里，整天泡在画室，不眠不休地练习画画。

在她十四岁那年，姐姐费尽千辛万苦考进了英国一所著名的艺术院校，如愿出国留洋，然后一整个学期没有回家。

她在半年后的寒假跟妈妈说，她想去看看姐姐。妈妈工作忙，腾不出时间，托朋友带她去了英国，嘱咐姐姐照顾好她。

她到了英国，住进姐姐的宿舍，跟姐姐的舍友三两天就打得火热。她去参观她们的大学。她很喜欢那里，跟姐姐说，她以后也想考来这所大学。

姐姐笑着说，好啊。那是姐姐最后一次对她笑。如果她可以不要沉浸在自己的世界里，就会发现姐姐笑的时候好像有点不开心。

她打从出生开始就分走了家人对姐姐的宠爱，后来的十几年，又一直让热爱画画的姐姐活在她的阴影里。

幼儿园、小学、初中，那里曾经喜欢姐姐的人，都在遇到她以后说——

两姐妹长得好像哦，不过我还是更喜欢好好这性格，小姑娘嘛，这么活泼可爱的多讨喜。

两姐妹画画都很厉害，姐姐之前在这个比赛拿了银奖，好好应该可以拿个金奖回来吧。

这样姐姐要怎么开心。

她最后一次见姐姐，是在她英国宿舍的浴室。

姐姐安静地躺在满是血水的浴缸里。

浴室的白瓷墙上，是姐姐用血画下的最后一幅画。

疯狂、颠倒、扭曲，触目惊心。

姐姐留下的遗物里有一本日记。

日记本的最后一页，是姐姐来到英国的第一天写下的话：这里只有苏妍，没有苏好了。

第二天醒来的时候，苏好感觉身体疲惫得像被车轮碾过。

桑绵绵已经在阳台水槽洗漱，提醒她该起床了。

她做了一晚的梦，八个钟头的觉好像白睡了，困倦地让桑绵绵给她请个假，说上午前两节课不去了。

“身体不舒服吗？”桑绵绵担心地看着她，“是不是生病了？要不我陪你去医务室？”

桑绵绵是知道苏好对红颜料过敏的。之前宿舍文化节的时候学校要求每个宿舍设计特色文化，好多女生都在宿舍门上花了大心思，那阵子，走廊里都是举着颜料盘画画的人。

当时桑绵绵在苏好面前不小心打翻了一罐红颜料，苏好突然就有了跟今天一样的奇怪反应。

桑绵绵起初不知道她怎么了，想陪她去医务室，苏好却轻描淡写地说自己只是对红颜料有点过敏，就跟有人对杧果过敏一个道理。

桑绵绵当时还以为这是苏好为了不去医务室找的托词，毕竟学画画的人怎么会对颜料过敏？今天才发现原来是真的。

“没事，”苏好懒懒地摆了摆手，“我再睡个回笼觉，别吵我。”

说是回笼觉，但桑绵绵离开宿舍后，苏好并没有睡着。

闭目养神两个钟头，一看手机里的课表，见是体育课了，苏好来了点“上课”的动力，打算去操场晒太阳。

南中的体育课男女分开上，具体课程又分不同的门类。

苏好不喜欢体育馆里地坪的怪味，没有选择在女生中非常热门的乒乓球课和羽毛球课，选了能在操场呼吸新鲜空气的田径课。

她到课上报了个到，骗体育老师说来例假了，在大家开始跑圈的时候顺理成章地跳上看台，一个人占据三个座椅，优哉游哉地躺了下来。

另一边，体育馆里，尤欢欢正和郭照心不在焉地练习乒乓球，一连三次都没接到球。

“你今天魂儿不在啊？”接连几次过后，对面郭照忍不住吐槽她，“能不能打顺一回了？”

尤欢欢搁下乒乓球拍，烦闷地吐出口气：“还不许人有心事了吗？”

“你能有啥心事，对徐同学爱而不得吗？”郭照嗤笑一声，语气遗憾，“尤欢欢同学，请你拎清，知道今天徐同学为什么会在语文课上被批评没专心听讲吗？”

“哎哟，要你提醒啊！不就是因为苏好没来上课嘛！昨天体育活动课看他追出去，我就知道他跟苏好有猫腻了！”

郭照一愣：“等会儿，什么追出去？我错过了什么大新闻？”

昨天体育活动课只有个别学生在教室，郭照并不知道苏好怎么了，还以为她今早是单纯地起不来才不想上课。

毕竟苏好之前也不是没做过这种懒蛋事。

尤欢欢不小心把这事脱口而出，被郭照催促着说清楚，只能跟她讲了事发经过。

郭照两眼发光：“难道苏姐这是功夫不负有心人，快把铁杵磨成针了吗？”她拍拍尤欢欢的肩膀，“看来你离彻底失恋不远了，难怪连我的乒乓球都接不住了，我充分理解你今天的心情。”

“哎呀，我不是因为这个！”尤欢欢蹙起眉头，“算了，我实在憋不住了，告诉你吧。”

“还有啥内情？快说快说。”

尤欢欢看了看四周，把郭照拉到角落小声说：“你先答应我绝对不能告诉别人，尤其是苏好，不然我不说。”

郭照从善如流地给嘴巴拉了道封条。

尤欢欢叹息一声：“昨天出事的时候我就站在旁边，当时看到庄可凝下椅子之前往地上看过一眼……”

“什么意思啊？”郭照一蒙。

“你是不是傻呀！”尤欢欢拍一下她脑袋，“她下来的时候明明看了一眼地上，却还是踢翻了颜料桶，那你说这能是不小心吗？”

“……”

郭照浑身汗毛一竖：“不会吧？”

“本来我也觉得是我看岔了，可是昨天后来我跟庄可凝说，等苏好身体舒服了再继续画吧，反正学校规定的时间还早，也不着急交差，结果庄可凝说她不想拖太久，超积极地继续出板报，一整个晚自修作业一个字没写，硬是把板报绘画部分搞定了。”

“你是说……”郭照摸了摸手臂上的汗毛，“庄可凝可能之前就知道苏姐对红颜料过敏，为了不让苏姐参与板报才故意踢翻那个颜料桶？可是出板报这事不是庄可凝先找苏姐帮忙的吗？”

尤欢欢摇摇头：“其实不是，我仔细回忆了下，那天我跟庄可凝提议找苏好画板报的时候，庄可凝一直说苏好不愿意，不麻烦人家了，我以为她是害怕苏好就多嘴讲了几句，当时不是刚好被苏好听到了吗？苏好主动问起板报的事，庄可凝才硬着头皮回答的。”

“唉，”尤欢欢一脸丧气，“都怪我会错了意，这下搞得这么尴尬，烦死了烦死了！”

尤欢欢整节课都沉浸在郁闷里，还拖了郭照下水，让郭照也陷入了情义两难的纠结中。

下课铃一打，两人叹着气走出体育馆，正好看到庄可凝跟班上几个刚打完篮球的男生有说有笑地经过。

两个人心情复杂地望着这位让她们变得不开心，自己却很开心的室友，突然看见剧情急转直下——

庄可凝跟人打闹的时候往后一躲，肩膀擦到了刚好从篮球场出来的徐冽。

她惊呼一声，回头看清是谁，脸上笑意一下子消散得无影无踪，急忙低头道歉：“对……对不起……”

徐冽站在那里，淡漠地看着庄可凝，等附近几个男生走开以后，对她抬抬下巴，意指器材室："过去一下？"

"什么情况……"郭照惊讶地碎碎念着，眼睁睁地看庄可凝脸色发白地跟徐洌走进了那间无人的器材室。

器材室角落，庄可凝攥紧双手看着眼前一言不发的人，尽量镇静地说："徐同学，对不起，我不是故意撞到你……"

"庄可凝，"徐洌垂眼瞥了瞥她，"是叫这名字吗？"

他的语气分明非常平静，庄可凝却莫名地感到一股黑云压城的压迫感。

她不敢看他漆黑的瞳孔，垂下眼点了点头。

"庄可凝，"徐洌语气带笑，"只是不小心撞到我，不用这么紧张。"

庄可凝一愣，抬起头来。

徐洌扯了扯嘴角："你很怕我？为什么怕我？"

庄可凝紧张地吞咽了下："我没……"

"在这个学校，"徐洌打断了她，"只有一个人应该怕我。因为那个人知道我在两分钟里打趴了三个专业打手。"

庄可凝的瞳仁一缩，仓皇地朝后踉跄退去，后背猛地撞上墙。

器材室外，苏好晒完太阳走下看台，远远望见器材室里的这一幕，看到徐洌把庄可凝堵在墙脚——就像之前堵她那样。

"嚯……"苏好愣愣地眨了眨眼，严肃地叉起了腰。

距离隔得远，她听不清两人在说什么，只能看见他们的侧脸。

徐洌好像扯了下嘴角——哦，笑了。

笑什么笑，以为这么笑很魅力四射吗？

庄可凝看起来好像很紧张——哦，心头小鹿乱撞了。

也是，被长着这么张脸的男生堵在墙脚，除了她苏好，还有谁能心不慌，气不乱？

苏好往路边那棵大树一靠，摘了片叶子叼在嘴里，抱起胸来，目光死死地盯着器材室那个角落，眼看庄可凝后背已经抵到墙，徐洌还往前走了一步，低下头在她耳边说了句什么。

光天化日，朗朗乾坤，成何体统！

虽然苏好觉得自己对徐冽也没什么特别的意思，可托那次面馆事件和郭照大嗓门儿的福，好多人都以为她看上了徐冽，那徐冽要是跟庄可凝好上了，她岂不等同于被狠狠打脸？

她绝不容许这样的悲剧发生。

苏好脸色阴沉下来，正在思考怎么棒打鸳鸯，忽然看到远处郭照和尤欢欢伏低身体，鬼鬼祟祟地朝器材室方向走来。

家丑不可外扬，苏好吐掉嘴里的叶子，从一旁草坪上的小路绕过去，神不知鬼不觉地到了郭照和尤欢欢身后，十分自然地边走边做着扩胸运动，叫住了她们："郭同学，尤同学？"

两人被这声叫得后颈皮子一紧，僵硬地回过头去。

"偷鸡摸狗地干吗呢？"苏好挑了挑眉。

郭照和尤欢欢默默抓住了彼此的手，像在汲取力量互通灵感："我们在……"

她们刚刚经历了一场激烈的辩论，最后决定去看看徐冽和庄可凝到底在器材室干什么。

但这话肯定不能跟苏好讲。

"Co……Cosplay！"郭照点点头，"苏姐，我们在模仿007过激光射线！"

尤欢欢："……"

苏好："……"

虽然一看就在扯淡，但看在扯得这么形象的分儿上，苏好没拆穿她，"哦"了声："第四节课都快上了，还在这儿不务正业？"

"我们这就去上课。"郭照拉着尤欢欢跑走了。

苏好再回到大树边往器材室一望，得，那两个也没影了。

第四节是走班的小课，全年级按选课意愿打散了上，各门课都在多媒体阶梯教室。

苏好因为图像记忆强悍，又有绘画优势，第三门小课选的是地理。

回教室拿完地理课本，苏好走到教学楼南面多媒体楼的三号阶梯大教室坐下，拿手机查了下班级群文件里的选课报名表——庄可凝和徐冽都是去一号阶梯大教室的生物课。

苏好磨了磨牙，在地理老师进教室之前站起来，朝一号阶梯大教室走去。

生物课的大教室已经坐了两百多号学生，她在无人的最后一排坐下，目光激光笔似的来回扫射，看这俩人是不是坐在一起。

生物老师还没来，刚打过了铃，教室里还是热闹得像菜市场——混班上课是聊八卦最好的时机，昨天你班里哪对分手了，今天我班里谁对谁表白了，哪个老师在食堂门口滑一跤摔了个四仰八叉，哪些人打了场群架集体挂彩了，什么都能侃。

所以苏好在找到徐冽之前先听到了两个熟悉的女声。

“什么？！”郭照拔高了声，“你早就知道当初我是故意把翁敏儿给徐冽送情书的消息告诉你的？”

苏好望向声音来处，看见了前排的郭照和尤欢欢。

“废话！你成天那么狗腿地跟着苏好，突然给我讲这种八卦，当然是想让我和翁敏儿鹬蚌相争，叫苏好渔翁得利呗！”尤欢欢嗤笑，“当时我在小树林堵翁敏儿，你肯定在实验楼偷听，没说错吧？”

“那你怎么还敢借苏姐的名头威胁翁敏儿？”

“你们用我借刀杀人，我还不能反将一军啊！”尤欢欢低哼一声，“反正你们理亏在先，也不至于找我算账。而且我觉得苏好其实也没那么可怕，我初中见过那种货真价实的大姐大，会把看不顺眼的女生扔进厕所，往人家头上浇拖把水，这么一比，苏好根本就是雷声大雨点小的纸老虎，你见她什么时候真的欺负过人？”

纸老虎的眉梢缓缓吊了起来。

郭照在那儿跟尤欢欢解释当初那事其实跟苏好没关系，前边一位年轻男老师姗姗来迟："同学们安静了，我是高一年级的生物老师，我姓乐，你们蔡老师临时有事，我给她来代节课……"男老师看了眼最后一排，"最后一排那个女同学，别孤零零地在那儿，你往前坐。"

前边学生都扭过头来看。

郭照看见苏好一个激灵："苏……苏……苏姐不是应该在上地理课吗？"

尤欢欢张着嘴，手里的笔"啪嗒"一下掉了下去。

苏好对尤欢欢露出一个杀气腾腾又不失礼貌的微笑，目光再次往前扫，这下找到了徐冽。

因为此刻徐冽是唯一一个事不关己，没有转过头来看"最后一排女同学"的人。

还算他心里有点数，坐在连排座位的前部，附近是男生堆，左右两边都是空位。

苏好站起来朝前面走去。

不少人认出了她，窸窸窣窣地交头接耳："苏好好像不是上生物的吧？"

苏好眼角带风地一瞥，一群人嘴闭得比火箭发射还快。

大佬爱上什么就上什么，没事上个天也可以。

讲台上生物老师正在调试麦克风和 PPT，让大家稍等。

苏好一路走到徐冽旁边，拿地理书的书脊敲了敲他隔壁的桌板："同学，我可以坐这儿吗？"

徐冽这才抬起头来，看见她似乎有一丝讶异，不过很快挑了挑眉，比了个"请"的手势。

"哇哦——"有人起上了哄。

众所周知，最近生物课上竞争最激烈的座位已经从方便开小差的后排，变成了徐洌的两边。

每次上课前，阶梯教室都会上演一场百转千回的宫斗，一群女生先站在走廊闲聊，嘴巴跟旁边的塑料姐妹说笑，眼睛直直盯着门，等徐洌一进来选定座位，立马花式找借口散场，抢着走到徐洌旁边，像苏好那样问：“同学，我可以坐这儿吗？”

当然，并不是谁都有机会说出这句话，因为在去往徐洌身边的路上，有无数同好随时会以灵魂漂移般的走位挤开你，或者叫闺密团一把拉住你，突然跟你唠起嗑来。

总之是千军万马过独木桥。

不过一旦抢占先机，倒也不难达到目的。因为徐洌虽然冷清，却不是那种倨傲的男生，一般都会头也不抬地说一句“随便”。

对谁都这样，男女一视同仁，只是下次你再来，他不会记得你上回坐在他旁边。

女生们都说，这样的男生比直接拒绝说“你做梦”的那种更难搞定。

因为他谁都没放在眼里。

而且今天徐洌好像心情不好，刚才接连几个女生来问座位，他都说“有人”。

女生们一看打铃了，所谓的人还没来，都觉得他在找借口，有点伤心。

直到此刻苏好挨着徐洌坐下，大家才知道原来那不是借口，从有点伤心变成了非常伤心。

呜呜呜！苏好、徐洌是真的！

当然，徐洌其实不知道苏好会来，真是因为低气压才借口说“有人”。

等她坐下，他侧头看了她一眼，低声问：“来这儿做什么？”

苏好目视前方，声音很轻，杀气很重：“关你什么事，管好你自己。”

“……”徐洌淡淡收回视线。

苏好也无所谓地跟他“貌合神离”。

反正她就是来给庄可凝示示威，找回场子而已。庄可凝坐在后排，也看不见他俩的表情。

生物老师捣鼓好了课件，刚一掀眼皮，一眼看到清一色里一朵颜色不一样的烟火：“嗯？刚才最后一排的女生，你带的这是地理书？”

苏好低低地“啊”了声：“为了早点过来好好学习，走太急，拿错了。”

“……”这见人说人话，见鬼说鬼话的本事也是惊了不少人，但谁也没敢跟这位不知情况的代课老师戳穿她。

“没关系，那你跟旁边同学拼着看吧。”老师微笑。

旁边同学还沉浸在苏好铿锵有力的骂声里，一言不发地翻开课本，往她那儿挪了点过去。

苏好看也没看一眼。

老师开始上课，苏好开始支着额角打瞌睡。

这老师只是临时代一次课，也不想跟这帮学生置气，所以起先睁一只眼闭一只眼，等到做课上习题的环节，他没内容讲了，注意力就落在了苏好身上。

看她实在睡得太香，老师欲言又止地瞥了她几眼，眉头忍不住皱了起来。

徐冽拿手肘推了推苏好。

苏好被惊醒，脑袋往下重重地一磕。

徐冽把书往她那儿一推。

她的下巴免于磕在硬邦邦的桌上，却磕在了硬邦邦的书上——也没好多少。

“嘶……”苏好捂住下巴，一时没反应过来在哪儿，大骂，“你要死啦？”

“……”

两百多号人都“死”了。

吓死了。

老师头疼地蹙起眉："都别东张西望，看大屏幕上的题目，赶紧选答案，再一分钟。"

一分钟后，苏好被叫了起来。

"来，那个女生，你站起来，说说第一题选什么。"

苏好慢腾腾地站起来。

徐冽在生物书上空白处写了个"B"。

苏好低头看一眼，抬头答："C。"

徐冽："……"

老师叹息着摇摇头："第二题呢？"

徐冽用大两倍的字号，在更显眼的地方写了个"A"。

苏好："B。"

徐冽："……"

跟徐冽唱了一节课阴阳怪气的反调，眼看他脸色越来越冷，冷到快结霜，苏好觉得心里的火气都降了不少。

一下课，大家全往食堂跑，阶梯教室迅速走空。

她缓了缓瞌睡劲，慢悠悠抻直手臂，伸了个懒腰，看了眼旁边同样没着急离开的徐冽，然后拿起地理书，一句话不留地走掉。

走到楼外的时候，苏好忽然被人从身后拽了把手腕。

徐冽把她转了个向，眯眼看着她："我惹你了？"

苏好抱起胸来："你惹没惹我，自己不知道？"

"？"

苏好看了看无人的四周，找准了廊道外一棵粗壮到一个人抱不满的大树，朝他勾勾手："来来来，你过来。"

徐冽皱皱眉跟过去，刚过拐角，苏好一个转身，一把把他推上树干，手掌往树上一拍，把他堵在了臂弯里。

"……"头顶树叶簌簌落下几片，徐冽垂下眼看她。

苏好勾勾嘴角，身高不足气势来补：“徐同学，这一幕眼熟吗？”

徐冽眉梢一挑：“不眼熟。”

“哦，因为你是那个壁咚人的，不是那个被壁咚的。”苏好哼笑一声，“别以为领了个假学生证就真是大学生了，你个高中生注意点影响，OK？”

徐冽似乎没理解她的话。

“装无辜在我这里可不好使，体育课，器材室，我，看，到，了。”苏好一字一顿地咬牙切齿。

徐冽缓缓眨了眨眼，回想了下，明白过来，嘴角带了点笑意：“是这样。”

“你还挺得意？”苏好不可思议地看着他，“我告诉你，现在外边在传我俩绯闻，风头过去之前，你敢跟其他女生有亲密行为，未经我允许擅自脱单，你交一个女朋友我棒打一个，交一双我棒打一双！听见没？还笑？严肃点！”

徐冽收起笑意：“苏姐教训的是。”

苏好刚要满意点头，突然听见两个中年男声朝这边趋近，其中一个好像是政教主任崔华。

这种场面被崔华逮着，指不定被扣上早恋的罪名。

她立马撂下堵着徐冽的手臂，转头就要走。

徐冽一把揽过她的腰，轻轻一带。

苏好一个天旋地转，被他带到大树的另一边。她一愣，刚要张嘴，徐冽比了个嘘声的手势，与此同时，揽在她腰后的那只手用力收紧。

苏好心脏突突地跳，气血和热意瞬间上涌，身体也猛地前倾靠近他怀里：“？”

大哥你清醒点，我们这样好像更像早恋！

第九章

对方开启了好友验证

画里山花烂漫，姹紫嫣红，而她站在画外神采飞扬，光芒万丈，眼底的张狂比春光还亮。

阳春三月的晴天，有风温柔经过，吹动树叶沙沙作响。金色的阳光穿过树叶间的缝隙，在地上抖落下斑驳片影。

心跳和着时间徐徐地流动变得又缓又重。

落在腰侧的那只手骨骼太明晰，苏好转动脑筋去分神——这棵老树已经有几十年树龄，周长有两米多，除以圆周率 3.1415926，直径超过半米……

她一边心算着，眼睑低垂，目光不知不觉落在徐冽近在咫尺的喉结上，看了一会儿，喉咙底慢慢生出口干舌燥的感觉。

这个念头刚闪进脑海，徐冽的喉结轻轻滚动了一下。

苏好眨动眼睫，抬头看他。

徐冽微抬下巴，与她错开了一些距离，避免擦到她的额头，视线落在她身后。

苏好从他眼里看到远处的花圃，那里花开得繁盛，一片姹紫嫣红，原本艳俗的花色被他黑漆漆的瞳孔润色之后好像叠了一层滤镜，沉淀出一种瑰丽的冷感。

她恍惚了下，回过神，周围已经听不见一丝声音。

苏好戳戳徐冽的肩窝，等他低下头，用唇语问他：走了吗？

徐冽动了动嘴：不知道。

苏好皱皱眉，探出半颗脑袋朝他身后望去，廊道空无一人。

“好了，走了，”她松了一口气，一边推他一边吐槽，“你这裤子里装的什么玩意儿这么硬，硌死人了！”

徐冽一愣，眼底闪过一丝错愕，用投降般的架势飞快松手放开她。

苏好弯下腰，曲起食指和中指，叩了叩他的裤袋：“哦，手机，上课还带违禁品啊徐同学。”

徐冽：“……”

等有钱了一定买个不会乱说话的同桌。

跟徐冽分道扬镳后，苏好去食堂吃饭，半路接到陈星风催她的夺命连环 call，一到食堂就见他摆起一张臭脸：“我是你儿子吗？白给你干活儿？给你占地理课的座，你跑去上生物课，给你占食堂的座，你磨叽到我餐盘只剩了几粒米！”

文铭顺着陈星风的背：“风哥消消气，其实你也没干什么活儿，都是我跟李貌百米冲刺占的座。”

李貌拧开一瓶饮料递给他：“风哥消消气，你说的那种其实也不叫儿子，叫狗腿子。”

“……”陈星风浓眉倒竖，“我就是狗，那也是你狗大爷！”

苏好在长桌边坐下，轻轻揉了揉耳朵。

以前也没觉得这些人吵，最近莫名其妙地对这种粗暴聒噪的场面产生了一丝不适应。

她一手支起额角，一手用筷子尖戳着餐盘里的糖醋里脊："大爷，我是去办正经事，别搞得我好像在不务正业。"

"就是！"苗妙揽过苏好的肩，"找对象难道就不务正业了吗？"

苏好觑觑苗妙："你瞎起什么哄？别人不知道我跟徐冽怎么回事，你还不知道？"

陈星风一愣："什么意思，你俩有事瞒着我们？"

苏好叹了口气，撂下筷子。

被混混堵那事，她一直没告诉陈星风，怕这人气上头了乱来。

但她现在心里已经对嫌疑人的身份大致有数，就不顾虑了，把这事原原本本地说了一遍，讲了她还徐冽人情，跟徐冽牵扯上绯闻的原因。

陈星风听完就是一句掷地有声的脏话，把附近几桌的女生吓了一跳。

文铭和李貌也义愤填膺。

男孩子们情绪来得快去得也快，上一秒还在不爽苏好"见色忘友"，下一秒就跟她同仇敌忾起来。

"出这么大事你都不跟我讲？"陈风星气得牙痒痒。

"学校让我保密的啊。"苏好耸肩。

"你什么时候这么听话了？"陈星风咬咬后槽牙，"你要早说，我把你们班翻得底朝天也得揪出这人来。"

"不用，我可能知道是谁了。"苏好咬了口酸滋滋的里脊肉，在嘴里慢慢地嚼。

尤欢欢和庄可凝这俩人本来就在她的嫌疑人名单排在前列，出板报那会儿她当然有留意她们。

尤欢欢这人吧，虽然跟她算不上一边的，偶尔也会耍些小聪明、小心机，但心眼不算太坏。

至于庄可凝……昨天傍晚把颜料桶踢翻那事，本来苏好没往坏处想，可今天回教室一看，居然发现板报的绘画部分出完了。

以庄可凝的实力，要不是拼了老命哪儿能这么快，这是趁她不在赶着表现?

那也不怪她把人往坏处想了。

经此一事，再回想庄可凝之前的种种举动——

虽然具体记不清了，但苏好隐约留了点印象：她被混混堵之后那个周日傍晚，庄可凝跟她提过出板报的事，小心翼翼地问她下礼拜有没有空。

现在想来，庄可凝当时或许根本醉翁之意不在酒，问她肯不肯帮忙，其实是在试探她的态度，试探她会不会对她产生怀疑。

“谁？”陈星风拍了下桌板，“你给我报名字，别以为是女的，我就动不了她了！老虎不发威还真当我是 Hello Kitty？”

尤欢欢和郭照刚好端着残羹剩饭经过这桌，手里的餐盘齐齐一颤，又听见苏好冷静地说：“用不着你出马，我想好怎么办了。”

郭照挽着尤欢欢的胳膊走出食堂：“陈星风不会在说我俩吧?我俩在生物课上说苏姐的那些话肯定被她听到了，你还说她纸老虎！”

尤欢欢手里的餐盘在抖，脸上表情镇静：“不至于吧？”

“对我是不至于，我在苏姐那儿没有功劳也有苦劳，对你就不一定了，你本来就是她情敌。”

尤欢欢沉默了。

“要不你去将功补过，把庄可凝卖了算了！”

尤欢欢抿抿唇：“跟情敌打朋友的小报告，也太不上道了吧。”

“你还想和庄可凝好啊?我跟你说，刚才吃饭我一直在想，庄可凝到底干吗这么计较板报到底谁画。然后我记起来，当初高二刚分班，老班本来是让苏姐竞选宣传委员的。宣委跟其他班委不一样呀，不一定要求学习成绩拔尖，一个要画画好，一个要动员组织力强，苏姐就特别合适，但她懒嘛，不想当，宣委就落在庄可凝头上了。

“后来每月一次板报评比，我们班老比不过其他班美术生出的板报。

人家有些班没有美术生也就佛了，但我们班有呀，大家就私下在说怎么不是苏姐当宣委，感觉我们班门面好拿不出手。然后果然，水粉板报那次庄可凝 hold 不住，苏姐上了，我们班就拿了第一。

“你看，庄可凝这么搞事绝对就是嫉妒苏好。你不觉得和这种嫉妒心特别强的人走得近很恐怖吗？”郭照叽里呱啦地分析了一通。

“还有一件事我不确定……”郭照翻着眼回忆，“我记得刚升高二那会儿，庄可凝还挺文气，就放人堆里气质一点也不突出的那种，后来变得越来越跳脱，老跟男生们混在一起说说笑笑、打打闹闹。之前我还没觉得，今天体育课下课时看她那样，突然发现她身上有种奇怪的拧巴感，就好像你看小说看到人设崩了一样，你说她这是在模仿谁呢？”

她们周围除了苏好，还有谁这么跳脱，能随随便便跟男生打成一片？

尤欢欢对郭照之前那些话都是随便听听，听到这里，鸡皮疙瘩爬满了全身。

嫉妒本身并不可怕，只是一种人之常情。

可是阳光的人在嫉妒别人的时候，会想让自己变得更好，阴暗的人在嫉妒别人的时候，却想把别人拉下地狱。

苏好回到教室的时候班上的窗帘已经拉拢，教室里一片昏暗，多数人都趴在课桌上睡午觉。

庄可凝原本在座位上扎头发，听到后门传来动静，回头看了一眼，隐约辨认出是苏好，立马扭过去头。

今天体育课下课后的器材室里，徐冽跟她说的最后一句话是四个字：好自为之。

比起长篇大论，这样四个字带来的未知恐慌更加让人害怕。

庄可凝故作镇定地整理起课本，几本已经整整齐齐的书来回倒腾，看起来有点滑稽。

苏好瞟了她一眼，又回头看了看板报，起身去了杜康的办公室。

语文组办公室，徐洌站在杜康的办公桌前，安静地听他问话。

“上午语文课看你好像不在状态，怎么回事，有什么心事吗？可以跟老师讲的。”

“没。”

“那是不是不喜欢老师的讲课方式？以前你在北城，语文课一般都怎么上？”

徐洌默了默答：“我在解题。”

“嗯？”

“前一节是数学课，留了道竞赛题，我在您课上解题。”

“原来是这样！”杜康放下了心，笑眯眯地说，“我还说你怎么不听我课呢，那你早点告诉老师啊，我是不介意你们这些优秀的学生自主安排学习任务的，语文课目标实现了，把时间拿去分给其他科目完全没问题。那以后上课老师就不管你了，你在底下做自己的事就好。”

苏好走到办公室门边，刚好听到这句偏心偏到西伯利亚的话。

她抽抽嘴角，喊了声“报告”。

杜康抬起眼，朝她招手：“来得正好，我刚想让徐洌回教室叫你过来，桑绵绵说你今早身体不舒服，怎么回事？是不是前一晚熬夜画画了？你这小姑娘，画起画来真是拼。”

苏好懒得解释，顺着杜康的脑补说：“是的老师，我仔细想了想，画画是我的本命，我希望有更多的机会可以练习画画。”

“现在还不够多吗？”杜康皱皱眉头，“我听画室老师说你上学期为了把荒废的东西捡起来，一个通宵一个通宵地在画室熬，长身体的时候哪能这么折腾？”

一旁徐洌微眯了眯眼。

“老师，我说的不是时间，是机会。”苏好强调，“我发现每天对着画架画画，思维会有局限，我需要一些更广阔的天地，比如我们班的黑板。所以老师，我想当宣传委员。”

徐洌看了她一眼。

苏好回看她一眼，暗示他别误会，她和庄可凝作对跟他可没关系。

杜康正发愣，没注意到两人的眼神交流：“你上学期不是死活懒得当吗？”

苏好扬起下巴：“老师，女孩子是善变的，我现在死活都要当了。”

“本来老师是想着，我们学校一般一年换届一次班委，我们班这批班委上学期总体表现也都不错，这学期就连任下去，等高三再选举……”杜康顿了顿，看向徐洌，“哎，徐洌，你以前学校，班委是一学期换一届，还是一年换一届？”

徐洌缓缓地眨了眨眼：“一学期。”

“为什么你们老师选择一学期就换届呢？”

徐洌面不改色心不跳：“给更多人展现风采的机会。”

苏好：“……”

“这样啊，难道是我们学校制度太落后了吗？”杜康点点头，“那老师回头跟班长商量商量，不过苏好啊，老师不喜欢搞一言堂，老师确实非常认可你画画的实力，但庄可凝上学期一直兢兢业业，同样挑不出毛病，班委班委，最终关键还得过了班上同学那关，你明白老师的意思吗？”

“明白，我愿意跟原宣委公平竞争。”

重新选举班委的消息很快在 7 班传开。

原班委班底基本都是各个领域拔尖的人才，文娱委员吹拉弹唱样样在行，体育委员田赛径赛指哪儿打哪儿，劳动委员扫地速度堪比专业钟点工，这些人基本都有连任意愿，那些蠢蠢欲动的同学一打听，见打不过，都偃旗息鼓了。

所以周五最后一节班队课上参与竞选的人并不多，算是走了一拨流程，原班委们一个个上讲台发表演讲，姿态都很放松。

7班人瞧着瞧着就有点不明白，这个班委选举的必要性在哪里。

很快轮到最后一个岗位，宣传委员的竞选者上台。

庄可凝作为原班委，率先走上讲台，看上去异常紧张。

前边同学都是脱稿演说，随便侃几句，她居然还带了一份密密麻麻的演讲稿，郑重地在那儿一字一句念。

“上学期担任宣传委员期间，我一共组织完成了五期黑板报，在各项校级活动中……”庄可凝在台上细数了一遍自己的功劳，看上去像在拼命争取大家的印象分，讲了足足十分钟之久。

底下就有人看不明白了，咋的，她身后是有豹子在追吗？

直到庄可凝鞠躬下台，一个声音从教室后排响起：“发表完了？还有人没，没人我上了。”

众人回过头去，看见苏好一手端着调色盘，握着一把水粉笔，一手拎着满满一袋颜料罐站了起来。

听庄可凝演讲听得昏昏欲睡的人全都直起了腰杆。

有男生带头吹了声口哨：“上上上！苏姐上！”

坐在讲台边的杜康也笑着朝她招招手：“上来吧。”

苏好看了眼脚边提前灌好清水的颜料桶：“同桌，帮个忙？”

徐冽拎起颜料桶，帮她搬到讲台上，再走回座位。

苏好在讲台上摆开画具，边低头做前期准备边说：“我就不讲虚的了，给大家画幅板报画，需要点时间，你们在底下写作业就行。”

她三两下在调色盘上调好颜料，转过身提笔一扬，一道浓墨重彩的痕迹渲染上黑板。

底下有人迟钝地反应过来：“做啥作业啊还，未来大师在这儿给你现场直播画画呢，赶紧拿手机录啊！十年后指不定还能卖笔大钱！”

杜康听到这话咳嗽一声，往纷纷拿出手机的学生瞥了一眼。

大家收敛了点，在课桌上垒起厚厚一沓课本，找了个刁钻低调的角度拍摄。就耽误了这么点工夫摆弄下手机，黑板的四分之一都已经上了色。

苏好手脚麻利，拉着漂亮的侧弓步随时调整姿势和身体高度，左右手各执一支笔同时开工，嘴里还叼了一支不同型号的笔，时不时地跟手上那两支轮换，起起落落看得人眼花缭乱。

“妈呀，我这眼是自动开了两倍速吗？”

“这是在画画还是在打武术，那笔真的不会飞起来吗？”

十分钟过去，画初露模样，底下有人看出点苗头：“这板报主题是花？”

“是啊，你看教室后面。”

一群人回头望去，看到了庄可凝笔下的板报画。

这次主题选定“春暖花开”，庄可凝画了一片花野，粉粉紫紫堆了一大坨。

接下来的议论声因为考虑到当事人在场而变轻——

“没有对比就没有伤害，突然感觉后面这幅好小家子气，色系明明差不多，为什么苏好的渲染这么好看，本来是很艳俗的颜色，被她一画那种高级的冷感就来了。”

底下人一边讨论，一边目不转睛地看着黑板上的画逐渐成形。

那是一幅俯瞰视角的山花图，全景铺满，气势大开大合，即便时间紧迫，苏好仍有余裕拿起小号笔刷快而轻巧地描绘细节。从最初恣意的挥笔到最后一丝不苟的勾勒，看得人心生艳羡又目瞪口呆。

这时候，没人记得这个女生成绩很烂，品行不端。

拿起画笔，她就会发光。

下课铃打响，苏好准时收笔，转过身拍了拍染上颜料的手，朝底下脸白如纸的庄可凝勾唇一笑。

画里山花烂漫，姹紫嫣红，而她站在画外神采飞扬，光芒万丈，眼底的张狂比春光还亮。

徐洌坐在座位上静静地望着讲台上的人，心脏却一下又一下重重地搏动。

在从来以考试成绩论成败的学校，此刻的7班人很难想象，这一幕会成为他们高中生涯记忆里最难以褪色的画面之一。

在这节普普通通的班队课上，他们只知道这个女生莫名地叫人移不开眼，却不明白其中的原因。

直到很多年后，他们无法再以考试成绩论成败，开始为自己到底想要什么而迷茫，才终于恍然大悟，那个女生为什么那么酷。

苏好在掌声雷动中收拾起颜料罐和调色盘，看了一眼座位上的徐洌，朝他努努下巴。

徐洌上来帮她把画具搬了下去。

杜康看着两个和谐友爱的孩子，露出欣慰的笑容，走上台说："那么演讲环节就到这里，现在给大家三分钟时间回顾一下，然后每位同学在便笺纸上进行无记名投票。大家也不用担心拖堂，今天情况特殊，一会儿我就不做本周总结了，等唱好票就放学，这个放学时间应该还能比以往早一点。"

"那老师您还挺有自知之明。"前排男生嘀咕一句。

杜康也不生气，笑呵呵地看着他。

教室里还在骚动地讨论苏好的板报画。

苏好倒是画完就丢，懒得再抬头看一眼，回到座位后把画具堆去教室角落，摁着绷得酸痛的肩膀和硬邦邦的脖子，发出"咝咝"的抽气声。

徐洌转头看她一眼。

"看什么看，"苏好指指他课桌上的空白便笺条，低声警告，"好好投你的票，站哪边想清楚了，别想徇私。"

"徇私？"

苏好翻个白眼："你之前不是跟庄可凝走得挺近？"

她还在说前几天体育课下课后器材室里的事。

那天徐冽没跟她解释。

徐冽眉梢轻轻一扬，低低道："不走近点，怎么确定是她找的打手。"

苏好一愣："你怎么也发现这事了？"

"打过我的人，"徐冽一本正经，"总得注意着。"

"哦——"苏好想通了那天器材室的前因后果，眉开眼笑地拿手背拍了一下他的肩，"不错呀徐同学，这事办得很有范儿。"

徐冽扯了下嘴角："受苏姐熏陶。"

苏好来了兴致，下巴搁在课桌上，压低上半身，避开班主任的视线，偏头问他："所以那天在老班办公室，你说你以前学校一学期换届一次班委，是不是猜到我要整庄可凝，故意帮我？"

徐冽仍旧是风轻云淡的样子，点了一下头："敌人的敌人就是朋友。"

"算你有眼力见儿。"苏好看了眼他笔下的便笺纸，见他在投票栏一笔一画用正楷写下了她的名字，"那你觉得这事这样解决满意吗？"

苏好本来没打算把庄可凝公开揪出来，毕竟手头没有证据，所以她用自己的方式解决这件事——庄可凝越嫉妒什么，她就越要拿出来给大家看，庄可凝最割舍不掉什么，她就把它抢走。

但现在仔细想想，其实当初被混混堵那事，徐冽是比她更直接的受害人，他也该参与一份。

徐冽没什么表情地说："苏姐满意就行。"

苏好是喜欢亲手报仇雪恨的，觉得参与了才有快感。

她起身拍拍徐冽的肩，安慰道："你也别觉得没得到报仇雪恨的参与感，板报画有你一份功劳。"她指指黑板，"多媒体楼外不是有块花圃吗？这个调色是那天从你眼睛里得来的灵感。"

徐冽扬了下眉，似乎有点意外。

他当然记得那块花圃，但没觉得它有画上那么好看。

"你不知道你眼睛很漂亮？"苏好看了眼杜康，见他没注意这边，一时兴起地朝徐洌勾勾手指，“来，你看着我。”

徐洌瞥瞥她：“做什么？”

苏好不耐烦地皱皱眉：“废什么话，你就看着我别动！”

徐洌偏头看她。

苏好凑上前去打量他的眼睛，望着那对清亮瞳孔里的倒影，把自己的鬓角碎发别到耳后，肯定地点了点头：“果然，看着我就更漂亮了。”

“……”

唱票结果是换了三位班委。

一位是纪律委员，原纪律委员觉得管纪律影响到了自己自修课的学习效率，直接放弃连任，没参加竞选。还有一位是男生活委员，因为上学期粗心大意弄错了几次工作，被另一个在班上人缘好，且人称心细如发的男生替了。

第三位就是宣传委员，苏好以超过庄可凝十八票的优势接任了这个岗位。

这结果倒有点出乎苏好意料，她本来以为票数碾压会更明显。

但转念一想，庄可凝既然准备了十分钟之长的演讲稿，估计也在跟她要好的同学里提前拉了票。

庄可凝家境很不错，父母是本市有点头脸的商人，总会有人吃她那套。

当初秦韵估计也是碍于这一点，一直不敢暴露幕后指使人的身份。

不过胜者为王，无伤大雅。

放学时间，新班委留下开会，三位下岗的老班委也参与会议，跟接班人交接工作，苏好向来懒蛋似的人，居然觉得班委会议还挺有意思。

可能是庄可凝在会上实在太面如土色了。

开完会已经五点出头。苏好回到教室整书包，见徐洌还留在座位上做作业。

“徐同学不去吃晚饭？”她一边把周末作业往文件夹里塞，一边问他。

“晚点。”

苏好忽然想起什么，改口道：“哦对，徐老师今晚是不是有课？”

刚发下来的数学卷，徐冽已经做到最后一道大题，边写边应了个“嗯”。

“几点的课？”

“七点到九点。”

“哦，那我叫个外卖吃，等你把我弟关进房间再回家吧。”苏好自说自话搁下书包，重新坐下，给舅妈发了条今晚不回家吃饭的微信，又挑选起外卖来。

微信刚发出去不久，徐冽课桌里的手机传来振动。

他翻开桌板，见是林阑的来电。

徐冽接通电话，听林阑问他是不是记得今晚的课，答道：“记得，我七点准时到。”

苏好竖起耳朵，对他比口型：我舅妈？

徐冽点点头。

“你还没吃晚饭吧，要不早点过来？”那头林阑热情地说，“今天曹阿姨准备了一桌子菜，我外甥女突然说不回家吃了，那这菜隔夜又不健康，倒掉也浪费，你来吃顿便饭怎么样？”

“不用了，阿姨。”徐冽看了苏好一眼。

苏好挤眉弄眼地问他什么事。

他一边回应林阑的邀请，一边在草稿纸上言简意赅地写字给她看：你不回家，菜多了，让我去吃。

苏好：“……”

她一条微信居然还能引发这样的连锁反应。

苏好趴过去，在他草稿纸上写：快答应。

徐洌视若无睹，继续跟林阑说：“我来的路上随便吃点。”

苏好又写了一行：不答应死同桌！

“……”

电话里林阑惋惜道：“这样啊，那就不勉强你了。唉，你们年轻人就是喜欢吃那些快餐外卖，多不健康……”

“那我过来吃。”徐洌看了眼苏好得意的神色，皱皱眉头，“可能有点久。”

“没事没事，菜也还在做，没到我们家饭点呢，你慢慢来不着急的。”

“好。”

挂断电话，徐洌瞥瞥苏好：“你做什么？”

“你要是提早过去治那烦人的小鬼头，我为什么要为了躲他在外面吃垃圾食品？”她收拾起书包，“走走走，饿死了，快去搭公交车，我也回家吃饭。”

徐洌脸上露出一丝无奈：“我要回宿舍换衣服。”

“那你麻利点，我先去车站等车。”

徐洌回了趟宿舍，等走到学校附近的公交车站，正好是晚高峰。

车站挤了一堆人，有些是南中的学生，还有不远处一所小学的小朋友们和旁边小区的居民。

太阳落了山，天色已经不太敞亮，要不是苏好早早冲他挥了挥手，徐洌还一眼看不到黑压压人群里的她。

等他走过来，苏好没好气地说：“磨叽死了你，刚都开过去一辆327了。”

徐洌似笑非笑地看她一眼：“干吗非等我。”

苏好叹了口气：“你以为我愿意，还不是那辆车上好多人脸都被挤到窗门上了。”

“……”

徐洌不说话了。

两人沉默地等着下一辆公交车，听周围那群老太太红光满面地唠嗑。

苏好听了半天，听出她们此刻热火朝天地聚集在这里，是为了代表本小区去参加一场广场舞比赛。

难怪今天车站人特别多。

老太们笑着推来搡去，有那么点说着说着就要在车站斗起舞来的架势。

苏好忍不住跟徐洌小声吐槽："等我老了一定不会去跳广场舞，这玩意儿到底有什么乐趣，乌泱泱吵死了。"

徐洌淡淡地看了眼旁边的老太太们："她们年轻的时候也这么想。"

被他这么一说，苏好脑海里都有自己拿红舞扇、红绸缎扭屁股的画面了，她晃晃脑袋："不可能，我打死也不会跳的，你等着瞧。"

徐洌挑了挑眉："那得等多少年。"

苏好只是顺嘴那么一说，本来也没深想，被他一问，愣了愣说："也是，那毕业以后你给我留个联系方式，我们四十年后见分晓。"

徐洌无声地一笑。

八分钟后，一辆已经载了不少乘客的 327 路远远驶来。

苏好还没反应过来，周围腾地蹿起了一把热情的火，活力四射的老太们"唰唰唰"地朝公交车门停靠点拥了过去。

尊老爱幼嘛，而且苏好本来也不喜欢人挤人，谦让地站在一旁没动，等老太们踩着舞鞋咚咚地上了车才慢慢挪过去。

老太们的谈笑充斥着整个车厢，司机的声音被淹没在其中，不得不扯着嗓子喊："来来来，别堵着，上车的都往后走，往后走！"

苏好和徐洌还等在车门边。

徐洌走在前面开道，刚一脚踩上踏板，司机的手就移到了公交车仪表盘边的关门键上："好了好了，剩下的别上了，等下一辆吧！"

徐洌已经上车，往后去拉苏好手腕，一把把人拉上来，车门刚好

“吱”地合拢。

身后，一个陌生男孩的声音响了起来：“谢谢大哥哥！要不是你拉我，刚才上来的就是那个漂亮的小姐姐了呢！”

刚拿起公交卡的徐冽动作一滞，回过头去。

公交车门外，苏好孤零零站在路边，目瞪口呆地看着他，看着这辆327无情地朝前驶去，吹了她一头一脸的尾气。

车上徐冽还在沉默，那个小男孩后知后觉地“哎呀”了一声，也回头望去：“糟糕糟糕，我老婆呢！我亲亲老婆是不是没上车！”

徐冽：“……”

徐冽一手拉着头顶拉环，一手拿起手机翻到苏好的微信。

对话框的聊天记录还停留在最初那个周五，苏好发来验证申请：转你面钱，转完双删。麻利点，在南中，还没人能活着拒绝我的好友申请。

他没删掉苏好的微信。

当时也没特别的原因，加她是省得被找麻烦，不删她也是懒得添麻烦。

徐冽试探着发送了一条消息：。

系统提示冰冷弹出：对方开启了好友验证，你还不是他（她）的好友。

“……”还真是说到做到。

第十章

女孩子可是很记仇的

“你怎么来这儿了？”

“找你……赔罪。”徐冽把眼镜搁在沙发扶手上，坐下来以后解开了衬衫第一颗纽扣。

苏好摆摆手：“不用脱不用脱，距离产生美，我对你这种文弱书生的身体不是很感冒。”

车站那头，苏好今早刚洗的飘逸长发被风刮得糊了满脸，正呆若木鸡，身后忽然传来一声：“呜哇——”

苏好把长发往后一撩，回过头看见一个身高只到她腰的小妹妹哭得梨花带雨：“呜呜呜哇——”

苏好左右看看，没瞧见这小女孩的家长，弯下腰去：“怎么了小妹妹？”

小女孩用手背抹着哭花的脸：“我没坐上公交车……”

“哦，”苏好叹了口气，摸摸她的脑袋，“没关系，姐姐也没坐上。”

“可是，可是我亲亲老公坐上了！”

“……”

苏好从书包里掏出一包纸巾，抽了一张递给她：“没关系，姐姐跟你差不多。”

小女孩哭得稀里哗啦，怎么也不肯接纸巾。

苏好失去耐心，揉了揉炸掉的耳朵，摊开纸巾，粗暴地给她抹脸：“别哭了！哭什么哭！小小年纪想不开去体会爱情的苦！”

小女孩哭了半天终于消停下来，眨眨水灵灵的眼：“姐姐，你也被你的亲亲老公抛弃了吗？”

“不是亲亲老公，”苏好把团成一团的纸巾一个抛物线丢进垃圾桶，指关节摁得咔嗒咔嗒响，“他可能已经看不到明天的太阳，这辈子都没机会成为谁的亲亲老公了。”

话音刚落，小女孩惊喜地指指马路对面那辆反方向的327路公交车：“姐姐，我亲亲老公回来了欸！”

“……”苏好扭过头去，看到一高一矮两道身影，矮的那个急急地跳下公交车百米冲刺，被高的那个在十字路口的红绿灯前拉了一把。

苏好已经感觉到身边的小姑娘蠢蠢欲动地，想跟她的亲亲老公热情挥手。

“有点出息，他们男孩子没一个是省心的东西，”苏好趁对面一大一小在等红灯，揽过小女孩的肩膀，“你这么快原谅他，他下次还能把你落下。”

“那怎么办啊姐姐？”小女孩抬起头，疑惑地看着她。

苏好看了一眼这侧渐渐驶近的327路，等车在跟前停稳，牵起小女孩的手：“今天姐姐送你回家。”

苏好把她拉上车，带她在靠窗的位置站好，等公交车缓缓驶动，抓起她的小手，朝对面等绿灯等到傻眼崩溃的小男孩愉快地挥了挥：“现在可以挥手了，来，我们跟他们拜拜。”

徐冽："……"

这小女孩刚好跟苏好在同一站下车，不过两人不住一个小区。

苏好把人送到，辗转来去耽搁不少时间，进家门的时候发现徐冽反而先到，已经被林阑热情地迎上了餐桌。

苏好打开指纹锁的瞬间，一桌子四人齐齐地朝她望了过来。

"咦，你不是说不回来吃晚饭了吗？"林阑惊讶。

苏好瞥了一眼徐冽："被一个浑蛋放了鸽子。"

"曹姨，再多拿一副碗筷！"林阑朝厨房喊。

邹誉瞪了瞪苏好："怎么说话的，这么粗俗，还有客人在呢！"又转头跟徐冽说，"不好意思啊小徐，我这外甥女脾气老这样，叫你见笑了，你别介意。"

"本来就是浑蛋，还不让人说？"苏好扔掉书包，换了拖鞋，去中岛台的水槽洗手。

徐冽看了眼苏好，对邹誉说："没事，不介意。放鸽子是该骂。"

苏好赞同地点点头，回到圆餐桌边坐下。"那也不能口无遮拦！"邹誉叹息，"小姑娘这么糙，以后长大了嫁都嫁不出去！"

徐冽默了默，似乎在斟酌用词："不会，性子直比弯弯绕绕的讨喜。"

"是吗？那我再直点，回头暴揍那浑蛋一顿。"苏好拿起筷子，从面前那锅鸡汤夹下一只鸡腿，狠狠地撂进自己碗里。

"你这孩子，人家说点客套话，你还当真了！"林阑觑觑她。

邹恺沉浸在另一个世界，怔怔地看着苏好碗里的鸡腿："姐，你怎么抢我鸡腿！"

"一只鸡就一条腿？你去夹另一只啊。"

"另一只已经被妈妈夹到那里了——"邹恺瘪着嘴指指徐冽的餐盘。

苏好刚要夹起鸡腿还给小鬼头，对面徐冽把还没动的餐盘递给了邹恺："我的给你。"

“哎呀，小徐你自己吃！”林阑拿起餐盘就要还回去。

徐冽抬手挡了一下：“我吃别的。”

林阑满眼羡慕：“什么人家能养出这么乖巧的男孩子。欸，小徐啊，你找对象了吗？”

“没。”

“那阿姨给你介绍个怎么样？”

苏好被一口汤呛到喉咙底，偏过头掩着嘴咳嗽起来。徐冽望向苏好。

林阑一只手顺起苏好的背，一只手摆了摆：“哦，别误会，我这外甥女才念高二呢！我说的呀，是我公司部门经理的女儿，刚好也在南州大学读书，相貌跟你登对得很。”

“不用了阿姨，”徐冽答，“我目前以学业为重，暂时不考虑这个。”

“这样啊，”林阑面露惋惜，见苏好还在咳嗽，奇怪地看她一眼，“怎么了，舅妈给人家介绍对象，你激动什么？”

苏好缓过劲来，清了清嗓：“我只是突然想起来，上次你和舅舅给你们公司一男实习生介绍对象，介绍了一个脚踏三条船的美女，害得人家辞职了。”

林阑掉了面子，在桌底下悄悄拧了把苏好的大腿，冲徐冽干笑一声，换了话茬儿：“以学业为重好，小徐啊，听说你们南州大学环境很漂亮，好像绿化特别多，还有很多座音乐喷泉？”

苏好心里一紧，瞟了眼徐冽。徐冽从容地点点头：“生活区绿化面积 7 万多平方米，喷泉进门就有一座，图书馆那边也有。”

“那宿舍条件怎么样？我们家以后也想送恺恺上南州大学。”

“四人寝，上床下桌，空调电扇都有，带独立卫浴和阳台。”

“那挺好的，洗衣机呢？洗衣机有没有。”

徐冽摇头：“宿舍没单独装，一楼有公用洗衣机，扫码付费。”

“也不错了！”林阑满意地点点头，“那你们金融系平常课多不多？学习累不累？能不能保证正常作息？”

“大一课时挺多的，一周三天满课。累不累看个人，我还好，一般十一点睡，七点起。”

苏好嚼着嘴里的饭，愣愣地看着对答如流的徐冽。

这脸不红心不虚的样子，奥斯卡拿了奖来的吗？

吃过晚饭休息了会儿，徐冽跟邹恺去了三楼上课。

林阑晚上不加班，亲自监督邹恺，直到课程近半，邹誉过来敲门叫她出去一趟，说有个客户临时到了附近，约他们喝茶。

林阑嘱咐邹恺好好听话，匆匆换了衣服出门。

课上到九点，邹恺犯了困，也没精神留徐冽打游戏了，打着哈欠跟他再见：“哥哥我送你下楼。”

徐冽拎起包走出邹恺的房间，一眼看到隔壁苏好的房间房门敞开，里面一片漆黑。

“你姐姐呢？”徐冽低头问。

邹恺望了一眼苏好空荡荡的房间：“姐姐不在房间的话，应该在阁楼画画。”

“阁楼？”

邹恺又打了个哈欠：“就是四楼。哥哥你有事找她吗？”

“嗯，我可以上去吗？”

邹恺困得压根儿没法思考徐冽有什么理由找苏好，点点头说：“可以，可是哥哥我太困了，我不能陪你了，我要去睡觉了。”

“去吧。”徐冽摸摸他的小寸头，转身往楼梯走。

阁楼与楼梯相连，踏上最后一级台阶就能一眼望见门里景象。徐冽走到门边，刚想叫苏好的名字，忽然一顿。苏好歪着身子抱膝坐在飘窗边，头枕墙壁，似乎睡着了。房间里只亮了一盏挂壁夜灯，昏黄温暖的光打在木质地板上，给周围染上了一层古旧的柔软。

徐冽看了眼飘窗边那条已经有一半滑落到地上的薄毯，把包搁在门边，慢慢走进去弯身捡起了它。

起身的时候，余光瞥见旁边画架上一幅墨迹似乎刚干不久的油画。他偏头看过去。油画的主角是一个坐在画架前画画的年轻女孩。女孩的五官跟苏好长得很像，但他隐约觉得这不是苏好的自画像。

这个女孩身上文静的气质与苏好截然不同。

一声模糊的呓语打断了他的神思。

他垂下眼，见苏好眉头紧蹙，嘴唇动了动，叫了一声："姐……"

徐冽眼睛眯了眯，在飘窗边坐下，把薄毯抖开，轻轻盖到她身上，盖到她裸露的脚踝时，注意到那朵金色描边的洛丽玛丝玫瑰，又看了眼旁边那幅画。

半敞的窗子忽然吹进一阵风，悬挂在窗前的风铃"丁零当啷"响起来。

徐冽抬手去拉不听话的风铃，视线一转，正好对上苏好迷迷糊糊睁开的眼。苏好一怔，初初醒转反应迟钝，倒也没立马惊叫起来，愣愣地看着他："你怎么来这儿了？"

徐冽松开抓风铃的手，缓缓眨了眨眼："找你……"

"赔罪"两个字还没说出口，林阑的声音从底下传了上来："嗯？你说徐老师去阁楼找姐姐了？"

紧接着，就是一阵往上来的脚步声。苏好一滞，猛地跳下飘窗，也不知哪儿来的心虚，抓起徐冽的手就把他往阁楼的杂物间拉。徐冽反握了她的手，把她扯回原地，看准墙壁上的开关，拍亮了阁楼的顶灯。

苏好："？"

"好好啊，你跟小徐在阁楼吗？"林阑已经走上楼梯。

苏好迅速从徐冽掌心抽回手，立正站好，迎接林阑："哦，对啊。"

林阑探进脑袋："嗯？你们俩在这儿做什么？"

苏好吞咽了下，还没答出个所以然，徐冽指了指她，淡声道："小妹妹请我来赚外快，让我给她当画模。"

苏好："……"

这脑筋转得是真快啊。

不过你能不能换个称呼？

苏好眨眨眼：“哦，对，我看这个哥哥骨骼清奇，长相很符合美学标准，给他开了一小时一百二的价。”

“这样子，”林阑恍然大悟，“那我现在跟你们说话，是不是已经浪费了两块钱？”

不愧是做生意的。苏好点点头：“是的，舅妈。”

“那时间就是金钱，我不打扰你们了，你们抓紧画！”林阑赶紧离开了阁楼。

苏好松了口气，等林阑走到楼下，无语地看向徐冽：“我看你别当家教了，去演戏吧，拿了奥斯卡还打什么工啊？”

徐冽似乎笑了一下：“不是演戏，我真是来给你画的。”

苏好一愣。

“你之前不是想画我？傍晚的事给你赔罪。”徐冽指了指画架，“开始吧，小妹妹。”

这人还挺自说自话。

难道他没听过一句火葬场经典语录叫“今天的我你爱搭不理，明天的我你高攀不起”？

他以为过了那个村，还有那个店，这么久过去她还会对他的身体感兴趣？是的，她感兴趣。尊严诚可贵，面子价更高，若为艺术故，二者皆可抛。不要白不要，为什么不要。不过，这不妨碍她得寸进尺。

苏好眼梢带风地扫他一眼：“我的速写作业早就交差了。”

“素描和色彩呢？”

苏好意外地挑了挑眉：“你怎么还懂美术生的东西。”

徐冽沉默了会儿才说：“我也有个美术生姐姐。”

“什么叫你也……”苏好一愣，“你怎么知道我有个学美术的姐姐？”

徐冽指指旁边那幅新鲜的油画：“你刚刚说梦话在叫姐姐。”

苏好对他的联想力由衷赞叹，不过很快岔开了话头，随口问：“你姐是在准备艺考还是已经读大学了？什么专业方向？”

她这两个问题接得太快，急迫地询问他一些无关紧要的话，是为了避免被他询问。她的讳莫如深全都明明白白地写在脸上。

徐洌没去窥探什么，答了她的话：“已经大学毕业了，学珠宝设计。”

“哇哦，”或许是为了掩盖其他情绪，苏好的语气有点夸张，“酷。”

她若无其事地走到画架边，手肘支在画架边缘：“我不学设计，打算专攻油画，所以不需要速写模特了，缺个油画模特，”苏好扯回正题，“这幅画画了一个多月，今晚刚完工，你接个档？”

徐洌扬了扬眉：“意思是需要当一个月模特。”

苏好摊手：“不行就算了。”

她这顺杆爬的本事倒是不错。

“行。”徐洌说。

“那就这么说定了。”苏好打了个满意的响指，又看了看窗外天色，“今天太晚了，明天再开工吧。”

“明天没课。你弟弟要去外婆家做客。”

她这表姐都不知道的事，小徐消息倒很灵通。

“那明天我家没人，你可以过来啊。”苏好脱口而出才发现这话好像哪里不对劲，飞快眨眨眼，“我是说，我明天想画画。”

徐洌微微撇开头，掩饰掉笑意才转回眼看她：“我明天有事。”

“哦，又端盘子？”

“差不多。”做网课课件跟端盘子也算一个性质。

“好吧，那今晚先简单打个形。”苏好在原地转了一圈，打量了下阁楼里的布置，“你想在哪儿？”

“随便。”

“你可别说大话，又没有专业模特的身体素质，你得选个舒服的地方，要不一个月后我还得送你去推拿。”

“……”

“哦，对了，你之前挨揍的伤好了没？”苏好突然想起这茬儿。

徐冽挑了下眉：“差不多了。”

“就是还没好全咯。那飘窗太硬了，还是沙发吧。”苏好环视四周，走到角落那张酒红色的单座旧沙发边，看了眼不远处的壁灯，双臂一圈就要去抱沙发。

徐冽被她这力能扛鼎的样子弄得一愣，走过去拦住她：“搬哪儿？”

苏好一指墙壁：“那盏挂壁夜灯下边。”

徐冽搬起沙发挪过去。苏好一手叉腰一手指点江山：“别这么板正，侧一点，对，再左边点，不是，太左了，停停停！OK，你坐上去试试。不行，你起来，再往前二十公分……”

十分钟后，苏画家终于满意地点了点头：“可以了，你把平光镜摘了，坐舒坦，然后选个地方看。”

徐冽把眼镜搁在沙发扶手上，坐下来以后解开了衬衫第一颗纽扣。

苏好摆摆手：“不用脱不用脱，距离产生美，我对你这种文弱书生的身体不是很感冒。”

“……”徐冽轻轻沉出一口气，指指身下这把折腾了他十分钟的皮沙发，意思是他热。

“哦。”苏好转身走到飘窗边，把窗子开大。

徐冽调整坐姿，两腿微微岔开，双手交握，后背没靠到底，整个人只坐了沙发的三分之一到一半。

“这样能舒坦？”苏好疑问。

“习惯。”

“家教还挺严，”苏好嘀咕一句，见他直直望着她，提醒道，“叫你选个地方看。”

“选了。”

苏好指指自己鼻子：“这么多地方你非盯着我干吗？”

“会动的看着不容易失焦。”徐冽淡淡解释。

“……”她就是一件防止眼神失焦的工具是吧。

苏好铺好崭新的油画纸，在高脚椅坐下，拿铅笔在纸上打形，落几笔看他一眼，见他一动不动姿势稳当，好奇地问：“你是不是给你姐当过模特？”

“没。”

“那你是天生吃这碗饭的人，等我把你调教好，你就可以靠这活儿赚钱，不用再去端盘子了。”

“……”

时间已经不早，苏好粗略地打好形就放徐冽下了楼。

林阑在客厅等两人，见他们下来，问画完了吗？

“早着呢，谈了笔长期生意，”苏好打了个哈欠，指指徐冽，“以后他每次来做家教都顺便留一小时给我。”

“你们谈妥就行，”林阑替徐冽打开门，“那小徐早点儿回去休息，记得明天不上课，别跑空了，下周再见。”

徐冽跟林阑点头告辞，正要转身，见她推了推苏好：“跟哥哥再见。”

“哦，”苏好看了眼徐冽，“再见。”

“称呼都没有，礼貌呢？还麻烦人家给你当模特。”林阑小声训苏好。

苏好瞪着站在原地的徐冽，见他存心不走，深吸一口气：“哥哥再见。”

徐冽朝她不咸不淡地点点头，这才转身走了出去。

一个人的周六自由自在，苏好趁白天采光好，在阁楼练了几张素描，傍晚美滋滋地拾掇拾掇出了门，跟文铭、李貌、陈星风约了吃烧烤。

还是上次大学城附近那家烧烤店。苏好打了个车，结果被周末晚高峰堵在路上，眼看天色越来越暗，微信群里又一直催她，干脆提前两公里下了车，打算租辆共享单车骑过去。

刚到马路边的租车点，苏好掏出手机正准备扫码，一抬眼看见旁边一家网吧里一个很像徐冽的背影。

那人坐在单座沙发操作电脑，沙发扶手上坐了个长发飘飘、打扮成熟的女生，和他距离暧昧，正手指电脑低头跟他在说什么，说着说着笑起来，朝他竖了个大拇指。

苏好思忖不对啊，徐冽这时候不该在端盘子吗，又看到施嘉彦拎着两袋零食推门进了网吧，走到了徐冽那个机位边。

一个很像徐冽的人，可能不是徐冽。一个跟施嘉彦在一起的，很像徐冽的人，还能不是徐冽吗？苏好思索着眨了眨眼，一路小跑绕过绿化带，掩在路灯柱子边定睛去看。这回看清了那人的侧脸。真是徐冽。

到烧烤店的时候，苏好满脸肃穆，一坐下就指着陈星风说："你，给我问问你们班施嘉彦现在在干吗。"

几个人本来等她等得肚子咕咕叫，被她这一身杀气差点儿吓饱。

"你突然关心起施嘉彦干吗？"陈星风一头雾水。

"叫你问就问，这么多废话。"

"哦。"陈星风打开手机翻到微信，给施嘉彦发了条消息过去。

一分钟后，他把施嘉彦的回复转给苏好看：什么事啊风哥，我在网吧打游戏呢。

端盘子端到网吧去！没空给她当画模，有空带妹打游戏！

他也好意思说这是赔罪。

苏好气得一巴掌拍到桌上。

文铭、李貌的心脏和被她拍落在地的筷子一样抖了几抖，一个自由落体。

"姐，怎么了姐？施嘉彦哪儿惹你了？"文铭颤抖地问。

苏好平复了会儿心情，冷笑一声："他这么快活，我也要去快活快活。"

“？！”

两个钟头后，文铭和李貌缩手缩脚地窝在酒吧卡座，满脸写着“我是谁、我在哪儿、我好怕”的慌张。

周围充斥着震耳欲聋的音乐和男男女女的哄闹声，头顶灯球散发着让人眩晕的镭射碎光，两人坐了没一会儿就感觉有点喘不过气。

再看旁边两位——

苏好跷着二郎腿，一手撑腮，一手拿了根细细的长签，戳起水果拼盘里的一块哈密瓜，嚼得怡然自得。

陈星风一手捂耳朵，一手握手机，提高了声在讲电话：“少废话，我让你赶紧叫几个人过来。”

“什么叫这么临时，你以为我不临时？谁知道吃个烧烤能吃到酒吧来。”

“你们苏姐今晚非要来玩，我也很蒙啊。反正你们有几个过来几个，我这儿现在就四个人。”

“凑你大爷的一桌麻将，”陈星风看了眼文铭和李貌，“有两个是刘姥姥进大观园来的，平常课余时间玩石头剪刀布的那种。”

文铭、李貌：“……”

这边是大学城附近的一间酒吧，环境闹了点，气氛倒还比较友好。

文铭和李貌本来以为一进门就会看到一群人摇头晃脑地蹦迪，到了才发现风哥挺照顾他俩，找了个不带舞池的酒吧，放眼望去都是年轻人在那儿摇骰子拼酒。

这酒吧受众群体多是附近高校的学生，其实没比他们大多少，是他们太不争气，连这种场面都受不住，辜负了风哥的照顾。

撂下电话，陈星风无奈地看着苏好：“你要组局能不能提前讲一声，这样搞得我很被动。他们晚上有约的有约，剩下的在家出不来，现在除了干瞪眼能干吗？”

“我看这里其他人也没做很高级的事啊，不就摇骰子吗，要不我们也玩这个？”李貌说。

“你会？”陈星风瞥他一眼。

“不就是比大小吗？很难？”

苏好和陈星风异口同声：“对你很难。”

“……”

“那玩点简单文艺小清新的。”文铭提议。

陈星风看看他：“比如？”

“成语接龙？”

“。”

“你画我猜？”

“。”

“谁是卧底？”

陈星风比了个暂停的手势。

苏好把水果拼盘往他们那边一推：“我觉得，你俩还是闭嘴吧。”

文铭和李貌闭着嘴嚼起水果。

苏好正在反思自己这趟十八禁之行失败的根源在哪里，为什么徐冽可以在网吧愉快带妹，她却只能在酒吧吃水果养生，还没思考出个所以然，忽然见文铭和李貌瞅着酒吧正门方向瞪大了眼。

她顺着两人视线回头望去，看到施嘉彦跟一群大学生模样的男男女女走了进来，其中一个就是傍晚坐在徐冽机位边的女生。

“黑长直”标准女神范，五官长得细巧精致，正跟身边男生谈笑风生。

苏好眼睛一眯，目光一个个扫过这群人的脸。没有徐冽。施嘉彦不知为何背脊一阵发凉，似有所觉地朝苏好望了过来，看到她一愣。

文铭和李貌一左一右凑到苏好耳边：“苏姐，今晚是不是施嘉彦惹你不高兴，我们上去搞他？”

苏好没好气地摇头："不是他。"

陈星风皱了皱眉，记起施嘉彦跟徐洌似乎是挺要好的朋友，问她："不是施嘉彦，那是徐洌？"

苏好吃着哈密瓜不说话。

那边施嘉彦跟着南州大学那群人坐进卡座，飞快掏出手机，给徐洌发消息：你还说不跟我们出来玩，你猜我遇到了谁？

徐洌半天没回音。

施嘉彦只好不卖关子：苏好跟陈星风也在这里。

徐洌：哪儿？

苏好真没想到，人家来酒吧是寻开心，她来酒吧是补充维生素。

四个人无聊到大半个钟头干完了两个果盘。苏好吃得胃有点撑，起身去洗手间，进到女厕隔间的时候，听到隔壁传来一阵作呕声。

这在酒吧是常事，苏好起初并没有在意，没想到三分钟后推开隔间门，看到吐花了妆的许芝礼从隔壁走了出来。

四目相对，两人都是一滞。

自从许芝礼休学以后，苏好已经很久没到过这种地方，今天原本也没计划来酒吧，只穿了一件干净的黑 T 搭牛仔长裤，素面朝天，看上去跟这里的灯红酒绿格格不入。

许芝礼一愣之下打量她一眼，打了个酒嗝儿，带着微醺的醉意说："你这打扮怎么越活越过去……"

"你这酒量也没什么长进。"苏好嗤笑一声，忽然看到一个又高又壮的男生怒气冲冲地闯了进来。

苏好迅速侧身避让开去，见对方绕过她，一把拽起许芝礼的手腕，把她往外拖："你出来给我说清楚！"

苏好皱起眉，认出了这个人——武校的风云人物林天扬，之前许芝礼就是经常跟他混在一块儿。

“你有完没完！”许芝礼抓着厕所门框，双脚死死地钉在原地，挣动手腕，“咱俩还有什么不清楚的！你有病是不是！”

见许芝礼不肯走，林天扬堵死了女厕的门，一巴掌甩下去：“你给我安分点！”

这一巴掌打得许芝礼脸上立刻浮起血红的指印。

她眼冒金星地脱了力，被林天扬往外拖出去一截，抓着门框的手摇摇欲坠。苏好摸了摸口袋。她的手机落在卡座那里没带。

“林天扬。”苏好眯起眼，叫了他一声。

林天扬这才注意到旁边这人是苏好，因为惊讶，抓着许芝礼的力道松了松：“苏好？”

“这里是女厕，”苏好平静地看着他，“你俩有事私下去解决，别堵着门？”

“哟，你现在不管许芝礼的闲事了？”林天扬饶有兴致地看着她。

“你都说是闲事了，我吃饱了撑的吗？”苏好回他个笑，努努下巴，“赶紧让让，陈星风还在等我。”

“行，那就给风哥个面子。”林天扬笑了笑，给她让开了道。

苏好跟许芝礼对视一眼，慢慢走过去，到门边突然一把扯过她的手腕。与此同时，许芝礼抬起膝盖照着林天扬的裆部使劲一踹。两人飞快往大厅跑，跑过一段，迎面来了一大群武校生，又不得不掉转方向，从走廊尽头的窗户跳了出去。

“我去……”林天扬难以置信地捂着裆蹲下去，冷汗直冒地朝那群武校生喊，“愣着干什么，去给我扒了许芝礼和苏好的皮！”

苏好和许芝礼狂奔在酒吧外的偏僻巷弄。

天色阴沉，不知什么时候飘起了雨丝，落在眼睫上遮了视线。

许芝礼被高跟鞋绊得踉踉跄跄，一边跑一边把鞋踹掉，光脚踩在水泥路面上。

“你怎么惹上林天扬了！”苏好扯着嗓子问她。

“我嫌命长啊！”

“你不早说！”苏好看了眼身后穷追不舍的武校学生，“你早说我就走了！我还没活够呢！”

“别喊了，省省力气！”许芝礼也回头看了眼，“一会儿我往西，你往东，跑过一条巷子就是人多的马路，要真被逮你就服个软叫声爸爸，武校生不打叫爸爸的女人！”

“开玩笑，我这辈子还没跟谁服过软！”苏好撒开许芝礼的手，跟她在岔口兵分两路，结果真被许芝礼这个乌鸦嘴不幸言中，还没奔出巷子，迎面出现一个从另一条路围追堵截而来的武校生。

苏好脚步一顿，后边两个也追到了。

她嗓子冒烟，站在中间腹背受敌。

雨渐渐下大，轻飘飘的雨丝慢慢成了淅淅沥沥的雨点。

巷子口那盏孤零零的老路灯散发着昏黄微弱的光，隔一阵就会闪烁着一黯。

“挺能跑啊？”身后那个高苏好一头的男生笑了一声，跟边上人说，“我知道这女的，画画的，不用搞别的，把她右手废了就行。”

“好嘞，丁哥。”

苏好屏息站在原地，垂在身侧的右手细细打起了战。

三个人高马大的男生朝她逼近过来。

三米。

两米。

一米。

苏好的泪腺一瞬间释放出热意，猛地抱头蹲下：“爸——”

丁柏被她喊得一愣，伸出去拽她的那只手一滞，忽然看到地上多了一道斜长的人影，回过头去，见巷子口不知何时来了个人。

一个穿衬衫西裤的少年，身形颀长清瘦，侧脸匿在阴影里看不清。

丁柏眯了眯眼：“武校办事，没事让道。”

巷子那头，徐洌慢条斯理地解开衬衫袖口的纽扣，把袖子轻轻挽起，走上前来：“有事。”

苏好听到这声音一怔，猛地抬起了头。

丁柏挑了挑眉：“谁啊你？”

“她爸爸。”

“？”

丁柏还在发愣，徐洌突然一把拎起他胳膊，一个过肩摔把人狠狠地掼在了水泥地上。

苏好蒙在了原地。

其余两个男生一僵之下立马朝徐洌冲了过来。

徐洌闪身避开，反剪了当先那人的双手，把他脑袋往墙上重重一撞，手一抡卸了他一条胳膊，回身踢了脚另一个的膝窝，踢得人扑跪在地。苏好眼睁睁看着这三个身强力壮的男生摔进泥里又爬起，爬起又被打趴。

大雨如注，在小巷里铺下一道蒙蒙雨幕。路灯暗了又亮，亮了又暗，光晕越来越模糊。雨水一遍遍冲刷地上的尘泥和新鲜的血迹，直到那三个人痛到满地打滚儿，再也挣扎不起。

徐洌站在雨幕里，静静扫视了一眼躺在地上的三个人，目光落到捂着肚子咝咝吸气的丁柏身上，慢慢走到他身边，屈膝蹲了下去，在他耳边压低声问：“刚说要废她手的是你？”

丁柏紧紧咬住牙不作声。

徐洌拎起他的衣襟，将人一把重新掼到墙上，扣住他右手手腕用力一拧。

“咔嗒”一声，丁柏的脸瞬间没了血气：“啊——”

苏好蹲在墙根浑身一抖，抹了把被雨水迷了的眼，怔怔地望着徐洌。

这个人是徐洌，好像又不是徐洌。

他的戾气，他阴晦的眼神，他拧折那人手腕时冷静到麻木的模样全都太陌生了，苏好从没见过这样的徐冽。

以至于她无法分辨，此刻的心悸到底是对这几个武校生的心有余悸，还是因为徐冽。

雨势渐渐小下去，徐冽把瘫软的丁柏往地上一扔，转过身来。

他脸上的淡漠还没散去，看着苏好的眼神跟刚刚对丁柏似乎没有区别，朝她慢慢走来的架势，让苏好觉得自己好像也会被一把掼到泥地里。

苏好反手抵住墙，想支撑着身体站起来。

美术生长期久坐画画的通病就是身体耐力不好。苏好从小好动，已经算能跳能跑的类型，初、高中也拿过运动会短跑奖牌，但顶着精神上的恐惧和压力去跑跟运动会完全是两种概念。

人的心理承受能力被逼到极限，冲破负荷的时候体力也会迅速透支。

她站到一半，两条腿都有点不听使唤。

徐冽走快两步，到她跟前一把撑住了她的手肘："跟没跟你说过，像你这样的，在电影里活不过片头。"

他的语气像上次掐她烟时一样冷淡，隐忍着怒意。

"我……"苏好一张嘴，声音哑得像个破锣嗓，喉咙底也有淡淡的血腥味在蔓延，她不说话了，把黏在脸上的发丝拨开，抿着唇撇过头去。

这一撇，就看到两个人一前一后奔到了巷子口。

徐冽的瞳仁一缩，拉着苏好的手腕往身后一掩。

苏好先认出了这一男一女。

"是陈星风和许芝礼。"她刚说了句完整的话就偏头咳嗽起来。

陈星风狂奔到巷子口一个急刹，眯起眼，目光缓缓扫过苏好和徐冽的脸。

林天扬带着一群武校生闯进酒吧的时候，陈星风刚好在低头看手机。文铭和李貌虽然注意到了，却并不认识武校生，于是三个人错过了帮苏好解困的最佳时机。

陈星风发现女厕那边出乱子的时候已经晚了，追到分岔路口一念之差选了西边，没找见苏好，只看到许芝礼。

他着急苏好的下落，但也没法不管许芝礼，毕竟许芝礼吸引了更多武校生的火力，所以在那边耽误了几分钟。

那群武校生都认识他，两边没干架，打了个商量。陈星风打了包票把许芝礼带走，说自己回头会给林天扬一个说法，这才追到东边来。

然后就看见了眼前这一幕。

许芝礼看了眼地上痛苦呻吟的几个武校生，轻轻"嗞"了一声。

陈星风一动不动杵在巷口，目光沉沉地落在徐冽抓着苏好的那只手上。

徐冽同样纹丝不动地望着陈星风。

雨停了，那几个武校生也没了喊痛的力气，又长又窄的老巷安静下来。

徐冽和陈星风似乎谁也没打算先开口，苏好又在清嗓子，许芝礼成了在场唯一适合打破沉默的人，朝对面问了句："没事吧你俩？"

"没。"徐冽代苏好答。

苏好终于咳舒坦，支着腰问许芝礼："你那儿解决没？"

"暂时吧，"许芝礼耸耸肩，"今晚对不住，以后再遇到就别管我了，我找刺激呢。"

苏好咬牙切齿："你真是活该被打死，再管你我名字倒过来念。"

许芝礼轻笑一声："好苏？那听起来也不错。"

她话音刚落，杂乱的脚步声纷至沓来。西边那拨武校生赶了过来，一看地上几人的惨状，齐齐脸色一变。

后边那几个赶紧上前扶人，把丁柏他们架起来。

领头那人不太爽利地质问陈星风："风哥，不是说不动手吗？我们答应你放了人，你转头搞成这样？"

陈星风皱了皱眉："我这边……"

“我动的手。”徐洌打断了他。

众人一愣，朝一旁的徐洌望去。

苏好在徐洌身后压低声提醒：“陈星风是地头蛇，这事推给他容易解决，你悠着点别揽事……”

“南中高二 7 班，徐洌。”徐洌直接报了名字，“今晚还有事，改天奉陪。”

苏好震惊地瞪着徐洌。

徐洌拉过苏好的手，在众目睽睽下把她带出了巷子。

“哇哦。”许芝礼望着徐洌的背影惊叹，“苏好眼光可以啊。”

第十一章

原来这位才是真大佬

“你叫我一声爸爸，我跟你回家，换吗？”

“不回就不回，你感冒关我什么事？痴心妄想，我叫你大爷！”苏好骂完掉头就走。

徐冽笑着跟上：“大爷也行。”

苏好被徐冽一路拉到大马路，两条腿还没彻底恢复力气，走得软趴趴不太稳当，嘴巴却已经元气满满：“你瞎拽什么？你今天运气好一打三，明天能有命一打三十吗？武校多少铁人你有没有点数？”

徐冽停下来看着她：“没数的是我还是你？”

“是你是你就是你，还说我呢，我看像你这样的，活过了片头也活不过开场！”苏好中气十足地扬起下巴，下一秒天旋地转，头重脚轻，被徐冽一把扛上了肩。

苏好的脸朝下，滑稽地挂在他肩上，蹬着两条腿使劲踹他：“你干吗？你有病！放我下来！”

徐冽单手摁住她两条小腿，一言不发地朝十字路口走。

这一走，苏好被颠得头晕目眩，压在他肩膀上的胃腹翻江倒海：“喂喂喂别动了！”她拿拳头重重砸了一下他的背脊，尖叫起来，“徐冽——”周围路人朝两人投来惊诧的目光。

徐冽刚好走到路口，停下拦了辆出租车，一手拉开车门，一手把她半扔半塞进车后座。苏好捂着胃，死鱼一样歪歪斜斜地瘫在了座椅上。

徐冽随后坐进去，关上车门：“春庭湾。”

司机却没有立刻发动车子，诧异地望着后视镜里两只湿淋淋的落汤鸡：“你们这……小姑娘是不是自愿的啊？”

苏好抬起一只蔫答答的手，打了个“走”的手势：“是的，那是我家，开车吧师傅。”司机这才发动了车子。

苏好缓了一阵，把呕吐感压制下去，看了眼徐冽：“你是变态吗？我刚吃水果吃得撑死，你这么搞我？”

“我让你吃的？”徐冽瞥她一眼，“酒吧也是我让你去的？”

“我……”苏好脑子里一团糨糊，这才记起疑问，“等会儿，那你呢，你怎么在那里？你跟施嘉彦他们一拨的？”

徐冽手头没有电脑，今天一个人在网吧做了一天网课课件。

傍晚的时候施嘉彦约他出去玩，他说不了，在网吧忙。施嘉彦和他堂哥堂嫂刚好在大学城附近，顺道给他带了些零食，来看看他的进展，确认他进展顺利以后三人就走了。

接到施嘉彦那条微信消息的时候徐冽刚离开网吧，正在那一带等车。之后一到酒吧就看到出事了，远远听见有人喊去追苏好和许芝礼。

其实他和陈星风赶过去的时机差不多，不一样的是他选择了东边。因为东边距离马路更近。按徐冽遇到许芝礼那晚了解到的，许芝礼不会希望苏好受伤，应该把能够更快逃生的路线留给了苏好。所以苏好去了东边。

“问你话呢，”苏好觑觑他，“你跟施嘉彦是不是一拨的？”

徐冽没细细解释过程，只说了句“是”。

“那些大学生呢？”

“南州大学的。”

“还真把自己当南大高才生了。”苏好嗤笑一声，偏头看向窗外，“我看南大配不上你，清北也不适合你，北电、中戏倒挺符合你的人设。三十秒撂翻三个武校生，在我这儿装了这么久的兔子，你可真行。”

徐冽没说话。

苏好自顾自地回想过去这些日子种种迹象，越想越不对劲，也不管自己此刻湿漉漉的模样有多狼狈，转过身面对他：“所以当初在学校被混混堵，那三个也被你撂了？”

徐冽看了她一眼：“嗯。”

“那你居然和我说，你跟他们讲了点道理？”要不是头发是湿的，苏好现在可能已经奓毛了。

徐冽平静地抬起拳头：“用这个不能讲？”

“……”言下之意他没骗人。

“好，那你身上的伤呢？”苏好继续质问他，“这总是胡编乱造的了吧？”

“不是那次受的。”

“……”言下之意虽然那次没受伤但他身上真的有伤。

苏好以为一个四肢简单的人，头脑发达一点是正常的。可是眼前这个人明明四肢一点也不简单，为什么头脑还这么发达？

兴师问罪都说不过他。

苏好一路憋闷到春庭湾小区门口，下车的时候准备拿手机扫码付钱，一摸口袋发现没有。

徐冽用手机付了车费，下车后注意到她在摸口袋，问她：“怎么？”

“手机落酒吧了，不知道是不是在陈星风那儿。”苏好思索着说。

徐冽的脸色在听到“陈星风”三个字时变得有些阴沉。

“我爸妈周末会给我打电话的，被酒吧服务生接到就完了……”苏好烦躁地薅了薅头发，“你快把手机借我一下。”

徐冽把手机解锁以后递给她。苏好一边往小区里走，一边拨了自己的手机号码，意外的是，接电话的是个女生。许芝礼的声音。

“我手机怎么在你那儿？”苏好愣了愣。

许芝礼那边很安静，应该已经到住处安顿下来：“本来在陈星风那儿，这不是想着万一你家里人打过来，男生接不好吗？我就拿过来了，明天约个时间还你吧。”

“行吧。”

“你这用的谁手机，你男朋友的电话？”许芝礼在那边奇怪，“怎么连个备注都没有。”

苏好看了一眼徐冽，也不知道是在跟许芝礼澄清，还是趁机骂徐冽：“男朋友个大头鬼！他就是个骗人精！”

许芝礼一愣：“人家为你得罪了整个武校，你还骂人。”

不提这事还好，一提起来，苏好太阳穴都在一抽一抽地作痛：“挂了挂了，明天找你。”

苏好掐断电话，把手机还给徐冽，打量了下他湿漉漉的衬衣西裤，心烦意乱地叹了口气。

算了，账以后再算。

她站定在路口，指指不远处的联排别墅：“你跟我回家去把衣服弄干。”

徐冽挑了下眉：“用不着。”

“你，又，在，跩，什，么！”苏好生气地看着这张之前眼瞎没发现的臭拽脸，像以往那样杀气腾腾地威胁道，“你跟不跟我走？”

徐冽的表情里多了一丝少了掩饰的戏谑，他垂眼看着她：“你在威胁我？”

“对啊，看不出来吗？”

“那你威胁我之前有没有想过，被人追得抱头鼠窜，哭着喊爸爸的人是你还是我？”徐冽扯了下嘴角。

她好心请他回家，他居然揭她伤疤！

“许芝礼说武校的规矩，不打叫他们爸爸的人，我那是识时务者为俊杰！总不能真让人废了右手吧？我画了十三年画，我的右手比命还重要！未来画家的手，拿一声爸爸换不值得吗！”苏好气得胸脯一起一伏，心里狠狠咒骂了许芝礼一通。

死丫头，让她风评被害！

“是这样，”徐冽点了点头，“那我值不值得？”

“？”

徐冽兴味十足地看着她：“你叫我一声爸爸，我跟你回家，换吗？”

苏好差点儿以为自己听岔了。

她以大局为重，不计前嫌地请他回家收拾这一身狼狈，他在打什么诳语？被戳穿了真面目就干脆丢掉下限了？

“不回就不回，你感冒关我什么事？痴心妄想，我叫你大爷！”苏好骂完掉头就走。

后边有人笑着跟上：“大爷也行。”

“……”这是又给他升了个辈分。

苏好咬紧牙关往前走，一路风风火火，临到家门前却急急一个刹车。

得亏身后徐冽停得及时才没撞上她。

紧张盖过了生气，苏好突然一个激灵转过身去：“等会儿，还好我机智，我家门口有监控的。”

虽然一般情况家里人不会盯着监控，但今天邹誉和林阑带着邹恺住在了外婆家，又知道她晚上跟同学出去玩了，难保不会通过监控远程确认她是哪时哪刻回的家。

要是看到她深夜带徐冽进了家门，这事还说得清？

徐冽的高中生马甲被扒事小，她惹事被发现可就事大了。

徐洌倒也没在意，扯了下嘴角："那走了。"

"不行！"今晚脸丢得太大，她非要找回南中一姐的场子，拽住他说，"这世上还没有能拦住我苏好的监控。"

鲁迅先生说过，地上本没有路，走的人多了，也便成了路。

五分钟后，苏好摸索到了一条监控照不到的阳光大道，轻手轻脚地打开了家里一楼洗手间的窗，朝外招招手，用气声说："快点进来！"

徐洌站在窗外，扫了眼窗台的高度，抬起手，食指和中指并拢，朝她打了个手势："站远点。"

"哦。"苏好往后退了两米。

徐洌单手撑上窗台，轻轻一跃，一丝动静没有地翻了进来。业务能力熟练到家。不仅如此，等苏好准备离开，他还记得确认窗台有没有留下印迹，再把窗户关回原样。就差把指纹抹掉。

苏好蒙蒙地看着他驾轻就熟的一条龙操作，再次为自己的识人不清感到懊悔不已。她艰难地回过神来，压低声音说："曹阿姨睡在二楼的保姆房，上楼别出声。"

徐洌点了下头，跟她走出洗手间。

苏好贼头贼脑地上了楼梯，回头看徐洌，却见他腰杆笔挺，脚下生风。也不知道到底谁是贼。苏好也挺胸抬头起来，不料走到二楼平台，听到一声清脆的"嗒"。

她猛一个回头就要把徐洌往下推。徐洌双手握住她两边肩膀，拦下她，无奈地比了个口形：姐姐。

苏好："？"

徐洌指了下二楼那间敞着门的洗手间。

是窗没关，风吹动了窗帘的拉绳，拉绳底下串着的一颗塑料珠子打在了白瓷墙壁上。

"……"苏好拉下脸，面无表情地继续往上走。

把徐洌领进房间，锁住房门，她从浴室柜子取出一条崭新的毛巾和吹风机，拿出去递给他："你在外面，浴室我要用。"

她淋过雨浑身黏糊糊的，皮肤都在发痒，不洗个澡实在受不了。至于徐洌，大老爷们儿直接吹干得了，让他冒险去别的浴室被发现可就前功尽弃了。

徐洌没意见，站在她房间的书桌边默不作声地擦头发。

苏好从外边衣橱拿了换洗的衣服，走进浴室。

淅淅沥沥的水声很快响起，像今晚巷子里的那场雨，又比雨声更缠绵，掺了些窸窣挠人的细碎动静。

是他心里的动静。

徐洌擦头发的动作一滞，缓缓眨了眨眼，打开手边的吹风机，把风量调到最大挡。

这下耳边只剩了热风的鼓噪。

良久后，头发和衬衣西裤都已经干透，几乎无处可吹。

他关掉吹风机，浴室里也没了声响。

因为苏好正呆站在浴室门边，满脸的生无可恋。

墨菲定律说，只要一件事有可能出错，那它就一定会出错。

刚才拿换洗衣服的时候，她心底闪过一个念头：应该不至于发生漏拿这么难堪的事吧。她还特意检查了下，确认平常洗澡只拿那么几样。

直到穿好家居服准备推门出去，她才觉得胸前有点空荡荡的。

她没拿内衣。

那也不怪她，在自家房间谁穿内衣，她就按习惯那么一拿。

苏好回头看了眼浴室角落的内衣专用洗衣机，换掉的内衣已经被她扔进去洗了。

如果让徐洌去她衣橱拿跟直接出去有什么区别？

有，反而比直接出去更羞耻。

所以算了。

苏好一把拉开浴室门，身体掩在门后，脑袋先探出去：“喂。”

徐冽刚拔掉吹风机的插头，闻声回过头去。

或许是因为被温热的水淋洗过，苏好此刻的唇色比平时更艳，皮肤像光下的玉瓷白得透净，瞳孔澄澈，眨一眨就会滴水似的。

她遮遮掩掩，只露了一个脑袋，长发全数裹进白毛巾里，在头上顶了个“蒙古包”。

但明丽到惊心的眉眼却让人忽视了这个造型的滑稽。

“怎么？”徐冽听见自己的嗓子有点发哑。

苏好全神贯注于自己，没注意他神色的异样，指了指墙脚：“你去那儿，为之前骗我的事面壁思过两分钟。”

徐冽打量了下她躲藏的姿态，明白过来什么，转过身去。

苏好盯着他后脑勺儿看了几秒，确认他不会回头才出来，到衣橱拿了内衣就跑，回到浴室穿上。

直到她重新回来，徐冽还保持着面壁的姿势。

“好了，两分钟到了。”苏好满意地拍拍手，等他转过来，从上到下地看了看他，“弄干了？送你下去。”

徐冽跟苏好走到了房门边。

苏好打开房门，给他比个“我先走，你殿后”的手势，率先猫腰走下楼梯，没走两级台阶，底下传来“咔嗒”的开门声。

她心头一跳，飞快转头把徐冽推回房间，放轻动作小心翼翼地关上房门。

这回不是杯弓蛇影，确实有人，徐冽也听出来了。

苏好背抵房门，低声说：“可能是曹阿姨起夜上厕所，稍微等会儿。”

徐冽往后退了点，背靠住墙，跟她面对面地等。

这样着实有点尴尬。

虽然苏好觉得她和徐冽清清白白，可看这架势，连她自己都怀疑他们在做什么偷鸡摸狗的事。

苏好有一丝不自在。她跟男生插科打诨惯了，很少会产生这种感觉。根本没有任何肢体接触，就只是面对面看着彼此，脸上居然会泛起一阵阵热意。

脑海里不住地浮现出雨巷里的那一幕——徐冽浑身被雨打湿，拳脚却依然干脆利落，雨珠悬挂在他湿漉漉的鬓角和眼睫，在他动作间一滴滴滑落。

苏好心脏陡地跳快起来，琢磨着说点什么，想了想小声问他："之前在巷子里，最后你跟那人说了什么？"

她指的是徐冽拧折丁柏手腕之前在他耳边说的那句话。

当时雨声大，又隔了一段距离，苏好没听清，也已经分辨不出那人到底是三人中的哪一个。

徐冽回想了下。

他说的是：刚才说要废她手的是你？

丁柏没答，他就当是默认。

右手对画画的人来说有多重要？那是在毁掉一个人的人生。

他在那一瞬间记起苏好站在教室黑板那片花海前神采飞扬的样子，所以动了手。

"说话。"见他沉默，苏好催促。

"真想听？"徐冽挑起眉梢。

苏好奇怪地看看他："不想听我问什么。"

"我说——"话到嘴边，徐冽却轻描淡写起来，"记好了，刚才她那声爸不是叫你，是叫我。"

"……"

徐冽皱皱眉："但他用手指着自己鼻子，像在说是叫他。"

"……"

"我就把他那只手折了。"

"……"

“你还是闭嘴吧。”苏好咬牙瞪他，怒火中烧地打开房门。

没了房门的阻隔，一阵咿咿呀呀的戏曲声忽然传了上来，声源好像是一楼客厅。

苏好一愣，让徐冽躲回房间，自己下楼去看情况。

原来曹姨正坐在客厅沙发上看电视。

“曹阿姨？”苏好叫了她一声。

曹姨转过头来，拿遥控器调轻了电视音量：“哦，好好啊，是不是吵到你了？”

“不是，我还没睡。”苏好摆手。

“那就好，”曹姨笑着指指电视，“最近老失眠，房间也没电视，就想下来听会儿戏，听着听着可能会困。你要睡了的话，我就在这楼下散会儿步也行。”

在客厅散步和看电视是一样的结果，都是堵在了徐冽离开的必经之路。

“没事，吵不着我，我就是下来拿瓶牛奶。”苏好心里发苦，脸上笑着，改道去厨房冰箱拿了瓶牛奶，临要关上冰箱门又多拿了一瓶，重新上楼。

徐冽看她抱着两瓶牛奶回来，等她关上房门，叹息似的问：“出不去了？”

“曹阿姨失眠听戏。”苏好把一瓶牛奶递给他，对他指指书桌前的椅子，“坐着等吧。”

徐冽在书桌前坐下来，翻着手机里的未读消息。

苏好拿吹风机到浴室吹头发，出来以后在徐冽侧后方的飘窗边盘腿坐下，拿起一个抱枕往怀里一塞，拧开牛奶盖咕咚咕咚喝起来，喝了半瓶，无聊得双眼发直。

现在能做什么，手机也不在，她这间客房又没装电视，笔记本电脑倒有一台，跟徐冽排排坐着看综艺吗？

画面有点违和。

实在无所事事，苏好歪歪斜斜地靠着墙壁，问徐冽：“欸，你哪儿学来那么厉害的身手？”

徐冽的椅子背对着她，也没回头，直接答：“没学过。”

“你逗我呢？”

“逗你干吗？”徐冽回头看她一眼。

他的确没专门学过格斗，所谓的身手都是叛逆来的。

他含着金汤匙出生，有个一夜暴富的珠宝商爸爸。虽然爸爸在前妻亡故后才遇到他妈妈，却并没有让他这个二婚的儿子缺少疼爱。

只是他妈妈有点贪心，总担心活人争不过死人，担心他爸爸心里一直装着前妻，将来会在家产上偏心跟前妻生下的女儿，也就是他同父异母的姐姐徐翘。

所以他从小就在学业上被妈妈严格要求。他必须优秀过人，必须成为所有人眼里无可挑剔的家业继承人。

同龄人还在想方设法逃课去网吧打游戏，每天的烦恼不过是作业好多，又要考试了好烦，他却从初一起就开始接触金融学。

玩乐都是奢侈。

在这样让人喘不过气的高压下，他反而慢慢滋生出一些不规矩的念头，在妈妈看不到的地方学了一身“本事”。

当然原本也没那么能打。是他在美国打工的酒吧挨打挨多了，才知道人的身体哪个关节脆弱，哪个位置容易失守。

苏好不知道徐冽在一刹那想到了多少事，摆出道理来说：“拼蛮力你又打不过那么壮实的武校生，你打架使的都是巧力，不是专门学过怎么懂这些？”

徐冽似乎笑了一下：“挨打挨多了就知道了。”

“又装。”苏好已经不相信这只披羊皮的狼。

徐冽也没多解释，回过头看她，见她无趣到抠起了手指甲，掂了掂手里的手机：“拿去玩？”

“你不玩啊？”

他摇头。

苏好精神奕奕地坐直身体，朝他摊开手：“那给我！”

徐冽把手机解锁了递给她。

第二天上午八点半，苏好在房间的床上醒来。

她隐约觉得不对劲，想来想去都没有躺上床的记忆，仔细回忆了下，自己印象中的最后一幕是她拿徐冽的手机在打游戏。

所以她可能在飘窗边睡了过去？

那徐冽呢？

她猛地从床上坐起来，环顾四周，在房间里里外外找了半天，没看到人，也没见任何字条。

手机又不在身边，联系不了徐冽，她只能下楼去找曹姨试探情况。

曹姨正在厨房做早餐，看见她笑眯眯地问：“起来了啊，好好？”

一切正常，应该没有穿帮。

苏好像往常一样跟她打了个招呼，又去看奶锅里煮了什么早餐，装作不经意地问：“曹阿姨，您昨晚后来睡着了吗？”

“睡着了。”曹姨叹了口气，“这失眠真是愁人。”

“那您怎么这么早就起来忙了，才睡了几个小时啊？”

“没办法，这人上了年纪，一到六点再累也睡不着了。合了两小时眼也算凑合吧。”

苏好呆若木鸡：“所以您四点才回房？”

“是啊，怎么了？”

所以徐冽起码熬到四点才离开。

苏好打着马虎眼摇摇头：“那您下午记得睡个午觉，我先上楼洗漱。”

她迈着有点虚浮的步子走上楼梯，走到一半又想起什么，转头冲厨房喊："对了，曹阿姨，您早上有没有进过我房间？"

"进过，七点多那会儿本来想喊你起床，见你睡得很香就没叫。"

"我……"苏好轻咳一声，"我在哪儿睡得很香？"

曹姨一愣："当然是床上了。"

苏好尴尬地咬了咬手指甲，慢慢踱回房间，看了眼飘窗，又瞅瞅距离飘窗三四米远的那张床。

她总不能是梦游过去的。

所以是徐冽抱她上的床？

徐冽后半夜才从苏好那边离开，时间太晚已经进不去学校，到施嘉彦在附近租的学区房借住了一晚。

施嘉彦周末回市中心跟爸妈住，这边的房子空置无人。徐冽一早因为生物钟自然醒后，难得地没强迫自己迅速清醒，放任自己睡了个回笼觉。

这是家里出事近半年以来，他的第一次松懈。

或许是昨晚酣畅淋漓的一场架让他在长久的压抑里偶然间找到了一个出口。

在那个出口里，他可以随心所欲地活着，无所谓暴露自己的阴暗和恶劣，能够短暂地忘记昨天，也不用去管明天。

回到学校后，徐冽去了教室自习，直到下午两点接到一通电话。

来电显示是苏好。

昨晚苏好拿他手机拨了自己的号码，他在她房间顺手把这个号码存进了通讯录。

徐冽看了几秒钟来电显示，接通电话。

那头传来一个试探的女声："徐——冽？"

不是苏好，是许芝礼的声音。

他默了默才应："是。"

“啊，那什么，我们苏同学太单纯了，手机密码就是文身日期，我试了一次就成功了。”许芝礼解释。

“有事？”

“我跟她约了三点在南图边上的星巴克还手机，但我临时有事过不去了，刚才用她手机打她家里电话，她家阿姨说她已经出门了，所以我联系不上她。你看你有没有空帮她取趟手机送去南图？没空我再联系陈星风。”

徐冽看了一眼教室后面的挂钟：“你在哪儿？”

苏好三点准时到星巴克，里面零零散散坐了一些顾客。

转了一圈不见许芝礼，她点了两杯拿铁，找了个显眼的桌位坐下。

苏好边喝手里的拿铁，边盯着店门，到三点一刻眼睛都发酸了，正在心里骂许芝礼，那扇玻璃门一晃，穿着白衬衫和深蓝校裤的徐冽推门走了进来。

他站在门边左右四顾几眼，看起来好像在找人。

苏好一愣。

昨天前脚网吧后脚酒吧，今天又是星巴克，她倒要看看，他今天又准备跟哪个妹子约会。

苏好打量起店里几个单身美少女，还没找到目标人物，徐冽一转头看到了她，径直朝她走了过来——走得十分自然，十分笃定，十分有底气，脸上丝毫没有意外和心虚。

徐冽走到桌前，拉开苏好对面的椅子坐下，解掉衬衫第一颗纽扣，说话之前先沉出一口气，缓缓调整呼吸。

他在喘气。跟一般五大三粗的男孩子不一样，他在礼貌地克制自己的喘息。

但苏好看出来了，他的鬓角微微汗湿，可能刚刚经历了一场长跑。

一打三都不带喘的人，得跑成什么样才说不上话。

徐洌从口袋拿出一个手机，推了过去。

苏好低头一看："我手机怎么到你这儿了？"

徐洌恢复了平静："许芝礼临时有事，拿你手机打了我电话。"

所以他就是专程来找她的。

那她这是吃瓜吃到了自己头上？

"哦……"她看看他额角细密的汗，"你从哪儿过来？"

"西街。"

西街是条破旧的老街，离这儿倒不太远，但那一带没设共享单车的点，也很难打到车，等公交车又看运气。

他不会是等不到车，跑了两公里吧？

苏好摸摸鼻子，把原本给许芝礼准备的那杯拿铁递给他："那这个给你。"

徐洌接过喝了一口。

对面苏好解锁手机，忽然"咦"了一声："她为什么会知道我手机的解锁密码？"问完想起许芝礼见过她脚踝上边那朵文身，她自顾自出起神来，"她怎么还记得我那些事……"

"怎么？"徐洌眯了下眼。

苏好抬头看他。

她原本没打算跟谁提起自己和许芝礼的事。

可是当徐洌问出这句"怎么"的时候，她忽然觉得，如果有一天她会跟某个人讲起这个小秘密，这个人可能真的会是徐洌。

或许是跟身边朋友油腔滑调惯了，大家熟悉过头，有些话反而不知道怎么讲。

也或许是徐洌刚好见证了她最近和许芝礼的三次交集，她觉得只要他不傻，就该看出她们之间的关系并不像传言所说的那么差。

苏好托起腮来，转着咖啡杯漫不经心地说："其实我跟许芝礼以前关系还挺好的。"

徐洌搁下杯子，双手交握，摆出了倾听的姿态。

苏好慢慢地说："高二刚分班的时候，我俩被老班安排成了同桌。你也知道老班特别喜欢搞性格互补那套。许芝礼当时非常安静，每天光念书不交朋友，也不参加集体活动，大家都以为她是只爱学习的书呆子，但我觉得可能不是这样……"

有一次苏好意外捡到了许芝礼的草稿本，看到那上面画了很多乱七八糟的，不能称为画的涂鸦。

涂鸦本身没什么，可当苏好一张又一张翻过那些纸时，忽然联想到了姐姐。

苏妍在浴室留下的最后那幅画，也是一堆乱七八糟的线条。

那些奇形怪状的旋涡，那些分辨不清面目的扭曲五官，就像一个人藏在平静表象下疯狂而压抑的内心。

虽然不一定是那样，从那以后，苏好还是对这个原本不在意的同桌多了些不自觉的关注。

她不知道这是一种什么心态。

也许是想弥补?

许芝礼当然不是苏妍。但如果许芝礼有跟苏妍一样的遭遇，苏好很想试着帮她一把。

苏好没跟徐洌详细解释这些，简单地说："我怀疑她可能有抑郁倾向。"

徐洌扬了下眉，有点意外苏好早就猜到了这件事。

"我就想她每天埋头读书，也不跟人交往岂不是越来越抑郁，所以带她翘课出去玩了几次。她发现了新大陆，找着乐子，开朗不少，慢慢跟我关系就铁了起来。"苏好耸耸肩，"只不过后来她玩过了头，成天跟武校的人混在一块儿。"

"我这人嘛，就讲义气咯，"苏好像在故作轻松，"毕竟当初是我带她误入歧途的，她不来上课，我就去抓过她几回。"

“但她铁了心不想再读书，九头牛拉都不回来，还觉得我多管闲事，跟我绝交了。等她休学，她爸妈也来跟我闹，说我把她害成这样。”苏好“啧”了一声，“也是吧，如果继续留在学校读书，她不一定会像现在这样，看起来好像反而是我害了她。”

徐冽摇头：“没有。”

苏好挑了下眉：“嗯？”

“昨晚她说，”徐冽想了想，“她在找刺激。”

“是啊，”苏好点点头，“要不是找刺激，谁想不开去惹林天扬啊。”

“刚才我去西街取手机，她精神状态还行。”

“所以？”

“所以或许这就是她的生存方式。”

苏好皱了皱眉：“生存方式？”

“如果她确实有严重的抑郁倾向，找刺激就是她活着的办法。”

苏好目光微微一闪。

“所以你不是害她，”徐冽的语气客观冷静，听上去莫名地有种信服力，“你帮她找了条活路，也许治标不治本，有天她还是会放弃，但如果不是你，她会放弃得更早。”

“是吗？”苏好不知怎么鼻子一酸，撇开头去，看着窗外揌了揌眼角。

“我去趟洗手间。”徐冽忽然起身离开。

苏好仰起头拿手扇风，把眼底潮湿的热意扇回去，然后发着呆一口一口抿着拿铁喝。

缓冲了一会儿情绪，她盯着对面的空座位有点发蒙，想不通自己刚才为什么突然这么矫情，跟徐冽聊那些有的没的。

徐冽居然还给她当陪聊。

一般男生不都对女生这种心事插不上话，一个头两个大吗？

想起徐冽已经离开很久，苏好那点负面情绪渐渐抽空，想到他现在是武校公敌，在这种热闹地方可能碰上事，她拎起座位上的书包，起身匆匆朝洗手间方向走去。

徐冽正好走过拐角，差点儿跟她迎面撞上。

他及时站定脚步："走这么快做什么？"

"哦，我以为你掉坑里了。"

"……"

苏好笑嘻嘻地指指门外："走呗，回学校了。"

她的低气压已经消失不见，书包拎在手里，吊儿郎当地一甩一甩的，也不好好背起来。

徐冽跟上去，走出店门的时候一把捞过了她的书包。

"干吗？"她愣愣地看着他。

"你太矮。"

"？"

"书包带拖地，看着脏。"

"……"

苏好低头看了眼，书包拎到他手里，确实离地面还有一段距离。

"一米六六很矮吗？这在我们南方姑娘里是很够看的身高了好吗？"苏好不服气。

"那就不矮，"徐冽点点头，"可能只是手长。"

这是在说她长得像长臂猿吗？苏好气得不轻："行，你身材比例好，能者多劳，以后每天给我拎书包。"

徐冽扯扯嘴角，没说好也没说不好。

苏好当先朝附近的公交车站走去，走了几步又想起什么，倒走回来："喂，刚才被许芝礼的事打了个岔，忘记问你，你昨晚几点走的？"

徐冽回想了下："一点多。"

苏好一愣："可我问过曹阿姨，她说她四点才回房，你一点多怎么走的？"

徐冽一手拎着她的书包，一手曲起食指和中指，比了个往下跳的手势。

苏好震惊地看着他，也曲起食指和中指，用慢动作比了个一样的手势表示疑问。

徐冽点点头："一楼洗手间正上方是二楼洗手间，也在监控外，我从那里跳下去的。"

那你可真是足智多谋，神机妙算，举一反三啊？

苏好低头看了眼他完好无损的腿："我舅舅家二楼好像也不是很低吧，我上次被关禁闭本来想跳……"

"有缓冲技巧，"徐冽瞥瞥她，"小朋友就别学了，乖乖在家吧。"

如果是昨晚之前，苏好可能会对这种狂言妄语嗤之以鼻。

但现在她不得不承认，人家确实有资格这么说。

"那你走之前……我……"苏好眉头紧蹙，最后用"只要我语速够快，尴尬就追不上我"的二倍速说，"我在哪里睡着的？"

徐冽把视线从她脸上收回，目视前方眨了眨眼。

她在飘窗那里抱着他的手机睡了过去。他本来想拿条毯子给她盖，看飘窗地方太小，不够她发挥四仰八叉的睡姿，这么睡一晚估计人就废了，所以打算把她弄上床。

她睡得沉，他屈膝蹲在飘窗边尝试了几次下手的手势，最后还是冒险选择了打横抱起来，结果她非但没醒，脑袋反而往他怀里拱。

属于被人卖了还帮人数钱的那种。

徐冽唇抿成平平一线，淡淡道："飘窗那里。"

"那我今天早上为什么在床上？"

"是吗？"

苏好观察着他这个反应："你不知道？"

"现在知道了。"徐冽点点头。

"知道什么了？"

“你会梦游。”

“……”苏好感觉自己这辈子的智商全搭在了跟这个人说话上。

换作以前她可能就信了，但她现在对徐冽产生了信任危机，感觉他每一句都是鬼话。

正要继续逼问他，苏好眼前一花，瞟见马路对面来了一群扛着棍子的少年。

个个人高马大，虎虎生风，来势汹汹，一群人正穿过人行横道，眼看就要抵达她和徐冽所在的位置。

苏好猛地扯了把徐冽的袖子：“好像是武校的……”

徐冽扬了扬眉，停下脚步。

苏好刚要拉着他往回跑，却见后面也来了一群同样架势，人手一根棍子的武校生。

两人瞬间被团团围困在了原地。

说不发怵是假的，但理智告诉苏好，光天化日，朗朗乾坤，法治社会，不至于吧？

按照经验看，这应该最多只是约架，不是直接开打。

苏好定了定神，拉着徐冽的手腕，把他掩到自己身后。

徐冽垂眼看她：“做什么？”

“冤有头债有主，这事我来解决。”

徐冽似笑非笑地问：“又要搬陈星风的名头？”

“那总比你的名头好用吧？”

苏好深吸一口气，还没朝对面领头人喊话，听见一句：“立正！”

“？”

“全体都有——鞠躬！”

“？”

一圈武校生齐齐鞠下一道九十度的躬，手里棍子一横，面朝徐冽双手奉上：“冽——哥——好——”

苏好：“？”

这是苏好没想到的。

这换谁能想到？

难道徐洌就想到了吗？

苏好甚至有一瞬间觉得这是敌人的缓兵之计，先把你整得呆若木鸡，再趁你发蒙要你命。

但仔细一想，这不多此一举吗？这几十号人一人一拳头就够把她和徐洌群殴到死了。

苏好想和徐洌眼神交流一下，看能不能得出个答案，一偏头却见徐洌根本没看她，跟她换了个前后位，站在她身前问领头人：“有事？”

王霸抬了把手里的棍子，神情肃穆：“请洌哥立棍！”

旁边有人补充解释：“洌哥，我们听说你是北方来的，你们那儿是有立棍这规矩吧？”

还挺尊重地方习俗？

苏好嫌弃地斜了眼徐洌：“不知道的还以为是选丐帮帮主，你们那儿真这么搞？”

“……”徐洌默了默，“误会。”

徐洌用眼神扫了一圈周围那群武校生，问领头人：“怎么知道我在这里？”

苏好严肃地点了点头。

洌哥一针见血地道出了她的疑问。

“哦，有兄弟在西街看到你一路狂奔，想你是不是被人堵了，就跟过来瞧瞧，那可真是跟得太不容易了，你这脚程简直废了那兄弟半条命！”王霸身边的小弟指了指不远处一把长椅。

苏好看了眼长椅上瘫成泥的那哥们儿，眨眨眼问徐洌：“你跑那么快是打鸡血了吗？”

徐洌瞥她一眼：“你不是约了三点？”

“原来是这样，”王霸好像长了张铁皮脸，连恍然大悟都是面无表情，“我们还以为哥你跟嫂子碰上麻烦了，带着家伙来帮忙。”

“嫂……”苏好指了指自己鼻子，“嫂子？我？”

“嗯。”王霸点点头。

苏好愣笑：“什么毛病，你们武校生都喜欢……”

徐冽提醒地低咳一声。

苏好打住，看了看这群虎头虎脑的武校生。

没错，情况还没彻底搞清楚，正被人家团团围着，不能骂人。万一人家本来打算来认哥，结果被骂得不高兴当场改主意要当你爸呢？

苏好把那句“都喜欢自说自话吗”咽了下去，随意改口：“……都喜欢这么客气吗？”

王霸嘴里的话是和煦的，却依然绷着一张扑克脸：“应该的，嫂子。”

苏好清清嗓子，想了想，不论如何脱身要紧，她抬高手臂，手肘往徐冽肩上一搭：“好，那现在你们哥要去上学了，没事都散了吧。”

“可这立棍仪式……”

“何必拘泥于形式？”苏好手一摊，“难道少了这一道仪式，他就不是这个哥了吗？”

“绝，对，不，是！”众人异口同声。

“那就行了，一日为哥，终身为哥，今天你以冽哥为荣，明天冽哥以你为傲！”苏好伸出食指，朝他们一个个划过去，“都去好好学习，天天向上吧！”

徐冽：“……”

第十二章

一哥保卫战

> “行了，别生气了，我替他给你赔个不是。”
>
> “你替他跟我赔不是？你是他什么人？”

跟徐洌一起坐上回学校的公交车，苏好立马拿出手机奔赴前线，打开一排全是“99+”的微信群，这才知道在她断网失联的二十小时里发生了天翻地覆的事情。

这事还得从武校内部的江湖恩怨讲起。

整个武校分了三个不同的派系。第一派就是上次跟苏好和陈星风在烧烤店聚餐的那类——与世无争一盘散沙派。平常认真读书学武术，不太胡来。

第二派就是跟苏好和许芝礼起冲突的那批——顺我者昌逆我者亡派。以林天扬为首的这拨武校生成天滋事，到处撒野，引起了第三派——一身正气唯“武”独尊派的不满。

以王霸为首的唯“武”独尊派非常厌恶林天扬败坏武校名声的作风，

一直在拉拢与世无争派和其他外校生。这一派认武不认人，谁厉害服谁。

在巷子里堵苏好的那三人好巧不巧武力值全都在武校稳居前十甲，徐冽三十秒撂翻三个十甲选手，手段之狠辣令人胆寒，又刚好打了王霸的死对头林天扬的脸，可不受得起一声哥吗?

苏好跟徐冽并排坐在公交车后车厢，给他翻着几个微信群里疯狂闪烁的消息：“一战成名了啊，冽哥。”

徐冽兴致缺缺地扫了眼她的屏幕，拿自己手机拨通了徐翘的电话。

丁柏等人被打的事一直没有后续，反倒是武校生过来示好，徐冽猜这事并不是所谓“一战成名”那么简单。

电话很快被接通，徐冽开门见山：“武校的事你让人处理的？”

津津有味地翻着微信群的苏好耳朵一竖，凑过去靠近徐冽的手机，隐约听见一道年轻的女声：“对呀！”

徐冽转过身避远了一些，躲开苏好，皱眉看她一眼，一边调低了手机音量。

苏好一把摁住他，眼神威胁。

徐冽沉出一口气，坐了回来。

苏好把耳朵贴近他手机，按着他手机的音量键，重新调高音量，又听里面传来一句：“叹什么气，不满意啊？姐姐百忙之中给你收拾烂摊子，好辛苦的，你就这态度？”

“不是跟你叹。”

“你旁边还有别人？”徐翘问。

“公交车上，”徐冽瞥了眼就差趴他身上的苏好，“挤。”

苏好白他一眼，身体稍微挪开了些，耳朵依然努力往他耳边够，听到电话里的女声埋怨道：“坐什么公交车啦，你姐夫给你的钱还不够让你打个车吗？”

苏好明白了，电话那头是徐冽那个学珠宝设计的姐姐。

之前给徐冽打生活费的人就是他的姐夫。

理顺了人物关系，苏好继续听姐弟俩说话。

徐翘听徐冽不吭声，又绕回到武校这事："欸，你怎么跟人家打起来的啊？我这听来的消息五花八门，最多的就是说你冲冠一怒为红颜，你小子不会背着姐姐谈恋爱了吧？"

苏好飞快地摇头。

摇完也不知道自己为什么要摇。

人家姐姐看得到吗？

徐冽瞥了苏好一眼："八卦你也信，挂了。"

"等会儿，"徐翘打住他，"以后碰上这种麻烦，及时来跟姐姐报备知道吗？别说让一个武校叫我弟弟'哥'，就是十个武校也得给我弟弟俯首称臣！"

"……"

苏好一路沉浸在"徐冽后台太硬了，难怪敢这么跩"的感慨里，到站都没注意，等徐冽走到后门边回头叫她，她才反应过来，拎起书包匆匆下车。

从车站去往学校的路上，周围都是熙熙攘攘的返校学生。

不知道是不是错觉，苏好觉得自己走过的路好像变成了一条万众瞩目的 T 台，不管是光明正大的，还是小心翼翼的，所有人的目光都集中在她这里。

他们的眼神里有好奇，有难以置信，更多的是仰望与敬畏。

苏好在南中的回头率一向很高，但今天的她忽然不是特别有这份自信。

武校传遍了的事，南中应该也得到了消息。

苏好看了看身边的徐冽，悄悄放慢步伐，落在了后面。果然发现那些瞻仰的目光与她拉开了距离，落到了真正的主人身上。

苏好左看右看上看下看，真的没有人在意她。

她站在原地怀疑了好一会儿人生，忽然看到徐冽回过头来。

“不走？”徐冽问。

苏好正色道：“哦，你走吧，我看会儿风景。”话是这么说，但她的眼神明明白白写着“你太耀眼了，我不跟你一块儿玩了”。

徐冽扬了扬眉，沉默一会儿，朝她走过去，一把拎过了她的书包，然后继续往校门走。

“我去，快看快看！”大家的视线终于移向了苏好。

苏好感觉自己一下子被上百道目光射穿。

这些目光里充满了“姐果然还是姐”“武校都叫一声哥的大佬也得给姐拎包”“我也好想当大佬的女人，我也好想让大佬给我拎包”的艳羡。

“……”

苏好望着徐冽的背影深吸了一口气。

这人好臭屁。

可是她该死的心脏为什么扑通扑通跳那么快。

“雨巷殴人事件”在接下来两天成了南中学生课余饭后的最大谈资，事件幻化出无数惊心动魄的版本，但不论哪一版，最后都会归结于一句“流水的一哥，铁打的一姐”。

苏好第一次听到这个说法是在周二的体育课上。

体育课混班，她在热身跑圈的时候听身后9班几个女生在调侃这话。

后半句话倒叫她心情不错，可仔细品一品前半句，她意识到不对劲，边跑边回头问她们：“什么叫流水的一哥？”

女生们特意压低了声，没想到还是被她听见，尴尬地说：“就是，就是我们学校一哥不是换人了吗？”

“谁说的？”

“我们也不知道，好多人都这么说……”

苏好继续跑圈，隐约觉得不太妙。

陈星风和徐洌那天本来是友军，根本不存在抢一哥一说，但如果大家强行摁头他俩较个高下……

徐洌可能无所谓，陈星风这个暴脾气一定会不爽。

苏好不太参与那些窸窸窣窣的八卦，到这会儿才知道事情演变成了这样，再记起陈星风这两天神出鬼没，也没跟她和文铭、李貌、苗妙一起吃饭，可能真是上火了。

上体育课没带手机，苏好也没法立马联系他。

体育课之后就是地理课，她正盘算晚点去多媒体教室探探陈星风，不料体育课下课铃刚一打，就看到文铭像火箭一样朝大操场冲了过来："苏姐，苏姐！大事不好了！"

文铭和李貌没有同时出现，就说明真的大事不好了。因为他俩只要不是大事，从不分头行动。

"怎么了？"苏好眉心都跳了跳。

文铭气喘吁吁指着篮球场："风哥……风哥跟洌哥干起架来了！"

苏好掉头就往篮球场跑了过去。

文铭跟上她，一边讲情况："刚才体育课上打比赛，风哥一个篮一个篮地灌，洌哥一个三分一个三分地投，全场都惊呆了！风哥攒了两天火，又被洌哥压了分，等老师一走就跟他动起手来了！"

"拉架的呢？"

"这谁敢拉啊姐！那要是拉得住我也不来找你了啊姐！"

苏好刚在体育课上耗费了一节课体力，跑得费劲，一路奔进篮球场，远远地看到黑压压一群人围成了个圈在观战，中间有两道身影，壮实的那个迅猛出拳进攻，瘦高的那个见招拆招格挡。

徐洌的动作几乎都是防守，应该没想打这一场架。但所谓进攻是最好的防守，陈星风攻势太强，徐洌也不可能丝毫不还击。

所以两人就打得难分伯仲了。

苏好跑到圈子边，一把拨开看热闹的人群。

徐冽恰好正对苏好，余光瞥见她来，稍一分神，避让的动作少了些幅度，陈星风的拳头瞬间擦过了他的嘴角。

“陈星风！”苏好差点儿喊破音。

陈星风动作一滞，回过头来。

徐冽曲起食指，指关节轻轻擦过嘴角。

两人胸膛起伏，喘息着看向苏好，还有一条胳膊拧在一块儿。

苏好一手扶着腰喘气，一手指着他们：“都给我松手，谁再动一下，出了篮球场，你们看着办。”

文铭和李貌也赶紧把围观群众拉开：“得了得了，苏姐来了，都别看了！”

众人见这架打不下去了，一步三回头，依依不舍地离开了篮球场。

苏好喘匀了气，走上前去：“干吗呢你俩？吃饱了撑的是不是！”注意到徐冽嘴角挂的那点彩，她轻轻“嗞”了一声，一左一右打量两人，“都伤哪儿了？”

陈星风嗤笑一声，满脸不屑：“我能受伤？”

李貌举手：“报告苏姐，风哥刚才左手肘擦着地了！”

“……”陈星风回头看他，“你闭嘴会死吗？”

苏好抬起陈星风胳膊，一看运动服都破了，里边擦破的皮肉鲜红一片，无语地看着他，想骂又没力气，朝文铭和李貌努努下巴：“你俩先带他去涂点红药水，回头我再找他算账。”

陈星风眼神一暗。

文铭和李貌拉走了陈星风。

篮球场只剩下苏好和徐冽。

“打人怎么还打脸……”苏好不忍直视地看了眼徐冽嘴角的破皮，“还有其他地方受伤没？”

徐冽淡淡地看着她：“有怎样，没有又怎样？”

“我差点儿跑断腿过来劝架，听你给我绕口令？”苏好烦躁地把碎发往后一撩，想着是陈星风挑起的架，徐洌这会儿态度恶劣也正常，她语气又软和下来，“行了，别生气了，我替陈星风给你赔个不是。”

徐洌的神情却更加冷淡了些，皮笑肉不笑地扯了下嘴角：“你替他跟我赔不是？你是他什么人？”

苏好被他问得一愣。

她这话也没什么特殊含义。这件事陈星风有错在先，可照陈星风的性格估计这辈子都不可能跟人道歉，所以她就发发善心当个劝和的中间人。

劝架不都这么个套路。我替某某给你赔个不是——官方劝架词啊。

但如果徐洌非要让她深思说这话的道理……

苏好仔细思忖起来，她是抱着一种怎样的心态，站在什么立场替陈星风赔不是？

总不是居委会大妈吧。

漫长的十秒钟过去了。

苏好缓缓眨动眼睫，露出了难以启齿的表情。

徐洌似乎不打算再等这个答案，掉头离开。

苏好沉重地闭了闭眼：“我是他爸爸！”

“……”徐洌脚步一顿。

苏好在他身后默默叹了口气。

没错，她深思了一下，她说出刚才那句“我替陈星风给你赔个不是”的瞬间，是抱着一种老父亲给熊孩子收拾烂摊子的心情。

苏好走上前去，无可奈何地说：“实不相瞒，我跟陈星风吧，我们小学一年级就认识了，可是从一年级到六年级，他身高一直矮我一截……当然这也不能怪他，男生本来就比女生发育晚，但你换位思考一下，我天天看着一个比我矮小的男生在那儿调皮打架，真的很难把他的形象脑补得很伟岸高大。

“所以吧，虽然后来他长成了现在这样，但每次看到他惹是生非，我这个心情……”苏好再次难以启齿起来，“你能明白吧？这事我本来真不想说，大家都这么多年朋友了，他又是很爱耍威风的人，如果知道我一直把他当儿子，还把这件事告诉了跟他抢一哥地盘的人，那可真是……”

“……”徐冽沉默地看着她，一时没接上话。

像一拳头打在棉花上，哪儿都使不上力，一点办法也没有。

可这沉默看在苏好眼里却像是还在生气的表现。

想想徐冽本来是多低调一位哥，因为她被推上风口浪尖，被流言蜚语强行摁头跟陈星风 PK，确实蛮无辜。

而且现在这么英俊的脸庞还挂了彩。

苏好眼一闭心一横，扯了扯徐冽的袖子：“你看，他是我儿子，那就是你孙子啊，大家都是一家人，别生气了？”

“……”

徐冽撇过头朝篮球场外走。

苏好一直盯着他的表情看，注意到他嘴角转瞬即逝的笑意，拔腿追了上去，拍了一下他的肩：“你笑了？”

“没。”徐冽板着脸，脚下步子不停。

“我都看到了！”见他往教学楼走，苏好一把拉住他，“你到底还有没有哪儿受伤？”

“没。”

苏好将信将疑地瞅了眼他的运动服，倒是没破口，不过也蹭了不少灰泥，擦伤应该在所难免。

走到分岔路口，她想了想，留下一句“你先去上课”朝另一个方向跑了过去。

徐冽驻足在路口，远远地望着她跑走的背影，低头沉出一口气。

苏好从医务室买了一瓶生理盐水和一瓶一次性碘伏棉球，又跑回教学楼。

她本来考虑到万一陈星风在医务室处理伤口，带徐洌过去又让两人火星撞地球，所以自己跑了趟腿，不过最后倒没在医务室碰见陈星风。

回到教学楼的时候第四节课上课铃已经打过。这节是自选课，在多媒体楼混班上，二楼走廊鸦雀无声，全年级都走空了。

苏好思忖着徐洌应该也去了多媒体教室，打算把这些消毒用药塞进他课桌，回头让他自己看着用，没想到一推开那扇虚掩的后门，一眼就看见徐洌在座位上抬起手，自下而上一把脱掉了运动服上衣。

他裸露的上半身一下子映入苏好的眼帘。

皮肤白得刺眼，腰很窄，线条却不干瘪，隐约能看到一块块垒起的肌肉，不夸张，每一道肌理的起伏都恰到好处。

唯一的不和谐是他身上有几处尚未完全褪去的瘀青印迹。

体育课之前的任课老师用了 PPT，教室的窗帘至今仍是拉拢的。徐洌在昏暗无人的教室脱掉这件衣服并不出格。

只是算不到苏好推开这道门，刚好送入了一束艳阳。

徐洌偏过头去，看到愣在门边的苏好，动作一滞，把挂在手臂的衣袖往上一拉，重新穿好了衣服。

苏好左手一瓶生理盐水，右手一瓶碘伏棉球地杵了几秒，左右脚打了下架，转身夺门而出，背靠教室后门边的白墙，深呼吸一次，两次，三次。

苏好自认是见过世面的人。

初高中男生在篮球场脱个上衣是多稀松平常的事啊，她常跟男生混在一块玩，又不是没见过，而且也经常在画室画人体石膏，早就对这种场面免疫了。

她以为免疫了。

在这一刻之前。

苏好晕晕乎乎地站在墙边，眼前不听话地反复浮现出刚刚的惊鸿一瞥，才把呼吸理顺，心跳又乱七八糟了。

不知过了多久，或许是教室里那位罪魁祸首觉得放任她一个人不太好，起身朝后门走来。

苏好听到脚步声身体一僵，表情维持着镇定。

逃走不是她苏姐的风格。

那么打个招呼吧？

同桌？

徐同学？

冽哥？

还是他最爱的——爸爸？

苏好后背靠墙，保持着左右手各举一瓶东西的姿势严阵以待，还没思索出合适的开场白，徐冽已经走到她面前，掀起眼皮看她一眼，抽走了她手里的两瓶药："投什么降？"

"……"苏好看着他舔了舔唇，口干舌燥的下意识动作。

徐冽垂下眼，目光在她唇上一落，又很快移开视线，望着远处的多媒体楼说："去上课。"

"哦，"苏好也转过眼不看他，瞅着天花板问，"你不去吗？"

徐冽继续盯着多媒体楼："晚点。"

苏好清清嗓子转身下楼："那我走了。"

直到走进多媒体楼，苏好才记起自己刚刚走神，忘了进教室拿地理课本。

徐冽居然也没提醒她，直接赶她来上课。

她在后门边喊了声报告，在老师见怪不怪的眼神里走到最后一排坐下。

一个空位之外的地方正好坐了施嘉彦。

施嘉彦正低着头，在桌子底下拿手机发消息，一见她来，小心地瞄了眼老师的方向，悄悄朝她挪过去一个座位，坐到了她隔壁，用气声叫她：“苏姐。”

“嗯？”苏好神魂不在，随便应了一声。

“我刚听说篮球场出事了，冽哥人没事吧？”他指指手机，“他不回我消息。”

“没事。”苏好还沉浸在头重脚轻的眩晕感里，懒得多说，可答完以后又想起不对劲。

徐冽身上的瘀青是怎么回事？

她见多了男生打架，知道瘀青刚起来是什么样子。那些瘀青时日已久，绝对不是最近留下的。

可开学初闯进学校的三个混混战斗力还不如雨巷里那些武校生，又不至于叫徐冽受伤。

苏好忽然记起周末深夜，她问徐冽从哪儿懂来那么多打架的技巧。

他说挨打挨多了就知道了。

她当时还嗤之以鼻。可现在仔细想想，他要不是真挨过打，留下过伤痕，当初杜康怎么会大张旗鼓地给他买云南白药。

而且她今天亲眼见到徐冽防守的架势，他确实非常擅长接招，懂得怎样利用人体的某些关节和姿势去规避伤害。

都说要真正学会打架，得先学会挨打。

徐冽好像是个很擅长挨打的人。

脑袋里蹦出这个想法的时候，苏好觉得有些不可思议。

她拿食指轻轻叩了下桌子，对隔壁说：“施同学。”

施嘉彦把脑袋压低，耳朵凑过来。

“徐冽身上有很多旧伤，你知不知道？”

施嘉彦惊讶道：“你怎么知道？”

苏好皱皱眉：“别废话，我看到了。”

施嘉彦一愣。

他是雨巷那事的间接见证人，也知道徐冽事后在苏好家留到深夜才离开，现在听苏好这么一讲，自然而然联想到两人关系已经很亲近。

又记起他冽哥今天被陈星风挑衅，估计心里非常不爽，施嘉彦深思熟虑之后，决定用心良苦地出卖徐冽一把。

他咳嗽一声，掩着嘴小声说："他之前休学以后在美国的破酒吧打工，经常被客人拳打脚踢，灌酒之类的。"

第一句话信息量就这么大，苏好怔了怔，难以置信地压低声确认："休学去美国打工？"

"嗯，他家破产了。"

苏好消化了好一会儿才继续问："可他姐姐不是很厉害吗？"

"厉害的是他姐夫。而且他姐夫是在他家破产以后才跟他姐姐发展起来的，刚开始姐夫也没来得及顾上冽哥，冽哥流落到美国躲债，上个月才被找回来。"

为了避免被附近的人听到，施嘉彦咬字很轻，导致苏好需要联系上下文才能听清楚。

她皱皱眉："现在债还清了吗？"

"他姐夫给还清了。"

"那他怎么还四处打工？"

"你知道？"施嘉彦一愣。

"当然，他在我家做家教。"

施嘉彦心说难怪两人关系与日俱进，这下出卖得更加安心："他打工是为了攒钱还他姐夫。他姐夫还没跟他姐结婚，只是男女朋友而已。你想啊，他欠他姐夫的人情，要是他自己不还，最后会由谁还？"

"他姐？"

"对啊，那如果他现在心安理得地拿了这些钱，是不是有种把他姐卖掉的感觉？以后他姐嫁过去从一开始在经济上就是负债，就会低人一等。那不成了人家常说的'扶弟魔'？"

苏好想了想，挺有道理。

“那他爸妈呢？不管他？”

“这个……”施嘉彦有点为难，“这个涉及豪门秘辛，我就不好说太多了，他家里关系挺复杂的。”

苏好不说话了，撑着额角半天没缓过神来。

施嘉彦觉得时机不错，赶紧进一步渲染气氛：“唉，冽哥真的好可怜，压力太大了，太需要一个心疼他的人了。”

“……”

苏好心不在焉地神游了一节课，脑海里全是徐冽那些惨兮兮的故事。

文铭、李貌和陈星风都没来上地理课，下课之后，苗妙过来问苏好去不去食堂吃饭。

苏好不太有胃口，让苗妙自己去，她独自站在多媒体楼外等徐冽。结果等了半天没见到他人影，拉了个生物班的人问才知道徐冽压根儿没来上课。

苏好体育课之后没机会进教室，手机不在身上，只能先回教学楼。

一到教室，苏好见里面空无一人，徐冽的课桌上放着她给的生理盐水和碘伏棉球，两样都没拆封。

不在教室又没去上课，是身体不舒服，还是气没消？

苏好有点烦躁，推开课桌上那摞杂物和课本，翻开桌盖找手机，想给徐冽打电话。

越急躁的时候越找不到东西。这是个永恒的真理。

苏好半天找不着手机，正骂骂咧咧，忽然听到一道男声从后门传来：“又找什么？”

她抬起头看过去。

徐冽倚着后门站在那里，已经换了干净的衬衣裤子，看上去既精神又体面，估计是见惯她在堆得毫无章法的杂物里埋头苦找的样子，他用了一个不太客气的“又”字。

除了心情似乎依然有些低气压，他看上去并没有其他大碍。

苏好松了口气，翻找的动作也停了下来。

徐冽明白过来什么，扬了扬眉，嘴角一勾：“找我？”

“谁找你？你在我课桌里？”苏好觑他一眼，“我闲得无聊，要玩手机！”

徐冽也不知信没信，叹了口气：“开振动没？”

“开了，你给我打个电话。”

徐冽拿手机拨通了苏好的号码。

嗡嗡的振动声很快从课桌上传来。

“哪儿呢？”苏好左看右看。

徐冽分辨了下声源位置，走过去把她摞在课桌上的一本书抽出来翻开。

手机跃然眼前。

与此同时，来电显示的备注也跳了出来——男朋友 ww。

“……”苏好的手滞在半空，缓缓转过头去，看向徐冽。

徐冽静静地望着手机屏幕，好一会儿过去眯了眯眼，偏头对苏好露出疑问的眼色。

手机“嗡嗡”的振动还在继续，苏好脑子里也像有根绷紧的弦被人弹拨得嗡嗡作响，她保持着僵硬的站姿，把头摇成拨浪鼓，满脸写着“我不是、我没有、你信我”。

“刚才，”铃声响满，手机不再振动，徐冽看着她，先发制人地开了口，“杜老师找我谈话。”

“嗯？怎么了？”苏好的声音飘得厉害。

“问我打架的事。”

苏好的眼珠缓缓转动过一圈。

他是在转移话题吗？

是吧，他在假装没看到这个备注，倒还蛮心思细腻，温柔体贴的。

苏好低低“哦”了一声，接过他给的台阶：“念叨你一节课？”

“嗯，从打架说到男女生交往过密。”

“啊？”

“他说听到了学校里的流言，”徐冽按在桌沿的那只手往前一撑，撑到苏好那张课桌上，“问我是不是真的。”

苏好对这突然拉近的距离感到一丝压迫，后背死死地抵到墙，指指他，又指指自己：“我俩的……流言？”

徐冽点了一下头。

“那肯定不是真的啊！简直无中生有，暗度陈仓，凭空想象，凭空捏造！”苏好夸张地挺直腰背，“你怎么跟老班讲的？”

“那肯定不是真的啊——”

苏好愣了下才反应过来，他在说他是这么跟老班讲的。

可是同样的话换成他那样懒散的语气，尤其用上那个轻飘飘、搔得人耳根发痒的“啊”字，听着却像扯淡。

徐冽指了指她还没熄的手机屏幕：“我刚说完。”

“……”

苏好低头看了眼那行刺目的“男朋友”，再看徐冽那“我前脚刚信誓旦旦说完，你后脚摆我一道”“小妹妹真不让人省心”“这样哥哥很难做”的眼神。

台阶是不存在的。

心思细腻、温柔体贴也是假的。

从最初那句“刚才杜老师找我谈话”到最后这一指，他不过是在用迷惑人的铺垫引诱她跳进他致命一击的陷阱。

她还是太年轻了。

苏好飞快地摁熄了手机屏幕，指尖碰到锁屏键，过电似的麻了麻。

“是许芝礼好不好？”她恼羞成怒地瞪着徐冽，“她搞的恶作剧！

我怎么可能用这种颜文字？”

“意思是她在你原本的备注后加了个颜文字？”徐洌疑惑地皱了皱眉。

“你是耳朵有毛病还是脑子有毛病？前面三个字当然也是她改的！烦死了……”苏好阴沉着脸，拿手机打开通讯录，删掉原备注，打了一行字：烦人精。

徐洌逗完人倒像舒坦了点，偏头看了看她：“吃什么？”

“什么吃什么？”她瓮声瓮气地应。

“不是没吃午饭？想吃什么，我去买。”

苏好挑衅似的看着他：“哦，那我要吃泡芙，东陵路那家冰淇淋泡芙，一个香草、一个黑糖珍珠，珍珠要双份。”

徐洌回头看了看墙上挂钟，拿了手机起身。

苏好一愣之下拉住了他的袖口：“你真去？”

徐洌回过身，扬了下眉：“不然？”

苏好噎了噎：“我逗你的啊。那泡芙店每天排队排半条街，你现在过去，下午第三节课不知能不能回来。”

徐洌轻轻沉出一口气：“说点一小时能回来的。”

苏好捏着他袖口的指尖忽然有点发软，心也跟着软了，怒气烟消云散。

她支吾道：“那什么……十分钟能回来的那种吧，学校便利店买杯关东煮好了。”

“就这样？”

“我也不饿，跑来跑去胃口都没了。”苏好嘀咕一句，见他要走又叫住他，“你等会儿。”

徐洌疑问地看着她。

苏好翻开课桌，取出一片肉色的创可贴，朝他勾勾手指：“脸过来。”

徐洌看了眼她细细巧巧撕开创可贴的手指，站着没动。

两人一站一坐，距离有些远，苏好抬手扯了下他的衣襟，把他整个人往下拉：“下来点啊。”

徐冽顺着她的力道弯下腰去。

苏好注视着那块破皮，还好位置不是在嘴唇，在嘴角下边靠近下巴的地方，能遮遮丑。

她一手捏着他的下巴，一手捏着创可贴，仔仔细细往他的伤口贴。

徐冽垂眼看着她，目光从她盛满了他的眼，挪到她小巧的鼻尖，再挪到她微张的唇，最后无处可挪。徐冽右手撑在桌沿，左手垂在身侧微拢成拳，拳头握了又松，松了又握。

等她大功告成，他留下一句“走了”，一刻没停地转过身匆匆离开教室。

当天傍晚，苏好接到陈星风电话，让她和苗妙出去吃饭。

苏好下午联系了陈星风好几次，一直没得到回复，好不容易等到他现身，虽然胃口不佳，她还是跟苗妙一起赴了约。

垃圾街挤满了出校觅食的学生。

苗妙走在路上跟苏好聊上午的事，问她：“中午饭也不吃就去找你同桌了，怎么样，把人哄好没？”

“谁哄他了？”

苏好扬扬下巴，话音刚落听到前边传来一道男声：“212？那不是徐冽宿舍吗？你真在阳台发现烟头了？”

是他们班新任男生活委员潘旭和他的舍友汤安在说话。

先问话的人是汤安。

潘旭答：“是啊，那宿舍就他一个人住，你说还能是谁抽的？”

苗妙冲苏好张大了嘴。

苏好也愣了愣，拉着她加快脚步跟上去听后续。

“那怎么办，你打算告诉老师吗？”

“查寝结果本来肯定是要上报的，但这不是……”

“兄弟我懂你，要不还是算了吧，得罪不起，别回头被武校的人找麻烦。”

“这倒不至于吧？”

“可能至于哦。”苏好一手一边肩膀，站在两人身后拍了拍他们。

两人吓了一跳。

汤安跟被电了似的跳起来：“苏姐！”

“吓着你们了？也不用这么紧张，”苏好微微一笑，“武校的人又不是恶鬼，最多给你断个手断个脚，要命倒是不会。你们自己小心点，别踩着他们雷就行。”

汤安急忙点头：“会的会的，我们会小心的！谢谢苏姐！”

苏好淡淡“嗯”了声，拉着苗妙走了。

苗妙给她竖了个大拇指：“威风，你同桌要知道你这么护着他，可不得乐开花。”

苏好冷笑一声：“谁护他了，我这是为了不打草惊蛇。”

苗妙还没来得及细问苏好想打什么蛇，吃饭的地方到了。

陈星风和文铭、李貌正在旋转小火锅店里等她们。

两人进去的时候店里人已经爆满，全是叽叽喳喳的南中学生。几张椭圆形的圆桌围满了人，一圈十二个锅位，新鲜的蔬菜、丸子和涮肉一盘盘地摞在滚轴上转。

文铭、李貌一看苏好和苗妙进来，赶紧挥手招呼她们。

陈星风已经埋头吃起自己锅里的食物，牛肉丸子蘸了酱料，一口塞进嘴里，嚼得起劲。

苏好到陈星风隔壁坐下：“喂，能不能讲点道理，发你一下午消息一条不回。”

“我如果讲道理，要拳头干吗？”陈星风拿起手边的冰汽水，仰头灌进喉咙底。

苏好翻个白眼，问文铭和李貌：“你们下午干吗去了？”

“打电玩。姐，你别生气，风哥不是故意不回，他在电玩城碰上个来搭讪的美女姐姐，陪人家抓了一下午娃娃，没看手机。”

苏好气笑：“亏我……”

“亏你什么？”陈星风斜她一眼。

苏好满脸遗憾：“亏我制定了一下午战略方针，研究该怎样和平解决我校一哥之争。”

“……”陈星风嘴角抽搐，“你吃饱了撑的？”

“那不是你先吃饱了撑的去跟人家 PK？”

苗妙勾过苏好肩膀，帮腔道：“就是，手心手背都是肉，一边是兄弟，一边是爱情，我们苏姐容易吗？”

“哪儿来的爱情！”苏好搡开苗妙。

陈星风舔舔后槽牙，撂下筷子，拿纸巾擦干净手：“打球打上火而已，谁稀罕这个一哥。”

“哦，那意思是我白给你想了这么久的办法。”

陈星风叹了口气：“行行行，你说，制定出了什么方针。”

苏好捏了捏拳：“一哥保卫战之以不变应万变。”

“？”

“我决定让文铭和李貌放话出去，谁想争一哥，本周五放学时间，宿舍楼后墙外找你单挑，弃权代表失去竞争资格。”

“？”

“到时候，”苏好严肃地点点头，“我负责带走徐冽，你负责不战而胜，怎么样，够兄弟吗？”

“……”

文铭、李貌、苗妙震惊过后，齐齐鼓起掌来：“滴水不漏。”

“无懈可击。”

“友谊万岁。”

第十三章

《徐洌观察日记》

“徐洌，你挺能耐？”

“我能耐什么？”

“人赃并获你还装，说，在这儿偷偷摸摸干什么？”

“等你啊。”

这个方针是苏好询问徐洌意见之后得出的。

徐洌对什么一哥、二哥真不感兴趣，纯粹是被陈星风挑了火才应战。只要有一方无所谓这个头衔，事情就不难解决。

苏好很快把这事搁去了一边，从垃圾街回来以后，她开始专注于刚才听到的男生宿舍秘闻。

那个江湖骗子到底跟她撒了多少谎？说自己掐烟的手势是电影里学的？

看她这回不查个清楚。

苏好回去以后想了很久，像徐洌这种嘴皮子上下一碰就是一通鬼话的人，如果直接质问他，他是绝对不会承认的，那么就只能抓到他人赃并获。

苏好观察了徐洌两天，在小本本上记录了他全天的动向——精确到分钟，最后总结出他在傍晚某个时间有一段神秘的失踪，既不在食堂也不在教室，又没回宿舍楼。

周四傍晚，苏好假装在教室等文铭和李貌给她带饭，见徐洌从座位离开后，悄悄跟上了他。

徐洌一路走上教学楼三楼、四楼、五楼、六楼，最后推开了七楼天台那扇老旧的铁门。

苏好落他半层楼，在铁门外等了会儿才杀上去。

一推开门，迎面就是一阵穿堂风，苏好的长发瞬间被风刮扯到一边。

她捋了把乱糟糟的头发，左右四顾。

空阔的天台上，徐洌倚在墙脚，指间果然夹了一支烟，见她来，他轻轻弯了下嘴角，折起烟就要掐。

苏好不给他销赃的机会，冲得像支穿云箭，上前一把夺过他的烟。

徐洌挑了下眉。

苏好把烟头摁在他身后的墙上，用他当初的话回敬道：“徐洌，你挺能耐？”

“我能耐什么？”他垂眼看她，神色里有一丝不解。

苏好把那支烟捏在手里，质问他：“人赃并获你还装，说，在这儿偷偷摸摸干什么？”

天台的风“哗啦啦”吹着，苏好的头发再次糊上了脸。

徐洌抬手撩开她的碎发，指尖轻轻擦过她的脸颊，把她的发丝慢慢拢到耳后，嘴角浮起笑意：“等你啊。”

苏好手里的烟无声掉落在地，心跳和天台的风一样停滞了一瞬，重新感受到它的跳动时，心底已经是翻江倒海，风起云涌。

像被一把星火燎了原，那根带着凉意的手指擦过的地方开始发痒、发烫，从脸颊到耳郭一点点失守。

而罪魁祸首却顺着她的发丝抽离了手，捻了捻指尖，倚着墙闲闲地看她，好像这个动作真的只是顺手。

苏好蒙在原地，差点儿忘了自己上天台来是为了什么。

这人想蒙混过关？她被风吹得清醒过来，刚要张嘴质问徐冽说什么鬼话，被他打断了话头："真的。"

"等我做什么……"苏好摸摸鼻子。

"不是想抓我抽烟？"徐冽垂眼看看掉落在地上的烟头，"琢磨两天了。"

"……有那么明显吗？"苏好挫败地眨了眨眼。

"还好，"徐冽直起身板，朝天台边缘的围栏走去，"瞎子看不出来的程度。"

苏好跟上去，捶了他后背一拳："所以你到底抽没抽？"

"没。"

"那你在这儿演戏呢？"

徐冽手臂搭上栏杆，交握着双手回头看她："这样你不是比较有成就感？"

"那你倒是把戏演到底？"

徐冽本来是有这个打算——等她出现在天台，他可以假装很惊讶，假装被抓包很紧张，也不枉费她辛苦一场，每天书都不读，专心撰写她那本《徐冽观察日记》。

可是看到她的时候，他却只想逗她。

每次目睹她那些生动鲜活的情绪变化，总会让他感到奇异的愉悦。

"但你有烟这事还是违反校规，你就无所谓我去老班那儿告你的状？"苏好握着栏杆斜眼看他。

徐冽偏过头来："你会吗？"

苏好一噎。

“会也没关系。”徐洌扯了下嘴角。

苏好从这一笑里看到了一丝微不可察的自讽。

想起了施嘉彦讲的故事，想起徐洌遭遇过什么，苏好忽然有点明白他为什么会是这样一个人了。

已经见过最黑暗的东西，过过最糟糕的生活，当然也就不会对“告老师”这种鸡毛蒜皮的事产生情绪波动。

同龄人的酸甜苦辣，到了他这里大概就是一杯平静无波的白开水。

他或许也很遗憾，自己无法再拥有十几岁少年该有的鲜活和生动。

天边渐渐泛起金红色，落日的余晖洒满了天台。

角落堆积的废旧杂物在地上投落下不规则的斜长影子。

苏好压低身体，下巴枕着栏杆，对着远处的夕阳叹了口气：“没意思。”

徐洌偏头看她，眼色疑问。

“好不容易逮着你一条小辫子，结果你这副天不怕地不怕的死人样，叫人好没意思。”苏好遗憾地摇了摇头，“你就没有怕的东西？”

徐洌挑了下眉：“心理上没有。”

“所以生理上有？”苏好饶有兴致地看着他。

徐洌撇开了眼。

“怕什么啊？”苏好站直了靠过去，撞了他一下胳膊，笑嘻嘻地看他。

徐洌没说话，站远了点。

“别这么小气，满足一下同桌求知若渴的好奇心？”苏好跟过去，见他不为所动，提议道，“那不如这样，我跟你交换？”

“你怕的东西还少？”徐洌瞥她一眼。

“……”

“没劲！”苏好松开栏杆，拍拍手就要下楼。

徐洌拉了把她的胳膊，似有若无地一叹：“那你说。”

"那一言为定，"苏好抬抬下巴，"我说了你也要说。"

"嗯。"

"我怕这个……"苏好伸出一根食指，飞快地搔了骚他的腰。

徐冽肌肉瞬间紧绷，条件反射似的挪远了去。

苏好愣愣回味着他被戳到软肋的反应，过了会儿捧腹大笑起来："好了你不用说了，我知道了，你也怕痒！"

徐冽眯了眯眼："好笑？"

苏好支着腰乐了半天，凑过去问："欸，你是只有腰上怕痒？还有别的地方吗？"

"第二个问题了。"徐冽面无表情地望着越来越淡的夕阳。

"好，那我不问，"苏好伸出手去，"实践出真知，我亲手试试。"

徐冽一把箍住她一双手，腾出自己的另一只手作势要动作："那礼尚往来？"

"……"苏好迅速抽走自己的手，往铁门走去："不来了。"

徐冽望了眼铁门的方向，忽然追了上去。

苏好一愣，跑着往旁边躲开："干吗？我都说不来了！"

徐冽扯过她的手腕，在她尖叫之前捂住她的嘴，把她拉进了墙脚的杂物堆。

废弃的木门靠在墙边形成了一个三角架空，正好容两人藏身。

苏好刚跟着徐冽进去，铁门就"吱嘎"一下被推开了。

她这才明白徐冽不是在跟她闹着玩，是有人来了。

杜康已经找徐冽就男女生交往过密的问题谈过话，他大概不想被老班再念叨一场。

苏好不挣扎了，配合他躲进了阴影里。

徐冽松开手，和她并排站好，低头看了眼自己的掌心。

苏好用手肘杵了杵他，等他转过头来，跟他比口型：谁啊？

徐冽摇头，示意不知道。

答案很快揭晓——

“没人。”一个年轻的男声响起来。

“可是我刚才真的听到有人说话……”声音娇滴滴的女生说到一半卡了壳，“哎呀，你干什么！”

“拉个手怎么了？”

苏好拳头硬了。

原来是学生，那她和徐冽有什么好躲的。

徐冽的神色也有点无奈。

苏好给他使眼色：出去？

徐冽比了个手势：从这里？

也对，本来是没什么，现在从这种犄角旮旯走出去，那真是跳进黄河也洗不清了。

她和徐冽毕竟是公众人物，得注意点影响，不要频繁占用学校的热搜资源。

苏好无声地一叹，靠着墙站好。

木门外，一男一女窸窸窣窣地不知在说什么甜言蜜语，苏好正越听越尴尬，忽然被一双手捂住了两只耳朵。

她紧皱的眉头松了松，抬起头来看徐冽。

似乎是因为与她并肩而立，这么捂她耳朵姿势很拗，徐冽抬抬下巴，示意她站到他身前。

苏好站了过去，从背靠墙变成了背靠徐冽的胸膛。

徐冽从后面捂好她的耳朵。

直到很久以后，那对男女终于散场，苏好松了口气，把徐冽推出去，看见自己并没有失去行动力的手，蓦地一愣。

她为什么不用自己的手捂耳朵？

她脑筋没转过弯来，徐冽也傻？

这个问题困扰了苏好一整晚，导致她夜里有点失眠，心想次日就是周五，反正都快放学回家了，她放纵着自己在被窝里玩了好几个钟头手机，一直玩到天泛鱼肚白，手机没电自动关机。

于是第二天，苏好就成了苏·好困。

萎靡了一上午，她被苗妙拉去食堂吃了个午饭，打算午休时间接着补眠，结果一回到教室就听郭照朝她喊了一嗓门儿："苏姐，刚才宣传部的人来通知，让宣传委员中午十二点到多媒体301开会，说是三月板报评比结果出来了，顺便安排一下后半月的宣传工作。"

苏好上任不久，这是第一次接到开会通知，突然有点后悔自己当初"报仇一时爽"现在"开会火葬场"。

苏好看了眼腕表。只剩一刻钟休息时间，这眠是补不成了。

她慢腾腾地踱回座位，生无可恋地坐下，目光呆滞地托起了腮。

前边郭照和尤欢欢正趁教室里没人，一起在手机上偷偷看剧。

自从庄可凝被苏好公开针对以后，尤欢欢也认清了现实，不跟庄可凝玩了，和郭照走在了一块儿。

这会儿两人正在看一部已经出了有些年头儿的偶像剧，一人戴一只耳机，一边讨论剧里的台词："'谈恋爱，本来就是自己能做的事，对方非要为你做'——这台词也太甜了！"

苏好呆滞的眼神闪进了一丝异样的光芒，她缓缓回过神，问了句："你说什么？"

"啊？"郭照按下暂停键，摘掉耳机回过头来，"我在说《太阳的后裔》里的台词。"

"再说一遍？"

郭照又把台词重复了一遍，问："怎么了苏姐？"

"这什么剧情？"苏好朝她的手机努努下巴。

尤欢欢转过头来解释："就是女主角的手本来是空的，而男主角手里有个杯子，男主角让女主角拿一下这个杯子，然后他腾出手去给女主角扎头发。那不是多此一举嘛！女主角的手一开始是空的，完全可以自己扎头发啊！”

“这种多此一举，”郭照憧憬地按住了心口，抑扬顿挫地说，“就叫——浪漫。”

苏好有点忐忑地吞咽了一下。

郭照一转眼，看到徐冽走进了教室，指指他：“喏，如果换成《南中的后裔》那就是……比如说今天中午有个会，你明明有时间，可是徐同学非要为你去！”

徐冽走到座位边，脚步一滞，扬了扬眉问苏好：“什么会？”

“宣传部的会。”郭照代答。

徐冽看了看苏好困倦的神情：“要我去？”

苏好眨了眨迷迷瞪瞪的眼：“不要，自己的事情自己做！”她一拍桌板站起来，指指郭照和尤欢欢，“少看点偶像剧，说的都是什么台词！”

“……”

苏好坚持去了多媒体楼开会，一场漫长的会议之后，她哈欠连天地走回教学楼，感觉人都快散架。

距离下午第一节课还剩二十分钟，教室里的同学正处在午休结束的亢奋期。苏好走进后门的时候见大家集体摆着吃瓜脸，不知打开了什么特别的话匣子，聊得热火朝天。

她揉了揉耳朵，回到座位，看着前边正在眉飞色舞地跟同桌讲话的郭照：“安静点，我睡觉。”

“我安静不了，我管不住我这张嘴！”郭照不被吴语搭理，干脆转过头来跟苏好八卦，“苏姐，你刚才不在不知道，高三理科创新班有一对情侣今天中午被请了家长，崔华就在政教处跟双方家长说，让这两人其中一个转班，叫男生和女生自己决定谁走。最后一学期离开创新班，这不就等于让他们牺牲其中一个的前途吗？也太凶残了！”

苏好向来不八卦，但不知怎么，这次竟意外起了点同情心，问道："然后呢？"

"然后女生哭哭啼啼地说她走，男生不答应，非说他走，两边到现在还没掰扯清楚，家长都在政教处求老师开恩呢！"

苏好轻轻"啧"了一声："都高三了就不能低调点？怎么被发现的？"

"他们高三天台是关着的嘛，昨天傍晚两人跑来我们这栋楼的天台约会。"

苏好偏头看了一眼徐冽。

一直在旁边做题的徐冽也抬起了头。

苏好清清嗓子，掩着嘴轻声问徐冽："不会是那对吧？"

徐冽摇头："不知道。"

昨天傍晚苏好和徐冽在天台待了很久，下来的时候已经快上晚自修，照理说不会有其他人再上去。

但他们比那对男女更晚离开天台，那两人显然不是在天台当场被抓，而应该是在楼下被崔华守株待兔逮着了。

如果说当时先下去的人是她和徐冽……

苏好想到这里心头一跳，握拳咳嗽两声："那什么，他们应该是做贼心虚才露了馅儿，不然好端端一起下个楼，不至于被逮着早恋啊？"

徐冽眉梢一扬，没说话。

"比如，我们在天台那就不算早恋啊，是吧？"

徐冽默了默，偏头看她："你说呢？"

"我说？"苏好眨眨眼，飞快地摇了摇头，"不算啊，这怎么能算，这肯定不算。"

徐冽听着她的碎碎念笑了笑："那就不算。"

下午最后一节是班队课，照例由班委和班主任先后发言。

各班委就自己的工作领域讲了一些通知安排，体育委员上台时宣布了四月春季运动会的消息。

之前大家还在猜测操场翻新会不会影响这学期的运动会，听说如约举行都松了口气。体育委员还没下台，底下已经叽叽喳喳讨论起运动会报名项目——玩哪种桌游，凑多少人头，点哪家外卖，下午茶怎么安排。

体育委员也习惯了，运动会嘛，友谊第一，比赛第二，春暖花开的口了又不上课，大家一起校内春游联络感情才是正事。

体委下台后轮到苏好，她顶着困意上去，懒得多讲，简洁明了开门见山：“两个事，第一个，板报评比，第十七名。”

三月的板报出自庄可凝之手。苏好上任时板报已经画完，她也没特意擦了重来。

名次一出，庄可凝的脸一下子垮下去。参与板报评比的只有高一、高二年级，一共也就二十四个班。

记起庄可凝之前信誓旦旦地说这次冲个前三，其他人也是一噎。

“哦，”苏好摆摆手，“不用灰心，下月拿个第一。”

底下不知谁吹了一声哨。

“小事，别激动。第二个事……”苏好看了眼手里的会议记录，皱皱眉头，举高笔记本仔细去辨认那些龙飞凤舞到出线的字，嘀咕道，“我这记的是什么？”

“……”

杜康在旁边觑她：“你这班委怎么当的，开了个什么会？”

“小场面，别慌，”苏好打打手势安抚老班，“大致就是说三月后半月提前为运动会宣传准备，每个班三月底提交一些海报图册之类的物料。”

“宣传部花样好多，”从前经常被庄可凝抓去帮忙的几个女生小声抱怨，“还得准备月考，谁有时间做物料，直接去买得了。”

“用不着你们，到时候我一个人搞定，你们好好学习吧。”苏好看看她们，打个哈欠下台。

“苏姐帅气！”

“帅什么帅，”杜康指指苏好，“你一个人搞定，你不用学习？”

苏好已经回到座位坐下：“这不是术业有专攻吗？她们花五小时做物料，进度才百分之十，我花五小时做物料，进度能有百分之五十。她们花五小时学习，总分能提高十分，我花五小时学习，总分才提高一分。您看是不是这个理？”

杜康说不过她，摇着头走上讲台：“好了，班委们把工作安排完了，那我来说几句。今天中午政教处发生的事都听说了吧？”

苏好刚趴下去睡觉，一听这话，悄悄竖起一只耳朵。

徐冽看她一眼，继续转着笔写周末作业。

“这事最后的处理结果，也不避讳跟大家讲，崔老师看了那两个同学上学期期末和这学期期初的成绩单，女生谈恋爱以后成绩下滑非常严重，已经跌出创新班标准，所以下礼拜起转去普通班，这会儿已经在收拾行李了。

“讲这事呢，并不是说老师赞同政教处这种激进的做法，主要还是想给同样有这心思的同学敲个警钟。你们看，哪怕创新班的学生都不一定能够好好平衡学习和恋爱的精力，别说普通班的同学，是不是？

“老师不希望你们一年半以后没考上理想的大学，回头一想，是因为一时冲动谈了个恋爱，那到时候得多后悔？人生这么长，这些事高考以后再去做也不晚，别说到时候就错过了，能错过的，就说明提早在一起也不会有好结果！老师跟你们师母就是高中同学，高考之前也没说破，后来商量着填了同一个城市的大学志愿，这不现在儿子女儿都念幼儿园了吗？

“还有，希望有些人不要总是嬉皮笑脸地开同学的玩笑，说谁和谁是一对，”杜康往徐冽和苏好的方向看了一眼，“崔老师的脾气你们也知道，你们在这儿八卦来八卦去，流言传到政教处，那这对无辜的同学很可能会被你们连累，明白吗？”

苏好趴在课桌上连点三下头。

就是，她和徐洌多无辜！

月考时间安排一出来，高二年级学习氛围浓厚不少。

苏好自己倒没什么，只是被这紧张兮兮的氛围感染，想起来问问徐洌，最近周末要不要少上节课。

徐洌说不用，仍旧照常给邹恺补习奥数，还能每次分一小时给她当画模。

苏好本来想说她也不急，油画可以等月考结束以后继续画，当发现徐洌周末作业每次都是周五完成以后她就不多嘴了。

人家刷一张卷子估计跟她刷一张速写的手感差不多，她一学渣瞎操什么学神的心。

两周后的周五，月考结束。

这回没人诬陷作弊，苏好觉得考试环境良好，让她发挥得十分顺畅，一定不会待在倒数十名里了。

她哼着小曲从考场出来，回到教室见周围同学一半在四处对答案，一半考完就丢，收拾书包准备出去浪。

苏好瞅了瞅她那画风别具一格的同桌。

徐洌已经从考试状态无缝衔接到刷题状态，除了刚进教室时回答了几个同学最后一题的答案外，就没再作过声，安安静静写起了周末作业。

苏好整理个书包的工夫，他就把卷子翻了个面。

苏好抱起书包，临走之前戳了戳徐洌的胳膊："晚上我要去个地方，不跟你一起回家了。"

徐洌"嗯"了一声："别回太晚。"

苏好耳朵忽然一痒。她知道徐洌是在说如果她还要找他当画模，那就别回太晚，他等不了太久，但就是莫名联想到了舅舅跟舅妈报备行程的时候，舅妈叮嘱的样子。

“我可没在跟你报备行程，”苏好强调，“我是想跟你问个地址，你上次去西街找许芝礼取我的手机，具体门牌号还记得吗？”

徐冽偏头过来，瞥见她身上的打扮。

苏好已经换掉校服，下身一条黑色铅笔裤，上身一件姜黄色针织吊带，外搭白色雪纺衬衫，衬衫松松垮垮拢在肩上，穿得没个正形。

徐冽眯了下眼：“你一个人去找她？”

“啊，怎么？”

“做什么？”

苏好嫌弃地皱皱眉：“你今天问题怎么这么多，就……找她算个账呗，她让我风评被害那事我还没跟她计较。”

距离雨巷那事已经过去好一阵，如果真要算账，苏好早该去了。

徐冽不知道她打什么主意，想了想说：“门牌号不记得了。”

苏好拎包起身：“好吧，那我自己去摸索摸索……”

“走一遍应该还记得。”徐冽抬头道。

苏好也不知道事情怎么就演变成了——徐冽跟她舅妈请了个假，说今晚临时有事不上课了，然后和她一起去了西街。

苏好找许芝礼的真实意图也就藏不住了。

到西街附近下车，她走进一家蛋糕店，取了个事先预订好的生日蛋糕，又去炸鸡店买了两桶炸鸡和几罐啤酒。

徐冽不问也知道了，今天是许芝礼生日。

苏好看了眼徐冽满满当当的双手，觉得这个苦力找得真值当。

反观她自己就很轻松了，手里只拎了几罐啤酒。

一路跟徐冽七拐八绕地走进了一条巷子，苏好都快绕晕了，却见他依然在每个路口毫不犹豫地选择左右。

她忍不住调侃他：“路记得这么清楚，门牌号是真忘还是假忘了？你是不是故意跟我过来，想见许芝礼？”

徐洌凉丝丝地瞥她一眼，声调没什么起伏地说："那我怎么不早自己过来。"

"谁知道呢？"

破旧的楼房鳞次栉比地排布在巷子两侧，头顶密密麻麻的电线压得很低。天色渐暗，周围人家的灯火星星点点地亮起，走在路上能清晰听见楼里男女老少在唠家常，间或掺杂几声猫叫和犬吠。空气中飘散着浓郁的饭菜香，像青椒炒肉的味道。

真奇怪，明明是充满人间烟火气的地方，苏好却第一反应想到，独居在这里的话该有多孤单。

苏好跟徐洌上了一栋低矮的楼房，楼道里有股不太好闻的霉味。

徐洌在二楼停下，对她指指面前的门，示意就是这里。

苏好抬手敲了敲门，三声过后无人响应，又敲三声。

楼道里很安静，她说话时稍微压低了些音量："我没她现在的联系方式，纯粹来碰个运气，要是没人，我们就找个地方瓜分了这些。"

话音刚落，面前的门"啪嗒"一声被打开。

许芝礼顶着鸡窝头，揉着惺忪的睡眼，哑声说："送上门的东西你也好意思拿回去。"

"你顺风耳这么灵光？"苏好觑了觑她这一身邋遢的睡裙，一脚踢上她小腿，"不会穿好衣服再开门？"

许芝礼看了眼目不斜视的徐洌："放心，人家看墙壁呢。"又指指他们手里的食物，"外卖送到就走吧。"

苏好直接挤进门去："我饿着肚子来给你送外卖，我有病？"

"你是强盗？"许芝礼"啧"了一声，看看还站在门外的徐洌，"进来吧，不用换鞋。"

徐洌这才跟在苏好身后进去。

苏好扫了眼这间出租房，很简陋的单身公寓，卧室和客厅在打通的同一空间，里间有个浴室，不带阳台和厨房。

她把许芝礼往里推，拎起她搭在沙发上的一件长外套，给她裹上，拉链从下往上“唰”地拉到脖子。

许芝礼差点儿喘不过气，把拉链往下拉了点：“你男朋友真没看我！”

“什么男朋友？拎东西的苦力而已！”苏好回头看了眼徐冽，问许芝礼，“东西放哪儿？”

“茶几上吧。”

徐冽的目光在茶几几面一落，没立马把东西往上搁。

苏好发现了他迟疑的原因，抽过旁边纸巾盒里的纸巾，蹲下来擦拭茶几：“你这是人住的地方？这么多灰。”

许芝礼耸耸肩，收拾起堆在上边的杂物，点亮顶灯。

苏好擦了个囫囵，沾了一手的灰，难受地捻了捻手指。

许芝礼指了下浴室方向：“那边洗手。”

苏好转头往浴室走。

徐冽默不作声地把蛋糕和炸鸡搁上茶几，刚要蹲下去拆盒，忽然听见一声尖叫从里间传来：“啊——”

他蓦地起身，匆匆走向浴室。

许芝礼也是一愣，小跑着跟了上去：“怎么了？”

苏好站在浴室门边，捂着心脏深呼吸一口，手指着镜子。

许芝礼抬起头，看见镜子上显现出三个血红狰狞的字：杀了你。

“嘻，我还以为什么呢，”许芝礼淡定地把苏好拉出来交给徐冽，自己走进浴室，拿起一瓶清洗剂往镜子上喷，“林天扬来过了吧，又搞这套无聊的把戏，他倒是有本事杀一个我看看。”

徐冽把苏好带到外间，扫视一圈，没看到饮用水，从袋子里拿了罐RIO，单手拉开拉环，递给她。

苏好接过RIO喝了一口，缓过劲来，沉出一口气：“我造了什么孽，两次替你受林天扬的罪。”

“所以不是叫你别管我？”许芝礼收拾干净浴室的镜子，洗漱完出来，递给两人两块坐垫，让他们将就着席地而坐，“不过你也是越活胆越小，这么老套的恶作剧也能叫。”

要不是那字是苏好过敏的血红色，又做了血肉模糊的效果，她也不至于这么大反应。

“乍一眼惊了下而已！”苏好在坐垫上盘腿坐下。

徐洌坐在距离她半臂的地方，拆起炸鸡桶的包装。

“那你要是遇到我上礼拜碰见的那种阵仗，得怎么着啊？”许芝礼在两人对面坐下。

“什么破阵仗，有什么了不起？”苏好翻了个白眼。

“就上礼拜有天半夜，我迷迷糊糊醒来，感觉窗边好像有什么东西，我一转头，”许芝礼指指苏好后背的那扇窗，压低了声，用诡异的语气说，“就看到你头顶那扇窗户外……”

未知的恐惧才最可怕。

许芝礼吊着嗓子拖长了音，表情煞有介事，却又迟迟不往下讲。苏好天灵盖凉得一麻，下意识地朝徐洌那边挪了过去。

许芝礼哈哈大笑，乐不可支地抱起肚子：“你真是越来越好逗了，我什么都还没说，看你这屁股挪的，你是怂蛋吗？”

苏好脸色阴沉下来，瞄了眼旁边的徐洌，一把抱住他的手臂，冲许芝礼道：“我平常就爱这样！我黏我男朋友关你什么事？”

徐洌眉梢一扬，垂眼看向这个撒谎精。

苏好理不直气也壮地圈着徐洌的臂弯，打定主意拿他挽尊，好像非常笃定，他一定不会拆穿她。

“是吗？”徐洌侧头看着她，轻飘飘地反问。

苏好刚露出威胁的眼神，就见他手臂稍稍一抬，反手给她一记温柔的警告：“那你黏好了别松手。”

有那么点“如果松手就不给面子了”的意思。

“……那我怎么吃东西？”苏好硬邦邦地问。

徐洌从炸鸡桶里拿起一块翅根，递到她手边。

苏好接过来，琢磨了下这个别扭的姿势，像猫一样两只手扒着他胳膊，不太容易地低下头用嘴凑近翅根。

一口咬下去，酥脆的面包屑全都“扑簌簌”地掉落在徐洌的白衬衫上。

徐洌低头看她一眼，眼神里是嫌弃，嘴角却有笑意。

真是好做作，好叫人受不了。许芝礼用地铁老爷爷看手机的表情望着他们，开了罐啤酒说：“知道你们很黏了……适可而止？”

徐洌把胳膊从苏好手里抽了出来，抬头时正好看到许芝礼拿起那罐啤酒，眯起眼看了看她。

许芝礼挑了下眉，猜徐洌记起了她酗酒的那晚，对他耸耸肩，暗示自己最近没再喝多了。

苏好正在掸衣服上碎落的面包屑，一抬眼注意到两人信号发射来去，看看他们：“你俩干吗？暗度陈仓？”

“哟，张飞都能穿针了，你今天真是心细如发啊。”许芝礼不可思议地“啧”了一声，“从进门开始就草木皆兵地给我扣帽子，受不起，以后别来了。”

“谁是张飞？”苏好也没想到自己反驳的重点居然是这个。

徐洌用干净的那只手揉了揉她的头发。

苏好被他揉得天灵盖一麻，缓缓转头瞄他一眼，发现他在看她，又迅速移开视线，默默看地。

虽然徐洌什么都没说，但很奇怪，被他这么一揉，她奓开的毛好像就顺了。

苏好看徐洌只吃了两块剔骨的鸡块，没碰其他，问他：“你不吃带骨的肉？”

徐洌点头。

“为什么？”她啃得津津有味，不太理解地眨眨眼。

“习惯。”

苏好明白了，大概又是家里的教养。坐姿、吃相，所有的举手投足，他好像从小就被往严格的绅士方向培养。

“谁管你这么严？”她问，“啃点骨头怎么了，这么龟毛。”

徐冽本来不想答，见她神色好奇，对面又坐着她的朋友，给了她面子，沉默片刻说：“我妈。”

苏好指指桌上的啤酒：“那你也不喝这个？别又跟我讲鬼话说你不会。”

徐冽似乎笑了一下：“以前会。”

她疑惑地皱皱眉：“这还能退化？”

“不是，是不喜欢喝了。”

苏好忽然反应过来，施嘉彦说过，徐冽从前打工的时候经常被人灌酒。

对他来说，这是折磨人的、不愉快的回忆。

手里的炸鸡突然就变得不太好吃了。

“你早说啊。”苏好转头问对面许芝礼，“这儿有矿泉水没？”

许芝礼摊手表示没有。

“电水壶都没有？”

许芝礼点点头：“离家出走的人有点穷。”

苏好拿纸巾擦干净手：“那我去买点水吧。”

“别，”许芝礼拦了她一把，“别放我跟徐同学一个屋，我怕一会儿这里全是醋味。”

徐冽看了看两人，撑膝站起来：“我去吧。”

第十四章

乌龟急了也会咬人

“这玩意儿有什么特别的吗？”

“特别……像你。”徐洌敲了敲那只巴西龟的龟壳。龟一惊，脑袋一下子缩进了壳里。

“不像吗？”徐洌用同样的手势，敲了一下她的脑门儿，“缩头乌龟。”

徐洌今天之所以陪苏好来这一趟，主要是因为许芝礼是个各种意义上的危险人物，不仅自己胡来，混在一块的狐朋狗友也对她胡来。

有了上一次的经历，徐洌不太放心这两个女生单独待在一起，尤其是在西街这种鱼龙混杂的地带。

所以即便临时出门，他也打算好尽快回来。

只是奈何不了这两个女生心大又麻烦，想起一出是一出，半道给他打了好几个电话，一会儿跟他说炸鸡太油腻，让他捎带一些水果，一会儿又跟他说想喝奶茶，让他又加珍珠又加芋圆。

徐洌来来回回耽搁不少时间，回去以后，许芝礼开门第一句话就说：“啊，不好意思，我们苏同学好像喝多了，就带了一点点酒精的饮料，都能喝成这样，我真是高看她了。”

“……”

徐洌走进门，看到苏好使劲捏瘪了一只空易拉罐，拍桌道：“谁喝多了，赶紧地，再来！”

许芝礼回头跟徐洌解释：“划拳呢，她好菜。”

徐洌在苏好身边坐下，见她脸色微微酡红，长发松松地绾在耳后，披在吊带外的雪纺衬衫褪到了腰，只剩袖子搭在小臂。

而她毫无所觉，还在豪情万丈地握着拳头吆喝。

徐洌偏过头，默了默，拧开一瓶矿泉水，把凉水往喉咙里灌。

“你这喝水还喝出了吹瓶的架势呢。”许芝礼调侃他。

“哎呀，你管他干吗？”苏好已经不在意某工具人存在与否，只想把刚才输掉的面子找回来，脱掉衬衫扔在一边，催促许芝礼，“快点，继续！我这手感来了！”

“不玩了。”许芝礼摇摇头。

“赢了就不玩了，”苏好打了个嗝，指着许芝礼，“你这人品德不行。”

许芝礼稀奇地看她：“你跟不良少女讲品德？你怎么不去跟葡萄牙人讲阿拉伯语？”

“因为我不会阿拉伯语。”苏好靠近徐洌，拿手肘杵杵他，“你会吗，学霸？”

徐洌看她一眼，捞起她丢在一旁的衬衫，往她身上扔：“穿好，回家。”

“怎么就回家了？这才哪儿到哪儿啊！”苏好指指桌上的蛋糕盒，“蛋糕都还没吃。”

“吃吃吃，赶紧吃完赶紧走。”许芝礼三下五除二拆了蛋糕盒，拿起餐刀就要去切。

苏好一把拦住她："你当是猪大排吗就一刀切了，点蜡烛！关灯许愿！"

"姐姐，我不爱过生日，不用这么有仪式感。"许芝礼无奈地看着她。

"就冲你叫我一声姐，"苏好拍拍胸脯，"这仪式感，姐今晚给你包全了！来，上蜡烛！"

"……"

索性听不懂人话也就算了，她这是听懂一半，剩下一半全凭自己心意理解。

"供不起你这尊大佛，给你伺候舒坦了，你就麻溜地走。"许芝礼叹息着往蛋糕上插了一根蜡烛，用打火机点亮，抬手关掉了顶灯。

房间里瞬间只剩一束微弱的火光。

突如其来的黑暗让三人都晃了晃神。

"许愿吧，赏你三个愿望。"苏好豪气地挥挥手。

许芝礼连眼都没闭，敷衍道："第一个愿望，希望苏好立刻离开这里。"

"……"苏好随手抓起手边的衬衫，往她身上砸。

许芝礼躲开去，没心没肺地笑："第二个愿望，希望苏好以后都不会再来管我。"

"想得美，驳回！"苏好拍了一掌桌板，把脆弱的茶几拍得抖了几抖。

许芝礼挑了挑眉："苏好同学，你上次不是说，再管我，你名字倒过来念？"

"那你不是也说，倒过来念听着也不错？"

苏好不过随口那么一讲，可是女孩之间的情绪有时候就是来得这么古怪。

一来一去两句话，不知怎么就戳着了心底柔软的那根芽。

两人同时沉默下来。

或许是黑暗天然有种煽情的气氛，苏好盯着那撮燃烧晃动着的火苗，不太清醒地呢喃道："许芝礼，你有什么了不起，你以为这个世界上只有你一个人不如意？"

许芝礼微微一怔。

徐冽撇过头去看苏好，昏黄的烛光映照着她失神的双眼，那双眼里有一层湿润慢慢浮起。

他指下不知不觉一用力，捏瘪了空掉的矿泉水瓶。

苏好抱着小腿，下巴抵在膝盖上，慢慢地对许芝礼说："你不是问过我，脚踝那朵文身在纪念谁吗？"

"是我姐，亲姐。"

"她有抑郁症，很多年，但我在她过世以后才知道。"

"……才知道她得病，跟我有很直接的关系。"

"你以为，我当时没动过一了百了的念头？"

一室窒息里，苏好自顾自地点了点头："我想过的。"

日日活在无处弥补的亏欠里，夜半噩梦惊醒，她也不是没有冲动地想过一了百了。

可是念头一起，她又觉得不行。她没有资格自私地解脱，把所有痛苦留给比她更加自责内疚的爸妈。

所以她告诉自己，如果她需要接受惩罚，这个惩罚不该是死亡，而该是活着。

她应该一辈子活在对姐姐的歉疚和想念里。

不是有那么一句话吗？生命的终结不是死亡，而是被人遗忘。那么她活多久，姐姐就会被这个世界记住多久。

她也一度过得非常糟糕。

姐姐去世后，她一看到红颜料就会起严重的应激反应。爸妈也因此不敢再让她学画画，害怕她产生心理问题，变成第二个姐姐。

她有很长一段时间像行尸走肉一样活着，从一个文化课和美术全优的好学生，到跟优秀沾不上边，变成浑浑噩噩、被人看不起的问题少女，好像这是一种赎罪。

带她长大的爷爷为此很伤心。

家里一直对年事已高的爷爷瞒着姐姐离世的真相，担心刺激到他，所以爷爷不懂她为什么放弃画画。

爷爷在临终之前曾经把她叫到床头，当着她的面打开一个沉重的木箱。

那个箱子里装的全都是她和姐姐从小到大画的每一幅画。

爷爷说，好好，爷爷不知道你为什么变了个样，如果你想不起来自己以前是什么样，就看看这些画，答应爷爷再努力试试，不要那么随便放弃你画了十几年的画。

她为了让老人家走得安心，答应了爷爷会试试，可等送走爷爷，生活却还是没有太多变化。

她仍旧迈不过心里那道坎，找不到生活的根在哪里。

她以为自己会一直这样下去，直到有一天一场校际绘画比赛里，代表学校参赛的一位美术生突发急性阑尾炎无法赴赛，她被看重她画功的美术老师赶鸭子上架去当替补。

在那之前她已经很久没碰过画笔。那一次赶鸭子上架起初让她非常反感。

她抱着完成任务的心态走上赛场，可当她重新提起画笔，在纸上恣意挥墨，她忽然感觉自己是真的活着。

那是自从姐姐去世后，她第一次真切地感受到，她还活着。

她终于认识到，画画对她有多重要。她的根在这里。

比赛结束后，她重新打开爷爷的木箱，一张张翻看她和姐姐的画，歇斯底里地大哭了一场。

然后她走进学校的心理咨询室，问心理老师，她该不该重新画画。

心理老师说，你会走进这里，问出这个问题，其实心里已经有了答案，只是想得到认同，但这是你的人生，你不需要得到任何人的认同，你在思考重新画画会不会对不起过世的姐姐之前应该先想想，你现在的活法是不是对得起自己，只有对得起自己的人，才有资格和能力去考虑是不是对得起别人。

他说，如果你犹豫，不如这样，先去尝试克服红颜料的阴影，就当治病，如果治好了病，那就顺应天意。

她被打动了，开始忍着眩晕恶心的应激反应，拿红颜料拼命地练习作画。

爸妈对她的状态很担忧，一直不赞同她重拾画画，只想她过简单平凡的生活。

她也在一次次的失败里对自己反复怀疑。

最后她孤注一掷地切断了文化课的退路，把所有精力投入画画这件事上——不仅是给她爸妈切断退路，也是为她自己。

后来一切就慢慢变好了。

苏好喃喃地重复道："我想过的。"

"可是作践自己也不能改变已经发生的事。"

"所以我想通了。"

"一开始是用很荒唐的理由说服自己，明天一定会好的，慢慢地，明天就真的好了。"

"我可以过来，你为什么不行？你每次都多想想，每次都多等一天，可能也许会好呢？"苏好透过烛光看着许芝礼。

许芝礼眼眶里的泪满到快装不下，忽然上前轻轻吹灭了蜡烛。

房间里彻底陷入黑暗，这下不会有人看到谁在哭。

苏好蓄了好久的眼泪也开始往下掉。

一片漆黑里，她突然被人轻轻掰过了肩。

徐冽用拇指的指腹摩挲过她眼下的湿润。

她鼻头一酸，往前靠去，脑袋枕上他的肩膀。

徐冽的身体有一瞬间的僵硬，抬起的手在半空踌躇来去，最后败给了这片黑暗，慢慢把她拥住。

苏好觉得自己今天其实没什么可伤心的。

最伤心的时候早就过去，剩下的就是一块疤，不会好但也不至于更烂。

她是从泥潭里爬出来的人，虽然弄了满身泥泞，好在已经不会再跌进去。她不过是在拉还没爬出来的人而已，应该没什么可伤心的。

可是当那只手掌落在她的后背，她却突然生出了一种莫名其妙的委屈。

从前家里人安慰她的时候，爸妈一个劲地把错误和责任揽走，她听不进去，还是恨自己。

现在一个局外人听了她的故事，给她一个拥抱，她却觉得委屈。

苏好抵着徐冽的肩膀，双手捂住眼睛，眼泪从指缝淌下，湿润他的衬衫。

徐冽一下下轻轻拍抚她的背脊，不用说话，好像就在消融她的委屈。

不知过了多久，天边的云翳渐渐散去，月亮露出弯弯一角。皎洁的月光洒进了窗子。

安静的房间里响起一点窸窣的动静。

对面的许芝礼摸黑起身走了出去。

门“啪嗒”一下被合上。

徐冽抬起一根食指，碰了碰苏好的眼睛下面。她已经不哭了，但还赖着不起。

他也不催促，继续耐心地拍抚她的背脊，视线慢慢落向她背后温柔清澈的月光。

很多无法解释的事在这一晚忽然有了答案——

为什么他总觉得，苏好活蹦乱跳的样子会让他感到放松愉悦。

十六七岁的少男少女，天真活泼的人多了去了，他看到他们的时候或许会羡慕，却不会不由自主地去靠近他们的快乐。

不谙世事的人自然天真，没吃过苦头的人当然笑得甜，这没什么特别。

而他和这些幸运的人也注定隔着天堑，或许可以彼此理解，却无法真正同感悲喜。

可是苏好不一样。

从前说不上来是哪里不一样，但今晚他好像明白了。

原来她是他的同类。

她也曾受命运磋磨，也曾消沉堕落，哪怕她就此被打垮，都不会有人不理解，不会有人感到意外，可她偏偏努力走了出来。

她如今的生动鲜活不是单纯少不更事的天真，而是全都筑建在生活的废墟上。这样的生动鲜活是有力量的。

她从深渊走来，没有仰仗他人的光芒，自己活成了光。

而他恰好独自在黑暗里待了很久。

所以，所有的偶然都是必然。

就像向日葵向阳，游鱼渴望水，黑夜憧憬光亮。她不需要做什么，仅仅只是存在，他就注定被吸引。

苏好很快就睡着了。

许芝礼回来时看到苏好枕着徐冽的肩膀，呼吸匀称，睡得正香，而徐冽保持着抱她的姿势一动不动，也不知道手臂发麻了没有。

“哇，她是猪吗？”许芝礼已经缓过了情绪，又恢复了吊儿郎当的样子，不过嘴里的话这么不客气，声音却放得很轻，像生怕吵醒了苏好。

徐冽压低声音问：“能帮忙打个车吗？”

许芝礼点点头，拿出手机操作 APP：“这边不好叫车，可能有点久，让她再睡会儿吧。”

两人默契地没有开灯，让苏好继续睡在昏暗里。

大约二十分钟后才有司机接单，距离西街还有好几公里。

徐冽轻轻拍了拍怀里的人："回家了。"

许芝礼也点亮了顶灯。

苏好迷迷糊糊醒来，被灯光刺得眯了眯眼，满脸不知天南地北的愣怔。

她茫然地望向茶几："嗯？蛋糕吃完了吗？"

许芝礼眼疾手快地把地上的衬衫扔过去，兜在她头顶，遮住她的视线，顺手拿空掉的炸鸡桶往蛋糕上一罩："吃完了，渣都不剩了，您老可以安心回家了。"

苏好扯掉头顶的衬衫，用眼扫了一圈，没找见蛋糕的踪影，信以为真，慢吞吞地披上衬衫，倚靠着徐冽站起来，刚一站定，又摇摇晃晃往旁边的墙倒去。

徐冽扶了她一把："能不能走？"

"当然能走，你在跟苏姐开什么国际玩笑……"苏好一把搡开他的手，大摇大摆地往外走，经过床边时膝盖眼看就要磕上床角。

跟在后面的徐冽及时拉开她。

苏好脚步一停，指着无辜的床角："哪个刁民在这儿搞了个路障想害朕！"

"……"许芝礼无语地摁了摁额角。

徐冽叹了口气，在她面前蹲下身去："别走了，上来。"

苏好打量了一眼他的后背："这是朕的坐骑吗？"

许芝礼赶紧把她往徐冽背上推："是是是，专属坐骑，跑得贼快，长得还帅，陛下快请。"

"好吧。"苏好勉强地趴了上去。

徐冽扣住她的腿弯，把她背起来："搂好。"

苏好听不懂，迟迟没有动作。

许芝礼摆弄起她的手臂："叫您搂好马脖子，别掉下来陛下！"

苏好"哦"了声，搂住"马脖子"，调整到舒坦的姿势，身体放心地往下沉。

徐冽一路背她下楼，走出七拐八绕的巷子。

许芝礼跟在后面，望着两人的背影。

刚才徐冽和许芝礼商量了下，人晚上的，他不方便送苏好进家门，得麻烦她陪着跑一趟。

苏好懒懒地靠着徐冽，也不知道身后跟着许芝礼，下巴只顾在他肩膀上一蹭一蹭的，蹭到硬硬的肩胛骨，呢喃道："朕的坐骑好像有点瘦，是朕平常亏待了你吗？"

徐冽懒得回话。

苏好又摸索到他的锁骨，来回比画，细细摩挲，自言自语道："不过这块骨头真是千年难得一遇的黄金比例，摸起来好棒，朕的坐骑有点性感嘛……"

徐冽腾不出手去拦她，沉声叫她名字："苏好，消停点。"

"大胆坐骑，竟敢直呼朕的名讳！"苏好恶狠狠地去拧徐冽的耳朵。

徐冽偏头躲开，又被她紧追不舍，最后只好随她去。

许芝礼跟在后边"咯咯"笑，看头顶澄亮的月光，看两人的影子投落在地上，拉长成美好的形状。

上了车，苏好再次睡了过去。

等到春庭湾小区门口，徐冽把昏昏沉沉的苏好半拖半抱下车，交给许芝礼："麻烦你。"

"客气了。"许芝礼接过苏好，对徐冽挥挥手，"我会把她平安送到，你放心走吧，拜拜。"

徐冽却没有走："我在这边等你。"

"嗯？"快不省人事的苏好回光返照似的醒过神，脑内频道已经从皇帝和坐骑切回现实，她站得笔挺，手指着徐冽，“你等她干吗？你们还要背着我去做什么？”

徐冽头疼地搔了搔眉心。

是他麻烦许芝礼送苏好回家，当然也得负责许芝礼的安全。夜已经深了，他起码得把许芝礼送上回西街的车。

不然这危险人物出点什么岔子，他和苏好都难辞其咎。

苏好清醒的时候当然也会考虑这个问题，但她现在不清醒。

她挣脱许芝礼的手，上前去扯徐冽的衣襟：“怎么不说话？快给我老实交代。”

“不做什么，”徐冽抓开她的手，“我在这里确认她上车，跟司机打个招呼。”

“哦，经验这么老到，经常送女生啊？”

“……”

许芝礼本来想去劝架，心说她走惯了夜路，让徐冽赶紧走吧，一听这句，得了——矛盾转移了，思维发散了，跟她没关系了。

她往旁边的路灯一靠，慢悠悠地看戏：“我不着急，你们慢慢理啊。”

徐冽看许芝礼一眼，又被苏好扯住衣襟：“嗯？看谁呢，跟苏姐说话还敢不专心？回答我的问题！”

“不老到，”他沉出一口气，专心垂眼看着她，“不常送。”

“我信你个鬼！”苏好冷哼一声，“你就没送过前女友？”

徐冽眯起眼：“我哪儿来的前女友？”

“当初你那吃鸡账号不就是前女友的吗？什么小仙女的！身上全是时装！”

徐冽没想到她能翻出这旧账，回想了下才反应过来：“翘翘小仙女？”

“噻！”苏好叉起腰来，面朝路灯边的许某听众摇头晃脑，“听听，父老乡亲们都听听，他叫得多么顺口！”

“……”

“那是我姐的账号，我姐叫徐翘。”徐冽耐着性子说。

苏好的耳边像有铜锣咣当敲了下，她被震得发蒙：“哦，这样吗？”

徐冽拿起手机：“我让她把户口本拍给你？”

“这，这就不用了。那还有上次跟你一起在网吧的那个‘黑长直’美女呢？”

徐冽皱了好一会儿眉才想起来：“你说南州大学的？”

“嚯！”苏好又转头冲许芝礼道，“听听，父老乡亲们听听，他承认人家是美女了！”

“……”徐冽按了按太阳穴，“你怎么知道这事？”

“我怎么知道？我亲眼看到！黑夜给了我黑色的眼睛，我却用它来发现我同桌的奸情……”苏好可惜地摇了摇头。

“那是施嘉彦的堂嫂，那天施嘉彦和他堂哥都在。”

“啊？”苏好薅了薅头发。

“我在网吧给他们有偿做网课课件，这就是我说的端盘子。”

信息量有点大，苏好一下子消化不过来，在脑子里把这话过了好几遍，虽然仍旧不大明白，但大致知道了徐冽好像没犯什么错。

徐冽揉揉脖子：“还有什么要问的，一次问完。”

不是今晚这契机，他还不知道她已经在小本本上记了这么多无中生有的账。

苏好头有点疼，蹲下来敲着脑门儿回想，想了半天，她仰起头，苦恼地看着他：“我这金鱼脑子，想不起来了。”

“那就是没了，我哪儿那么多事。”

“你就是很多事，”苏好瞪他，“要不是学校里的女生都怕我，你可不得收情书收到手软？”

这是算不出账来了，连假设性问题都拿来凑数。

徐冽把蘑菇一样蹲在地上的人一把拉起来：“胡搅蛮缠。”

“你骂我？”

许芝礼啧啧摇头。

钢铁直女就是钢铁直女，这能叫骂？听不出人家骂的时候满嘴宠溺吗？

也不知道他们风风火火的苏姐明天准备把脸往哪儿搁。

徐冽看了一眼等了半天的许芝礼，不想耽误时间了，顺手揉揉苏好的头发："好了，赶紧回家，明天来哄你。"

在小区门口跟徐冽闹了一场，苏好耗费了巨大的心神，被许芝礼架回家以后栽上床倒头就睡，一觉直抵天亮。

窗帘留了道缝没拉严，次日一早，苏好被金灿灿的阳光刺醒，皱眉睁开眼，拿起床头柜的电子钟一看，离八点还差一刻钟。

她毫不犹豫地翻了个身，被子往上一拉，决定继续睡，刚闭上眼，脑海里有什么画面漏了出来——

漆黑的房间里，她靠上徐冽的肩膀。

月光下的小巷，她搂着徐冽的脖子夸他的锁骨。

小区门口路灯下，她扯着徐冽的衣襟发脾气撒泼。

苏好拉被角的手滞在半空，缓慢僵硬地眨了三下眼，火箭发射似的从床上蹦了起来。

等会儿，这些是真实发生过的吗？

苏好用食指尖戳着太阳穴，在脑内拼命倒带，回放，倒带，回放。

画面仍旧真实鲜艳，甚至配上了音——

明天来哄你。

来哄你。

哄你。

苏好耳朵一麻，浑身打了个激灵，跳下床去揉着耳朵："啊啊啊啊啊——"

房门突然被林阑"笃笃笃"敲响："怎么了好好？发生什么事了，

舅妈进来了啊？”

林阑拧下门把手，推开一道门缝往里探头。

苏好稳了稳心神，走到门边：“没事，做了个噩梦。”

“叫得房子都要震塌了，吓死舅妈了你！”

苏好心说她才塌了，她浑身上下、从内到外、面子里子全都塌得天翻地覆！天旋地转！天崩地裂！天诛地灭！

苏好还没整理好表情，林阑又接了后半句，指指楼梯：“喏，瞧瞧，把人家小徐也吓死了！”

“……”

苏好脑袋一歪，朝楼梯口望去。

徐冽两条腿没有并拢在一级台阶，右脚已经跨到上一级，左脚还停留在下一级，可能刚想迈腿的时候被她的尖叫声打断了。

这不是才八点不到吗？他为什么提前这么多来……

苏好什么都来不及思考，巴掌使劲一扇，把门一把合了起来。

林阑一愣：“你这孩子，一惊一乍的又怎么了？”

苏好背抵门板，迅速反锁上门，一边咳嗽一边说：“来不及解释了舅妈，我头好疼，我得再去补一觉。”

“头疼你咳嗽什么？你到底哪里疼？要不要舅妈进来给你拿药？”林阑又敲了敲门。

“不要！”苏好丧气地倒回床上，把脸蒙进被子里。

林阑皱起眉来，回头跟徐冽抱歉地说：“不好意思哦小徐，又让你见笑了。”

徐冽收回落在苏好房门上的目光：“没关系。”

见多就习惯了。

苏好在房间窝了整整三个小时。

其间邹恺找过她一次，说哥哥问她今天还画不画油画。

苏好想都不想地拒绝了。

虽说有句老话叫“躲得过初一，躲不过十五”，可是既然能躲到十五，为什么非要初一就死？难道是嫌命太长？

也许到十五就不尴尬了呢？

苏好鼓励自己装了一天死，到周日返校，特意提早几小时到了学校，打算在教室取点东西，立马溜去艺术馆。

午后，她迈着“苗头不对，随时撤回”的步子走到教室后门边，背着手朝里一望。

教室里一个人都没有。

苏好挺直腰杆走进去，到座位边却一愣。

她课桌上原本堆积如山的杂物被整理成了井井有条的模样，物件一样样分门别类地摆好，腾了一块空位置出来。

那块位置上搁了一个不属于她的牛皮纸袋，袋子上有个用粉色简笔画绘成的冰淇淋图案。

是东陵路一家冰淇淋泡芙店的品牌标志。

苏好蒙了蒙，拎起纸袋上下打量，没见到字条留言。

她撕开纸袋封条，取出装了干冰保鲜的两盒泡芙，看了一眼贴在盒子上的标签。

一个是香草味，一个是黑糖珍珠味，珍珠旁边有个“*2”的标记。

苏好杵在原地，记忆穿梭回徐冽和陈星风打架的那天。

她因为他俩打架的事没吃午饭，当时徐冽问她想吃什么，她随口逗他，说想吃东陵路那家冰淇淋泡芙店的泡芙，一个香草，一个黑糖珍珠，珍珠要双份。

一时兴起的点单，在除了她和徐冽以外空无一人的教室，没有第二个人知道这件事。

那家泡芙店的客流量大到即便工作日都会排出弯来绕去的长龙，而今天是周日。

苏好的掌心像被烫了一下，飞快地搁下两盒泡芙，两只手投降似的举在半空。

僵了一会儿，她迅速从课桌里翻出一本画册，匆忙离开教室往画室去，走到后门边却又脚步一顿。

苏好回过头，望向课桌上那两盒孤单的泡芙，犹豫几秒，重新折返回去，把泡芙塞进纸袋，抱在怀里跑了出去。

心跳得像在打鼓。

周一早上，苏好的“十五”如约而至。

她踩着早自修的铃走进教室时，徐冽正在座位上认真刷着教辅书里的习题。

距离那晚已经过去足足六十个小时。

苏好感觉自己消化得差不多了，自然地走到座位边坐下，正打算若无其事地跟徐冽道声“早”，可一看到干净整洁的桌面上全是徐冽整理过的痕迹，不由得记起昨天的泡芙，心底又生出了一种难以言说的忐忑。

这个敞亮的教室里好像藏了一个什么秘密。

自从杜康借高三那对情侣的遭遇告诫过大家以后，班上就不再有同学传她和徐冽的绯闻。

人人都在说他们在一起的时候，她不以为意，她嗤之以鼻。

可当大家终于不再提起，她反而开始忐忑。

那么一出神，就失去了若无其事打招呼的最佳时机。苏好往徐冽那边瞄了一眼，不小心被他发现，等他偏过头，她埋下脑袋，拿笔在空白的周末作业卷上慢吞吞地签名字，察觉到徐冽还在看她，又写起了十分多余的班级和学号。

徐冽笑着叹了口气，撇开了头。

苏好耳朵一痒，以为消化了的情绪卷土重来。

她终于明白，尴尬是可以用时间消化掉的，可是有些隐秘的情绪不行。

接下来一整天，苏好打起了游击战。

在教室就风风火火地忙着学习，忙出了根本没空讲闲话的样子。

在食堂就眼观八方，找距离徐冽最远的对角线餐桌吃饭，观察到他离开食堂才端起餐盘起身。

体育活动课就拉着苗妙去操场散步，看到徐冽现身在方圆十米内，立马转移阵地，去体育馆打羽毛球。

就这么和徐冽完美地“同桌异梦”了一天，傍晚从食堂出来，苏好放松了警惕。

徐冽关键时刻还是挺给面子的，一整天都没拆她的台。

眼看这一天就要平安过去了，苏好迈着轻松的步子走上教学楼楼梯，准备去教室把作业搞定，然后去艺术馆画画。

一进教室却看见里面空空荡荡，只有她室友一个人在。

苏好远远地问前排安静地写着作业的桑绵绵：“怎么就你一个，其他人去哪儿了？”

桑绵绵回过头来：“今天傍晚高一的学弟学妹在篮球场开跳蚤市场，大家都去淘东西了，我也刚从那边回来，买了个钥匙圈，你不去凑凑热闹吗？”

“你看我像爱凑热闹的人？”苏好兴致缺缺地坐下。

“市场上的东西还挺物美价廉的，好多有趣的小玩意儿。”

苏好不以为然地拿出作业：“不就是些小饰品、旧书、旧磁带、旧光碟？”

“这次还有宠物呢！金鱼、仓鼠什么的，宠物摊有好多人，刚才我看到徐冽也在那儿。”

苏好一噎，嘀咕道：“他在那儿跟我说干什么，又不关我的事……”

桑绵绵看她神情不悦，不再多讲，一分钟后听见后排传来苏好清嗓子的声音：“他一个人在那儿？”

桑绵绵早已沉浸在题海里，愣了愣，没反应过来苏好在问谁：“啊？”

“我说徐冽。”

“哦哦，不是一个人，他跟9班那个施……施什么……”

“施嘉彦。”

“对，跟施嘉彦在一块儿。”

苏好撇撇嘴：“两个男生去逛宠物摊，无不无聊。”

“好像是施嘉彦硬拉着徐冽去的，徐冽后来不知在宠物摊看到了什么感兴趣的，才在那儿留了会儿。”

苏好“啧”了一声：“他能对什么金鱼、仓鼠感兴趣？是看中卖宠物的小学妹了吧！”

“啊，这样吗？”桑绵绵眨眨眼，“那也有可能，摆摊的学妹都长得漂亮，不然大家也不买账。”

“……”她就随口一说，怎么还附和上了呢？难道不该说“不会的，徐冽同学已经有你这么漂亮的同桌了”吗？

苏好气哼哼地把笔一扔，打算去跳蚤市场一探究竟，一起身看到徐冽从后门走了进来。

她脚下一打架又坐了回去。

徐冽在门边一顿，似乎是想笑，又忍住了，拎着一个方方正正的塑料水族箱回到座位。

苏好用眼角的余光瞥见他手里的东西，一愣之下也忘了自己在躲他，偏过头去看。

水族箱里是一只小小的巴西龟，正趴在石头搭的小晒台上爬来爬去。

苏好碎碎念：“还真买了只宠物回来……”

徐冽侧头看她：“怎么？”

好奇心掩盖了尴尬，她费解地问：“你居然是这么有爱心的人？”

徐冽缓缓眨了眨眼：“看对象。”

苏好指着那只巴西龟："这玩意儿有什么特别的吗？"

徐洌点点头。

"什么特别？"

"特别……"徐洌皱着眉头想了想，"像你。"

"？"苏好难以置信地瞪着他，"你骂我王八？"

徐洌摇头："只是客观描述。"

苏好不可思议地指指那只巴西龟，又指指自己："哪里像？除了两只眼睛一个嘴巴这些跟你也一模一样的地方，还有哪里像？你倒是给我客观描述描述？"

徐洌打开水族箱，拿指关节敲了敲那只巴西龟的龟壳。

龟一惊，脑袋一下子缩进了壳里。

"不像吗？"徐洌用同样的手势拿食指指关节敲了一下她的脑门儿，"缩头乌龟。"

"……"

苏好蒙了五秒钟，然后一把捂住被徐洌敲过的额头："你居然用碰过王八的手碰我！"然后一边嫌弃地用手擦拭额头，一边说着要去女厕所洗脸，起身奔了出去。

跑进女厕所，苏好脚步倏地一停，背靠阴凉的白瓷墙深吸一口气，捂额头的手也挪到了脸颊。

好烫，徐洌是不是敲到了她的命门？

刚才热潮一瞬间上涌，直觉脸要红，她赶紧找了个借口匆匆离开。

苏好靠着墙发了几分钟呆，听见有别的班女生说笑着靠近厕所，赶紧装作若无其事地直起身，走到盥洗台前打开水龙头。

沁凉的水一路流淌过掌心和指尖，她低下头闭起眼，用清水打湿脸颊，慢慢冷静下来，然后擦干脸走回教室。

教室里已经陆续回来了几拨同学。

苏好远远地看到徐洌在拿手逗龟，回到座位冷冷地说："悠着点，别瞎招惹人家，巴西龟可是会咬人的。”

听出她的意有所指，徐洌的动作一顿，拿湿纸巾擦了擦手，偏头似笑非笑地问：“是吗？”

前边不知内情的郭照听见这话，热心地转过头来科普：“是的是的，巴西龟会咬人的，尤其是在成年以后的发情期！徐同学你要当心点啊！”

苏好：“……”

徐洌轻轻眨了两下眼，恍然点头：“是这样。”

苏好听不下去了，收拾东西站了起来。

“苏姐，你要去画室了啊？今天这么早就写完作业啦？”郭照惊讶地看着她。

“知道今天星期几吗？”

“星期一啊。”

苏好拿笔敲敲郭照的脑袋，抱起夹了一堆速写作业的画册：“那一礼拜只有一个星期一，怎么能用来写作业？”

“……”郭照点点头，“苏姐英明，不过刚刚劳动委员通知说今天换座位，一会儿搬课桌……”

“我搬，”徐洌抬抬下巴，跟苏好说，“你去。”

苏好满意地点点头，刚要走，被一句声音洪亮的“苏姐”叫住。

讲台上，体育委员正用电脑制作 Excel 表格，统计四月运动会各项目的报名结果，一见她要走，立马一个箭步冲了过来。

苏好停下来看着他。

谢一舟到她面前一个急刹车，含恨道：“是什么蒙蔽了我的双眼，竟然让我差点儿错过苏姐身上鲜艳的光彩！”

苏好：“？”

徐洌掀起一丝眼皮，看了看谢一舟。

“十年如一日持之以恒画画的苏姐，一定拥有坚韧不拔、自强不息、锲而不舍、百折不挠的毅力！这份毅力注定会让苏姐攀上画坛的顶峰，”谢一舟先比了个上天的手势，又比了个入地的手势，“也注定能够让苏姐在校运会1500米长跑中大放异彩！”

“……”

语文考试作文都写不满八百字的人，为了凑运动会比赛项目的人头硬是磨出了一张媒婆的嘴。

“学这么多成语也挺不容易。”苏好拍拍谢一舟的肩膀。

“这不是为生活所迫吗？苏姐，女子1500米真没人敢报，我放眼全班也就苏姐你有这个胆量和魄力了！”

苏好叹了口气，都这么往她脸上贴金了，难道还能拒绝？那是不能了，但不妨碍她再拖个人下水。

苏好指指徐冽，问谢一舟：“他报什么项目没？”

谢一舟观察着苏好的表情：“他报了……什么项目，没呢？”

“……”

徐冽抬头看苏好：“没报，怎么了？”

“都是一张桌上的人，你独善其身？”苏好挑了挑眉。

谢一舟的额头都快冒汗了。

他只是觉得苏好看起来凶巴巴其实还蛮好说话，可没想碰徐冽这颗一看就很硬的钉子，况且男子项目已经上报得差不多了……

谢一舟还在设想惹到徐冽的后果，却听他平静地问了一句：“还剩什么项目？”

“啊，哥你想要什么项目就有什么项目！”

徐冽想了想说：“跟高二女子1500米不冲突的吧？”

苏好眼皮一抖。

“那哥你等等。”谢一舟眼珠子滴溜溜一转，跑回讲台翻了翻项目手册，“除了跳远和投掷类项目，其他都不冲突，哥你报径赛绝对不会撞，1500米的时候全道都要清空。”

“那就短跑。”

“好嘞哥，那给你报个难度系数比较大、方便你发挥实力的200米！”谢一舟带着点讨好的意思，冲徐冽暗示地挤挤眼，“不过哥你要是短跑厉害，跳高肯定也没问题，要不附带一项跳高？画面感强，观赏性高，历届女生最喜欢看的项目，没有之一。”

徐冽看了眼苏好。

“看我干什么，我又不是女……我又不喜欢看！”苏好抱起画册，大步流星地走出了教室。

苏好在画室待了一整个晚自修，第二天一早到教室，习惯性地往西北角走，到半路才记起换了座位。

第四大组调到了第一大组，她和徐冽现在挨着南窗坐。

四个大组轮流调换位置是每个月的常规操作，这第一大组正好是苏好最不喜欢的座位——

靠近走廊和后门，附近人来人往，政教主任天天在窗边倒背着手来回巡逻，最先逮到的违规违纪对象就在这一块，还很容易被过路的同学当动物园里的动物观赏。

这个念头刚起不久，早自修进行到一半，一阵嘈杂的脚步声和人声从走廊传了过来。

苏好往外一瞥，看到一群穿着红白色统一制服的学生排着队经过窗边。

看上去不是本校生。

苏好从周围人的议论声里记了起来，昨天升旗仪式上老师发布了一条消息，说今年轮到南中开设物理竞赛集训点，最近会有一拨来自五湖四海的高中生到校，在这里进行为期半个月的学习，倡议大家友好对待这些集训生，要求所有同学在食堂、便利店等公共资源区域礼让他们。

苏好给窗外这批学生贴了一个标签——高智商人群。

与她无关的人群。

不过跟她同桌倒是有那么点关系。

窗外校长正和集训队老师有说有笑地介绍学校，苏好用手肘撞了下徐冽："你怎么没参加这个集训？你不是物理很好，不去拿个奖？"

徐冽偏头看她："高一拿过了。"

"……"当她没问。

苏好无趣地打了个哈欠，忽然感觉到一道炙热的目光投落在了她和徐冽这里。

她抬起一丝眼皮，看见集训生队尾有个梳着丸子头的女生正着急地望着她……或者是徐冽。

眼看队伍开始往前行进，丸子头心急如焚地咬住了下唇，想叫谁又没法叫的样子。

苏好确定自己记忆里没有这个女生。

"窗外那个，认识你？"她瞥瞥徐冽。

徐冽顺着她的目光朝外望去。

丸子头立刻兴奋地朝他挥起了手，刚挥两下，被同行的同学拉了一把："温安妮，你干吗呢，快跟上呀！"

丸子头恋恋不舍，一步三回头地跟上了队伍。

苏好缓缓扭过头去看徐冽，眼神充满疑问。

徐冽望着温安妮离开的方向皱了皱眉。

"北城来的旧相识？"苏好瞟瞟他。

徐冽摇摇头，低下头去翻单词本："原来学校的，不熟。"

第十五章

撒娇女孩最好命

晚风拂过操场，满地细草沙沙晃动，像一道温柔的提醒响在她的耳边——她在这个草长莺飞的时节，喜欢上了一个少年。

女人的第六感是不容小觑的。

虽然还不是女人，但终究会成为女人的苏好认为自己这次绝对不会再闹乌龙。

之前的“翘翘小仙女”和“网吧黑长直”都是误会，但这个叫温安妮的丸子头女生一定跟徐冽有三言两语说不清的牵扯。

否则，面对学校里诸多女生示好时一向面不改色、从容拒绝的徐冽，不会对这个丸子头皱起眉头。

果不其然，中午苏好从食堂回到教室，就看到温安妮从集训生所在的实验楼跑到了他们这栋教学楼，叩响了她边上的窗户：“姐姐，坐你旁边的哥哥去了哪里？”

“嗯？”苏好被这句哥哥听得心里一痒，瞥了温安妮一眼，“不知道，你打他手机啊。”

“我不打扰他，”温安妮笑了笑，“就在这儿等等吧。”

“多大点事，姐姐帮你打扰他。”苏好拿起自己的手机。

“不用了，”温安妮摆摆手，“他怕麻烦，不喜欢别人催他的。”

“是吗？”苏好还是拨了徐冽的电话，等电话被接通，她眼睛看着温安妮，嘴里开门见山，“在哪儿？”

对面徐冽答：“食堂，怎么了？”

“赶紧回教室。”

苏好没说过多的话，挂断电话，冲温安妮皮笑肉不笑地扯扯嘴角：“他在食堂，很快就过来。”

温安妮的脸色变了变，或许是因为感受到了苏好和徐冽的熟稔，也或许是因为感受到了苏好的敌意——她打电话的时候压根儿没跟徐冽说有人找他。

同是女生，很清楚这种信号意味着什么。

温安妮对苏好说了声“谢谢”，沉默地等了会儿，忽然问她：“姐姐，你跟他很熟吗？”

“一般吧。”

“啊，也是，他才转来南中半学期不到，性格又很难让人接近，我要不是从小认识他，也不敢说跟他熟。”

“这有什么不敢的？”苏好一脸诧异，“心有多大舞台就有多大啊！”

“……”

温安妮滞了滞，还想说什么，徐冽来了。

出乎意料地快。

徐冽在走廊上已经看到温安妮，可还是先进教室问了一声苏好：“怎么了？”

苏好对他这个脚程和反应似乎很满意，拧开一罐刚从便利店买的酸奶喝起来，指指窗边的人：“找你的。”

“徐洌哥哥……”温安妮抹了抹不知什么时候泛红的眼角，带着哭腔朝徐洌走了过去。

教室里包括苏好在内的几个人齐齐一抖。

“找我做什么？”徐洌淡淡地看着她。

“就是想见你了呀，”温安妮眨眨眼，“自从你……”

“外面说。”徐洌打断她，皱着眉走出了教室。

温安妮跟他到了走廊尽头的角落，吸吸鼻子继续说：“徐洌哥哥，你怎么一声招呼不打就休学了……我都不知道你去了哪里，拜托我爸妈打听，直到最近才听说你在这里，我就努力争取到了集训名额过来见你……”

徐洌没什么表情地看着她：“然后？”

温安妮噎了噎：“徐洌哥哥，自从你家里出事以后我都没好好吃过过饭睡过觉，你看我，”她指指自己，“是不是比以前瘦了好大一圈？”

徐洌看她一眼：“忘了。”

“……”

“徐洌哥哥，你不回北城了吗？”温安妮伸手去扯他衣袖。

徐洌轻轻避开：“嗯。”

“为什么啊？”她尴尬地收回手，“你回北城来吧，回了北城说不定我们家还能帮上你们家忙呢。”

“帮什么忙？”徐洌的声调终于有了一丝起伏。

看他好像感兴趣，温安妮赶紧接过这个话茬：“就资金什么的……”

徐洌点点头：“北城伯格珠宝工作室。”

“啊？”

“我姐的工作室，如果要送钱，可以打过去。”

“……”

苏好坐在教室，喝酸奶喝出了啤酒的架势，一边看着腕表上运行的秒表，一边计算徐洌离开的时间。

等徐洌回来，她摁停秒表，一句没问温安妮的事，直接把表盘递给他看。

徐洌看了一眼她腕表上的数字，7 分 24 秒。

他似乎理解了她的意思，解释道："我还去了趟洗手间。"

"那不管。"苏好耸耸肩。

徐洌扬了扬眉梢："那就算 7 分 24 秒。"

"爽快。"苏好点点头。

"你想怎样？"徐洌笑着看她。

苏好直勾勾地看着他："我也想问哥哥要个 7 分 24 秒，行不行？"

苏好卖了一下午关子，才在傍晚夕阳西下时把徐洌带进了学校的小树林。

徐洌跟在她身后指哪儿走哪儿，脸上表情平静收敛，心里在想什么就不得而知了。

毕竟苏好一上来就叫了声哥哥，又说这 7 分 24 秒要做一件很累很费劲的事，得去一个特殊的地方。

然后就带他来了这个政教主任经常嗑瓜子抓小情侣的小树林，还越走越偏僻。

苏好边走边东张西望，也不知是在看风景还是在寻觅什么犄角旮旯，最后从北面走到南面，指着偏角的一处假山说："就是这里！"

她拉过徐洌的手腕，把他往假山那边拽，回头看他的表情。

他好淡定。

过犹不及的淡定。

苏好一路把他拉到那座隐没在阴影里的假山边，又带他绕到假山背后。

眼前豁然开朗，绿茵场和塑胶跑道瞬间映入眼帘。

苏好松开了他，满足地呼吸一口新鲜空气："终于到操场了，好久没走这条捷径，差点儿绕不出来。"

"……"徐冽眉梢一挑。

苏好笑眯眯地看着他："嗯？怎么了？"

他眯起眼："到操场做什么？"

"让你陪我跑步啊，7 分 24 秒，刚好是女生 1500 米的平均成绩。"苏好指指身上的校裤，"没看见我都换掉了裙子？"

"……"

"不然你以为我找你做什么？"苏好看着徐冽无言以对的表情，逗着了趣，心情大好，拿皮筋扎了一束马尾辫，捋下腕表塞到他手心，一蹿一跳地倒跑着踩上塑胶跑道，笑着冲他挥手，"我开始了啊，在终点等我，记得给我掐表！"

徐冽撇开头笑了笑，叹出一口气，往终点线走去。

今天上午第三节是体育课，苏好刚松过筋骨，跑一趟 1500 米不算太难。

而且一想到徐冽在终点线，她就不可能让自己丢脸，到最后一圈体力临近透支，还是铆足劲从弯道一路冲刺到了终点。

徐冽按停了表，在她惯性前倒时扶了她一把。

"多少……"苏好脸颊通红，发丝被热汗黏在额角，弯着腰气喘吁吁。

"7 分 27 秒。"

"哦，超了……"

"三秒，改天还我。"

"三秒你都计较？"

"跟你学的。"徐冽拍拍她的背，"走一会儿。"

苏好摇头，钉在原地不动。

“你们田径课不教跑步常识？”徐冽抓过她的上臂往前拉，逼着她慢走缓冲。

苏好一脸不情愿地跟他走了百十来米，舔舔干燥的唇，有点后悔为了逗徐冽没做足准备，忘了带水过来。

这后悔的念头刚起，身后忽然传来一道熟悉的男声：“冽哥！”

徐冽回过头去。

施嘉彦远远地扔来一瓶未开封的矿泉水，水瓶在空中划出一道抛物线，被徐冽扬手一把接过：“谢了。”

“客气什么！”

徐冽拧开瓶盖，把水递给苏好。

苏好接过来一愣：“什么时候让他送来的？”

“你开跑，我给他打了个电话。”

“哦。”苏好语气冷淡，仰头喝水时嘴角却翘起一道弯弧。

施嘉彦趁苏好喝水，上前勾过徐冽的肩，把他拉到一边，小声说：“冽哥，温安妮刚才找我了。”

“做什么？”徐冽原本和煦的脸色像结了一层霜。

施嘉彦大概知道徐冽为什么会对温安妮有这种态度。

温家是北城有头有脸的经商世家，温安妮有个堂姐叫温玥，跟徐冽的姐姐徐翘是名媛圈里的死对头。因为瞧不起徐翘的暴发户出身，温玥曾和一群名媛拉帮结派地排挤她，害她遭受校园冷暴力。

而且温玥比其他人还技高一筹，从不亲自出面针对徐翘，只利用那些给她“提鞋”的跟屁虫姐妹去挑事，把自己择得干干净净。

偏偏温玥一边针对徐翘，一边却又嫉妒她漂亮，长大后总是模仿她的穿搭。

徐翘跟这些死对头从小就是不共戴天的关系。

所以即便温安妮跟徐冽自小学起就一直同校，徐冽也始终对温家这位学妹不咸不淡，仅仅维持基本的礼仪来往。

但温家在商圈势大，不好得罪，徐洌的妈妈一直告诫他跟人好好相处，甚至在看出温安妮对徐洌的亲近以后，借此跟温家打关系。

徐洌面上没跟人撕破脸，心里不免厌恶。

他妈妈不在意他姐姐受过的苦，他在意。

施嘉彦答："也没什么，就问我你在哪儿，我没说。但我这不是来给你送水吗？她可能看到我往操场来了。"

徐洌点点头："知道了。"

施嘉彦又补充："这大小姐真是动不动就哭，我刚才慌死了，要是得罪了人，我看我们家生意别做了。"

徐洌还要再说什么，身后传来窸窣声。

他回过头去，见苏好背着手，一副领导下乡视察的样子，盯着他俩问："说什么呢？什么大小姐？谁哭了？"

施嘉彦紧张地吞咽了一下："没啊，苏姐你听错了吧。"

"那你紧张什么？"

"这不是……"施嘉彦大脑飞速运转，"这不是明天要出三月份月考成绩了吗？我今天一直很紧张。那什么，我先走了啊。"

施嘉彦一溜烟跑得没影。

苏好觑觑留在原地的徐洌，晃荡着手里的半瓶水，盘腿在草坪上坐下来歇歇。

刚坐下，一眼看到一道红白色的身影出现在操场铁门边——

温安妮正站在那里望来望去，像在搜寻什么目标人物。

集训班课程繁忙，也就中午和傍晚有时间出来透口气。

就这么点工夫，还不忘见缝插针地过来找她的徐洌哥哥。

现在的小妹妹真是太不关心学业了。

苏好拉了把徐洌。

徐洌顺着她的力道坐在草坪上："怎么？"

"累了，躺会儿。"苏好语气硬邦邦的，身体也硬邦邦的，扔掉矿泉水瓶，带着一不做二不休的架势躺下来一脑袋扎上徐洌的腿。

徐洌微微一滞，低下头去看她，从她气哼哼的神情里明白过来什么，转头就要往铁门那边望。

“喂，”苏好却打断了他的动作，皱皱眉头，“看什么？看我！”

徐洌眼底浮起笑意，不回头大概也知道发生了什么，垂下眼去看她。

苏好的目光却落在别处，盯着铁门边的温安妮。

温安妮吃惊地望着这一幕，看苏好恣意地枕上徐洌的腿，而徐洌非但不躲，还低下头注视着她。

操场上三五成群的学生纷纷看向他们。

可他们旁若无人。

温安妮看了一会儿，掉头跑出了操场。

大功告成，苏好手一撑就要坐起来，结束这个肉麻的姿势，却被徐洌轻轻按住了肩膀。

她抬起眼看他：“干吗……”

“你在游泳？”徐洌皱眉看着她。

“……”他是说她那简单粗暴的一拱，很像人家游泳时候用脑袋扎了个猛子？

徐洌把她脑袋掰平，让她在他腿上枕舒坦，顺手把她黏在脸颊的、乱糟糟的头发捋开：“这么躺。”

苏好望着徐洌，心脏后知后觉地一阵狂跳，只觉得他的目光比天边金红的晚霞还刺眼。

她眼神一晃，匆忙撇开视线。

徐洌以为她被落日余晖刺了眼，抬起手掌，悬空搁在她头顶，在她脸上铺下一道阴影。

苏好的心却撞得更快。

晚风拂过操场，满地细草沙沙晃动，像一道温柔的提醒响在她的耳边——

她在这个草长莺飞的时节，喜欢上了一个少年。

苏好缓缓眨动眼睫，偏头重新去看徐冽。

“嗯？”徐冽疑问。

她摇摇头，示意没什么，目光却一直望着他的双眼。

远处铁门边，走进操场的杜康一脚滞在原地。

跑过一趟 1500 米，体力耗费巨大，回到教室苏好就起了困意。

她让苗妙替她跟画室老师请个假，说自己第二节晚自修再过去，然后趴在课桌上睡起了觉。

教室里留校的同学都在写作业，苏好这么趴着格外突兀。窗外时不时地有纪检部的人经过，每次有人想靠近过来提醒扣分，徐冽就抬起头“刷脸”。

对方一看是他，睁只眼闭只眼地就放水过去了。

徐冽一边注意着窗外一边写作业，效率创历史新低，一节课快过去了才刚做完一门课的卷子。

临近下课，窗边又有一道阴影落下，这回是杜康来了。

杜康冲徐冽比了个嘘声的手势，比口型道：来。

徐冽看了眼旁边睡得正熟的苏好，起身去了语文组办公室旁边的谈话室。

杜康把谈话室的门关上，指指办公桌的方向：“坐吧。”

徐冽在他对面坐下。

“还记得老师上次找你来这里谈话是为了什么吗？”杜康问。

徐冽眯了眯眼：“记得。”

“那知道老师这次叫你来是为了什么吗？”杜康平常一向乐呵呵的，今天的表情却分外严肃。

记起上一次杜康提起过关于男女生交往过密的话题，徐冽点了点头：“可能知道。”

“老师今天在操场看到了你和苏好同学……”杜康叹了口气，“你上次说，你们不是同学传的那种关系，老师是相信你的，你今天再说一次，老师还是会相信你。但老师是过来人，有些苗头怎么会看不出来呢？现在还没发生的事，不代表不久后的将来不会发生，是不是？”

徐冽没有说话。

“老师知道，你可能觉得这没什么大不了的。你高一就在物理和数学竞赛里拿了沉甸甸的奖项，争取到国内名校的预录取名额；英语成绩也很好，如果想出国发展，考个托福雅思一样不成问题。老师听说你妈妈从前对你要求很严格，给你铺了很多路，你有很多选择，确实不用担心前途，谈个恋爱也轻轻松松。但苏好不一样啊。

“这孩子就只有美术一条路，她的美术成绩老师是不担心，但她的文化课呢？他们美术生下学期还要去外地集训，能有多少时间花在文化课上？现在不抓紧，等最后一学期再冲刺，以她目前的水平那是非常冒险的。老师真的是为她捏把汗，想想她在美术上这么优秀，要是之后高考失利，没考上心仪的院校，那多可惜啊……”

杜康又叹息一声：“徐冽啊，你知不知道老师当初为什么安排你和苏好坐同桌？难道只是因为教室里只剩她旁边有个空位？”

徐冽默了默答：“性格。”

“性格互补是一方面，更重要的是，老师第一天见到你，发现你的状态很游离，老师担心你有一些同龄孩子没有的压力和负面情绪，所以希望苏好能带动带动你。现在这么一阵子过去，虽然你话还是不多，但老师看得出来，你的性格已经开朗了不少。你自己觉得呢？”

徐冽点点头。

“所以不到万不得已，老师真的不想把你们这对同桌拆开。”杜康皱了皱眉，“老师今天找你谈话不是想责怪你，你们都还年轻，碰上这种事确实很难冷静理性，但老师身为班主任，这些丑话不得不说在前头……

“就说今天这事吧，还好看见的是我，不是你们政教处的崔老师，要是改天被他看到，你们怕是连解释的机会都没有了！老师觉得男孩子还是要多担当一些，所以暂时就不找苏好说这事了，给你这边敲个警钟，希望你把握好跟她相处的分寸，别去触碰那些禁忌的事，要是有多余的精力，不如帮她提高提高她的文化课成绩。如果你觉得做不到，那到时候老师只能把你们拆开坐，明白吗？”

徐冽沉默片刻，点了点头。

晚自修第一节课下课铃打响，苏好被吵醒，从课桌上爬起来揉了揉眼，茫然地发了会儿呆，看看旁边空荡荡的座位，拿笔帽戳了戳前边的郭照：“我同桌去哪儿了？”

“没注意，苏姐，我为了赶紧做完作业给你抄，一直专心致志地埋着头。”郭照一脸的眼冒金星，“今晚数学卷题量太大了。”

“哦，有做完的没？”

“物理搞定了！”郭照殷切地朝她双手奉上物理卷子，“都是选择填空，刚好可以趁课间抄完！”

苏好打了个哈欠，接过卷子，拔掉笔帽正要开动，看见徐冽走进了教室，在她旁边坐了下来。

她瞥他一眼：“干什么去了？找你的安妮妹妹？”

徐冽没说话，看了眼她奋笔疾书的样子，靠过来打量她笔下的两张物理试卷。

“怎么？”苏好停下笔。

徐冽抬抬下巴：“这在做什么？”

“显而易见，”她理直气壮地耸耸肩，“抄作业啊。”

徐冽直起身，坐回自己的座位，揉了揉脖子，沉出一口气。

感觉到他的低气压，苏好有点不明所以，继续低下头去抄 ABCD，忽然被徐冽一把抽走了笔。

“干吗？”她一头雾水地看着他。

“自己不会做？”他的眼睛危险地眯起来。

“会做我还抄什么，你第一天认识我？”苏好翻个白眼，小声嘀咕，“我又不是人家物理竞赛班的。”

徐冽拿起她桌上的卷子，看了一眼姓名栏，朝前道：“郭照。”

“啊？”郭照第一次听大佬叫她名字，还是这种零下几十摄氏度的语气，吓得抖了一抖，紧张地转过头来，“什，什么事啊徐同学。”

徐冽把卷子还给郭照：“让她自己做。”

“干吗呀你？”苏好无语地瞥瞥徐冽，戳了戳郭照的背脊，“卷子拿来。”

郭照胆战心惊地看了眼徐冽：“苏姐，徐同学说让你自己做……”

“你是听他的还是听我的？”

“那还是听苏……”郭照刚要把卷子还回去，又感觉到了徐冽的死亡凝视，手僵在半空一动不敢动，斜着眼望向旁边的白墙。

这墙能不能过来撞一下她的头？

苏好实在不明白，她不过睡了个觉，怎么这世界就天翻地覆了，傍晚还对她百依百顺的人为什么突然找起她的碴来。

眼看场面僵持不下，她仔细一想，她一个学渣何必为了一份作业大动干戈，不让抄那就不抄了呗，干脆交个白卷离开教室，去了艺术馆。

画了一晚上画泄愤，苏好心里那股火还是压不下去，第二天清早到教室，一言不发地摆着脸，坐等徐冽给她道歉。

结果这人整节早自修毫无动静。不仅毫无动静，而且依旧散发着低气压。

看这架势，莫非还指望她主动搭理他？

那必不可能。

苏好单方面在心里宣布了跟他的冷战。

上午大课间，学习委员拿到了新鲜出炉的月考成绩单，贴在黑板上。一群人立马兴奋地拥了过去。

苏好不太理解这群人的心理，看这群人也不见得平常在班上成绩名列前茅啊。

她一边慢条斯理地涂着指甲油，一边问百事通郭照：“不过月考而已，他们这是干吗？”

郭照从昨晚起一直夹着尾巴谨言慎行，附到苏好耳边才敢说话：“他们打了个赌，赌这次班级第一会不会江山易主，从我同桌变成你同桌。”

话音刚落，教室里爆发出一声尖叫：“看见没，冽哥六连杀完胜！快快快，给钱给钱！”

意思是徐冽六门都比吴语考得高，稳拿全班第一。

又有人从前门奔进来报告消息：“我去理科创新班转了一圈，冽哥这成绩排年级第二，跟第一就差一分，四舍五入那就是并列第一了啊！”

“长脸！”

吴语手里的水笔一砸，一声不吭地站起来，离开了教室。

郭照觉得自己在这四人小组的日子更难过了，小声地碎碎念：“最近是天干物燥吗？火气都这么大。”又转头问苏好，“苏姐，你不去看看成绩？”

苏好对着亮莹莹的指甲轻轻吹了一口气：“有什么好看的，成绩嘛，别跟别人比，超越自己就可以了。”

“那苏姐你上次英语考试都没涂卡，这回名次肯定有进步。”郭照张嘴就是一顿捧高踩低的马屁，“唉，看看吴语，得失心也太重了，我觉得干大事的人就该像苏姐你和徐同学这样宠辱不惊，压根儿不去看成绩……”

徐冽忽然从座位上站起来，走到了黑板前。

围着成绩单的人群自发散开为他让道。

郭照张圆了嘴：“当我没说。”

黑板前，徐洌面无表情地从成绩单的最后一行往上看，很快在倒数第三行看到了苏好的名字。

名次是有进步，从班级倒二上升到了倒三，完美离开了年级倒十的行列，有希望冲击进年级倒三十的队伍。

郭照隐约感觉到徐洌看完成绩回来以后气压更低了。

这成绩还不满意？非要做年级第一？

学霸的世界真是没有天理。

月考成绩出来以后，苏好一整天忙得脚不沾地。

任课老师一个个轮流揪她去办公室，逼她和其他几个倒数的同学订正基础错题。她从这个办公室辗转到那个办公室，一个课间都没歇，连傍晚想去练个 1500 米跑都没机会，直到晚自修逃到艺术馆才重获新生。

画室今天安排自习，没老师看着，大家都比平常松散一些。苗妙和苏好一起坐在画室角落，见苏好一脸暴躁，画画都不在状态，问她怎么了。

毕竟以前大家松散的时候，苏好是从不松散的。

苏好一边动笔一边说："还不是那月考，搞得我魂飞魄散了一整天。"

"……"看来是真的魂飞魄散，不然也不能这么滥用成语。

"每次月考结束你不都有这么一天，还没习惯？"苗妙觑觑她。

苏好不爽地皱起眉头。

苗妙一看就知道这是有事："怎么，谁惹我们苏姐了？"

苏好有了点不吐不快的意思，搁下画笔："你说有些人是不是有病？"

这个语气，苗妙不问都知道"有些人"是指谁，也搁下了笔，抖抖眉毛八卦起来："徐洌怎么你了？"

苏好把徐洌昨天态度一百八十度大转弯的事从头到尾吐槽了一遍。

"然后你们今天冷战了一整天？"苗妙听完后问。

"算是吧，我生着气，当然不搭理他。"

“那他也不跟你说话？”

苏好想了想，其实她今天课余时间一直在办公室，就算不是冷战，徐冽跟她也说不上闲话。但真要说话也不是没机会，上课可以开小差啊。

徐冽以前上课基本都在底下做自己的习题，从来不跟老师的节奏，毕竟老师讲课照顾大部分学生，他没必要浪费时间听无聊的错题分析。

可他今天全程认真听讲，笔记写得飞快。

见苏好沉默，苗妙心里大概有了数：“我知道了，这就是数学里最常规的变量问题，你想想，昨天你们之间出现了什么关键的变量。”

“温安妮？”

“Bingo！”苗妙打了个响指，“你刚才不是说，昨天傍晚在操场，你为了气走那个小妹妹枕了徐冽的腿吗？然后晚自修徐冽有段时间不在教室，回来以后也不说去了哪里。”

“所以？”

“发挥一下你构图时候的想象力，脑补脑补，这故事不就出来了？小妹妹被你气走以后越想越伤心，晚自修找徐冽诉苦，说你在操场上故意作秀给她看。徐冽一听：这个恶毒的心机 girl……”

“我恶毒？”苏好怀疑地指指自己的鼻尖。

“不恶毒吗？你这种花招放到小说里就是典型的恶毒女配角啊。男主角知道真相肯定替女主角打抱不平。所以从小妹妹那里回来以后，他就开始找你碴了。郭照的作业可是你在学校赖以生存的生命之源，他就这么切断了你的生路！”

苏好不可思议地“嚯”了一声：“可是凭什么徐冽是男主角，温安妮是女主角，我却是女配角？”

“我没猜错的话，那妹妹肯定是娇滴滴的哭包，是不是？”

苏好回忆了下温安妮说红就红的眼睛，又记起操场上施嘉彦跟徐冽讲悄悄话时，的确提到了什么“大小姐”“说哭就哭”这种字眼。

“哦，是吧。”苏好抿了抿唇。

“会哭的孩子有糖吃，撒娇女人最好命，这是千古不变的定律！”苗妙上下打量她，“不是我说你，长了副妖精的皮囊，怎么就包了颗钢铁的心。你想想，你跟徐冽说话一般是什么语气。”

苏好翻着眼回忆：“威胁？命令？”

“那你最常对他做的两个动作是什么？”

“拍肩？拽手腕？”

“然后好不容易小意温柔地枕了一次人家的腿，姿势还像扎猛子。”苗妙手一摊，“你看，你为什么是女配角，答案已经出来了。”

“……”

苏好觉得不应该，她苏好怎么可能拿女配角剧本，可是想来想去，除了温安妮的出现，昨天又没发生其他特别的事。

徐冽只能是因为温安妮才对她改变了态度。

苗妙摸摸下巴：“不过我觉得，徐冽不可能对你没好感，估计是因为温安妮最近半个月待在南中，他才想和你保持一些距离，暂时对你冷处理一阵，省得这个妹妹伤心。”

“凭什么我要给她让路？”苏好扬起下巴。

“温安妮不是说她跟徐冽从小认识？那一边是青梅竹马，一边无名无分，你确实打不过人家。”

苏好翻个白眼：“你叽叽歪歪这么多就是为了损我？”

“我叽叽歪歪这么多还没激起你的斗志？”苗妙也翻了个白眼，“我是在叫你赶快把徐冽搞定，在温安妮离校之前扬眉吐气！”

苏好觉得自己业务真的好繁忙。被六门课的老师轮流找谈话，纠错题就够头大的了，还要趁课余时间制作运动会的宣传物料，练习 1500 米长跑，这下又多了个紧急任务：拿下徐冽。

苏好忙得第二天午休都没补眠，打算先把已经逼近死线的工作完成。

中午其他同学趴在课桌上睡觉，她就在座位后方的空地上蹲着画大幅海报。

又蹲又跪地干了好一会儿活儿，她腰酸背痛地站起来，活动了下僵硬的脖子，忽然听见骨头咔嗒一响，她轻轻“嘶”了一声。

一直在低头做笔记的徐冽忽然回过头来。

苏好察觉到他的目光，偏过头去，刚对上他的眼神，却见他沉默着撇开了头。

这个样子，很像本来想关心她，但不知考虑到什么，又算了。

居然跟苗妙预料的一模一样。

他不是对她没好感，只是打算以温安妮的感受为先？

她苏好除了学习成绩，别的绝不拿第二名！

男生都怕女孩子撒娇是吗？

不就是娇滴滴？谁不会。

不就是哭唧唧？她也可以！

苏好深吸一口气，使劲眨了眨眼。

她瞥了瞥手边还没蘸过笔的颜料桶，蹲下去，食指蘸了点清水涂到眼睛里，然后摁着脖子“哎”了一声，轻轻抽起气来。

身后传来椅子挪动的声音。

徐冽走到她身边屈膝蹲下：“怎么了？”

苏好揉着脖子，回忆了一下温安妮说话的腔调，模仿道：“好疼……”

顺便恰到好处地抬起了她的“泪眼”，看着徐冽。

徐冽皱起眉头去摁她后颈：“这里？是骨头疼还是筋？”

“不知道，就疼……”一回生二回熟，苏好没想到自己居然超常发挥地喊出了哭腔。

徐冽把她扶起来：“去医务室。”

苏好刚想说不，仔细一想，反正她常年画画，颈椎本来就有毛病，怎么着也该看出点问题来，于是继续绘声绘色地演了下去：“你陪我去吗？”

“不然呢？”徐洌搭着她后背，带她走出教室，看她使劲在揉脖子，把她手拨开，“别动脖子，万一伤到骨头容易错位。”

苏好刚好走到楼梯边，一脚顿住，冷冰冰地目视着前方：“那我怎么低头看路……”

“放心走，我看着。”徐洌手上一用劲，扶稳她的胳膊。

“……”早知道她就应该装脚疼，怎么着也能让他背一个或者抱一个。

过了这个村就没这个店了，苏好被徐洌搀扶着一脚脚慢慢往下走，她突然一个急中生智，再次痛苦地抽起气来，扶着楼梯扶手，身体瘫软下去：“等会儿，我晕……”

扭到脖子确实容易两眼一抹黑。徐洌皱眉蹲下来：“有没有想吐？”

“有点……”

“先缓缓。”徐洌扶着她在台阶上坐下来。

反正都到这份儿上了，苏好眼一闭心一横，顺势靠进徐洌怀里，“弱小可怜又无助”地抓住他的衣襟。

徐洌看了看无人的四下，犹豫了一瞬，把她揽进怀里，抬手顺她的后背，过了会儿问她：“好点没？”

“好像好点……”

“能不能起来？”

苏好“费劲”地挣扎起身。

徐洌沉出一口气，摁住她的肩拦下她，弯腰把她打横抱了起来。

苏好身体一轻，心也跟着飘起来，掩在发丝下的嘴角轻轻一勾，却忽然感觉徐洌下楼的步子突兀地顿住。

她刚要扭头去看情况，忽然记起自己此刻是个扭到脖子头很晕还有点想吐的柔弱女孩，只能继续梗着脖子，斜眼去瞄。

然后就看到一个穿白大褂、拿保温杯的中年男人走上了楼梯。

苏好还没反应过来，中年男人先一愣，指着两人问：“怎么了这是？”

“她扭到了脖子，头晕。”徐冽答。

“那可千万别随便乱动，我来看看。”老师匆匆上前，保温杯随地一搁，“快给她放平到台阶上。”

苏好：“……”

她是费了多大劲才从台阶到了徐冽怀里，怎么说放回去就放回去？

平常也不见医务室老师经常往教学楼这边溜达啊？

苏好恨恨地坐回台阶。老师一看她这咬牙的痛苦表情，问她：“怎么扭到的？”

“就是画画蹲久了，起来活动脖子，”苏好恢复了正常说话的腔调，“听到‘咔嗒’一声……”

老师摁了摁苏好的骨节：“骨头摸着没毛病，现在头还晕吗？”

“还晕……”苏好眼睛瞟来瞟去，瞄了眼旁边的徐冽，“吗？”

“晕不晕感觉不出来？”老师皱起眉头，“要不送你去拍个片？”

苏好眨眨眼，心酸地叹气：“不用了吧老师，我这是老毛病了，从小画画，年纪轻轻颈椎就不太好，其实也不是第一次发生这种事……”

老师上下打量她：“那你起来，往下走两步试试。”

苏好慢慢站起来，扶着楼梯扶手，往下踩了两级台阶。

“再往上走两步。”

苏好又默默转身往上走。

“感觉怎么样？”老师问。

“感觉……”苏好回过身来，忍着怨气点了点头，“感觉好极了！老师您可真是华佗再世，妙手回春啊！”

徐冽站在一旁，低头搔了搔眉心，轻轻叹了口气。

俗话说，失败是成功之母。

更何况苏好并不觉得自己是失败的。看徐冽今天公主抱的表现，这人绝对很吃“林妹妹”那套，只不过她缺少了一点点运气而已。

再接再厉一把，看他还忍不忍得住跟她保持距离。

晚上回到宿舍，苗妙来找苏好串门，顺便给她送来了一件“战袍”，跟她说明天别穿校服了，换身吸睛的装备。

苏好抖开战袍一看，一条仙气飘飘的淡黄色碎花连衣雪纺裙，剪裁温柔的中袖，规规矩矩遮没膝盖的裙摆。

她对着宿舍里的半身镜比画了下，难以忍受地“咝”了一声：“非要这么淑女？”

“说不定人家就喜欢这种淑女的小白花嘛。”苗妙打个响指，“而且你别小看这裙子，里头可暗藏心机呢！”

“什么心机？”

“你现在坐南窗边是不是？我查过天气预报了，明天东南风三级，可以放风筝的天气，你往那窗边一坐，裙摆能飘一整天，这裙子的颜色既吸睛又衬肤色，保证他就算不看你，余光里也全是你！”

“……”

“而且明天刚好是周五，政教处也就只有周五这样放学回家的日子才对不穿校服的同学睁只眼闭只眼，天时地利人和，崔华都挡不住你散发魅力！”

“……”

第十六章

祝你愚人节快乐

“我要你当我男朋友！”

“如果我觉得不行呢？”

“凭什么不行？”

“凭你的月考成绩不到我的一半，我不跟成绩倒数的女生谈恋爱。”

苏好信了苗妙的邪，第二天起了个大早，穿上这条崩人设的淑女裙，顺带化了个直男看不出来的裸妆，又费了好大工夫，把大波浪用直板夹成直发。

会不会吸引到徐冽的注意力她不知道，反正从宿舍走到教室那一路，回头率确实创了新高，就连路边的野猫都在冲她兴奋地喵喵叫。

一走上教学楼二楼走廊，苏好就听见迎面传来一声惊叹：“哇哦——！”

郭照刚从洗手间回来，远远地看到苏好，捂着惊讶的嘴朝她迎了上来：“苏姐，你是刚从天庭回来吗？”

瞧这淡黄的长裙，蓬松的头发，还有耳边那可爱俏皮的草莓发卡，简直就像一幅行走的油画！

苏好正想对这赞美一笑而过，突然注意到郭照经过的徐冽旁边的那扇窗，她食指朝前一指：“别动，站那儿。”

郭照立马原地停住：“什么事啊苏姐？”

苏好走上前去，挤出一个配得上这身打扮的、温和的笑容：“你头发上好像沾了灰。”

郭照还没明白苏好是怎么大老远火眼金睛地发现她头发上有灰，就被她一把把脑袋摁了下去。

苏好站在与徐冽一窗之隔的地方，“体贴”地抬起手，给郭照掸头发。

掸的时候发现她头发上真有粉白的灰。

她随口一瞎说，这么灵？

可能是天要助她。

郭照起先是受宠若惊地低着头，过了好一会儿，脖子都发酸了，忍不住问：“苏姐，还没掸干净吗？”

苏好瞥了眼目不斜视地写着笔记、根本不看窗外的徐冽，恨恨咬牙：“还没。”

徐冽终于似有所觉地抬起头，偏过视线，看到了窗前的苏好。

苏好沐浴着晒进走廊的金色晨曦，笃定这个角度很美，等一阵恰到好处的南风吹起她的裙摆和长发，把她的美丽吹进徐冽的心里，这才放过郭照：“好了，干净了。”

她一撩长发，走向前门——后门那段路不够她发挥，从前门进教室还能走个 T 台，刚好教室里现在没几个人，不会有人堵在过道。

徐冽望着苏好往前门走去的背影，突然想到什么，脸色微变，从座位上站了起来。

苏好眼角的余光瞥见这一幕，在心里叹了口气。

原来徐洌真的喜欢这个类型，但倒也不用这么激动。

苏好遗憾地摇摇头，一把推开教室的前门。

身后蓦地传来郭照的惊叫：“哎呀糟糕！”

与此同时，门框上那块黑板擦从天而降，砸到了苏好的头顶。

“……”慢了一步的徐洌滞在了前门边。

“……”苏好微微一低头，板擦和粉笔灰一起落了下来。

教室里几个男生僵在座位上，呆滞地望着苏好。

一片死寂里，郭照哆嗦着走过去：“对不起，苏姐，我忘了提醒你，今天是愚人节，我刚才就是被这板擦弄了一头灰……”

苏好死死地闭上了眼。

那几个特意赶早来教室恶作剧的男生霎时呼吸一紧。苏好和徐洌一向走后门，他们还心思缜密地想着不能得罪大佬，把板擦搁在了前门。

结果这谁能想到？

几个男生脸色煞白地咽了咽口水，却看到苏好睁开眼后，露出一个蒙娜丽莎的微笑，摆了摆手：“没关系，过节嘛，可以理解，你们玩得开心就好。”

“……”

苏好笑着往后排走，回到座位一照镜子，暗暗磨了磨牙。

她记住这几个人了，等她不做淑女了秋后算账。

徐洌在她之后回到座位坐下，看了她一眼，又觉得这种时候可能不看她更好，于是低下头去默不作声地写笔记。

苏好无语地拿纸巾擦着满头的粉笔灰，擦了半天还是没彻底弄干净，翻开桌盖去找湿纸巾，结果一眼看到一条绿油油的竹叶青蛇蜷曲在她的课桌角落。

“……”

好假。

这么无聊的整蛊她小学就不怕了。

苏好内心毫无波动甚至有点想笑，嘴角牵起的时候却念头一转，记起苗妙“明天记住你的新人设”的叮嘱，猜到了这条假蛇是谁放的。

苏好在心里唾弃苗妙老土的招数，嘴上“啊”地尖叫了一声，火箭发射似的弹起来，一个旋转跳跃跌上了徐冽的腿。

徐冽下意识地接住她：“怎么了？”

苏好伸出“颤抖”的食指，指着课桌：“有蛇！”

徐冽抬眼看了看她的课桌，又收回视线看了看怀里“花容失色”的人：“……”

沉默片刻，他轻轻沉出一口气，把“蛇”从她课桌取出来，扔进后门边的垃圾桶：“假的。”

“哦，是吗？做得好逼真啊。”苏好赖在他身上“惊魂未定”。

徐冽看了她一眼，刚要说什么，瞥见杜康正在不远处的天桥上打电话，随时可以望见教室这边的景象。

“起来。”徐冽把她推开。

苏好被他搡回座位，一愣之下往窗外看去——几个穿红白制服的集训生刚好经过。

“……”

“去他的！”苏好气得中饭都没去食堂吃，趴在教室门前的栏杆上跟苗妙吐槽，“一看到窗外来了几个集训生，他就把我推开了，怎么着，怕他们跟他的好妹妹告状？”

“学校里老被打岔，要不去家里？他今晚不是得去你家做家教吗？”苗妙提议。

“别提了，这周清明假不上课，我舅妈舅舅要带着我弟回乡下上坟。”苏好也是刚刚才接到林阑的微信消息，“而且我爸妈本来是要回来的，结果生意上临时有事，估计回不来了，让我跟舅舅他们一起回乡下去。”

“非要去？”

苏好点点头：“我爸妈回不来没办法，我人在这边，总得去乡下墓园看一趟我姐和我爷爷。”

苗妙低低地“啊”了声：“意思是你连续三天见不到徐冽？但这三天集训生不放假，徐冽又待在学校，那不是给他们提供了相处的机会！”

苏好把指关节摁得“咔嗒咔嗒”响：“所以不等了，我可没那么多时间跟他唱戏兜圈！”

叽叽歪歪烦不烦，霸王硬上弓才是她苏好要走的路！

苏好趁午休时间去了趟宿舍，换掉束手束脚的淑女裙，穿上吊带衫牛仔裤，重新把头发吹卷，踩着六亲不认的步伐回到教室。

等到放学时间，教室里人散得差不多，她看了眼旁边的徐冽。

徐冽照惯例留堂在写假期作业。

苏好趾高气扬地敲了敲他的桌板：“跟我出来一趟。”

徐冽眉梢一挑，跟了上去。

一路走到走廊尽头的拐角，徐冽回头望了一眼靠近办公楼的那条天桥。

苏好一看他这生怕谁看到的样子，就气不打一处来：“清明假你怎么过？”

“留校。”他淡淡地答。

“那我要你这三天假期，不准跟温安妮打一个照面，对一下眼神，说一句话。”苏好一字一句地说。

徐冽沉默地看着她。

如果没看懂她这两天到底在折腾什么，他就太瞎了。只不过有杜康的告诫在先，看懂了也只能装不懂。

可是现在，苏好要逼他懂。

他想了想说：“给我一个理由？”

“理由就是，”苏好扬起下巴，“我要你当我男朋友！”

徐冽的喉结轻轻滚动了下，默了默说：“如果我觉得不行呢？”

“凭什么不行？”

“凭你的月考成绩不到我的一半。”

“？”苏好蒙了蒙，“啊？”

“我的意思是，”徐冽叹了口气，“我不跟成绩倒数的女生谈恋爱。”

苏好觉得如果她耳朵没有聋，那就是徐冽嘴巴瓢了。

“你在说……”苏好难以置信地指着自己的鼻子，“我的成绩配不上你？”

已经开了头，徐冽索性点了点头：“门当户对，自古有之。”

“……”

“之乎者也”都用上了，他好有文化，好高贵。

苏好从未蒙受过如此奇耻大辱。

她深吸一口气，最后问了一次：“今天虽然是愚人节，但你不会幼稚到拿这种事跟我开玩笑吧？”

“如果你不会，那我也不会。”

苏好看着他，沉默了足足十个数，怒到极点反倒平静下来，轻松地拍拍手：“OK，我明白了。”

她转身回了教室，面无表情地往书包里塞了几本教辅书和一沓作业卷，在徐冽的注视下，一言不发地拎起书包走下了楼。

刚到教学楼楼下，身后传来一阵“啪嗒啪嗒”的脚步声和一道喊声：“苏姐，等等我们！”

苏好回头一看，文铭、李貌、陈星风和苗妙急急追下了楼，四个人集体用一种复杂的眼神看着她。

苏好头顶缓缓打出一个问号。

苗妙走过来，尴尬地在她耳边低声说：“那什么，你们二楼走廊尽头是个弧形拐角，我们三楼也有个对称的拐角，你理解这建筑构造吧？”

“？”

“我刚才就站在你头顶听墙脚，他们仨看我鬼鬼祟祟跟了过来，所以……”

“……”

所以他们四个都见证了她霸王硬上弓失败的屈辱历史。

文铭和李貌在苏好面前排排站好，眼白和眼珠仿佛被细致地切割出了三块区域，分别填充了——三分同情、三分义愤填膺，以及四分“真想重金求一双没听过苏姐墙脚的耳朵”的追悔莫及。

苏好觉得人生也就这样了吧。

不会再有比现在更下不来台的时刻了吧。

文铭和李貌脑筋疯狂急转弯，安慰她：“苏姐，你很棒，特别棒，真的！”

“你不知道，今天中午在食堂，我们班有个妹子跟风哥表白，被风哥拒绝以后，她说——怎么还当真了呢，愚人节开个玩笑。同样是被拒绝，她㞞得看苗头不对就打退堂鼓，可苏姐你不一样，你敢作敢当啊！哪怕被拒绝，你也没有反悔！”

“……”苗妙拧着两人的脑袋，把他们往旁边扒拉开去，“不会说话就闭嘴。”

文铭和李貌打了个嗝，小鸡似的蹲在了一边。

陈星风叹了口气，搭过苏好的肩：“得了得了，多大点事，请你吃冰去。”

几人到了学校附近的甜品店，文铭和李貌去前台排队点单，苗妙和陈星风跟苏好坐在桌边唠嗑。

见苏好绷着脸不说话，陈星风两腿大爷似的一叉，敲敲桌板：“别拉着脸了，其实人家也没说错，你就趁早收收心认清现实吧，门不当户不对是不会有好结果的。”

“怎么就门不当户不对了，不就是成绩吗？我们苏姐那是没用功，用起功来还不甩人七条街八条街的。”苗妙勾过苏好的肩，“考个正数给他看看，看他不跪着求你给他个机会！”

“人家拿成绩当个借口，你俩还真信这鬼话？”苏好听不下去，飞了两人一人一个眼刀子。

陈星风和苗妙不清楚苏好和徐冽是怎么一回事，苏好自己清楚。

徐冽认识她的第一天就知道她成绩奇差无比，后来还不照样跟她处得挺好。现在突然来这么一出，就是笃定文化课是她的死穴，才拿这说法搪塞她，好让她知难而退。

苗妙指指她沉甸甸的书包：“我以为你装了一堆教辅书，是要回家发愤图强。”

苏好诧异地看她一眼：“开什么玩笑？”就算她考个正数第一，徐冽还会有第二个借口，她又不是舔狗，“我这是为了小长假不被我舅舅舅妈念叨，带回去装装样子。”

“那你就这么放弃徐冽了啊？”

“当然，”苏好冷笑一声，“这弓谁爱上谁上去，本霸王不稀罕上了！”

陈星风给她竖了个大拇指：“你能想通就好，爸爸为你高兴。”

苗妙却有点遗憾：“可是你这一收手，不就便宜了那什么安妮妹妹吗？”

文铭和李貌刚好端着两碗绵绵冰过来，点头附和：“苏姐，这人，我们不要了，但别人也休想得到！”

“没错，”李貌坐下来握了握拳，“苏姐得不到甜甜的爱情，他们也别想恩恩爱爱纤绳荡悠悠！”

“说得对，”苗妙也加入了拍马小分队，“当不了女主角还当不了恶毒女配角？”

苏好：“……”

陈星风皱眉看着他们仨："都非主流文学看多了？恋爱自由懂不懂？人家就喜欢高智商物理天才小学妹怎么了？棒打什么鸳鸯？讲不讲道理？"

"哥，你这是干啥？我们不是从来不讲道理吗？"文铭挠挠头。

"就是啊哥，你之前不还很讨厌洌哥……呸，徐洌吗？现在我们要替苏姐出口气，你怎么反倒胳膊肘往外拐？"李貌嘟囔。

"我……"陈星风舀了一大勺绵绵冰送到嘴里，"行行行，随便你们。"

文铭和李貌替苏好一手包办了棒打鸳鸯计划。

他们是文明的人，礼貌的人，所以绝不动粗，集训队那边戒备森严，无孔可入，那就从徐洌下手，让他在这个清明假期被热闹——电灯泡包围，保证没有孤单——落单的机会。

文铭和李貌发动了一批年级里的志愿者，轮流在7班教室留堂自习，对清明不回家的徐同学展现美好同窗情，充分给予了他人道主义的陪伴和关怀。

苏好待在乡下，看群里三不五时地传来实时播报。

中午——

文铭：食堂假期里为集训生加班，开了一楼饭菜窗口，今天中午温安妮老早就在那儿等徐洌，嘻嘻，然后我给徐洌叫了外卖。

李貌：他不是跟苏姐关系僵掉了吗，肯收你的外卖？

文铭：看他一直在教室忙着刷题，估计想节省时间吧，不过他把外卖钱付给我了。

晚上——

李貌：徐洌今晚一直在用教室电脑做课件，我好无聊，手机都玩没电了，想回来了。

文铭：再等等，集训班马上就下课了。

李貌：真被你说中了，那个温安妮又来找徐洌了，我都没拦住。

文铭：他俩干啥去了？

李貌：在教室门口说了几分钟话，说的什么没听清。

文铭：要你有什么用，明天还是我来。

早上——

文铭：今天徐冽怎么不在学校？宿舍和教室都没人！

李貌：那刚好啊，反正温安妮在学校集训出不去。

文铭：不是，我听说温安妮今天给老师请了个病假，人也不知去哪儿了！

李貌：快撤回，别让苏姐看到！

可是苏好已经看到了。

她也是奇了怪了，她怎么就管不住自己的手，一看到群消息弹出来就忍不住去关注徐冽的动向。

看到他在刷题、做课件，她就舒舒服服跷着二郎腿嗑起瓜子，看到温安妮的名字，她就想抄起菜刀去帮舅妈剁猪肉。

不就是个见异思迁的花心大萝卜，凭什么害得她这么被动？

难道是作业太少？

苏好干脆卸载了微信，去乡下的田园农场采了两天风、画了几张素描转移注意力。

等假期结束，收拾书包准备返校时，她才发现作业太多了，她那白得像雪花一样的卷子已经积了厚厚一沓。

为了避免被徐冽找碴，苏好提前跟郭照约定了交易时间，周二起了个大早去学校，一大清早就在座位上忙活起来。

跟她一样早起赶作业的同学不少，教室里安安静静的，只听得见匆匆忙忙翻卷子的哗哗声。

苏好被这热血奋斗的氛围感染，不禁下笔如风起来。

难得碰上小长假，郭照估计也没好好学习，卷子倒是做了，但明显是赶工完成，字写得太飘。

苏好抄到大题后，时不时因为认不清字而卡顿。

徐洌走进教室，看到的就是这样一幕——

苏好认真看着试卷，手里水笔的笔尾一下下戳着下巴，眉头深锁地思考着什么。

倒是终于知道自己写作业了。

徐洌松了口气，站在苏好侧后方看了她一会儿，刚想上前问她碰到了什么难题，忽然看到她拿笔戳了戳前边的郭照："欸，你这写的什么字啊？看都看不清！"

徐洌："……"

郭照转过头来："哪儿呢？啊，这是根号。"

苏好叹息一声："下回写清楚点，我这抄作业效率都被耽误了！"

"好的苏姐！"

徐洌："……"

苏好低下头去继续抄大题，写了几个字，觉得背脊有点发凉，扭过头看见徐洌站在后门边一脸无可奈何的模样。

她冷冷地瞥了他一眼，收回视线，继续抄她的作业。

徐洌走到座位坐下，皱眉看着她："假期又没写作业？"

苏好往嘴里塞了一颗木糖醇，吊儿郎当地嚼着，头也不抬地说："你也说是'又'了，不都见怪不怪了吗？你不会以为我因为你一句话就转性了吧？你当你谁啊，这么大魅力。"

"……"

苏好冲他没心没肺地微微一笑："我有那时间填这门不当户不对的鸿沟，怎么不换条路走？"

苏好抄完作业以后就进入了"早起傻一天"的休眠状态。阳光正好的时候她睡眼蒙眬，等傍晚太阳快落山时倒是来了点精神。

想起假期在乡下光采风画画，也没记得锻炼，她打算去操场练一趟

1500 米长跑。

苏好从洗手间换完运动裤回到教室，听见徐冽问了她一句："去跑步？"

她就不明白了，这人让她知难而退的目的不是达到了吗？为什么今天依然沉默是金地低气压了一整天，而且还对她管东管西？

是非要看她为他痴，为他狂，为他哐哐写作业？

"关你什么事？你是我谁啊，管我去干吗！"苏好没好气地回。

正好窗外陈星风经过，敲了敲他们班的窗，邀请苏好："看球去不去？"

"去啊，"苏好从座位上站起来，"不过我得先去操场跑几圈。"

"走，我陪你。"陈星风对她招招手。

苏好跟陈星风走出了教室。

目睹了刚刚这一幕修罗场的郭照打了个冷战，回过头来小心翼翼地问："徐同学，你跟苏姐吵架了啊？"

徐冽没说话，手里的笔一松扔到一边，身体后仰靠住了椅背，沉出一口气。

他忍了这些天，是想让她好好用功读书。

结果现在算怎么回事，她的心思既不在他身上，也不在读书上？就像她说的，有那时间填鸿沟，不如换条路走？

换陈星风这一条？

徐冽难得地被气笑了。

郭照看这架势好像不太妙，不敢再多嘴，默默地回过头去写作业，十五分钟后肚子饿了，招呼尤欢欢去便利店买晚饭。

两人一起离开教室，往楼梯口走的时候，忽然望见楼下远处两道熟悉的身影——

陈星风抱着苏好从操场跑了出来。

嗯？为什么是公主抱？为什么跑？

郭照一愣，指着远处问尤欢欢："我没看错吧，苏姐怎么在风哥怀里啊？"

尤欢欢定睛去看："这是不是医务室方向？"

"苏姐跑步受伤了？"

郭照惊讶地喊了一声，话音刚落就见徐洌从教室走了出来："怎么了？"

"苏姐好像脚受伤了，风哥抱她去了医务室。"郭照指着远处那条已经没有人影的路说。

徐洌默了默，转身下了楼。

郭照捂住了嘴巴："完了，我是不是不该说？"

尤欢欢无奈地看她一眼："晚了。"

苏好正被陈星风抱着往医务室去，一路回答过路同学"苏姐怎么了"的问题："没事没事，跑步扭了下脚。"

不知回答了多少个人，她忍无可忍地拍拍陈星风："别整得我好像快死了一样，我能走，放我下来行吗，大哥！"

陈星风一边脚下步子生风，一边骂："我就去了趟器材室拿球，那女的是不是有病啊？你这要是骨折了，看我不拆了她骨头。"

"呸呸呸！你别咒我！"苏好瞪他一眼，又推了推他，"你放我下来让我走两步试试。"

陈星风不听，非把她一路抱进了医务室："老师！老师在吗？"

医务室老师一听这火急火燎的喊声，从里间搁下饭碗，快步出来："怎么了？"

苏好一看，哦，是上次给她看脖子的那个中年男老师。

男老师也记起她来："哦，是你啊，脖子又扭着了？"

陈星风把她放到治疗床上，气喘吁吁地解释："是脚脖子，跑步的时候被人从后面撞了。"

“后面是怎么撞上的？那同学没看路？”老师脱掉苏好的鞋袜，一边去检查她的脚踝，一边奇怪地问。

“一个不长眼的脑残。”陈星风低低骂了一句。

老师听到这粗犷的口气，才注意到旁边的陈星风，看了他一眼：“嗯？你不是上回那男生？”

“什么上回？”陈星风一愣。

“咝……”苏好忽然抽了口气。

“这里疼？”老师问。

“有点。”她点点头。

老师慢慢转动着苏好的脚踝：“那这样疼不疼？”

“不疼。”

“运气不错，没伤到骨头，应该就是轻微拉伤，不要紧。”老师拍拍苏好的肩，然后才回答陈星风刚刚提出的问题，“我记得上次抱她的不是你啊？”

“哦，”陈星风看着苏好一言难尽的表情，猜到了应该是徐冽，“上次那人不重要。”

医务室虚掩的门忽然被人一把推开。

苏好抬起头来，看见徐冽喘着气站在那里，看她的眼神像要把她生吞活剥了。

四目相对，苏好眨动了两下眼睫，看着徐冽阴沉的脸，脑海里一瞬间闪过他跟人干架的画面，暴露在床沿边的那只脚往里一缩。

然后她就痛苦地皱了皱眉。

徐冽视线下落，移到她的脚，这才发现她脚踝有些轻微的发肿。

他瞳仁一缩，推门走了进来。

苏好奇怪地瞟瞟他。

难不成他本来以为她是装的？

校医拿了冰袋过来，嘱咐苏好别瞎动，又看了眼徐冽：“来了啊。”

徐洌皱眉走到治疗床边，低头看着苏好的脚踝："怎么扭到的？"

苏好撇过头不答，虽然没有出声，但看架势很像哼了一下。

见苏好不答徐洌，陈星风也就没说话。

校医用冰袋给苏好的脚踝冷敷，代答道："说是跑步的时候被一个同学从身后撞了。"

"同学？"徐洌眯起了眼。

苏好翻个白眼继续沉默。

"来，你们谁，"校医招呼徐洌和陈星风，"给她摁一下冰袋，我去拿药。"

徐洌和陈星风同时伸出手去，刚巧一人捏住了冰袋的一角。

两人对视一眼。陈星风不耐烦地跟徐洌说："就你那学妹撞的，你现在让开，她心情可能还好点。"

苏好假期三天没锻炼，体能难免有些跟不上，跑到最后一圈本就处在体力透支状态，也没闲暇去顾及操场上来了什么人，听到身后脚步声靠近，自然认为对方会避让到隔壁跑道，毕竟又不瞎。

可温安妮就是来当睁眼瞎的。

猝不及防一个擦撞，苏好没摔已经不错，脚却还是崴了一下。

徐洌的眉心拧了起来。

校医推了下眼镜，像是为了看清这个复杂的局面："嗯？你俩商量好没？"

两人又同时用力，一左一右地去拽冰袋。

两边力一抵消，冰袋纹丝不动。

苏好："……"

"磨磨叽叽的，都放下。"苏好在两人中间竖起了一道手掌，接过冰袋自食其力地敷起来。

看她搓了搓被冻到的手，徐洌和陈星风再次伸手过来，一人一边捏住半包冰袋，挤开了她。

校医从里间拿了药出来，看了眼这和谐友爱、公平公正的一幕，把两盒药递给苏好：“活血化瘀的药，一个涂的，一个喷的，用法用量都在上边写着呢，这十天半月好好歇着，脚尽量别走动。”

“十天半月？”苏好吃惊地反问，“那我运动会怎么办？”

“还想着运动会？伤筋动骨一百天没听过？”

“那我这不是没伤到筋骨吗？”

“所以是十天半月啊。”

苏好被堵得无话可说，暗暗咬牙。

校医给苏好开了假单，方便她最近遇事请假，等冰敷时间到了，跟徐洌和陈星风说：“行了，把她送回去吧。”

两人移开冰袋，弯下身去，做出了抱人的架势。

苏好两条腿的腿弯被两只手分别搭上，手指死死抓住治疗床的床沿：“等等等等……”

冰袋一人抓一半就算了，这是要把她也一人一半分掉？懂不懂尊重一姐？

“没错，都别着急。”校医打住两人，变戏法似的从角落推出了一把轮椅，“来。”

苏好：“……”

感觉更不被尊重了呢。

苏好受不了被人围观坐轮椅的模样，出了医务室问陈星风拿了校服外套，用“她看不到别人那别人也就看不到她”的掩耳盗铃架势往自己脸上一兜，把自己从头到腰遮得严严实实，然后彻底装死。

这个方法当然没什么实际作用。毕竟身后推轮椅的两个名声太大，但凡看到这一幕的，用脚指头一想都知道，整个南中也就只有一个人能劳动这两位亲自出马。

教学楼有七层高，安装了电梯，平常一般只供教师专用，这时候倒便利不少，避免了在楼梯上抬轮椅的尴尬。

徐冽和陈星风把苏好送进高二 7 班后门。苏好被这无妄之灾惹得冒火，没什么说话的心情，一把扯掉兜头的校服，还给陈星风，自己闷声挪坐到座椅上。

徐冽把轮椅折叠起来，靠去墙脚。

陈星风毕竟不是 7 班的学生，在他们班不好再逗留，薅了把寸头说："我去算账。"

"哎，"苏好叫住他，"干吗去？别胡来，我自己会看着办。"

"你这脚都这样……"

"谁说非要动脚，占理的人动什么粗？动脑子不行？"

陈星风知道苏好的脾气，只好作罢："那你自己来办，我去给你弄点吃的。"

苏好挥挥手示意他去，补充了句："给我捎个信封来。"

傍晚的饭点，教室里只剩下了苏好和徐冽两人。

苏好没打算搭理徐冽，旁若无人地掏出手机回微信，翻开群消息记录浏览了一遍，从手边拿了张 A4 横线纸，在第一行写下三个龙飞凤舞的大字——举报信，然后对照文铭和李貌在清明假期提供的信息，按时间、地点的格式，把温安妮违反集训守则的动向简明扼要地一条条列下来，最后写了一段总结陈词，在右下角利落地签上名——举报人：苏好。

写到这里，陈星风刚好买回一份盒饭和一包新信封，从窗口递给她："还有别的需要没？"

"没了，吃饭去吧你。"苏好冲他随意地摆摆手。

两人隔着靠窗的徐冽来回说话，倒像把他当成了空气。

陈星风看了一眼一动不动干坐在座位上的徐冽，转身离开。

苏好对折起横线纸，正要往信封里装，徐冽抬手摁住了她的手背："等等。"

"怎么？"苏好本来就是故意当着徐冽面写这封举报信的，料定他肯定沉不住气，眉毛一挑，阴阳怪气地说，“怕你的好妹妹失去竞赛资格？也是，我不过是伤了一条腿，你的好妹妹如果提前打包行李回家，就要失去她的爱情了啊！”

“……”徐冽朝她摊开手，“信纸给我一下。”

“做什么？”苏好护住信纸。

“没要拦你。”徐冽从她手里抽走信纸，拔开笔帽，在“举报人”那栏的“苏好”旁边签上了“徐冽”两个字。

苏好一愣。

徐冽把信纸还回去：“我是当事人，这样可信度更高，如果老师要调查，我可以对举报内容负责。”

“怎么，”苏好斜眼觑他，“大义灭亲？”

“本来就不是亲。”

苏好有趣地打量着他：“徐同学睁眼说瞎话的本事日益精进啊。”

“集训生来的第一天，我就跟你说，”徐冽正视着她，放慢语速，“我和她不熟。”

“青梅竹马还不熟？”

“我从幼儿园起就在明哲念书，直升明哲私小、私中、私高，跟我一样的人数不胜数，如果这样就算青梅竹马，那我有很多。只是不知道，”徐冽眯了下眼，“我和这些青梅竹马，有没有你和陈星风熟。”

“……”

苏好气笑了：“你这话题转移得好自然，一点痕迹都看不出。”

“这是同一个话题。”徐冽直直地看着她。

“我在跟你说温安妮，你来和我讲陈星风，怎么是同一个……”苏好说到一半突然哽住，心跳像漏了一拍似的落了个空，又自顾自地摇摇头，“别跟我玩文字游戏，你不是对温安妮有那意思？”

“谁跟你说的？”徐冽皱皱眉。

“你自己说的啊，你拿成绩这种鬼话跟我扯淡，潜台词不就是你中意温安妮那样成绩好的？”

徐洌撇开眼沉默了会儿，抬抬下巴：“打开你课桌。”

“你叫我开我就开，那我不是很没面子。”苏好戗他。

徐洌靠过去，翻开了她的课桌盖。

三本陌生的笔记本和三沓厚厚的资料平平整整地躺在她的课桌里。苏好差点儿不认识这是谁的课桌。

“这是什么？”她一边问一边翻开了其中一本笔记本。

工整干净的楷体字入目，苏好随手翻了几页，发现这些笔记全是高考化学一轮复习的知识点整理，每个知识点标题边都标记了一串页码。苏好对照着这些页码去翻另一沓打印资料里的习题，都能一一对应上。

同样的模式还应用在了物理和数学两科。

这些笔记是谁手抄的就不用说了，好歹是同桌，字迹怎么能认不出。

那习题当然也是同一个人打印整理的。

苏好飞快地眨着眼，消化了一会儿这些信息，扭过头去看他：“你借给我的笔记和习题？”

“借？”徐洌反问。

也是，徐洌用得着这么基础的笔记和习题吗？

苏好回忆了下他近段时间的古怪——上课突然开始跟进老师讲课的慢节奏，课上课下似乎每时每刻都在低头写笔记或者刷题。

她还以为徐洌是不想理她才故意装得日理万机。

“你……给我量身定做的？”苏好更正了用词，又去翻那些满满当当的笔记，心里想一个礼拜写了三本笔记，整理了几百页习题，他都不用吃饭睡觉吗？

苏好蒙蒙地看着他。

这么仔细一瞅，他的脸色确实不是特别好，眼睛下面也有淡淡的青黑。

“你原来真是嫌弃我的成绩？”苏好不可思议地看着他。

“不是嫌弃，”徐冽纠正她，“是担心。”

苏好清清嗓子，缓缓移开了与他对视的目光，过了一会儿好像又想起什么，重新扭过头来看他：“这些笔记和资料你什么时候放我课桌里的？”

“昨晚。”

“那你早上干吗不跟我说？”

徐冽叹了口气：“你给我机会了吗？”

苏好回想了下今早她都说了什么——

你不会以为我因为你一句话就转性了吧？你当你谁啊，这么大魅力？

我有那时间填这门不当户不对的鸿沟，怎么不换条路？

这气氛，好像是不太容易说出口。

苏好抚着额角冷静了一会儿：“不是，那你又不是第一天认识我，之前也没见你管我成绩啊。”

“那天晚上杜老师找我谈话了。”

苏好恍然大悟——对上了，这样情节就都对上了。

怎么跟她脑补的完全是两个版本？

苗妙害她！

“所以你不喜欢温安妮那样的女生？”苏好抓着头发碎碎念。

“不是不喜欢。”

“嗯？”苏好瞪大了眼。

“是有点反感。”

“……”

“可我之前学……”苏好不小心脱口而出，覆水难收，思忖着本来也是心照不宣的事，干脆破罐破摔地认了，“可我之前学她搞林妹妹那出，你不是还看得挺有滋有味。”

徐冽默了默，忽然移开了窗户：“听歌吧。”

“啊？”

教室里的广播没开，原本只能隐约听到学校广播站在放英文歌，窗户一移开，走廊里的音响送来了清晰的歌声。

苏好一愣之后继续去听。

“There's not a think that I would change.（我从未要求你改变）”

“If perfect is what you're searching for.（如果你想追寻完美）”

“Then just stay the same.（那就什么也别改变）”

“Cause you're amazing.（因为你是如此美丽）”

苏好听懂了这首英文歌。

歌名叫 *Just The Way You Are*，中文翻译为《皆因是你》。

Best Time

白马时光

与你千般好

You are the one

下

顾了之 ㊟

百花洲文艺出版社
BAIHUAZHOU LITERATURE AND ART PRESS

目录 Contents

她的八月雨，

终于尘埃落定。

第十七章

千万不要小看一个学渣的斗志

经过这几天的努力，苏好发现自己之前的话说得太满了，数理化是这么好征服的吗？

爱情会离开你，朋友会背叛你，但数理化不会——不会就是不会。

苏好用她聪慧的大脑以及刚巧不错的英文水平理解了一下歌词大意，思索着眨了眨眼。

徐冽点到为止地关上了窗，像在暗示把这一页翻过去。

但苏好不弄个清楚，心里过不去，她偏过头继续追问：“那你说不跟成绩倒数的女生谈恋爱，到底真的假的？”

“真的，我怕你考不上大学。”

笑话，这真是苏好这辈子听过的最好笑的笑话。

“看不起谁呢？”苏好气得肝疼，“你以为我心里真没数？瞎操心什么，信不信我下回就考个正数给你看看？”

“那就等你考出来再说。”徐洌比了个划分的手势，特意跟她解释清楚，“正数的意思是，班级排名二十五以上，不包括二十五。”

“……”

这个人真的很严格。要不是他给她做了整整三本笔记，她又要怀疑他在故意找碴儿。

苏好摇了摇头。愚蠢的人类，他根本不知道，他同桌初中时候成绩多么辉煌。

当然，好汉不提当年勇，她承认她高一荒废了一年文化课学业，除了高二把英语单科重新补了起来，其他科目暂时还拿不出手，但是——只花一个学期就复健了英语的她，难道还复健不了数理化？

这世界上只有她苏好不想做的事，没有她苏好做不到的事。

苏好叹息一声，撑着腮往他面前一杵：“等我考到正数，你就没话说了是吧？”

南中是重点高中，对一个专业过硬的美术生来讲，文化课成绩能在校内达到平均水平以上确实已经差不多了。

徐洌点点头：“静候苏姐佳音。”

复健数理化绝非一日之功，开工之前苏好决定先把气出掉。

十分钟后，苏好坐在轮椅上，被徐洌推出教室。

广播站换了歌，到了经典老歌环节，唱起了“最美不过夕阳红——温馨又从容——”。

苏好抬头看了看走廊外的天空，觉得这歌词和这红彤彤的夕阳充满了讽刺，仿佛预示着七老八十的她终将像此刻这样，在某个宁静的傍晚因为年迈走不动道，被她的老伴或者护工推出房间看晚霞。

苏好看了眼手里揣着的举报信，想着这样的她该用什么姿势杀去办公楼，才能显得意气风发。

徐洌光看她后脑勺儿就看出了她的惆怅，低头说：“给我吧，我去送。”

“我不，”苏好的眼神带着倔强，“我苏好行不更名坐不改姓，举报就要亲力亲为，从写信到送信，缺一步都不叫实名叫嚣。”

徐冽眉梢一挑，继续推着轮椅往前去，推到天桥上听见苏好感慨：“其实跳广场舞也不错。我突然有点理解上次车站那些老太太了，跳广场舞是腿脚灵便的证明，是活力四射的象征，跳广场舞的就是比坐轮椅的有优越感。”

“……”

沉默片刻后，徐冽点了点头：“我就说你有一天会理解。”

只是没想到这一天来得这么早。

苏好心情复杂地穿过天桥，巧了，在尽头处跟温安妮来了个狭路相逢。

陪在温安妮身边的那个女生正在义愤填膺地骂：“太过分了，你是不小心撞到她，怎么就仗着自己是地头蛇欺负人，把你手弄成这样。”

温安妮似乎想说什么，看到徐冽推着苏好迎面走来，捋下袖管的动作一顿，抬手把碎发别到耳后，动作间，手肘那一块殷红的破皮准确无误地暴露在了苏好和徐冽的视线里。

苏好坐直身板，朝后打了个手势。

徐冽停了下来。

温安妮走到两人跟前，叫了一声“徐冽哥哥”，然后低头歉意地看着苏好：“姐姐，操场上的事真的对不起，我实在是跑得没力气了才没绕开你……你脚还好吧？那个哥哥把你抱走以后我本来想赶紧来找你，但是摔了一下有点晕……”她指指自己的手肘，再次给那块破皮一个高亮镜头，“所以先去处理了一下伤口。”

“哦，是这样。我脚倒没什么事，就是暂时不能下地了，闲得慌，”苏好支着肘，晃了晃手里的信，“所以去找你们集训队老师聊聊天。”

信封上明明白白写着“举报信”三个字，温安妮愣了愣，她旁边的女生立马骂起来："安妮就是不小心撞到你，去扶你的时候还被你推了一把，摔破了手肘，现在歉也跟你道了，你还想怎样，你们南中人别太过分！"

苏好"啧啧"摇头。

物理学得好就是厉害，撞她的时候力气大得牛顿都害怕，被她推了下胳膊就"哎哟"一声顺着地心引力摔趴了。

"唉，我也觉得我这人善良得太过分，一想到不知哪所学校有个读书用功、成绩优异的同学被一个顶着恋爱脑来集训的挤掉了宝贵的竞赛名额，我的心就好痛，我这是不是圣母病？"苏好愁眉苦脸地转头问徐冽。

"……"徐冽默了默，点点头，把轮椅往前推，"给你治病去。"

温安妮啪嗒啪嗒掉着眼泪，站在一旁一动不动。

"还讲不讲道理了！"那女生拦住苏好的轮椅，抬起温安妮的手肘，指给徐冽看，"学长你别被骗了，她就是故意推的安妮，这血淋淋的伤可作不了假！"

苏好翻了个白眼，刚要跟她还原一下事实，身后突然响起了徐冽淡淡的声音："学长不关心真相。"

苏好爽到了，一句话从头发丝爽到脚指头，回到教室以后大方地分了徐冽一半盒饭。

当天晚自修，集训队那边传来消息，说温安妮因为屡次偷溜出集训班、装病请假之类的违纪行为，被勒令提前收拾包袱回家，取消了集训资格。

这事在苏好心里勉强就算过了。

得到消息的时候苏好正在教室写作业。因为扭伤脚，没有电梯的宿舍和艺术馆都成了她不方便去的地方。

她实在不想再拖着残躯招摇过市，跟画室请了假，最近晚自修都改在教室画画，也联系了家里，让舅舅晚上接她回家住。

杜康傍晚不在学校，第一节晚自修课下才听说她受伤，趁课间匆匆赶来教室看情况，对着她肿得只能穿凉拖的左脚端详了半天，长篇大论地嘱咐了她一堆养伤的注意事宜，最后在离开之前乐观地安慰她："刚好，四月底就期中考试了，现在运动会不需要你了，你也别想东跑西跑了，就在教室里扎根下来认真学习。"

"……"苏好第一次听到这么安慰人的。

等杜康离开，徐冽朝苏好摊开了手："数学卷子拿来我看看。"

苏好把一节课的成果珍重地交给徐冽，好久没认真做作业，看到他皱了皱眉，她心里居然还有一点小小的忐忑。

"做题还挑食？"徐冽拿笔尾指了指她卷子上空白的几块区域，"只挑三视图做？"

今天的数学作业是立体几何大类下的专题，其中一半是有关三视图的，苏好刚刚先把这部分做了。

她耸耸肩："那我不是喜欢吗？三视图有趣啊。"

"是因为对你来说简单。"毕竟三视图考验空间想象能力，把几何体构想完整后，剩下的计算一般都不难，属于苏好的专业范畴，徐冽一眼看穿她打的算盘，"光做会的题，不动脑筋思考不会做的题，有什么意义？"

"你意思我一节课白费工夫了吗！"苏好生气地拍桌。

徐冽扫了一遍她三视图部分的答案："最近老师再布置三视图专题，你直接抄我的。"

苏好一愣："你这看着为人师表的，怎么还剥夺别人做作业的权利？"

"要突击就要有取舍，你的三视图已经过关了，再做就是浪费时间，把时间留给不会的题。如果遇到难度高的三视图题，我另外拿给你。"

"哦。"苏拿笔指了指卷子上的空白区域，"那剩下的这，这，这，这，我都不会啊。"

徐洌在她指出的题号边一道道标注好数字："给你标好页码了，自己去翻我给你的笔记，对照知识点应用，还是不会再来问我。"

"哦。"苏好埋头对着笔记琢磨起来。

第二节晚自修很快过了一半，徐洌瞥了眼苏好的草稿纸，满满当当全是绘制精细的几何图。

他拿笔敲了敲她的纸面，压低声音说："图差不多就行，照你这解题方法，多给你两小时也考不完试。"

"哎呀，职业病嘛。"苏好烦躁地拍开他的手，"你别烦我，我这灵感马上就出来了。"

"什么灵感？"徐洌瞥瞥她，"辅助线都添错了。"

"……"苏好把草稿纸往他面前一摊，"你来你来！"

徐洌接过草稿纸，换了支红笔一边重添辅助线，一边说："不是给你归纳了辅助线添法？一种种套用过来也该找到了。"

苏好理直气壮："我就觉得我的第一直觉是对的。"

徐洌把添好正确辅助线的草稿纸递回去："你看着新添的辅助线再说一遍。"

"……"苏好变成了苏·好气。

跟立体几何和徐洌战斗了一晚上，苏好精疲力竭。

晚自修第二节下课铃一打，她连"终于下课了"的兴奋感都提不起来。教室里的同学纷纷起身，回宿舍的回宿舍，回家的回家，苏好往课桌上一趴，扭过头直直地看着徐洌，一脸怨气。

"怎么？"徐洌偏头看过来。

"反正我迟早都会考到正数的，你说，我现在能不能提前获取一下你身上的某些功能？"

"什么功能？"

"你批评我一晚上了，说句好听的赞美我一下？"

徐洌默了默，伸手揉了下她的头发："功能暂未开启。"

苏好不爽地磨了磨牙，在座位上瘫坐了一会儿，听到课桌里的手机传来一声振动。一看微信消息，舅妈说她和舅舅已经到了校门口。

双双出动，阵仗还挺大。

为了避免徐冽掉马，苏好回了条语音消息，叮嘱他们就等在车里，别兴师动众进来了，然后转头觑了眼徐冽："推轮椅功能总能使用吧？"

享受这项服务可能是苏好脚伤期间唯一的慰藉了。

徐冽笑了一下，打开角落那张折叠轮椅，扶她坐上去，把她推进教师专用电梯。

苏好一边低头玩着手机，一边随手点开舅妈的语音消息："我们已经到教学楼底下了，你就在教室等着吧。"

背景里还夹杂着舅舅的声音："嗯？这电梯能坐吧？"

苏好一愣，猛地回头看向徐冽。

徐冽刚好在她播放语音之前摁下电梯面板上的关门键，此刻电梯已经开始缓缓下降。

但再怎么缓，从二楼到一楼也就眨个眼的工夫。"叮"一声响起，眼看电梯门就要移开，苏好狠狠一扒拉徐冽，把他扭转成背对电梯门的方向。

徐冽顺势蹲下去，扯散了鞋带，慢条斯理地系起来。

苏好迅速平复慌乱的神情，等门移开，自己磕磕绊绊地摇着轮椅出去。

邹誉急忙迎上来，推过她的轮椅："怎么一个人下楼，都叫你在教室等着了！"

林阑瞅了眼电梯里徐冽的背影，正觉得眼熟，就被苏好一声"哎哟"的痛呼打了岔。

"脚很痛？"林阑低下头去看苏好的脚。

"太痛了！"苏好捏了捏拳。

"真是的，学业这么紧张的关头，也不晓得注意点！"

电梯门慢慢关严，危机解除。

邹誉推着苏好往外走，林阑挎着包跟在两人旁边："你们班上同学怎么这么冷漠，也没人帮你一把。"

那可不得冷漠点吗？都知道她最近的一日三餐和生活起居由徐冽负责，除了在她内急的时候送她去女厕所，谁敢多管其他闲事。

苏好一连"嗯"了两声附和："没错。"

"不是说你这学期多了个同桌吗？别人就算了，怎么连同桌也不给你搭把手？"邹誉皱皱眉头，"肯定是你在外边混得不好，人缘不行，想你舅舅我那时候，在学校可是呼风唤雨，我说一句东，就没人敢往西看一眼！"

苏好点点头："你说得对。"

林阑指指电梯的方向："那同学也真是，看见你一个伤残人士在电梯，居然一点反应都没有。我刚第一眼瞅着还觉得像小徐，小徐心肠这么好，哪会这样！"

苏好继续点头："是这个理。"

对话进行到这里，林阑思维发散开去，跟邹誉说："说起来，清明也没排课，有阵子没见到小徐了，我看恺恺皮又松了，这不快期中考了嘛，这周要不多上点课时。"

"那人家小徐可能也要期中考，来回多浪费时间。"

"不如让他周末住我们家？"

"可以……"苏好突然抬头插话，看到林阑和邹誉齐齐朝她投射来"有你什么事"的诧异眼神，为了不让两人起疑，她话锋一转，忍痛握了握拳，"……是可以，但不太方便吧？"

林阑点点头："也是，家里突然多个男孩子，我们是没什么，好好一个小姑娘还是有点不方便的。"

"……"苏好真想打自己一嘴巴子。

继不小心扼杀掉徐冽留宿的机会之后，苏好又因为过分衬托同学的冷漠，从舅舅和舅妈那里收获了一个可以让她自立自强的高科技电动轮椅。

轮椅功能之多，除去一键站立、一键旋转、一键升降、一键躺倒以外，甚至还能够远程定位和自动导航。

什么事都让轮椅做了，徐冽还能干什么？

苏好让舅舅、舅妈赶紧退货，说她就养半个月伤，何必浪费这个钱。结果两人说恺恺外婆腿脚越来越不灵便，正思忖给她置办个轮椅，这高科技先给苏好试用试用，看好不好使，等她用完就送给老人家，两全其美。

苏好咽下了这口苦水。

度过了几天被数理化全方位包围、枯燥又正经的养伤期，终于熬到周五放学。

周一到周五，有徐冽在的地方就有数理化，老实说，苏好对于见他的心情是有点复杂矛盾的，但周末就不一样了。周末的徐冽只是个无害的画模。

苏好美滋滋地回了家，吃完晚饭后，跟舅舅、舅妈和弟弟一起坐在客厅沙发上看电视，坐等徐冽光临。

晚上七点，徐冽准时到岗。

邹恺晚饭吃撑了，瘫在沙发上可怜巴巴地说想再消化一会儿。林阑骂邹恺事多，请徐冽在旁边吃点水果，歇一刻钟。

苏好看了一眼在她身边坐下的徐冽，跟他保持着“不熟”的距离，继续优哉游哉地吃草莓。

徐冽见她看综艺看得乐呵，用手机给她发了条短信：作业写多少了？

听见茶几上传来振动，苏好拿起手机解锁，见是来自“烦人精”发来的一条短信。

她回忆了下才记起来，这是上次许芝礼恶作剧之后，她给徐冽随手改的备注名。

苏好瞟了眼一旁那张沙发上毫无察觉的一家三口，回复道：我这刚回到家吃完晚饭，你当我机器人？

又想起什么似的跟过去一条：哎，你这人做事怎么这么老派，什么年代了啊，还用短信。

烦人精“老派”地发来一条彩信。

苏好戳开彩信图片一看，是徐冽被她删掉微信好友的界面。

哦，居然有这样的事情。

苏好打开微信，把徐冽的好友重新加了回来，发送消息：当时说好双删的，你为什么没把我删掉？

然后自问自答：难道你那时候就对我有什么意思？

发出去的同时，对面传来回复：懒。

“……”苏好撤回了一条消息，正要继续打字，旁边邹誉和林阑被两人手机此起彼伏的振动声吸引，扭过头来。

苏好心虚地一顿，听见邹誉语重心长地叹息一声：“现在的年轻人啊，一个个都是低头族。”

“可不是吗？”林阑觑觑徐冽，“我还以为只有我们家好好和恺恺这样，小徐你也爱玩手机啊。”

徐冽把手机锁了屏：“快期中了，系里课题比较忙，小组成员周末联系多。”

邹誉指指徐冽，跟苏好说：“瞧瞧，人家用手机是做正经事，你呢？快别看电视了，晚点也不许找小徐画画了，人家最近忙，你呢也认认真真准备期中考试。走，背你上楼写作业去。”

厉害还是徐冽厉害，一句话就让她彩色的周末变成了灰色。

苏好咬了咬牙，背在身后的手悄悄给徐冽竖了个中指，起身之前听见舅舅的手机响了起来。

邹誉一看来电显示，跟苏好说：“等会儿，是你妈。”

林阑拿遥控器把电视音量调低。

邹誉接通电话："姐，怎么了？"

"好好啊？她在我旁边看电视呢，脚养得挺好，你甭担心。"

"什么？还卡着不给批？这没道理啊。你别着急，我明天帮你联系联系我在北城的老同学，他是那部门里的。"

等邹誉挂断电话，苏好问："出什么事了？"

"你爸妈清明那会儿不是临时有事没回来吗？是因为北城那边一个项目工程审批没通过，到现在也没解决。"

苏好对这些生意上的事概念全无，问："麻不麻烦啊？"

"照理说挺简单的，也不知道这次怎么回事，别是给人下了什么绊子。我明天去了解了解情况。"邹誉拍拍她的肩，"不用你操心，上楼写作业去。"

苏好被邹誉背上了楼。

徐冽在沙发上低着头沉默了一会儿，跟林阑打了声招呼，说他到外面打个电话，拿起手机开门走了出去。

一直走到十米开外，确认邹家那边已经听不到，他才拨出去一个电话。

那头可能把他的号码设置了特别关心，刚响一声铃就接通了。

"高特助。"徐冽叫了一声。

"欸，徐小公子你好。"高瑞回应得像个二十四小时在线的专业客服。

"有件事想请你帮忙查一下。"徐冽皱着眉头说。

苏好回到房间后，刚一翻开作业本就神游天外，想起舅舅刚刚说爸妈遇到了麻烦事。

她跟爸妈平常联系不算多。姐姐出事以后，爸妈很后悔这些年一直在外打拼事业，忽视了姐妹俩，曾经有段时间放弃生意，一直陪伴在苏好身边照顾她。

但苏好当时的心理状态不太好，有心理医生给她爸妈建议，说他们失去大女儿后格外珍视小女儿的行为，很可能适得其反，给苏好造成额外的心理压力，建议他们从前怎样还是怎样，不要盲目改变和孩子的相处模式。所以她爸妈后来还是去了北城做生意，把她交给了舅舅和舅妈，平常就跟她一个礼拜通一次电话。

苏好本来想给爸妈打个电话，问问他们生意上遇到了什么麻烦，想来想去问了也帮不上忙，干脆拍了一张自己和试卷的摆拍合照，表明她在写作业，好宽慰一下他们，结果脑子一抽，不小心发到了徐冽的微信上，而且发现的时候已经是五分钟后，过了撤回时间。

苏好看着照片里的自己做作的样子，僵在了书桌边。

幸好徐冽不知在忙什么，还没回复，苏好石化了十秒，补充了一条消息：我是想问问你，这个第七道选择题怎么做。

两分钟后，X：看不清题，人让开点。

“……”徐·不解风情·冽。

苏好重新拍了一张化学试卷的特写照过去。

徐冽这时候应该已经在给邹恺上课，所以消息回得有点慢，过了几分钟才答她：钠化学性质活泼，必须保存在煤油里，这是高一必修的基础知识。

这么基础的知识苏好当然知道。她也没想到自己随手一挑，挑了道那么简单的选择题。为了圆刚刚那张自拍的场，她只能硬着头皮继续回：化学知识点这么多，还不许人一时忘了那么一个两个吗？

X：这题排除法也能做，如果你懂其他三个选项的知识点，就不会选不出。

苏好连续遭受了几天数理化的侮辱，忍不住回嘴：不是我说，化学这门课它就是没有规律，就是太抽象，就是不讲道理。你说凭什么这东西是蓝色，那东西是白色，它俩倒在一起就变成红色了？这不符合调色原理嘛，是不是？

X：没人让你管凭什么，你理解不了就死记硬背。

苏好：那没法想象我就记不住啊。

X：有画面就记得住？

苏好：总比没画面好一点吧？

X：明天下午我去学校实验室做实验给你看，你留出时间来跟我视频，现在先给你弟弟上课，不说了。

“……”苏好千算万算没算到，自己不过嘴硬吐槽了几句，竟然会换来一场视频教学课。

眼看这个周末是要彻底毁了，她抓着头发开始一声接一声地叹气。

经过这几天的努力，苏好发现自己之前的话说得太满了。她原本思忖她的英语成绩一直在藏拙，每次都控制在九十分及格线游荡，真要发起力来还不大杀四方？到时候数理化再齐齐提升一截，总分轻轻松松就能考到正数。

可是数理化是这么好征服的吗？

爱情会离开你，朋友会背叛你，但数理化不会——数理化不会就是不会。

一声手机振动打断了苏好的惆怅。

她解锁手机屏幕一看，是英语科代表发在班级群里的消息：@全体成员，下周英语测试的重点范围已经发在群文件里了，大家记得看，周末好好复习哦！

苏好盯着屏幕愣了会儿，忽然想到了什么。

等会儿，徐冽当时好像也没说非要六门课总分提升到正数啊？

苏好仿佛看见一条通往幸福的捷径已经摆在了她的面前。

周六，徐冽给邹恺补习完奥数后，没留时间让苏好画画，回学校跟值班老师打了份申请报告，下午就在实验室用支架和手机跟她视频。

苏好对着笔记本电脑看了一下午化学实验。

徐洌因材施教，知道她图像记忆能力强，把能用画面表达的知识点一样样亲手演示了一遍。

枯燥的化学实验在他那双骨节分明的手底下成了视觉享受，看他振荡试管，摇晃烧瓶，划燃火柴，盖酒精灯灯帽，滴管取液……苏好全程目不转睛。

怪不得大家都喜欢明星直播，长得赏心悦目的人坐在屏幕里光是嗑几小时瓜子都能让观众看得陶醉其中。

苏好一向不吝啬对美色的肯定，时不时地给他竖个大拇指："厉害。"

"酷炫。"

"专业。"

或者嗨几句——

"哇哦！烧起来了！这白光好刺激！"

"啊！这沉淀好恶心，像拉稀了……隔着屏幕都闻着味了，你快拿走！"

徐洌不打岔她的自嗨，偶尔也分神接她的梗。

插科打诨会让她产生记忆点，那些被她吐槽过的实验现象，别说高考，她可能一辈子都忘不了。

到傍晚苏好终于嗨不动了，萎靡地支着额角看着屏幕："徐老师，一口吃不成胖子，今天差不多了吧。"

"你关视频，我收拾器材。"徐洌一边整理台面一边说。

镜头一直特写在徐洌的手部，苏好跟他视频一下午，一眼都没看到他的正脸，忍不住"啧"了一声："视频不急着关啊，你调一下支架，露个脸啊徐老师。"

到不正经的环节了，徐洌就不为所动地装聋了。

苏好拿笔敲敲镜头："你自己说这公平吗？你连个下巴都没出镜，我却给你看了一下午脸。"

"我没看你。"徐洌淡淡地说。

“……”

苏好气得不轻，刚想说什么，忽然听到房门被“笃笃笃”敲响：“好好，关着门做什么？跟谁说话呢？”

是舅舅和舅妈下班回来了。

她手忙脚乱地一把合上笔记本电脑的盖子，操作着身下的电动轮椅去开房门：“没跟谁说话啊，作业做累了刷会儿微博。你们今天怎么这么早就下班了？”

邹誉往她房间里一望，见她课桌上堆着学习资料，满意地点点头：“恺恺吵着说吃完晚饭要出去看电影，我们就早点回来了。”

苏好脸色阴沉下来：“趁我脚不能动，你们要去看电影！”

“那小子不是下下周一生日吗？下周末要期中复习，没时间出去玩，就提前满足一下他的心愿。等你脚好了会让你出去放风，现在你就安心待在家里。”邹誉转身要走又突然记起什么，“差点儿忘了，来跟你说一声，你爸妈那事解决了。”

“怎么说？”

“生意上的事跟你讲了你也不明白，反正就是审批通过了，而且说以后都给你爸妈优先审批。”邹誉指指她的课桌，“好了，你继续写作业吧。”

苏好关上房门，坐着电动轮椅回到电脑前，登上微信，看了眼早就中断的视频通话，发消息给徐冽：徐老师还在线吗？

X：不在了。

“……”

徐冽收拾好器材，回完苏好的微信，走出实验室，刚到楼下就接到了徐翘的电话。

“臭小子，有事找高特助都不找你姐，你不知道只要你姐一句话，别说高特助，就连他顶头上司都要给你姐跪下吗？”一接通电话，徐翘的骂声就传了过来。

徐洌把手机拿远了点，等她连珠炮放完，才重新把手机移到耳边："我找了你，你也要把事情交代给他，结果都一样。"

昨晚在邹家听说苏好爸妈在北城的项目被卡，徐洌第一反应联想到了温安妮，因为不确定是不是温家下了绊子，所以拜托高瑞先去查证。

结果证明他的猜测是正确的。

徐洌不想再欠程浪更多人情，但也不能对温安妮报复苏好坐视不理。

温家在北城势力大，这件事除了程浪没人能解决，所以最后他还是请了这准姐夫出面。

徐洌出了片刻神，电话那头徐翘已经转移了炮火，冷笑着说："温家真是越来越小家子气，越来越上不了台面，孩子之间小打小闹的恩怨闹到生意场上来，恶心谁呢，你跟你那同学说，这事我们家管定了，以后她爸妈只管在北城横着走。"

徐洌没有讲话。

他没打算把这件事告诉苏好。少年之间的事本就该用少年的方式解决，苏好没做错什么，不应该为这件事付出所谓的代价。

他从小在那个圈子里长大，看多了成年人的钩心斗角，习惯了那套利益至上的生存法则，但苏好用不着去习惯，至少现在用不着。

听徐洌没吭声，徐翘猜到了他的意图："怎么，不跟我姓了，改跟雷锋姓啦？打算做好事不留名？"

"本来就是我连累人家。"徐洌纠正道。

"人家？我看可不是'人家'，"徐翘叹息，"弟弟长大了，已经会拱白菜到自己家了。"

"……"

"算了，当无名英雄也好，别让小姑娘太感动，回头以身相许了也麻烦，还有一年成年，青春期容易躁动，过火的事还是别做。"

"……"

过完周末，苏好继续在徐老师的监督下恶补数理化——苏好的思维非常缜密，虽然她已经找到了一条捷径，但为了钻徐冽的漏洞，必须先给他留好印象，刻苦用功的形象绝不能垮掉。

又熬了几天，周四苏好终于迎来了那场可以改变她命运的英语考试。

因为不是大考，考试在本班教室进行，英语老师刘芬拿着试卷进来的时候，苏好举了下手，问老师能不能坐到她旁边监考。

最近年级组办公室都在传，说苏好明明伤的是脚，却像换了个脑袋，居然开窍了，破天荒地写起了作业听起了课。

老师们说笑之余当然更多的是欣慰，所以虽然苏好提出的这个要求很古怪，刘芬还是照做了。毕竟让监考老师坐在自己旁边总不是为了做坏事。

一场一百二十分钟的考试，苏好花九十分钟酣畅淋漓地答完全卷，最后半小时不慌不忙地检查书面表达，涂答题卡。

刘芬坐在她侧后方监考，看她架势十足，自信满满，没去细看她的答题情况，怕看到满篇错处，打击到她好不容易提起来的学习兴趣。

考试结束，刘芬站在苏好身后朝前说："这份卷子我们班是第一批考的，年级里还有几个班没考，所以你们收卷的时候把试题卷一起收上来，大家千万别出去泄题。"

苏好活动了下脖子，转头问："老师，卷子什么时候改出来？明天能出成绩吗？"

刘芬看她积极得像打了鸡血，拍拍她的肩，把她叫出了教室，到无人的角落，一语双关地说："成绩没那么快出，别着急。学习这事不是一天两天就可以取得成效的，尤其英语这科得靠平时积累，慢慢努力就好，别对眼前的分数抱有太多期待，急于求成很容易心态失衡。"

"……"

"老师，您可能不知道，其实我的英语还可以。"苏好真诚地说。

"对比你的数理化是还可以的，上次月考英语不就及格了吗？"刘芬微笑着鼓励，“不过这次卷子难度很大，分数出来两极分化也会比较严重，如果没有及格也不用觉得太受打击。”

“我指的‘还可以’不是及格不及格的问题，”苏好斟酌了下，“这么说吧，老师，我寒假去美国参加美术生集训的时候，沟通毫无障碍，非常流畅。平常考试我只是不想表现得太优秀，故意压分的。”

“是吗？这事老师倒真不知道，那你挺深藏不露啊。”刘芬继续平静而官方地微笑，显然是因为习惯了她从前用真诚的态度说鬼话的样子，没把她这些话当回事。

苏好张了张嘴又闭上，没再多说。

周五放学还没等到英语成绩，苏好寂寞地回了家。

这周末邹恺因为期中复习不上奥数课，徐冽不过来，家里只有她和小鬼头做伴。周日下午，学校会举行运动会开幕仪式，高一、高二全体学生提前半天返校，但她因为脚伤未愈不能参加，整个周末注定非常苍白。

周六当天，苏好在家里阁楼画了一天画。

班级群消息一整天一直是99+，不看也知道都在讨论运动会的事，晚上吃过晚饭，苏好无趣地把手机一丢，躺在床上望着天花板发呆，昏昏欲睡的时候忽然接到郭照打来的语音电话。

她有气无力地接起来，听见那头郭照的尖叫：“妈呀苏姐，快看班级群！英语科代表发了成绩单！我的天呀，你居然考了一百四啊！”

苏好从床上一个鲤鱼打挺起来，不小心抻到左脚脚踝那根筋，“嘶”了一声。

挂断郭照的电话，她立马悬着脚打开班级群去翻成绩单。

群里正在炸锅，屏幕上消息滚动得飞快。

苏姐？ @SH

什么情况苏姐？ @SH

原来洌哥那叫学霸，苏姐这才叫学神 QAQ？

她来不及看完全部消息，就直接点开群文件去看排名。

第一名徐洌：145。

第二名苏好：140。

第三名吴语：139。

苏好兴奋地捏了捏拳头，回过头去翻看群聊消息。

英语科代表：大家不用怀疑，成绩没登记错哈，刘老师说苏姐要不是字写得太飘，作文成绩还能加两分。

英语科代表：我今天下午去帮刘老师登分，看到苏姐试题卷上的作文提纲了，真的强，瑞思拜！

幸好她未雨绸缪，让英语老师坐在她旁边监考，没人觉得她是作弊。

苏好松了口气，点开徐洌的对话框：看到成绩了吗？

徐洌“正在输入”很久，却没发送消息过来，半晌后只回了一个字：嗯。

苏好：厉不厉害？

X：以前为什么故意压分？

还是徐洌比较清醒，知道她不可能是突击得到的这个成绩。

苏好发了一条语音消息过去：“这个问题现在很重要吗？现在最重要的是，我不仅考了正数，还考了仅次于徐老师的第二名！”

“所以？”徐洌正在无人的教室留堂刷题，看她发送语音消息，也回了一条语音。

“所以约定完成了，”苏好对着手机收声孔说，“这下我可以当你女朋友了吗？”

“……”徐洌在草稿纸上运算的笔一顿。

他就说她这两天怎么这么着急地催英语成绩，原来是想钻空子。

徐洌右手继续握着笔在草稿纸上运算，左手拿起手机去摁“按住说话”键：“不可以。”

手机那头，苏好忐忑地等着徐冽的回复，看到一条“1 秒”的新语音弹了出来，她深呼吸一口，点开来听——

“可以。”

苏好愣了下，又去听了一遍——

“可以。”

苏好单脚在原地蹦了起来。

她还以为要磨缠徐冽很久，跟他讲一大堆声泪俱下的道理才能获得他的准许，没想到居然这么容易。

虽然徐冽这句“可以”听上去语气很冷静，但她现在一点也没法冷静！

功夫不负有心人，她苏好终于在四月十六日成功踏上了人生新旅途！

第十八章

不就是真心话大冒险吗

“先说好，指针如果转偏，就选离得最近的那个，我们的原则是——绝不虚发！各位准备好了吗？”

苏好平复了一会儿心情，思索着该怎样回复徐例——

嘻嘻嘻好！

嘿嘿嘿开心！

不行，这也太傻了，还是应该表现得淡定点，看起来像见过世面的。

那就——

好的。

收到。

不行，这也太钢铁直女了。物极必反，过犹不及，太冷淡了，也很假。

苏好斟酌来斟酌去，最后挑了一个表情包——一只可爱的小熊猫比了个“OK”的手势，说：“好！”

消息发送出去后，她又在房间里金鸡独立着蹦跶了两圈，忽然听见房门被敲响：“好好，干吗呢，要地震了！”

苏好清清嗓子：“哦，我复健呢。”

“舅妈能进来吗？”

“等等！”苏好给手机锁了屏，坐回床沿，用手背碰了碰脸，等脸颊激动的热意消减下去才说，“好了。”

林阑开门进来，在她床沿坐下，欲言又止地看着她：“好好，刚才你们班主任给我打电话了。你是不是有心事瞒着舅舅、舅妈？”

苏好眉心一跳。

难道她和徐冽的事这就暴露了？

林阑看着她满脸的心虚，叹了口气：“你这孩子，怎么还卧薪尝胆上了，有什么心愿可以告诉舅舅、舅妈啊，说不定我们能帮上忙。”

“……真的？”苏好一愣，“你们不会觉得我年纪还太小吗？”

“都什么年代了，外边比你年纪小的孩子海了去了。”

“是吗？那是我想太多了？”苏好眨眨眼。

“可不嘛，快跟舅妈说说，你想上哪边留洋？欧洲、澳洲还是北美洲？”

“啊？”苏好一蒙。

“别装傻了！”林阑拍拍她的肩，“你们英语老师跟你们班主任都说了，说看你试题卷上的作文提纲和阅读理解那块的圈化标记，你这英文水平可不是一天两天提升起来的，那词汇量都够去考托福了，你是一直在好好学英语啊。杜老师问我知不知道这事的时候我都傻了，舅妈实在对你关心不够……”

“等等，”苏好听了半天，嘴角一抽，摁住她的手背，“老班打电话说的是这事？”

“那不然呢？你还有什么事瞒着舅妈？该不会……”林阑吃惊地捂住了嘴，“难道我们家好好还有其他科目一鸣惊人？”

苏好心情复杂地摇了摇头："没有了，真没有了。"

"那你这暗地里偷学英语是想去哪儿念书？舅妈现在回过头一想，上次寒假你去美国集训的时候好像特别开心，是不是那边的大学？"

苏好头疼地薅了薅头发。

她本来没想让家里知道英语成绩的事，心想就算成绩单发到家里，也可以借口说是提前拿到了题目答案，糊弄过去，现在搞了这么一出乌龙，她也不能解释自己刚才在讲徐冽的事吧。

"舅妈，误会了，"苏好郑重地说，"我不是想去留学，我只是想等以后有机会环球写生。"

"环球写生是什么？"

"这是我们艺术界很时髦的事，之前中国就有一位六十多岁的油画艺术家当选参加了。"

苏好说得头头是道，"我就想从小打好基础，等我将来有了那个艺术造诣，别输在了英语上不是？"

"那这事你为什么瞒着家里呢？"

"这不是怕你们担心我走南闯北不安全，不支持我吗？"

"那照你说的，人家老艺术家六十多岁才当选，到时候你都一把年纪了，谁还操你的闲心？"

"我本来以为自己可以年轻有为，最近刚认清现实，估计还得长点年纪才有机会，所以这不就想通了吗？"

苏好理直气壮，"反正三年五载出不去，总藏着掖着也不是个事，干脆就让你们知道了。"

林阑还想说什么，外边突然传来了邹恺的喊声："妈，我真的不想复习啦——！"

"那就订正错题，你那错题本不都没弄明白吗？"林阑朝外喊道。

邹恺扒着苏好的房门摇头叹气："错题太难了，我要是会做，一开始还会做错吗？"

“你不是加了徐老师微信，不会的题问徐老师去，你就说妈妈给他算课时加工资，让他教教你。”

苏好皱了皱眉：“这周末晚上的黄金时间，人家说不定要跟女朋友谈恋爱呢，打扰人家是不是有点不太识相？”

“小徐有女朋友了？”林阑惊讶，“之前他不还说专心学业吗？”

苏好挺胸抬头：“那遇上好姑娘了，学业算什么啊？”

“你怎么知道？”

苏好眨了眨眼：“就上回在阁楼，他提了一嘴。”

“这样啊，”林阑点点头，“那还是别去打扰人家了。”

苏好点头附和，躁动的手已经伸向了手机，忽然听见林阑的后半句话：“那就你来教恺恺吧。”

苏好指指自己的鼻子：“我的时间难道不黄金吗？”

“怎么，你一高中生也要谈恋爱啊？”

苏好叹息：“那我不会教书啊。”

“高中英语能考一百四，小学英语不会教，你自己听听这像话吗？你今晚就帮恺恺把英语错题给理理顺，想要什么奖励尽管说。”

苏好在心里快速地算了一笔账：“那我想要明天去学校参加运动会。”

“明天不就一个开幕式吗？你这脚也走不了方阵，去学校瞎折腾什么？”

“我现在是宣传委员，我热爱班集体，虽然上不了操场，但我得与大家同在。”苏好拍拍胸脯。

“行行行，就依你。”

苏好用一晚上教书育人的痛苦换来了第二天能见到徐冽的光明。

次日一早七点，苏好从冒着粉红泡泡的梦里自然醒转，立马解锁手机，打开了和徐冽的微信对话框。

没有新消息。

昨晚搞定小鬼头的英语错题集已经很晚，她被折腾困了，本来打算洗漱完上床之后找徐洌聊天，结果头一沾枕就睡得不省人事。

徐洌居然也没问候她，就让两人的对话停留在了她那个表情包。

苏好给他发了一条消息：起床没？

对方回得挺快：起了。

苏好继续问：在干吗？

徐洌回了一张照片，背景是教室，主体是一个三角展架，展架上挂着她之前为运动会画的海报，旁边还入镜了其他几个班上的同学，体育委员谢一舟正在吆喝什么。

苏好明白过来，应该有一批同学已经提前返校，在为下午的运动会开幕式做准备。

这些宣传上的杂事本来由她负责，但自从她因为练习长跑受伤以后，谢一舟一直处在赎罪状态，哪敢劳动她，估计就让其他人代办了。

苏好试探道：你在替我干活儿？

徐洌昨晚拒绝她之后，看她发了个带着“好，很好，我明白了”反讽意味的表情包，想着过于打击她了，但又不好松口，所以才在私下做点补偿。

他回：不然？

苏好自动把这话脑补美化成了“不替你干活儿还能替谁干活儿”，美滋滋地回复：这还差不多。要忙到什么时候？我看群里通知说一会儿还要彩排，你们午饭怎么办？

徐洌又发了一张照片，拍了堆在教室角落的几个超市购物袋，里面装了不少面包、牛奶。

就吃这个？苏好自顾自地摇了摇头。不行，徐洌在帮她干活儿，她怎么也该礼尚往来一下。

苏好进厨房忙了一上午，亲手做了两份便当——主要是没下过厨，第一份做砸了，倒进了垃圾桶，第二份让曹姨做了百分之八十，她完成了剩下百分之二十的装饰环节。

接近午饭饭点，苏好带便当去了学校，坐着电动轮椅进教室后门的时候，里面只有零零散散几个同学，都穿着清一色的班服——白 T 搭黑底白条运动裤。

谢一舟在讲台上摆弄一个立式人形牌，赫然正是苏好穿班服的全身照。

苏好愣住的同时谢一舟也注意到了她。

“这什么玩意儿？”苏好指着人形牌问他。

“苏姐你可是我们班的灵魂人物，走方阵少了你，大家都很遗憾，所以给你做了个等身人形牌，好看不？”谢一舟搬着人形牌过来邀功。

苏好默了默：“你能做得不那么像专科医院门口的人形广告牌吗？”

“会吗？”谢一舟挠挠头。

苏好一言难尽地叹了口气：“算了，随你们吧。徐冽呢？”

“哦，冽哥去操场看台摆我们班的展架了，要不要帮你叫他回来？”

苏好挥挥手表示不用，打发了谢一舟，挪到座位边翻开徐冽的课桌盖，正打算把手里的便当盒放进去，突然注意到课桌角落摆放着一个白色礼盒。

礼盒上有个黑缎带打成的蝴蝶结，看起来既考究又精致。

苏好心头一跳，赶紧把课桌盖关上。

这是徐冽给她准备的礼物？看不出来，还挺上心。

但她怎么就不小心提前撞破了。

等会儿徐冽把礼物捧到她面前的时候，她该演绎出怎样的表情才不至于让他辛辛苦苦准备的惊喜落空？

想曹操，曹操就到，苏好正眉头深锁地发愁，徐冽走了进来，在座位上坐下，一边拧开手里的矿泉水瓶盖，一边问：“你怎么过来了？”

苏好悄悄深呼吸一口气，若无其事地提了提手里的便当：“给你带了份便当。”

“哦——”教室里几个同学整齐划一地起哄。

“那洌哥，一会儿面包、牛奶就不发你了哈！”谢一舟冲徐洌挤眉弄眼。

徐洌眉梢一挑，看了眼这些围观群众。

苏好也意识到自己的表现太过高调了点，圆了个场：“这不是感谢一下你帮我忙活宣委工作吗？”

徐洌仰头喝了口矿泉水，点点头接过她的便当盒，打开了盒盖。

便当盒分四格，一格装了四个手握寿司，一格装了个对半切开的溏心蛋，一格装了三只炸虾天妇罗，还有一格是一份淋了照烧汁的拌面。

苏好装饰的时候本来想用酱汁淋个爱心，但当着曹姨的面又不好做得这么明显，只能规规矩矩地装盘。

她用眼角的余光注意着徐洌的反应，见他拿起便当盒里的筷子，吃了一撮拌面，小声问他：“好吃吗？”

徐洌点点头。

她摆出得意扬扬的表情，想炫耀说“是我亲手做的”，却听徐洌称赞了一句：“是曹姨的味道。”

苏好一愣：“你怎么知道？”

“我不是吃过吗？”

苏好回忆了下，徐洌确实在她家吃过饭。大意了。

教室里陆陆续续回来了一批同学。谢一舟给大家分发了面包和牛奶，催促大家尽快解决，去篮球场集合，准备入场式。

徐洌刚匆匆吃完便当就不得不跟大部队一起离开。

“在教室待着别乱跑，”徐洌离开之前叮嘱她，“今天大家都忙，没人照顾你。”

苏好心痒地瞥了瞥他的课桌，默默地点了点头，心说不就是一场开幕式的时间，她等，等他忙完总该把礼物给她了吧。

苏好孤零零地坐在教室里玩手机，全凭这一腔信念支撑到下午三点半开幕式结束。

徐洌回到教室的时候苏好正趴在课桌上昏昏欲睡。

她迷茫地抬起头来：“嗯？怎么就你一个人回来了？”

“操场上还有一些集体趣味项目，他们在观赛。”

苏好醒了神，装腔作势地问：“哦，那你为什么不去看？”

徐洌觑她：“你说呢？”

苏好撇开头忍住笑，然后望眼欲穿地看向了他的课桌。

现在教室里除了他俩没有别人，正是送礼物的好时机，他还在犹豫什么？难道是忙昏头忘记了？

不行，她得提醒提醒他。

苏好假装不经意地说：“欸，你周末作业写完了吗？”

“嗯。”

“数学卷子给我看看，我对下答案。”

徐洌翻了翻课桌上的文件夹，没找到试卷，打开了课桌盖，一眼看到角落的白色礼盒，他动作一顿：“差点儿忘了。”

苏好眼神微微一闪烁，飞快地酝酿好惊喜的表情。

徐洌拿起礼盒递给她：“明天你弟弟生日，这是给他的礼物，你帮我转交一下。”

苏好：“？”

如果调味料可以打翻在人的脸上，苏好这张脸此刻应该拥有酱油的黑、醋的酸、花椒的麻、洋葱粉的催泪感。

心情过分五味杂陈，她五指用力捏着礼盒问：“……你怎么知道我弟生日？”

“第一次家教课连过你家 Wi-Fi，密码里有他生日，他跟我讨了礼物。”

“那密码里不是也有我生日吗？！”苏好脱口而出。

徐冽沉默了一会儿，反问："你生日不是没到？"

那倒也是。

不是，生日到没到很重要吗？难道只有生日才能送礼物？

苏好忍了忍，又换了处找碴，指着礼盒发难："给我弟的礼物，有必要包装得这么精致？还有，让我转交岂不是会暴露我们的关系，你不会用寄的？"

"他说喜欢拆礼物的过程，我就让人包起来。"徐冽扬了扬眉，一个个回答她的问题。

"你今天如果不来学校，我确实打算等会儿去寄，你跟他说是快递收发室取的就行。"

他好一本正经，好有理有据，好思维缜密。

"好的，徐老师有心了，我会转交给他。"苏好皮笑肉不笑地扯扯嘴角，一抬头，瞧见杜康从前门走了进来。

一眼望见教室里只有他们孤男寡女两人，苏好手里还捏着一个精美漂亮的礼盒，杜康眼睛瞪成铜铃，射出闪电般的精明。

苏好喉咙底一哽："不是，老师，你听我解释。"

杜康感叹似的摇了摇头，走上前来："不用解释，老师明白。"

"您不明白，您一点也不明白！"苏好冤枉地高举礼盒，"这根本不是给我的礼物！"

杜康摆摆手示意无妨："没事没事，别紧张，你这次英语考了高分，适当鼓励，给你点奖品也是应该的。徐冽同学做得对。"

苏好往轮椅椅背一靠，斜了一眼并没有做对的徐冽。

徐冽："……"

杜康在郭照的座位侧坐下来："刚好就你俩在，老师正想找你谈谈这个英语成绩的事。苏好啊，老师还是不太明白，你为什么故意压英语这门课的分？"

苏好恢复了正色，直起身坐端正，清清嗓子："我跟我舅妈讲过原因了啊，她没跟您说？”

“说是说了，”杜康皱皱眉头，“你舅妈信不信老师不知道，反正老师不信。老师从阅读理解的角度分析了一下你的说法，觉得这里面还是存在一定的逻辑矛盾和思维漏洞。哦，不过老师没跟你舅妈提，也不会去揭穿你，只是想私下跟你了解一下真实情况。”

苏好转着笔斟酌片刻，半真半假地答：“那什么，也没什么大事，我不是想学美术吗？家里本来不太同意，所以我就压压分，这样他们以为我文化课不行，只能走艺术生的路，就会答应让我学美术了。”

“这个老师可以理解，但你升高二的时候不就如愿转美术生了吗，后来为什么还一直压分？而且你只是单单好了一门英语，里头是不是有其他原因？”

“真没有了老师，数理化不听课学不懂，但英语这种东西，底子好的人语感强，就算没认真学，想差也很难啊。”

她倒还自命不凡起来了。

“那是老师不懂行了，行，你俩聊着吧，我看看他们比赛去。”杜康不再勉强追问苏好，起身离开了教室。

等人走没了影，苏好颓丧地趴下去，额头抵着课桌叹了口气，瞪徐冽一眼：“都怪你，非要拿成绩给我定指标，你看现在麻不麻烦，一个个都来盘问我。”

“为什么压分？”徐冽偏头看着她，“跟我说说。”

自作多情的事还没消化，苏好不想给他好脸色：“你管我！”

徐冽大概猜到了她为什么不高兴，知道她面子贵，没戳穿她，指指课桌上的礼盒，迂回暗示：“谁规定家教老师一定得给学生送生日礼物？”

苏好细细品了品这话的弦外之音，扭过头去：“那意思是看在我面子上？”

“不然？”

苏好心里稍微舒服了点，想着算了，不跟他计较，神色勉强地“哦”了一声。

“愿意跟我说了吗？英语成绩的事。”徐冽拉回正题。

苏好下巴抵住冰凉的课桌，背脊微躬，下意识地摆出了防备的姿态。

徐冽抬起手，轻轻揉了揉她的发顶。

苏好深呼吸着慢慢把身体舒展开来，酝酿了一会儿，坐直身板说：“你知道一点我姐的事吧？”

“嗯。”

“我姐走的时候是在英国留学，我爸妈在国内接到噩耗，办了很多手续赶过去接她回家……”苏好省略了一些不愿回想的细节，“送出去的时候是好端端的人，接回来却成了骨灰，他们对这事留下阴影，不放心我再出国留学了。”

“你想出国留学？”

“小时候也没想，我姐出国以后我才跟着有了这个想法，研究了解了很多国外的大学。以前想过考去我姐在英国的那所，后来知道我姐生前因为我有过很多年的心理阴影，我就不打算去那里了。”

从姐姐的日记本里得知自己一路念姐姐念过的幼儿园、小学、初中，无形中带给姐姐沉重的压力以后，苏好就不这样做了。虽然已经于事无补，她还是刻意避开了姐姐念过的高中，来了南临中学，当然也不会再去考姐姐念过的大学。

但因为之前为留洋做过很多功课，好像伸懒腰伸到一半被打断一样，她心里还是对此充满憧憬。

“那你想去哪里？”徐冽问。

“美国加德里艺术学院。”苏好歪头看他，“听过吗？”

徐冽点点头，家里有个学美术的姐姐，他对这些当然有所耳闻。

印象中加德里是全美顶尖的艺术学院之一，苏好专攻的油画也是这所学院的王牌专业。

“不仅仅是因为这所学校的油画专业厉害，更重要的是去年我从小就超崇拜的一个意大利画家被加德里聘为教授了。寒假集训的时候我在那里被他指导了一幅画，虽然就三句话……”

苏好没详细展开讲，但不难想象，以她这样不易服人的性格，能让她向往和追逐的偶像式画家，对她的影响力会有多大。

“不过说这些也没什么用，”苏好的食指指尖漫无目的地在课桌上画，目光有些呆滞，“我总不能不顾我爸妈的感受，非要去吧。”

“那为什么偷偷准备英语？”

“本来想着万一嘛，也许哪天他们突然想开了，那我要是因为英语太烂出不去，岂不是要肠子悔青？不过寒假集训之后我就死心了，还是算了。”

“嗯？”

“我妈答应了送我去集训，但我在国外那阵子她一直失眠多梦，我爸还给她找心理医生看过。其实我能出什么事，她理智上也知道我跟我姐不一样，但可能心理学上的事比较复杂吧，她心里有坎过不去，自己也控制不了胡思乱想。”

徐冽皱着眉头还没说话，苏好已经乐观地发表起演说：“小事，问题不大，国内又不是没有优秀的艺术高校，都差不多。有缺憾的人生才是艺术家的人生！”

徐冽听着她自我安慰的歪理，心里像被压了千斤重的石头，有几秒钟的时间没办法喘息。

有那么一瞬间，他想到了徐翘。

他姐在珠宝设计上非常有天赋，原本完全有能力继承他爸的珠宝公司。

但他妈一直很在意家产分割问题，一心想替他争取家里珠宝公司的利益，他姐为了维系家庭和谐，不跟他这个同父异母的弟弟走到对立面，离开了珠宝设计领域，甘心情愿当大家嘴里的“花瓶”，说自己反正也不喜欢打拼事业，就想成天吃喝玩乐游手好闲。

苏好为父母、为过世的姐姐做出的让步，也像徐翘为他做出的让步。

甚至她们连自我安慰的语气都是一个样。

徐冽低头沉默了许久。

“你发什么呆？”苏好奇怪地拿手在他眼前晃了晃。

“你应该不喜欢被安慰。”

苏好一蒙之下摸了摸鼻子。

她已经设定好一套自我安慰的理论，如果有人再来安慰她，她可能反而会委屈，会觉得自己好像真的做出了什么伟大的牺牲，可她不觉得她伟大。

“所以呢？”苏好问。

“所以我在想现在说点什么好。”徐冽诚恳地答。

“你嘴巴不是很厉害？鬼话连篇，还怕冷场？”

徐冽侧过头看着她的眼睛：“但我不太擅长心疼人。”

苏好静止了片刻。

还是别妄自菲薄了吧，你已经很擅长了。

班上同学陆陆续续回了教室。

运动会期间大家心思都不在学业上，回来以后见距离晚饭还有一段时间，纷纷拿出提早准备的娱乐工具吆喝成一片，这边喊着“阿瓦隆”，那边喊着“狼人杀”，再远一点的地方喊着“大富翁”，组局组得不亦乐乎。

整个教室成了一个闹哄哄的桌游场。

苏好被这叽叽喳喳的声音一打岔，也没了跟徐冽聊风花雪月的心思，问前边郭照：“组什么局？算我一个。”

郭照拿起一盒真心话大冒险的卡牌晃了晃：“先玩几把真心话大冒险热热身！”

苏好一抽嘴角：“那没兴趣，算了，热完身上正餐再叫我。”

“别啊苏姐，一起来嘛！”郭照冲徐洌努努下巴，跟苏好说，“叫徐洌同学也来，说不定能问出什么有趣的事哦。”

苏好瞅了瞅徐洌：“怎么样，来不来？”

徐洌挑了下眉，似乎对这种幼稚的游戏兴趣不大。

苏好叹了口气：“那算了，我一个人去想心事。”

“……”徐洌朝郭照抬抬下巴，“来吧。”

三分钟后，郭照和尤欢欢、谢一舟，还有另外一对男女一起把四张桌子并拢。

包括苏好和徐洌在内的七个人围坐成一圈。郭照站着主持大局，把卡牌拆了，在桌子中央叠好一摞真心话的牌，一摞大冒险的牌，捏着指针转盘说：“先说好，指针如果转偏就选离得最近的那个，我们的原则是——绝不虚发！各位准备好了吗？”

“赶紧的。”苏好给郭照使了个眼色。

郭照接到暗示，心里有了数，看准徐洌的位置，摩拳擦掌几下，自信满满地一拨指针。

指针顺滑地转起了圈，最终缓缓指向了徐洌……旁边的苏好。

郭照：“……”对不起姐。

苏好：“……”习惯了妹。

徐洌眼带笑意地瞥了瞥苏好，随手拿起手边的矿泉水喝，放松的看戏姿态。

“苏姐好彩头啊！选真心话还是大冒险？”谢一舟问。

“我这脚今天也冒险不起来。”苏好伸长胳膊，抽取了一张真心话的卡牌，正面朝上一翻。

“哎哟姐，”谢一舟歪头看了眼卡牌上的问题，“问你初恋还在不在呢？”

苏好轻轻“嗞”了一声，心说这可赶巧了，昨晚之前还在呢，昨晚之后可不就送出去了吗？

“这我也不能说谎吧。”

“那肯定不能啊姐，要不怎么叫真心话！”

苏好为难地叹息道：“行吧，那不在了。”

徐洌喝水的动作一滞，眼睛微微眯起来，偏头看向苏好。

春光明媚的艳阳天，苏好被徐洌这沁凉的一眼看得差点儿打寒噤，心底刚起疑惑，忽然听见周围人的起哄声：“唉，这题目问得好废，苏姐初恋不就在这儿嘛！”

苏好听见这话，脑袋瓜一转，懂了徐洌在介意什么。

老班给了她这女孩家颜面，把压力都施加给了徐洌。她这么高调，确实有点陷徐洌于不义。

可谁叫她抽到了这么一张卡牌。作为一个尊重游戏精神的人，她又干不出违背原则的事。

苏好悄悄地在桌底下捏了捏徐洌的手指，冲他挤了个“不好意思”的眼色。

徐洌默不作声地把手指轻轻从她指尖抽出，仰头喝空了矿泉水瓶里的水，反手朝后门边的垃圾桶一丢。

脾气还挺大，避嫌成这样。

苏好在心里叹了口气，给神色暧昧的众人递去一个警告的眼神，打了个圆场：“谁说初恋在这儿了，瞎起哄什么？”

“就是就是，别带无关人士下场！”郭照跟屁虫似的接上。

大家心知肚明，配合着收敛了嬉皮笑脸：“我们错了，苏姐该你转了。”

苏好看了眼某个面无表情的无关人士，转动指针。

但这指针好像有脾气，在数圈之后又转了回来，重新对准了苏好。

“……”这游戏就光玩她了是吗？

“这回不怪我。”郭照嘻嘻笑着。

苏好认命地翻开了真心话那摞卡牌上的第一张。

“和初恋交往过程中的三个遗憾？”谢一舟读题。

苏好怒了：“郭照你洗牌没？”

“好像还真忘了，可能是有关初恋关键词的牌都堆上边了……”郭照挠挠头，“我现在就洗！”

郭照赶紧重新洗牌。

苏好在一旁费劲地翻着眼琢磨——这才交往不到二十四小时，能有什么遗憾？

半晌过去，她掰着指头，硬生生扯出三个答案：“没说过晚安，没一起看过电影，没正经抱过。”

旁边的女生对苏好露出同情的眼神。

苏好本想暗示徐冽听仔细点，赶紧把待办事项提上日程，却见徐冽事不关己地看着窗外，又在避嫌，只好作罢，去转指针：“好了，下一个。”

下一个是郭照，郭照之后轮到谢一舟，谢一舟接连被指两次之后又轮到尤欢欢。

苏好兴致缺缺地旁观，眼看指针就是不肯往徐冽那儿转，打起了哈欠。

老大哈欠一打，郭照警铃大响。

她咬咬牙，决定得罪徐冽一把，等新一轮游戏开启，指针即将停下，借跷二郎腿的动作用膝盖“不小心”撞到桌子。

指针一抖，多走了一格，终于指向徐冽。

“徐冽同学，真心话还是大冒险？”郭照比苏好还热泪盈眶——当然主要是因为膝盖有点疼。

徐冽从刚刚起就一直很沉默，直接翻开了一张真心话卡牌。

“说出最近最想实现的一个愿望？”谢一舟一字一顿念出了题。

徐冽瞥了眼苏好：“希望期中考试能收到满意的成绩单。”

苏好："……"她可以假装听不见吗？

"啧，冽哥你这愿望也太官方了吧，没意思！"谢一舟吐槽。

徐冽不以为然地挑了下眉，没说话。

游戏继续，徐冽再也没中过招。刚巧晚饭时间临近，苏好玩得没劲，摆摆手说她撤了。

大家默认徐冽跟苏好共进退，把两人的桌子一起让了出来。

苏好翻开课桌拿出手机，翻看未读消息，见苗妙在群里邀请她一起吃晚饭。

苏好之前霸王硬上弓失败的时候，被群里这些人听了墙脚，这会儿带着点扬眉吐气的意思笑眯眯地回：不了，和某人有约。

徐冽看了眼她这少女心泛滥的神色，问她："下午不是说要跟我对数学作业答案，不学习了？"

"啊，这不运动会吗？放松一下啊。"

徐冽皱眉提醒她："运动会结束后一周就是期中考。"

"反正这回总分肯定考不到正数的啦，"苏好无所谓地摆摆手，一边拿着手机继续和苗妙聊天，一边轻飘飘地说，"不着急，慢慢来。"

徐冽干坐着默了默，从座位上站起来。

"你去干吗？"苏好扯住他的手腕。

"吃饭。"徐冽声调不带起伏地答。

苏好满头问号地眨了眨眼："一个人去吃？"

"约了施嘉彦。"

苏好一愣之下手一松，眼睁睁看着他离开了教室。

苏好一肚子火地回了家。

她辛辛苦苦地拖着残躯，大周末跑去学校看徐冽，结果他抛下她去跟老同学吃饭，这叫什么事。

不就是玩游戏的时候高调了一下，他就甩这种脸色给她。

苏好气噎了一晚上，第二天清早被闹钟吵醒的时候看到备忘录上记了徐冽今天 200 米和跳高的比赛时间，旁边还打了个爱心符号，突然打消了瘸着腿去观赛的念头。

她给老班发了条短信，说自己脚不方便，请假不去学校参加运动会了。

本来运动会期间也不上课，杜康支持她在家歇养身体，回复说让她养精蓄锐，认真准备期中考试。

苏好还在跟徐冽置气，也没什么心思学习，独自窝在阁楼画画。

傍晚邹恺放学回家，兴冲冲地冲楼上喊："姐，快下来给我过生日！"

苏好画了一整天画，脑袋有些混沌，回过神来低低"啊"了一声——昨天回家的时候太生气，她忘了把徐冽的礼物给小鬼头带回来。

苏好从今天起已经在逐渐适应下地走路，被曹姨扶着一瘸一拐地挪下楼去，到了客厅看见一桌子邹恺最爱的垃圾食品。

"非要吃这些不健康的油炸食品！还好你爸今天出差不在，被他看到又要说你了！"林阑看着满桌金黄的炸鸡摇头。

苏好因为忘带徐冽的礼物，心里有那么一丝丝愧疚，帮邹恺说了句好话："曹姨炸的总比外边的健康！一年就过一次生日，还赶上期中考试周，又不能拉同学庆生，就满足一下他呗！"她在餐桌边坐下，拿起一只鸡翅，跟邹恺手里那只鸡腿碰了一下，"来，寿星最大，干杯。"

苏好盼着邹恺别记起少了徐冽的礼物，吃炸鸡的时候一直分散小鬼头的注意力，没想到该来的还是躲不过去。

等吃完生日蛋糕，林阑问起邹恺今年最喜欢哪样生日礼物，邹恺把收到的礼物一样样掰算了一遍，给苏好月初送他的车模颁发了一等奖，本来还乐呵呵的呢，突然脸色一变："咦？我好像少了一样礼物，我怎么没收到徐冽哥哥的礼物！"

苏好搔了搔鼻子。

林阑觑他一眼："人家是你家教老师，干吗非要送你礼物！"

“可是他之前答应我的呀！”

“那人家期中那么忙，上周末又刚好没排课，忘记了也有可能。”

邹恺嘟着嘴拿起手机：“那我要去提醒他一下。”

“你这孩子，哪有你这么硬讨礼物的，人家家里条件不好，赚点工资不容易，你这一通消息过去，说不定他半个月工资都花你身上了。”林阑还没来得及夺过邹恺的手机，邹恺的语音通话已经拨通。

那头徐冽很快接通了电话。

“赶紧挂了！”林阑小声说。

“哦，”邹恺闷闷地应了声，握着手机说，“没事了哥，我不小心打错了。”

“你不是应该在过生日？”徐冽问。

“哇哥你记得我生日！”

“嗯，哥哥在你家门口，给你带了生日礼物，能给哥哥开下门吗？”

邹恺兴奋地蹿了出去。

苏好没听到那头徐冽说了什么，一头雾水。林阑也是一愣，扭头冲邹恺喊：“干吗去啊你？”

话音刚落，邹恺就打开了家门。

夜色里，徐冽穿着一身体面的衬衣西裤站在门口，把手里的袋子递给邹恺，眼神却直直落向餐桌边的苏好。

这如有实质的目光看得苏好心脏“突突”一跳，但她很快记起自己还在生气，迅速移开了视线。

门边邹恺接过了徐冽的礼物。

林阑迎了出去：“小徐，你怎么还特意过来了！”

“顺路经过，把小恺的生日礼物送过来。”徐冽淡笑着解释。

“有心了有心了，快进来坐会儿，吃晚饭了没？”

徐冽换鞋走了进去：“吃过了。”

“那我去给你弄点水果。”

“不麻烦了，林阿姨。”

“弄点水果有什么麻烦的，刚给恺恺过生，这小子非要吃炸鸡，吃到后来嘴里都发油，我们正好也要解解腻。”林阑招呼徐冽在客厅坐下，转头走进了厨房。

邹恺激动地拆着徐冽的礼物，一打开礼盒，就惊叹道：“哇这车模我想了很久了！哥，你也送我车模！你跟我姐好默契！”

徐冽看了眼一旁埋头啃着炸鸡的苏好。

“默契什么默契，还不是你房间柜子里一堆车模，谁看不出来你喜欢这个！”苏好翻了个白眼，拿湿巾擦干净手，阴阳怪气地说，“我画还没画完，就不吃水果了，徐老师慢用啊。”

徐冽看着她的背影皱了下眉头。

苏好走到旋转楼梯前，一脚刚踏上楼梯台阶，也皱了下眉头——怎么就忘了自己的脚伤。

脸色甩得挺潇洒，转头就瘸住了可还行？

苏好尴尬地滞在原地，为了让自己的背影看上去不那么狼狈，她若无其事地搭着扶手，脚下一使劲。

徐冽及时走上前去撑住了她。

林阑从厨房的玻璃门望见这一幕，匆忙走了出来，手里还拿着一串葡萄：“哎，你别自己走，等舅妈来扶你。”

“我扶她上去吧。”徐冽跟林阑说。

“那麻烦你了啊小徐。”

徐冽点点头，把住苏好的手臂。

林阑就在背后看着两人，苏好不好乱动，只能窝着火被他搀上楼。

等走过拐角平台，确认林阑已经看不见这里，她才推开他的手，冷淡道：“我自己能走。”

徐冽重新把她拉住：“刚养好的脚别瞎折腾。”

“要你管！”苏好烦躁地再次去推他。

徐洌没了耐心，朝身后看了一眼，将她一把打横抱了起来，往上走去。

苏好一声尖叫死死压在喉咙底，使劲捶他肩膀，用气声骂他："你干吗？我舅妈还在底下！"

徐洌的脚步一顿，垂眼看向怀里人，低低地答："给你弥补遗憾。"

第十九章

小丑竟是我自己

“当了你这么久女朋友，牵牵小手都不配有？”

“你什么时候成我女朋友了？”

“你的意思是，我这半个月，自己跟自己谈了个假恋爱？”

昨天真心话大冒险的时候，看他一直事不关己地望着窗外，苏好还以为他根本没听进去，

没想到他的耳朵倒是比他臭烘烘的脸色诚实多了。

“就为了这事翘掉晚自修来的？”苏好眉梢一扬，仰头望着徐冽，发现他白色衬衣上沾了细小的青色灰泥，带着点调侃的意思打量他，“还翻了墙？”

徐冽沉默片刻，叹息着点了点头。

今天苏好一整天都没出现在学校，对他的比赛完全不闻不问，他脑袋里开始翻江倒海，把她所谓的初恋对象盘了个遍。

但是算来算去，她身边实在缺少这样的角色。如果说这段感情发生在高中以前，又似乎太早了些。她纤细的神经都奉献给了艺术，不像早早开情窦的女孩子。

所以最后他想或许根本不存在这个人。

考试的正道走不通，她就开始走欲擒故纵的歪门邪道，用激将法晾了他一天。

他应该气她耍花招，最后却还是翻墙翘课来了。

得到徐洌的点头肯定，苏好杀人放火的气焰瞬间熄了几分。

见她安分了，徐洌手臂微微朝里侧收紧，继续悄无声息地往上走。

这个距离，苏好能听到徐洌一下又一下有力搏动的心跳声。她戳戳他的心口，低声说："徐老师，心跳好像有点快？"

徐洌挑眉："彼此彼此。"

苏好飞他个眼刀，不甘示弱道："我这是因为怕被我舅妈发现好吗？"

"我也是。"徐洌平静地点点头。

话音落下，两人齐齐撇开头去笑。

苏好懒洋洋地挨着徐洌，突然希望她舅舅家的楼层能够再高一点。

四楼哪够他弥补她的遗憾？四十楼还差不多。

心里百转千回，楼梯却只有这么几个拐弯。尽管徐洌已经放慢步伐，两人还是很快到了阁楼。

徐洌刚把她放下，楼底就传来了林阑的呼唤："小徐啊，水果洗好了，快下来吃点！"

时间拖延了有一阵，再耽搁下去，真要惹家长起疑。

但徐洌还是没掉头就走，在阁楼门口借昏黄的壁灯看着她，看了好一会儿才问："明天来学校吗？"

明天是运动会的最后一天。

苏好被他切切的目光看得动摇起来，面上却镇定地耸耸肩："看我心情！"然后把他拨转过去，"赶紧下去！"

徐洌走下楼梯，走了几步又想起什么似的回过头来，站定在转角处望着她："晚安。"

苏好第二天醒来时已经过了八点半。

前一晚睡前，她本来还在犹豫要不要原谅徐洌周日对她的怠慢，但是在手机里看到关闭画画时未读的微信消息，却动了恻隐之心——

谢一舟发了几段小视频给她，都是徐洌在运动会上比赛的画面。

洌哥跳高背越式超厉害，除了体育生也没谁能打了！当初洌哥可是因为苏姐你才报名的，苏姐你不来看好可惜！

苏姐你不在，洌哥脸一整天都是阴的，奖牌都没去领，你瞧瞧这落寞的背影。

洌哥太惨了，咱班女生都不敢给他送水，我拿水在终点等他，他接都没接直接走了！

苏姐，今天下午是200米小组预赛，明天上午还有洌哥的决赛，你来不？

将谢一舟具有煽动性的文字配合小视频里徐洌冷清的身影食用之后，苏好大发慈悲地发了一个字过去：来。

结果谁能想到她不争气的手机半夜没电自动关机，闹铃没响，她一睁眼就是八点半了。

这个时间徐洌已经在体育馆检录，手机也没带在身上。

苏好匆忙拾掇洗漱赶去学校，半道给谢一舟打了个电话，叫他派两位青壮年选手来校门口接她。

郭照和尤欢欢被派来"接驾"，扶她去了操场看台。

四月下旬的晴天，阳光已经有些刺眼。红白相间的塑胶跑道被艳阳烘烤出初夏炙热的气息，混合着绿茵场上干燥的青草味细细钻入鼻尖。

看台上人头攒动，苏好站在200米终点线附近的栏杆边，手掌平平地搁在额头上挡太阳，眯起眼往斜对角的200米起点线望去，一眼就看见了人群中的徐洌。

热衷短跑的男生大多是热血派，这会儿都在场边积极热身，高抬腿，拉弓步，或者彼此击拳。

可是很奇怪，徐洌竟然连参加这么热血的赛事都是冷静的，像一棵笔直的冷松矗立在那里，让人一眼就能把他和其他同龄男生区别得分分明明。

苏好心里闪过这个念头的时候，郭照和尤欢欢也想到了一起去。

“大佬好高冷，”郭照以苏好同款眺望姿势看着斜对角那边，“怎么会连杀气都是冷的，这真的是短跑比赛，不是冰箱制冷比赛吗？”

尤欢欢皱皱鼻子：“苏姐不在的时候他就一直这么冷脸啊，估计还不知道苏姐在终点吧。”

苏好眨眨眼，从尤欢欢这句话里嗑到了糖。

一嗑到糖，她就高兴了。

人美心善如她，决定略施仙露，清扫掉大佬头顶的阴霾。

苏好左右看了看，拿手肘撞了下郭照：“那什么，纸笔有没有？”

“谢一舟那儿有用来写广播稿的便笺，我去给你拿，你要做什么呀苏姐？”

“融化冰山。”

三分钟后，广播里响起一道温柔的女声：“下面播报一则来自高二7班的投稿——致此刻200米起点线上最帅气的那位运动员，你是风，你是月，你是奔跑在春天里的闪电；你是火，你是电，你是我心中的superman……”

女声透过主席台的话筒传遍整个操场。走上赛道的几个男生你看看我，我看看你：“快听快听，说我呢！”

“你瞎啊，最帅气的是谁看不出来？明明是说我！”

“你俩都醒醒吧，没听到是高二7班？”

“心态崩了！心态崩了！”两个男生遗憾地转过头，往身后第一道的徐洌望去。

徐洌的眼睛一眯，活动踝关节的动作顿了顿。

广播里念稿的女声还在用正经的播音腔继续说：“如果这位运动员听见了这则广播，请往200米终点线看一眼，啊——这里不是比赛的终点，是你幸福的起点！”

徐洌缓缓眨了眨眼，朝终点线旁边的看台望了过来。

郭照和尤欢欢一左一右站在苏好身边，一人抬起一条胳膊，往苏好头顶拱出一颗爱心，露出被迫营业的八颗牙微笑。

苏好双手环胸，朝徐洌远远地扬了扬下巴。

徐洌撇开眼一笑，屈膝蹲下，预备起跑。

“各就各位——”广播里传来裁判铿锵有力的喊声。

“预备——”

“砰！”

发令枪响过后，八道闪电般的身影从起点线飞奔而出。

200米不仅考验爆发力也考验耐力，所有人几乎都在铆足劲全程冲刺，徐洌所在的第一道起跑排位在最后，赶超的最大机会就在第一个，也是200米赛跑里唯一的弯道。

不过三秒，徐洌在弯道入口从第八追到了第七，紧接着，第六、第五、第四、第三——一个弯道赶超五人，几乎在燥热的狂风中拉出了虚影。

看台上全员扯着嗓子在喊加油，澎湃的呐喊声如同浩大的浪潮，快要将人淹没。

弯道过后就是徐洌失去优势的直道，而此刻他的前方还有两个人。

接下来就是拼耐力的时刻。第二名进入直道后明显有些后继无力，速度减慢了一截。

徐洌在直道过半时取而代之成了第二。

苏好的心瞬间提到了嗓子眼。

最后三十米，二十，十米，苏好无意识地攥紧拳头，全神贯注地盯住徐冽。

徐冽忽然在最后十米全力冲刺，赶超第一，撞线越过终点。

苏好激动得从看台上跳了起来，一蹦过后才记起自己是个伤患，“咝”了一声。

郭照和尤欢欢赶紧一左一右扶住她。

“啊啊啊帅爆了——！”看台上有女生尖叫起来。

徐冽在越过终点线后惯性缓冲了一段，扶着膝盖喘息了几下，扭过头来，望向看台上正朝他挥手的苏好。

苏好从郭照手里接过一瓶未开封的矿泉水，一个高抛物线扔了过去。

徐冽扬手一把接过。

苏好伸出拇指和食指，朝他比了个心，在众目睽睽下笑起来。

思忖着徐冽已经弥补好她三分之二的遗憾，苏好也决定满足一下他二分之一的愿望——虽然期中总分排名很难考到正数，但有英语撑场，总成绩进步个百十来分应该不成问题，也算实现他一半心愿。

运动会结束后，苏好化身苏·好学，起早贪黑地投入期中复习中。

都说学习氛围会传染，以苏好为中心向外辐射方圆三米内的一圈人看她天天头悬梁锥刺股，也像身后有狗在追一样激情刷题，累的时候回头一看，见苏好还在草稿纸上疯狂运算，就彼此给一个眼神——连苏姐都在学习，你有什么理由不努力。

这种激情又反弹回来刺激到苏好。

心愿不大，就想挣个正数的功名，可同窗都这么刻苦，那这排名还怎么上得去?

苏好被激发了斗志，白天找徐冽补数理化，晚上在宿舍背语文地理，连做梦都是“噫吁嚱，危乎高哉，蜀道之难，难于上青天”的声音。

绷了一个多礼拜弦，走上期中考场的时候，苏好觉得自己应该是最后一次进这“最后一个考场”了，一想还真有点舍不得。

期中考试照例考六门，考两天，最后一门是苏好最有把握的英语。

考过五门之后，周五中午，苏好提前自主解放心灵，在班上其他同学还在利用午休时间背单词的时候，拿手机查起了今晚的电影排档——这一个多礼拜她的生活里只有“学习”两个字，好不容易解放了，她非得拉着徐冽出去玩一趟不可。

徐冽看她魂飘了，提醒她：“再背会儿单词，能拉分的科目别松懈。”

“放心，砸不了。”苏好摆摆手，把手机屏幕转给他看，“五一假期我爸妈回来看我，我不一定出得来，今晚你别去给我弟上课了，跟我去看个电影？”

徐冽似乎对这个突如其来的邀请有些意外，反问道：“看电影？”

“怎么，你不看电影的？”

“考完再说。”

苏好皱皱眉头：“你这什么态度，考试比我的遗憾重要？”

徐冽微微一滞。

“干吗，不是要给我弥补遗憾？忘了我那第三个遗憾了？”苏好撇了撇嘴。

徐冽确实没再记着这个。当时他承认自己为这事介怀以后，苏好就开心了，也回到了认真学习的状态，他想来想去，还是觉得这只是苏好的激将法。

但现在看她这确有其事的反应，他又变得不太确定。

“真的很遗憾？”徐冽眯起眼看她。

“废话，你要是跟初恋连场电影都没看过，你不遗憾？”苏好不高兴地看着他。

徐冽默了默，转过头没有说话，低头看起了单词本。

“我在跟你说话！”苏好不可思议地拿手往他眼前晃了晃。

徐洌轻轻沉出一口气，偏头看着她，还是那句话："考完再说。"

"等我考完，他就凉了！"英语考试前十分钟，苏好在最后一个考场跟苗妙吐槽徐洌。

苗妙听完她一连串的嘴炮，难以置信地说："太过分了吧，照你这么说，除了你弟生日那天他来你家哄过你，其他时候你们跟以前根本没两样啊？"

苏好回想了下过去这一个多礼拜的点点滴滴，咬了咬腮帮子："主要是最近为了准备期中考试吧？"

"准备期中考试怎么了，难道连说几句好听的话的时间都没有？你们发展到哪步了？"

"发展到……"苏好使劲回忆了一下，忽然噎住。

苗妙也愣住："不会连手都没牵过吧？"

苏好沉重地点了点头。

苗妙惊叹："他真的答应了你吗？"

"那还有假？"苏好不服。

"你之前说你们是微信上确定的，这事会不会有什么误会？"

"这怎么可能！"苏好翻个白眼，"上回温安妮那事听了你的金玉良言，看看结果乌龙成什么样，你别在这儿给我瞎分析！"

"那好吧，"被她这么一说，苗妙也突然不是特别自信，安慰她说，"那可能是他太重视你的成绩了，等考完试就好了。"

苏好觉得也只能是这个理由了吧，整理好心情，迎接拿着保温杯和密封文件袋进来的监考老师。

沉下心来挨过了最后一场考试，苏好感觉自己发挥得不错，提前几分钟交了卷，从考场出来的时候，刚巧在教学楼走廊看到同样提前交卷的徐洌。

徐洌走在她前面五米远的地方，旁边正好是一间无人的空教室。

苏好的脚伤已经痊愈，悄悄迈着碎步追上去，从后面蹦起来一把搂住了他的脖子：“我考完了！”

听见她的声音，徐冽地伸出去抓她胳膊的手下意识一滞，回过身来，拨开她的手，嘘出一口气：“别闹，差点儿摔你。”

苏好一愣：“你刚打算过肩摔我？”

“不知道是你，”徐冽无奈地解释，“你再晚一秒出声，现在可能就躺在地上了。”

“……”

他这是什么不解风情的态度？

有那么一瞬间，苏好也产生了跟苗妙一样的怀疑。

这事是不是有什么误会？

可是下一刻，徐冽却又说：“走吧，回教室收拾下，陪你去看电影。”

苏好心底那点怀疑消了下去，脸色转阴为晴，赶紧回教室整理书包。

徐冽假期不回家，没什么东西需要收拾，就站在一旁等她，见外边天色阴沉，云翳蔽日，提醒了她一句：“一会儿可能要下雨，记得带伞。”

苏好低头看了眼原本就在书包里的伞，起了点小心思，说：“我没伞啊，用你的不行？”

徐冽倒也没在意，拿出自己课桌里的那把黑伞：“行。”

等苏好收拾完，天边已经浓云滚滚。两人一起走出校门时，天上就飘起了细密的雨丝。

徐冽右手撑伞，打在两人中间，把伞往苏好那边偏过去一些，问她：“打车？”

打车还有什么雨中漫步的情调？

苏好挨着他的肩膀摇头：“我想坐公交。”又看看他握伞的手，“你不能换只手撑伞？”

徐冽不太理解地看她一眼，但反正今晚是为了弥补她的遗憾，她怎么高兴就怎么来，于是也没问为什么，听话地换了左手，拗着手臂把伞移到两人中间。

苏好低头看了眼自己的左手和徐冽的右手。

这下两只手之间已经没有阻碍，只剩下一道暧昧的缝隙。

回想起苗妙嘲讽般的那句“不会连手都没牵过吧”，苏好深吸一口气，假装成自然的擦撞，拿小拇指碰了一下他的手背。

徐冽反应全无，手臂仍然保持行走时小幅度的自然摆动。这一摆，看在苏好眼里就误解成了避让。

苏好愣了愣：“你这是干吗？”

“什么？”徐冽比她还不解。

“我说你躲什么？”苏好心里的怒气一下子直冲天灵盖，“当了你这么久女朋友，牵牵小手都不配有？”

徐冽脚步一滞：“什么女朋友？”

苏好也停下来，指了指自己鼻子：“我，苏好，你的女朋友！”

“你什么时候是我女朋友了？”

苏好怀疑地揉了揉自己的耳朵：“我什么时候不是你女朋友了？你是哪天在梦里跟我提了分手吗？”

“我没跟你谈恋爱哪来的分手？”徐冽眉心微皱。

苏好杀气腾腾地叉起了腰：“徐影帝，你现在是在跟我装失忆？想反悔？”

见他神色微怔，似乎真的开始思考自己是不是失忆过，苏好无语地翻出手机：“互联网是有记忆的，影帝也别想抵赖。”她打开两人的微信聊天框，往上翻记录给他看，“看见这条了吗？我问你——这下可以当你女朋友了吗？你自己听听你怎么说的？”

苏好点开徐冽那条一秒的语音消息，等播放完毕，拿手机敲了敲他的肩：“是不是你口口声声说的‘可以’？”

“……”徐冽滞在原地一动不动了半晌，拿过她的手机，把那条语音重新播放了一遍。

确实是“可以”。

真的是“可以”。

徐洌确认了两遍语音内容，将视线从手机屏幕收回，看着怒火中烧的苏好，一阵死寂过后，他干涩地开口：“我发错了。”

“什么？”

“我的意思是，”徐洌喉结轻轻滚动了一下，“我当时说的是‘不可以’，手摁慢了一拍。”

“……？”

苏好瞪着眼消化了一会儿这话的意思，彻底傻在了伞下。

时间一分一秒地流逝，雨滴打在伞面上，噼啪作响，苏好却仿佛听不见任何响动，耳边全是嗡嗡嗡的杂音。

徐洌的表情依然是冷静的，可频繁滚动的喉结却暴露了他此刻并不从容。

半晌过去，他拧着眉说：“我……”

苏好突然竖掌打住他：“等会儿，你的意思是我这半个月自己跟自己谈了个假早恋？”

徐洌没法说出“是”字，但他的沉默已经代替了回答。

“不是，你在开玩笑吗？那……”苏好依旧有些不敢相信，“那你现在为什么陪我去看电影？这不是我跟我初恋要做的事吗？！关你什么事？！”

“我以为……”徐洌难以启齿地解释，“我以为我是在代替你的初恋，弥补你的遗憾。”

“……”

苏好明白了。

难怪她最近的种种期待会得到这样伤人的回应。

难怪这么久过去了，他们的互动还是如此苍白无力。

苏好窒息地按了按心口。

徐洌头疼地看着她，再次试图表达什么："我……"

苏好又一次竖掌打断了他："好了，你别说了，什么都别说了。下一秒开始我们分手了，再见。"

她说罢转身就走，徐洌拽住她的手腕："你先回来，天还在下雨。"

苏好缓缓回过头去，冷笑着睥睨他一眼，甩开他的手，拉开了书包拉链，从里面拿出一把亮丽的小花伞，"嘭"的一下撑开："不好意思，单身的人有伞了！"

去意已决的人是八头牛都拉不回的，何况徐洌只是一个人，不是八头牛。

当他再次去拦苏好，她径直跳远躲开了他，冷声道："该动手动脚的时候你岿然不动，不该动手动脚的时候你倒挺蠢蠢欲动。"

徐洌的太阳穴"突突"直跳，拿指关节抵了一下眉心。

岿然不动当然不是他的本心。

他不是没在她搂他的时候心猿意马，也不是没在她指尖擦过他手背的刹那想到，如果可以，他会去牵她的手。

他只是在忍耐。

既然是他提出了成绩的约定，眼看她最近也安安分分读起了书，他总不能主动去破坏它，所以只能让自己当一块严格的木头，用她眼中所谓的"不解风情"和"钢铁直男"的表现避开那些越界的瞬间。

雨渐渐下大，"噼里啪啦"的细密雨声听得人满耳朵烦躁，让苏好更加无法平心静气下来。

她晃着手拦下一辆迎面驶来的出租车，往马路对面走去。

路上车来车往，徐洌怕她磕着碰着，不好再强追，拦下了另一辆出租车。

苏好坐进车后座，收拢湿淋淋的伞，吐出一口长长的气。

司机回头问她："小姑娘去哪里？"

“春庭湾。”苏好透过后视镜看到徐冽上了后边一辆出租车，问司机，“师傅，是不是老司机啊？”

“二十年驾龄嘞！”老师傅得意地摇头晃脑。

苏好板着脸点点头：“那麻烦给我甩掉后面那辆车。”

“下雨天不好开快车啊小姑娘，”司机看了眼后视镜，又改了说法，“哦，你说那辆？那辆我认识，这老弟下雨天开车磨叽得很，不用甩，它自己就掉哩！”

出租车很快驶出了学校附近的街区，果然如这老司机所料，几个道口过后，后边那辆慢腾腾的车就没了踪影。

苏好刚眼不见为净地舒坦一些，掌心的手机就“嗡嗡嗡”振动起来——徐冽的来电。

她挂断电话，身体往椅背重重一靠。

汇成一股股细流的雨水在车窗上蜿蜒流淌，苏好望着模糊成雾蒙蒙一片的窗景，初夏的天，身体莫名地泛起一阵凄凉的冷意。

回想着过去这阵子种种不对劲的迹象，她越发觉得这雨是在给她哭惨。

这么个丢人现眼的乌龙，只有徐冽一个人知道也就算了，大不了他们从此分道扬镳，老死不相往来，偏偏她最近过分高调的表现已经让这件事尽人皆知。

苏好瘫在后座，尴尬到脚趾蜷缩，神经抽痛。

手机又传来几声振动，这回是微信消息。

X：去哪里？我陪你。

X：我跟你舅妈请了假，晚上的时间都可以给你。

X：这件事是我不对，我们先找个地方聊聊？

X：然后你想吃饭看电影或者其他什么都行。

徐冽几乎从不发连续两条以上消息，但这迟来的甜蜜却让苏好抗拒地拿远了手机。

出租车上播放着范晓萱的老歌，恰好唱出她的心情：“喔你的甜蜜，已伤了我的心，到现在发现你的甜蜜，是那么遥远的距离……到现在你说对不起对不起，Sorry doesn't mean anything。”

如果光是生气，可能徐洌想方设法来哄她，会有一些用。

可她不仅是生气，还有面子脸皮丢了一地的尴尬。他越放低姿态，就越加重她的尴尬。

苏好不忍直视地看了眼手机屏幕，把手机关了机。

车到春庭湾小区门口时雨也停了。

苏好下车以后一边往里走，一边扒拉自己的脸皮，提拉嘴角，整理出一副若无其事的表情，并努力给自己增添一点放假该有的喜气。

她叹着气打开舅舅家的密码门，一进去就听到曹姨在客厅讲电话的声音：“还没，是有什么事吗？欸？好像现在回来了。”

苏好疑惑地望了曹姨一眼。

曹姨拿手捂住座机听筒的收声口，轻声道：“是小徐，问你回没回来。”

“没回来！”苏好下意识凶巴巴地脱口而出，看到曹姨发怔的表情，立马圆场，“……怎么可能呢，好不容易放个小长假当然赶紧回家！”

曹姨转身跟听筒那头说：“是好好回来了，要叫她听电话吗？”

苏好想发作又不能，咬咬后槽牙：“什么事？我上厕所，曹姨你听完跟我说。”

见苏好进了一楼的洗手间迟迟不出来，曹姨接完电话，站在门外跟她转达：“好好啊，小徐说他已经跟你舅妈请了假，让我也转告你一声，他今晚没法过来了，明天上午会按时上课，也可以留时间给你画画。”

“哦，知道了。”苏好应付好曹姨，皱着眉头给手机开了机。

微信消息立刻弹了出来。

X：只是打电话确认一下你到家了。

X：已经跟你舅妈请过假，突然反悔她会起疑，你要是现在不想见到我，我明天再过来。

苏好恶狠狠地敲字：刚才不想见到你，现在也不想见到你，而且有预感明天也不会想见到你。

发完这条消息，她把徐冽的手机号和微信全都拉黑了处理。

苏好爸妈明天中午从北城回来，说好接她回自己家住几天。

为了避开和徐冽见面，苏好干脆利诱邹恺，说明天上午带他去电玩城玩，让他把上课时间挪到她已经不在舅舅家的下午。

邹恺已经很久没去电玩城，一听苏好的提议，开心地缠着林阑，非让她跟徐冽调课。

第二天一大清早，邹恺起得比平常上学还早，不到七点就来敲苏好的房门："姐，起床了！太阳都晒屁股了！"

苏好为自己的悲伤遭遇失眠了一整夜，凌晨才好不容易入睡，看了眼床头柜上的电子钟，扯着嗓子骂："你屁股是长天上去了，这个点被晒到？不过八点别来吵我！"

她一拉被子蒙头接着睡，等睡过一个回笼觉，还没醒神，邹恺这人工闹钟又来敲门："姐，八点过半分钟了，这下你总该起了吧！"

苏好把手边的抱枕砸到门上撒起床气，抓了把乱糟糟的头发，强迫自己清醒过来，下床后一把拉开窗帘。

金灿灿的阳光瞬间刺亮了她的眼，她推开窗户判断温度，发现昨天一场雨过后，天气彻底入了夏，手拂过空气都能感受到燥热的气息。

她想了想，去衣柜里挑了一条吊带牛仔连衣裙，又从鞋柜里取出一双一字带夹脚凉鞋，再从首饰盒里翻出一条锁骨链和一对同色耳骨钉，还有一副墨镜。

等苏好洗漱打扮好走下楼，林阑惊讶地望着她："你这花枝招展的，打扮那么成熟干什么？还化妆，这口红是刚吃过人吗？眼线挑这么长，做鬼去啊？”

苏好一撩鬈曲的长发，拨了拨斜挎在身上的迷你马鞍包，勾着墨镜的手指晃了两下：“舅妈你不懂，我这叫涅槃重生。昨日种种，譬如昨日死，从今天开始，我只做南临最靓的女仔。”

“神神道道！那你还想做什么？”林阑觑觑她，把她推出了家门，“别贫了，赶紧去吧，恺恺已经在车里等了。”

司机假期休息，邹誉亲自开车把姐弟俩送到电玩城门口，叮嘱他们别玩太疯，注意安全，然后打道回府。

苏好拉着邹恺走进电玩城，视线瞬间被一片五光十色占据，耳朵里也钻进了杂七杂八的游戏音效。才上午十点不到，偌大一个电玩城已经人潮拥挤，放眼望去几乎全是学生。

节假日的人流果然不可小觑。

苏好带着邹恺去柜台买了两筐游戏币，问他想玩什么。

邹恺目标明确：“姐，我要打枪！”

“手游里成天吃鸡不够，到这儿还玩枪？”

“那不一样，这里能握到枪！”邹恺拖着苏好往游戏机走去，“姐，你不要因为自己不会玩枪就看不起我们玩枪的！”

苏好不情不愿地跟上去，到了游戏机前，却见那里已经人满为患。

邹恺看了一圈都没找见空机位，埋怨苏好：“都是姐你起床太晚了！”

“嚯，你个小白眼狼，我好心带你出来玩，你还怪我？”苏好东张张西望望，“不就是个机位，交给你姐还不是手到擒来……”

她“噔噔噔”踩着凉鞋走向两个刚结束一局游戏的男生，在两人身后叫了一声：“两位帅哥？”

两个大学生模样的男生扭过头来，看到苏好的第一眼惊鸿一瞥，眼神都不自觉地定在了她脸上。

苏好挤出个不带感情的笑：“让个机位给我弟玩几盘？”

两人一愣之下齐齐起身："来吧来吧。"然后对视一眼，都从对方眼底看出了同样给美女献殷勤的意思。

"姐，你真棒！你这么棒，起床晚点也是应该的！"邹恺冲过去上了机。

苏好指指空出的那台游戏机，跟那两个男生说："我们要一台就够。"

"你陪你弟一起玩呗，"其中一个男生说，"刚好我们准备走了。"

另一个皱着眉头撞了一下他的肩。

他反应过来："哦，我们玩累了，观会儿战。"

另一个服了他这搭讪智商，干脆挑明了说："妹子，机位让给你了，微信号给一个？"

苏好还没张嘴拒绝，一道清冷的声音忽然从两个男大学生身后响起："两位，对未成年人言语性骚扰是触犯法律的。"

苏好偏头看过去，见徐冽穿着一件黑色卫衣，神色冷淡地站在那里。

因为意外于见到徐冽不穿衬衫的样子，她第一时间没回过神来。

两个男大学生惊愕地看着徐冽："要个微信号怎么就成性骚扰了，你谁啊？"

"哥！"邹恺惊喜地叫了一声。

"要到微信号之后，言语性骚扰很可能就成立了，这是合理预判。"徐冽面无表情地看着两人。

两人被他看得莫名发怵，又听邹恺叫他哥，摸摸鼻子灰溜溜地走了。

苏好一把拽过小鬼头的衣领："你跟他说我们在这里？"

"啊？我说了吗？"邹恺回忆着昨晚徐冽找他微信聊天时两人都说了什么，"好像是？那哥你是来找我的吗？"

徐冽"嗯"了声："路过附近，想起你说今天在这里玩，就来看看。"他看了一眼一旁脸色不太好看的苏好，跟邹恺说，"哥哥陪你玩？"

"太好了！我姐都不会玩这枪，我正想打双人模式！"

徐冽走上前来："那我跟你姐一起陪……"

“不必，”苏好墨镜一戴，谁都不爱，冲他挥手拜拜，“徐老师来得刚好，我正愁带了个拖油瓶玩得不尽兴，既然这样，我去玩我的，我弟就交给你了。”

“……”

苏好迈着六亲不认的步伐转身离开，几个拐弯就消失在了人海里。

“连小学生的话都套！小鬼头嘴上也没把门的，什么话都往外说！”苏好一边自言自语，一边走向娃娃机，站定在那里恨恨地捏了捏指关节，准备大战一场泄愤。

苏好是抓娃娃的高手，甭管这些电玩城黑心搞小动作，在真正的技术面前，一切 bug 都是浮云。

她站在娃娃机前，投币，摇杆，摁按钮，动作如行云流水一气呵成，第一发就抓起一只布朗熊。

旁边不远处，一个娇滴滴的女声响了起来：“你看人家怎么抓到的，还说是机器问题，哼！”

苏好侧头望向声音来处，看到隔壁机位前站着一对情侣，女生正羡慕地看着她手里的布朗熊。

男生抱着女生亲了一下她的脸颊，小声哄她：“人家一个人来抓娃娃，那肯定是冲着娃娃来的，我们两个人来，那是冲着情趣来的，重过程别重结果嘛！”

苏好：“……”

自己无能给女朋友抓娃娃，说的什么垃圾话。

狗死的时候，没有一对情侣是无辜的。

苏好抚了抚呼吸不太顺畅的胸口，走了过去：“小姐姐，要不我给你验证一下，你这台娃娃机到底有没有问题。”

男生的脸瞬间变得不太好看。

女生却兴奋起来：“好好好，用我的币吧！”

苏好再次投币，摇杆，摁按钮，一发即中，抓了只海绵宝宝给她。

“哇哦，好厉害！”女生蹦蹦跳跳地鼓起掌来。

男生已经脸黑如泥。

“小场面，不用太激动。”苏好笑笑，“你这筐里还有好多币，要不我给你抓完？”

“你要是有时间的话那就太好了！”

“有时间，我们这种一个人来抓娃娃的，最多的就是时间。”苏好咬牙切齿地摩拳擦掌，站在游戏机前，一边跟女生唠嗑一边操作，等抓完了所有她点名想要的娃娃，又带她去玩旁边的雪崩机。

男生抱着满怀的娃娃跟着两人一路东奔西跑，一路喊：“……差不多了吧。”

女生撒娇说“还要嘛”。苏好在旁嘀咕：“女朋友高兴难道不是最重要的吗？”

男生只得继续气喘吁吁当苦力。

半小时过去，这对情侣的游戏币终于花光，苏好伸了个懒腰，看着心满意足的女生，跟她挥手拜拜。

女生跟她连声道谢，还和她交换了微信，说以后一起出来玩。

那满头大汗的男生心情复杂地看了眼苏好，勉强说了声“谢谢”，拉着女朋友走了。

激战过后，苏好抱着一堆战利品，满意地离开了娃娃机区域。

正在这时候，忽然听见电玩城的寻人广播里传来了自己的名字——

“各位亲爱的玩家朋友，欢迎来到森谷电玩城，下面播报一则失物招领启事——玩家苏好女士您好，玩家苏好女士您好……”

苏好一愣，把怀里的娃娃往旁边长椅一搁，低头摸起自己的马鞍包，没发现少了贵重物品，正发蒙，听到广播里的女声继续说：“麻烦您听到广播后到服务台来认领您的男朋友，您的男朋友走丢了，现联系不上您，非常着急……”

“……”苏好翻包的动作一顿。

白让他当男朋友的时候他不要，现在别说男朋友，朋友男都不给他当了！

苏好阴沉着脸合上包，捧起娃娃，掉头继续去找游戏机玩。

可没走几步，广播里又重复了一遍念词。

苏好跺了跺脚，走到旁边的保安面前，问：“叔叔，能不能麻烦你帮个忙？”

五分钟后，等在服务台前的徐冽看到一个保安匆匆走来：“哪位是刚刚发起失物招领的先生？”

“我是。”徐冽走上前去。

“哦，是你啊，”保安憨笑着挠挠头，不太好意思地说，“那位苏女士说请你自便吧，男朋友她不要了。”

“……”

第二十章

平淡无奇的学习小天才

当期中成绩出来的那一刻，苏好遗憾地摇了摇头，“啧”了一声：“怎么样，后悔了吗徐冽同学？”

“后悔了，现在追你还来得及吗？”

半个钟头后，邹恺走出电玩城的 VR 游戏体验室，看到徐冽拎了两杯果茶在门口等他。

“哥，我玩好了！”邹恺跑跑跳跳地到了徐冽跟前，发现他的表情比教书的时候还严肃，仰头打量着他问，“哥，你是不是等太久了？”

徐冽摇头，摸了摸他的脑袋：“好玩吗？”

“游戏模式还挺好玩，就是画质没我之前在同学家玩的漂亮，我那同学好有钱，家里就有 VR 游戏室！”邹恺接过徐冽递给他的果茶，就着吸管喝起来，“哥，你玩过吗？那种很高级的 VR 游戏。”

“嗯，以前哥哥家也有。”

“哇，那什么时候能带我去玩？”

徐洌默了默说："现在没有了。"

"啊？"

"哥哥的家不在了。"

徐洌的语气听不出起伏，跟平常一样平平淡淡，反倒是邹恺听了像天塌了似的张大了嘴："啊……"

"也许以后会重新有，有机会请你玩。"徐洌拍拍他的肩，"时间差不多了，去找你姐？"

邹恺掏出手机一看时间，叹了口气："快乐的时光总是短暂。"

徐洌点点头。

只是有的人好歹已经快乐过了，有的人碰了一鼻子灰，还来不及快乐就失去了快乐的资格。

邹恺给苏好打了个电话，跟她约在电玩城门口见。

徐洌陪他去跟姐姐会合，到了地方，看到苏好吊儿郎当斜倚着石柱，嘴里嚼着口香糖，鼻梁上架了副"生人勿近"的墨镜。

苏好转过头，隔着墨镜给了徐洌一个眼神。

虽然看不到，但不难脑补那副墨镜背后是多大一个白眼。

苏好把口香糖裹在包装纸里丢进垃圾桶，一边拎起脚边满满一袋娃娃走上前去，一边用小指勾着袋子晃啊晃："谢谢徐老师帮我带弟弟，让我玩得这么开心。"

徐洌叹息着点点头："不客气。"

"徐老师辛苦，现在，"苏好比了个"请"的手势，"请自便吧。"

徐洌揉了揉脖子："等你们的车来了我再走。"

"那也太耽误徐老师时间了！"苏好拿手肘撞了下邹恺，"你说是不是，都麻烦了人家这么久。"

"哦，对，哥，我和我姐没问题的！你快去吃饭吧！"

徐洌看着苏好暗示道："那要不你给我个微信，到家跟我说一声。"

"这样不好吧徐老师，加微信不是等于言语性骚扰吗？我把徐老师的教诲记在心里，现在不敢随便给人微信。”

“……”

苏好微笑着指指邹恺的手机：“我会用我弟手机给徐老师报平安，反正徐老师跟我弟经常发微信。恺恺你说是不是？”

“对，我们昨晚还聊了一个钟头！”邹恺点头。

“……”

苏好顺利逼退了徐冽。

目送徐冽走远后，邹恺想起拎在手里的另一杯果茶，把它递给苏好：“哦，对了姐，给你的。”

“谁买的？”苏好摘掉了摆脸色用的墨镜。

“我哥买的呀。”

苏好舔了舔干燥的唇：“那我不喝。”

“可是姐你看着好渴，为什么不喝？”邹恺疑惑地眨眨眼。

苏好看邹恺这一无所知的反应，想了想问：“你先回答我一个问题，大概半个钟头前，你在干吗？”

“在 VR 体验室玩游戏啊。”

“哦，那里听不到广播？”

“什么广播？”

苏好“啧”了一声，自言自语起来：“不愧是你徐老师，思维真缜密。”

“什么意思啊姐？”

“没什么。”苏好瞥了眼他手里的果茶，再次舔了舔干燥的唇，生气地皱起眉，“我真的有点渴。”

“那你就喝呀！”邹恺莫名其妙。

苏好想了想，把邹恺拉到石柱后，往四面看看，确定这里是个视线死角才接过果茶，把吸管戳进杯口，“咕咚咕咚”喝起来。

“姐，你贼头贼脑的干什么？这果茶是买的，又不是偷的。”

“你懂什么。”苏好翻个白眼。

她话音刚落，邹恺掌心的手机振动了一声。

苏好斜着眼去瞟，瞟见徐冽的微信头像，一把夺过手机来看——

哥：果茶给你姐了吗？

苏好咕噜噜豪饮下半杯冰果茶，舒爽地喟叹出一声，然后捏着邹恺的手机，慢悠悠打字回复徐冽：我姐没要。

苏好和邹恺被邹誉接上车的时候，苏好爸妈已经到了邹家。

林阑热情地招待夫妻俩喝茶，与两人欢欢喜喜地寒暄了会儿近况，说起苏好的英语成绩时，客厅里的气氛突然有些尴尬。

愕然过后，邹月玲目光闪烁地看着林阑："好好真是偷偷在学英语，连你们都不知道？"

林阑面露惭愧："是啊，平常看她在家都不做作业，经常戴着耳机玩手机，不是说在刷微博就是说在听相声，现在想想估计其实在学英语呢。"

邹月玲茫然了一瞬，无措地看向苏文彬："这……"

苏文彬安抚似的拍拍她手背，问林阑："好好说，她学英语是为了环球写生？"

"说是这么说，但我怎么听怎么像借口。我就想孩子得是有什么天大的难处，才能瞒成这样……"林阑露出为难的神色，犹豫道，"我觉得好好是不是想出国留学，怕你们不同意才这样？她上次集训去的那个什么艺术学院，不是有她很喜欢的一个外国教授吗？"

邹月玲双手攥着裙角，毫无征兆地落下泪来。

林阑一愣，赶紧抽了张纸巾给她。

邹月玲慌忙拿纸巾拭眼泪，起身说："我去下洗手间。"

苏文彬蓦地站起来，想跟过去，脚步一踌躇，又在沙发上坐下来。

等邹月玲进了洗手间，林阑压低声音问："这是……？"

苏文彬叹着气摇了摇头："好好去美国集训的时候，你姐担心得整夜睡不着，医生说这是因为妍妍留下的心理障碍。这事我们本来没告诉好好，好好估计是从哪儿知道了，才不提出国的事了。我和你姐看她去那所艺术学院参观集训完以后再没提过别的要求，本来以为她已经满足了，没想到她是藏着不说……你姐知道好好为她这样，心里难受。”

林阑恍然大悟。

这才是这事麻烦的地方。如果邹月玲只是理念上不同意苏好出国，苏好可能会像之前为自己争取集训机会一样，对她软磨硬泡。

可邹月玲是心理上过不去。

那苏好还怎么再开这个口。

真碰上不明事理的父母，为了梦想跟家里吵架撕破脸的孩子也不是没有。

但苏好的父母并不是不明事理。如果苏好坚决要出国，哪怕顶着心理障碍，邹月玲或许也会答应女儿。

可反而是因为这样，苏好才选择了放弃。

“那姐这心理障碍，有没有去找医生治疗？”林阑问。

苏文彬点点头：“最近在做定期治疗，只是心理上的毛病见效没那么快。”

门外忽然传来苏好和邹恺的吵嚷声。

林阑和苏文彬同时缄默敛色，从洗手间出来的邹月玲也迅速整理好仪容表情。

苏好走进玄关，往客厅沙发望去：“爸！妈！”

“姑姑！姑父！”邹恺跟在她后边喊。

“好好、恺恺回来啦？”邹月玲笑着迎了出来，上下打量女儿，“去哪儿玩了？怎么还化了妆？”

“不好看吗？”苏好摸摸自己的脸颊。

“好看，我们好好越长越漂亮！”

“哪里漂亮？脸涂得像鬼一样！”邹恺冲苏好“略略略”。

“小白眼狼，过河拆桥是不是？”苏好拧着邹恺耳朵，“白带你出去玩了？”

“哎哟哟！痛痛痛！”

邹月玲看着姐弟俩吵得不可开交，脸上在笑，眼底又浮起一片湿润，赶紧背过身往里走去，嘴上却若无其事地嗔怪：“这俩孩子，冤家似的！”

苏好和爸妈在舅舅家吃过午饭后，赶在徐冽来上课之前回了家。

邹月玲和苏文彬就是特意为了看苏好回来的，因此也没安排走亲戚串门，下午带她去市区看了一场摄影展，晚上又陪她去西餐厅吃了顿饭。

苏好跟爸妈聚少离多，见面相处时很少分神，这么一来倒没什么工夫再记起“失恋”的伤神事。

而且邹月玲好像对她好不够似的，拼命给她安排假期活动，第二天下午刚闲下来又带她去逛街。

邹月玲有心在物质上补偿女儿，拉着苏好在附近百货商场逛了一下午，从头到脚地给她添置新衣服，说她穿这个也好看，穿那个也漂亮，逛到后来反倒是苏好有点眼晕。

见她逛累了，邹月玲提议去吃下午茶。

苏好应下之前在女装区看见个老熟人。

邹月玲看她目光凝住，顺着她的视线望过去，隐约认出了那个正在试衣镜前比画衣服的女生：“那好像是……”

“我上学期那个同桌。”苏好望着许芝礼的背影说。

之前许家父母因为许芝礼学坏逃课来学校闹过事，也问苏好爸妈讨过说法，邹月玲知道苏好不可能故意带坏同学，自然对纠缠不清的许家人没留下好印象，也怕苏好再被卷进这些乱七八糟的事里。

邹月玲皱了皱眉，刚要把苏好拉走，却听她说：“妈，要不你去吃下午茶，我找她玩会儿？”

“你们现在还在联系？”邹月玲惊讶道。

“平常没什么联系，上次我给她过过生日。”

“那你们这是和好了？”

“算是吧，”苏好皱皱鼻子，高深莫测地说，“我俩这友谊吧，比较复杂。”

两人说话间，许芝礼从试衣镜里望见苏好，转过身来：“哟，苏好同学。”又看了看邹月玲，“啊，阿姨好。”

“你好。”邹月玲冲许芝礼笑了笑，见两个孩子好像确实没闹矛盾，才放下心来，拍了拍苏好的肩，“那你们叙叙旧，妈去顶楼喝茶等你。”

苏好点点头，目送邹月玲拎着大包小包离开后才上前跟许芝礼打招呼：“太阳打西边出来了，颓废女孩居然开始收拾自己了？”

许芝礼耸耸肩：“买身行头出去见人。”

“见谁这么隆重啊？”

“导演，有人找我拍电影。”

“什么玩意儿？”苏好看着她这一头蓝黑色的短发，“找你演非主流葬爱电影吗？”

“你说对了，还就是我这种非主流才能演的角色。”许芝礼挑了挑眉，“星探听过吧？那天晚上我就在天桥上看风景呢，被一星探发掘了，说我很适合本色出演他们的电影。”

“就你？你别是碰上传销的了吧。”

“人家正经公司好吧。”

苏好嗤笑：“正经公司能看上你这么不正经的人？”

“是啊，稀奇吧，居然有影视公司要找一批素人拍一部抑郁症群像片。那星探也真是独具慧眼，千万人中一眼就看出了我眼中的忧郁。”

苏好脸上笑意滞住。

许芝礼看了眼手里衣服的价格标签：“怎么都这么贵，离家出走的穷酸孩子真是太伤了，算了，去平价点的店。一起吗？”

“走呗，”苏好不再质疑这事的真实性，“陪未来的电影明星买衣服，应该不掉我的价。”

“还不一定成呢，我先去看看好不好玩，好玩我就拍，不好玩就拉倒。”

两人穿过女装区，一路打着口水仗，经过一家首饰店门前时，许芝礼忽然听见苏好爆了声粗口。

“许芝礼，你卖我行踪？”苏好咬牙切齿地指指那个站在首饰柜台前的人。

“谁卖你行踪？”

许芝礼一愣之下也看见了店里那道身影——

徐冽站在首饰柜台前，似乎是在挑手链，平静无波的脸上难得有一些愁容，眉头深锁地指着一条手链让柜员拿出来。

因为隔着一道玻璃门，他又挑得十分专心致志，所以并没有看到身后的她们。

许芝礼反应过来：“你说我卖你行踪给徐冽？神经病，我哪有他手机号，再说我跟你才遇到几分钟。”

苏好思考了下，觉得也对。

“你可真逗，附近本来就这一家百货商场最大，怎么着，你家开的，不许别人来？”许芝礼觑觑她，“刚好首饰我也想买，进去逛逛。”

“不逛这家！”苏好压低声音，把她拖离首饰店门口。

“干什么呀，躲人家呢？跟人吵架了？”

“这种人，我吵都懒得跟他吵！”

“那就是冷战。”许芝礼猜测着嘀咕了一句，突然杀了个回马枪扭过头去，“喂，徐冽！你看谁在这儿呢！”

徐冽从首饰柜台前抬起头来，看见了两人。

“许芝礼，你有毛病啊！”苏好有意想躲，但真被徐冽看到了，又不好像只过街老鼠一样丢脸地窜走，只好气势汹汹地瞪着徐冽，用眼神警告他不许出来。

徐洌刚往外走了半步，被她一瞪，又吓得站定在原地。

“啊，上次还是‘皇帝’的专属坐骑呢，”许芝礼看着两人摇了摇头，“真是物是人非事事休，欲语泪先流……”

“你休学大半年还背得出这些酸诗也是不容易啊？”苏好用杀人的目光看着许芝礼，“要不你继续站这儿吟诗作对，我走了？”

“别别，一起一起。”许芝礼跟上苏好，回头看了眼留在店里的徐洌，给他夸张地比了个口型——来木衣坊。

苏好气哼哼地走在前边，许芝礼快跑几步追上她：“唉，为你抛弃了我最爱的首饰牌子。”

“你可拉倒吧，你一离家出走的穷酸未成年，买得起那家？”

“是，我也就只能买买平价款了。”许芝礼叹息着下到百货商场一楼，让苏好陪她进了木衣坊，一家男女装都有的平价服装店。

许芝礼拉着苏好在店里东走西逛，见她自从偶遇徐洌之后就有点心不在焉，于是一边挑衣服一边八卦：“欸，为什么跟人家冷战啊？”

苏好有苦不肯说：“这有什么为什么，就讨厌他呗！”

“哇，看不出来，你这人新鲜期比我还短，”许芝礼啧啧摇头，“那你要是不喜欢了，不如换我上？”

苏好一愣：“上什么？”

“徐洌啊，我看着还挺喜欢呢，”许芝礼眨眨眼，“身材、长相都是绝品，还文武双全，对女孩子又那么温柔。”

“我可去你的吧！”苏好飞她一记恶狠狠的眼刀，“那是对我。”

“哦，那他对我粗暴一点也可以，我想我能承受。”

苏好踢了她小腿肚一脚：“想要粗暴是吧，我现在就给你。”

周围几位顾客朝两人投来惊讶的目光。

许芝礼笑着调侃她：“跟你扯个淡而已，看你这脸都气红了。”

“这叫脸色红润有光泽！”苏好随手拿起一身衣服走进试衣间，一把关上门，看了眼镜子里的自己，发现根本没脸红，气得转身就想出去揍一顿满嘴跑火车的许芝礼，转念又想算了吧，何必为徐洌大动干戈。

这么一想，苏好决定在试衣间沉淀一会儿情绪，试穿一下手里的衣服。

结果一展开衣服才发现她拿了不合身的 XL 号。

许芝礼恰好在这时敲了敲她的门："怎么连衣服都拿人家徐同学名字缩写的号啊，给你换了 M 号来，你开下门？"

苏好平静地吐纳呼吸，让自己别一听到徐洌的名字就情绪波动，文雅地"嗯"了一声，把门拉开。

一只修长的手顺势搭上门沿，试衣间外嘈杂的音乐骤然变响又骤然变轻，一瞬之间，徐洌挤了进来，反手"啪嗒"一下给门扣上锁，堵死了她唯一的"生路"。

苏好惊愕地看着他，一刹之后反应过来，朝外喊："许芝礼，我杀了你！"

有店员闻声赶来，问里面怎么了，许芝礼站在门外说："没事没事，我朋友在跟我吵嘴。"

"……"苏好绝望地往后退了一步，背抵住镜子，心想所谓绝境也不过如此了吧。

"我要报警了。"她迅速去口袋掏手机。

徐洌笑着拦了她一把："可以，但没必要，我不做什么。"

许芝礼耳朵贴着门在听里面动静，跟徐洌说："我给你提供这么好的机会，你不做什么？你还是不是男人？"

苏好叫许芝礼滚远点，扬起下巴问徐洌："那你来干吗？"

狭小逼仄的空间里，两人的距离近到呼吸相闻。

徐洌垂眼看着她，皱眉思索片刻，答："不知道……"

"那还不快出……"

"就是见不到你，"徐洌抬起食指，轻轻碰了下她的脸颊，"所以想见你。”

“所以来见你。”

头顶明亮的白炽射灯将苏好的怔神照得无所遁形，也将徐冽眼底的笑意暴露得一干二净。

前后一平方米多的地方，苏好不论将视线飘向哪里，眼里满满当当都是徐冽。

她在一瞬的目光闪烁过后，严肃地拉回理智，拿手背擦了擦被他碰过的脸颊，瞪着他说：“谁准许你碰我的？你眼珠子长在手上，用手见人？”

徐冽眉梢一扬，双手反背到身后。

“不用手也不行，”苏好还有碴可找，“大家过年客气客气互相祝个万事如意，你以为真就能万事如意？要是想见就能见，人类为什么发明‘孤独终老’这个词？”

徐冽低头笑了一下。

苏好一愣：“你搞搞明白，虽然我的用词比较文雅，但我这是在骂你。”

徐冽收敛笑意，点点头：“听出来了。”

“那你还笑？”

“有机会被骂比没有好。”

徐冽的表情看上去一本正经，真心实意。

骂他还叫他开心了，那不骂了，她动嘴不花力气吗？苏好冷下脸来：“让开。”

徐冽侧身避让到一旁。

苏好这下反倒一蒙。

早知道一句“让开”就够，她跟他废那么多话。

苏好拉开门大步流星地走了出去，瞪了倚着墙的许芝礼一眼。

许芝礼笑着上前挽过苏好的胳膊，轻轻打了自己一嘴巴子：“给苏姐道歉。”

为免惹人注意，徐冽等她们走远几步才从试衣间出来。

许芝礼挽着苏好走到店门口，回头看了徐冽一眼，朝他耸了个无可奈何的肩。

苏好注意到许芝礼的小动作，以为她又要出卖自己，怕再被徐冽跟上，在店门前蓦地停住，转过身看着徐冽，对门外比了个“请”的手势：“男士优先。”

徐冽稍一侧头，表示好的，正要上前，忽然听见迎面传来一道中年女声：“好好！”

苏好身体一僵，扭过头去：“妈，你不是在顶楼吗？”

邹月玲拎着大包小包走进店门：“你爸爸过来接我们了，已经等在停车场，我打你电话没人应就下来找你了。”

许芝礼松开了苏好的胳膊。

“哦，我手机放口袋没注意。”苏好嘴上答着妈妈的话，悄悄给徐冽使眼色，让他装作路人走掉。

邹月玲却在之前就已经看见苏好朝徐冽比手势的互动，笑着问：“那位是？”

“那个……”苏好不得不介绍，“是恺恺的家教老师，在店里碰巧遇到了。”

徐冽上前朝邹月玲颔首打招呼：“阿姨您好。”

邹月玲正要笑脸相迎，近距离看清徐冽，露出一丝犹疑的神色。

徐冽和苏好对视一眼。

“怎么了，妈？”苏好故作镇定地问。

邹月玲摇头示意没事，对徐冽补上笑容：“你好，不好意思，刚才第一眼看你觉得有点面熟，可能是我记错了。”

邹月玲近年在北城做生意，徐冽又是土生土长的北城人，两人还真说不好什么时候有过一面之缘。兴许邹月玲还知道徐洌的家庭背景。

苏好心里下意识地打了下鼓，接过妈妈手里的几个购物袋：“好看的人都长得像，妈，我肚子饿了，我们走吧。”

从百货商场离开后，苏好跟邹月玲聊起许芝礼的事，借此打岔妈妈的思路，好让她别回想起到底在哪里见过徐洌。

所幸邹月玲也没把那一幕太放在心上，见苏好滔滔不绝，乐得陪女儿聊天。

苏好接连玩了两天，晚上吃过饭后突然觉得浑身不得劲，想来想去，好像是因为超过四十八小时没做题，有点手痒了。

刷题会上瘾，这是她万万没想到的，发愤图强了近一个月，一闲下来，居然发现生活有点苍白。

可她前阵子学习学得有点走火入魔，现在一刷起题，徐洌讲解题步骤的声音就会自动在她耳边立体声环绕回响，甚至徐洌的笔记字迹也会自动浮现在她眼前。

她在书房做了半面数学卷子，觉得徐洌的魔鬼教学太上头了，转头在书房里搭起画架，打算画会儿画冷静冷静。

邹月玲给她端来一盘水果，搁在旁边的小茶几上，坐在画架边陪她画画，看她神情放松，问她：“最近还有不习惯用红颜料吗？”

不是万不得已，母女俩很少说起这些因为苏妍遗留下来的问题，苏好落笔微微一顿，答道：“最近没有了。”

她上次对红颜料产生应激反应是两个月前，庄可凝故意打翻颜料桶作妖的时候。

“那还是打算以后专攻油画？”

苏好一脸的理所当然：“继承爷爷的衣钵咯。”

“央美的油画不错吧？”邹月玲看着她的表情，像在试探什么，“离爸爸妈妈也近。”

“可以啊，”苏好点点头，“只要文化分够，我觉得我这学期的课学得还不错。”

“那剩下半学期得抓紧把以前落下的课补上，毕竟下学期还得出去集训，人家一轮复习的时候你都不在学校。”

“小意思，没问题。”

邹月玲看着她轻松的姿态，沉默片刻，又问：“会不会觉得这样太辛苦？”

“啊？还好吧，不会啊。”

“要是出国是不是好点？”

苏好的神情有一瞬间的迟滞，随即很快摆了摆手：“那也很麻烦，差不多的。”

“那你画，妈妈不打扰你了，累了吃点水果。”邹月玲走出书房，替她带上了门。

客厅里，苏文彬看见邹月玲脸上凝重的脸色，问她怎么了。

邹月玲比了个嘘声的手势，把他叫去阳台，压低声音说：“文彬啊，我们好好……”她话没说完，声音里就染上了哭腔。

苏文彬轻轻拍了拍她的肩。

“这孩子现在太懂事，心里想什么也不跟我说了。”邹月玲忍着眼泪叹了口气，“我这两天一直在想，这出国留学的事，难道非要让好好迁就我，不能是我迁就她吗？我也已经在做治疗了，会慢慢好起来，就算到时候我这心里还是过不去，大不了生意我不做了，去美国给她陪读，我天天看着她还不行吗？这也是个办法，你说是不是？”

“是，你别急，如果你有这个想法，我们这个月可以先去趟美国看看那所学校，实地了解了解……”

苏文彬话刚说到一半，就听到身后传来“咔嗒”一声开门的响动。

邹月玲飞快地拭掉眼泪，转过头去：“好好，画完了？”

“没，上个厕所，”苏好看了眼两人，“你们站在阳台干什么？”

“吹吹风，看夜景。”苏文彬笑着答。

“哦。”苏好没在意地走进了洗手间，脱掉身上牛仔背带裤的时候眼前一晃，她注意到什么亮闪闪的东西从兜里掉了出来。

她往白瓷地上一看，呆愣得背带裤就这么搭在了身上。

那是一条银白的脚链，细细的银链上缀了一圈铃兰花流苏，在灯下光芒流转。

苏好蹲下身去，把它捻在指尖端详了半天，实在想不起来自己有这样一条脚链。而且看这脚链的光泽，应该是崭新的。

她奇怪地摸了摸背带裤的衣兜，手伸进去时记起白天的事。

徐冽从百货商场的首饰店到试衣间后曾经靠近过她。

难道是趁她听他那些鬼话听得五迷三道，悄悄把这脚链放进了她的衣兜？

好像也没有别的可能了。

毕竟许芝礼这么穷，怎么可能送她礼物？

在追究徐冽一声不吭偷送礼物之前，苏好的脑海里先冒出了另一个问题：可是为什么是脚链？

她低下头去，看了眼自己脚踝那朵象征死亡的白色洛丽玛丝玫瑰文身，隐约明白了过来。

白色铃兰花盛开在五月，花语是“return of happiness”（幸福归来），而今天除了国际劳动节外，刚好还是法国的铃兰节。

苏好揣着这条脚链琢磨了一晚上，感慨城里人就是会玩浪漫。

但浪漫在她钢铁般的心面前不堪一击。

她才不给他“幸福归来”的机会呢，哪那么容易说归来就归来！

第二天傍晚收假，苏好跟爸妈在学校附近餐厅吃了最后一顿晚餐，和他们分别后回到学校。

走进教室的时候已经临近晚自修，苏好刚搁下书包，徐冽就偏过头来问：“吃过晚饭没？”

“废话，都几点了。”苏好自觉肯跟他说话已经是恩赐，语气自然不太好听。

她从书包里取出那条铃兰花脚链，拍在徐冽课桌上：“拿物质收买人心？想得挺美。”

徐冽眉梢一挑：“这什么？”

苏好一愣：“脚链啊，不是你塞我兜里的？”

“不是。”徐冽摇摇头，平静地把脚链推回去。

“我信你的邪？”苏好笃定他在演戏，抬了抬下巴，“不是也拿走。”

“意思是，”徐冽思索着说，“这是你送我的礼物？”

苏好震惊于徐冽脸皮之厚：“谁要送你礼物？”

“不是我的，却要给我，不就是送我礼物吗？”

那还真是这个理。

徐冽趁苏好愣住，取走了脚链：“那我收下了，谢谢你的礼物。”

“……”苏好一把将脚链夺了回来，“你休想，我凭什么给你送礼物？做梦。”

“那不给我了？”徐冽指指脚链。

“周末我就拿去当了卖钱。”苏好转过身，碎碎念着把脚链放回了书包夹层。

徐冽撇过头笑了一下，等她回过眼又恢复了正色。

两人一来一往间，教室前排起了一阵骚动。

苏好原本没在意，自顾自整理着书包里的假期作业，突然一耳朵听见“期中成绩”之类的词，忍不住抬起头去看。

“成绩这么快就出来了？”前排有人在议论。

“老师带回家批的卷子吧？”

“六门都改好了？”

“是啊，我刚看见老班已经在打印成绩单了。”

苏好的后颈皮子发了发紧。

期中考的重点基本是上半学期的内容，她虽然还没来得及把从前的课程补全，但对于期中考范围内的重点突击做得还算完整，考试的时候大体上挺顺利。只是可能是因为高中以来就没认真考过试，她对估分这种事不太有概念，所以心里也没把握。

学习委员很快从前门进了教室，说："大家静静，期中成绩已经出来了，我贴黑板上老地方。"

很快有人朝成绩单拥了过去。

苏好不想让自己表现得太积极，太没见过世面，若无其事地坐在座位上按兵不动，悄悄拿笔戳了下郭照的后背。

"啊，"郭照条件反射似的整个人一跳，大嗓门儿一喊，"苏姐有何吩咐？"

周围一圈人都看了过来。

苏好掩着脸，想让郭照帮忙去看下成绩，旁边徐洌站了起来，朝教室前面的黑板走去。

苏好紧张地盯着他的背影，看到他走到成绩单前，低头从最后一排慢慢往上看，视线越移越高，越移越高……

最后好像在某处一顿，眯了眯眼。

眯眼是什么意思？

苏好的心悬了起来，手攥成拳，无意识地在课桌上敲，等徐洌转身回来又赶紧收敛焦色。

徐洌的表情看上去有点复杂，苏好心里更加没底，等他回到座位，状似随意地问："学霸考得怎么样？"

徐洌偏头看她："英语没考第一。"

郭照听见这话激动地转过头来："那难道第一是苏姐？"

"嗯。"徐洌点了点头，考英语之前苏好提了看电影的事，他答卷的时候没静下心来。

苏好云淡风轻地对郭照摆了摆手："小场面，不用激动。"又看了眼徐冽，思忖着怎样提问，可以自然地打听出她的总成绩，又不至于让自己尊严受伤。

可她还没开口，徐冽却先轻轻叹息了一声。

苏好疑问地侧目看他。

徐冽解释："你考了第二十四名。"

苏好差点儿从座位上蹦起来："真的？擦边正数？"

徐冽点点头："英语拉了很多分，物理化学离平均分还有距离，但语文地理在中游，还过得去。"

苏好在浑身热血蹿上脑袋之前，先疑惑地瞟了眼徐冽。

那他叹什么气？

刚发出疑问，她心底就恍然有了答案——如果没有那出乌龙，这个时候他们应该庆祝庆祝，欢欢喜喜共赴甜蜜旅程了吧？

这可真是造化弄人。

苏好遗憾地摇了摇头，"啧"了一声，问他："怎么样？后悔吗？"

徐冽心情五味杂陈地盯着苏好，点了点头："后悔了，怎么办？现在追你还来得及吗？"

第二十一章

来自心机 boy 的投喂

苏好脚步顿住，低头看了眼牛皮纸袋，露出不太情愿接的表情。

“给个机会，苏姐。”徐冽仰头笑着看她。

苏好清清嗓子：“我只是不想浪费粮食。”

苏好没想到徐冽会承认得这么直接。

真要说后悔，难道她不后悔吗？

她肠子都悔青了，但她不承认，并且想用徐冽的后悔缓解她的后悔。

苏好撩撩头发，拿乔道：“来不及就不追了？”

徐冽摇摇头，眼睛一眨不眨地盯着她的脸：“追了才知道来不来得及。”

苏好被他看得脸热，撇开眼耸耸肩：“那你试试咯。”说着翻开课桌盖，拿起一串艺术馆画室的钥匙，勾在指尖晃了两圈，椅子往后一推，站起身来。

徐洌从课桌里拎出两盒提早准备的泡芙递给她："要是吃过晚饭了就当作夜宵。"

苏好脚步顿住，低头看了眼牛皮纸袋上的品牌标志。还是上次那家冰淇淋泡芙。

原来是因为这样，他才问她吃没吃过晚饭。她还以为那就是没话找话的无聊寒暄。

苏好垂在身侧的手抬起来，又在擦过牛皮纸袋的袋绳时临时反悔，一个拐弯之后捋了捋耳边的碎发，露出不太情愿接的表情。

"给个机会，苏姐。"徐洌晃了晃手里的牛皮袋子，仰头笑着看她。

苏好清清嗓子，一把抓过袋子："我只是不想浪费粮食。"

徐洌点了点头："你只是不想浪费粮食。"

不知是不是这句"不想浪费粮食"给了徐洌灵感，苏好接下来两天收到了五花八门的投喂。

体育课后大汗淋漓地回到教室，会看到课桌上摆好了一瓶新鲜的冰果汁。

天气入了夏，食堂里又闷又热，她懒得去人挤人的地方吃饭，中午趴在课桌上歇觉，一睁眼又会看到手边放了一份温好的盒饭。

晚上在画室画画画到一半，会听见有人说，画室门口有一桶写着"给苏姐"的炸鸡。

两天过后，那些冰镇或油腻的食物又突然消失不见，取而代之的是健康的五谷杂粮粥或者蜂蜜水和姜茶。

苏好从早愣到晚才反应过来，她大姨妈快来了。

她都不知道徐洌什么时候注意到了她的生理期。

周四晚上，苏好把吃不完的千层蛋糕从艺术馆画室拎回宿舍，走上二楼楼道，经过隔壁郭照宿舍时碰巧看见她端着脸盆出来。

苏好随手把蛋糕盒子往她眼前一递："还有两块没动过，要不要？"

“要要要！我和尤欢欢刚还在喊饿死了呢！”郭照搁下脸盆，受宠若惊地双手接过，“苏姐你最近伙食好丰富哦……”

苏好弯弯眼睛，刚要走回宿舍，又听郭照接了下半句：“难怪看你这几天好像圆了一圈，徐同学是不是想把苏姐你喂胖，这样你下周国旗下演讲的时候就不会给他招情敌。”

“……”苏好手扶墙沿，缓缓扭过头去。

因为她在这次期中考试里是全年级名次上升幅度最大的学生，前几天杜康通知她说，年级主任让她下周一给大家做个演讲，分享一下学习经验。

她一再推托，但杜康一再坚持，说这事对她有好处，能够让她在全校师生面前重塑形象，这样以后万一被逮到违纪行为，老师就不会戴着有色眼镜随便给她定罪，也不至于因为对她的刻板印象而针对她。

苏好磨不过杜康那张嘴，答应了这个演讲。

所以话说回来——徐冽该不会真安了这种坏心思，让她一胖毁所有吧。

郭照见她面露杀气，叽里呱啦地解释：“不是，呸呸呸！是我眼睛圆了！”

宿舍里传来一道不耐烦的女声：“大晚上串什么门，说话轻点行不行？”

是庄可凝的声音。

郭照回了句嘴说“这不是还没熄灯嘛”，压低声音跟苏好吐槽：“我在这个宿舍到底做错了什么！”

虽然苏好和庄可凝有过节儿，但就事论事，她还是客观公正地说：“你这个嗓门儿的存在就是个错误。”

“可是……”郭照把苏好拉到走廊尽头的窗边，小声说，“可是不止是我，我和尤欢欢都感觉庄可凝最近像得了狂躁症，宿舍里弄出一点点响动，她就神经质地开骂，连吴语这么无语的人都会被她说！”

“干吗这样？”苏好一愣。

“考试没考好心情不好吧，她三月份月考不是跌了十几名嘛，期中又跌了好几名，现在班级排名都四字打头了。”

苏好这人虽然有仇必报，但报过仇之后也不会老去纠缠旧账，当初庄可凝诬陷她作弊，又找混混堵她，打翻颜料桶作弄她，她把庄可凝最在意的宣传委员头衔拿过来以后，就在心里清干净了这笔账，再没关注过这号人。

“是吗？”苏好不太关心，“行了，赶紧吃你的蛋糕去，我回去洗漱了。”

“咦，”郭照转身之前，忽然指了指对面宿舍楼二楼走廊的窗子，“那好像是徐同学？”

苏好往对面楼望去，看见徐冽移开了走廊尽头的窗户，看着她问：“还不睡？”

两栋楼之间也就间隔了几米，四下安静，徐冽的声音顺着风传了过来。

郭照立马自觉退散：“你们聊你们聊。”

苏好本来也想掉头走，想起刚才郭照说她圆了的事，气鼓鼓地瞪着徐冽：“明天别给我送吃的了！”

“怎么？”徐冽手肘撑在窗台，靠她近一些。

“你是不是变态，得不到的就要毁掉吗？！”苏好捏捏自己的脸。

徐冽好笑道：“谁说你胖了？”

“没谁！”苏好怒吼，“反正从明天开始我不吃你东西了！”

楼底下的过路学生闻声抬头，一看是苏好和徐冽，立刻非礼勿视地低下头，飞快地从两栋楼中间的小路溜了出去。

徐冽等路人走过，弯着嘴角问她：“那我什么时候才能得到？”

苏好反应了会儿才明白他想得到什么，一把关上窗：“梦里什么都有！”

第二天周五，又到了一周的尾巴。

上午英语课老师布置了周末作业，让大家以学号尾数同号者为一组，每组去学校图书馆选取一本英文书，挑感兴趣的篇目进行翻译。

苏好运气背，跟她学号尾数相同的三个同学刚好都是英语渣，小组作业的担子就落在了她头上。

能者多劳嘛，苏好倒也没计较这些，本来打算下午放学顺路去图书馆找本书，没想到中午午休时间，英语科代表来通风报信，说图书馆的英文小说快被隔壁几个班挑光了，剩下的都是看不懂的科普读物。

班上一大群人瞬间觉也不睡了，拥出了教室。

苏好倒不怕翻译内容难，主要怕碰上专业书无聊，也放弃午觉去了图书馆。

徐冽原本不是小组代表，看她起身，跟组里人换了下分工，耽搁了会儿，下楼时已经看不到苏好的身影。

南中的图书馆平常利用率不高，跟大学里专业的图书馆不同，说是“馆”，其实规模远达不到这个字给人的气势磅礴，只是一栋三层高的红楼，一层分布有两间设施简陋的图书室，一间学生用，一间老师用，二层分布有四间阅览室，三层不开放，用来收纳杂物。

苏好当了一年半学渣，除了开学领校服还是头一回踏进图书馆，进门摸不着方向，一路跟着 7 班的人流拐进图书室。

一股陈旧的木头气息扑面而来，不太好闻，她皱皱鼻子，听见值班的学生会成员在旁边喊：“都别挤来挤去，刚才有个班来抢书，把书架都踢破了，这是要赔的！”

苏好看了眼周围被湿气腐朽的木书架，心说都脆成这样了，也不怪人一脚踢破。要换作优质的木头，那破的得是人家的脚。

她嫌弃地摇摇头，看前边一群人冲进了英文小说区域，目测情势已经是人多书少，懒得去挤，拐进了隔壁走道。

对面的尤欢欢注意到她，想起昨天吃了她的蛋糕，透过书架缝隙瞅了瞅她："苏姐，我给你抢一本？"

"算了，你们用，"苏好大方地摆摆手，"我看得懂专业书。"

书架之间的走道只有半米宽，苏好侧过身慢慢往深处走，望见顶格有本美术史读物，停下脚步踮起脚去拿，忽然听见对面传来一声短促的尖叫。

与此同时，她眼前的书架被对面不知什么人撞上，摇摇晃晃朝她这侧倾倒下来。

"啊——！"更多尖叫声从对面响起。

一瞬之间，苏好只得惊叫着抱住头。

下一刹，一道身影飞奔进来，后背结结实实朝后抵去，将倾倒的书架用力推正，把苏好整个人牢牢包裹进了怀里。

书架被踉跄摆正，厚重的图书却轰然掉落下来，一本本无可阻挡地噼里啪啦往地上砸。

苏好使劲闭着眼，心惊肉跳地听着这动静，有两三秒的时间好像濒死一样无法呼吸。

书架后的7班同学和值班学生飞快跑了过来。

苏好躬着背脊，两腿发软，窒息间，耳朵里好像进了水，所有嘈杂的脚步声和询问声都像远在了天边。

她隐约听见有人问她有没有受伤，又听见谁说，冽哥好像被砸到了。

徐冽的名字让她的耳朵一下子恢复了清明。

她缓缓直起身，转过头去看身后的人。

徐冽手指摁在左耳耳骨上，眉头紧蹙，垂着眼睫轻轻晃了晃头。

不知是惊魂未定，还是被他这个样子吓到，苏好的后背瞬间淋淋漓漓下了一层冷汗，握住他手臂问："砸到哪里了？是耳朵还是脑袋？"

徐冽没说话，目光有些失焦，像在分辨什么，片刻后才慢慢看清她，对她摇了摇头："没事。"说完又皱眉摁了摁左耳的耳骨。

苏好看他这个反应，猜测道："砸到耳朵了？能听见我说话吗？"

徐冽眯眼看着她的嘴唇，片刻后点了点头。

“你在读我唇语？到底能不能听见我说话？”听不到他的回答，苏好急得手都在抖，朝旁边同学喊，“你们谁带了手机，快去校门口叫辆车！”

苏好陪徐冽上了出租车后座，跟司机报了医院地址，一转眼看见徐冽额头上沁出细密的汗，伸手探了探他发凉的手心：“你别吓我……”

说完她也不知怎么了，鼻头一酸，眼底热意夺眶而出。

甚至她还没意识到自己想哭，眼泪就啪嗒啪嗒掉了下来。

徐冽从混沌的耳鸣声里费力地缓过来，用拇指轻轻擦拭掉她眼角的潮湿，皱眉说：“真没事。”

“那你到底能不能听见我说话？”

“刚才不太能，”徐冽一边给她擦眼泪一边答，“现在可以了。”

“你别看着我！”苏好不太相信他，拿手背抹了把眼泪，用掌心捂住他可以读唇语的眼睛，随便扯了一个问题，“我是谁？”

“我苏姐。”徐冽答。

苏好悬在嗓子眼的心踏踏实实落了地。

看来耳朵没问题，脑子也没问题。

她紧绷的身体一下子瘫软，后背靠住座椅，使劲眨了眨酸涩的眼，长长嘘出一口气。

“聋不了，”徐冽无奈一笑，伸手揉了揉她的头发，“还想再听你叫我一声哥哥呢。”

虽然徐冽还有闲心插科打诨逗她分神，但苏好这时候实在开不动玩笑。

她的脑海里反复回放着图书馆里书架倒下来的那一幕，画面每闪过一次，寒意就像潮涌一阵阵从心底蔓延到四肢百骸。

苏好一路上手脚冰凉，直到在医院七手八脚地陪徐冽做完检查，等耳内镜结果出来，听医生说问题不大，才慢慢定下心神来。

医生判断徐冽是外耳道和耳膜轻度损伤造成的耳鸣以及暂时性听力减弱，在诊室替他冲洗了耳道，清除内里瘀血，又给他配了消炎药和滴耳液。

苏好从医院大厅取完药回到诊室，徐冽的治疗刚好结束。

她举着滴耳液问医生用法，医生见两人都是未成年学生的模样，打算给他们详细讲讲，诊室里却奔进来一个患者，捂着血淋淋的耳朵急急忙忙喊“医生”。

病有轻重缓急，医生顾不上徐冽，让他在旁边等等。

苏好站在一旁，看着滴滴答答落在地上的鲜血，闻到血腥气，不舒服地瞥开了眼，皱皱鼻子。

徐冽接过她手里的病历本和两盒药，跟医生打了声招呼，把她拉了出去。

“不听医生讲用法了啊？”苏好问他。

“看说明书就行。”徐冽牵着她到了诊室外，摁着她的肩膀，让她在走廊里的候诊椅坐下，把杂物搁到她腿上，“在这儿等。”

苏好被他摁下去又站起来：“干吗去？我陪你。”

“去厕所你也要陪？”

“……”

苏好没力气回嘴，有惊无险过后，她整个人的思绪陷入了空茫茫的呆滞，四肢酸软和口干舌燥的不适感也涌了上来。

走廊里人来人往，她像座石雕坐在候诊椅上，双目空洞地盯着自己的鞋尖一动不动。

片刻后，看见一只盛满水的一次性纸杯被递到了她眼前。

苏好抬起头，不意外地见到了徐冽。

“喝点温水。”他是去给她倒水了。

“你先吃药。”她推远水杯，低头拆开消炎药的药盒。

“吞药用不着这么多水。”徐洌接过装药的铝塑板，打住她的忙活，把水杯沿移到她嘴边。

苏好仰头看他一眼，就着他的手咕咚咕咚喝了半杯水，舔了舔唇。

“不要了？”徐洌问。

苏好点点头，也没在意徐洌问这话的时候带着确认的语气，直到看见他单手剥开铝塑板的锡纸，取出一颗胶囊倒进嘴里，喝空了剩下的半杯水。

苏好神经紧绷了半个下午，骤然松懈下来后脑回路异常迟钝，蒙蒙地望着他：“这我喝过的水……”

“我当然知道。”徐洌挑眉。

也对，他只倒来一杯水，这事注定就只有两种可能，要么他喝她喝过的水，要么她喝他喝过的水。

苏好臊得脸热，盯着他看了半晌，见他似乎还挺享受喝剩水，问出了一句自己也不知道为什么要问的话：“很好喝吗？”

徐洌被她问得一愣。

苏好一僵过后想找个地洞钻进去。

这跟直接问人家“我口水好喝吗”也就差一层窗户纸了吧。

她今天脑子真是太乱了。

苏好立马竖掌打住他，猛地站起来，满嘴迸鸟语：“好的，没事，不客气，谢谢惠顾，回学校了。”

苏好没带手机，回学校的出租车上，徐洌接到了四面八方来的消息和电话。

杜康和班上同学的询问他都一一回复了，接到施嘉彦的语音电话时，听那头陈星风在旁边问苏好的情况，徐洌转而把手机递给了苏好。

苏好接过电话，学校那边，施嘉彦的手机也落到了陈星风手里。

“做完检查了？伤哪儿了？严不严重？”陈星风一连三问。

“我没受伤，”苏好答得无精打采，“没砸我身上。”

“哦，这样，那你们班的人传得这么吓人，差点儿被你吓破胆。”陈星风松了口气，“那……那什么，你同桌呢？怎么样？”

“也没大事，小伤，不严重。”

“行，那我挂了。”

陈星风挂断了电话。

苏好把手机还给徐冽，手指不小心碰到对话框左上角的“<”键，屏幕退回到微信主界面，她一眼注意到自己的消息框被置顶在最上一格，最新消息显示“消息已发出，但被对方拒收了”。

苏好好奇地觑觑徐冽：“被我拉黑以后还发了什么消息给我？”

徐冽抬抬下巴：“自己看。”

苏好点开消息框，看到一连排的“晚安”，时间分布在最近一礼拜的每晚十点左右，只是每句“晚安”之后都跟了一个红色感叹号——像是每天晚上小心翼翼伸出一只试探的脚，又被冰冷的系统提示劝退回去。

好惨。

两人错过了两节课，回到学校已经是第三节课上到尾声的时候，刚走到教室后门边，讲台上的杜康就看见了他们，让教室里的同学先自修，匆匆迎了出来，上上下下地打量徐冽：“真没大事？检查报告和配来的药拿给我看看。”

徐冽把病历和药递给了他。

杜康仔仔细细看过以后，长长叹了口气：“你们这俩孩子真是多灾多难，叫我以后怎么放得下心。”

苏好一愣，隐约觉得这话哪里不对劲，还没回过味来，杜康拍了拍两人的肩：“今天这个意外老师已经反映给校领导了，一会儿老师们要去开个会，估计是讨论翻新图书馆的事，你们放心，以后不会再出现这种安全隐患问题。”

“还有，我看你俩没回来，把第四节班队课跟第三节化学课调了一下，班队课我就做做期中总结，没什么要紧，化学课重要，听你们化学老师说去实验室上，一会儿徐洌可以留在教室休息，苏好还是要去上课，好吧？好了，人没事就好，都进去吧。”

苏好和徐洌从后门回了座。

周围人起了骚动，来不及凑过来问两人情况，杜康就从前门走上了讲台：“都安静一下，写作业的同学停下笔，我们继续做期中总结。”

“还没完啊？都快总结一节课了。”有人不耐烦地搁下笔。

“有总结才会有进步，这个道理老师从上学期讲到这学期，你们难道还没领悟？”

“不是，老师，你刚才在门口不是跟苏好和徐洌说这没什么要紧的吗？”

杜康被拆了台，脸上一时有些挂不住，打起感情牌：“这学期都过一半多了，也就只剩 7 次班队课，你们能听我唠叨的时间不多了，愿意珍惜的珍惜，不愿意珍惜的忍忍！”

“那不还有高三一年嘛！说得好像你不教我们了一样。”

“我要真不教你们了，你们是不是一个个都高兴得蹿上天？”

苏好自动屏蔽了杜康的声音，拆开徐洌的滴耳药，专心致志地研究起说明书。

虽然杜康一片苦心为苏好调了课，但苏好现在真没心思读书，而且实验课本来就是同桌一组，少了徐洌，她说不定得炸了实验室，这样对大家的人身安全也是严重的威胁，所以她坦然地说服了自己，跟化学科代表请了个假，留下来照顾徐洌。

等教室里的人走空，苏好去洗手间用洗手液洗干净手，回到教室指挥徐洌：“说明书上说得耳浴十分钟，你左耳朝上侧躺好。”

“躺哪儿？”徐冽看了看四下。

苏好也打量了下四周的桌椅板凳，见高度都不合适，干脆像抱西瓜一样，把他的脑袋搬到了自己腿上。

徐冽任她摆弄。明明是苏好主动动手，可等他的脑袋枕上来，她却突然感觉腿像过电了似的一麻，忍不住打了个战。

徐冽疑问地侧过头看她。

苏好强装镇定，把他的脸掰回去：“看什么看，自己头发多硬多扎不知道吗？”

徐冽侧躺着笑了一下。

苏好默默旋开滴耳液的瓶盖，往他耳朵里一下子滴了六滴，然后照说明书上所说，用食指尖缓慢地摁压他的耳屏，手上做着机械运动，心里却高高低低飘忽不定。

她垂眼看着徐冽，积攒了一下午的情绪在胸臆间乱窜，像在着急寻找一个出口。

今天下午去医院的出租车上，她因为后怕脑补了很多种危险的可能。

图书馆的书架上垒了那么多硬皮书，书角锋利又坚硬，从高处落下来，要是运气不好砸到后脑勺儿，那真不是轻描淡写的伤。或者如果徐冽没顶住那面书架，书架整个坍塌下来，压到脊柱也是不堪设想的后果。

徐冽现在能完好地从医院回来，其实是运气好。

他在朝她冲过来的时候，根本不可能思考过自己有没有这样的好运气。

苏好突然觉得不必再跟他计较那些琐事了。

其实在那个乌龙里，徐冽主观上并没有做错什么，她的尴尬生气也在这些日子里渐渐消磨淡化，剩下的不满意或许只是在于，徐冽面对她成绩的时候总是在理智地衡量现实，顾全大局，所以她不知道他的喜欢到底有多少。

可是今天她知道了。

一个早就被磨平了少年气性的人，他的理智不一定是不够喜欢。

如果喜欢是放肆，爱是克制，那徐冽的喜欢或许比她想象的更多。

正因为这样，他才想对她的未来负责，不希望她被他影响前程。

就像老班说的，能错过的，说明提早在一起也不会有好结果，而会有好结果的，不怕晚一点——她应该相信徐冽的喜欢，也尊重他的为难，不要让他背负着可能影响她前程的压力前行。

苏好想到这里，那些乱七八糟的情绪终于找到了一个出口。

等十分钟耳浴结束，她低头看着腿上的人说："徐冽。"

"嗯。"

"我们做个约定吧。"

"什么？"

"如果毕业以后，你还愿意像今天这样保护我，我就当你女朋友。"

徐冽抬起眼来望着她。

四目相对的沉默里，他轻轻吞咽了一下，说："好。"

临近下课，楼道里传来纷乱的脚步声和高高低低的说话声。

苏好和徐冽端端正正坐在座位上，低头写着作业，好像刚刚什么也没发生。

但苏好笔下白得干净的试卷却是明晃晃的罪证。

二十分钟过去，她的余光里全都是徐冽，一道题都没做出来。

她用笔尾搔了搔头皮，叹了口气："第一道题选什么啊？"说着趴到隔壁去看徐冽试卷上的答案。

然后发现徐冽二十分钟也只写了班级和姓名。

而且姓名那一栏写的名字还是——苏好。

"你在帮我写作业吗？"苏好指着他试卷上的姓名栏问。

"……"徐冽这才注意到这个低级错误，默了默，"嗯"了一声。

苏好忍着笑，把自己还没写班级姓名的试卷递过去，跟他交换了一下：“不就是预约了个女朋友嘛，冷静点。”

徐洌接过她的试卷，默不作声地写上自己的名字，低头扫了一眼第一题题干，正准备靠过去给她讲题，后门进来了一拨同学。

“这绝对是我离死亡最近的一次！”一个男生拍拍胸膛，“我真的差点儿以为自己要挂在实验室了！”

“都说一路了，能不能消停点？尤欢欢都哭了没看见吗？”郭照跟在后边吐槽。

苏好被他们的对话吸引了注意力，见进来的每个同学都是一脸惊魂未定的表情，奇怪道：“都怎么了？”

郭照回到座位，扒着苏好课桌小声说：“尤欢欢做实验的时候不小心把装酒精的滴管插到了硝酸里，还心不在焉捏了两下胶头，二氧化氮差点儿跑出来了！”

苏好惊愕地扭头看向徐洌：“二氧化氮，传说中的棕红色有毒气体？”

徐洌点点头。

“然后呢？”苏好问郭照。

“没事，曾老师救场及时，我们都被疏散出去了。就是尤欢欢被曾老师骂得不轻，哭得可惨了，现在被她同桌陪着去洗手间洗脸了。”郭照长长吐出一口气，“苏姐，还好你们没去上课，不然就是一天里第二次生命威胁了。”

“尤欢欢今天怎么了？”苏好皱皱眉头，回忆了下图书馆里的情形，“图书馆里撞到书架的好像也是她？”

“对啊，我刚也在跟人说呢，她是不是撞邪了……”郭照嘟囔，“估计是中午那事吓得不轻吧，做实验都六神无主。”

郭照话音刚落，尤欢欢从后门走了进来，慢吞吞挪到苏好课桌边，眨了眨红肿的双眼：“苏姐，我有事告诉你，你能不能跟我出来一下？”

苏好看不得女生哭。

因为她自己很少哭鼻子，除了在姐姐的事情上，还有今天被徐例吓到的例外，印象中这些年好像就没掉过眼泪，所以也不擅长在其他女生哭的时候安慰人家。

苏好跟尤欢欢到了走廊尽头的弧形拐角，见她脸上生气全无，主动打破了沉重的气氛，用轻松的语气说："怎么回事啊你，魂不在？也没人追究你中午那事啊，大家不都在怪书架太老、太脆吗？至于酒精混硝酸，寻找生命的刺激吗？"

尤欢欢的鼻头微微有点发酸。

苏好也真是个老好人，碰到这种事都不骂她，还变着法子逗她。

她深吸一口气，下定了决心："苏姐，我不是不小心撞到书架的。"

苏好像被敲了一记重锤，脸上笑意一僵："什么？"

"我是被人绊了一脚。"尤欢欢低下头去，"当时很多人挤来挤去，我也在那儿蹦跶着抢书，好不容易抢到一本，想挤出去的时候踩到了一个人的脚。"

苏好板起脸来："谁？"

"我本来不知道，回教室看到庄可凝皮鞋上有个鞋印，就问绊我的是不是她。她说是，骂我别咋咋呼呼，长着眼睛好好看路。我看她承认得这么干脆，一开始没多想，以为都怪我自己没看地。"

"后来呢？"

"后来去化学实验室的路上，我听见她在跟科代表吐槽，说老班为你调课，让全班迁就你的时间，结果你根本不稀罕上课，凭什么老班这么偏心……反正话说得很难听，我就怀疑这事是不是没那么简单，做实验的时候才分心了。"

苏好眯起眼思索着什么，没说话。

"最近庄可凝对谁都特别刺，"尤欢欢继续说，"那天期中成绩出来也是，她名次倒数，我想着之前跟她朋友一场，安慰她几句吧，她说我和郭照排挤她这么久，现在猫哭什么耗子。可我也不是排挤她啊，就是觉得她当初故意打翻颜料桶这事很可怕，不想跟嫉妒心这么重的人走太近……”

苏好沉默了一会儿，问：“连你安慰她的时候，她都骂你，今天你踩了她的鞋，要不是你主动问起，她一句话也没说？”

尤欢欢点点头。

照庄可凝最近的作风，按理在图书馆被踩的当下就该骂她不长眼，却偏偏等她发现鞋印以后才发飙。好像要不是她眼尖，这事就那么过去了。

苏好脸色阴沉下来，大步流星地回到教室，目光搜寻一圈，走到庄可凝座位边，一把拽起她的手腕，把她往外拖。

“啊——”庄可凝尖叫着扒住桌沿，“你干什么？”

“我干什么？我在保护你那张不要的脸皮！”苏好死死掐着她的手腕，俯身压低声音说，“图书馆的事，想在这里当着大家面说，还是去厕所？”

庄可凝在众人错愕的注视下，跟苏好进了女厕所。

苏好清完场，反锁上门，把庄可凝一把推到墙上。

庄可凝后背撞到墙，吃痛地躬起身体：“苏好，你疯了吗！”

“是你疯了！”苏好把她拉起来，手肘抵上她的咽喉，“你知道自己做的事会弄出人命吗？”

“我做什么了？你有证据吗？”庄可凝咬牙切齿地看着她，“苏好，你别一副正义使者的样子在这儿声讨我，你让我的朋友排挤我，让班主任看不上我，不也是在要我死？”

苏好不可思议地笑了一声：“你在说什么？”

“别装了你！要不是你跟尤欢欢和杜康告状说我诬陷你作弊，尤欢欢怎么会排挤我，杜康又怎么会给你撑腰，把宣传委员的位子给你，处处偏袒你！你拿黑板报名次羞辱我，拿考试成绩压我一头，不就是要我死吗？”

苏好终于知道庄可凝对她的敌意为什么这么深。

她松开庄可凝，往后撤了两步，发笑道：“你说我挑拨你跟同学、老师的关系，还为你读书考试？你当自己是世界中心，值得我花这么多精力？

“庄可凝，人都要为自己犯下的错付出代价，你心态崩了别怪别人，怪你当初做下的那些脏事！”苏好掸掸沾上灰的衣袖，语气凉下来，“去医院检查检查是不是得了被害妄想症吧，我说认真的。”

“你胡说！我没有！”庄可凝像被刺到了痛处浑身发抖，扯着嗓子喊，“苏好，你别以为自己会一直有老师偏袒，什么事都兜得过去，我告诉你，杜老师下学期就调走了，我看你以后还怎么在班上混！”

苏好的瞳仁一缩，想到了什么：“你家里联系了校领导？”

庄可凝冷笑道：“是啊，有一样东西，我有，你没有。”

像被一盆冷水兜头浇下，凉到心底，苏好忽然想起杜康说的话——

你们这俩孩子，真是多灾多难，叫我以后怎么放得下心。

你们能听我唠叨的时间不多了，愿意珍惜的珍惜，不愿意珍惜的忍忍！

我要真不教你们了，你们是不是一个个都高兴得蹿上天？

凉到底之后就是冒火。

苏好拽着庄可凝的衣襟，把她的脑袋狠狠掼到洗手池里，刚要拧开水龙头，突然听见女厕的门被人敲响。

“苏好，是我。”门外传来徐冽冷静的声音，“别动手，你先出来。”

第二十二章

少年的心儿永不老

“少年会老，但这个世界永远会有少年，所以我相信，这个世界将会永远热血。”

苏好被徐洌带回了教室。

过了放学时间，教室里人都已经走空，苏好坐在座位上发着呆一声不吭，等徐洌给她倒了杯温水过来，才机械式地捧起杯子，往干燥的喉咙底送水。

刚刚苏好把庄可凝拖去女厕，很多正在整理书包的 7 班同学都跟过去听墙脚，徐洌把人通通疏散了，站在门外等她，在她冲动的时候及时拦下了她。

徐洌听了全程，已经知道事情的经过，等她喝完水，把她的身体掰过来，让她面对他，然后将她发凉的双手捂在掌心。

苏好的手慢慢回温，眨了眨酸胀的眼：“我就不该为了出一口气，跟老班说要当什么宣传委员，也不至于连累他。”

徐冽摇摇头。

不管是之前温安妮因为争不过苏好，让家里人刁难苏好在北城做生意的爸妈，还是现在庄可凝因为嫉妒苏好，让家里人调走杜康，错的都不是苏好。

他始终觉得，少年之间的事就该用少年的方式解决，苏好不需要承担“连累”这样的罪责。

“你没错，”徐冽捏了捏她的手指，“如果连十七岁的时候都不能有锋芒，大家未免都活得太窝囊了吧。”

“可是现在怎么办？”苏好垂着眼睑，肩膀塌下去，“我家也没有庄可凝那么厉害的后台。”

刚刚庄可凝说，有一样东西她有，苏好没有，指的就是家境和后台。

徐冽用食指轻轻弹了下她的额头：“忘了还有我吗？”

苏好紧皱的眉头在短暂的舒展之后又重新蹙起来。

“你是说，”她猜测道，“让你姐夫帮忙？”

徐冽有些意外：“你知道他？”

苏好点点头。

之前陈星风跟徐冽打架的那天，她偶然看到徐冽身上的旧瘀青，问施嘉彦这是怎么回事。施嘉彦就跟她讲了几句徐冽家里的事。

她记得施嘉彦说，徐冽之所以到处打工是为了攒钱还他姐夫。他姐夫和他姐姐还没结婚，他不能仰仗他姐姐的人情，心安理得地欠他姐夫的钱，因为如果这钱他不还，就会记在他姐姐头上。

所以苏好有理由相信，虽然徐冽说出这个提议的时候态度理所当然，语气也很轻松，但他心里不可能没有过矛盾和为难。

如果徐冽没有心理负担，苏好也许会高高兴兴接受这个提议。

但徐冽心思很重。何况钱能一五一十地还清，人情却很难。那么让他因为她欠下更多人情，积累更多心理负担，苏好就不愿意了。

她觉得事情还没到这一步，也未必会到这一步。

“施嘉彦跟我说起过，”苏好把半边脸贴在课桌上，侧头看着他，“我不想这样，用更大的后台压倒后台，让更有钱的人压倒有钱人，好没劲。”

苏好没说出真正的原因，但徐冽大概猜到了施嘉彦跟她说过什么，也就能猜到她为什么拒绝。

这个女孩子交朋友最讲义气。

或许是不希望徐冽真为了这件事去找姐夫，苏好趴了一会儿振作起来，不知是在说给自己听还是在说给徐冽听：“这不还没定数的事嘛，我就不信我斗不过她！”

“我也不信！”后门忽然被人拍了一巴掌，一道男声随之响起。

苏好被吓得心肝一颤，僵硬地回过头去，看到体育委员谢一舟兴冲冲地走了进来。

随后是班长、副班、团支书、学习委员、劳动委员、纪律委员、语文科代表……以班委居多的十几号人气势汹汹鱼贯而入，一人拍了一巴掌门板，拍得整扇门一抖一抖的。

徐冽因为分神照顾苏好情绪，也没注意走廊外来了人，目光从这些人身上一一疑惑扫过后，跟苏好对视了一眼。

“你们是暴民吗？”苏好惊诧地看着他们。

“苏姐，我们不是暴民，是你的甜心 sweety！”郭照朝苏好比了个心，尤欢欢紧随其后，吴语不愿意比，被郭照和尤欢欢强行一根拇指一根食指拧巴起来。

苏好：“……”

“苏姐，是这样，你也知道我们学校厕所隔音效果有多差，我刚才在男厕听到了你和庄可凝的绝密对话，知道了学校要调走老班的事，然后就告诉了班长，班长又告诉了副班长，副班长又告诉了学委，学委又告诉了……”谢一舟抬手比了下身后这些人。

“虽然老班平时废话多了点，但绝对是我念这么多年书碰到过最把学生当自家孩子放心上的班主任。如果老班对苏姐叫偏心，那我觉得我也被偏心了。上学期我在篮球场拉伤韧带，老班那么虚胖的人，着急背我去医务室都差点儿闪了老腰……”

郭照点点头：“我也被偏心了，我一开始因为嗓门儿大被大家取外号叫‘聒噪’的时候想不开，老班特意找我谈话，跟我说他以前被人取外号叫‘胖头鱼’的事，我听完就高兴了。”

“我也是我也是，年前我爸妈离婚了，谁都不想带我，那段时间老班天天邀请我去他的教职工公寓吃饭，说他和师母会照顾我。”

“还有我还有我……”

苏好目瞪口呆地看着大家。

最后班长费喆比了个打住的手势，捏捏衬衫领，像在摆正并不存在的领带，总结道：“总而言之，言而总之，经班委会决议，我们决定集合班上有这项意愿的所有同学，向校长发起万民请愿书，把老班留下来！‘何以解忧，唯有杜康——守护全世界最好的老班’计划，即日起正式启动！大家鼓掌！”

掌声雷动，十几号人鼓掌鼓出了百十来号人的气势。

苏好在掌声的末尾带着一丝犹疑加入了他们，缓缓拍起手来，问徐冽：“……这有用吗？”

徐冽眨了眨眼，实话实说：“可能没有。”

苏好神情凝重地点了点头：“可是不知怎么还是想试试。”

此刻的苏好还不明白为什么她会想要试试，但以后总会懂得——这是因为，一个人中二，那叫傻子；一群人中二，那叫青春。

入夜后，本该人去楼空的高二 7 班教室灯火通明。起先只有班委和个别积极分子在，后来又有很多住在附近的同学得到消息，吃过晚饭后陆陆续续返校。

班长跟学校打了申请，骗老师说大家留堂组建了学习小组，然后通知每个人准备一则“我和杜老师的故事”，一到两百字左右篇幅，打好草稿叫语文科代表和学委润色审核，再在请愿书的附纸上亲手把故事誊抄下来。

苏好写了自己在杜康的引导下，从一代人神共愤的吊车尾学渣到金榜题名的光荣事迹，写得天花乱坠，被语文科代表用“不够真诚”的理由打回来，又重新走朴实派路线，改了几稿终于通过。

等通过以后她就开始烦徐冽，让他也写一个。

徐冽因为耳朵的伤跟林阑请了假，说明天再去上课，陪苏好在教室留了个堂，强行被注入中二血液，被迫拿出纸笔。

苏好趴在他旁边监督他写，一边看他下笔一边念他写的内容：“转学来的第一天，班上的苏好同学不愿意跟我做同桌，建议我坐到讲台边，但杜老师不同意，认为这样有害颈椎健康，仍然安排我坐在苏好同学隔壁。现在，苏好同学已经成为了我的女……朋友……？”

“这样不太好吧？”苏好掩着嘴小声跟徐冽说。

“靠！”一旁的谢一舟也爆了句粗口，“岂止是不太好，简直是太不好！冽哥，你这是在挽留老班还是在秀恩爱？”

徐冽缓缓侧头，看了眼旁边的念稿人，拿笔在草稿纸上画了两道，让她看清楚。

苏好定睛去看：“哦，不是女朋友，是好朋友，”她转过头，对谢一舟呵呵一笑，“我漏看了一个‘子’字。”

当晚，请愿书出乎意料地取得了二十七位同学的亲笔签名，另外还有十位左右同学晚上出不来，说明天找班长补签。

散场的时候已经是晚上九点多，徐冽打了个车送苏好到春庭湾。

晚上临睡前，苏好得到一个“噩耗”，舅妈说曹姨这两天请假回了老家，周末得靠她管邹恺的早午餐，还不许她点不健康的外卖。

苏好带着这个让她不愿醒来的“噩耗”躺上了床，生无可恋地设定了明早七点半的闹钟。

但可能是因为这一天过得像坐过山车，精神消耗过度，也或者是因为潜意识里实在不想给邹恺做早饭，第二天清早，苏好在闹铃响起的那一瞬间完全忘了林阑交给她的重任，痛苦地秒掐了闹钟，坦然地给自己的身体翻了个面，又睡了过去。

等到她重新自然醒，时间已经接近九点。

苏好从床上坐起来，动动耳朵，发现四下的安静程度简直像又一个河姆渡文明奇迹。

邹恺居然没有夺命连环敲她的门？

这不可能。邹恺怎么可能让自己饿肚子？

她宁愿相信南方的五月会飞雪，也不相信邹恺会当田螺姑娘下厨做早饭。

这小子该不会偷溜出去玩了吧？

苏好拉开房门，看了眼隔壁空无一人的房间，往楼下喊："邹恺，你死哪儿去了！"

"我才没有死！等你给我做早饭我才真的要饿死了！"邹恺中气十足的声音传了上来。

苏好一愣，趿拉着拖鞋下楼去，到了楼梯口，看见邹恺坐在餐桌边，正用叉子叉起一片煎培根，手边的盘子里还有快吃完的欧姆蛋。

她一手扶着楼梯扶手，一手探了探自己的额头："我这是还在梦里？"

邹恺津津有味地嚼着培根："是的，姐，你这么能睡还是继续做梦去吧，反正我有我哥了。"

苏好似有所觉地朝厨房望去。

徐冽洗干净手，走出厨房，看着她问："吃什么？"

原来田螺姑娘在这里。

苏好看了眼徐冽捋到手肘的衬衫袖子，指指餐桌上的早餐："你做的啊？"

徐洌点点头。

“姐，你瞅瞅这欧姆蛋，这嫩的，这滑的，这软的，这香的，你做的跟这一比，那就是垃圾食品。”邹恺刁钻地品鉴道，“不，说你那是垃圾食品，垃圾食品都委屈。”

苏好走上前拧过他耳朵：“吃了人家一盘欧姆蛋就不知道自己姓什么了，啊？”

“我姓什么那也不跟你姓啊！”邹恺挥着手隔空去扒徐洌的胳膊，“哥，哥救我！”

结果当然是扒不到。

徐洌一边平静地看着两人打架，一边问苏好：“吃蛋还是吐司？”

苏好的嘴巴想尝徐洌的欧姆蛋，心却被邹恺的侮辱伤到，咬牙说：“吐司！我才不爱吃什么欧姆蛋！”

徐洌挑了下眉，转身走回厨房，提醒她：“那你先去洗漱，把衣服穿好。”

苏好眨眨眼，低头看了看自己的吊带裙，一把环抱住胸，匆匆上了楼。

等她刷完牙洗完脸，换好家居服再下楼的时候，徐洌已经给小鬼头上起奥数课。

而客厅的餐桌上摆的并不是吐司，是一盘热腾腾的、金黄的欧姆蛋。

“……”心里的声音被听到了。

苏好光速空盘了徐洌的欧姆蛋，遗憾地发现邹恺说得对，和徐洌比起来，她做的那都是什么垃圾。

把一堆脏餐盘丢进洗碗机以后，苏好去阁楼画了会儿画，临近午饭时间，她重新下楼走进厨房，打开冰箱对着一堆食材发呆。

徐洌的微信消息打断了她茫然的思绪——昨晚苏好已经把他的微信好友加了回来。

X：中午意面？

苏好想了想，觉得不跟徐冽争了，当一个好吃懒做的人有什么不好？

她敲字发送：先说好，我只会吃。

X：嗯，我还有半小时，你先把冰箱里的猪肉拿去微波炉解冻。

苏好拿出猪肉，刚放进微波炉又收到“X”同学的补充消息：解冻模式，别煮熟了。

苏好：你当我傻？

X：你弟说你煮过。

“……”

苏好气闷地捂了捂胸口，回复消息：谁还没年轻的时候了，我现在已经是知识分子了！除了解冻猪肉还有什么？给你瞧瞧苏姐的手艺！

X：猪肉解冻完剁成肉末，不用太碎，差不多就行，拿三个番茄，热水烫一下，剥皮以后切丁，大概你中指指甲盖大小。

X：小心手。

苏好冷哼一声，兢兢业业地在厨房干起了活。

徐冽给姐弟俩做早饭耽搁了时间，晚了半个钟头才开始上课，为了补够时间，一直上到十一点半才结束，下楼的时候看见苏好正弯着腰在切番茄丁，切几刀，拿自己中指指甲盖凑过去比对比对，绣花似的磨洋工。

徐冽想笑，又怕突然出声吓到她切着手，等她搁下菜刀，揉起发花的眼睛，才移开厨房的玻璃门走进去。

苏好还剩最后一个番茄没切，骄傲地一指案板：“怎么样，看看姐为你切下的江山！”

徐冽点头，一边洗手一边说：“辛苦了，你弟说他饿了，剩下一个我来切吧。”

苏好还没参透他这话的前后逻辑，看见他手起刀落，三下五除二地把一个完整番茄唰唰唰切成了一摞丁，大小块头还都差不多。

原来他只要花她十分之一的时间就可以切完一个番茄。

苏好就不明白了，她画画的时候明明挺心灵手巧的啊。

眼看徐冽切的番茄丁居然没像她切的一样流汁，苏好的求知欲旺盛起来，好奇道："为什么你切就不会红糊糊一片？"

"番茄有经络，顺着经络切会好点。"徐冽答完她的问题，隐约听见渐近的脚步声，回过头，用干净的那只手捏了下她的脸，"你弟下楼了。"

苏好立马离他远了些，清清嗓子，提高了声音装模作样地喊："哎呀，真是辛苦徐老师啦，回头让我舅妈给你加工资哦！"

邹恺走到厨房门口，探头往里一看："姐，饭还没好，我想看会儿电影。"

"你自己去看啊。"苏好觑觑他，"这事还要我给你批报告？"

"我想看《死神来了》，"邹恺瘪瘪嘴，"我一个人不敢，你来客厅陪我。"

"多大的人了，有什么不敢？是不是男子汉？"苏好还想看徐冽做饭，翻了个白眼说，"我得在这儿给徐老师打下手。"

"我哥根本不需要你帮倒忙！"邹恺气哼哼地说，"是不是哥？"

徐冽朝苏好抬抬下巴："去吧。"

苏好只好去了客厅，和邹恺一起瘫在沙发上看起了电影。她对这种恐怖片有点免疫，体会不到什么刺激感，于是一边听着厨房里吱吱嚓嚓的响动，全程身在曹营心在汉，一边玩着手机跟徐冽发消息。

只是没想到电影播放到三十多分钟的时候，画面一转，屏幕上突然出现一个光裸的女人，和一个男人在帐篷里演起了亲热戏。

苏好一愣之下立刻捂住了邹恺的眼睛。

"姐，你干吗！"邹恺还没看清发生了什么，挣扎着乱动。

苏好不得不一手摁住他的肩，一手继续捂住他的眼，这么一来她也没法得闲去拿遥控器，只能蒙蒙地盯住了电视屏幕。

身后忽然传来脚步声，紧接着，电视被关掉。

徐冽拯救了她。

一室尴尬里，苏好涨红了脸，缓缓松开邹恺，硬邦邦地起身："那个，饭做好了啊徐老师？"

"嗯。"徐冽若无其事地招呼邹恺，拍拍他的肩，"过来吃吧。"

邹恺还在那儿抱怨苏好莫名其妙，苏好屏蔽了他的声音，脚步虚浮地走进厨房去洗手。

徐冽跟了进去，看了眼她红透的耳根，想起开学第一天，也不知是谁信誓旦旦地跟他自我介绍说，自己是个"思想非常 open 的艺术生"。

徐冽走到苏好身后靠近她，低下头，在她耳边笑了一声，把她当初的豪言壮语奉还回去："习惯一下，这种尺度都接受不了，我们以后处起来会很困难。"

苏好愣了一愣，隐约记起这是她认识徐冽的第一天，为掩饰被他发现裸体人物素描的尴尬，虚张声势出口的狂言。

她也不知道为什么，她这金鱼脑子一回想起跟徐冽有关的事——尤其是那种尴尬到脚趾蜷缩的细节，就像开了挂一样。

她现在甚至还清楚地记得，自己当时是怎样故作姿态地斜倚着徐冽的课桌，向他展示她笔下的画，说这些是她的理想型，又是怎样用不屑的语气，嘲讽他那仿佛没见过世面的表情。

一切都是那么的言犹在耳，历历在目。

苏好脸上火辣辣地疼，但仔细想想又觉得这事也不怪她。

她自诩走南闯北多年，算得上半个"社会姐"，调戏个文弱书生还不绰绰有余，可谁能想到这不是个"弟弟"是个"爸爸"？

她都没跟徐冽算他当初大灰狼装小绵羊的账，他倒心安理得地调侃起她来。

苏好恼羞成怒地张开五指，把指尖上滴滴答答的水往他脸上弹拨，压低嗓门儿说："处起来很困难那就别处了，来啊，一拍两散啊！"

徐洌侧过头一边笑一边躲，被她穷追不舍到角落，无路可去，只得一把箍住她两只手的手腕。

苏好倏地安静下来，眨着眼看着徐洌。

有隐秘的星子在空气里噼啪炸开。

正在这时，客厅传来邹恺的声音："姐，面盛出来了没啊？我都快饿死啦！"

徐洌往后一退，松开了苏好。

苏好叹了口气，心里闪过一个未雨绸缪的念头：以后结了婚，一定不能太早要孩子。

三人午餐结束，苏好把三个盘子叠在了一起，端去厨房之前骂瘫上沙发的邹恺："刚吃饱饭站着动动，别跟老大爷似的瘫在沙发上！小小年纪就有小肚子了，小心以后找不到女朋友！"

"我才不会找不到女朋友！"邹恺拧着眉头回嘴，理直气壮地回完以后，忽然觉得身下的沙发有点发烫，怎么都躺不住了，又一骨碌爬了起来。

徐洌看了眼苏好走进厨房的背影，起身跟邹恺说："我去帮你姐洗碗。"

"用不着，哥！我姐她懒得很，才不用手洗碗，她都用洗碗机！"

"……"徐洌默了默，"那我去洗锅。"

"等会儿哥，你先别走。"邹恺神神秘秘地走到徐洌身边，小声问，"哥，有小肚子真的会找不到女朋友吗？"

徐洌挑了下眉，想说不会，可话到嘴边，见支不开小鬼头，干脆点了点头："会，你现在最好去院子里站着消化消化。"

"我不信！你和我姐合伙骗我！"邹恺摇头。

"那你看我有没有？"徐洌指指自己。

邹恺瞅瞅徐冽扎在西裤里的衬衫，伸手去摸他的腰腹，摸到一手结实的腹肌，像被劈了道惊雷似的，整个人晃了晃，难以置信地抱住了脑袋。

十一岁孩子的世界观崩塌起来是很容易的。

邹恺浑浑噩噩地去院子里消化食物了。

徐冽看了看厨房里默默洗锅的苏好，移开玻璃门走了进去，接过锅，拧开水龙头，让她洗干净手。

苏好跟他胳膊挨胳膊挤在水槽前，冲洗掉手上的泡沫以后，没话找话地问："欸，你怎么这么会做菜？"

徐冽摇头："也就会几样早午西餐。"

"学做菜还偏科？"

徐冽垂眼觑她："在美国学什么中餐？"

他说这话的时候语气带笑，态度随意，苏好却一下子明白了他为什么刻意表现得这么轻松。

原来所谓的会做菜是打工时的生存技能。

苏好忽然宁愿今天的早饭和午饭都是黑暗料理。宁愿徐冽跟她一样，是个十指不沾阳春水、会把需要解冻的猪肉煮熟的"傻白甜"。

苏好盯着徐冽的脸看了一会儿，叹息道："你说你这么全能，以后会不会很抢手？"

徐冽笑了一下："不会。"

苏好觑觑他："那你还挺……"

"因为不全能的时候已经够抢手了。"

苏好收回了还没出口的"谦虚"两字，捶了拳他的后背，捶完后好像想起什么，偷鸡摸狗似的往厨房的玻璃门看了眼："恺恺呢？"

"去院子里重塑世界观了。"

"啊？"

徐冽把她刚才没听到的对话讲了一遍。

苏好的耳朵自动划分信息重点，注意力全在徐冽的腹肌上，最后欲望战胜了脸皮，她伸出五指问："那我能摸摸看吗？"

虽然徐冽这人偶尔会一本正经地损人，但总体来说对她还是很不错的，所以苏好问出这话的时候并没有预想自己可能会被拒绝。

没想到徐冽把洗好的锅晾在锅架上，擦干手后淡淡说了句："不能。"

"为什么？"苏好瞪他。

"未成年摸什么腹肌？"徐冽挑眉。

"那恺恺不也未成年吗？怎么他行我不行？"

徐冽用食指轻轻弹了下她的额头，认真作答："因为他摸我，不会让我心猿意马。"

"……"

因为徐冽负伤，苏好没留他画画，赶他早点回去做作业、做课件，这样晚上可以不用熬夜。

第二天周日下午，苏好窝在书房捣鼓周一升旗仪式上国旗下讲话的演讲稿。年级主任让她分享在期中考试里一跃进步两百名的学习经验，但她最大的经验就是徐冽，又不能广而告之，于是陷入了僵局，磨了半天就写出一句"敬爱的老师，亲爱的同学"。

苏好暴躁地想撕文稿纸的时候给徐冽拨了通语音电话，让他帮她列个提纲。

徐冽了解她各科优劣势分别在哪里，也没怎么思考，随口一说就正中要害，等挂断电话，苏好再下笔就如鱼得水了。

大功告成已经临近返校时间，苏好在家随便吃了几口晚饭就去了学校，一进教室就见里面满堂雀跃，她在座位上坐下，问徐冽这是怎么了。

徐冽还没回答，郭某积极分子先转过了头："费喆刚才已经把请愿书有惊无险地投递到了校长室。"

"有惊无险？"

“对，路上被老班撞见了，差点儿露馅儿，幸好费喆机智地圆了过去。这事可不能提前让老班知道，不然他肯定不许我们搞事！”

苏好恍然：“他们周末效率挺高啊，最后收集到多少人请愿？”

“三十九，厉害不？”

苏好点点头，班上一共四十八个人，除去庄可凝，剩下个别几个同学或者是胆子小，或者是本身对杜康确实存在意见，倒也正常。

苏好放下心来，看了看周围干了场大事后格外兴奋的同学：“那就等等看结果吧。”

“费喆说校长助理很感动，还表扬大家有心，肯定是好结果！”郭照激动地搓搓手。

徐冽看了眼两人，没有参与她们的对话，因为不想在所有人齐心协力拧成一股绳、热血沸腾的时候，去给他们浇一盆冷水，不想提醒他们：小孩子夸你，是真心觉得你好；大人夸你，却可能有很多种意思。

可是这盆冷水不由他浇，也迟早会由现实浇下来。只是，方式戏剧得出人意料了一些——

第二天早自修下课后，吃过早饭的班委科代表们聚拢在教室外的走廊唠嗑，正猜测校长有没有看信，谢一舟蔫头耷脑地走上楼梯，到众人面前举起手说：“都别猜了，校长不会看到信了。”

大家一愣，等看清谢一舟手里捏着什么以后，齐齐地蒙在了走廊上。

那是他们花了一个周末，凝聚了三十九个同学的力量一字一字写成的请愿书。

而此刻，整个信封包括内里的信纸都被切割成了无数细小的纸条。

这是纸张从碎纸机里出来以后的样子。

“我在校长室门口蹲点，想看校长来没来学校，”谢一舟垂着眼说，“结果看到保洁阿姨在倒垃圾桶里的垃圾。”

众人不约而同地陷入了沉默。

聒噪的郭照，直言直语的尤欢欢，一贯擅长主持大局的费喆，所有能说会道的人全都哑口无言。

他们第一次体会到，原来人在愤怒到极点的时候根本骂不出脏话。

落针可闻的安静里，坐在窗边的苏好站了起来，问窗外的人：“信拆过吗？”

谢一舟塌下肩膀，举着那堆纸条给她看：“我看过了，封口没拆，是直接碎了。”

徐冽皱皱眉，沉出一口气，抬头去看苏好的表情。

苏好比他想象的冷静。

她没有骂人，没有发怒，只是冷静地点了点头，过了会儿，又再次点了点头。

广播里，运动员进行曲忽然响起，是升旗仪式的时间到了。

苏好看了眼课桌上的国旗下讲话演讲稿，朝谢一舟摊开手，冷声道：“请愿书给我。”

“苏姐，你要干吗？你这架势看得我怕怕的，我们再想想办法吧，你别冲动……”谢一舟为难地捏着信。

“请愿书给我。”苏好平静地重复了一遍。

徐冽没有拦她，因为他大概知道她要做什么了。

运动员进行曲响过三遍之后，各班都陆续抵达了操场集合。

五月中旬的艳阳天，烈日当空，金色的阳光刺得人睁不开眼，大家都被晒得蔫答答，更别提乍得噩耗、集体情绪低潮的7班人。

万年不变的升旗流程一项项按部就班地走，所有人都在底下打着哈欠熬时间，直到主持老师宣布了本次国旗下讲话的学生代表姓名——苏好。

年级里的人或多或少听说了苏好期中考试绝地反击的事迹，却不知道还有国旗下讲话这一出，都以为自己被太阳晒晕听错了，交头接耳地相互询问起来。

苏好穿着规规矩矩的短袖白衬衣和深蓝百褶裙，捏着一叠稿纸，在四下骚动里走上主席台，站定在立式话筒前，目光缓缓扫过底下一众学生老师。

“敬爱的老师，亲爱的同学，大家上午好，我是高二 7 班的苏好，很荣幸可以站在这里，作为学生代表做这次国旗下讲话。”苏好的声音透过话筒响彻操场，底下立马安静下来。

“虽然这是一件很光荣的事，但上周年级主任通知我来做演讲的时候，老实说起初我并不是很愿意。可我的班主任跟我说，我从前在大家面前一直是吊儿郎当、不学无术的样子，希望我做一次漂亮的国旗下讲话，改造我在老师们眼里留下的刻板形象。”

底下传来一阵嘻嘻的笑声。

苏好也扯了下嘴角：“一开始我也跟大家一样想笑，觉得我们杜老师太天真了，一次演讲哪那么容易扭转我在各位老师心中根深蒂固的坏印象？直到上周五我明白了，原来杜老师也知道这也许并没有太大用处，但就算是一点点用处也好，因为他能教我的时间不多了，他在尽力为我、为他的学生争取以后不要被新班主任戴着有色眼镜看待。没错，上周五，我和我们班同学得知了一个消息——杜老师下学期就要被调走了。而据我们所知，这并不是一次公平、公开、公正的调动。”

主席台下一片哗然。

杜康在 7 班队尾拼命给苏好打手势，急急挤开人群冲上前来。一旁的主持老师也怔住，犹豫着是否要来夺走苏好的话筒。

苏好摘下架子上的话筒，加快语速说：“我知道现在很多人要来拦我，也知道广播室有人准备切断我的话筒电源，但我恳请每一位打算阻止我的老师思考一个问题——假如今天，无奈接受这次调动的是你们，你们希望有人为你们站出来发声吗？”

主持老师抢话筒的手僵在半空。

冲到主席台楼梯边的政教主任脚步一滞。

杜康被 7 班几个男生死死拉住。

四下一片死寂，苏好一手握着话筒，一手扔掉了之前准备的演讲稿，举起手里剩下那堆残破的纸条：“这周末我们高二 7 班三十九位同学联名写了一封万字请愿书，递交到了校长室，可今天早上请愿书又回到了我们手里，已被碎纸机粉碎，沾上腐烂垃圾。

“我们不知道杜老师这次调动的背后牵涉怎样的人物关系，怎样的矛盾纠纷，以至于我们这四十八分之三十九的意愿连被正视一眼的机会都没有，成年人的规则交给成年人关心，我们只关心一个兢兢业业的好老师不该受到这样不公的待遇！

“我现在说出这些，或许依然改变不了什么，依然无法讨到我们想要的说法，但我希望杜老师即便妥协，也不要为成人世界所谓的规则寒心。今天是我们三十九位同学为您奔走，明天您去到其他地方，一定还会拥有更多爱戴您、尊敬您的学生。

“少年会老，但这个世界永远会有少年，所以我相信，这个世界将会永远热血。”

苏好搁下话筒，面朝众人鞠了一躬，往主席台下走去。

鸦雀无声的操场沉寂数秒后，爆发出雷动掌声，起先是学生，然后慢慢有老师也在无人注意的角落悄悄拍起了手。

不知是谁带头喊了一声“苏姐”，紧接着，应援声像汹涌的潮水，一浪高过一浪——

“苏姐！”

“苏姐！”

“苏姐！”

政教主任崔华的脚终于“恢复”了行动力，冲上主席台拿起话筒，指着走上塑胶跑道的苏好说：“一派胡言！苏好，你真是天生反骨，一派胡言！”崔华八字眉倒竖，“扰乱升旗仪式秩序，胆子大得很哪，赶紧地，给我罚跑十圈！”

苏好耸耸肩表示无所谓，从起点处跑了起来。

底下还有人在高喊“苏姐”，崔华往绿茵场怒瞪一眼，对着话筒骂：“谁那么没眼力儿见还在喊姐？要不都跟着你们姐一起跑？”

7 班队伍里，徐冽从后排走了出来，默不作声地踏上塑胶跑道，跟上了苏好。

7 班其他参与请愿的同学反应过来，纷纷挤出绿茵场追了过去。

9 班文铭、李貌、陈星风、苗妙、施嘉彦也跟着冲上了跑道。

几十号人轰轰烈烈地在日头下跑起了圈。

崔华叹息着摇了摇头，让主持老师喊话疏散其他班学生，走下主席台，看见杜康眼眶通红地站在底下，上前拍了拍他的肩：“老杜，值了啊！”

杜康抹着湿润的眼角点点头，望向塑胶跑道上的那群学生。

少年会老，但这个世界永远会有少年，所以这个世界将会永远热血。

你看这群少年，他们迎着烈日奔跑，笑到热泪盈眶。

绿茵场上的人群渐渐散去，红白相间的塑胶跑道上，几十号人排成长长一串，绕着操场跑过一圈又一圈。

跑道被阳光炙烤得滚烫，镀上一层艳丽的金橘色。天边白云聚了又散，散了又聚，光影明一阵阴一阵。

跑到最后一圈的时候，一场疾雨突然毫无征兆地落了下来。

烈日还当头，豆大的雨点就那么一滴滴“噼里啪啦”砸到了地上，将浅铁锈红色的跑道一点点染成深铁锈红色。

原本累到只剩喘气的众人像被这场突如其来的太阳雨点燃了精神气，在操场上又跑又跳，高呼吹哨。

骄阳似火的五月，连雨都热烈。

苏好笑着仰起头，迎着雨飞奔过终点线，朝更早跑到终点的徐冽张开了双臂。

徐洌隔着一层炽热的雨幕等在那里，把她纳入怀里，牢牢抱紧。

湿漉的雨水和汗水交融在一起，不分彼此，畅快淋漓。

苏好气喘吁吁地抬起脑袋，用下巴去够他的肩窝，抵着他的肩膀一边喘息一边笑："我厉不厉害？"

徐洌点点头，轻轻"嗯"了一声。

他相信此刻在场的每一个人，终其一生都不会忘记高中时代有过这样一场演讲，有过这样一个鲜艳张扬的女孩，这样一场太阳雨。

而他比他们每一个人又更幸运。

因为他在这场太阳雨里，得到了拥抱这个女孩的权利。

阵雨过去，蔚蓝的天际跨起一道彩虹，他们在阳光下相拥，享受十七岁最灿烂的一分钟。

当晚，其他班同学照常晚自修的时候，7 班参与请愿的三十九位同学被邀请到了办公楼的会谈室。

去的路上还有人插科打诨说，学校是不是要把他们联合处分，结果当然不可能。

校方毕竟不能逆水行舟，只有几个学生私下反抗的时候消息还能悄无声息地压下去，但苏好已经把这风波闹得全校皆知，流言甚至都传到了外边，那么这事就必须有一个体面的说法。

校长助理在会谈室跟他们解释说，请愿书是他在处理废文件时意外带进碎纸机的，实在非常抱歉辜负了大家的心意，给各位同学造成了不好的观感。

又说大家误解了校方的意思，关于杜老师调动一事其实还在商议当中，并没有最终敲定。至于调动的原因，也跟大家的猜想南辕北辙，和杜老师一样考虑调动的老师还有某某、某某、某某云云，原因有第一、第二、第三云云。

最后校长助理表示，综合客观上的某某、某某因素，校方决定由杜老师继续担任高二 7 班及未来高三 7 班的班主任。

在座的三十九位同学里没有人在意这些某某，这些第一、第二、第三。

他们在这件事里上了一课，知道了所有的某某，所有的第一、第二、第三都是说法，而不是真相。

但他们本就不是非要剥开真相，让这些大人向他们认错。

现在的结果是杜老师得以留下来，这就是最重要、也是唯一重要的事。

同一周的周五，高二 7 班的教室空出了一个座位。

庄可凝遭受了几天来自四面八方的白眼后在学期中转学了。

庄家父母用一个礼拜不到的时间，雷厉风行地处理好转学手续，让她一声不响地逃离了这个地方。

这么一来，大家也就明白校方和庄家人为什么妥协了。

世上没有不透风的墙，如果杜康被调走，庄可凝哪怕转学，也可能被传到外校的流言影响，继续遭受冷眼。

杜康留下来，学校里太平了，大家怨气少了，时间一久再提起庄可凝也不过感慨一句：哦，是个搞特权失败的人。

但就像大家不在意校方解释的说法，只在意结果，苏好也无所谓庄可凝是不是逃脱了精神惩罚，今后会过得怎么样——她保护了她珍惜的人，她就胜利了。

第二十三章

苏姐保护你

“不要相信刚才电话里那个人的诅咒。你已经做得够好啦，凭什么给人欺负？不怕，苏姐保护你。”

周五傍晚，班长拉了个微信群，邀请最初发起请愿的那批同学周六晚上聚餐庆功，还特别强调，希望苏好这个最大的功臣赏脸出席。

苏好一向有自己的小团队，原本和这群与她画风不同的同班同学像隔着“次元壁”，从没有私下来往。

但现在不一样了，拒绝战友总觉得有点过意不去。

当然苏好也有私心。

有了这个聚餐，她就可以名正言顺地和家里报备行程，光明正大地跟徐冽出去玩了。

苏好撺掇徐冽一起答应了聚餐，跟家里多报备了一顿午饭加一个下午的时间，早早打扮好提前出门，在距离春庭湾两公里的一家咖啡店等徐冽下课。

徐冽给邹恺上完奥数课，打车到咖啡店，接她去吃午饭看电影。

见徐冽当家教时总穿老成的白衬衫搭西裤，苏好今天特意配合他，穿了一件白色雪纺衬衫和一条黑格纹 A 字西装裙，扎起清爽的高马尾，还戴了他送给她的那条脚链。

因为这样，吃午饭的时候，餐厅多送了他们一份甜点，说两人实在太养眼、太般配了。

很多人都有一种奇怪的消费心理，总觉得额外赠送的那份珍贵，更何况店家的话还说得跟收钱了似的好听。

苏好愉悦地把这份惊喜的黑糖珍珠舒芙蕾吃了个一干二净。

走出餐厅后，她忍不住跟徐冽感慨："看看，要不是我费尽心思迁就你，往成熟了打扮跟你般配，能得到这种福利吗？"

徐冽当然不会告诉她，那份甜品是他特意让店家"送"给他们的。

长得好看的人有很多，如果餐厅一遇到养眼的男女就赠食物，那还做什么生意，不如去做公益。

徐冽点点头："托你的福。"

"我在暗示你老，听不懂？"

"听懂了。"

"那你不回嘴？"

"我本来就比你大。"

苏好被这话转移了注意力："你生日什么时候？"

"一月二日。"

苏好的生日是十月二日，两人刚好差九个月整。

她想一出是一出地问："一月二日的时候北城到下雪的季节了吗？"

"十二月就会有雪。"

"北城人民好幸福，我还从来没见过大雪。"她掏出手机看了下日历，"明年一月二日是元旦假敘，我十二月刚好结束联考，要不我们去北城看雪？"

徐洌正在考虑，被苏好掐了下胳膊：“怎么，北城不欢迎我？”

“欢迎。”徐洌笑着答。

苏好行动力十足地操作着手机日历上的备忘录，在明年一月二日那一格打上了一个爱心符号。

晚上的聚餐定在一家龙虾馆。苏好和徐洌看完电影之后刚好碰上出行高峰，打车到龙虾馆的时候比约定时间晚了近半个小时。包厢里一群人看着餐桌上几盆红红火火的小龙虾直流口水，可谁也没敢动手。

等两人并肩进来，众人等得饥肠辘辘，起着哄让他们罚酒。

苏好在“C 位”坐下，大跌眼镜地觑觑这一桌子人：“你们这不是雪碧可乐局吗？”

“苏姐，你看不起谁呢，”谢一舟拎起一瓶没开的 RIO，往转桌上“啪”地一搁，给苏好转了过去，“大家已经说好了，这种大日子必须突破禁忌，毁灭理性，今晚谁不喝酒谁是乌龟！”

“那什么，”郭照挽过尤欢欢的胳膊，“我和尤欢欢可就一人一杯啊。”

“知道知道，不会喝的意思意思就行。”谢一舟催促苏好，“苏姐和洌哥就不一样了，你俩可是老江湖，迟到不罚三杯说得过去吗？”

“就是就是！”满桌的附和声。

苏好摇着头去拿转到她眼前的那瓶 RIO，徐洌比她先接了过去。

“我替她喝。”徐洌拎起瓶子，“嚓”的一声开了瓶盖。

谢一舟递开瓶器的手顿在半空。

一群没见过世面的人直直望了过来，满脸惊叹。

徐洌抬眼看了看他们，目光中平静里带着一丝疑问。

苏好忍了忍笑，决定忽悠一下这群小学鸡：“那老江湖给你们讲讲这个自罚三杯的流程啊，空腹喝酒呢容易胃出血，所以现在一般我们罚酒之前都会先吃点东西垫肚子，这是时代新潮——养生罚酒。”

“哦，这样，那先吃再罚。”费喆主持着大局敲定了流程。

一桌子人纷纷戴起一次性手套去抓盘里的小龙虾。

苏好用手肘轻轻撞了下旁边的徐洌，掩起嘴笑嘻嘻地说：“你看着，一会儿他们就忘了。”

结局果然不出苏好所料，这群平常光喝可乐雪碧的人一沾带有酒精浓度的饮料，一个个不是思维放空，就是大闹天宫，别说忘了罚酒，恐怕连自己姓甚名谁都已经不记得了。

酒过三巡，包厢里的人趴的趴，睡的睡，游荡在包厢外的几个四处吟诗作对，只剩苏好和徐洌还稳如泰山地坐在餐桌边，剥最后一盘小龙虾。

准确地说是徐洌在剥，苏好在吃。

这是之前大家喊“没吃够”，另加的一盘十三香小龙虾，结果上桌的时候除了他俩，其他人都失去了吃小龙虾的神志。

苏好看了眼满桌狼藉，挨着徐洌的肩膀得意扬扬：“这么一看，我酒量是不是还挺好的？”

徐洌把刚剥出来的虾肉喂进她嘴里：“比上不足比下有余。”

“谁是上？你吗？”苏好嚼完龙虾肉，看了眼他面前的酒杯，好奇道，“如果让你放开喝，你喝多少会醉？”

徐洌又喂她一颗虾肉：“啤酒不知道，可能有点难。”

“说什么大话？”苏好推了他一把，“要点脸。”

“骗你干什么？”徐洌挑了挑眉，“胃会先撑，我没试到底。”

苏好托起腮思考：“那喝白的总能醉了吧？”

徐洌点头，看她一眼：“打什么主意？”

“谁要打你主意？”苏好嘟囔着用嘴接过他喂来的虾肉，支着额角打量他娴熟的剥虾手势，见他每次都技巧十足地把一节节虾壳摁松，又有一搭没一搭地问，“欸，你没谈过恋爱为什么这么会？”

“你指什么？”

苏好指指他的手："比如剥虾，又比如上次我说吃吐司，你却知道我其实想吃欧姆蛋，再比如送礼物啊，还有怎么让女生面子挂得住，怎么哄女生开心。"

"我只会哄你开心。"

"你看看你这嘴，一本正经油腔滑调！"

"我说真的，"徐冽确实没开玩笑，"知道怎么哄你，是因为你跟我姐性格上有几点相像的特质，我从小被她烦大的。"

所以他从一开始就比旁人更容易听懂苏好的口是心非，更容易理解她做出某些抉择的原因，一举一动背后代表的隐含意义。

或许也是因为这样，他才更轻易被她吸引。

看得懂一个人，才明白她珍贵。

"哦，"苏好这下相信了，"那得谢谢你姐把你教这么棒，让我在这儿坐享其成。"

徐冽笑了一下。

"可是我上回听你跟她打电话态度好冷淡，你说我跟你姐性格有点像，那你这么跟我说话，我肯定揍你一顿。"

徐冽收敛了笑意。

看苏好这个反应，施嘉彦上次应该只跟她讲了一部分徐家的事，并没有和盘托出。

"怎么了？"苏好观察着他的表情。

徐冽摇头，避重就轻地说笑："这点你们不一样，她娇气，动手倒是不多。"

"你意思是我粗糙咯！"苏好提高的声音吵醒了趴在桌上的几个同学。

正巧还算清醒的费喆推门进来，说他哥哥的车到了楼下，可以送大家回家，让徐冽帮忙把这几个同学扶下去。

两人的闲聊在徐冽惹怒苏好的时刻终结。

苏好给徐冽一个眼神让他去，意思秋后再算账。

徐洌和费喆把几个睡眼蒙眬的同学一个个搀下了楼。

因为座位有限，费喆的哥哥得分批送人，两人就在楼下帮忙安排顺序。

苏好独自等在包厢，过了一会儿，听到餐桌上传来一阵振动。

是徐洌落下的手机在响，来电显示一个没备注的手机号。

她以为是推销电话，瞟了一眼就没再管，可一通响满之后这个号码很快又打了进来。

第二通响的时候苏好犹豫了下，最后还是没敢接，怕万一是他家里人会不太方便。

直到第三通打进来，苏好听烦了，心想她就自报家门说自己是跟徐洌一起在聚餐的同学，也没什么大不了，干脆摁了接通键。

只是还没等她礼貌性地“喂”一声，那头的女声就尖厉地炸了起来：“终于肯接了啊！你就是那婊子的儿子吧！”

苏好一愣之下连出声否认都忘了。

对面连珠炮似的开骂：“你妈在美国给人当小三你都知道吧？卷走前夫的钱抛家弃女，带着你这宝贝儿子远走高飞还嫌不够，躲债到美国又勾引人家老公揩油水，真是贱哪！这么多钱还不够你妈养活你吗？你们母子也不怕给人唾沫星子淹死！我告诉你，母债子偿！你妈对你爸、对你姐、对人家无辜的家庭造下的孽，迟早报应到你头上！”

苏好听得胆战心惊，一头雾水地说：“你谁啊……你打错电话了吧……”

她嘴上这么说，心里却发虚，因为对方这些话的信息似乎都能跟徐洌的家庭背景一一对上。

刚好这时候徐洌推门走了进来。

见苏好脸色发白，他一边问着“怎么了”，一边接过她手里的手机，看了一眼屏幕上显示的陌生号码，对那头“喂”了一声。

那个女人还说了什么，苏好就听不见了，只看到徐洌的眼神在诧异过后阴沉下来，脸色变得越来越难看。

最后他什么也没讲，直接掐断了电话。

空荡荡的包厢里一室死寂。

苏好的耳边仿佛还回荡着那个女人的唾骂声和诅咒的话语，整个人像泡在一缸冰水里，窒息，僵硬，冷彻心扉。

徐冽沉默地捏着手机，一动不动站了很久，半晌后稳了稳心神，上前来用拇指摩挲了下她的后颈："吓到你了？"

苏好缓缓摇了摇头，呆滞地站着，一时不知道说什么。

看徐冽的反应，电话明显不是打错的。

如果不是确有其事，这样恶劣的指控和污蔑，他一定会反驳，可他只是一声不响地挂断了电话。

苏好回想着那通电话的内容，恍惚间明白过来徐冽为什么会对姐姐态度冷淡。

就像当初许芝礼不愿意苏好牵涉进那些乱七八糟的事，所以跟她闹绝交一样，远离有时并不是因为讨厌。

徐冽的妈妈做了不好的事情，徐冽把这些"债"记在自己头上，所以才疏远姐姐，认为自己不值得姐姐的好。

也是因为这样，他才选择独立生活，希望姐姐别再为他付出更多。

看苏好木讷的样子，徐冽不太确定她听到什么程度，松开了她问："那人跟你说了什么？"

"她说……"苏好只开了个头就哽住，难以启齿下去。

"没事，"徐冽摸摸她的脸颊，"我送你回家。"

苏好这下醒了神，摇了摇头："我不想回去。"

她不想回去，她不能回去，她只是一个听众，徐冽才是这通电话真正的受害者。她这时候怎么能落荒而逃，留他一个人消化那些负面情绪？

而且，如果那人的电话再打进来呢？

徐冽皱了皱眉："嗯？"

“不是还早吗？”苏好也不知怎么忽然无师自通了撒娇的技能，抱着他的胳膊晃了晃，“我想跟你多待一会儿。”

徐冽没法拒绝苏好，但两人也都没有心思特意安排什么行程，苏好不想继续待在封闭的空间，提出一起去压马路。

这个季节晚风的温度恰好宜人，苏好这地头蛇又知道哪里人少，哪里可以抄近道，带着徐冽东走西蹿，从人声鼎沸的马路穿到附近的羊肠小路，再绕到一条种满凤凰树的景观大道。

道旁凤凰花开得正盛，一团团火红缀在树梢，放眼望去满目烈焰，即便在温柔如水的月光下也难掩炙热。

苏好和徐冽并肩走在树下，问他：“你在美国的时候就知道你妈妈那些事吗？”

徐冽偏头看着她，有点意外她会直接问。

苏好其实也对自己的脱口而出有点意外。

换作从前她可能会让自己跟徐冽的秘密保持安全的距离。每个人都有秘密，不要过分去窥探，这是苏好处世的准则。

可是今晚她忽然发现，比起徐冽对她的了解，她对徐冽的了解实在太少。

徐冽是因为懂她才能哄她开心。

而她不知道他的心结到底在哪里，就没法帮他解开它。

徐冽点点头。

“那你当初之所以会流落到酒吧打工，不是因为没钱，而是因为不肯用你妈妈那些钱，不希望她为你去做不好的事？”

“嗯。”

“你离开美国以后，你妈妈还联系过你吗？”

徐冽摇头：“我姐夫保密了我的联系方式。”

苏好猜他不愿主动说，所以用提问的方式去拼凑答案，可真等拼凑出了答案，她却觉得自己的肺腑全都拧巴在了一块儿，又疼又难受。

从徐洌姐夫切断他们母子联系的做法看，徐洌的妈妈当时一定很执着地想争取到徐洌的抚养权，想把他留在美国。

可是让一个孩子怎么接受自己的母亲为了养活自己，去破坏别人的家庭这样的事呢？

徐洌会逃离美国一点也不奇怪。

苏好忽然记起当初开学第一天，她因为刚从美国集训回来，时差还没倒顺哈欠连天，杜康跟她说那个转学生也是刚从美国回来的。

她起初还以为那不过是有钱人的一趟旅行，却没想到那是徐洌一场差点儿醒不过来的噩梦。

沉默良久后，苏好握紧了徐洌的手，说："不要相信刚才电话里那个人的诅咒。"

"嗯？"

"我们生时是一个人来，死时也是一个人走，这个世界上哪怕是跟我们联系最紧密的父母，和我们也是独立分开的个体，哪有什么母债子偿？"苏好扬起下巴，"你已经做得够好啦，凭什么被人欺负？"

徐洌笑了一声，捏捏她的脸。

苏好拍拍自己的肩膀："不怕，苏姐保护你。"

两人沿着景观大道一直往前走，不知不觉接近了春庭湾。

看到距离春庭湾两公里多的一处红绿灯路口时，苏好一怔："啊，都快到家了，我们走了这么久吗？"

徐洌注意力也在别处，看了眼手机时间，说："走一小时了，累不累？打个车？"

苏好摇了摇头。

今晚她终于彻底明白了徐洌打工的背后藏了多少厚重的心事。她是真的心疼他赚钱辛苦。

可他今天一整天都不肯让她埋单，这时候打个车他肯定又要付账。

“我想走回去，还能抢个微信运动的封面。”苏好意气风发地一挥手，大步流星地朝前走去。

徐冽落在后面望着她的背影，迟迟没有动作，捏了下鼻子，轻轻沉出一口气，追上去拉住她的手腕，在她跟前蹲了下来：“上来，我背你。”

“我不累啊。”

徐冽笑着回头看她一眼：“跟你累不累没关系，是我想背你了。”

苏好拗不过他，趴上了他的后背，双手搂住他的脖子。

徐冽牢牢托住她的腿弯，步伐稳当地沿着马路朝前走去。

“朕又坐上朕的专属坐骑啦！”夜深了，马路上人烟稀少，苏好像许芝礼生日那晚一样兴奋地放声大喊。

徐冽低着头笑。

苏好垂眼看他：“坐骑还是有点瘦，不过没关系，朕会养你的。”

徐冽敛起笑，扭头看她。

苏好压低了声，认真地重复：“我以后会赚很多很多钱养你的。”

她不介意他的过去，也不害怕他的未来，她会赚很多很多钱养他的。

徐冽有一瞬间停滞了呼吸，只听见自己的心脏一下又一下沉沉搏动的声音。

次日返校之后，五月月考时间安排通知了下来。

苏好的好日子到了头，接下来半个月，别说平时，就连周末也全都泡在图书馆，被徐冽的辅导包围。

在题海里挣扎求生到五月底，等最后一天考完试，苏好觉得自己仿佛成了一条“死鱼”。

当天傍晚从考场回到教室，她连兴奋的力气都没有，疲惫地瘫在座位上，等待徐冽给她阅卷。

每一门考完，徐冽都会检查她试题卷上的做题痕迹，在心里大致给她估个分数区间。

“怎么样？”苏好有气无力地问他。

徐冽快速浏览着她的数学试卷，点点头，揉了下她的头发：“还不错，基础分都拿到了。”

“那就行了，知足常乐知道吗？”苏好一把夺过自己的试题卷，“快别研究考试了，我都要发霉了，赶紧想想明天怎么陪我过儿童节！”

前桌郭照听见这话，震惊地回头看了苏好一眼：“苏姐，你还是我苏姐吗？”

当代年轻人定义儿童节通常有那么一种流行趋势——高中生不屑过儿童节，嫌幼稚，大学生非要过儿童节，觉得自己还是个宝宝。

苏好这样就很崩人设。

其实她自己也觉得有点幼稚，可眼看最近只有这么一个节日，不跟徐冽过眼前的儿童节，难道等到端午一起纪念屈原吗？

“我不是你姐，我是你爸爸。”苏好飞了郭照一个眼刀子，转头威胁徐冽，“过不过？不过这日子也别过了！”

徐冽似乎从她的话里得到了什么灵感，挑了下眉说：“既然是儿童节，叫我一声爸爸，我陪你过。”

苏好噎住，张了张嘴又闭上，拍拍郭照的肩：“快，叫他声爷爷！”

郭照：“……”

徐冽：“……”

苏好用郭照的一声爷爷换来了一个儿童节。

只可惜六月一日是个周三，她和徐冽一直等到晚自修才有机会从教室溜出去。

六月一到，聒噪的蝉鸣声也响起来了，学校香樟林的蝉嘹亮地叫了一整个白天，到夜里才算静下来。

苏好熟门熟路地带徐冽穿过香樟林，一路眼观六路耳听八方地走到后墙边，手一伸就要去够墙头。

学校的墙不高，防君子不防小人，不过以苏好的身高，要直接撑上去还是有点费劲。

“爸爸干什么用的？”徐冽及时拦住她，将她一把竖抱起来。

苏好轻松跨上墙头，伏低身体观察四周。

徐冽双手一撑墙沿翻了过去，在底下朝她张开双臂。

苏好跳下来，被他稳稳接住。

“你说我们上辈子是不是干过这种偷鸡摸狗的事，”苏好撞了下他的肩庆祝胜利，“怎么就这么熟练，这么顺利？”

“苏好同学，你这话说得恐怕为时尚早啊。”一个中年男声打断了苏好追忆她和徐冽的上辈子。

“……”

苏好身体一僵。

徐冽缓缓眨了眨眼。

两人齐齐扭过头，朝声音来处的树丛望去，看到杜康从那里钻了出来。

杜康掸掸身上的碎草屑，倒背着手走上前来：“看你俩鬼鬼祟祟的，果然被我在这儿守株待着了兔，说吧，大晚上的，这是要去干吗呀？”

苏好满脸的生无可恋：“老师，我说我们要去过儿童节您信吗？”

“嗯？”杜康侧目看看徐冽，“徐冽同学原来这么有童心吗？”

“还行。”

杜康叹了口气：“那就情有可原，确实是个节日，你们这样倒让我想起了家里的儿子女儿。”

“那老师，您快回家陪您孩子过节，”苏好弯弯眼睛，“要不就装作没看见我们？”

“这是不行的，不过老师可以陪你们过个节。”杜康从口袋掏出了车钥匙，笑呵呵地一摁。

五分钟后，苏好和徐冽获得了一次乘坐黑色大众、从学校后墙到学校正门、绕学校一周游的兜风活动，并在下车前一人得到了一块彩虹波板糖。

"……"

苏好老实回了画室画画，思考起这次行动失败的根源在哪里，决定明年儿童节吸取经验教训。

想了半天才意识到，明年六月一号正是高考前夕，哪还有机会溜出去过节。

这么一想，她竟然失去了人生中最后一个可以翻墙的儿童节。

晚自修下，苏好伤感地走出艺术馆，正唉声叹气，意外看到徐冽倚着门口那棵香樟树在等她。

苏好一愣之后快步跑下台阶。

徐冽听见动静扭过头去："慢点。"

苏好跑到他面前，满心还是过节的事："什么时候来的？是找我再接再厉再翻一次墙吗？"

"这个点出去就回不来了，你想今晚流落街头？"

"那你来找我干吗？"

徐冽朝她摊开了背在身后的那只手。他的掌心上摆着一个星星形状的透明玻璃瓶，瓶里装满了五颜六色的折纸星星，看数量有好几百颗。

"儿童节快乐。"他笑着说。

苏好惊得张圆了嘴，把玻璃瓶捧到手心，借着路灯灯光仔仔细细地看："你什么时候叠的啊……"

"昨天晚自修开始。"

也就是说，她一提出要过儿童节，徐冽就准备起来了。

这么多星星，白天又没机会叠，说不定是昨晚熬了一整夜。

苏好不可思议地看着他，手里的玻璃瓶突然变得无比沉甸甸，沉到她有些拿不住。

所有没能过成节的遗憾，都被这瓶星星化为乌有。

苏好不知道说些什么，好像说什么都不够，鼻子一酸，踮起脚轻轻抱了他一下。

“哇哦，是谁这么腻歪呀——”身后正巧有群美术生走出艺术馆，看见这一幕笑着起哄。

徐冽想把苏好拉进阴影里，却被她拦住：“躲什么？”

“不怕丢面子？”徐冽笑着垂眼看她。

苏好也很奇怪，照她的脾气，被这么评价应该会觉得有点伤面子。

可是此时此刻，她的的确确一点都没有这样的想法。

她思索了一会儿，摇摇头说：“喜欢一个这么好的人，就想让全世界都知道。”

两人在男女生宿舍楼分岔路口分别，徐冽回到宿舍，昨晚叠了一夜星星的后遗症终于来袭。

担心自己随时可能倒头睡着，他提前跟苏好发微信说了晚安，然后去盥洗室洗漱，回来的时候听见扔在床上的手机一直在振动。

徐冽走到床边，拿起手机看了眼来电显示——又是一个陌生号码。

这半个月几乎每天都有这样的陌生电话，拉黑一个，又来一个新的。

他摁了挂断，退回到主界面后又看到新短信，依旧是满屏的诅咒和谩骂。

徐冽像往常一样麻木地删掉短信，睡意忽然消散，走到阳台吹起了晚风。

隔壁楼，苏好洗漱完回到宿舍，看到徐冽在十分钟前就发了“晚安”过来，猜他应该已经入睡，怕吵醒他，没回消息，又觉得睡意全无，兴奋地把玻璃瓶里的星星倒在窗台，一颗颗去数。

桑绵绵见状问她要不要帮忙。

苏好摆摆手说不用，她要亲自数。

就这么一颗颗数到了四百六，苏好忽然听见手机振动——是妈妈的来电。

她一边继续默数着剩下的星星，一边接起电话："妈，这么晚了什么事呀？"

邹月玲的声音听起来很高兴："妈妈这边工作刚结束，有没有打扰到你休息？"

"没，我还没睡。"

"那就好，今天是儿童节，妈妈来跟你说一声'儿童节快乐'。"

星星数到了第四百九十颗。

苏好心情好，对邹月玲也比平常腻乎："谢谢妈妈，我今天超开心。"

"是吗？谁叫我们宝贝女儿这么开心呀？"

苏好低头瞧着手心里的星星，笑意藏不住，从声音里漏了出去："就是跟一个朋友过了节。"

邹月玲笑起来："那你想不想从妈妈这里听个好消息？"

星星数到了第五百一十颗。

苏好好奇道："什么好消息？"

"妈妈和你爸爸上个月去了趟美国加德里艺术学院，给那边的教授看了你的作品集，现在学校传来消息，说给你争取到了预录取的机会！"

苏好捏着星星愣住："啊？"

"我也吓到了，没想到我女儿这么优秀，都是妈妈不好，差点儿让你埋没在这里，所幸现在还不晚，你呀，只要这个月去趟美国，到加德里走一走面试的流程，这预录取机会基本就拿到手了！"

苏好敛起笑意："什么意思？什么叫预录取？"

邹月玲耐心地解释："那边的教授说，像你这样的情况可别在国内浪费时间准备高考了，今年九月可以到你们南中对口的友谊美高去准备托福和美国高考，既是高三也相当于读预科，这样一年后就可以直接念加德里，否则等你这边高考完再出国，还得多费一年时间读预科才能上他们的油画系呢！”

苏好蒙了半天才理解这些话的意思，迟疑道：“意思是……让我今年暑假就去美国吗？”

“是啊，对你来说这是最理想的打算，怎么了？你不是一直很想去加德里吗？你不用顾虑妈妈，妈妈这边已经做好了准备……”

电话那头的邹月玲还在说什么，苏好已经全然听不清。

她僵硬地握着手机，看着手心里的第五百二十颗星星，也是最后一颗星星，嗓子里发不出一丝声音。

第二十四章

盛夏里的分岔路

每个人的人生看似都有无限种可能，可当人们真正站在那些决定“可能”的分岔路口，不论考虑多久，选择多少次，永远都只可能是那一条路。

十七岁盛夏的第一天，苏好失眠了一整夜。

并不是翻来覆去辗转反侧，而是清醒安静地失眠了一整夜。

在这间简陋的宿舍，这张老旧到一动就“吱嘎吱嘎”响的木板床上，苏好呆望着天花板，设想了无数种把这件事告诉徐冽以后可能得到的结果。

最后发现，其实只会有一种结果。

每个人的人生看似都有无限种可能，可当人们真正站在那些决定“可能”的分岔路口，他们的过去，他们曾经经历过的轨迹却决定了——他们只会踏上一条路，不论考虑多久，选择多少次，永远都只可能是那一条路。

徐冽的过去已经经历了太多亏欠，他不会想再背负新的亏欠。

所以他会让她走。

他一定会让她走——哪怕她憧憬多年、梦想已久的地方，是盛满了他所有痛苦的国度，是他好不容易才逃离的噩梦。

第二天的早自修，苏好毫无意外地迟到了。

不过让她意外的是，徐冽也迟到了，而且比她来得还晚。

苏好在早自修开始一刻钟后给他打了个电话，得到“您拨打的电话已关机”的女声提醒，以为他手机没电睡过了头，刚想找个男生跑腿去趟宿舍，就看到徐冽从后门走了进来，脸上隐隐带着一丝倦色。

倒显得她这失眠一夜的人反而比他精神。

“怎么了啊？”等他坐下，苏好用手肘撞了下他，竖起语文课本挡嘴，小声问他，“昨晚没睡好？”

“没事，还好。”徐冽翻开课桌盖，随手把手机丢进课桌。

苏好看了眼他的手机：“我刚打你电话，你手机关机了。”

徐冽揉着脖颈“嗯”了一声。

这个反应让苏好隐约猜到了什么。

这段时间她跟徐冽在一块儿的时候，偶尔会注意到他在挂断一些电话，有时候连挂两次后，他甚至会把手机关机。

她问他为什么关机，他只说跟她在一起的时候用不着手机。

但苏好也不傻，能猜到这些电话都是谁打来的。

“那边是不是又来骚扰你了？”她伏低身体，轻声问他，“报警有用吗？要不我们去报警吧，或者换个号码？”

徐冽摇头：“过阵子再说吧。”

不论是报警或者换号码，都一定会惊动徐冽的姐姐和姐夫，苏好猜徐冽是不愿意把事情闹大到让他们收拾残局的地步，所以寄希望于对方过段时间会耐心告罄。

她理解徐洌的想法，也就没再重复这个提议，安慰似的捏捏他的肩膀：“那你睡会儿，我给你把风。”

徐洌点点头，趴在课桌上合上了眼。

苏好伸出一根食指，轻轻碰了碰他眼下的青黑，撑起腮，看着他发起了呆。

早自修下课铃响的时候，苏好给周围一圈同学比了个嘘声的手势。

大家回头一看，见大佬在补眠，集体噤了声，轻手轻脚地走出教室去食堂吃早饭。

苏好发了条微信消息，让文铭、李貌带两份早饭过来，然后留在教室继续看徐洌睡觉，过了会儿自己也犯了困，干脆跟着趴了下去。

正睡意蒙眬，迷迷糊糊听见一道女声：“嘿，同学，我找苏好。”

苏好在睡梦间隐约觉得这声音耳熟，还没反应过来，就听到同班同学惊讶的抽气声：“……许芝礼？”

“呀，还记得我啊，看来我人气还不赖嘛！”

苏好彻底清醒，从课桌上爬起来，愣愣地望向门外提了个行李箱的许芝礼，起身走了出去。

“这是干吗？你该不会要回来读书了吧？”苏好惊讶道。

“是啊，欢迎我不？”许芝礼神气十足地撩撩那头非主流短发，“学校说你们班前阵子刚好转走一个人，打算把我填进来，想不到吧，我们的缘分居然还没尽。”

苏好心情复杂地看着她：“你别当我同桌，什么缘分都好说。”

许芝礼捧腹大笑：“还真信了？我怎么可能回来读书，读书这么无聊，你真是越活越天真！”

苏好脸一黑，踹她一脚：“你这嘴到底什么毛病！”

“是，都怪我多嘴试探了句，才发现你对我真没什么感情，人心也太经不起考验了。”许芝礼哀叹。

苏好薅薅头发，转身走回教室："我真是闲的，在这儿听你叨叨，没事我回去了。"

"哎，"许芝礼一把拉住她，"有事有事，来跟你道别的。"

苏好顿住脚步，诧异地回过头去。

"上次跟你说过的那事，我要出国拍电影了。"许芝礼指指脚边的行李箱，笑着说。

为了方便单独说话，两人上了教学楼七楼的天台。

早晨七点多的阳光还不算太晒，许芝礼站在天台边缘的栏杆旁仰头沐浴着晨曦，感叹道："太阳真好呀。"

苏好张开手掌，让阳光从指缝一缕缕漏下来，眯起眼点了点头："心情这么好，拍电影很有意思？"

许芝礼摇摇头："不是拍电影有意思，是体验别人的人生有意思。"

苏好朝她伸出拳头："那就提前祝你事业有成，星途无量啦。"

许芝礼攥起拳头跟她轻轻撞了一下。

两人趴在栏杆边沉默了一会儿，许芝礼突然问："不说我了，说说你吧，跟徐冽和好没？"

"你怎么每次都这么八卦？"苏好觑觑她。

"我不都跟你说了，我还挺喜欢他的，你们要是闹掰了的话……"

"和！好！了！"苏好暴怒，"'百年好合'的'合'，'百年好合'的'好'！"

许芝礼被她这爹毛的声音惹得揉了揉耳朵，哈哈大笑，笑过之后又敛起神色，认真地点了点头："那就好。"

苏好皱起眉，觉得许芝礼这个正经的表情里有种说不上来的意味深长。

好像她真的很希望他俩好好的。

"干吗老这么关心我跟他的事？"苏好不太明白。

“因为怕他失去你这个小太阳，世上又多一个像我一样的可怜人咯。”

苏好嫌弃地摸了摸手臂上的鸡皮疙瘩：“你在说什么非主流台词……”

许芝礼叹了口气：“本来以为不会告诉你这事了，但我这一出国也不知道下次再见是哪天，趁现在跟你讲个临别秘密吧。”她弯唇一笑，抬起手腕，给苏好看那行数字文身。

那是一串日期，今年的二月二十六号。

“这是什么日子？”苏好一愣。

“我重获新生的日子。”许芝礼指着这行日期解释，“那天晚上我买了一堆酒想喝，徐冽打乱了我原本‘完美’的夜晚。”

苏好目光闪烁地盯住了许芝礼。

或许是因为无法想象这轻描淡写的几句话背后是一个多黑暗的夜晚，苏好很久都没说上话来，半晌才嗫嚅道：“他没跟我说过这事……”

“我拜托他保密的，当时怕你这个傻子内疚，现在无所谓啦，反正我不会再酗酒了。”许芝礼笑着回忆，“那天晚上我跟他说，真要堕落的人是拦不住的，你知道他跟我说什么吗？”

“什么？”

“他说至少不是今晚。我问他不是今晚就不会是明晚了吗？他说也许。我一开始不相信，可是好奇怪，后来很多个晚上，再动起那种念头，我就会想起这句话——至少不是今晚。”许芝礼远远眺望着天边金色的云层，慢慢地说，“然后就这么过了一晚又一晚，一晚又一晚……我发现，如果不是今晚，也许就真的不会是明晚了。”

“可是苏好，你说他是怎么知道这个道理的呢？”许芝礼偏着头问。

苏好像被当头棒喝，呆立在了原地。

日头越爬越高，空阔的天台上只剩下了苏好一个人。

楼下香樟林的蝉鸣又开始聒噪起来，苏好漫无目的地在天台上游走，从这头踱到那头又回到这头，转身时忽然无意间瞥见天台角落有一枚银光闪闪的硬币。

她若有所思地盯着那枚硬币看了会儿，慢慢走过去捡起了它，吹掉粘在上面的灰，看了看正面，又看了看背面，最后深呼吸一次，把它轻轻往上一抛。

硬币上升到最高点又直直坠落下来，“叮”的一声掉到地上，开始急速旋转。

苏好却没有低头去看结果，闭起眼，径直绕过它，走向了离开天台的铁门。

她不想知道朝上的那一面到底是正面还是反面，只是希望在硬币抛出的那一刻听见心里想要的答案。

而她刚刚已经听见了答案。

苏好迈着轻快的步伐走下楼去，回到教室，见徐冽还没醒，悄悄从课桌里拿出了手机，给邹月玲发了条微信消息：妈，我不去美国了。

六月的齿轮好像总比其他月份转动得匆忙一些。没过几天，高三的学长、学姐们唱着《年轻的战场》走上了高考考场，喊楼，撕书，在教学楼大闹一场。再眨一眨眼，校园里骤然冷清下来，搬空了三分之一的人。

所有的跌宕起伏都像一幕幕戏闪过，那么多人，就这样兵荒马乱地见了一生中的最后一面。

高三毕业以后，学校给全体高二年级的学生开了一次动员大会，告诉所有人，从这个月起他们就是这个学校的高三生了。年级主任在报告厅激情澎湃地做了场演讲，下达了有关本学期期末考试和暑期补课安排的通知。

期末考前的最后一次小长假是月底的端午假。

放假当天傍晚，杜康照常在教室里唠叨，让大家假期回家醒着点神，好好(考试。

宣布放 杜康笑眯眯地目送着众人一哄而散，自己也转头走出了教室。

苏好没着急 吞地整理完书包，下巴往课桌上一戳，跟徐冽哀怨道："我爸 北城回来，今晚我不一定在舅舅家，假期可能也不方便出来。"

"那就好好复习， 就期末考了。"徐冽揉揉她的头发，"给你准备的讲义带了没？"

苏好叹着气说"带 了"，一抬头看到杜康杀了个回马枪，走进教室上前来问："徐冽同 端午节还是不回家吗？"

徐冽点点头。

"那今天晚饭怎么办 杜康皱了皱眉，思索道，"这样吧，一会儿老师带你去教职工公寓吃 "

"不麻烦了。"徐冽摇 。

"你这孩子，跟老师客 什么，吃饭只是顺便，老师主要想跟你聊聊期末的事，这不，期末之 照常来讲是有家长会的，老师提前跟你把这事合计合计。"杜康说着 像突然想到了什么，看了眼苏好，"哦，难道你和苏好同学约好了一 儿去过端午节，是老师耽误你们了吗？"

过端午算怎么回事，苏好噎了噎："这倒不至于。"

"那就这么说定了！"杜康拍拍徐冽的肩，看了眼教室墙上的时钟，"老师还有点教案要做，你大概半个钟头以后来我办公室吧。"

徐冽磨不过杜康，无奈地点了点头。

杜康回到空荡荡的语文组办公室继续加班，伏案工作到一半，听到身后办公室的门被笃笃笃敲了三声，回过头，看见一个打扮端庄的中年女人站在那里，对他微微一笑："您好，请问是杜老师吗？"

"我是，"杜康起身来迎，走近一看，发现女人的面相极其眼熟，"您是……苏好的家长？”

邹月玲笑着朝他伸出了手：“是的，杜老师您好，我是苏好的妈妈，我姓邹，冒昧打扰您了。我和苏好的爸爸因为工作原因可能没法参加期末之后的家长会，所以趁假期来跟您聊聊。”

“是这样，欢迎欢迎，”杜康笑着跟她握了握手，“快请进。”

杜康把邹月玲请到办公桌边，给她端了把椅子，倒了茶。

邹月玲连声道谢。

寒暄过后，杜康先说：“苏好这孩子这学期成绩进步特别大，我们老师都很惊喜啊。”

“是。”邹月玲笑了笑。

杜康见她笑容里带了些欲言又止的意思，问道：“怎么了？苏好妈妈您这边是有什么顾虑吗？”

邹月玲叹息着点了点头。

月初的时候苏好跟她说不去美国了，她起初以为女儿还在顾忌她，所以拿出了心理医生的诊断报告。

报告显示她这三个多月的治疗已经初步取得成效，她就跟苏好说，她和爸爸已经商量好了，决定两人一个留北城继续照管生意，一个到美国陪读，刚好顺带拓展外贸业务，总之算是解决了苏好所有的后顾之忧。

但即便如此，苏好依然说自己不想去美国了。

虽然很惋惜，但她和丈夫会尊重女儿的决定，只是心里不免疑问女儿为什么放弃这么难得的机会，百般试探问不出究竟，这才想起来趟学校问问班主任。

邹月玲把这件事的始末跟杜康简单讲了讲。

杜康听完瞬间陷入了沉默。

“杜老师，您是不是知道原因？”邹月玲着急地问。

杜康皱着眉头：“这……苏好妈妈，您别急，不确定的事我不好盲目说，我想我需要先找苏好聊聊。”

他话音刚落，身后办公室的门再次被笃笃笃敲了三声。

杜康和邹月玲齐齐转过头去，看见了徐冽。

邹月玲望着徐冽的脸愣住了，脑海里一下子浮现出五一假期百货商场门口的那一幕——苏好跟她介绍说，这是恺恺的家教老师。

她打量着徐冽这身高中生校服，诧异地站了起来。

晚上七点，苏好坐在舅舅家客厅沙发上，第十八遍看腕表。

邹月玲和苏文彬昨天跟她发微信消息说，他们今天傍晚会到舅舅家接她，顺便留下吃顿晚饭。她以为吃过晚饭之后就会回自己家，应该见不到徐冽了，没想到爸爸傍晚给她打了个电话，说他们临时有点事，晚点再来接她。

她心想那说不定还能跟徐冽碰上一面，所以一直盼着七点到来，结果盼到现在，一向准时的徐冽也没到。

窗外雷声已经轰隆隆地响过好几阵，她不方便给徐冽打电话，怕雷雨天外边不安全，只能继续等，等到又一声惊雷过后，倾盆大雨哗啦啦泼了下来。

苏好蓦地起身，站去了窗前，望着电闪雷鸣的天，心里隐隐有些不安。

旁边的林阑也在念叨："怎么这么大的雨，也不知小徐到哪了儿，这得出去接他一下啊。"

屋里话音刚落，门铃就响了起来。

苏好紧张之下走漏了心思，比林阑更快一步冲了过去，刚一打开门，就看到徐冽拎着一把湿淋淋的伞站在外面，顿时松了口气。

也因此，她错过了徐冽眼底那一丝闪烁。

"小徐啊，辛苦你雷雨天还过来，有没有淋湿啊？"林阑迎了出来。

"没有，"徐冽收起伞，走进来换好鞋，对林阑笑了一下，"林阿姨，刚才苏好跟我说她的画只差个结尾了，让我今天先给她画画，您看方便吗？”

苏好一愣，不明所以地看着徐冽。画确实只差一点就完工了，那是因为她想拿画画这件事当借口，每次多留一会儿徐冽，所以很久之前就延缓了画画进程，一直没作结尾。

但她刚才根本没联系过徐冽。

林阑也是满脸疑问：“刚才？”

“啊，对，”虽然不知道徐冽想做什么，苏好还是赶紧圆场，“之前为了方便排画画时间，我跟徐老师交换过微信。”

林阑心里隐约觉得有点古怪，但一时又说不上来古怪在哪里，于是只好说着场面话：“哦，是这样，没事，那你们先上去画画，反正恺恺刚好还在吃水果。”

徐冽朝林阑点点头，跟苏好一起上了阁楼。

苏好被他这突如其来的一出惊出一身冷汗，到了顶楼悄声骂他：“你这一声招呼不打的是想干吗，差点儿露馅儿了！都混一个学期了，你想晚节不保吗？”

徐冽默不作声地把她拉进阁楼，走到窗前。

苏好看着他结了霜似的表情，一头雾水：“你怎么了？”

窗外暴雨如注，隔着窗，雨滴打下来的声音好像蒙在一层鼓皮里，既厚重又沉闷。

徐冽凝望着这场瓢泼大雨，沉默片刻后，转过头看苏好：“你拿到加德里的预录取了？”

苏好一愣，飞快摇头：“没有啊，你从哪儿听来的小道消息？”

徐冽皱起眉，垂眼注视着她：“不要骗我。”

苏好喉咙底哽了哽，嘴上依然若无其事：“真没有，拿到预录取我还不高兴上天了！拿不到的啦，他们油画系要求超高的。”

“那如果拿到了呢？去吗？”

苏好继续摇头，笑着说：“我不都跟你说了我家里的情况嘛，我爸妈不放心我，就算拿到了我肯定也不会去。”

徐冽缓缓沉出一口气，撇开头望向窗外。

窗外依旧雷声隆隆。

苏好忽然没来由地心慌。

死寂般的静默将时间一分一秒拉长。

许久后，徐冽收回视线，重新看向苏好：“我见过你爸妈了。”

青紫的闪电晃亮天空，“轰”一声巨响，像直直打在人头顶。

苏好浑身的血液仿佛在这一刻凝固，垂在身侧的手使劲一攥，却好像什么也没攥住。

“苏好，别这样，”徐冽伸出双手，轻轻捧住了她的脸，额头贴上她的额头，再出口时声音里多了一丝颤抖，“求你不要这样。”

这个夜晚让徐冽想起了四年前的那个盛夏。

四年前也是这样一个雨夜，他去大学里找暑期留校实践的姐姐，在画室外意外听到了姐姐跟闺密的对话。

闺密问姐姐，你这设计稿也太敷衍了，这实践项目不是跟你们学院出国交换名额挂钩的吗？你就不争口气？

姐姐说争什么气，当一只漂亮的花瓶不好吗？

闺密又问姐姐，那你这是准备把家业拱手让给你弟了吗？你后妈成天捧杀你，你甘心？

那是当时尚且年幼的徐冽第一次知道“捧杀”这个词。

虽然他跟姐姐是同父异母，但从他记事以来，印象中妈妈一直将姐姐视如己出。甚至相较对他的严厉，妈妈反而对姐姐嘘寒问暖更多，几乎对她百依百顺，把她宠得无法无天。

而姐姐对待妈妈也像对待生母一样亲昵。

他无法相信，这么多年自己看到的全都是假象，直到听见姐姐的回答——

一个后妈，还真指望人家视你如己出？面上疼你宠你就得了吧，不过私心给儿子争点家产，也不是多大仇，反正我又没兴趣当女强人，我不要的东西，她要就拿去咯。大家在一个屋檐下一荣俱荣一损俱损，非争得你死我活，把一家子搅得乌烟瘴气，多不舒服？

然后他明白了，妈妈是望子成龙才对他百般严苛，是最好姐姐“与世无争”，才放任她吃喝玩乐、不学无术。

从那天起，“妈妈”这个词就在他心里慢慢崩塌了。

可是他的妈妈依然会在他生病的时候担心得整晚无眠，半夜心急忙慌地送他去急诊，到医院才发现自己穿了两只不一样的拖鞋。

她不是一个善良的后妈，但她很爱自己的儿子，所做的一切都是为了他。

所以他甚至没有立场去责备妈妈。

他站在天平的中间，无法改变妈妈，也无法说服姐姐，最后只能继续维持现状，维持这个家的虚假繁荣，默认了姐姐的牺牲。

四年前他已经欠姐姐一个梦想，四年后，当他从苏家人口中得知苏好放弃了什么，他再也不想有人为他让步。

所以他跟她说：“求你不要这样。”

雨还在下，玻璃窗在狂风中“噼啪作响”，仿佛随时都要碎裂。

徐冽捧着苏好的脸，渐渐感觉到有湿润从她脸颊蜿蜒落下，落进他的掌心。

苏好颤动着眼睫，耳边不断回响起那天教学楼天台上，许芝礼跟她说的话。

——后来很多个晚上，再动起那种念头，我就会想起这句话，至少不是今晚。

——然后就这么过了一晚又一晚，一晚又一晚……我发现，如果不是今晚，也许就真的不会是明晚了。

——可是苏好，你说他是怎么知道这个道理的呢？

徐洌是怎么知道这个道理的呢？

如果不是经历过同样的夜晚，他怎么会知道这个道理？

苏好不是为了私心才放弃出国，她是因为害怕。

她害怕走后，徐洌又会变得沉默寡言，变得独来独往，会被那些不该他背负的诅咒和谩骂打垮，变成第二个从前的许芝礼，甚至变成第二个当初的苏妍。

她曾经活在追梦的世界里失去了姐姐，现在她想当徐洌的太阳。

苏好摇着头，哽咽道："可是我害怕……"

她没说她害怕什么，徐洌却好像已经懂了。

他拉远了一些与她的距离，让她可以看清他的眼睛："不用怕。"

"嗯？"苏好抽噎了下。

"你见过谁害怕太阳太远吗？"

茫茫宇宙只有一个太阳，却已经足够让这个世界万物生长。

太阳是不需要靠近谁的。

隔着万里重洋，她一样是他的太阳，一样能让他汲取到光亮。

苏好没有立刻回应徐洌，不管做什么打算，她都需要时间考虑，这也在情理之中。

雨停了，邹月玲和苏文彬把苏好接回了家，让她好好整理心情。

苏好离开后，徐洌在邹家上完了最后一堂家教课。

林阑已经从邹月玲口中得知徐洌的真实身份，心情五味杂陈之余，不管多喜欢徐洌，也没道理再让一个高中生继续打工，所以给他结清了工资。

徐洌从邹家离开，回到学校已经是晚上十点多，走近校门时看见那里停了一辆黑色宾利。

他被迎面打来的车灯刺了眼，抬手挡了一下，司机立马熄了车头的远光灯。

副驾驶上下来一个西装革履的男人。

"徐小公子，"男人叫了他一声，步履匆匆走上前来，脸上微露焦色，"您还记得我吧，我是程总的特助，高瑞。"

徐冽眯起眼，看着他点了点头，又看了眼他身后这辆车。

"您手机关机，我只好在这边等您，是这样的，您现在可能得跟我去一趟北城……"高瑞在社交场上见惯风浪，一张嘴皮子向来能说会道，从没有一刻像此时这样，连组织语言都觉得困难，"徐夫人……我是说，您母亲她……"

徐冽的唇抿成平平一线，绷紧了身体。

"您母亲今天乘坐纽约到北城的航班，落地北城机场后跟一行人起了肢体冲突……"高瑞描述着前因后果，试图冲淡这件事对一个十七岁少年的冲击，但不论怎样绕远，最后还是避无可避，"过程中意外撞伤头部，现在正在手术室抢救……程总让我来接您。"

凌晨四点半，北城。

医院重症监护室外，徐冽站在走廊上，望着监护室小窗里透出的模糊灯光，面无表情地倚着墙。

他在凌晨三点下了飞机，到医院时手术已经结束。

医生让家属做好心理准备，然后倒出了几个词汇：重型颅脑损伤、脑脊液外流、植物状态。

说让人做好心理准备，可是每个词都没给人做心理准备的余地。

徐冽静静地站在走廊里，站了一个钟头一动没动，好像想了很多，可回头仔细回忆，刚才想过什么又全都记不清。

脑海里零碎的画面颠来倒去，最后只拼凑出一幕场景，像被打了追光，放到无限亮，无限大——

美国新泽西州某家酒店的走廊，妈妈哭得撕心裂肺，哀求他说："冽冽，妈妈知道错了，妈妈把钱还给你爸爸和姐姐，你跟妈妈回去，别离开妈妈好不好？”

他问妈妈：“把钱还了，您怎么过？”

妈妈说她总会有办法。

然后他质问她：“您的办法就是为了钱去破坏别人的家庭吗？”

记忆里的最后一眼，是妈妈脸色煞白、失魂落魄地离开，和刚刚妈妈被推出手术室的画面重叠在一起，像命运狡猾的捉弄。

从黎明前最黑暗的时刻，一直到晨曦透过走廊尽头的窗照进来，徐洌始终木然地站在那里。

浓重的消毒药水味依然充斥在鼻端，可闻得久了就麻木了，竟也觉察不出这到底是什么味道。

重症监护室里的护士分明在脚不沾地忙碌来去，可四下却像死亡一样安静，毫无生气。

日头攀高的时候有脚步声靠近，徐洌感觉到肩膀上落下了一只温热的手掌，程浪的声音在耳边响起：“站一夜了，去吃点早饭。”

徐洌以为自己应该会说不，却无知无觉、无声无息地点了点头。

徐洌在医院里待了三天，严丽珍始终没有醒转的迹象。

其间，有人来医院闹过事，是严丽珍那位情夫的合法妻子和她的亲戚，也是机场跟严丽珍起肢体冲突的那群人。

他们骂严丽珍活该，骂她罪有应得，跟徐洌说，早说过了吧，这报应迟早会落下来。

徐洌一声不响地听他们骂，看着他们面目狰狞地被保安架走，感受不到任何情绪波动。

直到第三天早上，七月一号，端午假收假当天高瑞来医院问他回不回学校参加期末考试。

三天以来，徐洌第一次从麻痹中恢复知觉。

他坐在重症监护室外的候诊椅上，低着头双手交握，皱起眉头，迟迟没有应答。

医生让家属做好长期陪护的准备，一个月、两个月甚至半年、一年或者更久，建议直系亲属留在患者身边多跟患者说说话，刺激患者意识，高瑞想徐洌肯定暂时走不开，提议说：“我联系学校那边，说明一下您母亲的情况……”

徐洌摇了摇头。

“您要回去参加期末考试？”高瑞惊讶。

徐洌默了默，还是摇头。

高瑞思索着猜测道：“您是不想让学校那边知道您这里的情况？”

徐洌点点头，哑着嗓子说：“高特助，我想麻烦你帮我处理一件事。”

同一时间，南城。

苏家的餐桌上安静得出奇，一顿饭的工夫，除了筷子碰到瓷碗的叮当响动，几乎听不到任何声音。

端午假三天，家里一直都是这么安静。

邹月玲和苏文彬当然不支持女儿为了学生时代虚无缥缈的青春萌动放弃自己最理想的大学，可是他们的家庭和人家不一样。

大女儿出事以前，邹月玲和苏文彬总是希望两个女儿能够在文化课上有优异的成绩，在美术上有出类拔萃的成就，期许这个，要求那个……

可是大女儿不在以后，两人连带不敢再对苏好有太多期望，不敢和她说重话，不敢激进地要求她，只想让她快乐就好。

所以温和的劝说过后，只剩这样的相对无言。

苏好这三天什么事都没做，除了睡觉吃饭，其他时候都在发呆。

眼看她今天就要返校，邹月玲犹豫过后还是提了一嘴：“好好，爸爸妈妈不逼你做决定，只是希望你认真考虑一下我们这几天跟你说过的话。加德里那边虽然给你留了期限，但学校毕竟有学校的章程，也不能拖太久，等你期末考试结束，最好能给个回复……”

苏文彬也在旁边缓和气氛：“是，这次期末考试就别给自己太大压力了，考得好不好都没关系。爸爸妈妈理解你现在的心情。”

苏好咬着筷子点了点头。

傍晚，天阴沉下来，下起了细雨，苏文彬开车把苏好送到校门口，嘱咐她别淋着雨。

苏好跟爸妈道别，撑着伞下了车，走进校门以后，不自觉地放慢了脚步。

三天前在舅舅家阁楼，她答应徐冽会重新考虑留学的事，然后两人假期里就没有再联系。

徐冽大概是在给她时间和空间仔细考虑，所以没打扰她，而她是不敢跟徐冽聊天，因为害怕自己会被他说动。

毕竟他总是那么会说。

到高二 7 班教室后门边时，苏好先深呼吸了一次，调整好自己的表情，才慢吞吞地走进去。

结果倒是她多此一举，徐冽并不在教室。

时间还早，教室里只有三三两两几个人，苏好回到座位放下书包，看了眼徐冽的空座位，问附近同学有没有看到他。

大家都说没有。

苏好想了想，总要跟他谈谈，拿出手机给他发了条微信消息：我到教室了，你在哪儿？

等了十分钟，对方一直没有应答。

苏好趴在课桌上拉扯着自己的头发，继续等，趴久了起了点困意。

其实她这几天都没睡好。

苏好打了个哈欠，闭上眼睛，打算补会儿眠，刚隐隐接近梦乡，忽然听见身后传来一阵打闹的嘈杂嬉笑声，紧接着，谁的身体撞到了课桌，桌角“刺啦”一下重重擦过地面，发出让人不适的响声。

苏好被惊醒，抬起头来。

罪魁祸首谢一舟立马道歉：“啊，对不起，苏姐！”说着赶紧去挪正徐冽那张被撞斜的课桌。

挪到一半，谢一舟“咦”了一声。

苏好也从他的动作里发觉了不对劲。

这课桌被撞斜的程度好像过分夸张了点，得是多轻的课桌才能被撞成这样。

“冽哥课桌空的啊？”谢一舟一边把课桌搬正一边说。

苏好愣了愣，一把掀开了徐冽的课桌盖。

原本装着各类教辅书和笔记本的课桌此刻空无一物。

她蒙蒙地眨了眨眼，又合拢课桌盖，去确认这到底是不是徐冽的课桌，然后在他桌角看到她曾经无聊时贴的水冰月贴纸。

苏好像被兜头浇了一盆冷水似的，不知所措地僵在了原地。

有男生奔进后门：“妈呀，什么情况？我刚从宿舍过来，冽哥宿舍怎么搬空了啊？”

苏好猛地站起来：“他在宿舍？”

“没看到，”男生摇头，“就见有个家长在搬行李。”

呆滞过三秒钟，苏好转头冲出了教室。

苏好飞奔下楼，冲进蒙蒙细雨中，朝男生宿舍楼跑了过去。

耳畔风声呼啸，卷走她所有的思考。

她不知道自己在想什么，或者是不敢知道自己在想什么。

“徐冽！徐冽你给我下来！”苏好一路跑到宿舍楼底下，朝上喊话，喊了半天无人应答，一看宿舍管理员不在，咬咬牙朝里走去。

周围男生朝她投去异样的目光，却没一个人敢拦她。

没想到苏好自己停在了门口。

她站在门口，直直望着迎面那个西装革履的年轻男人，再也挪不动脚步。

她不认识这个男人，但她认识这个男人手里拎的水族箱。

那是三月里徐洌在学校跳蚤市场买的巴西龟，用来调侃她这“缩头乌龟”。

教室不允许养宠物，徐洌后来把巴西龟拿回宿舍悄悄养了起来。她那时候记恨他的调侃，也没关心这巴西龟活得怎么样。

眼看男人越走越近，苏好张了张嘴，干涩道：“叔叔，你是徐洌的家长吗？”

高瑞认出了这个女孩，徐洌在拜托他来这一趟之前，给他看过这个女孩的照片。

他说，这个女孩现在在做一个非常重要的决定，而他眼下的处境会影响到她的决定，所以不要让南中的任何一个人知道他的状况。

“我是他姐夫的助理，”高瑞朝她微笑，“你是苏好吗？”

苏好点点头，指了指他脚边的行李箱和手里的水族箱问：“这些东西……要拿去哪里？”

“北城。”

苏好嘴唇打着战：“暑假还没开始，他怎么现在就搬行李？他不来参加期末考试了吗？”

高瑞点点头：“他要转学回北城。”

苏好挤出一个比哭还难看的笑来：“他转学干什么呀……”

“他回到姐姐和姐夫身边生活就有人照顾了，你就不用操心他了，可以放心去做你想做的事。”

苏好深吸一口气：“是他让你这么跟我说的吗？”

高瑞点点头。

“他为什么不自己来跟我说……”

高瑞怕再被问下去圆不满，不好多说，拍了拍苏好的肩，把手里那把黑伞递给她，借口道："小孩子的心思叔叔也不懂，叔叔还要赶飞机，你自己打伞回教室，别淋湿好吗？"

苏好接过伞，侧过身让开了路，等高瑞从她面前走过，又一把抓住他的衣袖："叔叔。"

高瑞正头疼还有什么难以应付的问题，却听见苏好问："乌龟能上飞机吗？"

"啊，别担心，叔叔给它坐专车，一定把它平平安安带到北城。"

苏好点点头，看着高瑞把行李搬上车，目送那辆黑色宾利缓缓驶远。

天空灰蒙蒙飘着细雨，她独自在宿舍楼下静静站了很久，也想了很久，最后撑起那把黑伞，踏上了回教学楼的路，意外地并没有哭。

她下不了决心，徐冽帮她下决心。

她害怕自己离开以后徐冽过得不好，他给她证明。

爸爸妈妈说，这个年纪的喜欢只是虚无缥缈的冲动热烈，她却在连喜欢都不敢说的年纪遇到了爱，何其幸运。

想到"爱"这个字眼的时候，苏好握着伞柄的手打了下战，像被自己的大胆吓到。

可是转念一想，她没有想错。

他在用沉默爱她，她对此毫不怀疑。

第二十五章

她的八月雨终于尘埃落定

所有的跌宕起伏都像一幕幕戏闪过，那么多人，就这样兵荒马乱地结束了一生里的最后一面。

一年后，美国新泽西州加德里艺术学院。

八月季夏，晴空如洗。

蔚蓝的天纤云不染，午后金色的阳光笼罩着校园里的葱茏万木，给郁郁森森的深绿色注入明亮的鲜活。棕色的砖墙建筑一栋栋矗立在空阔的环境里，排布得井井有条。

暑假尚未结束，校园里比平日静谧很多，凉鞋鞋跟嗒嗒地踩在林荫路上，甚至能听见空荡的回声。

苏好撑了把黑色的晴雨两用伞，穿着简单素净的白 T 和七分牛仔裤，脚步轻快地穿过林荫路，走进七号教学楼。

这栋教学楼专供油画专业的学生使用。一楼和二楼是几间平常上专业课的教室，三楼以上每层都密密麻麻分布了一间间独立画室，每个画室带一个编号，是给每位主修油画的学生私人作业的空间。

因为在暑假申请参加了加德里的夏校生游学实践，虽然还没正式入学，苏好却已经对这里了如指掌，也提前拥有了自己的画室。

坐电梯上了四楼，苏好拐进阴凉的走廊，走到标记有自己编号的画室门前，拿钥匙开门。

钥匙在锁眼里转过两圈，发出清脆的咔嗒一声响，一室充满艺术感的狼藉映入眼帘。

狼藉是客观事实，充满艺术感是苏好的主观评价。

苏好左跳一脚，右跳一脚，绕开一地的瓶瓶罐罐和颜料盘，从几个三角画架中间猫腰穿行而过，又高抬腿跨过一张高脚椅，终于来到窗边，踮起脚拉开窗帘。

结果帘子不小心碰倒一只随意搁在飘窗上的马克杯，杯子骨碌碌滚了下来。

苏好弯下腰一把接住，有惊无险之下，被自己这一连串滑稽的动作逗笑。

即使已经邋遢到拉个窗帘都需要过五关斩六将的地步，她还是懒得收拾这些烂摊子。从前在南中也好，后来到了美国也好，只要是她一个人的地盘，都会变成狗窝。

想到这里，苏好有些晃神，回头看了眼墙上挂着的日历。

这么快就一年了。

刚来这里的时候，她以为孤单会把时间拉得很漫长，后来却发现，孤单反而把时间缩短了。

那些铆足劲全力以赴的时间，其实过得无比地快。

当然也不是一开始就很快。

一年前那个七月的第一天，得知徐冽转学的消息以后，她以为自己很冷静。

她平静地走回教室，平静地照常准备考前复习，平静地参加了期末考试。

没想到考完最后一门以后，当她从考场回到教室，习惯性地把试题卷放到徐洌课桌上等他阅卷，突然想起他以后不在身边了，会崩溃大哭。

就像当初姐姐去世的头两天，她整个人稀里糊涂、懵懵懂懂，泪腺像被堵住，根本不记得掉眼泪，直到姐姐将要被火化的时候才骤然回过神来，疯了一样哭着拦住那些要把姐姐送走的人——眼泪有时候是会迟到的。

那天考完试，她哭着给徐洌发消息，文字的、语音的，说了好多乱七八糟的话，说她想他、想见他，说她会去美国参加面试，但是能不能在走之前跟他当面说说话。

她问徐洌在哪儿，得不到答案，又去问施嘉彦，施嘉彦同样不知情，她就买了去北城的机票，最后在机场被匆忙赶来的爸爸妈妈劝下。

后来回忆起来，她自己也觉得有点幼稚，有点好笑。

所幸经历了颠来倒去的一阵子以后，加德里的面试通知来了。

她为了准备面试不得不变得忙碌，然后在忙碌里清醒了过来——徐洌有多不想再依赖姐姐和姐夫，可为了让她放心去理想的大学，他连这条底线都退让了，她这样胡闹，不仅对不起自己，还对不起他。

何况妈妈也为了她在积极地做心理治疗。她也得对得起妈妈。

所有人都在为她努力，没有人不爱她，她要好好长大，跟想见的人在更高处重逢。

从那之后她才真正冷静下来，投入一场场接踵而至的测试——专业面试、托福考试、美国高考。

她在美国全封闭的寄宿高中里一边适应新环境，一边认真修够学分、发奋备考。

然后发现，这世上的事果然没有她做不到的，只有她想不想。

苏好对着日历一笑，笑过又敛起神色，解锁了手机，看了眼微信图标。

当初一方面为了专心备考，一方面因为全封闭寄宿学校的严格规定，她没把手机偷偷带在身边，进牢笼之前给徐洌发了封很长的消息，说自己暂时不碰手机了，会听话好好准备考试。

可等她熬到收到加德里的正式录取通知书，顺利高中毕业，一切尘埃落定，终于可以心安理得地拿起手机，时间却已经过去太久。

她竟然像近乡情怯一样，不敢登录微信上去看看。

这种情绪已经拉扯了她一阵，有一次她都下决心输入了账号密码，结果发现因为太久没登录，需要国内手机的验证码，就又把这事耽搁了下去。

原来太想念一个人的时候会害怕听见他的近况。

害怕他的近况和自己没有一点关联。

一年前她非常笃定，她和徐洌不会被时间和距离磨灭感情。

可是当她凭着一腔信念考上理想的大学，回过头去看这一年，发现他们分离的时间已经比他们在一起的时间还久得多——她突然有点犹豫，自己会不会过于盲目自信。

苏好不想一直这样扭扭捏捏下去，所以给自己规定了一个期限。

八月就是国内高校录取通知书全部发放完毕的时间，不管是好是坏，她都要在八月知道他的消息。

正发呆，苏好忽然听见画室门被敲响："苏好，你的咖啡！"

她回过神，应了声"来了"，再次过五关斩六将地走到门边，把门拉开，看见徐雨诺拎着两杯冰美式站在门外。

徐雨诺也是中国人，跟苏好一样在一年前提前拿到了加德里的预录取，经历一年的打拼，通过各项考试拿到了正式的录取通知书，又跟她一起在教授的引荐下参加了这次的夏校生游学项目，现在是她的室友。

苏好从徐雨诺手中接过冰美式。

徐雨诺挤进门去，差点儿一脚踩到她的颜料盘，吐槽道："每次来你这儿都跟扫雷一样，你就不能收拾收拾吗？”

“不收拾，爱进不进。”苏好仰头喝了一口美式。

“你这么邋遢是怎么找到男朋友的？”徐雨诺第一百次怀疑地看着她，“你到底有没有男朋友？”

苏好的长相是很容易让人第一眼就感到惊艳的类型，这一年来，徐雨诺见证过数不清的男性跟她搭讪，问联系方式或者直接开撩都有，她每次连看都不看对方一眼就拒绝，且拒绝的理由无一例外是：我已经有男朋友了。

但徐雨诺从没见过她跟所谓的男朋友联系，发消息或者煲电话粥，一样都没有。

徐雨诺也有个异国恋的男朋友，虽然全封闭期间不能用手机，但至少一个月还是能见缝插针地联络一次。

所以她一直怀疑，所谓的“已经有男朋友”只是苏好不想接受搭讪的借口。

“我不仅有男朋友，还有个帅得惊天动地的男朋友。”苏好翻个白眼，“你是单细胞生物？不会换个角度想想？我这么邋遢还有男朋友，难道不是因为我其他方面过分优秀？”

“优秀在擅长做白日梦？”徐雨诺一针见血地指出，“你要真有个男朋友，怎么一年到头也没见你们微信语音？”

苏好噎了噎。

她起初是想着她和徐冽有过约定，说好等毕业就在一起，反正迟早会有男朋友，也无所谓提前拿来当拒绝搭讪的挡箭牌。但现在时过境迁，她确实不知道这个约定还算不算数，只能继续打肿脸充胖子：“我上次不都跟你说我微信登不上了！”

徐雨诺“嘁”了一声：“借口，登不上微信不是还能打跨洋电话？”

人活着不就为了争口气，都这样了，苏好还能忍吗？

她忍得了刻苦读书的寂寞，忍不了被人践踏尊严和脸面。

“你等着，我现在就打给你看！”苏好热血一上头，也忘了顾忌什么，拿起手机就拨号。

三十秒后——

“Sorry!The number you dial is power off,please redial later.”

“对不起，您所拨打的用户已关机。”

苏好的脸一秒变阴。

啊——徐冽，我杀了你！

同一时刻，位于纽约都会区的纽瓦克机场，一架来自中国北城的飞机在停机坪缓缓停稳。

徐冽静静地坐在经济舱的靠窗位，望着窗外金煌煌的日光眯起了眼，在舱门开启之前低头给手机换卡。

手机屏幕亮起，他垂眼盯着微信图标看了一会儿，点进去，打开置顶消息框。

对话还停留在他给苏好那封长消息的回复。

之后苏好就再没有发消息过来。

继续往上翻，是一堆凌乱的文字和长长短短的语音，时间是去年七月初。

即便已经过去这么久，再回头翻看这些消息的时候，他依然会像置身在深海海底一样窒息压抑。

他短暂的十八年人生里好像总是在两难，但没有一个时刻比那时候更两难。

妈妈在医院不省人事，医生说那是决定患者能否苏醒的关键期，他作为唯一的直系亲属一步也不敢远离，每天都在跟妈妈说话，刺激她的意识。

而另一边是苏好。

他没有亲自回南中，也没有回复苏好的消息或电话，是怕被她发现端倪。

他们似乎天生就是同类，彼此了解，彼此感同悲喜。他当时的状态实在太差，别说见面，就算通电话，苏好也能察觉他的不对劲。

而一旦她知道他的境况，就绝不可能在那种时候离开他。

他好不容易才说服她，让她重新考虑留学的事，又怎么能在这样的环节让她因为他功亏一篑。

所以他忍耐着，让高特助帮他去了一趟南中，跟苏好转达他的消息。

他相信高特助能把谎圆好，也相信苏好会听话，只是他没想到，这么骄傲的女孩子会为了见他最后一面而苦苦哀求他。

她在手机那头崩溃的时候，他也在医院崩溃。

她发来的每一条消息他都看了无数遍，听了无数遍，像自我凌迟一样的自虐。

他记不清有多少次，他差点儿就要松口说“好”，然后临到最后关头又悬崖勒马。

他不能见她。

这一见面，别说苏好走不成，他甚至都怕自己会忍不住跟她说“别走”。

所以最后只有沉默，只能让高特助联系苏好的父母，拜托他们在机场拦下她。

舱门打开，徐冽收起手机，轻轻沉出一口气，随人流下了飞机，走进廊桥。

身后有轻盈的脚步声靠近，他的肩膀忽然被人拍了一下：“嘿！”

徐冽步子顿住，回过头去，看见一个中国女孩正笑嘻嘻地看着他。

“帅哥，我在飞机上看你一路了，”女孩满脸期待地问，“方便给个联系方式吗？”

徐冽摇头：“抱歉，不方便。”

女孩一愣，眼看他掉头就走，又拔步追了上去：“嘿，大家都是中国人，相聚在新泽西也是有缘，交个朋友呗？你来这儿做什么？读书吗？”

徐冽停下脚步，缓缓眨了眨眼：“来追喜欢的人。”

苏好太受伤了。

好不容易碰上一次头脑发热的契机，给徐冽打了一通电话，结果被一个陌生女人接了。

而且这个女人根本没有心，对全世界都用同一套台词、同一种机械的语调说话，开头永远都是sorry。

这下徐雨诺真不相信她有男朋友了。

苏好在徐雨诺面前故作从容地解释，说这个时间国内已经是深夜，她男朋友有睡觉关机的习惯，而自己却知道这种说法站不住脚。

这话骗骗没谈过恋爱的人还好，可徐雨诺国内的男朋友担心因为时差接不到她的电话，每天都会彻夜开机。徐雨诺肯定知道她在找借口，估计心里对她充满同情，认定她得了臆想症。

苏好的心情被这通电话搞砸，夜里回到宿舍以后，躺到床上思考徐冽关机的原因。

之前在南城的时候，她确实没有深更半夜联系过徐冽，但徐冽当时的手机几乎就是为她一个人开机，但凡两人不在一起，他就会对手机振动很敏感，所以她觉得他肯定不会有睡觉关机的习惯。

难道他还在因为妈妈受到攻击骚扰，所以才在这个点关机？

可这也没道理，他早就回到姐姐和姐夫身边生活，他姐夫一声令下，牛鬼蛇神全都退散，谁还骚扰得了他。

那么或许是徐冽觉得，他没有在夜里为谁留电话的必要了。

深夜想心事总是容易得出消极的结论，所以苏好这一年来养成了一个习惯，就是不让自己在夜里思考感性的问题。

这一晚是个例外，苏好沉浸在这个让人沮丧的结论里半梦半醒了一整夜，次日上午，被徐雨诺从床上拖起来。

苏好目前住的是学校的三人间宿舍，宿舍整体构造类似酒店套房，不分上下铺，床比一般的酒店标间稍小一些。

不过住宿条件还不错，厨房、阳台、浴室，麻雀虽小，五脏俱全。

她们宿舍除了她和徐雨诺还有另外一个中国女生。

那个女生跟她们在夏校生时期才相识，加上性格比较高冷，和她们气场不太合，待在宿舍的时间也很少，通常一大清早就自律地起床出门，所以这会儿宿舍只剩她们两人。

“今天上午上油画课！再不起要迟到了！”徐雨诺把苏好拽起来以后，推她进浴室。

苏好困得魂还留在床上，洗脸、刷牙乱七八糟一通乱来，扎了个随性的马尾，然后出来拆了包吐司，热了杯牛奶，匆忙解决早饭，把日用杂物一股脑倒进一只托特包，跟徐雨诺一起狂奔着往教学楼赶去。

到的时候刚好踩着点，公共画室里已经坐满了人，两人心里刚咯噔一下，就看见讲台上站着的是一个年轻的中国男人，立刻松了口气。

这是她们夏校期间接触到的唯一一位中国老师，中文名叫边燃，年纪三十岁左右。可能是因为国籍的关系，边燃对她们几个中国女生不过分严厉。

果然边燃没批评她们的踩点，推了下鼻梁上的金丝边眼镜，对她们点了点头，无声地一指底下，示意她们回座位。

两人朝他鞠了个躬，到自己的画架前坐下。

徐雨诺看了看周围同学，发现大家都在作画，悄声问苏好：“这是直接画的意思？”

“是。”边燃从后门绕到两人身后，用英文说，“今天继续自由作画，下次油画课不是我来，记得提早到。”

两人回头跟他道了声谢，揭开画架上的遮尘布。

苏好这次的作品有点特殊，并不是国际标准尺寸，宽近半米，长五米，是整个画室占地面积最大的一幅油画，画架都是组合拼装。

所以起身揭遮尘布的时候，苏好非常小心翼翼，生怕布一牵扯磕碰到画。

徐雨诺在旁边给她搭了把手，等遮尘布揭开，画跃然眼前，目光忍不住被吸引过去。

这是一幅很特别的油画。

五米长的画被分成七格，苏好已经从左至右画到第六格。

这六格每一格都是一幕雨景——

第一格是傍晚的校园围墙边，雨后初晴，天色尚亮，坑洼的水泥路积了一摊雨水，被微风吹皱的水洼倒映着明净的蓝天。

画背后有一行很小的题字，是 February Rain，二月雨。

第二格是黑暗的小巷，大雨如注，在巷子里铺下一道蒙蒙雨幕，巷口立着一盏老旧的路灯，光晕黯淡，隐约照见地上的鲜血和尘泥。

背后题字 March Rain，三月雨。

第三格是出租车后座视角，汇成一股股细流的雨水在车窗上蜿蜒流淌，窗外雾茫茫一片，行人车辆都模糊成了虚影。

这是四月雨。

第四格是学校操场，烈日当空，炙烤着绿荫场和红白相间的塑胶跑道，太阳雨淋淋漓漓落下，将浅铁锈红色的跑道染成深铁锈红色，操场上一群少男少女正迎着雨欢呼奔跑。

这是五月雨。

第五格是夜晚阁楼的窗边，昏黄的壁灯将阁楼染上一层幽暗的气息，窗外青紫色的闪电划破天空，玻璃窗上布满豆大的雨珠。

这是六月雨。

第六格是学校宿舍楼下，一辆黑色轿车驶远的背影，天空灰蒙蒙的，飘着缠绵悱恻的细雨。

这是七月雨。

六幕雨景画风基调各不相同，但每一幕之间并不是泾渭分明，都做了色彩过渡和画面衔接，从左至右，仿佛穿梭在时空隧道，读到一个被时光掩埋的故事。

虽然徐雨诺不知道故事的脚本，但隐约能看出其中的起承转合，打个比方，就像一对恋人从宁静的相识，到澎湃的相爱，再到心碎分离。

徐雨诺在旁边低声嘀咕："你怎么这么喜欢画雨？是不是因为我名字里带雨？"

"人啊，少一些自以为是，多一些自知之明，会活得更快乐。"苏好拿画笔填充着细节，看都没看她一眼。

徐雨诺磨着牙压低声音说："你这个见异思迁的女人，你认识我第一天还说我名字好听呢！"

"是吗？"苏好仔细回忆了一下，"哦，这跟你没关系，跟你爸有关系。"

"啊？"

"我只是觉得你的姓不错。"

"……"

徐雨诺差点儿气厥过去，看她一直在磨叽着填充细节，没去画第七格，胜负欲起来了："江郎才尽了吧，构不出图了吧，这次我肯定比你先画完。"

苏好淡淡点了点头，说："我也觉得。"

徐雨诺一愣。

苏好一向争强好胜，随随便便就会被挑起好胜心，这么淡定倒像反讽。

"你在暗示我不自量力吗？"徐雨诺眉毛一挑。

苏好摇头，认真道："我真画不出第七格。"

"为什么？"徐雨诺蒙了蒙。

“因为，”苏好笔一顿，目光定格在那场七月雨，“我的八月雨缺席了。”

后半节课，苏好一直对着留白的第七格发呆。

边燃在画室走动时注意到她在神游，到她身边提醒了她一次。

她抱歉地说她没有灵感。

她不知道这位虽然年轻、但看上去阅历很丰富的老师是不是看懂了她画里的故事，边燃跟她说，空等是等不到灵感的，如果没有灵感，那就去寻找灵感。

或许老师并不存在一语双关，只是单纯地那么一说，但苏好却像被触动了某根神经。

记起昨天那通没打通的电话，下课以后她忽然有种强烈的、想要立刻得到答案的欲望。

距离吃饭还有一段时间，徐雨诺要拉她去图书馆，她说有事不去。

徐雨诺就跟她约了晚点餐厅见，先行离开画室，独自去了图书馆。

苏好一个人留在画室，拿起手机做了一会儿思想准备，再次给徐冽拨了一通电话。

结果依然得到的是关机提醒。

她看了眼时间，换算时差。

国内现在也才晚上十点，实在没道理这么早睡觉关机。

难道徐冽换了手机号码，又或者会不会发生了什么不好的事?

焦躁不安的感觉在苏好心底弥漫开来。

她在手机上搜索起微信登录不了的解决办法，按照步骤一步步作着验证，因为烦躁，不停地输错密码，头晕眼花地操作了好一会儿，终于成功找回账号。

苏好深吸一口气，登录微信。

来自四面八方的新消息像洪水一样疯狂涌了进来。

跳跃的红色数字看得她眼花缭乱，一直等到所有消息传输完毕，她才终于看清楚置顶消息框的那一条新消息。

苏好颤抖着手指点开它。

界面上满屏的绿色背景，那是她进入封闭式学习之前给徐冽发的消息，说自己得用功读书了，会有很长一段时间不碰手机。

发完消息以后她就去了学校，并不知道徐冽有没有回复她。

现在她看到了，他回过她的消息。

虽然只有一个字，却好像足够抚慰她此刻的不安和不确定的心。

他说：乖。

课已经结束，有管理员过来锁门，苏好不好继续在公共画室逗留，拎包走了出去，下楼梯的时候，透过楼梯间的窗户看到外边天色微阴，下起了毛毛雨。

她摸了摸手里的托特包，发现自己早上走得太匆忙，忘了往里装伞。

不过苏好现在没什么心思管自己会不会被淋湿。她一边往下走，一边攥着手机，在跟徐冽的微信对话框里输入了一堆字符，然后又删掉。

开头第一句话该说什么呢？

说“你手机怎么关机”？可这是天天联系的朋友才有的熟稔。

说“我可以用手机了”？可这消息明明应该第一时间就告诉他，现在再若无其事地提起算怎么回事。

说“你最近还好吗”？这也太别扭了。

说“在吗”？她又不是要卖保险。

苏好拧着眉反复纠结，走到教学楼门口，跺跺脚没了耐心，干脆直接拨了语音通话过去。

熟悉的通话铃声在耳边响起，苏好攥着手机站在门廊下，紧张地靠住柱子。

铃声响了十秒，没人接听。

二十秒，没人接听。

就在苏好的心一点点沉下去，将要沉到底的时候，铃声忽然中断了。

她一愣，以为到了时限，一看手机屏幕却睁大了眼。

屏幕上的时间正在一秒秒走动。

是电话接通了。

明明只是一个见不到面的电话，苏好却突然不知道手脚该往哪里搁，匆忙把手机放回耳边，张嘴想说一声“喂”，但嗓子眼根本发不出声音。

电话那头也是同样的安静。

安静到她仿佛可以听见那边空气流动的声音。

天空无声飘下一丝一缕的细雨，一根根牵扯着人的思绪，像极了她画上最后那一场七月雨。

时间一分一秒流逝，屏幕上的数字越攒越多。

可是谁也没能开口打出一声招呼。

最后苏好甚至变得不确定接通这个电话到底是不是徐冽的主观意愿，她犹疑着说：“你接错了吗……”出口才发现自己的声音抖得厉害。

电话那头仍是沉默，沉默到苏好真以为徐冽是手滑才摁到接通键的时候，一道久违的声音响了起来：“你打错了吗？”

苏好的眼眶里一瞬间热潮上涌。

因为她听到徐冽的声音也在颤抖。

“没有，”苏好忍着哭腔，“我没有打错。”

“我也没有接错。”徐冽哑声说。

苏好点了点头，点完之后才记起他看不见。

电话里再次陷入死寂。

“我昨天给你打了电话……”苏好生硬地找话说，“刚才也打了，你手机怎么一直关机？你是换了号码吗？还是因为你已经睡了？你那边几点了？”

苏好语无伦次，自己也不知道自己说了些什么，只是拼命说话，拼命想用这些或许本无意义的话去堵住这一年的缺口。

大概是这些问题太颠来倒去，徐冽也无从答起，最后只答了她的最后一个问题："十点半。"

"哦，是，时差十二个小时，刚好颠个倒，你那里晚上十点半，我这里上午十点半。"她继续唠叨着废话。

"我是说，"徐冽干涩道，"我这里上午十点半。"

苏好一蒙："什么？"

"我这里，"徐冽顿了顿，"纽约时间，上午十点半。"

苏好抬手去揉自己的耳朵。

"不用揉，没听错。"徐冽的声音终于带了一丝笑意。

苏好猛地跳起来，东张西望地往四面去看。

"三点钟方向。"徐冽提醒她。

苏好蓦然回头，往三点钟方向望去。

细雨里，那个穿着白衬衫黑西裤、撑着黑伞的少年正远远注视着她，一步步朝她走来。

这是她不知做过多少次的美梦。

这是她因为不愿梦醒后失落而宁可不要的美梦。

而现在，她朝思暮想的少年从梦里走了出来，和她记忆里的模样一成未变。

天上的雨分明没有下大，还是那样绵绵密密，细如牛毛，苏好却好像听见汹涌的骤雨被狂风拍落，惊天动地，震耳欲聋。

她待在原地，勾在指头的托特包忽地从指尖滑下去，发出重重一声闷响。

然后她终于被这声闷响彻底惊醒，飞奔进了细雨里。

一如一年前，她听说他离开的消息，飞奔进那场细雨。

徐冽沉甸甸的脚步在看到她飞奔而来的那一瞬像重获了新生。他目光闪烁地望着她，加大步伐迎向她。

苏好跑进他的伞下，凶猛地撞上他的胸膛，将他一把死死抱紧。

徐冽被她这一撞，竟然差点儿没拿稳伞，迟疑一刹，他一手攥紧伞柄，一手揽过她的后背，把她用力揉进怀里，用力到像要将她揉进他的骨血里。

苏好紧紧闭着双眼，感受着被他抱紧的真实触感，在他怀里泪如雨下。

她的八月雨，终于尘埃落定。

有太多话想说，又不知从何说起，语言太苍白的时候，除了拥抱好像别无他法。

雨渐渐下大了。

斜风漫天，雨丝顺风飘入伞下，将两人单薄的衣衫染湿，徐冽回过神来，不得不在不合时宜的天气里松了手，将伞遮到苏好头顶，拉着她往教学楼门廊走。

苏好一手被他牵着，一手去抹眼泪。

徐冽把她拉到屋檐下，侧身替她挡住风来的方向，收拢雨伞搁在脚边，看了眼她满脸的泪痕，捧起她的脸，拿拇指指腹轻轻擦拭她的眼泪。

这个姿势太像一年前他们在阁楼里见的最后一面。

苏好看着这一幕，刚收干的眼泪又决了堤。

到美国以后她几乎没有哭过，即使考试压力再大，再想念徐冽，她都没掉眼泪。她本来就不是个爱哭的人。

这会儿却不知怎么回事，想把这一年攒起的泪通通流个干净。

可能是因为终于有人给她擦眼泪了。

徐冽也不劝她“别哭了”“不哭了”，就这么默不作声给她擦泪，好像也想把攒了一整年的耐心通通给她。

苏好定定地看着近在咫尺的人，伸出一根手指去触碰他的眉梢，他的眼角，他的鼻梁，用同样珍重的手势捧住他的脸。

刚才太远了没发现，近距离一看，其实徐洌并不是一成不变。

他好像更瘦了。

“你怎么瘦了……”苏好终于嗫嚅出第一句话。

徐洌给她擦泪的动作一滞，摇了摇头：“没有，可能是高了。”

苏好分了神，抬手去比画两人的身高差：“是吗？好像是长高了一点点。”情绪被打破，她收起眼泪，眨眨干涩的眼，低头去搜寻地上的包，“我包里应该有湿巾……”

徐洌弯腰把她的包拎起来，托到她眼下。

苏好就着他的手，翻动着里面堆得毫无章法的杂物，跟她从前埋头翻课桌的样子一模一样。

徐洌垂眼看着她“丁零当啷”一通东翻西找，想说她“怎么还是不知道收拾”，又觉得这样的语气显得太过熟稔，太过随意。

斟酌来斟酌去，最后他什么也没说，只是静静地看着她。

苏好拿湿巾擦干净脸，也递给他一张擦手。

等两人都收拾停当，四下的安静又将他们带回到手足无措的状态里。

“你……”

“你……”

两人同时开口又同时顿住。

相比徐洌对苏好近况的了解，苏好对徐洌的这一年几乎一无所知，所以不等他谦让，苏好就主动抢过话头：“我先问，你什么时候来的？”

“昨天下午。”

“所以手机关机是这个原因？”

徐洌点点头。

苏好松了口气：“还以为你换号码都不跟我说了……”

徐洌摇头，像在说不会。

“那你是专程来看我的吗？”苏好有些迟疑地问。

“嗯。”徐洌点了点头。

得到肯定，苏好多了点信心，问题咕噜噜一个接一个冒出来：“高考考得怎么样？”

“正常发挥。”

“考到了哪里？录取通知书到了吗？”

苏好神情切切，徐洌却似乎有一丝犹豫，没有第一时间作答。

“嗯？”苏好不解地望着他。

“国内。”徐洌模糊答。

“我当然知道是国内了！”苏好觑觑他，大概明白了他刚才为什么犹豫。

徐洌可能以为她在期待他考来美国吧。

但苏好很清楚他的境况，考到美国的花销并不是他能负担的，而且新泽西对他来说实在有太多不好的回忆。她还真没这么想过，甚至徐洌来这一趟，她都已经有点心疼他的钱了，也觉得为难他了。

“是北城的大学吗？”苏好继续问。

徐洌默了默，点点头。

“那你这一年回了原来的高中？”

徐洌摇头：“原来学校学费太贵了。”

苏好想想也是：“所以你又去了个新环境啊，那你后来还有打工吗？”

“没。”

“你姐姐、姐夫不让？”

“差不多。”

不知道是不是因为久别重逢还不太适应的关系，苏好总觉得徐洌的回答不像从前跟她说话时那样干脆利落。

也许一年的空白真不是那么容易忽视的。

她压下心底那股丧气，拉过他的手：“饿不饿，我们先去吃饭吧，边吃边说。”

苏好跟徐雨诺打了个电话，说自己有事不跟她在学校吃饭了，带徐冽出校去了附近一家客流量不大的餐馆。

因为下午还有课，她没法腾出太多时间，所以挑了快捷的简餐。

两人一人点了一份意面，一碗时蔬汤和一杯果汁。苏好抢着付账，说东道主必须有面子，徐冽也就没拦她。

取好餐后，两人在靠窗的双人桌位坐下。

因为暑假的关系，周围人少，店里音响的音乐也开得不大，聊天不需要提高声音。虽然是公共场合，但还算自在。

“晚上再请你吃好吃的。”苏好跟对面的徐冽说，“我在上夏校班，快结课了，好多课都是最后一节，翘不了。”

“好好上课。”徐冽点点头。

“那你怎么办？这得有一下午。”苏好眨眨眼，“我们这里图书馆不禁止外校人员出入，要不你在那儿等我？你是不是还没倒过时差，需不需要补个觉？”

徐冽摇头：“不用操心我，我等你下课再过来。”

“你要去哪里啊？”

“有点事要办。”

要是换作从前，苏好肯定就直接追根究底问是什么事了。

但除了刚才那个情不自禁的拥抱，两人之间似乎一直隔了一层若有似无的纱，这种疏离让她放弃了追问。

她告诉自己慢慢来。

正这么想着，身后忽然传来一道男声：“Sue？”

苏好回过头去，看到了同专业的美国同学，一个身材高大的白人男生。

她挥挥手跟对方打了个招呼。

爱德华热情地朝她走了过来，神色暧昧地看了眼徐冽，用英文说：“I think this is the first time I've seen you eating alone with a guy.”（我

想这是我第一次看到你和一个男人单独吃饭）。

苏好点点头，笑着用英文说："Not as if,exactly.（不是的）"。

徐冽看着她的眼神微微闪动了一下。

"WOW！（哇）"爱德华起哄地笑。"I'm going to break the news to Lucas.It's going to be a heartbreaking night for him tonight！（我要把这个消息告诉 Lucas，今晚对他来说将是一个令人心碎的夜晚）"

苏好朝他飞了个眼刀子，比了个闭嘴的手势。

爱德华捂住心口，夸张地"啊"一声叫，像被她的眼刀子戳伤，然后笑嘻嘻地去点餐了。

徐冽手里的叉子绕着意面，低下头淡淡一笑。

"你笑什么？"苏好瞅瞅他。

他在笑，总是这样。

就像当初，他第一天去南中，苏好陪他去器材室领校服，一路上数不清的同学跟她打招呼说笑——她的身边总是被欢声笑语围绕，似乎不管她走到哪里，都有一股吸引热闹的力量。

看得出来，她在这里生活得很好，也一定交到了很多新朋友。

他一边替她高兴，一边又在想，她这么鲜亮的人，怎么却总是因为他哭。

徐冽摇了摇头，示意没什么。

吃过简餐，徐冽送苏好回了学校，跟她约定好傍晚见面的时间。

临别时，苏好也不知自己哪来的小女生情结，忽然有点舍不得他，在校门口磨蹭着不肯走，像落了心理阴影似的再三跟他确认："你这次来待几天？你不会下午就要走了吧？你真的会来接我吃晚饭？"

"待几天还没定，今天不会走，真的会来接你吃晚饭。"徐冽一个个回答她的问题，然后想了想说，"我去把护照拿来押在你这儿？"

苏好这下相信了他，摇头说不用，一看时间来不及了，匆忙道："我结课作业还没搞定，得先去画室了，你傍晚一定来接我啊。”

“好。”徐洌点点头。

苏好快步朝教学楼走去，走出老远以后又觉得少了些什么，浑身不舒坦，跺跺脚跑了回去。

一路跑回校门口，看到徐洌站在路边等车的背影，她飞奔上前，窜天猴似的蹦起来，从身后一把搂住了他的脖子。

徐洌下意识抓住了她的手腕。

苏好耳边警铃大响，记起曾经差点儿被徐某社会哥过肩摔的事，大喊：“啊啊啊是我是我别摔我！”

徐洌在她出声之前就已经猜到是她，抓手腕纯粹只是身体的条件反射。

他回过头，被她的反应逗笑，沉重的心绪也像短暂地得到了一刹那解脱。

他忍不住揉了揉她的头发：“怎么这么㞞了？”

明明只是很简单的一个动作、一句话，苏好却鼻端一阵酸楚。

就应该是这样，这才是徐洌会对她做的动作，会对她用的语气，刚刚那些疏远的、客气的、藏着掖着什么的，全都不对。

看见她眼底浮起的湿润，徐洌滞了滞，收敛笑意：“怎么了？”

“外国人又不认我当大姐头，这么久不当一姐，㞞一点怎么了！”苏好把眼泪逼退回去，心潮却依旧在澎湃。

被揉一下头发，就好像开启了什么开关。

沉默片刻，她忽然从正面环抱住徐洌的腰：“徐洌，我不想浪费时间了。”

“什么？”徐洌一愣，忘了伸手去回抱她。

苏好拽着他的手臂，强行让他抱牢她的腰：“刚刚吃饭的时候，我本来觉得我们可以慢慢来，一年没见肯定会生疏，也没什么，可是你待不了几天，马上又要分开，每分钟都很宝贵，所以我不想浪费时间了……你给我个准话，我们去年的约定还作不作数？应该还作数吧？”

徐冽定定看着她，明明是阴雨天，眼底却有星星点点的光在闪烁。

苏好见他不回答，深吸一口气：“不作数也得作数，这是苏姐的命令！听见没？”

徐冽轻轻吞咽了下，心中像有千丝万缕的线在缠绕，密密麻麻。

他张了张嘴想说什么，看了眼手机上的时间又打消了念头：“你先去上课，晚点来接你的时候再说。”

“一句话的事，为什么不现在说？”苏好皱皱眉。

徐冽抬手抚过她的脸颊：“因为我想好好说。”

第二十六章

全世界只有一个人能听懂的告白

热闹的烟火人间里有一个热闹的她，说着并不重要的话，跟他谈论每一天的柴米油盐酱醋茶。

再也没有比这更好的生活。

徐洌的本意是让苏好别耽误课程，但这一句“好好说”依然搅得苏好心不在焉了一下午，好奇徐洌到底想说什么，更担心他会讲出坏消息。

尤其等到下课的时候，她收到徐洌的微信消息，看到他说有事耽搁了，得晚一个钟头才能来接她。

苏好从前不是患得患失的人，可刚刚失而复得难免会有不安。徐洌的迟到让她觉得异常煎熬，生怕一分别又是一个一年——虽然理智告诉她这是杞人忧天。

苏好不知道这漫长的一个钟头怎么过，问管理员取了钥匙，去了公共画室，打算把终于能够拥有画面的第七格油画填满。

画画的时候她总算能稍微静下心来一些。

所以当一个钟头后，身后窗外响起脚步声的时候，苏好并没有第一时间察觉。

徐冽就那么站在窗外，望着她的画停滞在原地，忘了出声叫她。

他的目光从左至右一点点扫过去，看到了七幕熟悉的画面。

第一幕，是他初到南中的第一天，苏好陪她去器材室领校服的路上。

第二幕，是他从武校生手中救下苏好的那个雨巷。

第三幕，是他和苏好因为微信语音的乌龙大吵一架，苏好甩手离去后坐上的那辆出租车。

第四幕，是苏好为留下老班大闹升旗仪式，他陪她一起在操场罚跑。

第五幕，是邹家阁楼里，他求苏好不要放弃出国留学的梦想。

第六幕……他没有亲眼见到，但听高瑞说起过，那是苏好在男生宿舍楼下听到他转学的消息。

第七幕，也是苏好此刻正在画的一幕，那是今天他们在雨中重逢。

这些所有留存在他记忆里的画面，也同样没有在她心里磨灭。

徐冽怔在那里，迟迟没有回过神来。倒是苏好刚好伸了个懒腰，一偏头看见了他。

她所有的焦虑都在看见他的一刹那烟消云散，她笑着跑到门边打开了门，招呼他进来："来了怎么不叫我！"

徐冽跟着她慢慢走进画室，视线还落在那排长油画上。

苏好领他走到画架前，指着油画问："还记得这些吗？"

徐冽点点头，走近看画时，心神都似在震颤："什么时候画的？"

"上夏校之后开始的，画挺长时间了，"苏好张开手臂挡住他的视线，"等等，你还是先别看，这都没完工，半成品有失我水准，等全部画完再给你仔细欣赏，我这几天努力赶工，争取在你走之前搞定。"

徐冽眨了眨眼，沉默片刻，像是终于下了决心，认真地注视着她说："不用赶。"

"嗯？"

“苏好，”他看着她郑重道，“我不走了。”

苏好一愣：“什么意思？”

徐洌抬起一根食指，用指背抚了抚她的脸颊：“我考了这里的大学，刚刚跟你说要迟到一个钟头，就是去学校办了些手续。”

苏好蒙得连欢喜都忘了，愣愣地看着他，稀里糊涂道：“你上午不是说你考了北城的大学？”

“不是，”徐洌摇头，“对不起，我骗了你。”

“为什么要骗我……”苏好摸不着头脑。

“因为我以为，”徐洌皱起眉头，“我是来美国追你的。”

徐洌并没有觉得自己有资格在苏好的世界“想走就走，想来就来”，不论他当初有多少良苦用心，多少难言之隐，苏好的眼泪都是真实存在过的。

这就是他的过错。她完全有理由把这场分离当成绝交。

苏好调整好心态专心赴考之后再也没有联系过他，即便是毕业以后。

他想她或许拥有了全新的生活，他存在与否，对她来说已经没有那么重要。

他曾经在最消极的时候想过，如果真是这样，要不就算了。他有那么多负担和累赘，糟心的事一箩筐，如果她不再对他念念不忘，他又何必再去招惹她。

可最后还是不甘心，不甘心她有一天成为别人的太阳。

所以他排除万难来了。

他以为他是来追回她的，当然暂时不想让她知道自己考了这里的大学，否则这就成了无耻的“挟恩图报”。

以苏好讲义气的个性，知道他为她考来了这里，怎么可能不跟他重归于好。

他不希望她因为这样类似“还人情”的理由跟他在一起，所以他预设好了他们重逢的情节，他不提考到了哪里，仅仅轻描淡写地说自己来看看她。

可是今天一切的发展都出乎他的意料。

她给他打了电话，她在他面前泣不成声，她跟朋友毫不遮掩地表明他的特别，她说她不想再浪费时间了。

直到此刻看见这幅长油画，徐洌才终于明白，为什么这些日子苏好宁愿在这里画他们的过去，也不正视他们的当下，不联系他。

不是她不想，而是她不敢。

正如他猜测她拥有了新生活以后，不去打扰她，原来所有他不确定的时间里，她也在惴惴不安。

那么就不要浪费时间了吧。

徐洌在苏好疑惑的神色里笑了一下："本来以为你可能不喜欢我了，不想拿这事绑着你跟我在一起。"

苏好一愣之后捶了一拳他的肩膀："什么呀，我看起来很朝三暮四吗！"

可是这一拳头捶完，看见徐洌笑容里的涩意，她却像被戳中了心窝子，心底又酸又麻。

他抛弃了所有的退路，付出了百分之百的自己，为她考来这里，却给她留好了一条自由的退路，允许她一身轻松地离开他，不需要背负任何亏欠。

原来他今天所有的异常都是因为这样。

苏好仰头看着他，语气软下来："你是不是傻。"

徐洌垂着眼叹息："半斤八两。"

苏好也觉得这么久不敢登微信的她一样傻透了，想起来忍不住笑了一声："傻都傻到一块儿去，也真是绝配了。"

徐洌也笑起来："谁说不是。"

"那……"苏好拿食指戳了戳他的衣襟，"现在要不要跟我正式表个白？"

徐洌刚要点头，又听她补充道："不要太俗气，什么喜欢不喜欢的，肉麻，不爱听，要有点新意。"

徐洌眨了眨眼，认真思索起来，看了她一会儿，郑重地说："我觉得很好喝。"

"啊？"

"我说你的水很好喝。"

"？"

这也太有新意了，有新意到苏好都听愣了。

见她半晌没反应过来，徐洌提醒："我在图书馆被砸伤那天，你陪我去医院……"

苏好顺着他说的话回想，终于恍然大悟——

那天在医院里，她急得口干舌燥，徐洌给她倒来一杯水，等她喝完一半之后，接过去喝了剩下的一半。她当时脑子一抽，问了他一句：很好喝吗？

而那一天，就是他们约定毕业以后在一起的日子。

苏好心跳发急，脸颊也涌上汹涌的热意，用她一贯高高在上的语气竭力维持着声线的稳定："那我回应一下你的表白啊。"

"好。"徐洌点了点头。

苏好清清嗓子，狡黠一笑，凑到他耳边说："那哥哥以后就多喝点。"

这是全世界只有一个人能听懂的告白。

也是全世界只有一个人能听懂的应许。

苏好清晰地看见，当她在徐洌耳边叫出这声"哥哥"，他垂在身侧的手攥成了拳，眼底也像浮起了一个深暗的旋涡。

徐洌垂下眼睫，目光落在她的唇上："没杯子怎么喝？"

苏好一下子乱了方寸，面上还装腔作势，指指自己的唇："那只能用这个了呀。"

"别乱说话，我真的会亲你。"

苏好心一横："就怕你来假的。"

"是吗？"徐冽笑了一声，用额头贴上她的额头，盯着她的眼睛，像在分辨她有没有说谎。

这额头相贴的姿势，放在一年前和一年后忽然有了不一样的味道。

苏好的心瞬间跳到了嗓子眼。

一阵窸窸窣窣的脚步声恰好在此刻响起，与此同时，徐冽的余光里晃进来一道人影。

他眼睛一眯，立马松手放开了苏好。

门外的来人猛抽了一口凉气。

苏好灵魂归位，倏地睁开眼，回过头去。

"妈呀苏好！"徐雨诺站在门口惊叫道，"原来你不是在做梦，你是真有个帅得惊天动地的男朋友啊！"

苏好："……"

徐冽挑着眉看向苏好："还这么夸过我？"

苏好瞟了瞟徐冽，瞪了一眼徐雨诺。

徐雨诺挤出一个不好意思的笑："打扰了打扰了，那什么，我伞落这里了，楼管说有人在我就过来了。"又非常自来熟地跟徐冽挥了挥手，"嘿，我是你女朋友的室友，徐雨诺。"

徐冽朝她点点头，也自报了姓名："徐冽。"

"是本家呀！"徐雨诺一愣之下望向苏好，"过分了啊苏好，原来你跟我做朋友真的只是因为喜欢我的姓！"

"哪儿凉快哪儿待着去，别给自己加戏！"苏好啐她一句，转头跟徐冽对视一眼，记起刚才只差毫厘的亲密，不自然地清了清嗓，声音放软，"……那个，吃饭去吗？"

徐冽神态自若地点点头："你收拾收拾。"

苏好蹲下去收拾画具。

徐雨诺从角落伞架上小心翼翼取了伞，放慢收伞的动作拖延时间，悄悄斜着眼往徐洌身上瞄。

苏好走过去，把整理好的托特包重重地交到她手里："来了就别空手回去，给我拿到宿舍。"

徐雨诺接过托特包，小声说："欸，你男朋友真的好帅呀……"

"废话，不帅够格当我男朋友？"苏好像只骄傲的孔雀。

徐雨诺"啧"了声，用手肘使劲撞了一下她的胳膊，朝她挤眉弄眼道："小别胜新婚，这么看来，晚上是不回宿舍啦？"

苏好身体一僵，眼珠子缓缓转动着去看不远处的徐洌，见他低头在操作手机，像没听到，苏好偷偷给徐雨诺比了个抹脖子的手势。

徐雨诺笑嘻嘻地拎着她的托特包走了。

苏好背对着徐洌理了理头发，若无其事地转过头去："走吧。"

徐洌收起手机，牵过她的手："想吃什么？"

"找家中餐馆吧，吃西餐都快吃吐了。"

徐洌想了想说："我来的时候看过，这旁边好像没有特别地道的中餐馆。我做给你吃吧，我在国内学了中餐。"

"啊？去哪儿做？"

"我在你学校附近租了间公寓。"

"去你公寓吗？"苏好紧张地吞咽了一下，怀疑徐洌听见了刚才徐雨诺的调侃。

"嗯？"徐洌眉梢一挑。

"……也行。"

苏好镇定地点了点头。

苏姐有什么不行？

两人先坐巴士去了附近的超市采购生鲜。

路上苏好跟徐洌打听了他的学校。

这里是新泽西州的一座大学城，学生和居民人口接近 1:1，学术氛围相当浓厚。徐洌考取的埃普斯特大学也是全美知名的高校，尤其金融专业在世界上更是名列前茅。

苏好一猜就知道徐洌考的是埃普斯特的王牌金融专业。

没别的，男朋友就是优秀。

两人一路聊着学校和专业的事，进了超市，徐洌推过一辆购物车，苏好挨着他熟门熟路地指路。

穿过人潮，苏好打头阵走到生鲜区挑食材，徐洌跟在她身后，接过她递来的一盒盒蔬菜肉类，听她一路东挑西拣碎碎念。

“想吃炒菜，没有炒菜的生活真的平淡如水，你都不知道我这一年嘴巴有多淡。

“要是能炒个辣子鸡就好了，可惜这里的超市没有整鸡卖，辣椒也不够味，还是下次去亚洲超市吧，啊，那今天要不就做宫保鸡丁，应该能买齐食材。

“糖醋排骨也不错，不过不知道这个点还有没有小排卖。没有的话做个油爆虾。说起这个，上次我跟徐雨诺一起去一家中餐馆吃油爆虾，那厨师不知放了几斤油！油爆虾的灵魂是‘爆’，不是‘油’好不好！

“好想吃曹姨做的菜，以前真是身在福中不知福，老点外卖吃炸鸡，现在我一看到炸鸡就反胃……”苏好吐槽了一路，回头去跟徐洌找共鸣，发现他一直定定地望着她的侧脸，一愣之下摸了摸自己的脸，“怎么，我脸上有东西？”

徐洌笑着揉了揉她的头发：“没有，就是觉得逛超市很舒服。”

人来人往的超市，沾着清透水珠的新鲜蔬菜，色彩斑斓的水果，散发着浓郁香味的面包烤物，琳琅满目。

热闹的烟火人间里有一个热闹的她，说着并不重要的话，跟他谈论每一天的柴米油盐酱醋茶。

再也没有比这更好的生活。

“那以后苏姐每天满足你的愿望。”苏好笑着戳了一下他的脸，一边继续转头去挑食材，一边问他，“宫保鸡丁用什么部位的肉好？”

“鸡胸会有点柴，最好是鸡腿肉。”徐冽答。

“我找找啊。”苏好在前方穿梭来穿梭去，一眼望见冷柜里还有最后一盒鸡腿肉，快步上前，刚伸出手去，却看到另一只手正好拿起了它。

苏好蓦地缩回了手。

那只手的主人偏过头来，见是她，目光微微闪烁了下：“苏好？”

苏好扭头看到这个身穿黑色西服正装的男人，愣了愣，叫他：“边老师？”

“要这个？”边燃晃了晃手里的鸡腿肉，递给了她。

她摆手推拒：“不用不用，我挑其他肉。”

徐冽推着购物车走了过来，看了一眼边燃，问苏好：“怎么了？”

边燃一看两人结伴的样子，把鸡腿肉轻轻放进徐冽的购物车：“别客气。”说着打了个回见的手势，转身离开。

苏好跟边燃道了声谢，目送他走远后，和徐冽解释：“我们油画课老师，还挺照顾中国学生。”

徐冽点点头，随意瞟向边燃的背影。

边燃恰好在此时回过头来，目光隔着人山人海落向苏好，视线抵达之前注意到徐冽的眼神，又淡淡挪开了去。

两人到徐冽租住的公寓时天色已经黑了。

苏好跟着徐冽在巴士站下车，走了两百来米，在路边看见了一栋三层楼的别墅。别墅的一、二层被隔成四间单身公寓，每层两间，徐冽占了二楼的其中一间。三楼是公共空间，有洗衣房、露台之类的地方。

埃普斯特没有硬性规定学生必须住宿，外边这样的简居公寓又比学校宿舍便宜，自然成了徐冽的第一选择。

苏好进门之前先在手机地图上标记了住址方便以后找他，手指划拉了下地图，发现他挑选公寓完全是在为她考虑。

这公寓的地理位置在一条巴士线旁边，位于两人学校之间，到两边都有巴士，但距离她学校反而更近。

徐老师心思还是这么缜密。

走上楼梯，楼道的声控灯自动亮起。

苏好在昏黄的光线下觑着他问："你这住址选的，是不是早就打算好要骗我来这儿？"

"骗？我骗你什么了？"徐冽两只手都拎满了超市购物袋，没法牵她，走在前面带路。

苏好还没拿这个"骗"字跟他进行探讨，就见他在走廊靠里的房间门口停了下来，朝她抬抬下巴："帮我拿下房卡，在我裤袋。"

苏好走上前去，低下头摸索他的裤袋。

夏天的西裤薄，她指尖蹭进去，能感受到徐冽身体的温度比她的手烫。

这一触碰，不知怎么，她的指尖也变得烫了起来。

苏好定了定神，飞快远离了他的裤袋，拿卡刷开了门。

房间里一片漆黑，她率先走进去，帮他把门扣住门吸，刚要问他灯在哪儿，忽然听见身后的门被"砰"的一声合上，紧接着，她整个人被一股拉力朝后拽去。

苏好惊呼一声，后背抵上了凉丝丝的门板。

徐冽用食指虚虚点了点她的唇，嗓音喑哑："你说的骗，是指这个？"

"不是吗？"苏好的嗓音也有些沙哑。

"知道我骗你还跟我来，不怕？"徐冽的眼睛逐渐适应了黑暗，借窗外皎洁的月光看见苏好清亮的眼神。

"笑话，我可是思想很 open 的艺术生。"

徐冽笑起来："那你还记得欠我三秒钟吗？"

苏好愣了愣，恍惚间记了起来，当初温安妮来南中的时候跟徐冽单独说了 7 分 24 秒的话，她计时之后让徐冽也给她 7 分 24 秒，结果徐冽陪她跑了趟 1500 米，多用了 3 秒钟。

“记得。”

“现在还我？”

苏好的心脏怦怦怦地跳了起来，片刻后深吸一口气，点了点头。

徐冽静静地看了她一会儿，忽然抬手捧起她的脸，低下头去。

两人的唇靠近到只差分毫距离。

苏好手脚发软地屏起呼吸，看见温软的月光下，徐冽眼底浪潮的汹涌。

那浪潮涨了又退，退了又涨，时间和呼吸都变得静谧而绵长。

许久过去，徐冽轻轻滚动着喉结，将唇挪向她的额头，在那里烙下一个滚烫的吻。

或许是这一吻里藏了太多隐忍已久的情愫，仅仅是被他吻上额头，苏好就像感受到细雨过境般浑身战栗。

她颤抖着闭上双眼，垂在身侧的手指一根根蜷起。

窗外的夜风徐徐拂过细草，发出沙沙轻响，将她的长发丝丝缕缕地缠绕上那双捧着她脸的手。

嘀嗒，嘀嗒，嘀嗒——心里的秒针缓缓拨动，3 秒过后，徐冽的唇从苏好的额头慢慢擦过鼻尖，最终落空。

苏好睁开眼，望向徐冽的眼睛，从他眼底看到倒映的月光，一如曾经他眼底倒映的那片花海一样灿烂漂亮。

“终于把债讨回去了，满意了吧？”苏好笑着问。

“等了一年多，就换了 3 秒。”

“怎么，不值得？”

“值得。”徐冽说完又自顾自地点了点头，重复了一遍，“很值得。”

苏好从他的第二遍“值得”里听出了他这一路的不容易。

她双手环抱上他的腰，靠进他怀里，嗅着他身上熟悉的洗衣皂香味：“来新泽西的路上是不是想起很多不开心的事？”

老实说是有的。

虽然跟过去待的地方不是同城，但机场故地重游，后来一路上又看到相似的乡村、都市景致，回忆在所难免。

尤其当时他也不确定苏好是不是还那么喜欢他。

“一点点，”他轻描淡写地说，“看见你就好了。”

“既然这样，”苏好抬起一只手，在他耳边打了个轻松的响指，“苏姐陪你把这里不好的回忆全都刷新成好的。”

他们拥有整整四年的时间，足够在这片土地上制造无数的回忆，足够把沧海填补成桑田。

往后当他再次回想起这里，就只剩下和她一起度过的时光了。

等灯点亮，苏好才看清这间公寓的真面目。

整体是一间构造简单的通厅，除了阳台和浴室独立，卧室、厨房和客厅都相互连通。

徐冽来之前提前联系了中介租房，昨天刚到这里办理各种手续，缴纳费用，因为时差睡眠混乱，还没精力收拾行李，两个 24 寸行李箱横在屋子中央，桌椅零件也堆在一旁待组装。

徐冽原本没想到会这么快带苏好过来，看着这不像样的屋子没处落脚，他搔了搔眉心，干脆让她坐在床上等他做饭。

苏好一听到“床”字就想起徐雨诺调侃她今晚要和徐冽一起过夜的事，一时有点不自在，决定还是去厨台给徐冽打下手，像以前在舅舅家那样把他需要的食材一样样切丁，等打完下手就倚着厨台欣赏他炒菜，还拍了几张宫保鸡丁和油爆虾的特写照，作为微信失踪人口久违地发了一条证明自己还活着的朋友圈。

但苏好跟徐冽那张床的缘分最终还是不可避免。

因为组装桌椅太费时间，等晚饭做好，徐冽搬了两张床头柜当临时餐桌，提出到床沿吃。

这床虽然也是单人床的式样，但比她宿舍那张大不少，实际上够躺两个人。

床垫很软，坐上去立马凹陷下去一块，苏好的心也跟着陡地陷落下去，脸上堆满不自然。

“委屈你了。”徐冽摸摸她的头发，以为她在介意这将就的坐法。

“没有，”苏好也不能说自己想偏了去，解释道，“我只是觉得这床还怪舒服的。”

徐冽挑了下眉：“是暗示我你今晚想留宿的意思？”

“……”这个阅读理解，给满分都不够表达他的优秀。

苏好觉得自己也得优秀一点，哪怕拒绝，都要拒绝得非常体面：“我没带换洗衣服啊，难道你还陪我回学校拿？”

徐冽点点头认真提议：“吃完饭陪你去？”

“可以是可以，但我明天的课好早，住这儿岂不是得起更早？”苏好一副埋怨的表情。

徐冽本来也就是逗逗她，看她满嘴借口，不肯认㞞的样子，笑着捏捏她的耳垂，假意不拆穿：“那听起来是太麻烦了，一会儿送你回去。”

吃过晚饭，徐冽送苏好回了学校。

苏好一打开宿舍门，就听见迎面传来一阵嘲讽：“哈哈哈哈哈！我就说苏好这个㞞包今晚肯定会回来睡！祝青，给钱给钱！十美元！”

“……”

祝青是苏好的另一个室友，平常一向十分高冷。苏好没想到这俩人居然能为她归不归宿打这么无聊的赌。

祝青趴在床上叹了口气，用手机给徐雨诺转账，顺便给了苏好一个失望的眼神。

“回来睡怎么了？看不起谁呢？我这叫高效，该腻歪的早腻歪完了。”苏好利落地合上门。

“是吗？来我瞅瞅。”徐雨诺走上前去，打量了一眼她的嘴唇，哈哈大笑，“一年不见，久别重逢第一晚，你嘴都没被亲肿，你家那位是不是不行啊？”

苏好气噎，“噼里啪啦”地给徐冽发消息，把徐雨诺的话原原本本讲给他听，最后问：我这面子都丢尽了，你说怎么办吧？

徐冽暂时没回，苏好估计他还没到公寓，独自翻看微信里积攒的消息和朋友圈的回复消气。

她给宫保鸡丁和油爆虾特写照的配文是三个字：回来了。

一语双关，一是说她回来了，二是说徐冽回来了。

但大家当然只看得懂第一种意思，所以都在底下庆祝她回归微信，一眼望去全是南中那些小弟小妹发的彩虹屁，恭喜她考上加德里，约她什么时候有空聚聚。

私聊消息也涌了进来，陈星风、苗妙、文铭、李貌、郭照、尤欢欢、谢一舟、费喆……

苏好回消息回得手忙脚乱，也忘了刚才一时冲动跟徐冽说了什么话，直到很久以后才注意到置顶消息框有了新回复。

X：我的错，别生气，下次亲。

苏好：“……”

后悔，现在就是非常后悔，在这种每天都能见面的日子里说了挑战人家成年男性尊严的话。

苏好也不能说“算了，我自己吃辣吃肿吧”，借口说去洗澡，没再理会徐冽。

幸好第二天苏好是满课，徐冽也要去学校继续处理各种手续，两人几点能见上面还是个未知数。

苏好放宽心过了一整天，等到傍晚最后一节油画课前收到徐冽的消息，见他准备过来接她，才又记起这个“下次亲”的约定。

下次到底是指什么时候？也不知道这种事为什么要特意提前约定，害得人这么紧张。

苏好在去公共画室的途中看着两人的对话框忐忑了一路，靠近教室时倒是收了心，收起了手机。

虽然从前是个学渣，但到了专业领域，苏好对于专业课还是存有敬畏心的。

只是今天公共画室里意外地吵闹，进去的时候苏好都怀疑自己到了摇滚场。

她逮了个同学问这是怎么了，才得知大家在预谋一场恶作剧。

下礼拜夏校班就结课了，这群夏校生并不都是加德里的学生，更多的是从世界各地过来提前体验大学生活、考虑将来主修专业的高中生。

这些高中生希望在离开加德里之前给这里的老师留下一点“纪念”。

夏校班的油画课分两个老师上，除了边燃外，还有另一位美国老师安德鲁。

下礼拜最后一节课轮到边燃，所以这倒数第二节相当于安德鲁的最后一堂课。

苏好和徐雨诺作为本土学生，往后还要与这些老师打很长时间的交道，所以并没有接到参与恶作剧的邀请。

两人弄清楚状况以后回到座位准备看好戏，等着瞧这群脑洞天马行空的艺术生给安德鲁整什么幺蛾子。

有个德国学生跑来通报消息，说安德鲁来了。

大家当即噤声，像往常一样安静地坐在各自的画架前，等安德鲁从前门进入教室，起身与他问好。

苏好和徐雨诺坐在靠近后门的地方，起身时听见身后传来一阵沉稳的脚步声，回头一看，见是边燃从后门走了进来。

安德鲁年纪长，教学资历高过边燃。边燃时常来旁听他的课，像学生一样坐在教室后排。

苏好和徐雨诺朝边燃点点头，无声地打了个招呼，然后回过头重新坐了下去。

刚一落座，前边突然传来一道惊悚的尖叫声："啊——啊——"

苏好一抬头，看见一个黑人男孩死死地捂住了自己的胳肢窝，一道血注从他指下飙出，高高溅起，又淋淋漓漓地泼洒而下。

周围人全都夸张地惊叫起来，大喊着救命，仓皇逃散。

安德鲁吓得狂奔下讲台："哦，我的老天，发生了什么！快摁住他的动脉！"

苏好一愣之下明白了，这是大家准备的恶作剧，但这个认知并没有让她从这意外的一幕里逃脱应激反应。

哪怕知道眼前的画面是假的，只是专业的美术生们用红颜料做的戏码，但这"鲜血"四溅的场景还是对她造成了头晕目眩的冲击。

安德鲁很快发现这只是一个恶作剧，前边演戏的同学们也笑得前仰后合。

徐雨诺在一旁举着手机拍视频，笑到拍大腿："太逗了！安德鲁这白眼都要翻上天了！"说完转头想去跟苏好找共鸣，却发现她脸色白得像纸一样。

"你怎么了？"徐雨诺吓得差点儿摔掉手机。

从那一阵眩晕感起，苏好就一直在忍耐，告诉自己别丢脸、别失态，但冷汗还是无法抑制地一阵阵漫上来，胃里也在翻江倒海。

苏好摇摇头示意没事，强忍恶心，转头跑出了教室。

边燃瞳仁一缩，拦下要追出去的徐雨诺，自己走出教室疾步跟上苏好。

苏好一路奔到教学楼前门廊下，扶着柱子费劲地喘气。

"苏好？"边燃来到她身后，往前迈了一步，又踌躇着顿住，皱着眉试探道，"是晕血吗？我送你去医务室。"

苏好朝后竖起手掌，摆了摆表示没事，但胃里的痉挛却越来越强烈。

这一次的应激反应比以前任何一次都难受。或许是这恶作剧太碰巧，逼真的血液从动脉溅上白墙的画面，跟她当年亲眼目睹姐姐离世现场的那一幕实在太像。

苏好拼命告诉自己这是假的，生理却不受控制，整个人脱力地沿着柱子滑了下去。

边燃上前一把撑住她的手肘，低头看了眼她失血的脸色，刚要弯身去托她腿弯，有一只手拂开了他。

下一瞬，苏好被那只手的主人打横抱了起来。

边燃抬起头，看见了喘着气赶来的徐冽。

徐冽眯起眼，看了眼边燃，拢紧手臂把苏好往怀里揽，转身匆匆离开。

苏好迷迷糊糊感觉到是他，攥紧了他的衬衫衣襟："徐冽？"

"是我，"徐冽看了眼医务室的指示牌，抱着她赶过去，低头问她，"是不是看见红颜料不舒服？"

苏好点点头，把脸埋进他怀里，终于不用害怕丢脸："难受，好想吐……"

"不用忍，可以吐我身上，"徐冽用下巴蹭了蹭她发凉的额头，"乖。"

第二十七章

属于她的星星

一个“她”字，最最轻描淡写，也最最浓墨重彩，最最刻骨铭心。她想，她看懂了姐姐的星星。

苏好的应激反应归根结底是心理上的坎，到了医务室只是治标不治本。

校医见她因为出冷汗有点轻微脱水，给她服用了口服补液盐，补充电解质和热量，嘱咐她躺床上休息。

徐冽跟校医道过谢，把她抱上医务室休息间的床，坐在床边握着她的手，让她在这里安心闭目养神。

苏好已经没有太明显的不适，但体力透支严重，实在打不起精神回去上课，就这么睡了一个钟头。

等她缓过劲来，油画课已经接近尾声，徐冽蹲在床边给她穿好鞋，揽着她走出休息间，一眼看到边燃正在外间跟校医低声用英文交谈着什么。

校医见到两人，问苏好休息得怎么样。

苏好用英文答：“已经好多了，谢谢。”

“这不是一般的晕血症状，”校医跟边燃解释，也提醒苏好，“如果有特殊的过敏原，最好跟你的任课老师和学校说明，以便今后注意。”

校医的暗示已经非常明显，建议苏好不要隐瞒不报，以免产生严重后果。

苏好的神情现出一丝犹豫，看了眼边燃，跟校医说：“我会注意。”

校医见她不愿坦诚，耸耸肩不再勉强。

边燃想了想，朝苏好和徐冽招招手，自己率先走了出去。

苏好和徐冽跟着边燃走进了医务室外的无人茶水间。

边燃合上茶水间的门，换了中文问苏好：“是红颜料吗？你画画很少直接用红色。”

苏好有点意外边燃会注意到她的细节习惯，没有正面回答这个问题，正色道：“老师，我能正常作画，今天只是意外。”

边燃猜到她的顾虑，笑了笑说：“放心，学校不会因为这个取消你的录取资格，这也不是什么严重的问题。即便有问题，解决问题就行了。”

苏好情绪不高地点点头。

“家里父母知道你的情况吗？”边燃问。

苏好点了点头又摇摇头：“他们知道，但是老师，今天的事别跟我爸妈讲。”

当初邹月玲放下国内的工作，跟她到美国陪读，在这里待了半年，见她生活稳定，所在的寄宿学校也没什么问题，才终于放心地回国。

苏好确实是这么久以来第一次产生应激反应，她不想让妈妈担心得睡不好或者飞过来。

“好，安德鲁那边我会替你说明，你不想说的事也会保密，回去好好休息。”边燃跟苏好承诺完，看向徐冽，“校医说今天最好减少出行，避免乘车。”

“谢谢。”徐冽朝他点点头。

边燃打开门走了出去，走出走廊，收敛起温和的笑意，站在门廊下闭起眼，捏了捏眉心。

不远处，徐雨诺和祝青急匆匆的脚步蓦地一顿。

油画课已经结束，徐雨诺拉着祝青来医务室看望苏好，远远地见到边燃，本想上前问问情况，没想到看见了这一幕。

两人对视一眼，犹豫着上前，看着边燃凝重的表情猜测道：“边老师，苏好问题很严重？”

边燃睁开眼来，掩藏起倦色，对她们摇摇头：“没有，只是晕血，她朋友过来接她了，你们不用担心。”

“是高高瘦瘦、穿白衬衣黑西裤的一个男生？”徐雨诺回忆着徐冽的模样问。

边燃点点头，转身朝教学楼走去。

徐雨诺目送他走远，小声嘀咕：“晕个血而已，干吗这种世界末日的反应，我还以为出什么大事了。”她扯了扯祝青的衣摆，“你有没有觉得，边老师对苏好好像有点……怎么说，好像比对我们其他中国学生更照顾，刚才苏好不舒服的时候，我看他脸色都变了。”

“你才看出来？”祝青眉梢一挑。

徐雨诺瞪大了眼：“你早看出来什么了？”

祝青回忆起之前有次油画课，她在前排扭过头去跟后座借笔，无意中望见边燃倚着后窗在看苏好画画。

那是一种很奇怪的眼神，绝对不是老师在看学生，但似乎又不单纯是男人在看女人的眼神。

那个眼神里好像填充了很浓烈的悲剧色彩。

是在看着眼前这个人，又不像在看着眼前这个人。

“没什么，”祝青摇头，“抽象直觉。”

“跟你说话好累。”徐雨诺抚了抚额，“应该不是我想的那种意思吧，这里师生恋把控好严格的，直系师生有那想法，除非边老师不想教书了。再说苏好都有男朋友了。”

祝青耸肩：“谁知道。”

因为油画课的插曲和校医的建议，苏好没有去徐冽的公寓，被他就近送回了宿舍。

这边的大学不太禁止异性进入宿舍楼，甚至会有很多男女混寝，这种氛围下带异性回宿舍过夜都是见怪不怪的事，所以碰上今天这样的特殊状况，徐冽在征得苏好室友的同意后直接陪她上了楼，借她们宿舍的厨房煮了暖胃的滑蛋粥，坐在苏好床沿喂她喝。

粥一煮就容易多，徐雨诺和祝青也一人蹭了一碗当晚饭，本着吃人嘴软的原则，相当大方地表示不介意徐冽留宿。

要不是今天有点累，苏好都想把这不嫌事大的两人暴揍一顿，拎着她们耳朵怒吼——你们不介意我介意！

但幸好徐冽还是很识相的，并没有接受这个邀请，委婉地说不打扰，继续喂苏好喝粥。

这已经是第二碗，苏好喝到一半就饱了，摇头说撑到了，不要了。

徐冽也没勉强她，自己三两口解决完了剩下的半碗粥。

徐雨诺刚好进房间来拿衣服，看见这一幕啧啧感慨，终于相信这两人感情确实很好。

苏好见她经过，差使她：“顺便帮我拿下睡衣。”

徐雨诺打开了她的衣橱，徐冽往旁边扫了眼，看到里面一整排都是简单宽松的 T 恤和牛仔裤，问她：“现在喜欢穿这些了？”

他记得她以前春夏季节经常穿吊带。

苏好耸耸肩：“吊带太麻烦了。”

徐雨诺笑着回头跟徐冽说：“你都不知道你女朋友每礼拜能遇到多少搭讪的，少显山露水就少点麻烦咯。”

苏好叹了口气，表示正是此意，可惜道：“我带来的吊带全都压箱底了。”

“以后可以拿出来了。”徐冽建议道，“去我那儿穿，我不给你添麻烦。”

徐雨诺发出一连串的咳嗽声：“注意点影响，狗粮超标了！”

苏好冷哼一声：“出来混总是要还的，你当初跟你男朋友视频的时候把我放眼里了吗？”

徐雨诺不高兴地把睡衣扔给她：“我洗澡去了。”

徐冽立马起身：“那我先回去了。”

苏好知道他是注重礼节的人，要不是她不舒服，他根本不可能进女生宿舍，所以也没留他，跟他挥手拜拜。

徐冽弯下腰，亲了下她的额头：“到公寓给你打电话。”

苏好点点头，等他走后，一时有些无聊，抱着抱枕开了把解压的手游。

一把游戏结束，徐雨诺从浴室走了出来，确认徐冽已经离开，坐到苏好床边跟她说：“欸，刚才你男朋友在没敢说，我觉得有件事得提醒你一下。”

“嗯？”苏好放下手机。

“先声明，我不是故意挑拨离间，就是我的第六感觉告诉我，”徐雨诺清清嗓子，“你最好注意下边老师。”

苏好隐约明白徐雨诺的意思，但又不太确定，怕自己会错意，确认道：“你指什么？”

“你今天晕血的时候可能没注意，我看边老师看你的眼神怪怪的，祝青也说觉得不对劲，总不能我俩都感觉错了吧，反正就那意思，你懂的。”徐雨诺搔搔头皮，“当然最好是我们想多了，毕竟他大你一轮呢。”

苏好的眉头慢慢皱了起来。

徐雨诺的话确实让苏好听进了心里。

过去这段时间，她一直觉得边燃对她的关照是出于对中国学生的特殊，但仔细审视边燃今天的反应，好像确实有点反常。

不论如何，跟老师保持正常的师生距离终归没有错。

接下来刚好是周末，苏好本来想抽时间跟徐冽出去玩，但她这边积攒了一堆结课作业，而徐冽也在忙着为开学做准备，两人就没能空出大块时间相处，见缝插针见了两面。

周末过去之后，到了苏好夏校的结课周和徐冽的开学周。

埃普斯特今年没开设夏校，开学比加德里早一个礼拜。苏好上最后一天夏校的那天正巧是徐冽的新生迎新典礼。

这边不少大学的 orientation 都举办得非常隆重，除了白天的典礼外，晚上通常还会安排迎新派对。虽然没有严格规定每个人必须出席派对，但对于入学新生来说，这是一道为大学四年奠定社交基础的关键流程，所以当徐冽跟苏好说，如果她不想他去，他可以不去的时候，苏好很豪爽地准许了他去参加。

谈恋爱又不急一时，她不希望两人的大学生活只有彼此。本来国际生在这里处境就比较难，如果该参加的聚会和派对都不参加，很可能会遭到排挤。不合群的大学生活一定非常痛苦。

苏好让他放心去，说明天再找机会见面，自己则留在学校上最后一天夏校。

傍晚最后一节是边燃的油画课，苏好有几天没见他，乍一碰面，记起徐雨诺的提醒，还有点不自然。

等到整堂课完满结束，苏好把那幅长油画交给他以后，就准备脚底抹油走人。

边燃却用中文叫住了她："苏好。"

用中文就意味着是要说跟课程无关的话，苏好滞在讲台边，用英文回答他："边老师找我有什么事吗？"

边燃继续用中文说话："下课后有时间吗？有事想跟你聊聊。"

苏好没想到他这么直接，正思忖用什么说辞拒绝，徐雨诺走了过来："哎呀，我俩不是约好了今晚要一起庆祝夏校课程圆满结束嘛，老师您什么事，急不急呀？"

边燃摇头："不急，那你们去忙，玩得开心。"

苏好朝他点头告辞，跟徐雨诺一起离开了教室。

但徐雨诺这个临场发挥的谎其实撒得不是很妙。

夏校结束之后距离开学有一礼拜空闲时间，徐雨诺今晚就要赶去纽瓦克机场，飞回国找男朋友，刚好祝青又跟外国朋友出去玩了，徐冽也在学校参加迎新，所以苏好今晚吃饭落了单。

她一个人又不可能去太远的地方，就在学校附近的餐厅解决，好巧不巧，吃完饭以后在餐厅外遇到了边燃。

看到边燃愣住的表情，苏好尴尬得脚趾都在用力蜷缩。

毕竟她并不确定边燃对她是不是有特别的想法，万一人家所谓的"有事想跟你聊聊"是想聊聊作品、聊聊艺术呢？

她硬着头皮叫了他一声："边老师。"

"没跟同学出去玩？"边燃往她空荡荡的左右看了看。

苏好低咳一声："徐雨诺她临时有事……"

她的尴尬尽收边燃眼底。

边燃想了想，抱歉道："对不起，我是不是给你造成了困扰？"

苏好脑仁作痛，还没思索出合适的回答，边燃就做起了解释："你别误会，我确实想跟你聊些私事，不过……"他垂下眼睑，"我是想跟你聊聊你姐姐。"

苏好一愣："您怎么知道我有个姐姐？"

"看到你的第一天我就知道了，"边燃看着她淡淡一笑，"你们长得很像。"

苏好惊愕地望着他："您认识我姐姐……"

"四年前我曾经在英国教书，是你姐姐的油画老师。"

半小时后，苏好跟边燃约在校门口的咖啡店见。

边燃说要回公寓取一样东西，麻烦苏好在那里等他。

苏好终于明白边燃对自己的特别从何而来，满心好奇他跟姐姐有什么联系，耐心等在咖啡店。

七点半边燃准时赴约，拎着一个牛皮纸袋在苏好对面坐下："不好意思，让你久等了。"

苏好摇摇头示意没关系。

边燃没有第一时间把牛皮纸袋里的东西拿出来，而是先斟酌着说："看到你的第一天，我就在想，是不是她安排我跟你来见这一面。"

苏好微微皱起眉，疑惑地看着他，因为听出了边燃口中这个"她"字的特别。

这不像一个老师对他已故学生的称呼。

"她过世半年以后，我离开英国来到这里，没想到过了三年，在这里等来了你。"边燃垂眼一笑，把牛皮纸袋推了过来，"她的遗物，我私心地留了很久，也许是时候物归原主了。"

苏好怔怔看着他，接过牛皮纸袋，把装在里面的一本笔记本取了出来。

这是一本非常眼熟的笔记本，和苏好整理苏妍遗物时看到的那本日记本款式相同，只是那本日记本是黑色封皮，而这本日记本是白色封皮。

"这是她的日记本。"边燃说。

苏好颤抖着手攥住了手中日记本的书角，下意识地先感到了窒息。

当初那本黑色的日记本，从头到尾满篇都是绝望和仇恨的话，她翻完以后，很久都没能走出阴影。

苏好不敢轻易翻开它，询问道："您看过了吗？"

边燃点头："她很喜欢你。"

苏好颤动着眼睫，指尖慢慢摩挲过这本白色日记本的封皮，轻吸一口气，从中间翻开一页——

"今天在Borough Market吃到了很特别的黑糖珍珠泡芙，对我来说有点腻，不过是好好喜欢的味道，有她想要的双份珍珠，可惜不能打包带给她。"

苏好缓缓捂住嘴，愣怔着看向边燃。

边燃微笑着没说话。

她重新低下头，又往后随意翻开一页——

"今天去看了爱德华·霍普的画展，是我很喜欢的冷感风，想起好好说爱德华的画太夸大孤独，这丫头真是不懂艺术，艺术本来就孤独。"

苏好看着看着笑了一声，笑过之后眼眶里又涌起热意。

她隐忍着泪意再往后翻——

"今天妈妈给我打电话，说好好想来英国找我玩，都念初三了还想着玩，不过她成绩这么好，还真用不着我操心，虽然有时候很嫉妒她，但有时候也挺骄傲。生病的时候讨厌她，不生病的时候喜欢她。要是我可以不生病就好了。"

苏好眼眶里满溢的泪"啪嗒"一下落了下来。

她猛地合上日记本，瞥开眼去。

边燃看出她不愿意被他见证失态，抽了一张纸巾盒里的纸巾，递到她眼前："拿回去慢慢看吧，走，我送你回宿舍。"

苏好和边燃一起离开了咖啡店，跟着他一路沉默地走回宿舍。

边燃把她平安送到宿舍楼底下，跟她别过。

苏好和他道谢之后上了楼，回到空无一人的宿舍，洗了个澡整理情绪，从浴室出来，刚准备躺上床继续翻看日记本，忽然接到徐冽的微信电话。

她让自己从压抑的情绪里抽离出来，接起电话，尽量轻松地说："你结束啦？"

"嗯，"徐洌应了一声，嗓子很哑，"能下楼吗？"

"啊？"苏好奔到阳台，往三楼底下张望，看见路灯下的人影，惊讶道，"你怎么一声不响就来了？你等等啊，我穿件外套。"

苏好洗过澡就只穿了条吊带裙，里面都没穿内衣，想去衣柜里翻又怕徐洌等急，干脆在外边套了件宽松的牛仔外套遮挡，匆匆跑下楼去。

到楼下才知道他嗓子为什么会这么哑，原来是喝了酒。

苏好一靠近徐洌就闻着了酒气，拿手扇了扇："哇，你喝了很多酒吗？"

"还好。"

"这么晚还过来，不累吗？"苏好戳戳他的脸颊。

徐洌摇摇头，上前去抱她。

想起自己没穿内衣，苏好猛地躬起背瑟缩了下。

徐洌动作一滞，垂眼看她。

苏好没好意思说真话，借口道："旁边都是宿舍楼，会有人看。"

徐洌收回了手，点点头。

察觉到他心情似乎有些低气压，苏好牵了下他的手："怎么不说话？"

"没，就是想抱你。"

他目光灼灼地注视着她，明明看上去没醉，这眼神却让苏好莫名地微醺，好像自己也被他沾染了酒气。

微醺着，她就心软了。

"那要不上去？"苏好指指楼上，"我宿舍今晚没人。"

徐洌点点头。

苏好领他上了楼，拿卡刷开宿舍门，刚想去拉上窗帘，就被徐洌从身后抱了个满怀。

她又下意识地挣扎了下，嘴里还没来得及喊出"等等"，就被徐洌更用力地一把箍紧在怀里："不要动……"

苏好再次敏锐地感觉到他的情绪真的不太对劲。

她也管不了睡衣里面"打真空"的事了，扭过头去问："你怎么了啊？"

徐冽下巴枕着她的肩窝，闷声不说话。

苏好看不清他的表情，在他臂弯里费劲地转了个身，换成和他面对面的姿势，打量着他："晚上是不是发生什么事情了？"

徐冽垂下眼，盯着她问："……为什么在他面前哭？为什么让他送你回宿舍？"

苏好差点儿没反应过来，蒙了蒙才明白这个"他"是指谁，先疑问道："你怎么知道这事？你不是在参加迎新派对吗？"

这"不答反问"的做法绝对是谈恋爱的大忌。

可惜苏好在此之前没有经验，不小心就错过了最佳的解释时机。

于是她就没机会解释了。

见她没有第一时间反驳，徐冽被酒精卷走了平日的理智，一把竖抱起她，手掌托着她的腿根一个转身，大步流星往前走去。

"喂喂喂，你干什么！"苏好一愣之下喊叫起来，两条腿在他腰后交起叉，使劲盘紧他，生怕摔下去，却没想到徐冽忽然松了手，把她往下一颠。

她失去依附，尖叫着朝后仰去："爸爸爸爸！"

苏好像抓救命稻草似的一把揪住徐冽的衣襟，结果非但没借到力，反倒扯开了他的两颗纽扣。

就在苏好以为自己会成为世界上第一个被男朋友误会致死的可怜人时，她的脑袋撞到了软绵绵的枕头。

吓死人了。

苏好带着"小命保住了"的心有余悸，热泪盈眶地瘫在床上，一身力气泄了个干净，动弹不得分毫。

徐冽也安静下来，单膝压在床沿，目不转睛地望着她。

苏好顺着他的眼神低头看了看自己。

她的牛仔外套早在刚才的挣扎中褪下，只剩两只袖子堪堪挂在臂弯，吊带也从肩头滑落，松松垮垮地搭在胳膊上。

苏好花了一秒钟时间，犹豫她应该一个鲤鱼打挺飞快爬起整理着装，还是用不经意、不明显的小幅度动作，自然地打理好自己。

最后她选择了比较有面子的后一种，悄悄抬起身体，一只手挪到身下，将堆在一起的裙摆一点点往下捋，另一只手抬起来，将吊带拨回肩头。

徐冽的视线顺着她的手指移动过去，目光闪烁了下，明白了她刚才为什么不让他抱。

注意到他这一瞬的凝滞，苏好知道自己解释的机会来了，竖起三根指头说："天地良心！我没有做对不起你的事情！"

徐冽的目光慢慢温和下来，把她的外套拢好，跟她道歉："对不起，我不该跟你发脾气，我知道你没做什么。"

他知道她没跟边燃发生什么，但她的眼泪向来珍贵，不会轻易落于人前，所以当他提前离开派对过来找她，却站在咖啡店外看到那一幕的时候，心里实在不是滋味。

本来就在派对上因为交际需要喝了酒，又亲眼目睹苏好和边燃肩并肩离开咖啡店，看着边燃做着他做过的事，送苏好回宿舍，他控制不了自己的情绪。

同样身为男性，第一次遇到边燃，徐冽就察觉到他看苏好的眼神过分在意。

因为苏好没发现，所以他也没主动戳破这件事。但这个端倪始终在他心里留下了阴影。

苏好叹了口气，支肘从床上坐起来："你认识我这么久，见过我为谁哭？除了你以外。"

徐冽眯起眼："你姐姐？"

苏好捧起床头柜的那本白色日记本，指给他看："我哭是因为边老师给我带来了我姐姐生前的日记本，他曾经是我姐姐的油画老师，是因为我姐姐才对我特别关照。"

徐冽的瞳仁一缩。

苏好觉得，他可能是尴尬到缩的。

她搁下日记本，抱着他的脑袋笑起来："傻男朋友，吃醋还挺可爱。"

"……"

徐冽借苏好的盥洗台洗了把脸让自己清醒。

苏好觉得他可能很想给她负荆请个罪，或者面壁思个过什么的，出来以后一直没说话，跟个乖弟弟一样，垂头坐在她床边的椅子上，大概在自我反省。

苏好闻闻他身上的酒气，感觉淡了一些，问他能不能自己回公寓。

徐冽点头。他晚上没喝很多，只是太久没碰酒，后来又情绪不好才有点上头，洗过脸就缓过劲了。

但他暂时还不想走，或者说是不放心走。

"我陪你一会儿。"徐冽说。

"你明天不是要上课了吗？"

"不碍事。"徐冽指指她床头柜上的日记本，"看吧，我在旁边。"

他想在她难过的时候陪着她。

苏好赶不走他，爬上床拿起了日记本。

其实刚才在咖啡店里，她已经大概知道这本日记是怎么回事了。

当初那本黑色的日记本记录的是姐姐生病时的负面情绪，恰好到了她这里。

而这本白色的日记本记录的是姐姐积极生活的点点滴滴，不知怎么到了边燃那里。

苏好曾经一直觉得，她和姐姐是彼此在世上最亲密无间的人。她们有相同的爱好，互补的性格，彼此相伴长大，彼此依赖，她们共同拥有的时光任谁也无法覆盖。

可这所有美好的认知，都在那本黑色的日记本里崩塌了。

她从那本日记里得知，原来一切都是她的一厢情愿，原来姐姐恨透了她，原来她以为的分享全都是伤害，她以为的搀扶全都是将姐姐推向深渊的噩梦。

所以这么多年她始终走不出来，始终将红色当作姐姐最后留下的诅咒，当作姐姐对她的惩罚。

而现在，这本白色日记本兜兜转转到了她手里，三言两语重建了她的废墟。

告诉她，原来那些充满恨意的字眼并不是姐姐的本意，姐姐只是生病了。

时隔三年半，她得到了另一半日记的真相，如同边燃所说，他在想，他们的这场相遇会不会是冥冥之中姐姐安排的天意。

苏好打开日记本，一页页翻看姐姐记录的生活。

看她走过英格兰湖区，说华兹华斯的诗没有骗她，那里真的有遍地金色的水仙花。

看她走过康沃尔美丽蜿蜒的海岸线，说海边的小渔村宁静安详，希望有一天隐居在那儿。

看她走过伊丽莎白塔，走过埃文河，走过天空岛，看她努力向上，努力摆脱阴霾，也看她反反复复将“好好”两个字提及。

她从来没写过一句“想念”，可是“好好”这两个字，本身就代表想念。

苏好笑了又哭，哭了又笑，情绪翻来覆去。

直到翻到最后一个篇章，看到姐姐写道——

今天心理课上，老师向我们提了一个问题：如果有一台时光机，可以让你回到过去的某一天，你会想要回到哪一天，做什么改变？

我在课堂上想了很久，久到所有同学都已经交卷离开，而我依然独自坐在座位上。

老师问我遇到了什么困难。

我说，我不知道到底回到哪一天才能够改变我的人生。

老师笑着问我，如果改变太难，快乐会不会简单一点?

会吗？我在心里问自己。

也许会吧。

可是我最近的记性好像越来越差，经常只能记得不好的事，记不清快乐的事了。

我努力回想着过去有过的快乐，最后终于想了起来。

我说，我想回到跟妹妹一起在爷爷家学画画的时候——

炎热的盛夏，有聒噪的蝉鸣，有风扇“吱嘎吱嘎”的杂响。

有一天午睡醒来，我发现自己的脸被妹妹画成了花猫。

我生气地爬起来，拿着画笔去追她。

妹妹跑得太快，被屋门前的西瓜皮滑倒，摔得四脚朝天。

我想笑她，没想到自己也被同一块西瓜皮绊了一跤。

我们就这样一起摔在地上，哈哈大笑。

老师笑起来，说，听起来真是快乐的一天啊。

我说是呀，那真是快乐的一天。

如果改变太难，那就不去改变。

我想回到快乐的那天，只要永远留在那一天，就什么都不用改变。

苏好紧紧攥着日记本，从泪眼模糊到泪如雨下。

姐姐没有想过回到她这个妹妹出生的那天，阻拦她的降生。

姐姐只是想要回到有她的盛夏。

徐冽不知道苏好看到了什么，只是觉得她需要，所以朝她张开了双臂。

苏好靠进他怀里，抱着他泣不成声："姐姐没有讨厌我，她没有讨厌我……"

徐冽一下下轻轻拍着她的背脊，在她耳边温柔地说："嗯，不会有人讨厌我们好好的。"

翌日，苏好在金色的晨曦里自然醒来。

徐冽已经不在房间里，苏好从床上坐起来，回想他昨晚是什么时候离开的。

想来想去也记不起来，印象中她似乎是哭累之后睡了过去。

她摸摸脸颊，发现没有干巴巴的泪痕，应该是被毛巾擦过了脸。

一转头看到床头柜上有张字条：早饭在微波炉里，热一下准时吃。

苏好慢悠悠地把字条折成一颗爱心，笑着粘上床头的备忘墙，然后下床拉开窗帘，让金色的阳光通畅无阻地照进来，站在阳台吹了会儿夏末舒适宜人的早风。

她原本以为，昨晚她一定会做很多乱七八糟的梦，结果却是一夜安宁。

她什么也没梦见，压在肩上的那些担子好像突然间卸了下来。

这是这些年以来，她第一次感到真正的、彻底的放松。

苏好扬起脸晒了会儿太阳，到浴室洗完脸、刷完牙，走进厨房，给微波炉里的三明治加热，然后一边吃三明治一边收拾堆积的脏衣服，路过床边的时候，无意间看到床头那本日记本被风吹开了一页，纸张在风中"哗啦啦"地抖动。

苏好走过去，想把它合拢，却在阳光下发现纸张上有一片密密麻麻的凹凸印迹。

她一愣，拿起日记本来看，见那页纸上写了很多字，像是透过另一张纸刻印上去的，所以没有颜色，只留下了痕迹。

苏好端详半天，认不清到底写了什么，于是从书桌上取来一支铅笔，把铅笔墨轻轻斜扫上去。

姐姐的字迹慢慢显现出来——

我生了很久的病，一直以为病是不好的东西。

可是这次，我好像得了一种叫“少女”的病。

这种病偶尔会让我笑得很开心。

苏好愣愣地滞在原地，好半晌才继续往下扫笔，动作也变得急切了些——

少女喜欢上了一颗遥远的星星。

因为太遥远，不敢把他写进日记。

害怕就连日记本都会笑她不自量力。

可是她更害怕，如果不写下来，或许有一天，她会像忘记过去那些快乐一样，将这颗星星也忘记。

所以就允许她这样悄悄、悄悄地记。

让他变成她一个人的秘密。

苏好的手一松，铅笔缓缓沿着日记本滚落到地上，发出清脆的“嗒”的一声响。

她似乎想到了什么，一面觉得不可思议，一面又觉得好像一切都在情理之中。

苏好手忙脚乱地换好衣服，抱着日记本跑下了楼，一路跑向办公楼，跑进边燃的办公室。

边燃似乎早就猜到她会来，门大敞着没有关。

他安静地坐在那里，笑着跟她说：“早。”

苏好一路跑得飞快，可真到了这里，却觉得脚步像灌了铅一样沉重。

她抱着日记本，慢慢踱到边燃的面前，拿起那铅笔扫过的一页给他看，颤声道：“……这些，您看过吗？”

边燃的眼睛像被阳光刺到一般，眯了一眯。

沉默许久，他站起来，点了点头：“我看过了，在她离开以后。”

苏好目光闪烁地注视着他。

“对不起，”边燃垂下眼睑，“我也许可以救她……可我没有救到她。”

所以从此以后，连她的名姓都不敢与人提起。

一个“她”字，最最轻描淡写，也最最浓墨重彩，最最刻骨铭心。

苏好站在那里，望着边燃的眼睛。

她想，她看懂了姐姐的星星。

第二十八章

不管几岁，开心万岁

“第一个愿望，希望这一年的苏好学业有成。”

“第二个愿望，希望徐冽笑口常开，除了每天愁怎么哄女朋友开心以外，再也没有其他烦恼。”

“第三个愿望，希望明年也可以这样过生日，希望每年都可以这样过生日。”

苏好最后没有带走这本日记。

说是迷信也好，说是念想也罢，就像边燃认为他和苏好的相遇，是苏妍希望他来帮妹妹解开心结。

苏好也认为，当那阵风吹开那一页日记，就是姐姐希望她发现这个藏在日记本里的秘密，把这本日记留给她的星星。

日记本里还有很多页写了这样的独白，苏好没有再拿铅笔去扫，把它原原本本交给了边燃。

她相信，边燃能够拿到这本日记本就是姐姐的安排。

夏校结束了，在这道迈入全新人生的关口，苏好少女时代的疑问终于得到了解答，心事放下。

正式开学后，边燃不再教授苏好油画，而是成为苏好隔壁班的任课老师。

她不知道这是校方的安排，还是边燃有意的退避。

但不论如何，这个安排让苏好如愿以偿地成了偶像的学生，在从小崇拜的意大利裔美籍画家佩德罗手底下学习起了油画。

苏好再也没有害怕过红颜料。

夏末的暑气渐渐消减，天气凉爽起来。新泽西多云的秋天到了，苏好的生日也一日日临近。

整个九月，苏好陆陆续续收到了很多来自国内的快递包裹。

前阵子她在微信里活过来，国内的同学、朋友都得知了她在加德里念书，也不知谁提了个醒，大家想起她的生日，一个个都给漂泊在异国他乡的她寄来礼物。

礼物什么都有，朴素一点的有地方特产，实用一点的有颈椎按摩器、降噪耳机，搞怪一点的有防脱发用品，祝愿她别为艺术秃了头，真诚一点的有一些 DIY 玩具。

还有浪漫一点的，给她在当地花店连续订了一个月鲜花，每周一束送花上门——当然，这位送花的男士是她那上初中以后突变浪漫主义的表弟邹恺。

不然这花，苏好不仅收得烫手，可能还得为此每天想办法让徐冽消醋。包括家里人在内，苏好从九月的头到九月的尾，总共收到了近二十份礼物，宿舍满满当当塞不下，甚至有一部分堆去了徐冽的公寓。

苏好觉得这对徐冽来说无疑是一场灾难。当然不是指她霸占了他的公寓空间，而是这些礼物已经涵盖了健康、娱乐、生活、艺术各种领域，徐冽亲眼见证了这一份份创意，还能送她什么？

寄礼物的亲朋好友都担心物流不准时，提前送来包裹，可徐冽这个身边人当然得等到她生日当天，这样就难免陷入被动。

每想一个创意，第二天就会被一个从天而降的包裹抢占先机。

虽然徐冽什么都没表露，但苏好有一次周末在他公寓写作业，写困了睡了个午觉，睡到中途，听到他避着她在阳台跟人打电话，隐约提到了“生日礼物”的字眼——苏好估计徐冽可能是在跟谁求助。

后来有两次，又遇到徐冽躲着她打电话，她都替他捏一把汗，想想是不是该跟徐冽分享分享她的防脱发用品，以免他为她的礼物愁到头秃。

苏好想过，要不干脆就由她挑个礼物，直接让徐冽送给她得了，反正她也不是那种“人家就要惊喜嘛”的小女生，收礼物收的还是个结果。

可接连收到那么多生日礼物以后，苏好一时间竟然想不到自己还缺什么。直到九月最后一周，佩德罗给他们剧透了十月第一周的绘画考核内容——临摹人体裸画。

苏好的心里突然有了一个大胆的计划。

当天傍晚，徐冽下课后过来接苏好一起吃晚饭。

这一个月来，因为刚开学杂事多，又是学业又是社团活动，两人能开伙的机会很少，上课日经常不是徐冽有事就是苏好有事，所以晚餐一般就在附近餐厅吃顿便饭，然后各忙各的去。

难得这天两人都闲，苏好就跟徐冽提出回公寓开伙。

徐冽在这些事上对她百依百顺，接了她一起去超市买生鲜。

回到公寓以后苏好就陷入了兴奋。

徐冽早在超市就发觉她今天有股蠢蠢欲动的劲，一开始以为她是为难得开伙激动，到了公寓，见她看都没看那些食材一眼，一直在房间四处打转，才发现不是这么回事。

徐冽一边在水槽边洗番茄，一边瞟她：“找什么？”

“在想要怎么布置一下这里，太板正了，画起来缺点浪漫元素。”

苏好审视着客厅的边边角角说。

“要画这里？”徐冽还不知道自己已经成了案板上待宰的鱼，看了看这平淡无奇的简陋公寓，“这里有什么好画的？”

“有你啊。”苏好舔舔唇，背起手走过来，“之前画你的那幅油画，怕搁行李箱弄坏了没带过来，一直留在舅舅家，没收尾好遗憾。男朋友再给我当一次模特？”

徐冽点点头：“那陪你去好看的地方画。”

苏好严肃地摇摇头：“不能出外景，只能在这里。”

“为什么？”徐冽挑了下眉。

苏好说悄悄话似的凑到徐冽耳边，低声道：“因为这回想画一丝不挂的男朋友。”

“……”徐冽手里熟透的番茄被捏爆了汁。

苏好低头看了眼这可怜的番茄，顺了顺他的背：“别紧张，为艺术献身并不是什么羞耻的事，你放心，我保证私人珍藏绝不外泄。况且你早该有思想准备了嘛，有个学油画的女朋友，这种事迟早都要面对。”

徐冽斜眼看着她，像在质疑“那么为什么不是迟一点”。

苏好把佩德罗透露的考题讲给他听：“你看，既然是考核，当然需要提前准备，老师给我们透露了考核内容，就是在提醒大家最近多练习人体画。那俗话说得好，台上一分钟，台下十年功，我不得抓点紧？”

“考核不是临摹吗？”

“你这人怎么这么没有进取心？”苏好捶了他一下肩膀，“那俗话又说了，上山容易下山难，临摹容易写生难，我把写生练好，到时候还怕区区一个临摹吗？”

徐冽收拾了那个番茄，洗干净手，转过身来看她：“你认真的。”

“你见过我不认真的时候费劲巴拉说这么多俗语？”苏好白他一眼，硬的不成来软的，叹息道，“其实吧，更重要的是，这周六刚好是我生日，这是你第一次陪我过生日，你不该送点特别的礼物——‘你的身体’，给我吗？”

“……”

周五晚上，苏好如约来到徐冽的公寓，晚些时候趁他去洗澡，在外间布置背景。

浴室水声淅淅沥沥，她慢悠悠地在客厅那张墨绿的长沙发上了撒了一大片半枯萎的红玫瑰花瓣，又在沙发前的茶几上摆了一个新买的黑色裂纹花瓶，在里面插了一束新鲜的红玫瑰。

万事俱备，刚好听到“咔嗒”一声响，浴室的门被拧开了。

苏好回过头去。

徐冽浑身湿漉漉的，漆黑的碎发凌乱地垂落在额前，鬓角往下滴着水，白净的胸膛上也残留着一颗颗水珠，一走动水珠就滚落下来，一路淌过他小腹分明的肌理，蜿蜒着淌进浴巾的边沿。

其实早在南中时苏好就看过他裸上半身，但当年的惊鸿一瞥和此刻迎面而来的近距离视觉盛宴绝对没法比。

她捏了下鼻子，像在确认自己有没有流鼻血。

徐冽一只手拿了条白毛巾擦头发，另一只手提了把围在下半身的浴巾，抬起眼对上她晶亮的目光，神色里有一丝无奈。

可能因为这并不是一场公平的交易——苏好穿得整整齐齐，甚至因为天气凉了，她今天穿的还是一件相当严实的长袖线衫。

苏好一边瞄着他，一边走到一旁准备画具，在画架前的高脚椅坐下，指挥着他说：“去长沙发那边，看过《泰坦尼克号》里 Rose 戴海洋之心的场景吧，你琢磨个性转版。”

徐冽配合地到长沙发上侧躺下来。

苏好一眼望过去，见他手臂自然枕在脑后，一条腿伸直，一条腿懒懒曲起，姿势摆得相当性感。

一切就绪，苏好给徐冽竖了个大拇指赞美他的专业，拿起勾画笔开始打形。四下安静下来，房间里只剩时轻时重的呼吸声。

苏好一画起画来就变得专心致志，慢慢忘记了徐冽，只专注于笔下。

徐冽却相反，眼看着她的目光从沙发扫到他身上，看她仔仔细细描绘过他的身体线条，从刚才起就一直浮在心头的躁意在他胸腔里流窜得越来越强烈。

看她认真，徐冽没出声打扰，就这么一直熬到夜深，他看了眼时间，问："晚上还回学校吗？"

"嗯？"苏好笔头一顿，意外地抬起头来。

这一个月她经常到徐冽公寓来，但徐冽原则性非常强，总会在十二点之前送她回学校，原本她自然而然默认今晚也是一样。

听见这话，苏好心里紧张起来，面上又不想露怯，扯着借口说："不回去我换洗衣服怎么办？"

徐冽对着衣柜努努下巴："给你买好新衣服了。"

苏好起身往衣柜走去，拎起一个纸袋，扒开袋口一看，看到了一条崭新陌生的睡裙和一套内衣。

"你什么时候准备的？"苏好错愕地问。

"前几天，洗过一遍了，可以直接穿，就是尺码可能不准，错了将就下。"

苏好翻了翻内衣的样式，虽然只是最基础的款，但一想到这是徐冽亲手买的，还被他亲手洗过……

她回过神来骂他："好哇，你这是居心叵测！早有预谋！"

徐冽笑着承认："居心叵测，早有预谋。"

话音刚落下，门铃叮咚一声响了起来。

苏好惊讶道："这么晚了谁啊？"

徐冽倒不见一丝惊讶，起身穿好衣服去开门，用英文跟门外来人道了一声谢，再转身时手里多了一个黑糖珍珠蛋糕。

苏好怔怔望着他，看了眼墙上的时钟，一下醒了神。

十二点了。

徐冽双手捧着蛋糕走到她面前，弯起嘴角："生日快乐。"

居心叵测，早有预谋——是预谋着留下她，在她生日的第一时刻给她送上蛋糕，亲口跟她说一声生日快乐。

苏好知道徐冽会给她过生日，但没想到在这样天天黏在一起的日子里，他仍然用心给她制造充满惊喜的仪式感。

她走上前，在他脸颊上轻轻亲了一下，笑着说："有男朋友超快乐。"

徐冽把蛋糕端到茶几上，又从柜子里拿出一个硕大的礼盒，递给她："礼物。"

"什么呀？"苏好接过礼盒，手心一沉，掂量了下，又用指关节敲了敲，似乎是一个厚实的木盒。

"别敲了，直接拆吧。"徐冽抬抬下巴。

苏好在茶几边的地毯席地坐下，撕开了那层包装，木盒子上的品牌标志露出来的刹那，她忽然愣住——

德国史明克大师级油画颜料，Mussini36 色木盒装，画材中的劳斯莱斯，对油画生简直一击必杀。

苏好使劲眨了眨眼，晃晃脑袋，用银钥匙打开木盒，精致的颜料、画笔、调节油、松节油、油壶、油画刀一一映入眼帘。

这木盒拎到学校得多拉风。

确认自己没有认错，苏好蒙蒙地抬头看向徐冽："你哪儿来那么多钱买这个……"

"反正不是偷来抢来的钱。"徐冽笑着在她对面坐下，转移了话题，"喜欢吗？"

"当然喜欢了！"苏好低下头去仔细端详画材，爱不释手地拿拿这样，摸摸那样，"哎，就是你应该等我造诣高一点再送我，现在我只能看看，也不舍得暴殄天物。”

徐洌伸出食指轻轻弹了下她的额头，笑起来：“傻样儿，以后还会有更好的。”

苏好两条手臂围拢起来圈住木盒，下巴搁在盒盖上，认真瞅他：“那我今晚可以抱着它睡吗？”

“不抱我，抱它？”徐洌笑意收敛，起身来夺木盒。

“哎干什么你！送出去的礼物还有抢回去的吗？”苏好像护崽的母鸡，拼命拦住他，“你不许动我的画材！”

徐洌无奈叹息：“不抢你礼物，帮你放旁边，现在先吃蛋糕。”

苏好这才松了手。

徐洌把木盒搁到一旁，在蛋糕上点了一支蜡烛，熄灭了房间的顶灯。

光线大暗，满室只剩一束金黄的烛火。

苏好看着这一幕好像想起什么，忽然沉默下来，抬眼去看徐洌，发现他眼底也掠过了一丝相同的黯然。

虽然有点不可思议，但他们似乎在这一瞬间想到了同一件事情，想到了那个要在徐洌生日当天一起去北城看雪的约定。

最后是苏好先开了口。

“今年一月二日，北城下雪了吗？”她抱着膝盖问他。

徐洌摇了摇头：“没有。”

“我这里下了，”苏好轻轻一笑，“雨夹雪，特别冷，那天晚上我买了一个蛋糕，也像这样点了一根蜡烛，然后自己一个人把蛋糕吃掉了，吃得好撑。”

徐洌脸上闪过一丝诧异。

苏好看着他的反应一愣：“怎么了？”

“去年你生日那天，我也买了一个蛋糕。”徐洌解释。

话音落下，两人一起笑了起来。

苏好望着眼前跳动的火苗，遗憾地叹了口气：“没陪你看雪。”

虽然她没说出这句话的潜台词，但徐洌听懂了，她在抱歉。

徐洌皱起眉，摇头：“这应该怪我，怎么不问我去年为什么跟你断联？”

在来美国之前，他曾经为此试想过很多种答案，但自他们重逢以来，苏好从来没问过他这个问题，好像这根本不是一个问题。

“你不是为我好，想推我一把吗？”苏好奇怪道，“难道还有别的原因？”

徐洌默了默，摇摇头：“以后不会了，再也不会了。”

“你倒是还敢？”苏好瞅瞅他。

徐洌笑着揉了揉她的头发：“不敢，许愿吧。”

苏好闭上眼，双手合十：“第一个愿望，希望这一年的苏好学业有成，成为加德里最厉害的油画生。”

“第二个愿望，希望这一年的徐洌笑口常开，除了每天愁怎么哄女朋友开心以外，再也没有其他烦恼。”

徐洌看着她笑了一声。

“第三个愿望，希望明年也可以这样过生日，”苏好说到这里放轻了声，“希望每年都可以这样过生日。”

徐洌目光微微闪烁了下，因为知道这个愿望有多重。

苏好睁开眼，大功告成地鼓了鼓掌，吹灭了蜡烛。

房间瞬间陷入不见五指的黑暗。

“哦，我是不是吹早了？”苏好在一片漆黑里眨了眨眼，站起身来，“灯在哪边来着？”

“我来。”徐洌摸黑站了起来。

苏好站定在原地不动，正等着灯亮起来，却先感觉到一双手臂穿过了她的腰肢，将她拥进了怀里。

黑暗给了人敏锐纤细的神经。苏好一下子察觉到，这个拥抱跟平常的拥抱不太一样。

仿佛预感到接下来要发生什么，她的心脏自发地雀跃起来。

两相静默里，苏好的脸被徐冽轻轻捧起。

下一瞬，有柔软覆上了她的唇。

湿热在唇上蔓延，他一边温柔地描绘着她的唇线，一边用指腹摩挲她的耳根，将她紧张的颤抖一点点抚平。

苏好抬起手搂住徐冽的脖颈，唇齿相依间，感觉到他稍稍退开了一些，语气郑重地说："你的第三个愿望，我会尽我所能帮你实现。"

苏好刚才是一时心潮澎湃，许了一个这么重的愿望——每年生日都这样过，那可是一辈子的事情。

本来说完以后，就像那句"我是不是吹早了"一样，她自己也觉得这个愿望许得太早了，只当是"岁岁有今朝"的美好寓意，却没想到，徐冽会把她的愿望变成一个更重的承诺。

更不可思议的是，此刻的她并没有把它当成一句美好的空话。

她竟然在这个年纪就愿意相信这样的承诺。

苏好贴着他的鼻尖笑起来："那我就一年年等着啦。"

说着"一年年"的刹那，好像觉得这是一件特别遥远的事，可真到了当下，按部就班的时光却总是匆匆。

苏好在生日的周末跟徐冽一起打卡了大都会艺术博物馆，到纽约疯玩了两天，一眨眼又要回来投入繁重的课业中。

两人的专业本身就不轻松，又没打算混日子游戏人间，想在高手如林的领域占据一席之地，花费的精力更不能少。比起高中那点小儿科，大学的功课成了一个无底洞，只要肯下功夫就永无止境。

进入状态以后，两人正式约会的次数变少，取而代之的是一起泡图书馆或者画室。

天气一天天凉下来，因为只跟徐冽度过春夏，还没度过秋冬，所以即使这个城市的秋冬总是多雨，苏好也很乐在其中。最喜欢周末雨夜窝在公寓，听窗外雨声滴滴答答，听徐洌翻书写字敲键盘的规律声响，然后她坐在画架前，闲适地落下一笔又一笔。

随着湿冷的冬季来临，抱着徐洌睡觉成了苏好的爱好。苏好上课日住校，每逢周末，但凡没有外出实践活动都会留宿在徐洌这里。

比起空调，她更喜欢徐洌的体温，哪怕睡个午觉也要把并没有午睡习惯的男朋友强行拖上床。

到了隆冬十二月，期末考临近，徐洌为申请期末奖学金冲刺，苏好的专业虽然没有奖学金名额，但也有严格的考核，不仅考核油画，还得考核很多让她热情全无的理论科目。

轮到准备专业内容以外的其他考试，苏好就有些疲软了，经常看书看到冬眠，最后被徐洌拖起来，拎到课桌边摁头复习。

她偶尔会产生一种错觉，觉得自己好像又回到了在南中被徐老师支配的日子。

所幸美国秋季学期短，期末周期也拉得不长，眼一闭心一横，咬咬牙就过去了。

期末考试结束之后是为期三周的寒假，两人原本商量着第一周留美旅行，第二周再回国，没想到临到规划行程的时候，苏好接到了一个意外的邀请。

许芝礼不知从哪儿要到了苏好的联系方式，说她的电影平安夜在南城举办首映礼，她那里有多余的票，问苏好去不去。

苏好和许芝礼上一次见面还是去年六月在南中。当时许芝礼来跟她道别，说自己要出国拍电影了。

苏好祝愿许芝礼大展星途的时候绝没有想到，她前脚刚离开，自己后脚竟然也出了国。

只不过她一到美国就进了牢笼，而许芝礼辗转世界各地忙碌拍摄，两个异乡客并没有什么联系。

听说许芝礼的电影即将上映，想想这也算她人生中至关重要的时刻，苏好和徐冽商量后，决定延期旅行，第一周先回国去。

平安夜是个周五，当天上午，苏好和徐冽准点落地南城机场。

南城的冬天温暖宜人，单论温度大概就像新泽西的深秋。徐冽推着两个硕大的行李箱走出机场，苏好在一旁腾出了手摘围巾，脱帽子，最后身上只剩一件薄毛衣和外边的薄呢大衣。

她把围巾帽子叠进行李箱，打了个长长的哈欠。

在飞机上没睡好，这个时间又临近新泽西的深夜，苏好的眼皮已经打起了架。

徐冽揽过她的肩，跟她说："在酒店补个午觉再出门。"

苏好点点头，没精打采地靠着徐冽等车。

徐冽到南城并不是必要行程。他跟这座城市仅仅有半年之缘，唯一的联结也就是苏好，原本回国应该落地北城。

但因为十二月整个期末都没好好约会，两人不想在平安夜和圣诞节这种日子沦落到异地，所以徐冽陪苏好来了这趟。

这样一来，苏好就不忍心让他一个人去住酒店，跟舅舅舅妈打了声招呼，说她这两天在外边跟同学聚会过节，不回家睡。

两人上了车，往预订好的酒店去，苏好在后座靠着徐冽昏昏欲睡的时候，被一阵手机振动吵醒。

是林阑打来的电话，问她到了没。

苏好振作精神，清清嗓子说："到了，已经出机场了。"

"你这一落地就要去找同学玩啊？饭吃过没有？行李怎么办？真不用舅妈让司机过来接你？"林阑在电话那头操心。

"午饭刚吃过飞机餐，您可别来接我，我跟同学约好了这就要去玩，行李我会寄存好。"

"那你晚上不回家要住哪里？安不安全？"

苏好面不改色心不跳地说："不是跟您说了嘛，我那同学拍了电影，是大人物了，出门都住五星级酒店，我睡她那儿安全得很。"

林阑又唠叨了几句，总算挂断了电话。

苏好松了口气，看了眼旁边的徐冽。

他手肘支着车窗沿，幸灾乐祸。

也不知道她这满嘴跑火车都是为了谁。苏好想骂他，却因为困意提不起劲，最后只冲他翻了个白眼，朝他勾勾手，让他乖乖递来肩膀。

徐冽笑着靠过去，把肩膀借给她打瞌睡。

一路到了酒店，苏好困得像一具行尸走肉，冲过澡换了身舒服的睡衣，提醒徐冽定好闹钟，就万事不管地躺上了床。

这一觉一直睡到下午四点，苏好化妆打扮好，跟徐冽穿着情侣款的呢大衣，准时到了明都影城。

一进大厅，一个胖乎乎的中年男人就憨笑着朝他们迎了上来："是苏小姐和徐先生吗？"

苏好朝他点头："是。"

男人递来两张电影票："我是小礼的经纪人，我姓董。小礼这会儿还在首映礼现场接受采访，抽不开身，托我把票拿来，说是电影结束以后会过来观影厅找你们。"

首映礼的观影票非常有限，大多通过特殊渠道获取，这位经纪人怕怠慢许芝礼的朋友，亲自过来送票。首映礼那边入席的多是媒体记者和业内人士，苏好和徐冽没去凑这热闹，跟他道过谢后直接去了观影厅。

观影厅能容近七百号观众，两人入场时，场内已经几乎座无虚席。

好在许芝礼还挺上道，给两人安排的座位在最佳观影区域，标准的黄金坐席。

两人坐下后不久，电影就开场了。

不同于一般电影热闹兴奋的首映式，这部电影放映之前，观影厅的气氛格外安静，开场之后，苏好甚至察觉到前后左右的人似乎都屏起了呼吸。

这是一部国内罕有的、关于抑郁症题材的电影，从拍摄到播映历经重重艰辛，没有流量明星，主演们在此之前全都是素人。

电影名为《你好明天》，讲述了四位有抑郁倾向的普通人努力生活的故事。许芝礼在里面扮演一位因患上抑郁症而辍学的高中生少女。真像她当初跟苏好所说的那样，完全是本色出演。

一百二十分钟的时长里，电影中的许芝礼从一开始浑噩潦倒地过着所谓“非主流”的生活，到因为一张自拍的流泪照意外走红网络，得到一位摄影家赏识，跟着这位伯乐背井离乡，在一年间走遍二十多个国家，拍摄了无数人物风光，找到了自我认同。

影片尾声，许芝礼的一位老朋友来到她此前居住的出租屋看望她，却听邻居说她早就已经不在了。

朋友以为她最终选择了离开人世，在屋门前哭得不能自已。

许芝礼刚好在这时候踩着高跟鞋飒气地走上楼道，对着朋友捧腹大笑，说自己只是搬家了，大骂她蠢货。

朋友这才知道自己理解错了邻居的意思，自觉丢了大脸，狠狠地去踹许芝礼的小腿肚。

影片的最后是两人嬉笑打闹、追逐着跑远的一个长镜头。

虽然没有明说，但观众们都知道，这个女孩终于可以对她的明天说一句“你好”了。

故事情节很简单，没有什么刺激的矛盾冲突，胜在细节拍摄得非常细腻，以至于很多观众从头流泪到尾，影厅灯光亮起的时候，眼睛全都肿成了核桃。

而苏好又与他们不同，她整个人沉浸在电影最后那一个长镜头里，迟迟没缓过神来。虽然这一幕绝对不是她的亲身经历，但不管是人物对白还是两个女孩的对手戏模式，都给她一种似曾相识的熟悉感。

观影厅里的观众渐渐散去，一阵与影片中相似的高跟鞋声“嗒嗒”靠近。苏好抬起头，看见染回了黑发的许芝礼。

“是不是看结尾那段觉得特别像你啊，蠢货？”许芝礼走上前来。

苏好站起来一脚踢向她小腿肚：“真是照我拍的？有没有点版权意识，拿我当原型付费了吗？”

许芝礼笑着躲闪开去，见徐冽站在一旁望着她们，忍不住跟他调侃：“看看你女朋友，动手动脚就是不动脑筋，我叫她蠢货，她还主动来认原型。”

苏好奓毛跺脚。

徐冽笑着揉揉苏好的头发。

“逗你可真开心，”许芝礼瞅着苏好，“可惜我那儿还一堆破事，没空继续扯淡了，明天约个时间？”

“不约，”苏好挽住徐冽胳膊，“圣诞节谁跟你约，你一单身狗自己过去！”

“啧啧啧……”许芝礼嫌弃地看看她，拎起一个正红色的纸袋，“亏我还给你俩准备了圣诞礼物。”

苏好一把夺过纸袋：“礼物我收了，节你自己过。”

许芝礼被她气笑，刚要骂她，董皓匆匆走了进来：“小礼，时间到了，我们得出发了。”

“唉，”许芝礼叹息一声，对苏好挥挥手，“那就这样咯，谢两位百忙之中过来捧场。”

苏好看她真要走，心软下来，没好气地问：“明天几点？”

“苏好同学还是刀子嘴豆腐心啊，明天晚上吧，等我电话。”许芝礼比了个打电话的手势，正打算转身走出影厅，忽然打住，“还是你俩先走吧。”

苏好不明白这有什么区别，奇奇怪怪地看她一眼，挽着徐冽走了出去。

许芝礼站在原地目送两人的背影，眼底一点点浮起浅浅的笑意。

等两人走没了影，许芝礼问董皓："知道我为什么让他们先走吗？"

"出于礼貌？"

"你什么时候见我有过礼貌？"她轻笑一声，"我只是喜欢看他们的背影。"

董皓恍然大悟："你很喜欢那个女孩子。"

"包括那个男孩子。"许芝礼补充纠正。

"嗯？"董皓似乎不太理解，"他们不是一对情侣吗？你这心思可不太对……"

"怎么瞎想上了呢，之前他俩闹分手，我还当和事佬呢。"许芝礼嘀咕一句，望着苏好和徐冽离开的那道门，"我是说，我喜欢看他们在一起的样子，会让我觉得，我有一天也可以这样。"

因为他们和她曾经是同类，而现在他们活在阳光里。

喜欢看人家谈恋爱，所以去给吵架的情侣当和事佬，董皓越瞧越觉得这小姑娘有意思，笑着拍拍她的肩："放心，你会的。"

许芝礼点点头："嗯，我会的。"

苏好和徐冽并肩离开了影城。

冬季的傍晚六点，夜幕已经彻底降临，苏好嘴上骂许芝礼，心里却好奇她送了什么圣诞礼物给她和徐冽，走到街边一盏路灯边停下来，当场就要拆纸袋。

徐冽笑着站在一旁看着她，直到她从纸袋里倏地拎出了一套酒红色的女式情趣内衣。

"……"怪不得许芝礼说，这是送给两个人的礼物。

苏好僵硬地滞在了徐冽面前。

徐冽低咳一声，看了看四周的过路人，想提醒她赶紧放回纸袋，却在这时听见了一道惊讶的中年女声："好好？"

苏好一愣之下回过头去，看见了从大奔后座下来的舅舅、舅妈。

而此刻的她，正站在明晃晃的路灯下，手攥一件艳光四射、布料简陋到分不清怎么穿的性感内衣，旁边——站着她还没跟家里报备过的男朋友。

第二十九章

未来还很长

每一个看似遗憾的逗点，都是因为故事还没讲到最后。现在，未来依然还很长，不用着急落下句点。

人生就是一直在路上。每当苏好觉得，往后应该不会再有更尴尬的场面降临在她头上，命运总会在下一个转弯证明她还年轻。

苏好望着林阑和邹誉错愕的眼神，反手就把那件烫手的内衣塞进了徐冽怀里。

“……”徐冽不动声色接过来，将内衣装回纸袋拎在手里。

“小徐？”一年半不见，林阑依然轻易地认出了徐冽。

苏好冲林阑和邹誉扯扯嘴角：“呵，舅舅，舅妈，这么巧。”

徐冽站在她侧后方朝两人点点头：“林阿姨，邹叔叔。”

林阑闪烁的目光在两人相似的外套上来回游走——同款薄呢大衣，苏好这件是米白色，徐冽那件是黑色，很像一对情侣装。

当然，苏好和徐冽的事在当初并不算是秘密。

去年徐洌的高中生身份暴露后，长辈们都知道了苏好决定放弃出国的原因。林阑和邹誉起初在苏好爸妈面前非常自责，觉得这事都怪他俩监管失职，竟然一直没发觉苗头。

尤其林阑还在懊悔，要不是给邹恺请家教，说不定俩孩子也不至于走得这么近。苏好爸妈当然没有责怪他们，说苏好和徐洌在学校本就朝夕相处，真看对了眼，拉也拉不住的。

但林阑心里还是别扭，所幸最终苏好并没有因为徐洌耽误学业，还是决定去圆自己的留学梦，总算没叫她这个舅妈难做。

只是苏好这边刚叫她放了心，徐洌那边的消息却又让她心情五味杂陈起来。当时苏好买了去北城的机票，非要见徐洌最后一面，徐洌无奈之下拜托苏好爸妈拦下她。他们几个长辈这才晓得，原来徐洌转学另有原因，是因为他妈妈出了事。

年纪轻轻就扛下了家里的担子，还那么懂事地恳请长辈别告诉苏好真相，林阑这心里真不是滋味，想着孩子是好孩子，对苏好也是真心实意，只可惜时机不对，造化也弄人。

后来徐洌那边就没再传来新消息，林阑也不知道他过得怎么样，他妈妈是不是康复了。见苏好在美国有了全新的生活，似乎也不再留恋过去，她以为这两个孩子大概就这么走上了殊途。

年少时的感情再诚挚再火热，真能走到最后的又有几对，林阑觉得这个结果也算意料之中，却没想到今晚下班回家路过明都影城，会碰巧看到苏好和徐洌并肩走在街上。

“你们这是……”林阑一时不知怎么问好，斟酌着道，“在同学聚会？”

苏好默了默，说了实话：“不是，那个，我俩刚从美国一起回来。”

邹誉和林阑目瞪口呆地消化着这话背后的含义。

四眼瞪四眼杵了片刻，林阑心情复杂地看着两人：“那刚刚那个是……”她指指徐洌手中的礼品袋，不确定自己是不是看花了眼。

苏好撩了下头发："哦，刚才在首映礼抽奖抽到的礼品，还以为是什么好东西，看了眼居然是块破抹布，真是寒碜！"

徐洌："……"

车里，邹誉让到了副驾驶座，苏好坐在后排中间，左边徐洌，右边林阑，脚下架着凸起的鼓包，抱起膝呼吸着尴尬的空气。

车缓缓往春庭湾驶去，离两人的酒店越来越远。

从她和徐洌被当街抓包的那一刻起，大概就注定了这个平安夜不会平安。但苏好还是跟舅舅、舅妈承认了她和徐洌的关系。之前在美国，因为不确定家里的意思，没必要主动承认恋情的时候她当然选择多一事不如少一事，但真到了这种该直面的节骨眼，她也不想藏着掖着。

两位长辈默不作声地消化了一会儿眼下的状况。邹誉从后视镜里看了眼林阑，挤眉弄眼地示意她问问。

林阑清清嗓子，打破了沉默："你们俩什么时候联系上的呀？"

"就小半年前。"苏好盯着自己的鞋面答。

"小徐考到了美国哪里？"

"埃普斯特的金融专业。"这回是徐洌在答。

"埃普斯特？"林阑越过苏好去看徐洌，惊讶于徐洌在家里出了那么糟心的事以后还能考进这么优秀的高校，"真了不起，比好好学校排名高呢！"

"只是领域不同，她专业排名不比我差。"

徐洌说的也是实话，只不过在这种情境下听上去有点拍马屁的味道。

苏好缓缓扭头，跟他对视一眼。

林阑的心情好像也一下子升华了，突然有了种相看女婿的心态，双手交握起来："你跟好好的学校好像离得挺近呀，平常经常相互走动？"

"我去她学校多一些，上课日会一起吃个晚饭。"

"周末呢？"

苏好悄悄掐了把徐冽的腿，暗示他别太诚实。

徐冽面不改色："有空会出去玩，功课紧张的时候就一起自习。"

"玩是去哪里？"

"就周边很多博物馆和景点啊，主要是为了去采风。"苏好抢过了话头。

"那有些景点当天来回够呛的话，得两天一夜的行程吧，你们住哪里啊？"

"……"

兜了半天圈子，还是在这儿等着呢。苏好僵硬地斜着眼扫了眼徐冽。

徐冽接过了话："民宿，美国有些酒店不满二十一不能办理入住。"

林阑正想变着法子打探两人发展到了什么地步，猝不及防车子忽然来了个大转弯。

苏好因为坐在中间不稳当，整个人朝林阑那侧猛地倾倒过去。

徐冽一把揽过她的腰，将她往自己这侧用力一带，扶稳了她。

苏好也一下子抓牢了他的胳膊。

林阑和邹誉注意到两人下意识的动作，当然看得出来这是关系匪浅，估计有些话可能不用多问了。

两人就这么被林阑和邹誉带回了家吃平安夜晚餐。

邹恺跟同学一起在外边过节，还没回来，餐桌上就他们四个人。

苏好也不知道林阑和邹誉怎么就放弃了打探，只在吃饭途中问了几句两人学业上的事，听说他们专业成绩都很拔尖，表示很满意，鼓励两人今后要继续相互扶持，相互促进，还麻烦徐冽多多照顾她。

苏好有点意外。她还以为当初自己和徐冽的事会在长辈心里留下芥蒂，没想到看这架势，还挺像"见家长得到认可"那么回事。

虽然不是父母，但她舅舅和她妈同气连枝，同样的消息传到她爸妈那边，应该也不会有什么大问题。

不过大问题没有，小问题还是来了。

吃过晚饭，林阑和邹誉让两人一起到客厅沙发看电视吃水果。

苏好和徐冽面对面坐着，冲他挤了个眼色，拿起手机给他发消息：晚上怎么办？想什么办法开溜？

徐冽为表对女朋友长辈的尊重，视线尽量落在电视屏幕，瞟了眼消息界面，在输入框盲打：我回酒店，你留在家里吧。

电视荧幕上梁静茹刚好唱到《勇气》——“我知道一切不容易，我的心一直温习说服自己，最怕你忽然说要放弃”。

苏好捂了捂被梁静茹唱痛的胸口，打字：哥哥，想要幸福就拿出点勇气来好吗？

徐冽笑着看她一眼：哥哥不差这一晚，别让你舅舅舅妈为难，乖。

苏好还想回复，邹誉和林阑被他们此起彼伏的振动声齐齐吸引了目光。电视上梁静茹又唱起了《可惜不是你》——“这一刻突然觉得好熟悉，像昨天今天同时在放映”。

邹誉和林阑梦回去年，想起当时的苏好和徐冽也像这样坐在沙发上，手机你振一下我振一下，他们还天真地说两个孩子都是低头族。

两人一口老血堵在嗓子眼，又怕戳破了让孩子下不来台，只能憋着，转回头去看唱得很动情的梁静茹，掖了掖眼角。

徐冽看了眼时间，起身跟两人说：“林阿姨，邹叔叔，时间不早了，我就先回去了。”

“别别，”林阑站起来拦他，“来都来了，今晚就住这儿，我刚都叫曹姨去准备被褥了。”

“不打扰了林阿姨，我……”

“别见外呀小徐，一家人还说什么两家话，”林阑把苏好拉起来，“好好，快留一下小徐！”

苏好明白了舅舅、舅妈的意思。

把他俩拆开吧，是于心不忍，可让他俩出去住吧，又良心不安，那就只有一个办法，让他俩一起留在家里。

苏好心想总比分居好，冲徐冽努努下巴。

徐冽意会，朝林阑点点头："那就麻烦您和叔叔了。"

几人刚说定住宿的事，邹恺开了家门，背着书包"蹦跶"进来："爸！妈！我吃完火鸡回来了！"

苏好和徐冽转过头去。

邹恺前脚见到苏好，惊喜地喊了声"姐"，后脚看清徐冽的脸，踉跄着倒退了两步："哥，哥你怎么来了？！我又要上奥数课了吗？！"

苏好和徐冽当初的事当然没讲给小屁孩听。邹恺那会儿听说徐冽不教他了，一开始还难过了一阵，但小孩子的难过毕竟有限，没多久就觉得不用上奥数课的日子真爽，哥哥是谁早就抛去九霄云外。

现在邹恺在寄宿制初中念书，学校抓得紧，家教需求不大，所以这一学期林阑暂时没给他在周末安排补习班。

林阑被这小子的反应逗笑了，起身说："是呀，妈妈把哥哥给你请回来了，最近快期末考了，叫哥哥给你补习补习，提提分多好啊？"她说着转向徐冽，"小徐可以吧？"

苏好听前半句还以为林阑在逗邹恺，越听越觉得她好像是认真的，在徐冽答应之前飞快摇头。

"舅妈今天可是平安夜啊！"

"妈今天可是平安夜啊！"

姐弟俩异口同声完，击了下掌，宣布结成同盟。

有了苏好当盟友，邹恺底气就足了："就是，妈你平安夜把我哥请过来，考虑过我哥女朋友的感受吗？"

"……"

见大家表情不太对劲，邹恺眨眨眼猜测："难道哥你已经跟女朋友分手了吗？"

"呸，分你个大头鬼！"苏好飞他一个眼刀子，宣布同盟解体。

“我在说我哥女朋友，你激动个什么劲？”邹恺嫌弃地回她一个眼刀子。

苏好上前一把拎起邹恺的耳朵，脱口而出：“因为你姐我就是你、哥、女、朋、友！”

这掷地有声的话音一落下，四下一片死寂。

邹誉和林阑掩嘴咳嗽一声。徐冽也清了清嗓子。

邹恺把这话在心里过了两遍，双手抱住脑袋，像当年摸到徐冽腹肌那样崩塌了世界观：“什么？！我把你当我哥，你却想泡我姐？！”

“……”

这个年纪的男生吧，也不能说他童言无忌，毕竟现在孩子早熟，上初中以后其实都晓事了，但他这嘴就是特别口无遮拦。

尤其当晚，林阑安排徐冽睡到邹恺房间，邹恺更找着机会叨叨个不停，等房间里只剩下他们两人，拼命问他，到底是什么时候跟他姐好上的，怎么好上的，好到什么地步了。

甚至还非常直白地逼徐冽承认是不是亲过他姐。

徐老师昔日威严荡然无存，被小舅子像犯人一样审问了半天，还得斟酌着怎么回答才能既保护好他脆弱的世界观，又让他消停，让他满意。

幸好临睡前邹誉过来敲门，打断了邹恺的逼供。

邹誉站在门边，朝徐冽招招手，让他跟自己出来，带他到了三楼无人的露台，问他：“小徐啊，刚才好好一直在，我和你林阿姨也没找到机会问你，你妈妈康复了吗？”

徐冽猜到他们会问起这件事，神色并不意外，只是真要回答，还是不太不容易。

他在一瞬间的沉默过后，平静地摇头：“她过世了。”

尽管当初医院做了百分之百的努力，他也天天守在病床前跟妈妈说话，但妈妈始终没能在那段关键期内醒转，后来就被判定为持续植物人状态。这种状态持续久了，人体免疫力降到低点，很容易衍生出其他并发症。

去年冬天，严丽珍肺部感染，病情恶化，就那么走了。邹誉哽得好半晌没接上话。今天见到徐洌以后，他和林阑并不是没预料到这个结果，毕竟徐洌能够放弃国内的一切，追随苏好到美国，只有两种可能，要么妈妈已经彻底康复，要么就是妈妈过世了。

如果妈妈还处在植物人状态，随时都有生命危险，这孩子也不可能扔得掉这些负担，也许真就从此和苏好走上了殊途。

但他们多希望这件事是前一种可能。

邹誉揽过徐洌，拍拍他的肩膀，低声问："那官司打了吗？"

他听说过，严丽珍是在机场跟一行人起肢体冲突的过程中从楼梯高处摔了下去，事故并不完全属于意外。

徐洌点点头："打了。"

虽然严丽珍破坏人家家庭有错在先，但一码事归一码事，对方妻子也为这场事故承担了过失责任。不过当时严丽珍并不是被人推搡下去，而是气急没站稳摔下去，所以责任不涉及刑事领域，属于民事范畴内的赔偿。

"今年秋天已经拿到赔偿金了。"徐洌解释。

"够承担之前那些医疗费了吗？"

徐洌点点头。他已经把医疗费的部分还给姐夫，剩下那些姐夫不肯收，让他自己留着用。

他想如果把学费也一次性还清，之后在国外生活捉襟见肘，还得继续问家里拿钱，到时候让苏好晓得他的处境，难免叫她心里不好受，所以没再执拗地守着自尊心，留下了这笔钱。

"好好知道这件事吗？"

徐洌摇头："我不想让她知道。"

如果妈妈康复了，兴许徐洌会在两人稳定下来以后将那一年的经历告诉苏好，跟她说他曾经受过苦，但现在一切都很圆满，已经没什么好难过的。

可妈妈过世了，这件事再提起来，无非徒增苏好的心理负担。

邹誉叹了口气："你辛苦了，以后有什么需要帮忙的，尽管跟叔叔阿姨说，我们支持你跟好好。"

"谢谢叔叔。"

徐冽回到邹恺房间的时候，苏好正在卧室辗转反侧，总觉得床太大了，一个人睡跟躺沙漠里似的好荒凉。

平安夜平安了个寂寞。

苏好叹息着酝酿睡意，好不容易蒙蒙眬眬睡过去，又因为时差原因到半夜醒转过来，生无可恋地瞪着天花板发呆。

徐冽跟邹恺住在一个房间，她一直没给徐冽发微信消息，怕吵醒小鬼头，到时候烦死。

但这时差真不是那么好熬，苏好坚持了个把钟头没忍住，还是打开微信找上了徐冽：你睡着了吗？

五分钟过去，徐冽没有回复。

苏好气得牙痒痒，绝不容许徐冽一个人好眠，又追加了一条：哥哥，妹妹深夜独守空闺好寂寞，快来陪妹妹睡觉。

三十秒后——

X：。

X：来不了。

苏好其实本来就是皮一下，为了刺激他回她消息而已，一听他这么正经地说"来不了"，倒是起了点兴趣：怎么来不了？

X：你弟在手腕上缠了一根钓鱼线，连着门把手，为了防我去你那里。

苏好：……

怎么以前没看出来，他弟还有点姐控的意思呢？

苏好无语地翻了个白眼，四仰八叉躺在床上，没想到十分钟后忽然收到了徐冽的新消息：来后窗。

她一愣：你不是出不了门？

X：跳窗了。

苏好一怔之下飞快掀开被子，裹了件大衣奔出去，蹑手蹑脚地来到一楼洗手间——她当年深夜带徐冽回家的秘密通道。

洗手间的门虚掩着，她忐忑地深呼吸一口，推门走了进去，望见窗前那道熟悉的人影，恍惚间好像回到了从前，一样的深夜，一样温存的月光，一样新鲜热烈的悸动。

苏好慢慢上前，移开了那扇窗。

徐冽站在月色里，笑着仰视着她：“哥哥带你私奔，走吗？”

次日清晨，邹恺从睡梦中苏醒，见手腕上的钓鱼线还原封不动缠绕着，房间里却没有了徐冽的身影。

邹恺拿剪刀剪断丝线，一把掀开被子下楼，一路跑一路喊：“爸——妈——大事不好了！”然后猛一脚刹停在了楼梯口。

餐桌上，除了他以外的一家四口正其乐融融地在吃早饭。

林阑凶巴巴地觑着他：“鬼吼鬼叫什么，梦里又给人打成盒子了？太阳晒屁股了才爬起来，看看你哥你姐，一大清早把一家子早餐都做好了！”

“小徐啊，”林阑前一秒还在凶神恶煞，转头一看徐冽就笑眯了眼，“你这厨艺真是棒嘞，连曹姨都对你赞不绝口。我们好好也是，看看以前多懒啊，有小徐在，这精神风貌都不一样了！”

苏好跟徐冽对视了一眼。

这精神风貌倒也是情非得已。

昨晚实在睡不着，两人上街补了个平安夜约会，等天亮赶回家，从留了窗的老地方溜进来，没想到曹姨刚巧走下楼梯。

苏好灵机一动，拉着徐洌就近钻进厨房，假装两人因为时差起早，刚下楼准备做早餐。

曹姨为此感动了一早上。

苏好美滋滋地在桌底下轻轻搔了搔徐洌的腿。

徐洌悄悄握住她的手，暗示她别闹。

邹恺看不见两人的小动作，张大了嘴瞪着徐洌："哥，你偷偷起床是为了做早饭啊？"

徐洌正色点头。

"那你早上出房间的时候我为什么没醒？"邹恺难以置信地攥着手腕。

"你睡得熟，在讲梦话，说给你一把 M416。"徐洌脸不红心不跳地解释。

苏好啧啧摇头："吃个鸡连把 M416 都捡不到，还得问人要，怎么一点长进也没有。"

林阑推搡着邹恺，赶他上楼："看看你，梦里打个游戏都打不好，赶紧洗漱去，别来丢人现眼了！"

邹恺愣愣地摸着脑壳回了房间。

等吃过早饭，苏好的困意才姗姗来迟。

林阑和邹誉去上班了，但家里还有曹姨和邹恺在，她不方便拉着徐洌回房睡觉，借口说想画画，和他一起去了阁楼。

苏好的本意是想找个清静的二人世界，但真走上阁楼，发现这里所有的陈设都跟从前一样丝毫未变，忽然又生出一丝感慨，记起最后一次和徐洌一起来这里的那个雷雨夜。

她走近画架，掀开防尘布，看见了那幅未完成的油画。

画里的徐洌穿着白衬衫黑西裤，端正笔挺地坐在那张酒红色沙发上凝望着她。

徐洌来到她身后，从背后圈住了她："要画完吗？"

苏好想了想，摇头："这样就挺好。"

一个人在美国的时候，她曾经很遗憾这幅画没能完成，跟徐洌重逢以后才觉得，未完待续或许是一种美好的寓意。

每一个看似遗憾的逗点，都是因为故事还没讲到最后。

而现在，未来依然还很长，不用着急落下句点。

徐洌笑着将她拉到角落那张红沙发上，让她坐在他膝上："那我帮你把不好的回忆变成好的？"

原来他也记起了那个雷雨夜。

苏好往前蹭了蹭，圈住他的脖子："怎么变？"

"昨晚不是让我陪你睡觉？"徐洌揉着她的脑袋，把她摁进怀里，"睡吧。"

"没劲，还以为能在哥哥的腹肌上跳个舞。"苏好舒舒服服地靠着他，打了个哈欠，手指不安分地沿着他衬衫那排纽扣滑来滑去。

徐洌笑着捉住她的指尖。

苏好暗叹一口气，下了决心，就算是为了腹肌，今晚也绝不能再被困在这里。

大概是苍天有眼，听到了苏好的心声，给了她和徐洌夜不归宿的机会。

苏好补了一觉睡醒，接到了群消息，文铭、李貌、陈星风听说她昨天回了国，约她今晚一起过圣诞聚聚。

刚好原本和她有约的许芝礼跟这三人也相熟，苏好和两边一沟通，见双方都没意见，就敲定了这场聚会，并且把聊天记录截图给舅舅、舅妈看，表示今晚真有同学聚会，真得玩通宵，真不回家睡了。

甭管林阑和邹誉心里信没信，反正面上答应了她。

苏好愉快地给与会人员拉了个群，还没来得及介绍徐洌，文铭、李貌、陈星风就对这位“X”一人发了个问号。

这小半年来，苏好跟这些人隔着十二个小时的时差，唠嗑机会不多，又不在朋友圈秀恩爱，所以他们还不知道她和徐冽已经重修旧好。

苗妙倒是晓得这事，但她在外地的美院读大学，今天赶不过来，不在这个聚会小群里。

苏好一看群里反应，准备打字的手突然一顿。

文铭、李貌、陈星风的记忆都还停留在当初徐冽闷声不响转学，她痛不欲生颓废丧志这件事上，在大家眼里，她是被负心汉甩的那个，直接介绍这是徐冽好像很伤面子，也不好介绍完了跟一句“他来美国找我把我追回来了”这种刻意挽尊的话。

这种信息就该在见面聊天的时候自然流露，顺便让徐冽好好表现一下，把她的面子给足。

于是苏好保留了神秘，简单说：带个朋友。

因为化妆品不在身边，苏好傍晚和徐冽先去了趟酒店，等拾掇打扮好，辗转来去，到火锅店比约定的时间晚了一刻钟。

一路上苏好和徐冽的手机时不时响起振动，两人都没去看，因为振动频率一致，估计是群里一直在催。

徐冽推开包厢门的时候，许芝礼的说话声正好传了出来：“别催她了，昨晚肯定累了一夜。”

“累什么？”这是文铭、李貌异口同声的疑问。

两人话音刚落，一抬头看见苏好和徐冽，齐齐瞪大了眼。

陈星风也是一愣，目光在苏好和徐冽身上缓缓扫过。

“这谁？我没眼花吧？”文铭揉了揉李貌的眼睛。

“你怀疑自己眼花揉我眼睛干什么！”李貌拍了文铭一后脑勺儿。

苏好笑着看了看他们这些人。

一年多不见，文铭还是那个傻子文铭，李貌还是那个傻子李貌。

陈星风倒是变化了些，板寸头留长，穿衣也不再邋里邋遢，瞧着精神体面多了。

“没眼花，男朋友。”苏好一边回答他们的问题，一边走到座位边脱掉外套。

徐洌朝大家点了点头，接过她的外套和挎包，挂去旁边的衣帽架，动作亲近自然。

“啊？”文铭瞅瞅苏好，又瞅瞅徐洌，“你俩不是早就掰了吗？”

苏好撩撩头发，将心里预设好的台词念了出来：“某些人非要跑到美国死缠烂打把我追回来，我就勉为其难吃个回头草咯。”

文铭、李貌恍然大悟，看徐洌的眼神变得复杂起来。

许芝礼瞧苏好装腔作势这个样，“扑哧”一声笑出来。

苏好阴沉了脸，面露警告：“笑什么笑？”

许芝礼耸耸肩，笑眯眯地看着明显没睡好的两人：“啧，你俩晚上忙归忙，觉还是要睡的呀！”

苏好还没找许芝礼算昨天那情趣内衣的账，狠狠剜她一眼：“你可闭嘴吧！”

结果许芝礼嘴巴闭上了，文铭、李貌却好奇起来：“苏姐晚上到底在忙什么啊？”

苏好：“……”

许芝礼拿筷尾敲了下两人的头：“一男一女你说忙什么？你俩这年是白成的吗？”

文铭、李貌张圆了嘴，看徐洌的眼神变得更加复杂。

许芝礼摇着头瞥瞥陈星风：“风哥，你这两个弟弟性教育不过关啊。”

陈星风把目光从苏好身上收回，对许芝礼挑了下眉：“那你给教育教育。”

“能不能别叨叨了，饿死了！”苏好瞪了他们一人一眼。

文铭立马端起一盘雪花牛肉：“苏姐下哪个锅？”

“红汤。”苏好努努下巴。

“怎么没人问你们礼姐呀，”许芝礼指挥道，“我要清汤啊，养皮肤呢。”

涮肉一盘盘下了锅，饭桌上的注意力渐渐从苏好和徐冽这两个焦点转移，开始唠起家常。

徐冽今晚纯粹作陪苏好，没怎么开口说话，一直在涮菜夹菜给苏好吃，直到吃到后半程，许芝礼从烟盒里敲出两根烟，问他和陈星风：“两位哥抽吗？”

陈星风接了一根。

徐冽摇了摇头：“不了。”

“你俩要抽出去抽。”苏好嫌弃地冲两人努努下巴。

许芝礼撇撇嘴，跟陈星风一起拿着烟离开了包厢。

街边路灯下，许芝礼指尖夹着烟，用手肘撞了下陈星风：“风哥，这么久了还没看开？”

陈星风瞥了瞥她：“什么玩意儿？”

“苏好咯，跟我装什么傻，我可不像你身边那几位神经大条。”许芝礼嗤笑一声。

当初她还在南中读书的时候就看出陈星风对苏好有意思，但或许是青梅竹马多年，他自己都分不清楚友情和爱情的分别，又或者是分清楚了，却发现落花有意流水无情，所以一直没表明态度。

自己都拎不清，下不了决心，旁人又怎么干涉。再说苏好当时还是一副大大咧咧情窦未开的样子，许芝礼也就没管这闲事。

陈星风没吭声，等烟燃到一半才说：“要是没看开，我怎么不去美国？”

“那你刚才看他俩那什么表情？”

“意外而已。”

“有什么意外的，我就知道他俩肯定分不开。”

“那是你不知道……”陈星风说到一半顿住。

“不知道什么？”

去年夏天，陈星风是南中唯一一个知道徐家出事的人。

那时候苏好因为徐冽萎靡不振到生气全无，他掘地三尺都想把徐冽这混账挖出来，托了家里关系去查徐冽的下落，然后得知了他的境遇。

他原本应该把这事告诉苏好，可猜到徐冽隐瞒的用心以后，他却选择了沉默。

他无法坦然说，自己的沉默完全是为了成全苏好的前程。

因为得知这件事的第一反应，他在想——不告诉苏好，她就会出国留学，就会从此跟徐冽天各一方。

可也正是这个自私的想法，让他给自己发了一张下场的红牌。

徐冽为了苏好在做什么，而他在动什么肮脏的念头。这场竞争不用打响，他就已经输了。

所以他没有告诉苏好真相，却也没有脸追着苏好去美国。

只是从那之后，每当夜深人静，他都会反反复复地想，这一放弃会不会让他错过了最后的机会。

直到今天，他终于确信，就算他追去美国也不会有结果。

苏好和徐冽之间，连最伟大的时间都没法乘虚而入，何况是区区一个第三人。

他想他可以不用再去纠结那个所谓的机会了。

陈星风摆摆手示意没什么。

许芝礼斜倚着路灯，笑着看他：“用不着可惜，也用不着后悔，人和人的关系，其实从一开始就是注定的。你以为的偶然，全都是必然。”

陈星风眉梢一扬，拍了下她的脑门儿：“小小年纪哪儿来那么多七老八十的人生哲理？”

“看你救过我一次，开导开导你而已，不爱听拉倒，我这心灵鸡汤还挺贵呢。”许芝礼摊摊手，摁灭了烟头，走回火锅店。

陈星风笑着跟了上去，调侃她：“那你说说，那晚我想去救苏好，结果在巷子口选错边救到你，这是什么必然吗？”

“哦，”许芝礼在胸前打了个叉，“不好意思，这个是偶然，我可不敢跟风哥有必然。”

“你这什么狗屁心灵鸡汤，怎么还双标？”陈星风哈哈大笑。

两人插科打诨着回到包厢，看见里边只有文铭和李貎在，一问才知道，徐冽陪苏好去了洗手间。

也不知是因为抽了根烟解乏，还是被许芝礼叽叽歪歪开导了一通，陈星风有了开玩笑的兴致：“他俩连体婴？上个厕所还要一起。”

文铭和李貎看陈星风似乎坦然接受了这件事，神情挣扎片刻，问出了困扰他们一晚上的问题。

“那什么，风哥，礼姐，苏姐跟冽哥这是真和好了？当初冽哥那么过分，苏姐怎么还会原谅他啊？会不会是冽哥给她灌了什么迷魂汤，我们要不要提醒提醒她？”文铭忧心忡忡得非常真心实意。

“爱情里只有爱与不爱，哪儿来的是非对错？人家恩爱得很，小弟弟不懂爱就别谈爱。”许芝礼非主流理论一套一套的。

李貎还是不理解：“可是男朋友一声不吭转学这种事，别说苏姐了，哪个女生能忍？”

陈星风听烦了，终于还是决定替徐冽说句话：“人家当时转学是因为妈妈成植物人住院了。”

他话说完一掀眼皮，看见推门而入的苏好呆滞地僵在了门边。

第三十章

与你千般好

他们曾经吃过百般的苦，以为不被这个世界厚待，而今拥有彼此，终于尝到千般的甜。

文铭和李貌还没消化这重磅信息，一抬眼看到苏好，齐齐打了个激灵。

陈星风原本还没怎么心虚，看见苏好被雷劈了似的表情忽然一愣。

大家相识这么多年，说话习惯了没分没寸，苏好看起来脾气大，但其实不是那么爱较真的人。就算因为不高兴他说出了徐冽的家事，她也该痛快翻脸，而不是这个样子。

许芝礼最先意识到问题所在，靠到陈星风耳边小声说："完蛋，捅娄子了你，她好像不知道这事。"

陈星风的目光一闪。

他刚才那话确实是一时冲口而出，但之所以藏着掖着这么久，偏偏在今天不再顾忌，是因为看到苏好跟徐冽和好了。

这两人能和好，难道不是因为徐洌告诉了苏好当时的真相？陈星风默认苏好知道了这事，所以觉得时过境迁无所谓了。

可现在看着苏好吃惊的表情，他才发现许芝礼或许是对的，尴尬地扯谎：“那个，我们在说我们班以前一同学。”

苏好又不傻，哪怕陈星风没指名道姓，看这几人写在脸上的窘迫也看出了究竟。

在别人口中听到男朋友家事，照她一贯的脾气，这么被动的时刻应该迅速恢复镇定，轻描淡写地说——哦，我早就知道了。

而不是像现在这样，摆明了她一直蠢兮兮地被蒙在鼓里。

可是她这会儿装不出来。

或者说，面子什么的根本已经不重要。

她无视了陈星风欲盖弥彰的谎，直直地望着他，嘴唇打战：“什么时候的事？你从哪儿听来的消息？”

包厢里几人面面相觑，谁也不敢吱声。

苏好回过头去，看了眼站在走廊尽头的徐洌，他正一手插兜，一手握着手机在讲电话。

刚刚徐洌走到半路接到电话，让她先回包厢。

苏好听他跟电话那头说着“会回来”“时间还不确定”之类的话，猜应该是他家里人来电，就没打扰他。

察觉到她的目光，徐洌偏过头，插兜的手抬起来，朝她打了个手势，让她放心进去。

苏好走进包厢，虚掩上门，在座位上坐下，靠着椅背深吸一口气，盯住了陈星风：“告诉我。”

徐洌接完电话回到包厢，看到苏好正在仰头干喝啤酒。

其余四人默不作声地看着她，神色僵硬。

今晚要是徐洌不来，照这群人的习性，大概会是个丧心病狂的酒局。

但因为徐洌的出现，文铭、李貌和陈星风都不在状态，许芝礼也得了经纪人“别喝多”的嘱咐，餐桌上虽然摆了啤酒，大家都没闹腾，纯粹就着火锅解腻。

所以徐洌有些意外苏好到了饭局尾声突然喝起酒来。

许芝礼反应最快，立马圆场：“回来了呀，你女朋友被辣哭了。”

苏好听见身后动静，身体一僵，捏瘪了喝空的啤酒罐，眨了眨湿润的眼。

许芝礼这个谎撒得还算有水平。

苏好这会儿脑筋锈住了似的没法思考，顺着她的谎话一拍桌子，骂起文铭和李貌来：“一年多不见胆子肥了，敢趁我不在往我碗里空投小米辣！”

文铭和李貌配合地双手抱住脑袋投降：“对不起！苏姐我们错了！我们自罚三杯！”说着一人开了罐啤酒。

徐洌回到座位坐下，看了眼苏好泛红的眼，抽了张纸巾递过去，想说她怎么这么没用，碍于得护着她的颜面，没在她朋友面前损她，倒了杯凉白开。

苏好拿纸巾抹抹眼角，接过凉白开，煞有介事地嘶哈嘶哈几声。

对面的许芝礼跟陈星风对视一眼，从彼此眼中确认了此地不宜久留。

许芝礼看了眼手机：“哎，我经纪人催我了，明天还得去宣传电影，先回去了啊。”

陈星风顺势站起身来：“我送你吧。”又转头问还在傻乎乎喝酒的文铭和李貌，提醒道，“你俩打算怎么着？”

文铭和李貌撂下喝到一半的啤酒：“……那我们也不当电灯泡了！苏姐、洌哥，我们走了啊！”

众人一哄而散，架势实在有点古怪。

徐洌隐约察觉不对劲，在回酒店的出租车上，苏好一直枕着他肩膀在闭目养神，没有开口说话的意思，他不知道发生了什么，只能安静地搂着她。

回到酒店房间，苏好一进门就脱掉薄呢大衣，换了鞋，一脸倦色地倒头躺上了床。

徐冽坐到床沿探了探她的额头："刚才谁惹你不开心了？"

苏好看着他摇摇头："不是，就是有点困了。"

"这样不舒服，洗个澡再睡。"徐冽拉她起来。

苏好黏着床不起，轻轻搡他一下："我想躺会儿，你先去。"

徐冽反握住她的手："真没事？"

苏好无精打采："没事，就是被文铭和李貌气到了。"

"那我先去洗澡，你休息休息。"徐冽点点头，起身时却皱起了眉头。

听到浴室门"啪嗒"一声关上，苏好整个人像是被抽干净了魂，呆滞地望着天花板上的吊灯，双手捂住了脸。

忍了一路的眼泪从眼眶淌出，沾上指缝，顺着眼角滴滴答答落在床单上。

浴室里的淅淅沥沥，像她没有哭出来的声音。

陈星风没跟她说太多，但每一句零碎的话都是黑暗的缩影。

徐冽的妈妈是去年端午出的事，就在那个雷雨夜。

他没有正常念高三，虽然挂了学籍，但从暑假到第一学期末，他多数时间一直待在妈妈的病床边照顾她。

高昂的医疗费，复杂的官司纠纷，他没法承担这些，所以在现实面前选择妥协，去依赖他原本最不愿意再亏欠和麻烦的家人。

他为此抛弃自尊，付出全部的精力，可妈妈还是在半年后过世了。

光听这些就已经足够让苏好感到窒息，而回头一看，徐冽面对的又岂止这些。

即使他的生活已经糟糕到千疮百孔，他还在全心全意为她考量，做那个先松手的人，让她离开得坦荡安心。

而他最难的时候，她却在一万多公里外的地方追逐梦想，毫不知情。

苏好翻过手掌，用手背抵着额头，压抑住抽泣声。

过了一会儿，浴室里的水声渐渐微弱了下去。

苏好回过神，逼停眼泪，眨眨酸涩的眼，爬起来去梳妆台照镜子，看见眼妆已经花成了一片。

她赶紧从化妆包里翻出卸妆水和卸妆棉，然后擤擤鼻子，清清嗓，拧开了浴室门。

淋浴间玻璃门内，徐冽拿毛巾的动作顿住，回过头来。

苏好装作在卸妆的样子，拿卸妆棉挡着一双眼："我卸个妆。"然后打开盥洗台的水龙头，埋低脑袋挤洗面奶。

玻璃门下半截是看不清里外的模糊磨砂，上半截是透明的，此刻被蒸腾成雾茫茫一片。

徐冽拂开玻璃上的水汽，看着苏好匆忙地洗干净脸，抽了张洗脸巾压压眼角，转身就要往外走，自始至终没把脸面向他。

"是不是有人跟你说了什么。"徐冽突然没头没尾讲了那么一句。

苏好顿在门边，握在门把上的手用力一攥，骨节一下子发了白。

浴室里静到落针可闻，她背对着徐冽，忽然沉默不下去。

也不用再沉默，反正她在他面前藏不住情绪。

硬生生收敛的泪水再次夺眶而出，苏好回过身，慢慢朝他走了过去。

徐冽拎起浴袍披在身上，移开了玻璃门。

苏好踩进淋浴间，仰头望着他，嗫嚅道："我都知道了。"

徐冽低头看着她红肿的眼，一瞬间如鲠在喉。

苏好的视线被热泪模糊，嘴里也语无伦次："一声不吭瞒我这么久，你怎么这样……"

徐冽把她拉进怀里，低下头抱紧她："对不起。"

苏好环抱住他，眼泪一潮一潮往外涌："我不是在骂你。"

她明明想安慰他。可平常嬉笑时什么话都张嘴就来，到了这个节骨眼，却连连贯的语言都组织不了。

“我知道，”徐洌一手揽着她的后背，一手揉着她的脑袋，闭上眼哽咽着重复，“我都知道。”

“那整整一年你一个人是怎么过来的？”苏好抬头看着他，泪涔涔的眼底全是心疼。

“没有，不是我一个人，”徐洌摇摇头，用指腹给她擦泪，“姐姐和姐夫都在，我爸也回来过，有他们陪着我，没你想的那么难过。”

“我也想陪你。”苏好额头抵着他的肩，心脏难受得像被人用力绞过。

徐洌捧起她的脸：“你不是一直在陪我吗？”

“可是那时候……”

“还记得那个雷雨天我在阁楼跟你说的话吗？”徐洌垂眼看着她，“没有人会害怕太阳太远，你不在我身边一样是陪着我。难熬的时候我就想，你还在等我，我得处理好这些事，得活得像个人样，得去见你。”

“苏好，如果不是你，我根本不可能考上像样的大学，”徐洌指了指自己的心口，“你有陪我，你在这里。”

苏好颤动着眼睫，注视着他指尖落下的位置，抬起手，顺着浴袍缝隙慢慢抚进去，掌心触碰着他的胸膛，感知他心脏有力的搏动。

她确认般呢喃道：“我在这里。”

徐洌点了点头。

苏好虔诚地低下头去，在他心口轻轻落下一吻：“我会一直在这里。”

徐洌的眼色暗了一刹。

苏好直起身体，看见他喉结的滚动。

她抬起眼看着他，今晚所有的难受、自责、心疼全都化成了想和他亲密的情愫。

她再次抬手，抚上他的喉结，用指尖慢慢描摹它的轮廓。

徐洌一把攥住她的手腕，偏头避让开去：“哭那么久不累吗？去休息吧。”

苏好没有劝他，沉默着后撤两步，手扯着毛衣下摆掀了起来。

徐冽垂下眼，视线落在湿漉漉的瓷砖地上，看着地上扔下的毛衣、打底衫、百褶裙、过膝袜，最后又落在两样挑断他神经的单薄衣物上。

苏好赤着脚走上前来，让徐冽不得不将视线落在她身上。

“还休息吗？”她凝视着他，眼神里没有一丝一毫的怯意。

顶灯散发着炽热的暖光，将这满眼雪白照亮。

徐冽听见了理智坍塌的声音。

这一晚，苏好精疲力竭却睡意全无，跟徐冽一起窝在崭新绵软的棉被里，一直不愿意合眼。

徐冽乐意在这些琐事上纵着她，她不爱睡，就抱着她陪她说话，把她想问却不忍心问起的事一件件告诉她，把他的过去坦诚地摊给她看。

他说那一年虽然很糟糕，但因为已经竭尽所能，回想起来并没有遗憾的地方。

当时医生说，妈妈仍然存在些微意识，所以那半年，他把每一天都当作跟妈妈相处的最后一天，把从前没能说出口的话全都讲给了妈妈听——他的矛盾，他的两难，他回忆里有关妈妈的一切，还有他的抱歉。

他说，妈妈走的那一天，爸爸和姐姐都来送了妈妈。

虽然曾经撕破脸，闹翻天，彼此憎恨，可在那一天，他们抛开芥蒂，一家四口团圆了最后一次，一起完成了那场告别。

他说，他慢慢想通了一些事。

独立生活也不意味着孑然一身，亏欠也不意味着断绝血脉。

父母子女之间能够重叠的朝夕太过短暂，他没有太多时间再浪费。

那些所谓的债，可能不像他从前想的那样难以偿还。在有限的生命里彼此相伴，也是一种偿还。

苏好静静地听着，忍不住想，大概这就是人生——在缺憾里寻找圆满，找不到圆满，也终会找到答案；而得到了答案，或许也就得到了另一种圆满。

度过了平安夜和圣诞节之后，苏好和徐冽在周一回了越南中看望老班，提前给杜康带去了新年礼物。

杜康见到两人，激动得好像一年没说过话，叽里呱啦拉着两人唠嗑，唏嘘当初他留在了7班继续教书，结果他们俩北上的北上，跨洋的跨洋，高三一年班上没有苏好，生气都少了不少。

苏好笑着说："但您头发应该多了不少。"

杜康摸摸日渐浓密的头顶，觉得这倒是一句真话，没有苏好给他惹事，可不知少掉了多少头发。

杜康感慨了半天，最后从办公桌抽屉里拿出了两张保存许久的毕业照，说是当初特意多印的，给了两人一人一张。

苏好想说照片上也没有他俩，这不提起来还好，提起来不是徒增伤感吗？结果接过照片一看，好家伙，队伍边上立了两块她和徐冽的等身人形牌，依然是当初运动会上土到掉渣的风格。

要不是她和徐冽颜值过硬，生生撑起了场子，她估计大家都想撕碎这张毕业照。

苏好也不知该感动还是无语，不过倒真有点想念照片上这些人了。

只可惜她和徐冽的寒假和国内不一致，他们多数同学都在外地念大学，这次没法好好聚一聚。

不过来日方长，也没什么好着急的。

送苏好和徐冽出校门的时候，杜康拉了他们一人一只手，说他们两个都是好孩子，将来一定会成为非常优秀的大人，今后要继续好好相互扶持，相互帮衬，同甘共苦。

苏好被这架势吓得愣住了，差点儿以为是婚礼现场司仪在念主持词。

杜康也联想到了这事，跟两人说，修成正果了可别忘记请他这个班主任喝杯喜酒。

苏好嘴上说着“法定年龄都不到呢，您也太猴急了吧”，可听到徐冽笑着说“一定”的时候，却好像真的看到了那一天——

高朋满座，礼堂钟声敲响，他们沿着花路，一路从校服走到了婚纱。

结束南城这边的安排，歇了两天，苏好和徐冽一起去了北城。

苏好已经很久没见爸妈，徐冽的姐姐、姐夫因为预定了元旦去英国的行程，也催着徐冽元旦之前回趟家。两人落地北城机场以后本该各回各家，但当天刚好是徐冽妈妈的忌日，苏好不想让他一个人去墓园，跟家里打了声招呼，说要去看望一下男朋友的妈妈。

北城的十二月就是实打实的隆冬了。跟落地南城时一样样卸掉衣物截然相反，苏好一出机场就被徐冽用一件长至脚踝的羽绒服和围巾帽子从头到脚裹成了熊。

她抱怨着说笑，说这么臃肿怎么见家长，本意是想让这天的气氛轻松一些，把这趟祭奠说成是徐冽带她见妈妈，却没想到她这嘴开了光似的，跟徐冽一起来到郊区墓园后，真见到了家长。

徐妈妈的墓碑前已经放了一束白菊，一对年轻男女相携着站在那里，正在低声交谈。

女人似乎是站太久等累了，跺着脚嘀咕“臭小子怎么还不到”。

徐冽意外地顿住脚步，那对男女似有所觉地回过头来。

男人对徐冽笑着招招手，女人却没顾得上徐冽，视线牢牢锁住了苏好，跟身边男人小声嘟囔：“怪不得这小子有了女朋友忘了姐。”

苏好听出来了，这是夸她漂亮的意思。

还听出来了，这是徐冽的姐姐和姐夫。

她被这阵仗滞住，低头瞟了眼自己这只有温度没有风度的一身黑，缓缓扭头看向徐冽。

徐冽对她摇摇头，表示他也不知道这两人会等在这里，牵着她走上前去。

虽然已经不必要，他还是给两边做了介绍。

猝不及防见了家长，要说丝毫不慌那是假的，但本着输什么不能输气势、丢什么不能丢面子的原则，苏好还是落落大方地跟着徐冽叫了一声：“姐姐姐夫好，久仰大名。”

“彼此彼此。”程浪笑着朝她点点头。

徐翘一脸感怀，摁摁并不存在湿润的眼角：“多好的白菜呀，怎么就给我弟拱了呢。”

“……”徐冽看她一眼，“你在这儿等半天就为了说这话？”

“可不是吗？你以为我稀罕在这儿等你呀，还不是为了瞧瞧我们南城来的姑娘。”徐翘气哼哼地挽过苏好的胳膊，把她拉到一旁，连珠炮似的问她，“我弟对你好不好？跟你脾气臭不臭？知不知道疼人？”

徐冽走到墓碑前，将一束白菊搁下，望向远处有说有笑的苏好和徐翘，原本低沉的心绪忽然拨云见日。

程浪拍了拍他的肩，说：“爸本来也要来，东南亚那边生意走不开，我跟他说我和你姐会过来，让他别赶来赶去的了。”

徐冽点点头。

一旁徐翘问了苏好半天，得出一个惨痛的结论：徐冽在她这里是狗，在苏好那里是“舔狗”。

她捂着心脏说不问了，再问就会气得心肌梗死，拉着苏好走到徐冽身边，递给两人两张金光闪闪的卡：“喏，新年礼物。”

徐冽垂眼看了眼她掌心的卡，一时没接。

徐翘干脆把卡塞进苏好手心：“不是银行卡，温泉度假村的卡，你俩元旦没事出去玩玩。”

苏好明白了。徐翘因为元旦另有计划，没法给徐冽过生日，所以给两人安排了游玩行程。

徐冽朝苏好点点头，示意她拿着吧。

苏好瞅瞅徐冽，清清嗓子：“我手边没带礼物，白拿姐姐的礼物好像不太好。”

徐翘眉梢一扬，以为她要拒绝，没想到她突然问：“姐姐你家缺油画吗？”

“嗯？”徐翘一愣。

“我画幅油画给你，以后应该会升值，可能还怪值钱的。”

在场三人都被她逗笑。

徐冽揉揉苏好的头发，眼底全是骄傲。

苏好跟爸爸、妈妈待了几天，元旦和徐冽一起去了北城郊区的温泉度假村跨年。

一月二日就是徐冽的生日。但元旦当天，苏好沉浸在新年、烟火、温泉、美食里疯玩了一整天，到了晚上已经累得等不住零点。

徐冽不介意这些细枝末节，看她十点不到就在床上打起盹，拿遥控器关了房间的电视，让她安心睡觉。

苏好一开始还想再熬两个钟头，可等徐冽熄了灯，把她抱进怀里，她的身体好像认得这是心安的地方，自发放弃了抵抗，一下子沉入了梦乡。

苏好在梦里回到了去年的一月二日。

她在新泽西雨夹雪的夜里买了一个很好看的雪人蛋糕，回到宿舍点上蜡烛，对蛋糕笑着说：“徐冽，生日快乐。”

笑到眼睛里热泪浮动。

她一个人吃着蛋糕，边吃边望着窗外，心想雨夹雪算什么雪，又湿又冷，还堆积不起来，下多久都是徒劳无功。

蛋糕很大，她吃到撑，吃到难以下咽却还在努力吃，不知道在执拗什么，好像只要她吃光了蛋糕，雪就会积起来，她和徐冽看雪的约定就会实现。

苏好从这个难过的梦境中惊醒，看见昏暗的天花板一时没回过神来。

她抬起手，碰了碰眼角的湿润，才记起那已经是一年前的事。

苏好松了口气，伸手去摸床褥，却发现身边空荡荡没有人。

她一愣，突然迷迷糊糊分不清到底哪个才是她的梦境。

苏好猛地从床上坐了起来：“徐冽？”

窗边传来一阵窸窣响动，徐冽回过身来，点亮了床头灯，在床沿坐下：“吵醒你了？”

苏好看清他的脸，那口气这才彻底松了下来，一把搂住他的腰：“你不睡觉干吗呀？”

徐冽看着她泛红的眼，皱皱眉：“做噩梦了？”

苏好点点头：“还以为今天是去年一月二日。零点了吗？你站窗边看什么呢？”

徐冽笑着将她的碎发别去耳后：“零点了，我在看——外面下大雪了。”

苏好一愣之下连句“生日快乐”也忘了说，松开他猛地跳下床去，快步走到窗边，看见鹅毛大雪随风飘落，窗外的世界已经白皑皑一片。

原来那个不好的梦境只是为了叫醒她，告诉她今年的一月二日老大实现了她的愿望。

他们度假住的地方是一栋三层楼的小洋房，底下就有一间露天庭院。

苏好目光闪烁地望着窗外，突然回过头去跟徐冽说：“我想下楼看看。”

徐冽起身拿起羽绒服给她裹好：“穿好衣服。”

没来得及等徐冽穿上外套，苏好就奔下了楼。

徐冽追到楼下，一眼看见空阔的庭院里，苏好兴奋成了三岁小孩，蹦蹦跳跳转着圈圈，仰起脑袋，摊开双手去盛天上落下的一缕缕白雪。

见到他来，她蹲下身掬起一捧干净的新雪，朝他用力泼洒过去，喊道：“男朋友生日快乐！”

徐冽被雪淋了满身，站在屋檐下笑着看她撒泼胡闹，有那么一瞬间觉得能一直看到天荒地老。

他抬起头，望向纷纷扬扬的大雪，感到很奇怪。

他不像苏好很少看见雪，明明他从小就很熟悉这样的雪天，可是搜肠刮肚，记忆里却没有任何一场雪可以跟今夜媲美。

苏好见他站在屋檐下不动，走上前来，拿凉丝丝的手戳了戳他的脸颊："想什么呢？"

徐冽垂下眼，将她拥入怀中："在想这场雪下得真好。"

他们曾经吃过百般的苦，以为不被这个世界厚待，而今拥有彼此，终于尝到千般的甜。

冬日的白雪，深秋的红叶，早春的冷月，仲夏的星夜，一切都是那么新鲜热烈。

原来最好的爱，不是遇见一个人，从此世界荒芜唯她鲜亮，而是因为她，看见一个更好的世界。

番外一

留学日常

（一）

在北城结束度假一个半月后，回到美国念书的苏好和徐冽迎来了两人在一起的第一个除夕。

今年这农历年过得晚，二月中旬才到大年三十。

两年前的这一天南临中学刚开学，南城下了一场淅淅沥沥的春雨，将校园里刚盛放的玉兰花摧得七零八落，苏好坐在教室北窗边参加期初考，百无聊赖地望着窗外满地潦倒的花叶，以为那不过是人生中平凡的一天。

两年后的这一天，新泽西的春天还没来，灰蒙蒙的清晨，雨滴像掺了冰粒子，细细密密砸落在玻璃窗，苏好在徐冽怀里被吵醒，像条毛毛虫一样烦躁地拱来拱去。

她刚动了动，徐冽就跟着醒了，原本松松揽着她的手臂轻轻收紧，低下头去："嗯？"

苏好困得睁不开眼，眉头拧成结，瓮声瓮气地骂："……几点了，这雨有完没完，让不让人睡了！"

徐冽从被子里伸出手去，拿起床头柜的手机解锁看了眼："六点，还早，再睡一觉。"

今天不是周末，两人都有一整天课。

昨晚在公寓开了伙，夜里晚些时候徐冽本来要送苏好回学校宿舍，但外边下着雨，苏好不想挨冻就赖着留了下来。

本以为次日一早出门就用不着受冷雨摧残，没想到这雨下了一夜还不消停。

这个地方的冬天兼具了南城的湿和北城的冷，对从小过惯暖冬的苏好来说简直像场灾难。

可苏好再霸道也没法改变地球的纬度和洋流，只好无能地狂怒："六点哪里早？再一个小时就要起床了！冬天这么冷，人到底为什么起床？！"

徐冽好气又好笑："苏好，你三岁？"

"就三岁怎么了？"

窗外风声大作，吹得树叶沙沙作响，苏好出门的欲望降到冰点。

今天是周五，没有她的专业实践课，都是枯燥的理论课和通用课程，她真的提不起劲。

"周五了，"苏好继续喃喃感慨，"一礼拜能有几个周五，怎么能花在上课上？"

"除夕学校都不给我们这些中国学生一点福利？"

"而且今天还是我们认识两周年的纪念日，用来上课也太不像话了吧？"

"还有前几天情人节忙课题都没出去玩，要不今天你去上课，我就待在家里给你做爱心晚餐等你回来？"

苏好说了一堆理由，想得到徐冽的支持，她就可以心安理得地逃了今天的课。

徐冽却无情地打开了床头灯："看你挺清醒了，起床。"

苏好捂着被光刺到的眼："你这人有没有点良心？"

徐冽先起床做了个表率，轻轻刮了下她的鼻子："晚上包饺子过年，先好好上课去。”

苏好经常觉得自己谈恋爱谈得像条狗。

因为徐冽对付她不务正业的办法，总是拿一样闪闪发光的奖励品悬挂在远处，让她拼死拼活追着那玩意儿努力奋斗。

当初高中时候逼她考进正数是这样，现在为了不让她逃课又是这样。

但人在异乡，苏好确实很想过个年，尝尝徐冽他们北方地道的饺子。

苏好屈服了，咬牙切齿地爬起来去了学校，只是没想到这天的课依然没上好。

原因是她的室友徐雨诺不幸遭遇情伤，被男朋友劈腿了。

徐雨诺发现这事还得归功于某支付平台上的一个小游戏。

因为时差，徐雨诺非常热衷于在国内一大清早的时间去偷朋友们的能量，昨天晚上突然发现他男朋友能量里多出了52g买地铁票的能量，试探男朋友去做了什么，男朋友却说自己当天宅在家里，被她戳穿以后又说出了趟门去超市。

徐雨诺让他拿出超市购物小票，他拿不出，磨叽半天才承认自己去见了个老同学。

最后剥茧抽丝，徐雨诺查出来——什么老同学，分明就是初恋！

而且她男朋友当晚住在了酒店！

徐雨诺气到直截了当跟男朋友提了分手，和苏好骂了一整天，从雄赳赳气昂昂到哭成蔫白菜，最后可怜巴巴说起今天是除夕，本来还打算跟男朋友视频连线过年。

苏好没有过徐雨诺类似的经历，因为徐冽实在太让人省心，每次身边一有搭讪的女性出现，甭管直着来弯着来，他都能跟扫描仪似的一眼鉴定完毕，直接表态拒绝，不过身为女性，她天然能够对徐雨诺的遭遇感同身受，看她孤苦伶仃，决定牺牲自己的二人世界，拉她晚上一起吃顿年夜饭。

但徐雨诺怕看到她和徐洌恩恩爱爱触景生情，说还是不去了，倒是同班一个叫玛丽的美国女孩听见她们的对话，知道苏好晚上要包饺子，前来求助，说想给自己的中国男友在除夕做顿饺子，问能不能跟去学学。

玛丽找了个中国男友之后，对所有中国人都特别友好，而且也很识相地说不打扰他们太久，学完马上就走，所以苏好跟徐洌报备了一声，傍晚带着玛丽一起回了公寓。

玛丽只能说几个简单的中文词汇，说起来也是磕磕巴巴，用词张冠李戴，到了公寓以后，三人就用英文交流。

徐洌对待苏好在学校的朋友都会给面子，从和面到擀面皮、剁馅到裹馅都一一讲解明白，刚好也当是讲解给不会包饺子的苏好听。

苏好在厨台边挨着他一起学，只是还没包上饺子，先收到了学校老师发来的邮件，问她怎么没在截止时间上交油画作业。

她这才想起来，今天被徐雨诺的感情问题围绕了一天，把正事给忘了。

“完了完了，”苏好赶紧去水槽边洗手，“我得回学校交份作业。”

徐洌停下擀面皮的动作：“我陪你去？”

苏好看了眼玛丽，示意不好把客人一个人留在这里。

玛丽没听懂两人在说什么，一脸迷茫地看着他们。

苏好用英文跟她解释：“我作业忘交了，得回趟学校，你在这里继续学，我尽快回来。”然后走到鞋柜边穿鞋。

徐洌在背后嘱咐她坐车小心别着急，她回了句“也没多远我又不是三岁小孩”就匆匆出了门。

苏好一走，徐洌的话就变少了，只在玛丽操作错误的时候指出她的问题。

等到玛丽熟练上手，场面就彻底安静了下来。

徐洌不说话，玛丽也变得拘谨起来，正不尴不尬，接到了男友打来的语音电话。

她洗了手接通电话，用英文掺杂着半生不熟的中文跟男友说，让他等着她今晚的惊喜，一边讲一边被男友逗乐，咯咯笑得眉飞色舞。

玛丽刚挂断电话，公寓的门铃忽然响了起来。

徐洌手上沾了面粉，正想洗手，玛丽主动小跑到门边："哦，是不是 sue 忘了带门卡，我去开门吧，我刚洗了手。"

结果一打开门，却发现来人不是苏好，是个漂亮的陌生女人。

徐洌一转头，看见了本该在一万多公里外的徐翘。

他一愣之下没第一时间开口，徐翘的思维就发散了。

她怔怔地看着眼前丰乳肥臀、金发碧眼的美女，往里张望了眼，确认屋里只有这对孤男寡女，又回忆起刚才走到门外时听见的那串春心萌动的笑声，惊诧道："这是谁？徐洌，你在搞什么偷鸡摸狗的事？"

"不是，"徐洌气笑了，转身去水槽边洗手，"这是苏好班上同学，你怎么过来了？"

"你还转移话题？！"徐翘气势汹汹地挤开玛丽走进来，"你跟女朋友同学笑这么开心干什么？！"

玛丽虽然没完全听懂徐翘的质问，但根据几个词意会了她的意思，慌忙摆手，用蹩脚的中文解释："不是，我是在，和我的中国人男朋友，"她心里想着"打电话"，一紧张，出口却变成了，"打饺子。"

徐洌："……？"

徐翘气得捋起袖子，一副要暴揍徐洌替苏好行道的样子："我看到你在跟你的中国人男朋友打饺子了！"

苏好从自己的独立画室出来的时候，偶遇了同样昏头忘记交作业的徐雨诺。

两人一起抱着装裱好的画往办公楼走去，半路上，苏好外套口袋里的手机振动起来。

因为怀里的油画尺寸大，腾不出手，第一声振动动的时候她没管。第二声、第三声接连响起，她怕谁有急事，让手里油画尺寸小的徐雨诺替她掏一下手机，帮她看看是什么消息。

徐雨诺单手从她口袋里掏出手机，照她报的解锁密码解锁屏幕："徐姐姐？谁啊？你怎么这么多姓徐的朋友？"

"我男朋友他亲姐，能不姓徐吗？说什么了？"

徐雨诺点开微信消息框，如实一条条念道："第一条，弟妹，你在哪儿？第二条，姐姐告诉你一件事，你先做一下心理准备。第三条，做完了吗？"

苏好一头雾水地眨眨眼："我怎么听不懂中文了？就这三条？"

徐雨诺把光标切到输入框："就这三条，可能是有什么重磅消息，帮你回句什么？"

她话音刚落，手机振动了第四声。

徐雨诺一看，倒抽了口凉气。

"什么啊一惊一乍的？"苏好艰难地从硕大的油画框后边探出脑袋来。

屏幕上满屏感叹号——

徐姐姐：我弟那个混账劈腿了！我亲眼看到他在公寓跟一漂亮妹妹在包饺子，那妹妹笑声跟银铃一样还说我弟是她男朋友！他非说你知道这事，你要知道这事怎么没把他腿打断？！

苏好："？！"

徐雨诺手里的手机还在不停振动。

这回不是徐翘发来的消息，而是其他人。

但徐雨诺和苏好的注意力集中在徐翘的消息界面上，都没想着切出去看。

徐雨诺刚被男朋友劈腿，看见这两个字就怒火中烧，在苏好愣住的时候率先反应过来，义愤填膺道："苏好搞他！不搞不是人！我现在就陪你去买牛刀！”

“苏好搞他！不搞不是人！我现在就陪你去买牛刀！”徐雨诺骂得太激动，捏着手机的拇指不小心摁到语音键，这消息就传到了徐翘手机里。

一公放，这掷地有声的破口大骂在公寓内二百六十度立体声环绕。

房间里的三人齐齐滞住。

五分钟前，徐翘被气奓毛的时候，程浪从门外走进来稳住了局面。

徐冽让玛丽拿着包好的饺子离开了尴尬现场，然后跟徐翘解释事情经过。

但徐翘听他空口白话，非不信有这么巧的事。

怎么就刚巧这金发碧眼的美女真有个中国男友，怎么就刚巧人家正好在跟男友通语音电话，怎么就刚巧一紧张把“打电话”说成了“打饺子”？

徐冽解释得头疼，一边让她去找苏好对质，一边给苏好发去消息说明情况。

没想到苏好那边传来的语音更残暴。

徐翘眨眨眼问旁边的程浪：“虽然……但是，牛刀是什么刀？”

程浪往沙发靠背一仰，笑着看了眼对面的徐冽，答道：“‘割鸡焉用牛刀’的‘牛刀’吧。”

他这瞧好戏的德行，分明看出了徐冽无辜，可小舅子哪儿有家里小公主要紧，替小舅子澄清，那就是说自己老婆蠢，下老婆面子。

所以程浪不蹚这摊浑水，笑着作壁上观。

徐冽无话可说，在椅子上坐下，等苏好回来给他清白。

苏好一听徐冽劈腿的对象是玛丽，就知道这事不对劲。交完作业，看到徐冽发来逻辑严密、陈述清晰的解释，立马明白了原委。

但问题却变得有些棘手。

苏好在回公寓的公交车上跟徐冽发消息：我要是一进门就帮你说话，是不是怪叫你姐没面子？你姐为我把你这亲弟骂得狗血淋头，我这样好像有点不讲义气？

X：……

X：行，你回来先把我骂一顿。

最后终究是徐冽一个人扛下了所有。

苏好进门以后，先跟骂骂咧咧的徐翘统一战线，等徐冽叹着气重新说了一遍前因后果，她才做出恍然大悟的表情，说原来是这样，然后跟徐翘解释，玛丽确实有个中国男友，又把玛丽及时发来的一张语音通话截图拿给了徐翘看。

真相虽然大白了，但徐小公主当然不会认错，嘟嘟囔囔教育徐冽说，以后跟陌生女性同处一室的时候别关着门惹人误会。

徐冽也没说这门是苏好大大咧咧关上的，无可奈何地认着“是是是”。

苏好悄悄捏了捏他的手指，跟他比口型：委屈男朋友，晚上犒劳你。

屋里四人终于能安静下来说话。

苏好和徐冽这才知道，徐翘和程浪今天是专程来看两人，陪他们过除夕的。

程浪已经安排了随行厨师，随时可以进来做年夜饭。

徐冽这饺子的量本来也就只够两个人吃，就留着当席间点心。

两位米其林星级餐厅的厨师带着一堆厨具上了公寓，三下两下在厨房搭出了一个新的灶台，然后澳龙、阿拉斯加帝王蟹、金枪鱼、西班牙火腿、神户牛肉，还有很多苏好认不清产地的新鲜食材一样样被摆上了台面。

苏好看得目瞪口呆，甚至以为他们要就地开拍“舌尖上的中国”。

程浪在旁边问苏好和徐冽：“想要什么做法，跟厨师说。”

苏好正色道："我想，高端的食材……往往只需要最朴素的烹饪方式。"

程浪笑着吩咐厨师："那你们就原汁原味些来。"

厨师应了声开始做菜，架势如行云流水，三秒活剥龙虾，片个火腿肉像在杂耍，刀都要飞到天上去。

苏好发现屋里其他三人似乎看多了这种富贵世面，没什么特别反应，徐翘和程浪已经坐去沙发聊天，徐冽也在一旁认真整理餐具。

她忍了忍，还是没忍住，扯扯徐冽的毛衣袖子："我观赏一下，不掉面子吧？"

"当然不会。"徐冽笑着洗干净手，搬来两把凳子，跟她一起并排坐在灶台前，一边陪她看两位厨师炫技，一边和她讲解这些食物的产地。

远处沙发上，徐翘凑到程浪耳边说："小姑娘不错哦，一点不造作，别说我弟，我也喜欢。"

程浪笑着揽过她的肩："你弟也好，懂怎么照顾女孩面子。"

徐翘叹息一声："看不出来这小屁孩对女朋友这么会，欸，你那年代，这个年纪毛都没长齐吧？"

程浪挑眉："我要说我长齐了，那年纪也没遇到你，你开心？"

"你说呢？"徐翘哼他一声。

"没长齐，遇到你才长齐的。"程浪笑了起来。

厨师离场后，四人在这简陋的公寓里吃起了富贵到流油的年夜饭。

徐翘刚一进门还没在意，等四人挤着餐桌坐下，又被满桌富丽堂皇一衬，总觉得这屋子太暗淡，忍不住问："弟妹平常住不住这儿？"

苏好看了眼晒着她衣物的阳台，也不好睁眼说瞎话，清清嗓子说："偶尔。"

"那这单身公寓你们俩住有点挤吧，让你姐夫找个大点房子，租金也差不了多少，别委屈我弟妹。"徐翘跟徐冽说。

苏好立马竖掌："不用换！我就喜欢挤点，暖和！而且我们学校要求大一新生必须住宿，我就周末过来两天，这钱还不如留着多吃几只帝王蟹。"

徐冽知道苏好是在替他打算，都是知根知底的自家人，倒也不因为手头拮据尴尬，于是一边帮苏好剔着蟹腿肉一边说："租金之前交了一整年，现在换浪费，等大二我会重新找房子。"

程浪点点头，拿起装了白开水的酒杯，跟徐冽的气泡酒一碰："会精打细算是好的，有钱没钱都别浪费钱，不然金山银山都得吃空，学金融的就该这样。"

徐翘见三人达成了共识，就不劝了，也拿起酒杯跟苏好碰了一下："你姐夫以前也念金融，我弟以后肯定一样赚大钱，放心跟着我弟。"

"就算他不赚大钱，我也会赚大钱养他的。"苏好笑嘻嘻地跟徐翘碰杯，注意到她杯里跟程浪一样是白水，愣道，"姐，你们都不爱喝酒？"

"爱啊，爱死了都，可是备孕呢，"徐翘唉声叹气，"为了生个小孩玩玩，我也太辛苦了。"

苏好高中没选修生物，对备孕知识不太了解，确认道："所以从备孕到怀孕，这么久都得滴酒不沾？"

"是啊，男方是在女方备孕期不能碰烟酒，女方是从备孕到怀孕都不能。"

苏好转头向徐冽："你反正也不常喝酒，刚好。"

小姑娘想得还挺长远？

徐翘缓缓眨了眨眼，虽然确实很喜欢这个弟妹，但还是要提醒她别这么早考虑这事："慎重慎重，先好好享受生活，男方也就备孕期吃点苦，女方不光从备孕到怀孕，产后如果母乳喂养，连哺乳期也碰不了酒，生命都会失去色彩的。"

苏好抱住了脑袋："这也太惨了吧！世界上竟然有这么惨无人道的事情！"

程浪和徐冽对视一眼，看向两个酒鬼。

“我陪你戒到哺乳期结束。”程浪用干净的那只手摸摸徐翘的脑袋，安慰道。

程浪不说这话倒还好，这茬就那么过去了，可他这么一安慰，徐冽要是不来点什么，两边一对比，就好像冷落了苏好。

可是两人确实没到考虑这种问题的年纪，这话让徐冽去说，怎么着都别扭。

苏好看着程浪宠徐翘的样子，眼睛里已经闪烁起似感慨似羡慕的精光。

徐冽张了张嘴又闭上。

徐翘哼哼唧唧完已经开启下一个话题：“老公给我剥只虾。”

程浪慢条斯理剥了只虾，喂到徐翘嘴边。

徐翘张嘴要咬，忽然看见对面徐冽移开了手边的气泡酒，低咳一声，在经历了漫长的纠结后，面无表情却十分郑重地说：“我从现在开始就戒。”

徐翘：“……”

程浪：“……”

苏好：“……”

剑拔弩张的氛围里，苏好和徐翘对望了一眼。

为免两位隔着十岁年龄差的男士进行这大可不必的较量，苏好和徐翘也不知怎么心电感应似的想到了一块儿去，异口同声道：“我想吃饺子了……”

餐桌上诡异的沉默被打破，选手徐冽站起来离开了战场：“我去煮。”

苏好和徐翘自顾自满意地点点头，然后齐齐从桌底下伸出一根拇指，悄悄朝对方一竖。

这种时候，表扬对方的机智也等同于自夸。

“我去帮他。”苏好跟着徐冽去了厨台，见他正在一丝不苟地码着饺子，捋起毛衣袖子说，“快教我怎么煮。”

“先煮一锅开水，加点盐，水没过锅一半就行，后面还要加几次冷水。”徐冽指指水槽里的锅说。

“可是我怎么见曹姨以前煮饺子好像是冷水下锅？”苏好回忆着嘀咕。

“那是速冻饺子，手工新鲜的饺子用冷水煮就烂了。”

“哦，那为什么要放盐？不是蘸酱吃吗？”

“不是为了入味，防止饺子皮煮破的，你加小半勺就行，我擀面皮的时候已加过一些了。”

苏好笑盈盈地用手肘撞了下他的胳膊，调侃道：“瞧徐老师这能耐的，还有什么是你不会的？”

徐冽替她开了电磁炉，一本正经地答：“生孩子。”

“……”

苏好一边照徐冽的步骤做一边提议：“留点饺子做煎饺吧，我还想吃煎的。”

远处沙发上的徐翘举双手呼应：“我也要！”说罢转头跟程浪感慨起来，“唉，我弟妹认识我弟两年，就吃饱了他做的菜，我认识我弟十九年，这还是头一回亲眼看他下厨。”

“十九年了，我连一回都没见你下过厨。”徐冽瞥一眼徐翘。

“……”徐翘噎了噎，“你小子今天是要上天啊！”

苏好笑眯眯听着姐弟俩打嘴仗，觉得真好。

刚认识徐冽的时候，他跟谁话都不多。

再后来，徐冽只跟她一个人话多。

而现在的徐冽，跟除她以外亲近的人也愿意说说无关紧要的话。

谁想每天只说“非说不可”的话，能够有人一起说无关紧要的话，唠没有意义的嗑，斗不分胜负的嘴，就是一种难能可贵的幸运。

虽然只跟她一个人话多好像是一种特别的待遇，但苏好并不希望得到这样的待遇。

她会永远做徐洌的太阳，可要是徐洌自己就变得很暖和，那是一件更值得她开心的事情。

徐洌嘴上损着徐翘，还是听了她和苏好的差使，把三十来个饺子分了一半一半，等水煮开，一半在左边灶台下水，另一半拿去右边灶台煎。

苏好看管着水饺这一锅，等徐洌那边的平底锅吱吱溅起油来，听见徐翘招呼她："弟妹快回来，女孩子沾什么油气，可别溅着油了，不用管我那要上天的弟弟，来帮我挑美甲！"

程浪撑膝起身，来到灶台前跟苏好说："去吧，这里姐夫来。"

苏好跟程浪调换了位置，到餐桌边跟徐翘讨论起手机里的美甲图案，从美甲设计说到绘画，又讲起课业。

两人都是美术生出身，虽然一个往纯艺发展专攻油画，一个进入了珠宝设计行业，但终归还是同领域，聊起天来，志趣相投的话题和爱好源源不断，一激动还老乡见老乡似的握着对方的手狂喊"我也喜欢我也喜欢"，说着说着就有点嫌弃自己不懂美术的另一半。

等徐洌和程浪端着一盘水饺一盘煎饺和四只蘸碟回来，发现这两人聊得过分投机，都不是很想搭理他们。

程浪就和徐洌谈起了金融，关心关心他最近的学习进度，给他把关把关选课风向。

一张餐桌一半艺术一半铜臭，同桌异梦。

等两盘饺子吃得一个不剩，徐翘和苏好掺杂着尖叫拍桌的激越交流才告一段落，两人的嘴巴安静下来，对面程浪和徐洌的男低音就显得过分刺耳了。

"你俩怎么回事啊，叭叭叭说个没完，把我们俩当空气？"徐翘不满地觑着两人。

徐洌："……"

程浪：“……”

这也是双标得有点霸道。

两人的对话戛然而止。

程浪和煦一笑：“吃饱了吗？”

“吃饱喝足，”徐翘摸摸肚子，对苏好说，“是不是差点儿怡情的小赌？”

直到程浪像百宝箱一样，不知从哪儿弄来了一张麻将桌，苏好才第一次听说徐家跟麻将的渊源。

早在徐冽出生之前，徐家原本只是南城小渔村的渔户，之所以发迹到北城入行珠宝业，是因为当年年幼的徐翘用麻将牌给徐爸爸摸了一组数字，让徐爸爸中了两千万彩票大奖。

而且中这彩票还没花光徐翘全部的运气，在她之后的十几年人生里，不管是斗地主还是打麻将，摸牌一摸一个准，那叫一个财运亨通。

苏好顶礼膜拜的同时对这场麻将的局势感到了严峻。

徐冽看了眼深思的苏好，笑着说：“不用怕我姐，她只会摸牌，不会打牌。”

徐翘气得跺了跺脚，看向程浪：“你要是不干翻我弟，我今晚干翻你！”

苏好一听这是要分情侣档，也不客气了，对徐冽说：“你要是被你姐夫干翻，同上！”

“……”徐冽和程浪沉默着对视一眼，不约而同地从彼此眼中看出了“其实挺想被干翻”的意思。

静谧的冬夜，房间里的四方桌上战火纷飞。

“一筒。”

“杠。”

“北风。”

“二条。”

“八万。”

“白板。”

“杠。”

徐翘：“徐冽你杠我几次了，你是杠精转世吗？！”

徐冽：“……”

徐翘：“为什么我的牌每次不是被我弟杠就是被我弟吃？我不要让他做我下家了！”

程浪：“下轮跟你换位子，乖。”

徐冽：“你不看牌不记牌，谁做你下家都一样。”

徐翘：“弟妹，马上跟我这狗弟弟分手，我给你找个更好的男朋友！”

苏好呵呵干笑：“我考虑下。”

徐冽打出了一张四筒。

“嘿，”苏好眼睛一亮，摸过徐冽的四筒，推倒了牌，“和了！”

徐冽淡淡一笑：“还考虑吗？”

苏好从微信群愉快地接收了三位发来的红包，笑嘻嘻地说：“不考虑了，还是现任好。”

几圈麻将下来，墙上时钟的时针接近了数字十二，纽约时间的大年初一就要到了。

最后一轮徐翘和了，结束战斗以后，徐翘伸了个懒腰活动脖子，一看时钟，冲程浪使了使眼色。

程浪从一旁拎来她的手包。

徐翘站起身来，从手包里掏出四只喜气洋洋的红包，递给徐冽和苏好一人两只：“喏，一个是我和你们姐夫的红包，一个是爸给你俩的红包，都装了美钞，你们平常能用。”

苏爸爸、苏妈妈虽然没来美国过年，但昨天已经提前通过支付平台发了红包给苏好和徐冽。

有来有往就没什么好顾忌的，所以苏好也大大方方接了过来：“谢谢姐姐姐夫，谢谢叔叔。”说着转过眼瞟了瞟时钟，“呀，零点啦，大家新年快乐，年年有今日！”

“岁岁有今朝！”徐翘无缝衔接上。

虽然异国他乡少了烟花爆竹，但这个温暖的冬夜好像自有一种让人满足的热闹。

徐冽和程浪笑着点点头，重复道：“年年有今日，岁岁有今朝。”

公寓只有一张床，徐翘和程浪没法留宿。

零点过后两人离开公寓去了附近的酒店，嘱咐徐冽和苏好早点休息。

苏好上了一天课又闹腾了一整晚，照理确实该犯困，但可能是新年的缘故，精神的兴奋盖过了身体的疲倦，又因为洗了个热水澡格外清醒，躺上床等徐冽的过程中，她甚至精神抖擞地翻起了群里的红包记录，计算今晚的麻将局到底是徐冽干翻了程浪，还是程浪干翻了徐冽。

徐冽整理完桌椅板凳、收拾干净屋子才进浴室洗澡，本以为出来以后会看到苏好睡过去，没想到她还靠着床板在玩手机。

“在看什么？”徐冽掀开被子一角，上了床，把她搂进怀里。

苏好正在心算红包来往数目，竖起掌示意他先闭嘴，还没等她加减出个结果，徐冽却先低下头来，笑着在她耳边说：“我刚才已经算过了。”

“嗯？”苏好抬起眼看他。

“我姐夫比我赢得多，所以……”徐冽的手掌轻轻握上她的脚踝，顺着她睡裙里光裸的腿一路往上游走，“今晚轮到你了。”

几天后，当这个除夕夜已经远去，徐翘和程浪也回了国，有一天苏好和徐翘在微信上聊天，说起了那晚打麻将的事。

徐翘感慨“长江后浪推前浪，前浪死在沙滩上”，程浪的“浪”真是白白比徐洌的“洌”多了一点水，一点都不争气。

苏好听愣了，说不对啊，明明就是“姜还是老的辣，酒还是陈的烈”，姐夫不是赢了吗？

两人你一个问号，我一个问号，这才明白原来不是“长江后浪推前浪，前浪死在沙滩上”，也不是“姜还是老的辣，酒还是陈的烈”，是“天下乌鸦一般黑，谁也不比谁高贵”。

（二）

过完了新年，苏好和徐洌继续忙碌于春季学期。

两人的第一个暑假在五月下旬来临。

苏好和徐洌早在春季学期初就计划好了暑期一起留美打工。美国大学打工氛围浓郁，周围同学普遍有这个安排，赚钱独立生活是一方面，锻炼历练也是一方面，所以两人都跟家人说暑期不回国了。

苏好家里本来有点不放心她在异国他乡打工，但见两人能相互照应，徐洌又特别靠谱，最后还是松了口。

徐洌的靠谱主要体现在带着苏好一起考下了驾照。

两人所在的城市公共交通不是很发达，近一年来都在出行上感觉到了不便，只是因为学校和公寓附近刚好有公交线，平常倒也凑合。

但苏好和徐洌暑期都没想去附近电影院卖爆米花，或者去餐厅端盘子，打工目标着眼于跟专业领域相关的地方，苏好早早就申请到了一家画廊的实习，徐洌也申请到了一家金融资本公司的实习，两边相隔还挺远，这就没法继续将就了。

算算打 uber 的钱长期累积也是不小的数目，不如考个驾照。

苏好本来有点犯懒，想着男朋友百事通，她就坐享其成不考驾照了，让徐洌接送她上下班，后来发现美国暂准驾照一年内有乘客限制，乘客必须是驾驶员的监护人或者父母子女。

那徐冽也不是她真爸，她只能骂骂咧咧自食其力。

拿到驾照，两人找车行提前租好了两辆暑期用的代步车。苏好爸妈对苏好的出行安全放下了心，就由她留在了美国。

解决了车的问题，苏好和徐冽又研究起住。

徐冽现在租的单身公寓八月到期，苏好新学期开学以后不用再住在学校宿舍，两人一盘算，决定成为合租室友，实习期间周末得闲就四处去看房子。

大夏天来来回回又热又累，但苏好总觉得和徐冽一起看房子很有趣。商量这个阳台采光不够好，那个厨房空间狭小，这间套型舒服，那间性价比不高——所有烦琐的细节都让她充满了前所未有的耐心。

每走进一个房子，眼前就会浮现出和徐冽一起在这里生活的画面，再板正的房间也一下子变得生气勃勃。

最后两人在六月里定下了房子，地方跟原来公寓相距不远，是间两室一厅一厨一卫带阳台的平层公寓，比起之前有了独立的私密空间。

签好租房合同以后，苏好定下心来，正式搬家之前就专注于画廊的实习。

毕竟苏好才刚念完大学一年级，画廊给她安排的工作以打杂为主。第一个月，苏好每天基本都在重复一件事——接待来客。

当然，有来头的画家和藏家轮不到她接待，她接待的多数是一些单纯来参观的游客。

因为画廊本身门槛不低，游客里不少都是富人圈的人。这些人不闹哄，也不太主动提问，接待起来倒是不累，但就是不懂装懂的门外汉特别多，哪国人都有。

苏好有时候看见有人在那儿张冠李戴地高谈阔论，需要花非常大的力气才能让自己忍住，不去戳穿人家。

好在第二个月，因为画廊要承办一场藏画拍卖会，苏好换了工种，加入了策展团队。虽然也是基层，但终于能够长长见识。

让苏好没想到的是，这场藏画拍卖给她带来了一个老熟人。

当然这个熟并不是关系上的熟，而是记忆上的熟。

拍卖会前一天，周五一早，苏好把租来的那辆卡罗拉开到画廊停车场，下车时候看见不远处一辆宾利上下来一对年轻男女。

女方白白瘦瘦，穿着仙女裙。男方身材微胖，穿白衬衫黑西裤，看年龄应该二十出头，挺着这个年纪不该承受的啤酒肚，走起路来带着“全世界我最厉害”的目中无人，胳膊一甩一甩，撞到停车场的保安还骂了句脏话。

苏好看着这一幕，心里默默感慨——不是所有白衬衫和黑西裤都是徐冽，不是所有宾利里面都坐了程浪。

这念头一闪而过，她也没细想，正准备走进画廊，忽然听见一句乡音：“苏好？”

苏好停下来，重新望向那对走近的男女，这才看清女方是谁。

虽然距离上次见面已经过去两年多，苏好也早就不把这个人放在心上，但毕竟是她生命里的第一个，也是最后一个正儿八经较过劲的情敌，苏好还是记起了她——温安妮，那个自称徐冽的“青梅竹马”，害她瘸着腿坐了半个月轮椅的物理天才小学妹。

温安妮的目光缓缓扫过苏好这一身白衬衣西装裙工作服，又看了眼她旁边那辆廉价的卡罗拉，笑起来：“苏学姐，好久不见，这么巧，你在这儿做什么？”

苏好把她眼底的鄙夷看得清清楚楚，时过境迁，她也不太想动气，微笑道：“工作。”

“是这样啊，”温安妮一只手挽过冯硕的臂弯，另一只手指指一旁够买几十辆卡罗拉的宾利，“我和我男朋友为了你们画廊拍卖会来的，今天提前看看拍品。”

“那你们看好玩好。”苏好看也没看那辆宾利一眼，点点头转身就走。

温安妮叫住她：“苏学姐，既然你在这里工作，不如带我和我男朋友进去参观参观？我们这人生地不熟的。”

“不好意思，我今天还有其他工作，不负责接待这块。”

温安妮给冯硕使了个眼色。

冯硕黑了脸上前来：“你这什么态度？让你接待是给你面子，又不是不付你小费。”

苏好瞥他一眼：“这位先生，我刚才好像没说英文。”

“你什么意思？”

“意思我不理解，你身为中国人怎么听不懂中国话。”

冯硕气笑了：“看来这位苏小姐确实得忙其他工作，那这样吧，我让你从今天开始什么工作都不用再忙，你觉得怎么样？”

苏好沉默两秒，看向他身后的温安妮，笑着说：“温学妹，我看你男朋友英俊多金，帅气逼人，怎么你却把人当枪使？两年多了，难道你还对我男朋友念念不忘？”

温安妮没料到苏好会这么直白，一愣之下忘了辩白。

冯硕回头看了眼温安妮，又重新转过眼来：“你说什么玩意儿？”

苏好拍了拍冯硕的肩：“我男朋友是她曾经单恋多年，求而不得的男神，兄弟，我只能帮你到这里了。”

“……”

苏好也没打听这俩人后来怎么样了，倒是中午吃饭的时候听同事说，早上有对男女在画廊门口吵架，男方连画廊都没进，掉头就走了人，猜可能是在说温安妮和她男朋友。

一个小插曲，苏好也没多在意，甚至都没打算跟徐冽讲这么幼稚无聊的事，却没想到下班回到公寓，看到徐冽提前下了班，在厨房做晚餐。

“你怎么回来这么早？”苏好一边换鞋一边问。

徐冽洗干净手，走上前来，抱了她一下：“女朋友受委屈了。”

苏好一愣，一下子都没回忆起来：“什么委屈？”

“早上停车场的事。”

“你怎么知道？”苏好说完又改口，“不是，这算哪门子委屈，我估计那俩人回头就分手了吧，拆散一对神仙眷侣，我还觉得挺罪孽。”

徐冽把她拉进房间，指指卧室床边衣帽架上那条光彩夺目的礼服裙：“明天不工作了，跟我一起去参加拍卖会？”

“啊？”苏好盯着这条一看就价格不菲的仙女裙，“你从哪儿弄来的？”

徐冽笑着揉了揉她的头发：“有一种委屈，叫姐姐姐夫觉得你委屈。”

苏好这才知道，虽然家里长辈尊重两人自食其力的意愿，没有插手安排两人的实习工作，但多少还是担心他们在异国他乡受人欺负，所以不管是她所在的画廊，还是徐冽所在的金融资本公司，都有人得了关照，照看着些他们。

今天一早停车场起过冲突不久，消息就传到了徐翘那里。

徐翘和温安妮的堂姐在北城名媛圈打小势不两立，现在温安妮欺负到她弟妹头上来，她当然不能忍。

用徐翘的话说，温安妮这是在踩他们徐家和程家的脸面。

所以温安妮穿仙女裙，苏好就得穿更漂亮的仙女裙。

温安妮坐豪车，苏好就得坐更贵的豪车。

人活着，只要还有一口气，那就得争一口气。

苏好乍见这条仙女裙，其实没什么非要一较高下的想法，大概是现在日子过得太心满意足，所以脾气也比从前佛系。她今天就在想，世界上比她有钱的人那么多，可比她幸福的人有多少，温安妮要不是除了钱以外实在没什么可冲她炫耀的，也不能做出这么无聊的举动。

可当徐冽说起，徐翘曾经因为暴发户出身，被以温家人为首的一群名媛校园暴力时，苏好就变成了苏·好气。

这不是她一个人的事。这是捍卫徐家的荣誉之战。

苏好决定，就让温安妮连钱也没得炫耀吧。

次日傍晚，苏好和徐冽坐着程浪安排的车来到画廊。

或许是从没见徐冽穿过正经西装的缘故，当他穿起一身剪裁考究的黑西装，绅士地替她拉开车门，苏好恍惚间有一种时空变幻的不真实感，好像一下子穿越到了很多年以后。

看着他颀长的腿，肩宽腰窄的身材，衣襟边缘性感的喉结，扣起门襟纽扣的那只骨节分明的手，苏好下车站定后忍不住感慨："徐先生穿成这样是在勾引我吗？"

徐冽打量着她这条奶白色一字肩轻纱仙女裙，眉梢一挑："苏小姐怎么恶人先告状？"

话音落下，两人转开眼笑起来。

徐冽撑起臂弯，苏好自然地挽过他的胳膊，跟他一起朝里走去。

画廊厅堂里，水晶吊灯流光溢彩，穿戴正式的男男女女来回穿梭。放眼望去，四面多是身材高大的西方人，所以苏好目光一扫，就扫见了格外娇小的那个。

温安妮正站在拍品展示廊，左手边站着冯硕。

不过两人看起来并不是很亲近，隔着一臂距离各看各的。估计这趟拍卖会是家里让两位小辈单独过来，所以吵了架也得硬着头皮一起出席。

苏好挽着徐冽走到了拍品展示廊中段，指指112号拍品，提高了声跟徐冽说："这就是我说的那幅马西莫的《葬礼》，做策展的时候我就很想要这幅油画了。"

徐冽从没从苏好的嘴里听到过今晚任何一件拍品，却似乎意会了她的用意，点点头说："那就拍这幅。"

不远处，温安妮和冯硕听到两人的声音，齐齐转过头来。

温安妮诧异地盯住了苏好，注意到冯硕的目光，又飞快移开眼，露出一丝闪躲的神情。

冯硕看了眼苏好旁边的徐冽，黑着脸走向了会场。

温安妮刚想转身跟进去，忽然被回过眼来的苏好叫住："温学妹？"

她只得停住了脚步。

苏好挽着徐冽走上前去："温学妹没人做伴？"

温安妮看看苏好和徐冽相携的手，冲两人笑笑："不是，我男朋友先进会场了。"

"哦，怎么放你一个人在这里？"苏好叹了口气，问徐冽，"学妹看着有点孤单啊，我们要陪陪她吗？"

徐冽摇头："不用。"

真是一如当年"学长不关心真相"的直接。

苏好差点儿没憋住笑，见温安妮脸色一白，表面功夫也没做，朝两人点了个头转身离开。

一旁有位年长的中国老先生似乎想跟苏好说什么，在苏好朝温安妮走去之前就等在边上。

苏好注意到对方的欲言又止，疑惑道："您好，请问有什么事吗？"

老先生和蔼一笑，摆摆手："没什么要紧的事，只是听见乡音觉得熟悉，多听你说了几句，想跟你说，"他指指马西莫的《葬礼》，提醒苏好，"据我所知，那幅画在上一位藏家手里留下了瑕疵，如果你喜欢马西莫，或许可以看看113号，我想那应该是今晚许多人中意的作品。"

"谢谢您的提醒。"苏好笑着点点头，"我知道。"

一小时后，拍卖会场里，马西莫的《葬礼》出现在了荧幕上。

苏好坐直身板，握紧了已经空捏一个钟头的号码牌。

拍卖师用英文字正腔圆地说："第112号拍品，马西莫的《葬礼》，起拍价20万美元。"

苏好第一个举起了号码牌。

拍卖师抬手示意："25万美元。"

有人紧跟而上。

"30万美元。"

苏好继续不紧不慢地举牌。

“50 万美元。”

“70 万美元。”

“80 万美元。”

80 万是苏好的牌。

拍卖价喊到这里时，不少提前了解过行情的人都搁下了手中的牌子。

竞买这些藏画的人一部分是因为喜爱而收藏，一部分是为了投资，等日后转手，这 112 号拍品是今晚唯一一件瑕疵品，虽然不影响真迹，但价值必然有所下滑。

场上稍一停顿，拍卖师环视一周：“80 万美元一次。”

“90 万美元。”

苏好往右前方看了眼，是温安妮举起了牌。

“100 万美元。”苏好继续跟上。

“150 万美元。”温安妮直接往上叠了 50 万。

苏好挑眉看了徐冽一眼。

徐冽比口型：继续。

“160 万美元。”

“170 万美元。”

“180 万美元。”

场上只剩苏好和温安妮在较劲。

底下有人窸窸窣窣交头接耳起来，显然这个价已经超乎多数人对这幅画的预估。

苏好举牌到 180 万美元，温安妮跟左手边冯硕说了句什么，冯硕不耐烦地点点头。

温安妮朝拍卖师打手势加价。

“250 万美元。”拍卖师激越地喊出了温安妮给的高价。

四面一阵哗然。

苏好心满意足地搁下了号码牌。徐冽笑着捏捏她的手指，像在表扬她。

“250 万美元一次。”

“250 万美元两次。”

“250 万美元成交，恭喜这位小姐！”

苏好朝徐冽耸耸肩，叹息一声。

温安妮往后一看，对苏好冷笑了笑。

四面众人一边鼓起掌来，一边低声唏嘘：“是马西莫的狂热画迷吗？”

“大概是吧，不过为什么不等下一幅？”

“我以为这幅画会是今晚的最低价，没想到成了黑马。”

温安妮听着这些议论，脸上的笑容渐渐凝固。

冯硕压根儿没听懂这几句英文，瞥瞥她：“怎么，不都借钱给你拍了？”

温安妮没答，皱起眉头，侧过头去听身后两个美国人讲话。

“250 万美元拍一件瑕疵品，真是出手阔绰。”

“真好奇下一幅马西莫会拍到什么高价，这位小姐应该也不会吝啬，马西莫的《落日玫瑰》可是今晚最值得期待的画。”

温安妮像被人当头棒喝，愣愣地扭过头去看向苏好。

苏好正等在那里，笑着朝她竖起了一个大拇指。

113 号拍品——马西莫的《落日玫瑰》最终以 400 万美元花落苏好手中。

苏好挽着徐冽的臂弯走出会场时惹来无数艳羡目光。不少比两人年长的宾客都上前来跟他们握手。

有马西莫的画迷跟苏好道贺恭喜，并递来名片，说今天手头流动资金没备足，往后她如果有意转手，欢迎随时联系他，他愿意筹够钱加价买下。

还有北城来的商圈人士认出徐洌，问起他家里近况，看似是想攀个关系。

两人离开的路被堵得水泄不通，应付好半晌才得以解脱。徐洌跟众人抱歉告辞，带着苏好离开了会场。

众人失去焦点人物，又津津乐道起112号拍品。

“那位250万美元买下《葬礼》的小姐好像没有参与《落日玫瑰》的竞拍。”

“这真是奇怪。”

“或许是有收藏瑕疵品的癖好吧。”

“哦，好像就是那位小姐。”

苏好顺着说话人的视线望去，看见温安妮低头捏着手包，独自匆匆从安全通道走了出去。

回公寓的车上，苏好跟徐翘通了微信电话，跟她讲了今晚的战况。

“250万美元拍了幅瑕疵品？画还叫《葬礼》？我怎么听说她是为她爸拍寿礼来的，怎么被你一激就没脑子了呢？”电话那头徐翘刚起床刷牙，笑得前仰后合，“弟妹干得真漂亮，今晚玩得开心吗？”

苏好纠正道：“我不是光玩啊姐，给你拍的那幅是今晚最抢手的画，我们策展的时候估过价，这画值这钱，你要是喜欢就留着收藏，不喜欢今后也可以转手，到时候我给你联系行里人，保你和姐夫稳赚不赔。”

“才不转手，”徐翘哼一声，“这画就得挂在我们家最显眼的地方，没事就拍拍照片发发朋友圈，气死那姓温的！”

苏好忍不住“啧”了一声，跟一旁徐洌讲：“绝还是咱姐绝。”

车里安静，苏好的手机音量又开得不低，徐洌能听见两人对话，笑着点了点头。

那头徐翘却以为苏好在顾虑什么，说道：“你放心，就往绝里做，有你姐夫保驾护航，往后温家就是打落了牙都得和血吞，绝对不敢再报复你爸妈。”

徐洌偏过头来。

苏好一愣：“啊？”

电话那头徐翘也是一愣，沉默几秒钟后说：“我弟不会真做了活雷锋，一直没告诉你那事吧？”

“什么事啊？”苏好疑惑地看向旁边的徐洌，严肃道，“徐洌，你有事瞒我？”

徐洌伸手想抽走苏好的手机，但到了这份儿上，即使徐翘不说，恐怕也没法再瞒下去。

他的手顿在半空，只得随徐翘去了。

电话那头，徐翘的声音响起来：“也不是什么大事，就是两年多前，温安妮被你们实名举报，取消了物理集训资格，回北城以后跟她爸妈告状，让家里卡了你爸妈一个工程项目，你姐夫让人打了通电话就疏通了。”

苏好从陈年记忆里翻出这桩往事，问徐翘：“是不是清明节，我爸妈临时没回南城的那次？”

“好像是吧，我也记不太清了，反正我弟那时候跟我关系可差，连我给他寄几件衣服，他都非要亲姐弟明算账，一听说你家里出事就开始双标，真是太狗了……”

徐洌一脸无奈地听着。

但徐翘还说了什么，苏好却再也没听清。

挂断语音通话后，她心情复杂地看着徐洌：“那时候我俩关系好像还没有那么好吧？”

徐洌眉梢一扬：“怎么没有？你不是在为我发奋读书，为我努力考正数？”

苏好还想辩驳，意识到他在狡猾地转移话题，回过神来：“你别想转移我注意力，老实说，当时出这么大事为什么不跟我讲？”

“怕你以后做事都畏手畏尾。”徐洌默了默，把她搂进怀里，轻轻摩挲了下她的脸颊，“女孩子敢爱敢恨多漂亮，我希望有我在，你可以不用这么早长大。”

苏好抬着头看了他很久，垂下眼睫，牢牢环抱住他的腰，眼底有热泪盈眶。

这世上有很多人愿意给她避风港。

可是有一个人，连风浪都不舍得让她见到。

他给她筑造了一座象牙塔，希望她永远恣意潇洒，永远是十七岁敢爱敢恨的模样，希望她可以等到不得不长大的那天再长大。

番外二

归国日常

（一）

苏好和徐冽的第二年暑假在欧洲游学度过，一个申请了法国的艺术学院，一个申请了英国名校。

英国和法国两个多小时车程的距离，两人半个月穿越一次英吉利海峡见上一面。

第三年暑假，两人依旧一起留在美国实习。其间，苏好和学校的师哥师姐们在纽约知名的画廊联名举办了一场油画主题展。徐冽在学校教授指导下完成了一个本科领域含金量极高的金融研究项目。

寒来暑往，转眼两年半春秋。

大四冬假难得跟中国除夕重合，两人在毕业前的最后一个假期一起回了北城休假。

十二月的北城又是天寒地冻的隆冬，好在苏好这几年习惯了冷冬，到了北城也没觉得有多不适应，只是她和徐冽回国的日子正值平安夜前夕，距离过年还有好一阵，晚上倒是各回各家各自热闹，可白天苏爸爸和苏妈妈忙碌于年关前的收尾工作，她自己一个人就显得有些冷清无聊了。

因为苏好白天没人做伴，徐冽就常常把她接到姐姐姐夫的公馆，让她过去“玩”孩子。

徐翘和程浪在两人大二那年的暑假生了一对龙凤胎兄妹，现在两个宝宝刚过一周岁半不久。

原本家里安排了保姆照顾孩子，可徐冽回国以后，两个宝宝好像对舅舅天然有一种亲近感，尤其是妹妹，总爱黏着徐冽，他不知不觉就多了一份带娃的责任，有时候走都走不开。

这天中午，徐冽趁保姆阿姨把两个宝宝哄睡，开了家里的车，离开丽山公馆去找苏好。

苏好其实本来也想睡个午觉，一接到徐冽电话，听说他终于能走开一趟，就牺牲了自己的冬眠时间。

刚一坐上徐冽的副驾驶座，苏好就为自己报废的午觉打了个哈欠，吐槽道：“怎么回事啊徐冽，我发现你现在魅力不行了啊，我为什么一见到你就犯困？”

徐冽眉梢一扬，解了安全带，捏过她下巴：“哥哥给你提个神？”

苏好拿手背挡住了嘴，眼瞟着窗外的过路行人：“你可要点脸吧，光天化日朗朗乾坤，大马路上成何体统！”

徐冽笑着松开她，扯过她的安全带扣实，又重新系好自己的安全带：“想去哪儿？”

因为徐冽这趟是临时出门，两人也没提前计划行程，苏好想了想说：“就吃个冰吧，然后去看珣珣和璨璨。”

苏好是坚持“冬天吃冰才爽”的人。徐冽习惯了她的饮食风格，反正她肠胃不错，也就依着她，往她喜欢的甜品店开。

“困就睡一觉。”徐冽发动车子，看她一眼。

“不行，我得看着车，”苏好十分有使命感地盯着路况，“你都多久没在国内开车了，别连路标都不认得了。”

这两年多，徐洌趁每次寒假回国那点时间也考出了国内的驾照。虽然中国和美国都是左舵行驶，手感上差不多，但具体到上路的交通法规还是有所区别。

“我在郊区练过车了，不熟练也不敢载你。”徐洌有条不紊地打着方向盘。

“那让苏姐检验检验你的车技。”

徐洌知道苏好其实是怕自己睡着以后，他一个人开车会犯困，虽然不必要，他还是笑着点了点头：“那就叫苏姐操心了。”

苏好的操心当然是多余的。

事实上徐洌车技很好，是那种不炫技、车品绅士、既不磨叽又很稳当的好。当初在美国从暂准驾照升级到正式驾照以后，苏好那辆车就退了，两人只留了一辆长租车，出行几乎都是徐洌风雨无阻地接送她，倒是她的车技退化了不少。

两人到了甜品店吃冰。吃到后半程，家里保姆给徐洌打来电话，说璨璨醒了，到处找不到他，问他在哪儿。

徐洌揉揉眉心，跟电话那头说：“快回来了，你跟她说，我带舅妈过来陪她玩。”

等徐洌挂断电话，苏好托起腮看着他：“看来我们徐舅舅在奶娃娃那里还是很有魅力的。”

徐洌笑着摇头：“这魅力还是少点好。”

苏好皱皱鼻子，感慨道：“我终于明白为什么姐以前说别太早要孩子，先好好享受生活。这还只是外甥女，要真是亲生的，那缠起来还得了。”

徐洌若有所思地点点头：“明白舅妈的意思了。”

“我就随便感慨一下，又没代入，你这人心思怎么这么多。”苏好觑觑他，拿勺子敲打了一下他的勺子，一撩头发，“吃快点，本舅妈要去施展带娃本领了。”

到丽山公馆的时候，徐洌跟苏好一起从车库坐电梯上楼，刚一出电梯就看到外甥女搬了把小板凳坐在电梯门口，把“坐等”两个字表达得淋漓尽致。

一看见徐洌，小程璨立马惊喜地挣扎爬起，迈着小短腿跌跌撞撞奔上前，朝徐洌张开双臂，仰起头奶声奶气地说：“啾啾，抱！”

徐洌把她一把竖抱起来，让她得以跟苏好打照面，指指苏好问她：“这是谁？”

小程璨看着苏好，歪起脑袋冥思苦想：“……啾，啾啾……啾嘛！”

苏好用食指轻轻刮了下她的鼻尖，佯装生气：“见我几次了还叫不顺，下次还这样，舅妈就不高兴了啊！”

小程璨一把搂住徐洌的脖子，委屈巴巴靠住他：“啾嘛，凶！”

苏好被气笑了：“小丫头真是不懂事，像你舅妈这样看起来凶巴巴的，其实善良得很，现在抱着你的舅舅才是黑心黑肚肠，以后你不听话的时候，把你整得北都找不着，等你长大了你就知道来弃暗投明了！不过那时候也晚了，你舅妈我可是有脾气的！”

事实证明，苏好的预料是正确的。长大以后的程璨真的从爱黏爸爸和舅舅，变成了害怕爸爸和舅舅，有事没事老找妈妈和舅妈求救，但现在的小程璨还听不懂苏好的金玉良言，一个劲搂着徐洌不肯撒手。

徐洌揉揉她柔软稀疏的毛发，笑着说：“舅妈不凶。”揉完小程璨，他又一碗水端平地揉了揉苏好的头发，“舅妈很可爱。”

苏好低哼一声：“我要去找玥玥了，还是玥玥懂舅妈的好，我们玥玥去哪儿了？”

保姆阿姨端着果盘笑着迎上来：“玥玥还没睡醒，苏小姐先来吃点水果吧。”

“哎呀周姨你别叫小姐小姐的，叫我好好就行了。”苏好主动接过果盘，用签子叉了块苹果喂到徐冽嘴边。

徐冽张嘴接过，抱着外甥女往客厅沙发走去。

小程璨看他嚼苹果，看得一脸羡慕，指指自己的嘴巴："璨璨，要！"

"璨璨不可以吃大块的。"

徐冽刚说完，苏好已经递来一颗苹果丁，喂进小程璨嘴里："看见没，你舅舅只会说不可以，舅妈却会给你想办法。"

小程璨心满意足地嚼着苹果丁。

徐冽把她放到沙发上，弯身问她："舅妈对你好不好？"

"好！"她冲苏好弯弯眼，甜滋滋一笑，脸颊梨涡若隐若现。

苏好心肝一颤，心说笑起来好看的奶娃娃真是走遍天下都无敌。

她曾经以为自己应该是个很暴躁的人，对待小屁孩都会像对她表弟那样没有耐心，但程家这两个玉雪可爱的宝宝实在长得太漂亮——当然，不是说她表弟不好看的意思，只是既有漂亮的脸蛋，又有聪明的脑袋瓜，说话也比其他同龄小朋友说得早说得好，那就很了不得了了。

再麻烦也让人发不起脾气。

"舅妈这么好，"苏好侧过脸颊，靠近她嘴边，"是不是要香一口？"

小程璨凑上前来，在她脸上吧唧一口："啾嘛，香香！"亲完了苏好，她又转头去亲徐冽，在他脸颊上也吧唧一口，"啾啾，香香！"

然后又像对待爸爸妈妈一样，熟练地伸出白白嫩嫩的小手，一手一个去摁苏好和徐冽的脑袋，让他们嘴对嘴亲了一口："啾啾、啾嘛，香香！"

两人被摁头亲完，正诧异她这招是从哪里学来的，一阵"噔噔噔"的脚步声打断了三人的香香现场："珣珣来啦！"

苏好直起身来。

小程珣飞快奔上前，一把抱住她的腿："啾嘛！"

苏好终于有了点魅力四射的成就感，蹲下来，也喂给他一颗苹果丁：

“琍琍吃不吃苹果？”

没想到他却摇摇头：“琍琍，要玩！”

小程璨也跟过来：“璨璨也玩！玩……玩……”

周姨见她报不上来名，搬来了两兄妹的新宠玩具，一套儿童积木，笑着跟两人说：“昨晚先生和太太陪着兄妹俩比赛搭积木，俩人都上瘾了。”

苏好接过积木，在茶几边盘腿坐下，招呼两人：“来，舅舅、舅妈陪你们玩。”

苏好和徐冽陪兄妹俩玩了一下午积木。一个带着琍琍，一个带着璨璨，两边比谁搭得高。

苏好听说这个年纪的小孩正要进入人生中第一个反叛期，不但跟父母唱反调，家里有兄弟姐妹的，多少都要互相打架抢玩具。但也不知是这俩宝宝本身性格原因，还是父母教育关系，两人要争起来闹起来的时候，璨璨一哭，琍琍虽然气哼哼的，还是会把她想要的积木丢给她。

苏好觉得小程琍长大以后，应该是个妹控跑不掉了。

两个宝宝跟着舅舅、舅妈玩得不亦乐乎，直到电梯门“叮”的一声移开，程浪和徐翘下班回来，都一点没听见这动静。

苏好和徐冽回过头去，要跟程浪和徐翘打招呼，忽然看见程浪比了个“嘘”的手势，比口型“你们玩”，然后指了指徐翘。

两人这才发现徐翘阴沉着脸，不知生了什么气。

程浪搂着徐翘，悄悄绕过两个宝宝，上楼先去哄老婆。

徐冽和苏好见怪不怪，继续陪兄妹俩玩积木，等到一刻钟后听见楼上传来徐翘的笑声，知道这是哄好了。

徐翘大概在楼上卸妆，程浪先下楼来看两个宝宝，却发现刚才那个嘘声的手势完全是多余，因为即使他已经走到了儿子和女儿跟前，他们也根本没察觉他的靠近，还抓着积木跟徐洌和苏好咯咯笑。

“爸爸回来了。”程浪弯下腰来。

两个宝宝被打断了搭积木，转过头来看他，齐声叫：“粑粑(爸爸)！”

程浪伸手摸摸两人的脑袋，一句“乖”还没出口，两人已经非常一致地各自扭过了头去，抓着徐洌和苏好的胳膊撒起娇来。

苏好和徐洌一边帮两人搭积木，一边缓缓掀起眼皮看向程浪。

程浪露出不失风度的微笑，对他们点了点头。

心里是不是好气，那就不是苏好和徐洌能知道的了。

（二）

苏好和徐洌在北城度过了几天优哉游哉的假期，除了去过一趟墓园祭奠徐妈妈以外，其他时候多数都在家带小外甥和小外甥女，又或者陪他俩去海洋公园玩，顺便也当约会。

程浪和徐翘都夸两人这性格适合搭档带娃。

一个严谨有分寸，做事井井有条，懂得平衡大局；一个活蹦乱跳，乐子多又能活跃气氛。

苏好一听，想说可能讲相声也差不多，这不就是捧哏和逗哏？

长辈们夸得多了，看着两人带娃的画面，自然而然生出联想。

苏好有次听到徐翘在厨房跟程浪说：“我怎么看这两人跟当爸当妈了似的，一点违和感都没有。你说他们这也快毕业了，是打算先立业再成家，还是先成家再立业啊？”

苏好没听到程浪的回答，准确地说是没敢听，一溜烟偷偷跑走了。

因为她自己也不确定这个问题的答案。

这几年她和徐洌感情的稳定是长辈们有目共睹的，现在两人毕业在即，长辈们打听起两人今后的打算也不奇怪。

可是苏好和徐冽过惯了细水长流的日子，也没碰上打破现状的契机，倒是早就商量好了毕业后的事业打算，却一直没摊开来讨论过成家的事。

不过苏好猜，徐冽嘴上没说，不代表心里没思量。

不然前几天她随便感慨了句，说理解了"为什么徐翘劝她晚点要孩子"，徐冽不会那么敏锐地表示"明白了她的意思"。

其实苏好的意思是要孩子确实还早，结婚却不一定非要拖延。

对她来说，一切顺其自然就是最好的。毕业以后两人一起回国，她也不想跟徐冽分开生活，既然都发展得水到渠成了，领个证同居更名正言顺。

但如果徐冽心里有使命感，认为领证前得先稳定事业，买车买房，苏好又不愿意给他太大压力，觉得晚几年也可以。

苏好正思忖什么时候跟徐冽聊聊这事，就接到了徐冽那边的消息。

徐冽说，徐爸爸元旦会从东南亚回北城，想跟她爸妈见个面吃顿饭。

过去这两年，两边家长都打过照面，也挺熟悉两个孩子，却还没正式坐下来好好促膝长谈过。毕竟当时不确定苏好和徐冽是不是会发展出个结果，也不想太早给孩子压力。

现在虽然徐冽说就是单纯地吃个饭聊聊天，但苏好猜这性质估计跟见家长也差不离了。

苏好跟爸妈转达了徐家的邀请，邹月玲和苏文彬一致觉得这时机不错，欣然应允下来。

元旦前一晚，苏好跟爸妈一起前往北城市区一家雅致的中式餐厅赴约。

也不知是不是巧合，这顿家宴的包厢叫"花好月圆"。苏好本来心里还没什么数，抬眼一看见这包厢名，忽然有了种终身大事即将落定的错觉，走进包厢的时候就犯了㞞，脚下一阵虚浮。

徐家那边包括徐冽一共来了四个人。除了徐爸爸以外，徐翘和程浪也都出席了这顿家宴。

苏家三人进门时，见他们都已经等在席上，连声抱歉说来晚了。

四人齐齐站起身来。

徐康荣连忙摆手："哪里哪里，是我们提早到了。"

徐冽颔首叫了一声"叔叔、阿姨好"。

苏好想说大家平常也不那么客气啊，被这过分客套的氛围一影响，整个人就更不自然了，打招呼喊"叔叔、姐姐、姐夫"的时候，嘴角都在小幅抽动。

程浪笑着缓和气氛："爸，别太客套了，看小辈紧张的。"

徐康荣立马反应过来："是是是，就是新年到了一起吃顿饭，没什么要紧事，"他转头看向苏好，"好好比去年叔叔见到你的时候又长漂亮了啊，不过怎么好像瘦了点，是不是我们冽冽在美国饿着你了？"

"不是，"苏好一边脱外套一边摇头，"我们餐餐不落的，是我嫌自己这个冬天懒着不动胖了，最近在控制食量。"

徐冽笑着看她一眼，主动替她拉开了他隔壁的座椅，接过她的外套挂去衣帽架。

两家人都落了座。

徐康荣打量着苏好说："控制什么食量呀，小姑娘白白胖胖圆乎乎不挺好的？"

"爸，您这是在说人还是汤圆啊！"徐翘侧目觑觑徐康荣。

两家人都笑出了声。

气氛轻松下来，服务生开始上热菜，大家围着圆桌寒暄过后，徐康荣招呼苏家人吃菜，说边吃边聊。

徐冽也得以跟苏好说起悄悄话，偏头问她："怎么过来的？路上冷不冷？"

“我爸开车，车里有什么冷的。”

“看你进门的时候耳朵红。”徐冽朝她摊开手，“手给我摸摸。”

苏好也忘了场合，习惯性地把手递了过去。

徐冽探了探她的手心，觉得温度尚可才放过了她，把桌上盛了热茶的瓷杯端到她眼前。

两人旁若无人地做完这些，忽然察觉到餐桌上有点过分安静，一抬眼，发现五双眼睛齐刷刷注视着他们，等他们抬头，众人又齐刷刷若无其事地挪开视线。

徐康荣问起邹月玲和苏文彬最近生意顺不顺利。

徐翘朝程浪伸出手：“老公也给我摸摸。”

程浪笑着捏了捏她的指头。

苏好喝了口热茶，拿起筷子吃菜，望了一圈餐桌，见多是南城惯有的菜色，不少鱼虾海鲜，还有一些粤式风味的点心。

圆餐桌缓缓一圈圈转动着，苏好夹了只盐水基围虾到碗里。

徐冽也跟着夹了一只，慢条斯理地剥完，却搁到了她的餐盘，然后又把她还没剥的虾夹出来。

苏好的手得了闲，就去给徐冽夹菜。

对面三位长辈嘴里说着生意经，眼光都悄悄往两人身上瞟，用年轻人的话说，就是满脸“姨母笑”。

吃了菜垫肚子，徐康荣问起苏好：“好好啊，叔叔听冽冽说了，你们暂时都不打算继续读研，毕业以后想来北城发展？”

苏好咽下嘴里的菜，点点头：“我不喜欢学术研究，还是喜欢实践，画画、策展都适合我，反正我爸妈也在北城，北城资源又丰富，在这儿落脚挺好的，不过可能以后时不时需要飞欧洲，会有短期进修或者工作。”

“现在交通四通八达，去欧洲很方便的，”徐康荣指指程浪，“你姐夫从前在英国住了十几年，在那儿人脉也广得很。以后但凡过去，就跟你姐夫说一声，好帮衬着你点，千万不要不好意思。你们这些年轻人，能不能干出事业、干出成绩来确实得靠自己努力，可只要你的实力配得上家里为你敞开的门路，那有什么好丢脸的？有资源就得要用，不用不是傻吗？”

苏好知道，徐康荣这话不仅是在说给她听，也是在借机说给徐冽听，希望徐冽别太犟。

所以苏好拉着徐冽一起表了态，挽着他胳膊说：“叔叔您放心，我们会看着办的。”

徐冽跟着点点头。

话题就自然过渡到了徐冽。

邹月玲扭头问徐冽：“那小冽回北城打算怎么发展？你要是想继续往上念书，不用顾忌我们好好。”

徐冽摇头：“我打算毕业以后直接在北城创业。”

程浪笑着替他解释：“读书是一辈子的事，只要有上进心，在职场上一样也是学习，自主创业不拘泥于学历，先积累实践经验也是不错的选择，之后有机会还可以再读研。”

苏文彬赞同地点点头：“两个孩子都是很有想法的人，挺好，就都照你们自己的意愿来，我们做家长的肯定全力支持你们。只是白手起家难免辛苦，今后不止是小冽照顾好好，好好也要多照顾小冽，知道吗？”

苏好听出来了，餐桌上讲来讲去都是“今后”，两家人这是都默认了两人的事。

或许是想到未来不久就会跟徐冽定下，苏好心里忽然有些激越，那股使命感也一下子涌了起来。

“那能不照顾吗？”苏好拍拍徐冽的背脊，“小冽放心飞，苏姐永相随！”

众人都被逗得笑了起来。

窗外明月高悬，包厢壁画上的牡丹也娇艳得刚好，像印证了“花好月圆”四个字，给了他们的未来最美好的期许。

番外三

求婚

冬去夏来，半年后，苏好和徐冽顺利大学毕业。

毕业典礼过后，两人留在新泽西办理离开前琐碎的手续——注销一些身份信息，清理归还租房和租车，与这四年在当地结交的朋友聚餐道别，互赠分别礼物。

两人在忙碌期间接到了高中班长费喆的邀约，问他俩什么时候去南城，有没有时间回母校参加毕业四周年聚会。

过去这几年，高三 7 班那群要好的同学隔三岔五都会在寒暑假聚上一聚，可惜的是一直很难凑到苏好和徐冽的时间。

毕竟两人暑假不回国，寒假又跟国内大学合不上，难得大四寒假合上，苏家和徐家又在北城一起过年。

总想着来日方长，结果就是一拖再拖。

苏好觉得她和徐冽这回绝对不能再缺席了，排了排行程，决定回国先落地南城。

苏好和徐冽把美国那些杂七杂八的事给告一段落后，在六月初的一天回了南城，到机场正是凌晨。

因为是深夜航班，他们没去打扰舅舅、舅妈，落地后去了提前订好的酒店。

说巧也巧，正好订到了大一寒假住过的那间。

当然，苏好这金鱼脑子没记住当年房号，是徐冽在前台办理完手续以后跟她说的。

苏好为此有点怀疑，他是不是特意订了同一个房间装巧合。

两人的大件行李已经提前运回北城，手头只有一个小行李箱，倒是一身轻松，只是十几个小时的飞机坐得苏好腰酸背痛，进电梯以后，她就一直一摊烂泥似的靠着徐冽。

徐冽一手握着行李箱拉杆，一手揽着她，低头说："到房间给你摁摁。"

苏好因为画画需要长期久坐，腰椎颈椎一直比同龄人差，徐冽大学里特意跟专业人士学了一套按摩手法给她日常保养。

回到房间，苏好累得没力气洗澡，徐冽就让她先上了床。

苏好整个人四仰八叉摊成大字形等他服务。

徐冽屈膝跪在床沿，替她揉捏小腿和手臂，揉完了拎着她手腕一翻，摊煎饼似的把她翻了个面，开始给她敲背。

苏好发出猫似的呜咽，把她埋进柔软的枕头，享受完了按摩，舒坦地瘫在床上，用脚丫踢踢他的小腿："我躺会儿，你先去洗澡。"

徐冽揉揉她的头发，下了床，在床边不避讳地解掉了衬衫和西裤。

苏好侧躺在床上，撑腮欣赏他光裸的身体，目送他走进浴室后，打量着酒店房间熟悉的布置，看着浴室磨砂玻璃透出熟悉的灯光，听着里间传来熟悉的淅沥水声，忽然想起了那个冬夜。

她改了主意，爬下床，推开了浴室门。

徐冽扭过头来，移开了淋浴间的磨砂玻璃门："怎么了？"

苏好甩掉拖鞋，一路走进淋浴间，双臂勾缠住他的脖子，仰起头来："不能辜负男朋友故地重游的心意，场景重现一下。"

次日上午闹钟响起的时候，苏好因为时差没睡好，又起了起床气：

“烦死了，哪儿来的闹钟给我关掉！”

苏好每次闹闹钟都是一觉醒来翻脸不认。

徐冽也没提醒她，这是她昨晚让他设定的，一手抱着她，一手掐掉了床头柜的闹钟，低头在她眉心亲了亲：“困就晚点再去，我跟费喆说一声，我们午饭前赶到。”

今天不是周末，而是周一，大家大多刚参加完大学毕业典礼，还没正式入职，特意挑了工作日回母校，一则是想去看望老班，二则也是想在成为“社畜”之前怀恋逝去的青春。

所以班上那群人提议，大家早八点之前到学校，一起去参加升旗仪式。

苏好心说那么多年过去了，这群人怎么还是这么中二，本来想着配合配合，真到了这节骨眼却实在起不了床。

听徐冽安排了后路，苏好眼睛一闭，又在他怀里继续沉沉睡了过去。

再次苏醒是自然醒，日头已经升高。

苏好睁开眼，发现徐冽已经不在床上。酒店房门似乎开着，门外隐约传来两道低低的男声，一个是徐冽，还有一个似乎是陌生人，苏好分辨不出来。

徐冽说了声“谢谢”之后合上了房门。

“谁啊？”苏好在房门关上的刹那问。

徐冽在走进苏好视线范围之前，从容不迫地把掌心小巧的丝绒盒子顺进西裤口袋：“酒店服务生，问续不续房。”

“续吧，”苏好哼哼唧唧掀开被子下床，“今天聚会结束先不着急赶回北城，让我睡个一天一夜，然后你陪我去看一趟舅舅、舅妈。”

“我知道，我都安排了。”徐冽走过来，提了提她睡衣的衣襟，“洗漱吧，化妆时间有点赶了。”

苏好走进浴室，三下五除二刷起牙来，含着满嘴泡沫说：“瞧不起谁呢，我现在的化妆技术可是盖了帽了。”

苏好化妆没掉链子，可链子掉在了后边一环。

两人临时过来参加同学聚会，当然没借车，就在酒店附近打了个网约车去南临中学，结果碰上个不清楚路况的新手司机。

苏好这地头蛇原本自信满满地给司机指路，可听司机说这一带近两年在修路，愣是变得不自信起来，最后跟着没更新的导航七拐八绕，被带偏了好几公里才回到正道。

两人在南临中学校门口下车时，距离约定的午饭时间已经过了二十分钟。

苏好觉得这大概就是“大佬命”，注定了每次碰上聚会，她和徐冽总是要压轴出场。

反正都迟到了，苏好干脆破罐破摔，挽着徐冽慢腾腾走进去。

正是饭点，校园里熙熙攘攘，穿着校服的学生从教学楼一拨拨拥出来奔向食堂，脚步声震得地动山摇。

苏好一路走一路望着这一幕，笑着叹息：“听说去食堂抢饭是青春的标签之一，可惜我就没有这样的青春，因为我的饭，都是小弟们给打的。”

“苏姐厉害。”徐冽没有感情地附和。

苏好拧了把他的腰：“敷衍苏姐？”

“怎么敢。”徐冽笑着牵起她的手。

两人手牵手走进食堂。

哄闹声扑面而来，老旧的风扇在头顶旋转，长桌边人挤着人，男男女女吵吵嚷嚷有说有笑。

明明一张张都是陌生的面孔，却好像透着熟悉的模样。

是所有不一样的个体在一样的青春里张扬。

苏好和徐冽没法再坐上那些长桌，目光一掠过后，转身走上了二楼教师餐厅的包厢。

两人一推开包厢门，里边的笑闹声霎时顿住，紧接着爆发出一阵起哄声："来了来了，两位大佬终于来了！"

苏好望着这些许久不见的人——尊位是杜康，旁边围坐了费喆、谢一舟、郭照、尤欢欢、吴语、桑绵绵……

杜康精气神不错，看上去一点没老。

费喆有点发福了。

谢一舟瞧着还是瘦瘦高高的精神小伙。

郭照高中时候是放人堆里平淡无奇的长相，现在五官长开了，竟然漂亮得差点儿认不出。

尤欢欢以前就挺好看，起点高，倒是变化不大。

吴语还是戴着眼镜，一副不爱说话、潜心学术的模样。

桑绵绵依然是个安安静静的乖乖崽。

杜康满脸姨母笑地望着苏好和徐冽。

两人朝杜康点点头，叫了声"杜老师"，解释路上堵车了。

"解释也没用，高二那次龙虾馆聚餐你俩也是堵车，结果说好罚三杯的，到后边我们全醉了，让你俩给逃了。今天你们休想故技重施！"谢一舟拍桌道。

"你们这些人，三杯酒能记这么久？"苏好和徐冽一起走了进来。

"这不是上午聊天说起来了吗？"谢一舟被两人相携的手转移了注意力，"欸，你俩要不要这么腻歪啊，同学聚会还牵手，这是专门来虐狗？"

苏好翻他个白眼："当初藏着掖着牵不了，现在终于能光明正大在学校牵牵小手，还不能过过瘾？"

"就是就是，你自己没本事脱单，别怪人家虐你！"郭照立马帮腔苏好。

"意思是郭照脱单了？"苏好撒开徐冽的手，跟他一起在预留的空位落座。

"我都脱单两年啦！"郭照脸上笑意盈盈，"苏姐你不知道，靠嘴碎居然能找到男朋友。”

“怎么找着的？”

尤欢欢“啧啧”摇头：“也是奇迹，大学辩论赛，聒噪女士靠嗓门儿征服了对方一辩。”

众人哈哈大笑。

“那你呢？”苏好问起尤欢欢这位短暂的情敌。

尤欢欢叹了口气：“刚分手。”

“哪个不长眼的敢甩我们小鱿鱼？”费喆诧异道。

“你怎么就觉得我是被甩的？”尤欢欢瞪他一眼，“和平分手好吧，毕业了要异地，一南一北，嫌麻烦就算了。”

“那苏姐和冽哥不也一南一北吗？”谢一舟好奇道，“你俩怎么打算？”

苏好和徐冽把两人的计划安排讲了讲。

杜康连连点头称赞两人对未来有规划。

“那你俩喜酒什么时候办？”谢一舟又好奇，“到时候是在北城还是在南城？”

谢一舟也是随口一问，却问出了苏好也在思考的问题。

年前苏家和徐家两家人一起吃了顿饭，之后她和徐冽就摊开这事聊了聊。

她本来一直觉得徐冽可能跟很多男性一样会有心理包袱，希望等事业起步再给她一个稳当的家，没想到徐冽并不是这样想。

两人一路同甘共苦走来，早就把有对方的地方当成了家，其实并不拘泥于环境好坏，徐冽当然一定会努力给她最好的房子，最大的家，但在条件允许之前，他也没想被那点自尊心束缚。

一个女孩已经把一切都给了他，从青葱年少就一路跟他在一起，他还要让她等多久？

只要她愿意，他想先成家再立业也可以。

不过当时两人只是口头那么一说，也没个正式的求婚，苏好当然不至于喊“我愿意我愿意”，只说“那就等毕业咯”。

现在眼看两人毕业了，徐冽还没提起这事，苏好也在思考半年前那个约定还作不作数。

苏好刚一沉默，徐冽就看出了她的不确定，接上了话：“喜酒还早，想等工作稳定点再办，到时候南城、北城应该都会安排。”

“意思是先领证？”

徐冽看一眼苏好，点点头。

都知道徐冽不说诳语，这一开口一定是准话。众人鼓掌恭喜两人，都说等着喝喜酒。

谢一舟搓搓手：“不过苏姐、冽哥，看在同学一场的分儿上把份子钱免了吧？”

“谢一舟，你这么抠真是活该找不到女朋友！”郭照和尤欢欢齐声怒吼。

一顿饭吃得吵吵闹闹鸡飞狗跳。

散席后，杜康回了办公室备课，一群人跟以前一样打算去便利店买冰淇淋吃，苏好本来也想兴致勃勃地加入，被徐冽拦了一把。

“嗯？干吗不让我去？”苏好不高兴地说。

“刚吃完饭，休息会儿再吃冰的，”徐冽提醒她，“先跟我去走走消化消化。”

其他人上午来得早，已经把学校故地重游了一遍，但苏好和徐冽只在刚才匆匆看了几眼。

苏好心想也好，跟大家打了声招呼，说失陪一会儿，和徐冽一起走出食堂。

盛夏晴天，两人穿梭在一群群过路学生之间，并肩走在骄阳下，走过曾经一起走过的路……

走过通往北篮球场器材室的坑洼水泥路，走过曾经遭遇混混堵截的偏僻小巷，走过砖红色的宿舍楼，走过红白相间的操场，走过艺术馆画室，走过医务室，走过多媒体楼前那棵适合“树咚”的大树，走过“防君子不防小人”的围墙，走过教学楼的天桥，最后站在高二 7 班教室的门口，望着教室里零零散散的、刚吃过午饭的学生。

窗边一个热心的小姑娘注意到他们，移开窗户问：“同学，找人吗？”

苏好对这耳熟却遥远的称呼一愣，摇摇头，难得温柔地说：“我们不是同学了哦。”

小姑娘露出抱歉的神情：“哦，是家长吗？你们找谁？”

“是学姐学长，我们来找……”苏好笑了笑，没把“曾经的自己”这么矫情的话说出口，转而道，“学姐以前就坐你那个位子，这座位开过光，会给人带来好运的，你可好好学习啊。”

小姑娘受宠若惊地点点头。

苏好拉走了徐冽：“告别青春啦，走吧。”

徐冽却把她往另一个方向带：“还有个地方没去。”

“哪里？”苏好一愣之下跟着他走上了楼梯，走过一层楼，想了起来。

“天台还开着吗？”苏好问这话的时候有一种隐秘的兴奋。

“不知道，去看看。”徐冽牵着她一路往上走，走到顶层，看到布满锈色的铁门开着一道缝。

两人一人一只手，充满仪式感地推开了这扇沉重的铁门，满目熟悉的景象映入眼帘——

角落堆积的废旧杂物依然在地上投落下不规则的影子。

天台边缘的栏杆依然锈迹斑斑。

天光依然很亮，头顶的云依然离这里很近很近，近到仿佛触手可及。

苏好忽然有了种落泪的冲动。

两人挤进铁门，往深处走去，苏好慢吞吞开了口：“你不知道吧，五年前的六月，我在这里抛过一枚硬币。”

徐洌愣了愣，刚想问她抛硬币做什么，想起那阵子她在面临什么抉择，突然明白过来。

苏好站定在当初抛硬币的位置，比了个上抛的手势：“我在心里想，如果抛到正面，我就留下高考；如果抛到反面，我就出国留学。”

“所以那天抛到了正面？”徐洌猜测。

苏好摇头：“和喜欢的人的命运怎么能交给天意，我没去看到底抛到了正面还是反面，因为硬币抛出的那一刻，我就听见了心里希望得到的答案。”

徐洌心神一震，目光闪烁地看着她。

“虽然后来也很好，但如果重来一次，我可能还是会做出一样的选择。我觉得跟你在一起，不管在哪里，我都一定会变成很好的我。”苏好笑了起来，“所以……”

像是预感到她打算说什么，徐洌忽然捂上了她的嘴。

“嗯？”苏好一头雾水。

“这话还是应该由我讲。”徐洌笑着松开了她的嘴。

苏好眨眨眼，看到徐洌缓缓后撤了两步，从西裤口袋拿出了一个深蓝色的丝绒礼盒，在她面前单膝屈了下去，翻开了盒盖。

钻石在盛夏炽烈的阳光下四射出璀璨的光芒。

苏好怔怔地垂眼看着他和他手中的戒指，对这一幕始料未及。

虽然这事早就已经商量定，刚才饭桌上徐洌也当众剧透过几句，但她真没想到，他竟然在两人朝夕相处的情况下依然能够不动声色瞒着她，计划了这枚戒指，这场仪式——

回到母校，走过他们的青春，在这个对两人而言有特殊意义的地方，向她打开戒指盒的盒盖。

似乎再没有比这更合适、更让人一生铭记的时刻。

苏好眼底泛起滚烫的晶莹，颤抖着手，不知该把手往哪里放。

然后徐洌恰到好处地朝她摊开了手，仰头望着她说：“谢谢你五年前在这里留下的决定，也谢谢你五年后还在这里。现在我来这里接你，苏好，愿意跟我去北城，让我给你一个家吗？”

苏好颤动着眼睫，眨下热泪来，朝他递去了她的左手：“愿意，非常愿意。”

五年前的六月，她在这个天台独自做了一个关乎爱情和梦想的重要决定。

五年后的六月，她在这个天台和她爱的人一起做了一个关乎人生的重要决定，在这里告别青春，戴上戒环——从此后，她长长的一生，都将与他为伴。